한국근대문예
비평사 절요

한국근대문예 비평사 절요

초판 1쇄 인쇄 2015년 2월 23일 | 초판 1쇄 발행 2015년 2월 23일
지은이 한형구 | 펴낸이 이동숙 | 편집 박정익 | 디자인 모현정, 황수연
펴낸곳 루덴스 | 출판등록 2007년 4월 6일 제16-4168호
주소 서울시 강남구 남부순환로 2615 극동스타클래스 307호
전화 02-558-9312(3) | 팩스 02-558-9314 | www.i-homeschool.kr

값 25,000원
ISBN 979-11-5552-056-7 93810

비평가와 공론의 만남

한국근대문예 비평사 절요

한형구 저

데루스

‖ 차례 ‖

책머리에 6

제1장 한국 근대 문예 비평의 원점⑴ 11

제2장 신채호 언설의 비평사적 의의와 특질 37

제3장 한국 근대 (문예) 비평(사)의 원점론⑵ 67
1920년대 초 염상섭-김동인 논쟁의 비평사적 의의 재음미

제4장 김기진, 혹은 신경향파 비평의 의식 구조 103
'프롤레타리아 쿨트' 론의 진동 양상을 중심으로

제5장 '12월 테제' 에서 '물 논쟁' 까지 143
(혁명적) 계급의식의 분화와 프로 비평

제6장 김남천의 '고발문학론' 과 '유다' 론의 행방 175

제7장 1930년대 휴머니즘 비평의 속성과 그 파장 209
白鐵 비평의 원질과 그 지속의 양상을 이해하기 위한 연구

제8장 1930년대 중반 문단 재편과 시론의 비평적 전개 **235**
'기교주의 논쟁' 재음미

제9장 한국 탐미(주의) 비평의 한 사례 **263**
1930년대 후반 김문집 비평의 문단 위상과 그 미적 이론의 형성 배경

제10장 양주동 문학 담론의 생산 궤적과 그 내면적 특질 **297**
민족주의적 열정과 근대적 학리 지향성

제11장 해방 후 김기림의 행적(업적)과 그 문화정치사적 함의 **329**

보론 1 한국 근대의 민족(국가) 문학 담론사 개설 **375**

보론 2 '비평이란 무엇인가?'를 묻는 물음 앞에서 **467**
'평가'와 '수사학'의 측면으로 나누어 본 대답

선생을 좇아, '한국 근대 문예 비평사'를 전공의 영역으로 택한 이래, 이제사 겨우 한 권의 연구 저서를 상재한다. 그동안의 세월을 되짚어 보면 왜 이렇게 더디었나 싶지만, 본격적으로 이 분야에 집중한 것은 비교적 현 세기에 들어와서의 일로 기억된다. 그 사이에 어칠비칠한 세월이 많았고, 한때나마 현장 비평에 치중하느라 여념 없던 탓도 있었던 것인데, 막상 내 나름의 비평사 구성을 목표로 하고 작업을 개시하고부터는 또 다른 세월의 어려움에 부딪혔다. 모든 논문 업적이 공인된 잡지에 실려야만 인정받고, 또 그러기 위해서 규정된 심사 절차를 통과해야만 한다는 학제의 공고화 현실이 그동안 논문 집필과 발표에까지 이르는 과정에서의 어려움, 힘겨움을 배가시켰기 때문이다. 이러한 상황은 현재 우리 연구자 모두가 함께 겪는 공통 현실이고 아픔이기에 여기서 군이 투정처럼 토로해 놓고 볼 일은 아니라고 여겨지나, 생산성 저하의 원인을 묻는 질문에는 그 나름의 한 대답이 될 수 있기를 바란다.

게으름은 물론 만악의 근원이지만, 필자의 괴로움과 한탄, 부끄러움은 오히려 또 다른 면에도 있었음을 여기서 밝혀두고 싶다. 비단 '논문' 형태가 아니더라도 새로운 저직을 꾸려야 한다는 요구 또한 결코 적은 부담일 수 없기 때문이다. 새로운 구상에서부터 새로운 착상, 새로운 내용 구성, 새로운 배열의 문제는 결코 작은 과제가 아니었다. 이 부담 때문에 본 저작 구상, 구성의 첫 단계에서 필자는 호기롭게 '한국 근대 문예 비평(사)의 원점론'으로부터 출발했지만, 매번 또 다른 논문 집필에 매달릴 때마다 새로운 강박관념과 의기 저상에 시달리지 않으면 안 되었다. 이 역시 동료의 많은 연구자들이 늘 다반사처럼 겪는 어려움의 공통 질환일 것이다. 엄밀한 의미에서 우리는 어느 만큼 또 어떻게 새로워질 수 있는가? 하늘 아래 새로운 것이 없노라고, 일찍이 성현은, 또 시인이 갈파했었지만, 그렇다고 모자이크만으로 하나의 신작을 안출해낼 수는 없다. 연구 업적들이 쌓여갈수록 새로운 논문 쓰기는 이래서 어려워진다. 필자의 집필 방식이 작가론, 즉 비평가론의 형태에 의존하면서도 비평사적 논쟁 사건 중심으로 줄곧 의제를 이끌게 됐던 것은 이런 뜻에서 하나의 궁여지책이었다고 보아도 좋다.

하지만 비평사적 논쟁 사건 중심으로 이 책 전체의 의제를 이끌게 된 연유에는 비평사를 바라보는 필자 나름의 또 다른 이해 시각의 요인 또한 깃들어 있다는 것을 여기서 밝혀둘 필요가 있겠다. 문학이, 그리고 문학 비평이라면 더군다나, 일반적 관심사로부터 멀어지고 있는 현실에서 그 역사를 생동감 있게 그려내는 방법에는 역시 사람 중심의 기술, 그것 외에 다른 방법을 찾기 어렵다고 생각한다. 이렇게 사람들이 뛰노는 문학 현장을 일반적으로 '문단'이라 지칭하고, 또 비평가들의 동네라고 해서 '평단'이라고 지칭하곤 해 왔는데, 이처럼 작가와 평론가들이 모여 있는 평단 내외에서 격렬하게 불꽃 튀기는 논쟁 사건이 빚어졌을 때, 이를 두고 우리는 문학사적 논쟁 사건이라 부르게 된다. 요컨대 문학사적으로 공론 중의 공론 사건, 혹은 그 형태로 빚어지는 사건을 우리는 문학사적 논쟁 사건이라 부를 수 있는 것이다. 따라서 작품 중심이 될 수 있는 시사, 혹은 소설시외도 다르게 비평사라면 모름지기 이러한 공론 중의 공론 사건을 취재하여 그것을 의제화함이, 그리고 그것으로 비평사적 흐름의 골간을 구성함이 당연히도 마땅한 인식 방법의 하나로 간주되어야 하지 않을까? 중요한 논쟁 사건들을 마디마디 매듭으로 삼아 비평사 전체를 관류하고자 한다는 점에서 이 책 전체의 제목에 '절요'의 어사를 붙이게 되었다.

한편 세상과 역사가 그런 것처럼, 세상엔 또 늘 사건이 많고 논쟁 사건 역시도 그렇다. 따라서 그 많은 사건들 중에서 어떤 사건을 중시하느냐에 따라 역사 기술과 내용은 달라지기 마련인데, 이러한 문제를 객관적으로 보완키 위해 기존에 인정받은 저명한 비평가들, 그 문학사적 비평가들의 행적을 좇는 작가론의 형태를 취해 자의성의 문제를 보충, 보안하고자 했음을 여기서 밝혀둔다. 물론 기왕에도 작가론(즉 비평가론)의 형태나 혹은 논쟁사 중심으로 비평사를 관류하고자 한 연구 업적, 그 시도의 작업들은 많았는바, 필자는 이 책 속에서 참으로 중요하다고 여겨지는 비평가, 그 쟁론 사건들만을 모아 1차로 '근대' 편을 엮게 되었음을 또한 미리 밝혀둔다. 물론 이 작업 속에서 빠진 유수의, 저명 비평가들 역시 많다고 지적할 연구자들 역시 많을 것이다. 생각나는 대로 우선 꼽아도 김환태, 최재서, 이원조⋯ 등등 많다. 이들 많은 소중한 이름들에 대해서 필자가 언젠가 제대로 된 조명의 빛을 비춰볼 날이 올 수 있기 바라며, 현재의 분량만 해도 하나의 책자로서는 부피가 작지 않기에 여기서 서둘러 하나의 매듭을 짓고자 하는 것이다.

또한 변명 삼아 첨언해 두자면, 필자가 오래 쟁여두고 출간하지 못하고 있는 글 중에 일제 말기의 문학사를 전면적으로 검토하고 분석하는 원고가 있다. 1930년대의 후반기에 펼쳐진 '순수-세대 논쟁'의 사건을 중심으로 문학사의 흐름, 그 중에도 경향 문학 세대 이후의 새로운 세대 등장을 중점적으로 조명한 글이 되겠는데, 이 글이 합해진다면 본고가 조금 소홀히 다루었다고 여겨지는 일제 말기 비평사의 형적이 조금은 더 구체적으로 해명될 수 있을 것이다. 또한 본 책자에서 '보론'의 한 형태로 「한국 근대의 민족(국가) 문학 담론사 개설」을 싣게 되었는데, 이로써 나머지 원고들로는 부족한 개화기 비평 담론의 형적이라든지, 일제 중기의 조선학 담론 대두의 맥락이라든지, 또는 해방 공간에서의 다양한 민족 문학 담론 대두의 현상들이 좀 더 자세히 폭 넓은 맥락 속에서 이해될 수 있기를 바란다. 특히 해방 공간의 비평, 그 비평사적 쟁론 사건들에 대해서는 언젠가 충분한 석명의 기회가 필자에게 주어질 수 있기를 바란다.

본서의 기능적 목적, 성격과 관련하여 한 가지 점만 더 첨언해 두자. '보론2'로, '비평이란 무엇인가?'의 물음에 대한 답변 형식의 글을 또 따로이 준비하게 되었음인데, 이것은 순전히 교육적 목적, 즉 교재로서의 기능 충족을 위한 목적성 때문이었다. 대학교육이 정상화되었다고 하리만큼 강의의 내실화, 그에 따른 적절한 교재의 구비 필요성 역시 커지기 마련인데, 대개의 대학 수업에서 비평 원론과 비평사를 따로 가르치기 어려운 것이 사실이다. 따라서 '비평' 개념에 대한 원론적 이해의 도모를 위해서 필자는 비평사적 관점에서 '한국 근대 문예 비평사의 원점' 설정을 위한 논의를 계발시켰던 것인데, 이것만으로 부족한 원론적 이해의 문제를 '보론' 형식의 물음으로 다시 한 번 설정하고자 한 것이다. 그동안 미흡한, 불충분한 교재로 불편을 참아준 학생들에게 이 자리를 빌려 고마움을 표하고자 하며, 이후 다시 2권의 '현대' 편, 3권의 '당대' 편 등으로 이어져 교재가 보완되리라는 것을 이 자리를 빌려 또 약속해 두고 싶다. 본 책자의 구성을 위해 그동안 애써 준 나의 학생들, 그 중에도 지강현, 홍래성 군 등에게 누구보다 먼저 고마움을 전한다. 그리고 안고수비(眼高手卑)를 늘 일깨워 주시는 여러 선배, 후배, 동학님들 모두에게도 함께….

서초동 우거에서
2015 을미년 벽두에

제1장

한국 근대 문예 비평의 원점(1)

1. 머리말

한국 근대 문예 비평사의 원점은 어디인가. 문예 비평사의 체계적 정리를 위해서 이 질문은 반드시 요청되어야 할 것으로 여겨진다. 출발점이 불확실하다면, 그 사적 이해의 체계 전부가 흔들릴 가능성을 안게 될 것이기 때문이다. 이 질문에 대한 대답이 그러나 의외로 간단치 않고, 몇 가지 심사숙고하지 않으면 안 될 검토의 과제를 안고 있음은 금방 생각해 보아도 알 수 있다. 우선 근대 지평과 전근대 지평의 구분 문제, 나아가 비평이란 무엇인가의 원론적 질문이 또한 이 물음과 관련되어 제기됨은 불가피하다. 그러니까 한국 근대 문예 비평사의 원점을 묻는 길은 근대 문화사의 원점을 묻는 길, 동시에 근대적 문예 비평이란 무엇인가의 물음을 묻는 길과 함께 나아있는 것이다. 이러한 문맥에서 우선, 근대 문화사 형성의 중요한 역사적 계기들로 인식되는 자국어 문화 의식 수립과 그 공공 영역 수립의 조건이 실증적으로 탐색될 필요가 제기된다. 요컨 대 자국어 문화 의식의 수립이 어떤 과정을 거쳐 이룩되었으며, 그 구체적 실현의 장으로서 한글을 매체로 한 근대적 공공 영역 수립, 즉 간행물의 발간이 어떤 역사적 이행을 거쳐 완비의 상태로 나아가게 되었는가 하는 점이다. 대략적이나마 우리 고전 문예 비평사의 맥락을 확인해두기 위한 의의로서도 우선 전대 비평의 몇 가지 문면 양상을 검토해 둘 필요가 있겠다. 조선조 후기 비평의식의 전개 양상을 간단히 추적해 보는 것으로 논의를 시작해 보자.

2. 한국 고전 문예 비평의 존재와 자국어 문화 의식의 대두

비평, 혹은 문예 비평을 어떻게 개념 규정하든 간에, 한국의 문학사, 혹은 문화사 속에서 비평적 담론이 폭넓게 존재해 왔다고 하는 것은 부인하기 어려울 것이다. '문학에 관한 담론', 혹은 '문예 작품에 관련된 이차적 언급'을 우리가 넓은 의미에서 '문예 비평'(Literary Criticism)이라고 지칭한다면, 적어도 고려말 이후, 조선조를 통해서 풍부한 문예 비평적 담론 실체들을 다양하게 확인할 수 있다. '문학에 대한 사상'이라는 의미로 한국의 문학 사상과 관련한 다양한 담론 실천의 유례들을 조동일은 일찍이 그의 『한국문학사상사시론』으로 정리한 바 있거니와, 최근 들어서 더욱 활발하게 집성, 정리되고 있는 고전 비평 사례의 목록은 한국의 고전 문예 비평사가 적막하지 않았음을 말해준다. 그 담론 실천의 범위가 주로 시화(詩話) 즉, 시론(詩論)에 치우진 것이어서, 오늘날 문예 비평에 대해서 기대하는 것 같은 폭넓은 담론 활동의 장으로서 다양한 사회적 실천성의 함의 같은 것을 발견하기는 어렵지만, 그렇다고 해서 고전 문예 비평이 천편일률적으로 틀에 박혔다거나, 고식적이라고만 하기도 어렵다는 것을 발견할 수 있다. 서구 문화사의 경우에도 대개 일반적으로 그러하였듯이, 비록 대부분 한시에 관련된 담론 실천의 양상이었긴 하지만, '시'로 통칭되는 보편적 문학 개념에 대해서 역시 나름의 보편적 견해를 제시하는, 그런 의미에서 시론이자, 동시에 문학론인 성격의 적극적인 문예 이론의 전개를 그들 비평적 담론들은 꾀하고, 실천하는 양상이었던 것이다. 『홍길동전』을 써서, 비교적 문예학적 관심의 폭이 넓었다고 할 수 있는 허균도 비평적 담론 사례로는 시화의 시론을 남겨 놓고 있을 뿐이며, 역시 마찬가지로 조선조 소설을 대표하는 국문, 혹은 한문 소설의 명편을 선보인 바 있는, 서포 김만중, 연암 박지원 등의 경우에도 그 비평적 언술의 총량은 적지 않으나, 시론 위주의 시화 개진 양상을 보이고 있다. 이들 중 한국적 비평 담론 개진의 백미의 대목이라 할, 김만중의 유명한 『서포만필』중 한 대목은 다음과 같이 선언하고 있다.

松江의 關東別曲과 前後美人曲歌는 우리나라의 離騷다. 그러나 그것은 중국 말로는 쓸 수 없기 때문에 다만 樂人들이 입에서 입으로 전수하거나 한글로 적어서 전해질 뿐이다. 어떤 사람이 七言詩로 關東別曲을 번역해 보았으나 잘 되지 못했다. 이 七言詩는 澤堂이 젊었을 때, 지은 것이라 하는 사람이 있으나 사실이 아니다. 鳩摩羅什이 이런 말을 했다. '印度에서는 일반적으로 辭華를 대단히 崇尙한다. 인도의 부처를 讚美하는 노래는 극히 아름답다. 이제 그것을 中國語로 번역하게 되면, 다만 그 意를 알 뿐이지 그 辭는 전하지 못하게 된다. 당연히 그럴 것이다. 사람의 마음이 입을 통해서 나타난 것이 말이고, 말에 節奏가 있는 것이 노래요 詩요 文章이요 賦다. 여러 나라의 말이 다르기는 하나 말을 잘 하는 사람이 있어서 각각 固有言語를 가지고 節奏를 맞추기만 하면, 다 충분히 天地를 움직이고 귀신에 통할 수 있는 것으로, 그것은 中國의 경우만 그런 것은 아니다. 지금 우리나라의 詩와 文章이란 固有한 言語를 버리고 남의 나라의 言語를 흉내내어 쓴 것이다. 설사 그것이 흡사해진다 하더라도 앵무새가 하는 사람의 말일 뿐이다. 그런데 나무 하는 아이들이며, 물 긷는 아낙들이 에헤야 데헤야 하며 和唱하는 것이 비록 비속하다고는 해도 그 眞僞를 따진다면, 士大夫들의 이른바 詩賦를 흉내내는 따위와는 같이 논할 수 없는 것이다. 하물며, 이 세 別曲에는 天機가 저절로 서려 있고, 夷俗의 陋俗性이 없음에랴─(최신호 역)[1]

조선 중후기에 속하는 시기의 글이긴 하지만, 하나의 비평적 판단과 입장 개진으로서 손색이 없는 비평적 담론 실천 양상임을 우선 확인할 수 있다. 나아가 서양의 근대 문화 전개 과정에 있어서 이정표적 사건으로 의미 부여되는 소위 '자국어 문화 선언'의 정신이 여기에 각인되어 있다. 송강의 시가에 대한 비평적 언급 중 한 대목이지만, 여기서 선언적 정신의 분명한 주체적 미학관이 피력되고 있음은 뚜렷이 확인할 수 있다. 다만 안타까운 것은 그가 이 선언적 정신을 한문의 문장에 실어 피력하였다는 점이다. 『구운몽』과 『사씨남정기』라는 걸출한 국문 소설들을 일궈놓은 사람이 위 저자, 김만중이지만, 시가로서는 국문 시가 한 편을 그는 남겨 놓지 못했고, 다만 한문 시가와 한문 비평의 담론들만을 그는 남겨 놓았다.

그 후대 사람인 연암 박지원의 경우에도 대개 사정은 비슷했다고 할 것이다. 시문 개혁의 필요성을 소리 높여 외쳤음에도 불구하고, 의사 표현의 수단으로서 그는 전적으로 한문 문장에만 의지하였고, 그 한문을 통한 언술 속에서 그는 중국과는 다른 한국 사람 독자의 표현 능력과 의식을 강조하였다. 다음 언술 내용을 보자.

산천, 風氣의 지리가 중국과 다르고, 언어, 謠俗의 시대가 漢唐이 아니다. 만약 중국의 수법을 본뜨고 한당의 문체를 답습하려고 한다면, 우리는 수법이 고상할수록 뜻이 실제로 비속하게 되고, 문체가 한당과 비슷할수록 말은 더욱 거짓이 되는 결과를 볼 뿐이다. (……) 우리나라의 방언을 문자로 옮기고, 우리나라의 민요를 운율에 맞추기만 하면 자연히 문장이 이루어지고, 眞機가 발현된

1) 최신호, 「김만중의 비평세계」, 『김만중 연구』, 새문사, 1998, 88~89쪽에서 재인용.

다. 답습을 일삼지 않고, 남의 것을 빌어오지 않고, 현재 있는 그대로를 가지고 온갖 것들을 표현해낼 수 있다.[2]

이처럼 자국 문화의 독자성에 대한 충분한 신념과 견식을 가졌으면서도 한문(漢文)에 의지하여 문자생활을 해 온 것이, 박지원 시대에 이르러서도 여전히 극복되지 못한 당시 우리 문화의 근대적 한계의 면모였다고 할 수 있다. 그러는 한, 즉 표현 수단을 한문에 의지하는 한, 위 필자가 주장하는 문체 의식의 근본적 변혁 역시 달성되기는 한계의 요인을 안고 있었다고 할 수 있다. 정조의 '문체반정' 교시에 의하여, 비록 형식적이고 의례적인 수준에서였다고 할망정, 왕의 교지를 받들지 않을 수 없는 형편이 전개되었다고 하는 것은 결국 문화사 전체의 한계로서 당대 역사의 전근대적 현실을 드러내 보인, 상징적 사건이었다고 할 수 있다. 근본적인 문체 혁신은 그러므로 문자 언어 자체의 개혁, 변혁 조건으로만 달성될 수 있었다고 할 수 있고, 근대적 공공 영역, 즉 근대적 언론 기관으로서 한글 신문의 성립조건을 근대 문화사 형성의 결정적인 조건으로 간주하지 않을 수 없는 이유가 여기에 있다. 같은 신문이라 하더라도, 한문을 표현 수단으로 했던 『한성순보』(1883)와 같은 신문을 근대 문화사 형성의 주된 계기로 삼을 수 없고, 『서유견문』(1894)의 발간 같은 것을 근대 문화사 형성의 한 결정적인 사건으로 인지, 평가할 수 없는 이유가 여기에 있다. 결국 순한글을 전달문자의 수단으로 한 『독립신문』(1896)의 발간을 우리는 우리 근대 문화사 형성의 한 결정적인 계기로 인정하게 된다.

3. 근대적 공공 영역의 성립과 개화기 담론 공간의 문예 비평적 발현 양상

3-1. 『독립신문』의 출현과 근대적 문화 의식의 대두

개화기 담론 실천 중, 오늘의 눈으로 볼 때 과연 문예 비평적 언술이라 할 만한 글들이 어느 만큼 산재하고 있느냐에 대해서는 앞으로 정밀한 검토와 논구가 가해져야 할 사항일 것이다. 문화사라는 포괄적 시야에서 개화기 공간에 대

---

2) 조동일, 『한국문학사상사시론』, 지식산업사, 1998, 324쪽에서 재인용.

한 연구는 아직 태부족의 상태에 있다고 여겨지기 때문이다. 사정이 이렇게 된데는 개화기 공간의 특수성과 그에 접맥된 연구 상황의 특수성 때문이라고 해야 할 것이다. 근대와 전근대라는 인식 지평의 교차 속에서 과도기적 담론 실천의 양상을 연출하고 있는 이 역사 공간은 아직 우리에게 대체로 미답의 연구 지대로 남아있다. 국가 존망의 위기 상황으로 치닫는 시대 형편이었던 만큼 분류사적 관점이 적용될 수 있을 정도로 안정된 담론 실천의 양상을 보이고 있는 것도 아니고, 그런 만큼 근대적 문화 양식이 정립된 단계에 있지 못했던 것도 사실이다. 따라서 막스 베버가 말하는, 근대적 의미의 사회적 영역 분화가 아직 제대로 정립되지 않은 단계의 사회 면모가 이 당시의 형편이었다고 할 수 있으며, 그래서 여러 모로 이 시기는 근대화에로의 과도기적 단계이면서, 근대적인 제도 기관의 역사적인 출현으로서의 의미가 보다 강조될 수밖에 없는 역사 단계의 면모를 보인 시대였다고 할 수 있다. 근대 문화와 근대 비평의 성립 요건으로서 하버마스와 테리 이글턴에 의해서 폭넓게 강조되고 있는 사회적 공공 영역의 수립이라는 의의가 강조되어야 하는 이유가 여기에 있다. 이런 시야에서 개화기 공간의 주목되는 사회적 공공 영역의 장은 일차적으로 토론, 연설회의 장이었을 것이지만, 이와 함께 산문, 잡지 등에서의 논설란의 기능 역시 빼놓을 수 없다. 연설회로서도 대표적인 것이 '독립협회' 주관으로 이루어졌던 '만민공동회'였던 것이지만, 신문으로서의 공공영역으로서도 『독립신문』은 그 효시적 기능을 발휘하였다고 할 수 있다. 『독립신문』의 문화사적 기능, 역할은 구체적으로 어떻게 발휘된 것일까.

근대적 공공 영역의 수립이라는 의의를 가지는 『독립신문』이 넛붙여 한글 문체의 공식화라는, 또 하나의 기념비적인 문화사적 의의를 함께 안는 것임은 췌언의 여지가 없는 사실이다. 실로 기적적으로 『독립신문』은 한글 신문으로서의 공공 영역의 실현을 이룩했으며, 이로써 자국어 문화 형성의 결정적인 토대조건을 마련하였다는 데 우리는 이의를 달지 않을 수 있다. 요컨대 근대적인 민족문화 수립의 기초 조건이 근대적 공공 영역의 수립과 자국어 문자, 즉 우리에게 있어서 한글 문자 매체의 수립에 있었다고 할 때, 한글 신문의 발간이라는 형태로서 서재필은 일거에 이 두 과제를 수행한 셈이라고 말할 수 있는 것이다. 하지만 이와 같은 기념비적 의의에도 불구하고, 우리 인식 관심에 의한 평가 대상의 구체적 항목이 되어야 하는, 근대적 문예 비평의 담론 실천이라는 국면에 있어서는 별달리 특기할만한 양태를 보여주지 못하고 있음도 부인할 수 없다. 우선, 한글 문체의 공식화라는 척도에 있어서 그것이 어떻게 자각적으로 자국어 문화 실천 기관으로서의 역할을 자임하고 있는지, 그 '창간사'의 일 절을 보아두기로 하자. 『독립신문』의 창간호(1896.4.7, 오늘날의 '신문의 날'은 이 날짜를 기념하고 있다)는 그 편집 방침의 뜻을 다음과 같이 피력하고 있다.

우리 신문이 한문은 아니쓰고 다만 국문(으)로만 쓰는거슨 샹하귀천이 다 보게 홈이라 또 국문을 이러케 귀절을 쎄여 쓴 즉 아모라도 이 신문 보기가 쉽고 신문 속에 잇는 말을 자세이 알어 보게 홈이라 각국에셔 사롬들이 남녀 무론학고 본국 국문을 몬저 뷔화 능통한 후에야 외국 글을 뷔오는 법도 한문만 공부 학는 사돍에 국문을 잘 아는 사롬이 드물미라 죠션국문학고 한문학고 비교학여 보면 죠션국문이 한문보다 얼마가 나흔거시 무어신고학니 첫적는 뷔학기가 쉬흔이 됴흔 글이요 둘적는 이 글이 죠션글이니 죠션 임민들이 알아셔 뷕스을 한문되신 국문으로 써야 상하 귀천이 모도보고 알아보기가 쉬흘터이라 한문만 늘써 버룻학고 국문은 폐흔 사돍에 국문만 쓴 글을 조선인민이 도로혀 잘 아러보지 못학고 한문을 잘 알아보니 그게 엇지 한심치 아니학리요 (……)[3]

국문의 중요함을 일깨우고 있는 그 기념비적 문화사적 자각의 양상만큼 그러나 문화 부면에의 분류적 관심 할당, 지면 할당은 꾀하지 못하고 있음이 또한 사실로 인정된다. 격일제로 발행되었던 총 4면의 면수 중 영문판과 광고면을 빼면 신문기사면 전체가 겨우 2면 징도에 불과한 것이고, 그 기사면 중에서도 가장 비중이 컸던 논설란을 제외하면, 관보 이외, 잡보란을 통해 처리되는 기사량이라는 것이 극히 소략하고, 그 잡보란의 기사라는 것도 오늘날의 기사 분류 개념에 의하면 '사회면' 기사에 해당할 것이 대부분이어서 문화 소식이랄 것이 거의 없는 형편이다. 그런 중에도 비중 있게 다뤄졌던 기사가 독자 '투고

3) 『독립신문』, 1896.4.7(창간호).

성격'의 '개화가사', '애국가사' 류들이었으며, 이와 같은 지면 운용 방식에 의거하여 당시 이 신문이 추구하고자 하였던 계몽적 기능과 의의가 나름대로는 성심껏 달성될 수 있었다고 할 수 있는 것이다. 그 지면 운용의 관심 성격이 어떤 것이었는지, 1896년 9월 5일자, 잡보란 기사를 통해 살펴보자. 잡보란 중간에 다음과 같은 기사가 보이고, 이어서 한 학생의 「익국가」 가사가 선보인 다음, 또 '빅저학당 교장 아편셜녀씨'에 대한 가사가 이어지고 있다.

○ 평양 보통문 안 학당 학도들과 대동안 안 학당 학도들이 빈노리를 ᄒᆞᄂᆞᆫᄃᆡ 빈머리에 국기를 ᄭᅩᆺ고 익국가들을 불으니 귀경 ᄒᆞᄂᆞᆫ 사람들이 그 노릭 ᄯᅳᆺ을 물으니 교수 모펫씨와 리길함씨와 ᄯᅩ 여려 션싱들과 학도들이 ᄃᆡ답ᄒᆞ기를 이 노릭ᄂᆞᆫ 나라를 ᄉᆞ랑ᄒᆞ고 빅셩을 위ᄒᆞᄂᆞᆫ ᄯᅳᆺ시라 즉 그 사람들이 무우 죠흔 노릭라 ᄒᆞ고 ᄯᅩ 학도들의게 뭇기를 너희 가가각 ᄆᆞ음에 싱각 나ᄂᆞᆫ대로 글ᄌᆞ ᄒᆞ나식을 불으라 ᄒᆞ니 학도들이 ᄃᆡ답ᄒᆞ되 ᄉᆞ랑이ᄌᆞ 밋들신ᄌᆞ 츙셩츙ᄌᆞ 효도효ᄌᆞ를 불으니 그 사람들의 말이 오날브터 하도들의 ᄒᆡᆼ신 ᄒᆞᄂᆞᆫ거슬 보겟다고 ᄒᆞ고 도라 갓다더라

○ 평양 학당 김종셥 익국가
광활 ᄒᆞ텬디간의 죠션국애 싱쟝ᄒᆞ여
우리인 싱삼겨나셔 의지식지ᄒᆞ여시니
부모은혜망극ᄒᆞ즁 대쟝부의당당ᄒᆞᆫ일
님금은혜더옥크다 츙효밧긋도잇ᄂᆞᆫ가
(……)

○빅셔학낭 교쟝 아편셜녀씨가 신문샤에 편지 ᄒᆞ엿기로 그 ᄉᆞ연을 긔록 ᄒᆞ노니 (……)4)

이처럼 모든 기사의 운용과 배치가 계몽적 관심 시야에서 다루어졌다는 것을 알 수 있고, 이 때문에 문학과 문화 현상 등에 대한 깊이 있는 탐색과 비평적 성찰은 지면상에 그다지 풍부하게 수용되지 못했다고 할 수 있다. '애국가사', '계몽가사' 류가 이 시기 문학을 대표하는 만치 이와 같은 가사문학에 대한 비평적 촌탁의 여지도 미처 의식되지 못할 정도로 망국의 위기적 정황에 직

4) 『독립신문』, 1896.9.5.

서의 문예 비평적 담론 상황이란 오히려 기대 난망의 현실이었다고 말할 수 있는 것이다. 다만 그럼에도 불구하고 오늘날의 개념으로 보면 '서평'에 해당한다고 볼 수 있는 기사류 등이 전혀 없었다고만 볼 수는 없는 것이니, 『독립신문』의 동년 9월 22일자 잡보란에 보면, 다음과 같은 기사가 나와 있고, 같은 내용이 동년 10월 8일자, 논설란에서도 마찬가지로 취급되어 있다.

> ○일본 류학 ᄒᆞᄂᆞᆫ 죠션 학도들이 친목회를 시작ᄒᆞ야 년보를 츌판ᄒᆞᄂᆞᆫ디 독립신문사에 년보 뎨이호를 보내엇ᄂᆞ디 본즉 국한문으로 셕근 칙이 이빅 쟛땅이 되고 그 쇽에 잇ᄂᆞᆫ 논셜과 각쇡 신문을 죠션 학도들이 지어 각쇡 학문샹 의론을 만히 ᄒᆞ고 외국 ᄉᆞ졍도 만히 긔록 ᄒᆞ엿ᄂᆞ디 이런 칙은 죠션 사ᄅᆞᆷ들이 처음으로 ᄆᆞᆫ든 거시라 이런 거슬 보거드면 죠션 사ᄅᆞᆷ들도 차차남의 나라 학도들 모양으로 학문샹에 유의ᄒᆞ고 치국 치민ᄒᆞᄂᆞᆫ 방칙에 ᄯᅳᆺ시 잇ᄂᆞᆫ 것 굿더라[5]

10월 8일자 논설란의 서두는 다음과 같이 되어 있다.

> ○일본 유학 ᄒᆞᄂᆞᆫ 죠션 학도들이 친목회를 모화 거긔 유학ᄒᆞᄂᆞᆫ 학도 즁에셔 일년에 ᄒᆞᆫ번식 년보를 츄판ᄒᆞ여 여러권을 친구들의게 보내엿ᄂᆞ디 우리 신문샤에 뎨일 뎨이호가 왓ᄂᆞᆫ지라 이 칙을 근일에 우리가 자셔히 넑어 본즉 그 쇽에 미우 지각잇ᄂᆞᆫ 말도 만히 잇고 말을 넑어 보면 죠션 학도들도 분흔ᄆᆞᆷ 이 나셔 죠션을 문명 진보ᄒᆞ랴ᄂᆞᆫ ᄆᆞᆷ도 잇ᄂᆞᆫ 것 굿고 ᄌᆞ긔 님군을 ᄉᆞ랑ᄒᆞ고 도탄에 든 동포 형뎨를 구완히 줄 셩각도 잇ᄂᆞᆫ 것 굿흔지라 우리가 ᄇᆞ라건디 (……)[6]

이처럼 하나의 책자에 대한 서평 계기의 글까지도 계몽적 의의와 그 목적의식에 입각하여 취급되고 있었음을 윗 문면을 보아서 알 수 있다. 시대 형편의 급박함과 그에 대처하기 위한 계몽직 열정이 얼마만큼 시급하고 열렬하게 타올랐던 시대인가를 알 수 있게 하는 대목이며, 이와 같은 내외의 현실 정황 속에서 오늘날과 같은 근대적 문예 비평의 담론적 형상은 적실하게 출현하기 어려웠음을 인지할 수 있다. 한국 근대 문예 비평사의 보다 구체적인 원점의 출

---

5) 『독립신문』, 1896.9.22.
6) 『독립신문』, 1896.10.8.

발 시기를 다음 시기로 미루어 획정할 수밖에 없는 이유가 여기에 있는 것이다.

3-2. 근대 비평의 토대 마련으로서의 1900년대 신문 지면의 활성화

1890년대와 1900년대의 문예 비평적 담론 양상을 자세히 천착한 김복순은 이 시기 문예 비평이 '서발비평(序跋批評)'의 양상으로 나타나고 있음을 우선 강조하고 있지만,[7] 책의 '서문'이나, 혹은 '발문' 형태로 이루어진 비평적 논급이 과연 공공 영역의 장을 무대로 이루어진, 본격적인 의미에서의 근대 비평적 양상이라 할 수 있는가에 대해서는 의문이 제기되지 않을 수 없다. 책의 서문, 혹은 발문의 장이 본격적인 의미에서 '공공 영역'의 장이라 하기 어렵겠거니와, 이를 통해 이루어진 비평적 논급이 근대적 성격의 실천적 함축을 갖춘 것인가에 대해서 의문이 제기되지 않을 수 없다. 가령 '서발비평'의 양상으로서 가장 주목할 만한 『화의 혈』 서언과 말미의 글을 보자.

무릇 쇼셜은 테적가 여러 가지라…… 샹쾌ᄒ고 악착ᄒ고 슯ᄒ고 즐겁고 위틱ᄒ고 우슙껏이 보도다 됴ᄒᆞᆫ 직료가 되야 긔쟈의 붓ᄉᆞᆺ을 다라 ᄌᆞ미가진진 쇼셜이되나 그러나 그 직료가 미양 옛스롭의 지나간 자최어나 가탁의 형질 없ᄂ 것이 열이면 팔구는 되되……이제 쏘 그와 굿튼 현금스롭의 실젹으로 花의血이라 ᄒᆞᆫ 쇼셜을 서로 져술ᄒᆞᆯ셔 허언ᄂ 랑셜은 한구절도 긔록지 안이 ᄒ고 명녕히 잇ᄂ 일동 일졍을 일호차착없이 편즙ᄒ노니긔쟈의 ᄌᆞ됴가 민첩지못ᄒ옴으로 문쟝의 광쳐ᄂ 황홀치못ᄒᆞᆯ지언졍 ᄉᆞ실은 젹확하야눈으로 그스롭을보고 귀로 그 ᄉᆞ졍을 듣ᄂ듯ᄒᆞ야 션악간 죡히 밝은거울이 될만ᄒᆞᆯ가 ᄒ노라

긔쟈왈 쇼셜이라 ᄒᆞᆫ 것은 미양 憑空捉影으로 인졍에 맛도록 편즙ᄒᆞ야 풍속을 교졍ᄒ고 샤회를 경셩ᄒᆞᆫ 것이 졔일 목적인죽 그와 방불 ᄒᆞᆫ 사실이 잇고 보면 이독ᄒᆞ시ᄂ 렬위부인시ᄂ의 진진ᄒᆞᆫ ᄌᆞ미가 일층 더싱길것이오 그 사롭이 회기하고 그 ᄉᆞ실을 경계 ᄒᆞᆫ 됴ᄒᆞᆫ영향도 업지안이ᄒᆞᆯ지라 고로 본 긔쟈ᄂ 이 쇼셜을 긔록ᄒᆞᆷ에 스스로 그ᄌᆞ미와 영향이 잇ᄉᆞᆷ을 바ᄅ고 쏘 바ᄅ노라[8]

---

7) 김복순, 「근대문학비평의 여명기」, 김윤식 외 편, 『한국현대문학사』, 현대문학사, 1989 참조.
8) 위의 논문, 54쪽에서 재인용.

'憑空捉影'이라는 유명한 구절이 여기에 나오고 있지만, 그 내용의 대부분은 작품에 대한 권유로서의 설명, 즉 널리 읽히기를 위한 자가 선전으로서의 작품 해명에 치중된 내용임을 알 수 있다. 이런 문면을 두고 본격적인 의미에서의 근대 비평적 언술이 출현하였다고 말하기는 어려울 것이다. 무엇보다 공공 영역으로서의 성격이 약한, 단행본 책자의 부수 담론으로서 출현한 글이기에, 자기 확대를 위한 강한 주관적 논평의 성격으로 글이 이루어진 것을 알 수 있다.

신문, 잡지 등의 보다 공공적 성격이 강한 지면에서도 1900년대는 그러나 여전히 문예 비평적 담론을 특화시킬 만한 사회적 여유, 혹은 근대적 성숙을 이룩하기 어려운 상태에 있었다는 것을 인식하지 않을 수 없겠다. 『독립신문』 이후로, 『매일신문』, 『뎨국신문』, 『황성신문』 등의 신문이 한꺼번에 터져 나온 것이 1898년이고, 그래서 1900년대라기 보단, 1897년 이래의 소위 광무개혁이 커다란 문화사적 진전을 가져온 것으로 인식돼야 할 일이지만, 『독립신문』과 함께 한글 표기를 따랐던 『매일신문』, 『뎨국신문』 등에서 더욱 구체적인 문화 양식적 분화 의미의 특별한 편집 노력이 가해졌다고 말하기는 어렵고, 이 사정은 국한문 혼용체를 취해 기본 노선으로는 개화 쪽을 취하면서도 상대적으로 보수적인 성향의 구 양반 선비계층을 겨냥하였던 신문, 『황성신문』의 경우에도 비슷한 양상으로 나타나고 있었다고 할 수 있다.[9] 신문 제작의 역량으로만 따지면, 외관상으로 『독립신문』에 비할 수 없는 눈부신 역량의 축적이 이 시기에 이루어졌다고 할 수 있지만, 여전히 제한된 지면 사정과 이 시기에 이르러 더욱 급박하게 돌아갔던 망국 위기의 나라 형편은 오늘날과 같은 문화, 문예식의 특화된 관심을 지면상에 배려하기가 어려웠다고 할 수 있다. 그렇더라도 이 시기에 간헐적이나마, 서평 류의 글들이 꽤 여러 편 실려 근대적 문예 비평의 개시를 향한 과도기적 의의 확보의 담론 실천 양상이 파편적으로나마 나타난다는 것은 매우 주목할 만한데, 가령 「근대나는 책을 평론」이라거나, 「독월남망국사」, 「독이태리삼걸전」 등의 글들은 하나의 평론으로서 방대할 뿐만 아니라, 오늘날의 서평에 방불하는 뚜렷한 독자 비평의 의식 속에 개진되는 양상을 취하고 있어, 김복순의 지적처럼, "비평의 장르적 전문화로 이행하는 초기적 양상을 드러낸다는 점에서"[10] 그 비평사적 의의가 뚜렷이 부여되어야 할 것으로

---

9) 이에 대한 자세한 연구로는 정선태의 『개화기 신문 논설의 서사 수용 양상』(소명출판, 1999)이 있으니 이를 참조.
10) 김복순, 앞의 논문, 58쪽.

볼 수 있다. 신문의 지면과 함께 『대한협회회보』, 『서북학회월보』, 『소년』 등의 학보, 잡지 등이 출현하여 문화적 공공 영역의 확대가 꾀해진 것도 이 시기 빼놓을 수 없는 문화사적 진전 현실로 인식될 수 있거니와, 미흡하나마 근대적 공공 영역의 수립과 함께 비평적 담론의 사회적 필요와 요구가 희미하게나마 지각되고 의식되기에 이르렀다는 것은 근대 문예 비평사라는 견지에서 1900년대가 이룩한 중요한 문화사적 진전 의의로 평가할 수 있다. 그렇더라도, 문예 비평이 갖는 특수한 장르적 분화에 대한 의식, 지각이 글 양식을 통한 사회적, 제도적 분화 정립 수준에로까지는 나아가고 있지 못함은 분명한데, 아직 근대적인 의미에서의 '문학' 개념의 분화까지가 제대로 인식되고 정립되지 못한 상태, 수준에 있었다는 것은 이 시기 문화사의 한계를 단적으로 보여주는 국면 양상이다. 문학 개념의 분화에 대한 인식이 다음 시기, 연대에 이광수를 필두로 한 일군의 근대적 문인들에 의해 나름대로 정립의 양상을 보이게 된다고 말할 수 있거니와, 한국 근대의 문예 비평사 전개라는 관심 척도에서 따라서 1900년대는 기껏해야 원점의 토대 마련을 위한 단계로 평가될 수 있을 뿐이지, 그 이상의 단계로까지 평가되기는 어렵다는 점을 함축한다고 평가할 수 있다. 신문 지면을 통해 당대적 의식, 혹은 인식의 수준, 면모가 어떤 양상이었는가를 알기 위해 여기서 '문학' 개념과 아무런 상관없이 하나의 책자에 대해 논평하고 있는 『황성신문』 소재의 글, 「논설:광문사신간목민심서」(1902.5.19)를 구체적으로 확인해두고 넘어가기로 하자. 실상 『황성신문』의 자매회사인 셈인, 출판사 광문사 발간의 책을 소개하고 의미화하고 있는 글이므로 엄격한 비평 정신의 발동 양상이라고 보기에는 난점이 있는 글이기는 하나, 입장이야 어찌 되었든 투철하고 매서운 비판 정신을 발양하는 데는 타의 추종을 불허하였던 이 시기 『황성신문』의 전망적 시선, 그 문화적 체질의 성격을 확인해 둔다는 점에서도 한 번쯤 음미해 볼만한 글이라 여겨진다. 실학사상의 맥락을 설명하고, 책의 의의를 논급하고 있는 글의 문체적 양상이 구래의 한문 투에 거의 흡사하다는 점이 이 시기 『황성신문』의 문화적 한계점을 단적으로 표징하고 있는 것인지 모른다.

國朝自中古以來로 言政治家者ㅣ 有金潛谷堉氏 柳磻溪馨遠氏 李星湖瀷氏

丁茶山若鏞氏 朴燕岩趾源氏 四五先輩ㅎ야 以經 政治學으로[11]

3-3. 근대 비평의 맹아적 양상으로서의 1910년대 문예 비평적 담론 실천
양상

가. 문학론의 전개―이광수의 경우

1900년대 말기부터 시작하여 1910년대의 한 시기를 종횡무진으로 통과하면서, 근대문학 초창기의 문학사에 뚜렷한 족적을 남긴 문인으로서는 우선 이광수를 지목할 수 있겠다. 마치 허허벌판의 땅에 초석을 놓듯이, 개인성으로서의 창작 주체의 정립과 근대적인 제도적 장치로서의 문학 개념의 수립을 향해 그가 남겨 놓고 있는 언설의 자취는 최남선조차 능가하는 정도이어서, 이 시기를 문단사적 인식으로 '2인 문단 시대'라고 부르는 것이 어법으로는 모순된 표현이라고 할 수 있으나―왜냐하면, '문단'이란 집단적 개념일 것이므로―, 적어도 사실적으로는 상부하여 틀리지 않은 인식이라 할 수 있을 만큼 식민지 시대 초반 그의 활동 폭은 독무대의 양상을 연출하고 있다(물론 그의 활발한 언술 활동은 식민지 체제의 지원과 전혀 무관하게 이루어지지 않은 성격을 지녔다는 점에서 역사의 냉엄한 평가 시선 아래서는 비판, 부정될 문제의 소지를 처음부터 안은 것이기도 했다). 문학사가 아닌 작은 분류사의 비평사적 견지에서도 그의 이름을 우선 뚜렷한 역사적 위치에 올려놓지 않을 수 없는 것은 그의 이와 같은 지속적 언설 활동의 자취 때문이라 할 수 있는데, 1900년대 말부터 1910년대에 걸치는 그의 문예 비평적 언술 자취의 목록만을 보더라도 사정을 짐작할 수 있겠다. 이 시기 그의 문예 비평적 언술의 주요 목록만을 밝히면 다음과 같다.

1) 「국문과 한문의 과도시대」(『태극학보』 21호, 1908)
2) 「今日我韓靑年과 情育」(『대한흥학보』, 1910.2)
3) 「문학의 가치」(『대한흥학보』, 1910.3)
4) 「문학이란 何오」(『매일신보』, 1916.11.10-23)

11) 정선태, 『개화기 신문 논설의 서사 수용 양상』, 소명출판, 1999, 137쪽에서 재인용.

5) 「懸賞小說 老選 餘言」(『청춘』, 1918.3)

여기서 우리는 이 시기 이광수의 비평적 언술이 주로 문학론의 개진에 집중되었음을 알 수 있다. '문학론'이란 말하자면, 근대적 제도적 장치의 일환이자 문화 형식으로서 '문학이란 무엇인가'를 밝히는 논의이며, 이와 함께 그것이 무엇을 할 수 있는가, 즉 그것이 가질 수 있는 사회적 기능성의 측면을 주로 탐색한 것이라 할 수 있다. 학생이 쓴 유치한 글의 양상이지만, 가장 먼저 쓰여진 글로서 「국문과 한문의 과도시대」는 문인 지망생답게 우선 문체의 문제를 취급하여 이제 조선인은 "한문을 전폐하고 국문을 전용할 것"을 주장한 글이라 할 수 있으며, 두 번째 '정육론'의 글에서 이미 그는 이후 그의 문학론의 핵심 골자로 발전하게 되는, '情'의 문학 사상과 유사한 관점의 '情'의 교육론을 펼치게 된다. 나중 쓰게 되는 「문학이란 何오」의 원형적 형태가 되는 「문학의 가치」론이 위 정육론의 관점과 흡사함은 다음 언술 내용으로 보아 짐작될 만하다. 그는 요컨대 '문학'을 "대개 情的 分子를 포함한 문장"이라 규정하고, "영어에 Literature, 문학이란 字도 또한 前者와 略同하다"고 말한 뒤,

> 일국의 흥망성쇠 부강빈약은 전히 기 국민의 이상과 사상 여하에 在 ㅎ노니 其
> 이상과 사상을 지배ㅎ는 者 학교교육에 有ㅎ다 홀다나 학교에셔는 다못 智나 學
> 홀디요 其外는 不待ㅎ리라 ㅎ노니 然則 何오. 曰, 문학이니라.[12]

라고 말하고 있다. 이는 문학이 '情'의 교육 기능을 수행함을 말하는 것이며, 그에게 있어서 '情'이란 말은 이로 보면, 지적 측면을 제외한 인간의 내면적 품성 전반을 지칭하는 말로서 이해되었음을 알 수 있다고 하겠다. 이와 같은 교육적, 계몽적 문학 관념이 보다 확대된 문학론의 글, 「문학이란 何오」에서 동일한 구조로 반복되거니와, 「懸賞小說 老選 餘言」까지도 이 문학론의 연장선상에서 쓰여진 글이라 할 만하다. 「懸賞小說 老選 餘言」은 다음 다섯 가지 사항, 즉 1) 순수한 시문체로 쓸 것, 2) 정성으로 쓸 것, 3) 교훈적이 아니고 예술적일 것, 4) 현실에 대한 의식, 5) 신사상의 맹아 등으로 응모자의 유의 사항을 적시하고 있는바, 문학 평가와 관련한 이러한 몇 가지 분석적 원칙 천명이 결론적으로

12) 『대한흥학보』 11호, 16쪽.

이 시기 이광수 문학론의 일관된 귀일, 혹은 발전의 결과로 나타났다는 것은 유념될 만하다.

근대 문학의 내용적 특수성과 그 사회적 기능성을 역설하고 있는 위와 같은 언술 활동의 역사적, 즉 비평사적 한계 성격이란 무엇일까. 그것이 근대적인 문학관의 적극적인 개진임에도 불구하고, 또한 「懸賞小說 考選 餘言」처럼, 일종의 비평적 원칙, 즉 평가 원칙의 개진이라는 차원에까지 나아간 양상임에도 불구하고, 추상적 원론, 원칙의 개진에 머무르는 것이었지, 실제 비평으로서의 작품에 대한 미학적 판단 문제에까지 논의를 확대한 것은 아니라는 점이 지적될 수 있겠다. 마치 일본 작가 나쓰메 소세키(夏目漱石)가 그러했던 것처럼, 그는 근본적으로 작가의 입장에서 문학론을 개술한 것이지, 비평가적 관심 안목과 실천 의식으로 문학 비평의 제문제를 논단하지 않았음도 비평적 언술 활동으로서의 그의 글쓰기의 한계적 성격을 지시하는 바라고 할 수 있다. 문학사 전체의 시야에서라면, 한국 근대 문학의 형성에 초석을 놓은, 그 공적이 높이 평가될 수 있고, 비평사의 견지에서도 그의 문학론 개진 활동은 분명히 지울 수 없는 공적을 낳은 것이라 할 수 있음에도 불구하고, 그의 언술 활동으로 말미암아서 한국 근대의 문예 비평사가 본격적으로 시작되었다고 말하기는 뭔가 개운치 않은 뒷맛이 남는 것은 이 때문이라 할 수 있다. 문학론의 개진이라는 양상으로는 좀 더 분화된 양식론을 전개하였던 시론의 김억, 황석우, 그리고 소설론에서의 김동인 등의 언술 활동을 지목할 수 있을지나, 이들 언술 활동에 의해서도 한국 근대 문예 비평사가 본격적으로 출발하였다고 말하기 껄끄러운 것은 같은 이치다. 어쨌거나, 이광수에서 좀 더 나아가 더욱 분화된 양식론을 펼친, 한국 근대문학 초창기 문학자들의 문예 비평적 언술 양상을 조금 더 자세히 살펴보도록 하자.

나. 시론의 선개—김억, 백대진, 황석우의 경우

장르론의 시야에서 볼 때, 1910년대는 소설론보다 시론에서 활발했다. 김억, 백대진, 황석우 등, 시인 겸 시론가들의 등장이 이 점을 말해준다고 할 수 있으며, 무엇보다 서구적 근대시 형식의 수용과 그 시론의 소개에 앞장섰던 문예전문 주간지, 『태서문예신보』의 등장은 이 시기 근대시 개념의 활발한 대두 현실을 말하는 것이다. 문학사든, 혹은 문화사든, 혹은 비평사의 시야에서든 무엇보다 강조돼야 할 점은 이 사실, 즉 문예 전문 저널로서의 『태서문예신보』가 이 시기에 발간되었다고 하는 점이겠는데, 이로써 '문예' 개념의 사회적 분화가 제도적으로 가시화되기에 이르렀다고 말할 수 있기 때문이다. 이 『태서문예신보』에 실렸던 기사 등을 중심으로, 1920년에 이르기 전, 그러니까 1910년대의 시기에만 한정하여 이때, 김억, 백대진, 황석우 등이 발표한 비평 성격의 글들을 목록화해 본다면, 다음과 같이 정리될 수 있다.

*김억
1) 「예술적 생활」(『학지광』, 1915.8)
2) 「노서아의 유명한 시인과 19세기의 대표적 작물」(『태서문예신보』, 1918.10)
3) 「소로굽의 인생관」(『태서문예신보』, 1918.11~1919.1)
4) 「프란스 시단」(『태서문예신보』, 1918.12)
5) 「시형의 음률과 호흡」(『조선문예』, 1919.2)
*백대진
1) 「현대 조선의 자연주의 문학을 제창함」(『신문계』, 1915.12)
2) 「신년 벽두에 인생주의 파 문학자의 배출을 기대함」(『신문계』, 1916.1)
3) 「문학에 대한 신 연구」(『신문계』, 1916.3)
4) 「최남선 군을 논하고 동시에 조선의 저술계를 일별함」(『반도시론』, 1917.5)
5) 「최근의 태서 문단」(『태서문예신보』, 1918.10.11)
6) 「생의 진실」(『태서문예신보』, 1918.11)
*황석우
1) 「시화」(『매일신보』, 1916.9.22)
2) 「조선 시단의 발족점과 자유시」(『매일신보』, 1919.11.10)

이와 같은 목록 양상은 반드시 시론만이 아니고, 또 해외 문학계에 대한 소개의 글이 주로 많은 양상을 띠고 있긴 해도, 이 시기에 비평적 언술의 사회적 수요가 증대되었다는 것을 뜻하고, 그 문화적 관심은 주로 근대시 양식과 관련한 새로운 형식 도입과 정신수용의 양태로 나타났음을 알 수 있다. 이 시기에 이르러 우리의 문화사 속에 근대적 문예 비평 형성을 위한 토대 조건이 뚜렷이 마련되고 있었다는 판단은 이와 같은 사회적 실정 감안에 근거한다고 말할 수 있다.

다. 소설론의 전개—김동인의 경우

소설론의 국면 역시 비슷한 양상을 보이게 된다. 단형의 근대시 양식 개념과 달리 근대소설의 양식적 개념이란 보다 복잡한 것이어서 근대적인 시론 전개 양상과 비교하여 시기적으로 조금 늦고, 이론가 역시 김동인의 경우로 국한되는 양상을 보이기는 하지만, 이 역시 1920년대로 넘어가면 기하급수적인 증가 양상을 보이게 된다. 다만 소설론적인 글로서 그 최초의 언술이라 할 수 있는 김동인의 「소설에 대한 조선 사람의 사상을」(『학지광』, 1919.1)이 이미 1910년 대에 출현하고 있었기에 그 비평사적인 시기적 개시의 의의를 이 단계에 부여해 보는 것인데, 실상 연대 단위에 의한 시기 구분이라는 것이 결정적인 역사학적 의미를 가질 수는 없고, 사건 중심의 시대 구분 논법이 역사학적으로 보다 타당한 기술적 의의를 가질 수 있다고 할 때, '3.1운동'을 결국 우리 근대사 전개의 결정적인 고비의 사건으로 삼는 일반, 보편의 역사학적 시대 구분 논법 속에서 우리의 문화사, 혹은 비평사의 전개 역시 동궤의 궤적을 갖는 것으로 파악될 수 있다는 점을 다시 한 번 확인하고 깨우칠 수 있는 것이다. 이밖에 기타의 언술적 자취 또한 물론 전혀 없는 것은 아니다.

라. 기타 비평적 언술

1910년대에 남겨진 비평적 언술의 자취를 일별하고자 할 때, 빼놓을 수 없는 사실의 하나는 이 시기에 하나의 실제 비평, 즉 독후감 비평의 양상이 나타났다는 점이라고 하겠다. 비록 전문직 비평가에 의한 언술 개진은 아니더라도,

『무정』에 대한 독후감인 金起瀍의「「무정」122호를 독ᄒ 다가」(『매일신보』, 1917.6.15)가 출현한 것은 다음 1920년대의 단계에서 본격적으로 출현하게 되는 소위 '월평' 양식 글들의 한 신호탄으로서의 의미를 가진 글이라 할 수 있는 것이다. 글 자체가 가진 의의로서보다도 이와 같은 글의 출현 또한 당대 사회의 비평적 수요 조건의 성숙을 의미하는 사건으로 볼 수 있어, 다음 단계 한국 근대 문예 비평사의 본격적 전개가 우연이 아니었음을 추단케 하는 한 근거가 되는 것이다. 사회적 조건의 이와 같은 성숙과, 3.1운동으로 말미암아 마침내 터져 오르게 된 문화적 표현 의지의 분출, 혹은 일본 총독부 당국 스스로의 정책 전환 속에서 이루어진 '문화 정책'의 확대로 말미암아 가능케 된 여러 문화적 공공 영역들의 출현은 근대적 형식의 문예 비평적 담론 공간을 일거에, 비약적으로 확대시킴으로써 한국 근대 문예 비평사의 본격 출발을 알리게 된다. 이제 그 출발의 원점이 구체적으로 어느 지점에 상정되어야 하는가를 자세히 살피도록 하자.

4. 근대적 문예 비평 의식의 대두와 논쟁의 성립

4-1. 동인 문단의 성립

『창조』로부터 시작하는 1920년대 전반기의 우리 문학사를 '동인지 시대'라 부름이 전혀 어색하지 않을 정도로 3.1운동 직후 우리 문학사는 동인지들의 속출, 병립 시대를 맞는다. '동인지' 내두의 의미는 결국 '문단의 성립'으로 모아질 수 있다. 말하자면 문인 사회의 성립이며, 이에 따라 독자 집단 역시 구체화되는 것이다. 근대적 의미의 '공공 영역'이라는 것이 사실상의 공공 대중, 문학의 경우에 즉 생산자로서의 문인 집단과 소비자로서의 독자 집단의 구체적인 출현을 전제로 하고, 그것을 사회적 기반으로 하여 수립될 수 있다고 할 때, 문학적 공공 영역의 근대적 수립이 3.1운동 단계에 이르러 가능해졌음을 알 수 있다. 그 발양과 신장은 그야말로 우후죽순 격이고, 기하급수적인 양세를 띠었던 것이다. 19살, 동경 유학생들의 다분 치기로 발의된 것이 『창조』라 할 수 있고, 우연히도 그것은 2.8선언 직전, 창간호를 본 양상이 되었지만, 3.1운동의 급류와 함께 이것이 끼친 문학사적 공적은 혁혁하다. 9번에 걸쳐 지속적 발간을 보고, 이후 『영대』로까지 그 후속의 그림자를 지속했거니와, 소위 '평양 문단'의 성립이 이로서 가능해졌으며, '폐허' 문단, 곧 '서울 문단'의 형성이 이로부터 촉발되었다. 근대적 공공 영역이란 비단 국회나, 신문, 잡지 같은 전국적 언론기관만을 뜻하는 것이 아니라, 커피 하우스, 살롱 같은 보다 사적 영역의 담론 공간도 의미한다는 점에서 이와 같은 '문단' 공간의 출현은 근대 비평 발생의 구체적이며 결정적인 토대 마련으로 해석될 수 있는 것이다. 문학 형성의 이 구체적인 토대 조건 마련 위에서 근대 비평의 정수라 할 실제 비평의 맞부딪힘이 발생했고, 한국 근대의 문예 비평사가 이로부터 본격적으로 출발했다고 말할 수 있는, 그 원점의 지대가 마련되었던 것은 우연이 아니다. '폐허', '창조' 파의 대표자들이라 할 수 있는 염상섭-김동인 사이의 불꽃 튀기는 비평 쟁론이 이로부터 발동되었던 것이다. 이 쟁론이 한국 근대 문예 비평사의 원점으로 새겨질 수 있는 것은 그것이 단순히 실제 비평의 맞부딪힘 양상일 뿐 아니라, 비평에 관한 여러 원론적 문제들을 제기하고 있다는 점에서 또한 그러한데, 이와 같은 파장과 진폭의 크기라는 면에서 이후 어떤 비평사적 쟁론과 비교해서도 뒤떨어지지 않는 함축의 음영을 그것은 드리우고 있는 것이다. 이의 전개 양상과 그 배경을 간략히 살펴보자.

4-2. 실제 비평의 탄생—비평 기능론과 무용론의 대립

이론 비평이 아니라, 실제 비평, 즉 작품과 작가를 놓고 벌이는 실제적인 평가의 쟁론이 곧 비평의 본질이라고 말하는 것은 비단 근대 사회에서만이 아니라, 모든 역사적인 단계를 통해서 비평의 본질은 곧 평가, 즉 미적 가치 판단의 방식으로 작용하는 것임을 인식하기 때문이다. 한자어로서의 '判'의 개념이 그렇고, 서양적인 어원을 가진 말로 'criticism'이라 하는 것도 비로 그러한 것이라 생각된다. 요컨대 '비평'이라는 말의 본래 의미가 '비교 평가'에 있으리라는 점을 염두에 둘 때도 사정은 마찬가지가 되는 것이다. 결국 비평적 의식과 행위 동기란 어떤 미적 현상에 대한 가치 판단의 자리에 설 때 강력하게 솟아오르는 것이다. 이를 통해 감수성의 조정이 이루어지며, 마침내 한 사회의 문화 장력이 이루어지며, 결정된다고 말할 수 있는 것이다. 창작자의 입장에서 비평 무용론의 개진도 있을 수는 있겠지만, 작품 행위, 곧 창작 실천을 부양하는 의미, 기능까지도 비평이 수행한다는 점에서 근대 사회는 한편 비평의 제도화로 특징 지워지는 사회라고도 할 수 있으며, 이를 통해 모든 문화적 행위들에 대한 가치 평가와 위계질서의 부여가 가능해졌던 것이다. 이는 한편으로 산업사회적인 생산력의 증대로 말미암아 가능해진 현실이라고 하거니와, 생산자인 작자와 소비자인 독자 사이를 중개하며 작동하는 오늘날 비평의 사회적 기능에 대해 맹목인 사람은 이제 별로 없을 것이다. 그 실제 비평, 비평적 실천이 말 그래도 매번 '위기(crisis)' 속의 실천적 성격을 갖는다는 것을 염상섭-김동인 사이의 논쟁은 잘 보여주며, 이로부터 여러 가지 비평의 원론적 문제가 검토되었다. 당초 염상섭(霽月)이 金煥의 단편소설, 「자연의 자각」(『현대』, 창간호)에 대하여 그 독후감을 쓴 것이 발단이 되어 시작된 이 논쟁의 경과를 우선 보이자면 다음과 같다.

1) 염상섭, 「白岳氏의 「自然의 自覺」을 보고」(『현대』 2호, 1920.2)
2) 김동인, 「霽月씨의 評者的 價値를 論함-「自然의 自覺」에 대한 評을 보고」(『창조』 6호, 1920.5)
3) 염상섭, 「余의 評者的 價値를 論함에 答함」(『동아일보』, 1920.5.31-6.2)
4) 김동인, 「霽月씨에 對答함」(『동아일보』, 1920.6.12-13)
5) 염상섭, 「金君께 한 말」(『동아일보』, 1920.6.14)
6) 염상섭, 「月評」(『폐허』 2호, 1921.1)
7) 김동인, 「批評에 대하여」(『창조』 9호, 1921.5)
(관계 논설: 金惟邦, 「作品에 대(對)한 評者的 價値」(『창조』 9호, 1921.5)

이상 3차에 걸쳐서 논전이 전개되었으며, 총 7회의 글이 이 계기로 왕래되었음을 알 수 있다. 객관적인 위치에서 이 논전을 계기로 제기된 비평의 원론적 문제들을 폭넓게 검토하고자 한 金惟邦의 글, 「作品에 대(對)한 評者的 價値」(『창조』 9호)까지를 포함시키면, 이 논쟁의 직접적인 파문조차 간단치 않은 것이었음을 알 수 있다. 결국 비평의 필요성, 즉 비평의 본원적인 가치 문제 제기로부터 다양한 방법론적 입장의 대립, 검출에 이르기까지, 비평에 대한 인식의 제고가 이 논전을 계기로 싹트게 되었음을 알 수 있다. 이 논쟁을 한국 근대 문예 비평사의 본격적인 출발점, 원점의 지대로 삼을 수 있는 이유가 여기에 있는 것이다.

단순히 논쟁만을 표지로 삼자면, 황석우와 현철 사이에 오간 '몽롱체' 시비라는 것도 있었고, 또 시기적으로 조금 늦은 것으로 월탄 박종화와 안서 김억 사이에 오간 시평(詩評) 논쟁 등이 있었지만, 단순히 논쟁의 사실만으로 그러니까 염상섭-김동인 사이의 논전 의미는 치환되지 않는 것이다. 바야흐로 비평이 무엇인가, 문학 속에서 비평의 기능과 위치에 대한 폭넓은 인식과 그 바람직한 존재 방식에 대한 탐구가 이로부터 가능해졌다는 것을 알 수 있다. 물론 이는 비평 성립의 사회 문화적 토대로서, 근대적 공공 영역의 수립과 궤를 같이 하는 사실이며, 두 사람 사이의 논쟁 자체가 『현대』, 『창조』, 『동아일보』, 『폐허』 등 여러 지면에 걸쳐 폭넓은 궤적의 양상을 보인 것은 이 사회적 토대의 성숙 조건을 단적으로 보인 것이라 할 수 있다. 이처럼 하나의 비평사적 사건으로서 염상섭-김동인 논쟁이 불러일으킨 파장과 그 근대적 함축의 의미는 컸다. 논쟁과 관련된 그 배경 문맥만을 이와 같이 검토하여, 그것이 한국 근대 문예 비평사의 본격적인 출발의 지점, 원점의 지대로 설정될 수 있다는 점만을 일단 확인해두고, 이 논쟁의 추이에 대한 자세한 검토의 작업은 다음 기회로 넘겨야 하겠다. 우리가 여기서 역사적 원점의 지대를 확인해 본 것 역시 연구의 출발점 마련을 위한 것이지, 실증주의적 역사 논의들이 곧잘 빠졌던 소위 '효시'라는 것의 확인을 위한 인식 관심과는 전혀 다른 것이다. 달리 말하면 한국 근대의 문예 비평사가 본격적으로 개시되고, 그것이 연구할만한 가치의 지대로 접어드는 것이 어느 때인가를 확인하고자 한 것이 본고의 인식 관심이었으며, 이제 이 확인 위에서 다음 우리의 연구 성과가 축적되지 않으면 안 될 것이다. 후속 직업을 필히 다음에 기약해야 히는 이유가 여기에 있다.

5. 결론—요약 및 남는 문제

지금까지 살핀 것처럼, 한국 근대의 문예 비평이 고전 문예 비평과는 구분되어 어느 시점에서 절대적으로 시작되었다고 볼 이유는 없다. 다만 근대와 전근대 사이의 폭넓은 단절의 양상이 근대 문화사만의 독자적인 기술을 가능케 한다고 말할 수 있는 셈이다. 그렇더라도 우리 고전 문화사의 전통에 대해서 더 자세히 알고 이해함으로써 우리 문화사 전체를 통시적으로 설명하려는 노력은 긴요하다고 보며, 본고 역시 이러한 관심 시야에서 조선조 문예 비평의 개략을 살피며 그것이 근대 비평과 다른 점이 무엇일까를 생각해 보았다. 결국 근대의 문화 의식과 전대의 문화 의식의 차이로 설명되어야 할 일이지만, 무엇보다 한문 문체와 근대 한글 문체 사이의 준별 문제가 여기에 가로놓여 있다는 점을 확인한 셈이며, 그럼에도 불구하고 서포 김만중과 연암 박지원의 비평적 언술 중에서 우리 독자의 문화사를 지향한 민족 문화 의식의 단초가 발견된다는 점을 다시 한 번 확인해 보았다.

근대 비평이 그 사회적 토대로서 근대적 공공 영역의 출현 문제와 긴밀히 얽혀 있다는 점에서 개화기 시기의 매체 현실로 우선『독립신문』을 검토해 보았다. 독립신문은 한글 문체를 공식 언어화하고, 띄어쓰기를 정립했다는 큰 문화사적 의의를 갖거니와, 그러나 불행히도 문예 비평의 장에서 특기할만한 담론적 실천 국면을 보여주지 못한다는 점은 아쉽게 확인되는 바라 하겠다. 이후 1898년부터『매일신문』,『뎨국신문』,『황성신문』등이 창간되어 우리 근대 문화사에서의 공공 영역의 출현을 확고히 확인시켜 주는 것인데, 그럼에도 불구하고 국한문 혼용체의 문체 양상을 보여주는『황성신문』의 경우, 혹은 다른 신문의 경우에도 문예 비평의 문화적 확립이라 할 만한 양상은 두드러지게 나타나지 않는다는 점을 마찬가지로 확인할 수밖에 없었다. 소위 '서발비평'이라 하는 것이 근대적 공공 영역과 무관하게 이루어진 것이라 하면, 이를 근대 비평의 본격 개시라 볼 근거는 없고, 이러한 비평적 상태, 수준은 1910년대까지도 이어진다. 비록 이광수의 비평적 언술이 연이어 나타나고, 김억, 황석우, 백대진 등의 시론적, 혹은 문학적 담화가 1910년대 중, 후반에 연속적으로 나타나고, 또 김동인의 소설론, 독자 비평의 양상이 출현하지만, 이들을 근대 비평의 결정적인, 혹은 본격적인 개시 표지로 삼기에는 한계가 있는 양상들이기 때문이다. 이 때문에 한국 근대 문예 비평사의 본격적인 출발은 조금 시기를 늦춰 잡은 1920년대 초두에 이루어지는 것으로 봐야 한다고 본고는 주장하는 셈이거니와, 그 결정적인 단초 근거는 적어도 3차에 걸쳐서 논란의 왕복이 전개되었던 염상섭-김동인 논쟁으로 삼아지며, 이는 문자 그대로 '비평 논쟁', '실제 비평의 논쟁'이라 이름할 수 있을 정도로 문예 비평 전반에 걸친 원론적 문제들을 다분 거느리고 함축한 양상을 띠었던 것이다. 물론 그보다도 사회, 문화적 시야에서 1918년 문예 전문지, 『태서문예신보』가 출현하고, 또 동인지 『창조』가 출현함으로써 이후 동인지 시대가 열리고, 또 『동아일보』, 『조선일보』 등의 민족지, 그리고 『개벽』 등의 종합지가 출현함으로써 근대적 문학 공공 영역이 확고히 성립하고, 이로써 '문단' 혹은 '평단'이라 할 수 있는 생산자 집단, 혹은 소비자-독자 집단으로서 문학적 공공 대중이 확실히 출현하게 되었다는 사실이 이와 같은 역사적 판단의 배경적 근거가 된다고 할 수 있고, 바로 그와 같은 시대적 배경 속에서 입장을 달리하는 한국 근대 문학 초창기의 두 문인, 염상섭-김동인의 논쟁은 바야흐로 한국 근대의 문예 비평사 전개의 분명한 출발점, 원점의 지대를 이루었다고 할 수 있는 것이다. 이 논쟁을 포함하여 이후 비평사의 구체적인 전개에 대해서는 다음 고를 기약하여 살피기로 한다.

참고문헌

『독립신문』, 『동아일보』, 『창조』, 『폐허』, 『매일신보』, 『대한흥학보』 등의 신문 및 잡지.

김열규, 신동욱 편, 『김만중 연구』, 새문사, 1983.
김용직, 『한국근대시사』, 학연사, 1996.
김윤식, 『한국현대문학비평사』, 서울대학교 출판부, 1982.
_____, 『한국근대문예비평사연구』, 일지사, 1974.
_____, 『이광수와 그의 시대』, 한길사, 1986.
김윤식 외, 『한국현대문학사』, 현대문학사, 1989.
_____, 『한국문학개관』, 어문각, 1987.
백철 편, 『비평의 이해』, 현음사, 1982.
전기철, 『한국현대문학비평입문』, 느티나무, 1999.
정선태, 『개화기 신문 논설의 서사 수용 양상』, 소명출판, 1999.
조동일, 『한국문학사상사시론』, 지식산업사, 1988.

테리 이글턴, 유희석 역, 『비평의 기능』, 제3문학사, 1991.

제2장

신채호 언설의 비평사적 의의와 특질

1. 머리말—한국 근대 비평사 연구의 결락 지대

단재 신채호가 누구였는가에 대해서 여러 가지로 대답할 수 있겠지만, 사회적 인간으로서의 그의 인격적 자질을 배태한 모태는 '언론인(기자)'이었다. 근대적 인간은 무엇보다 자신의 사회적 기능에 맞춰 자신의 전 인격을 조정해 나간다는 '시스템' 이론[1]에 비추어 보아서 그렇거니와, 단재 자신 이 점을 잘 인식하여 법정에서의 인정심문에 스스로 '신문기자'라고 밝혔던 것이며[2], 또한 문필인으로서의 그의 모든 사회적 글쓰기가 대부분 언론 매체를 통해 발표되는 양상을 보였다는 점에서 바로 그렇게 인식되지 않으면 안 되는 것이다. 그러니 단순히 직업적 인간으로서의 그의 인격적 본성이 무엇이었는가를 묻는 우리의 인간학적 관심 속에서가 아니라, 그의 글쓰기의 본체가 무엇이었는가를 묻는 우리의 문예학적 관심 속에서도 역시 우리의 인식적 관심은 신채호의 모든 글쓰기를 일차 신문(저널리즘) 지상에서 시시각각으로 떠오르는 논설적 주제에 대해 그것을 (망국을 눈 앞에 둔 위기 상태의) 국가적 지식인의 입장에서 반응한 비판적, 비평적 글쓰기의 일환 성격으로 규명해 두지 않으면 안 된다고 사료된다. 물론 이것은 결코 신채호의 글쓰기에 대한 폄하된 인식을 반영하여 던져진 규명, 규정일 수 없다. 오히려 그의 글의 사회 실천적 기능과 성격을 감안하여 던져두는 발언이고자 하거니와, 지금으로선 상상도 할 수 없는 20대 후반의 나이에 그가 당시 『대한매일신보』 지상의 논설기자로서 주필의 역할을 담당하리만큼 뛰어난 문필인이자, 언론인, 논객이었음[3]을 우리는 강조할 필요가 있다. 오늘 남겨지고 있는 『단재신채호전집』을 열람해 보면, 그 이후의 그의 모든 글쓰기 또한 『대한매일신보』 논설기자(주필)의 연장선상으로부터 비롯된 것임을 알 수 있고, 한 번 무엇이 영원한 무엇이라는 말처럼, 대한민국 대표 신문의 논설기자를 한 번 역임한 뒤, 그는 말하자면 영원히 대한민국 대표 신문의 정신적 주필 역할을 보전해 나갔던 셈이라고도 할 수 있다. 적어도 자의식적 측면, 의식적 측면에서 그러했다고 볼 수 있는 것이다. 합방 전야의 망명

---

1) 土方透・松戸行雄 共編輯, 『ルーマン, 學問と自身を語る』, 新泉社, 1996, 3장 참조.
2) 신채호, 『丹齋申采浩全集』下, 형설출판사, 1979, 431쪽(공판기록) 참조. 이하 『전집』이라 표기한다.
3) 신채호의 전기적 사실에 대해서는, 慎鏞廈의 『申采浩의 社會思想 硏究』(한길사, 1984) 중 제1장 「申采浩의 生涯와 業績」이 비교적 자세하지만, 일관된 인격적 해부와 성찰의 시각은 미흡한 것으로 보인다. 『대한매일신보』의 '주필'이었다는 일각의 설에 대해서도 신용하는 단순히 '논설기자'였다는 정도로 이해하는 것 같다. 신채호 자신의 자기 생애에 대한 인식을 알 수 있는 '공판기록', 혹은 자전적 기술의 글들이 이 경우에 유력하게 참조될 필요가 있는 것 같다.

과 함께 그가 국사학자로서의 소임을 자임하고, 결국엔 무정부주의의 실천적 투사로서 생을 마치게 되었지만, 이 모든 생의 궤적이 대한민국 대표 언론인으로서의 투철한 자기 인식의 면모와 크게 구분될 수 있는 성질의 것이 아님은 물론이다. 1910년대 후반 이후 총독부의 기관지 지면을 빌려 그 식민지 나라의 대표 소설가이자 편집국장의 지위를 지켜나갔던 이광수의 행적과 이는 비견되고 대조되는 족적이 아닐 수 없다. 그처럼 대표 논설기자, 정신적 지주의 전체적 지식인으로서의 자신의 역할 인식이 그로 하여금 당대 인간세의 모든 방면, 특히 학술과 문화의 부면에 걸쳐서 다양한 언술의 흔적들을 남겨놓게 했고, 이는 문학적 방면의 경우에 있어서도 예외가 아니었다. 그리하여 그를 비록 한 사람의 '문예 비평가'로만 단정하고 대접함은 그의 인격적 면모를 축소시킬 우려가 있는 것이겠지만, 그렇다고 그가 한 지식인, 언론인, 묵객으로서 문학 비평의 영역에도 특기할 만한 족적과 업적을 남겼다는 사실을 우리가 과소평가할 이유는 없을 것 같다. 어떤 점에서 그는 이 땅에서 (근대적 의미의) 전문직 (문예) 비평가가 출현하기 이전, 근대 비평을 향한 과도기 가교로서의 역할을 충분히 담지하여 그의 비평적 언설들을 출산하여 놓았음에도 불구하고, 그 동안 한국 근대의 문예 비평을 사적(史的)으로 연구하는 연구자들의 연구 의식, 내면 의식 공간 속에서는 그의 자리가 너무 쉽게 지워지거나, 애써 몰수되는 연구사적 관행이 반복, 답습되어 온 것 같다. 오늘날의 분과적 인식 체계가 감당하기에는 너무 큰 그릇이었기 때문이었을까. 근대성 미달의 이유 때문이었던 것일까. 혹은 '근대 문학' 자체의 성립을 뿌리로부터 뒤흔드는 듯한 그의 근본적 민족주의의 강렬한 비평적 입장 때문이었던 것인가. 혹은 단순히 연구자 자신들의 게으름과 불성실 때문이었을까.

이유가 무엇이든지 간에 필자까지 포함하는, '한국 근대의 문예 비평사'라는 연구 영역의 그 동안의 개척자, 개간자들에게 단재 신채호의 저 광석 같은 전체적 지식의 담론은 그 자체로 달가운 것이 아니었을 뿐만 아니라, 나아가 애국계몽기, 더 나아가서는 개화기의 언설사 전부를 비평사의 인식 영역 속에서 추방하고 내동댕이치는 결과를 빚어오지 않았던가 서둘러 반성해 두지 않으면 안 되겠다. 자신의 연구 영역이 아니면 어떤 것도 돌아보지 않는다는, 저 근대적 무심의 초탈한 전문 지식꾼들에게 이 한자 투성이의 외래적 담론 상태가 어떤 불편함을 야기하였을까를 짐작하고 답변하는 일은 물론 그리 어려운 일이 아니다. 그리하여 마치 이쪽(근대)도 저쪽(고전)도 돌아보지 않아 남모를 설움을 안게 된 의붓자식만큼이나 홀대되는 처지에 개화기의 비평적 담론 전체가 놓여 있었던 실정은 아니었을까 여기서 우리는 반성해 두지 않으면 안 되겠다. 다행히 고전 문학 쪽에서 거슬러 내려오는 연구자들의 시야와 관심의 폭은 그래도 근대 비평 연구자들의 그것에 비해 훨씬 아량 있고 넉넉한 편[4]이었던 것으로 여겨져 다행히 황무지의 상태를 노정하지는 않았던 것으로 살펴지고, 근대 문학 쪽에서 관심 시대의 영역을 끌어올리는 연구자들의 시야도 최근 들어 이 방면에 더욱 배증, 배주하는 것[5]으로 여겨져 한결 소망스러운 사태로 간주될 만한 현상이 아닐 수 없다. 그런 본격적 개간과 자세한 임상, 실험으로 나아가기 전 우선 개활지의 윤곽 측량을 위한 목적으로서라도 여기 '신채호 (문예) 비평 읽기'의 한 시험적 독후감을 개진해보는 것은 전혀 뜻 없지 아니한 행위로 이해될 수 있을 것이다. 이 시험적 작업의 착수에 앞서 먼저 시공자의 역사학적 인식 범위가 되는 '한국 근대 문예 비평사'라는 인식 영역, 그 영토 설정의 문제에 대해 조금 따져두기로 하자.

2. '한국 근대 (문예) 비평사'라는 인식 영역, 그리고 신채호 비평의 담론적 특질

2-1. 근대적 문예 비평의 형성을 위한 과도기, 혹은 이행기

졸고 「한국 근대 문예 비평의 원점(1)」[6]론에서 필자가 강조하였듯이, 한국의 문예 비평이 비단 근대의 시대공간 안에서만 발출되었다고 볼 근거는 없다. 오

---

4) 고전 문학계의 이와 같은 연구 시각을 대표하는 업적으로 여전히 조동일의 「한국문학통사」(지식산업사, 1986)가 꼽힐 수 있는바, 여기서 신채호만에 국한된 자세한 논의가 펼쳐지고 있는 것은 아니지만, 신채호의 글을 위시한 개화기의 폭넓은 담론적 실상에 대해서 자세한 분석적 언급의 논급이 제4권에서 펼쳐지고 있는 것으로 볼 수 있다. '중세 문학에서 근대 문학으로의 이행기'라는 관점 속에서 개화기의 언설들이 비교적 자세하고 폭넓게 취급되고 있는 것이다.

5) 근대 문학 쪽의 이와 같은 연구 시각과 관심을 집성하여 제출한 논저로 권영민의 「한국현대문학사」(민음사, 2002)를 꼽을 수 있겠다. 하지만 이 저서에서도 근대 문학의 전통적 분류에 의한 시가와 서사 양식에 대한 논의는 확장되어 있지만, 비평적 시각에서의 언급은 지극히 소략한 양상으로 나타나고 있다. 그밖에 한국 근대의 문예 비평사 연구의 시각에서 신채호를 주목한 논급으로는 김복순의 「1890년대~1910년대 문학비평 연구」(연세대학교 석사학위논문, 1982)가 예외적인 셈인데, 이 저자의 경우는 본고가 신채호 소작의 글로 가장 핵심적으로 다루고자 하는 「천희당시화」를 단재의 글이 아닌 것으로 간주하여 단재 비평의 역사적 의의를 반감, 인식하여 평가하고 있는 양상이라고 할 수 있다(김복순, 「근대문학비평의 여명기」, 김윤식 외, 「한국현대문학사」, 현대문학사, 1994 참조).

6) 이 책의 제1장 「한국 근대 문예 비평의 원점(1)」 참조.

히려 전근대의 시대공간 속에서 문예 비평적 언설 활동이 활발히 개진되었다는 것을 우리는 확인할 수 있으며, 이는 조선조의 유명한 문사들이 남긴 문집의 서책 속에서 잘 확인되는 바이다. 가령 서포 김만중의 『서포만필』이라든지, 연암 박지원의 『연암집』 같은 문집 속에서 우리는 그 문예 비평적 언설 실천의 의미 있는 형적들을 어렵지 않게 확인해 볼 수 있는 것이다. 그렇다면 이 경우에 근대적 (문예) 비평과 전근대적 (문예) 비평 사이의 질적 차이의 노견, 경계 지점의 중앙선은 어디에 설정될 수 있을까.

필자의 검토에 의하면, 한국 문화사에 있어서 전근대와 근대의 분기점은 무엇보다 언어적 조건에 의해서 주어지는 것으로 판단된다. 『한국현대문학사』를 상재한 권영민 교수가 한국 현대 문학사 출발의 시점을 『독립신문』 발간의 시점으로 잡고 있는 것[7]도 기본적으로는 한국 현대 문학사 형성을 위해 작동하고 있는 언어적 조건의 문제를 크게 고려한 결과임을 우리는 이 경우에 비춰 상기해 봐도 좋다. 요컨대 한자에 의한 한문 문화, 곧 한문에 의한 비평적 담론의 실천 시기에서 한글 문화, 곧 한글 중심주의에 입각한 언설, 문학의 전개라는 새로운 민족어 문화 성립 시기로의 변천 사실은 최소한 한국 근대 문화를 사적으로 이해하고자 하는 인식 관심의 시야에서라면 무엇보다 기본적으로 고려해야 할 인식 항목이 아닐 수 없다. 『독립신문』의 발간 사실을 그 역사적 단초의 사실로 간주하든, 혹은 그 전후의 어떤 역사적 사건을 근대 출발의 역사적 의미를 머금은 사태로 이해하든, 이와 같은 인식 문맥 속에서 가장 중요하게 고려해야 할 문화사적 조건은 표기 수단으로서의 문자 언어의 변천 항목으로 포착되어야 한다는 점에 대부분의 문화사 연구자들은 동의하지 않을까 보는 것이다.

따지고 보면 그러나 구한말 전근대의 사회로부터 근대 사회로의 이행기 중에 벌어진, 빚어진 사건 중에 비단 문자 언어의 변화만이 깃들어 있었던 것은 아님을 우리는 인식할 수 있다. 가령, 사회적 매체(미디어)의 변화 조건만을 생각해 보더라도 과거의 판에 박힌 문집류의 전달 형태에서 '신문'이라는 보다 근대적 형태의 전달 매체 양식으로 변화된 조건은 그 자체로 매우 획기적이고 결정적인 변화 의미를 머금은 것이었다고 할 수 있다. 1905년 이후 신채호가 가담하게 되는 『황성신문』이라든가, 『대한매일신보』 등의 신문들은 그 지면 구

---

7) 권영민, 앞의 책, 제1장 1절 참조.

성의 질적, 세부적 면모는 어떠하였든 간에 어쨌든 '신문'이라는 이름의 근대적 매체 양식 형태로 발간된 사회적 '공기(公器)'의 일종이었음을 우리는 인식하지 않으면 안 된다. 『한성순보』 이래 '신문'의 매체 양식이 확립되어 온 과정을 우리는 더듬어 볼 수 있거니와, 순 한문체에서 국한문 혼용체로, 그리고 이후의 순 한글체로 이행해 가게 되는 문자언어의 변천, 달리 말하여 '문체'의 변천 현실이라는 것도 이 문맥에서 보면 순전히 '신문'이라는 대중적 매체 공간 속에서 야기된 공식 문자의 지위 변동 사실로 정리될 수 있는 매체적 변환 현실의 일환이었음을 우리는 깨달을 수 있는 것이다.

신채호 비평이란 바로 이와 같은 매체적 변환 현실, 나아가 근대적 변동 최절정기에 발출된 문화적 현상의 대표 단수인 것을 우리는 확인할 수 있다. '애국계몽기'라 지칭되는 이 시기의 문화사적 전모에 대해서는 우리는 아직 뭐라 단정적으로 말하기 어려운 정보 결핍 상태에 놓여 있는 것이지만, 그나마 신채호의 언설적 활약상에 대해서만큼은 어느 정도의 자세한 윤곽을 가지고 그 세부 묘사에도 나설 수 있는 정보량을 보유한 상태라고 감히 말할 수 있는 지경인 것이다. 1905년 이후 쓰여진 신채호의 글들, 특히 『대한매일신보』 소재 단재의 글들은 거의 대부분 수습된 상태에 있다는 것으로 이 점이 설명될 수 있거니와, 다만 그 문화사적 구획과 자세한 정지 작업에 의한 세목 밝히기의 사업이 아직은 불충분한 상태에 있는 것이라고 현 연구사의 단계가 설명될 수 있는 것이다. 필자의 전공 영역이 제한된 만큼 본고는 일단 오늘날 『단재신채호전집』으로 수습된 단재 언술 전체의 총량 중에서 문예 비평적 영역과 관련된 부면만을 집중적으로 살펴보기로 하겠거니와, 또 한 가지 여기서 반드시 짚고 넘어가지 않으면 안 될 텍스트 구획의 전제 요목 중 하나는 과연 근대적 의미에서 '문예 비평'의 언설과 그 바깥 언설의 차이가 어떻게 구획될 수 있겠는가 하는 점이 아닐 수 없겠다. '한국 근대 (문예) 비평사'라는 인식 영역의 범위, 범주가 신채호 비평에 대한 인식, 이해의 문제와 관련하여 다시금 재설정되지 않으면 안 될 이유가 또한 여기에 있다.

하버마스는 '비평'이라는 것을 근대 유럽에서 출현한 사회적, 제도적 언설 양식이라고 정리하고 있거니와,[8] 유럽의 경우를 배경으로 한 이와 같은 논설을 빌리지 않더라도 근대적 문예 비평과 그 바깥의 일반적 시사 논평의 차이가 어

---

8) 위르겐 하버마스, 한승완 역, 『공론장의 구조변동』, 나남출판, 2001, 15~25쪽 참조.

떻게 구획될 수 있느냐 하는 문제는 여전히 해결되기 어려운 문제로 남을 수밖에 없음을 우리는 먼저 생각할 수 있다. '한국 근대 (문예) 비평사'의 인식 영역이라고, 필자가 구태여 '(문예) 비평'이라는 모호한 표기 형태를 취하는 것도 다름 아닌 이 문제와 연관하여 우리의 인식 영역을 이해하기 때문이라고 말할 수 있거니와, 오늘날의 '문화론'적 시각에 입각하든, 혹은 근대 이행기의 불분명한 비평적 영역 관념에 입각하든, '문예 비평'의 언설이라고 하는 것이 본래적으로 그 바깥의 비평적 언설체들과 그다지 명확하게 구분될 수 있는 것이냐 하는 문제는 여전히 해결되기 어려운 수수께끼의 문제로 남는다고 할 수 있는 것이다. 이 문제는 결국 '신문' 지면의 구성에 있어서 소위 (일차적, 직접적) '보도'의 언설 양식과 2차적 '논설' 양식이라고 하는 것이 그다지도 선명하게 구획될 수 있는 성질의 것이냐의 문제와 함께 우리 논의의 기초 전제로서 취급되지 않으면 안 될 논란의 여지를 머금고 있는 것이다.

오늘날의 현대 신문이라고 하는 것은 '보도' 기사와 '논평' 기사를 엄격하게 구획하는 것으로 그 지면 제작, 구성의 일반 원칙을 삼고 있지만, 『대한매일신보』가 발행되던 근대 이행기의 시절만 하더라도 이 점에 대한 인식이 분명치 않았던 시절이었음을 감안할 수 있다. 장지연의 유명한 「是日也放聲大哭」이라는 글이 단적으로 이 사실을 증명한다고 말할 수 있거니와, 전체적으로 우리가 이 시기에 대해 부여하는 '애국계몽기'라는 명칭 속에 사실 이 시기 언론의 성질과 특질이 명확히 반영되어 있다고 말할 수 있다. '애국계몽'의 수단으로서의 매체가 곧 『황성신문』이나, 『대한매일신보』와 같은 당시의 계몽적 신문 매체였음을 생각할 때, 이와 같은 신문 매체에 정기적이고 일상적으로 글을 싣는 당대적 언설자의 총아로서의 기자가 다름 아닌 당시 20대의 젊은 애국 청년 '신채호'였음을 우리는 이런 문맥에서 다시 한 번 특기해 살펴두지 않을 수 없는 것이다. 지금으로선 상상도 할 수 없는 20대 후반의 나이에 『대한매일신보』의 논설 주필이 되었다는 것, 이 점은 가령 1910년대 후반기 『매일신보』의 지상을 화려하게 장식하였던 당대 문사의 총아가 이광수였음에 비교하여 상도하면, 그 특기할만한 사실의 가치 내재적 의미가 무엇인지를 우리는 확철히 깨달을 수 있는 것이다. 후대에 전형적인 소위 직업으로서의 기자, 전문직으로서의 문인과는 비교도 할 수 없는 투철한 멸사봉공에의 자세, 망해가는 조국의 슬픈 침몰을 눈여겨보면서 어떻게든 그 운명에 저항하고자 했던 망국 지식인의 견결한 비애의 정신이 이 시기 그의 논설 류의 글 전편에서 묻어나오고 있다고 우리는 말할 수 있다. 오늘날 우리가 신문의 지면을 통해 일상적으로 확인하는 매일 매일의 대소사가 아니라, 지금 침몰해가는 나라의, 망해가는 나라의 국정 보고서이자, 동시에 그 침강해 가는 나라-민족의 혼을 다시 일으켜 어떻게든 실지 회복을 꾀하고자 하는 의식 계몽의 일일 보고서가 이 시기 그의 글에 편편이 담겨 있는 것이기에, 이 시기 그의 글 일반의 성격은 거대한 시사 담론이자 동시에 민족문화의 영역 전반에 걸치는 충실한 계보학적 보고의 성격을 지닌다고 말할 수 있다. 그의 남다른, 한국사 인식의 체계화를 위한 노력 역시 이 시기부터 본격화된 것으로 살펴지지만, 범박하게 말해 중국으로 망명을 떠나게 되는 1910년 이전 시기 소위 '애국계몽기' 단계의 신채호 언술이란 넓은 의미에서 시사 논설의 기능에 값하는 것이며, 한편 이 시기 계몽적 논설의 특성상 그 담론들은 전체적으로 민중을 교화하고 각성시키기 위한 애국주의적 계몽의 논조를 띠게 되었던 것을 알 수 있다. 비교적 짧은 글 한 편을 택해 이 시기, 즉 '애국계몽기' 신채호 비평의 특질적 담론 양상을 먼저 구체적으로 살펴두고, 다음 논의를 계속 펴나가기로 하자.

2-2. 언설 구조로서의 신채호 비평의 특질

글의 제재, 주제로 보아 일단 문학 비평 류에 속한다고 볼 수 있는 신채호의 논설 「小說家의 趨勢」(1909.12.2) 전문을 여기서 먼저 보이기로 하면 이렇다.

近日 小說家의 趨勢를 觀하건대, 人으로 하여금 大驚을 喫할 者- 不一이로다.

此 小說도 誨淫小說이요, 彼 小說도 誨淫小說이라. 美人의 冶遊容態를 描出하며 男子의 花柳身分을 寫來하여 一讀하며 淫心이 萌하며, 再讀하매 淫心이 蕩케 하니, 嗚呼라. 小說은 國民의 羅針盤이라. 其 說이 俚하고 其 筆이 巧하여 目不識丁의 勞動者라도 小說을 能讀치 못할 者- 無하며, 又 嗜讀치 아니할 者- 無하므로, 小說이 國民을 强한 데로 導하면 國民이 强하며, 小說이 國民을

弱한 데로 導하면 國民이 弱하며, 正한 데로 導하면 正하며 邪한 데로 導하면 邪하나니, 小說家된 자ー 마땅히 自愼할 바어늘, 近日 小說家들은 誨淫으로 主旨를 삼으니 이 社會가 장차 어찌되리오.

近間 大韓新聞에 揭載된 漢江船을 讀하매 더욱 聲을 失하며 長吁할 바로다.

雖然이나 漢江船은 明白히 淫을 論함으로, 譬컨대 刀槍으로 人을 殺함과 如하여 見하고 避하기 易하거니와 他許多 小說家는 名曰 社會小說이라 하고, 名曰 政治小說이라 하고, 名曰 家庭小說이라 하면서 暗暗히 淫說을 鼓吹하여 鴆毒으로 人을 殺함과 無異하니, 吁라. 可畏인저.[9]

지금 우리에겐 알려져 있지 않지만, 「漢江船」이란 작품이 당시 『대한매일신보』에 게재되었고, 이 작품을 읽은 계기가 위와 같은 논설의 집필 계기가 되었던 것을 알 수 있다. "近間 大韓新聞에 揭載된 漢江船을 讀하매"라는 귀절이 이 사정을 말해주고 있는 것이다. 자신이 종사하는 신문의 게재 작품에 대해서까지 여지없이 매서운 비판의 논설을 직격하고 있는 것을 알 수 있지만, 글의 제목이 말해주듯이 전체적으로는 당시의 작단 전체를 향한 경계의 의미로서 저와 같은 논설이 저술되었다는 것을 또한 알 수 있다. 여기서 '誨淫小說'이라는 어구가 반복 사용되어 당대 작단의 추세를 질타하고 있음을 알 수 있거니와, 위와 같은 논설의 담론 구성 양상은 그러니까 1925년 벽두의 저 유명한 「낭객의 신년만필」에서도 보이는 '奬淫文字'라는 어구가 결코 우연히 현출된 어구가 아님을 알게 하는 것이다. 말하자면 나라가 존망의 기로에 서 있는 시국일진대 위와 같이 인심을 타락시키는 '회음소설'의 제작이라는 게 가당키나 한 짓인가라고 단재는 당대 소설가들을 향하여 질타의 직격탄을 날리고 있는 양상인 것이다.

한편 위의 글을 통하여 단재의 담론 구성 방식을 좀 더 세부적으로 살피고자 할 때에 위의 글 자체의 단락 구성 양상이 시사하여 보여주듯이 전체적으로 기승전결의 4단계 논지 전개 방식을 취하고 있음을 알 수 있다. 이는 한시, 혹은 한문의 구성 양식에 익숙한 저자의 자연스런 논지 전개 방식이라고도 볼 수 있겠거니와, 첫 단락의 도입문에서 우선 논지 전체를 통괄, 제시한다는 소위 주제문의 문장을 구축, 이로써 글의 내용 전체를 일목요연하게 이해시키는 경제

---

9) 『전집』 별집, 81쪽.

적인 문장 구성법을 구사하고 있음을 알 수 있다. "近日 小說家의 趨勢를 觀하건대, 人으로 하여금 大驚을 喫할 者- 不一이로다"는 첫 문장에서 우리는 전형적인 논설문, 신문 논설 투의 담론 구성법을 깨달을 수 있는 것이다.

위 논설 중 가장 긴 단락의 "此 小說도 誨淫小說이요, 彼 小說도 誨淫小說이라. (……) 이 社會가 장차 어찌되리오"의 부분이 말하자면 이 논설의 본론부에 해당하는 부분이요, 논지 전체를 이끌어가는 부분이라 할 수 있다. "美人의 冶遊容態를 描出하며 男子의 花柳身分을 寫來하여 一讀하며 淫心이 萌하며, 再讀하매 淫心이 蕩케 하니, 嗚呼라"의 부분은 곧 '誨淫小說'의 개념을 부연하여 설명한 대목이라 할 수 있고, 이 문맥에서 곧장 "小說은 國民의 羅針盤이라. 其說이 俚하고 其筆이 巧하여 目不識丁의 勞動者라도 小說을 能讀치 못할 者- 無하며, 又 嗜讀치 아니할 者- 無하므로, 小說이 國民을 强한 데로 導하면 國民이 强하며, 小說이 國民을 弱한 데로 導하면 國民이 弱하며, 正한 데로 導하면 正하며 邪한 데로 導하면 邪하나니"라는 원론을 펼침으로써 소설과 작가의 역할의 중대함을 일시에 깨우치는 논지 전개로 나아가고 있는 것이다.

이처럼 원론적 논지 전개를 통해 사태의 중차대함을 일깨운 뒤에 그는 다시금 전환의 논법으로 "近間 大韓新聞에 揭載된 漢江船을 讀하매 더욱 聲을 失하며 長吁할 바로다"라고 지적, 논설 작성의 현재적 계기를 일깨우며, 이를 매개로 하여 본론부 전체를 아우르는 결착의 매듭짓기로 나아감을 우리는 볼 수 있다. 그러니까, "雖然이나 漢江船은 明白히 淫을 論함으로, 譬컨대 刀槍으로 人을 殺함과 如하여 見하고 避하기 易하거니와"의 대목은 막바로 「한강선」이 지닌 '誨淫小說'적 양상을 환기시킨 대목이라 할 수 있고, 여기서 더 나아가 논설자는 "他 許多 小說家는 名曰 社會小說이라 하고, 名曰 政治小說이라 하고, 名曰 家庭小說이라 하면서 暗暗히 淫說을 鼓吹하여 鴆毒으로 人을 殺함과 無異하니, 吁라. 可畏인져"라고 매듭의 문장을 명기하여, 비단 「한강선」만이 아니라, 명색 '사회소설'이니, '정치소설'이니, '가정소설'이니 하는 등속의 당대 소설 대부분이 이와 같은 '회음소설' 혐의로부터 한 발짝도 벗어나기 어려울 것을 그는 통매, 지탄하고 있는 것이다. 이와 같이 존망의 기로에 선 국가적 위기 상황을 직시하면서 사회의 어느 부분 하나 소홀하게 대처할 수 없음을 질타하고 통매하고 그로써 국가적 위기 탈출의 견인차로 삼고자 한 곳에 신채호 비평의 특질이자 동시에 본질이 놓여 있었다고 할 수 있다. 이는 언론 지상을 무대로 삼은 근대적 저널 비평의 고유한 특질의 발현이자, 동시에 근본주의적인 래디컬의 입장을 본질로 한, 말 그대로의 위기적 정황 국면 타개를 위해 솟아나온 비평 정신 고유의 언술적 발현이었다고 할 수 있다. 한국 근대 (문예) 비평사의 한 기원이자 동시에 모범적 사례로서 신채호 비평이 유심히 살펴지고 그 정신의 핵자가 온전히 계승되고 전수되어야 할 필요성이 이러한 문맥 속에서 제기되는 것이다.

3. 애국계몽기 신채호 (문예) 비평의 분포 양상과 그 과도기적 특질

3-1. 「天喜堂詩話」

앞에서 전제한 것처럼 원래 문예 비평의 안과 밖이란 그다지 뚜렷한 구획선으로 변별될 수 있는 것이 아니고, 같은 뜻에서 신채호 역시 스스로 '문예 비평가' 임을 자임, 천명한 적도 없이 허다한 문예 비평 류의 글을 남겨 놓고 있음을 우리는 확인할 수 있다. 애국계몽기의 소산, 즉 그가 주필로 재직하던 『대한매일신보』 지상에 발표된 글들만을 놓고 보더라도 수종의 문예 비평, 혹은 문화 비평 류의 글들을 남겨놓고 있음을 우리는 확인할 수 있는 것이다. 신채호의 소작 여부를 두고 논란이 제기된바 있는 「천희당시화」(1909.11.9-12.4)는 그 대표적인 문예 비평(이제부터 '評論' 이라 지칭하기로 한다) 류의 글이라 할 수 있거니와, 우선 이 글에 대해 검토하는 것으로 본격적인 논의의 시발을 삼기로 한다.

'천희당(天喜堂)' 이라는 당호를 신채호가 쓴 바 없다는 이유로 「천희당시화」의 작자 불명설은 여러 살래로 제기된바 있고, 가령 사회학자 신용하의 「신채호의 애국계몽사상」이라는 글 속에서도 그 점이 시사되고 있지만,[10] 이와 같은 불명설의 근거가 상당히 취약해 보인다는 점으로 먼저 우리의 논의를 시작할 필요가 있겠다. '天喜堂' 이라는 당호의 사용 유무만을 근거로 한 이와 같은 논의가 무엇보다 「천희당시화」의 글 전체를 꼼꼼이 살펴보지 않은 채, 그리고 제

10) 신용하, 앞의 책, 153쪽.

목의 의미에 대해서도 역시 좀 더 상세한 해석적 주석을 가하기를 포기한 채 단지 실증적 고증의 작업만을 고집하는 태도만으로, 지나친 실증주의의 판본 주석적 작업에 매달리는 태도만으로 도출된 것이 아닌가 여겨진다. 필자가 여기서 '天喜堂'이라는 당호 자체의 유래에 대해서 석명하기는 어려우나,[11] 신채호(뿐만 아니라 당시 많은 문인들의 사례에 있어서)가 많은 필명과 가명을 사용했다는 것은 신용하 당자의 글 속에서도 확인되는 사실이며,[12] 단지 '天喜堂'이라는 명칭이 당대의 인물 윤모의 당호였다는 사실만으로는 반증되기 어려운 문채와 문면의 내용을 지니고 있는 글이, 단재 특유의 체취가 물씬 풍겨나는 「천희당시화」라 할 수 있는 것이다. 이 글이 단재의 소작임에 분명함을 입증하는 방식으로 이 글의 전체적인 개요와 그 특색을 살펴가 보기로 하자.

앞서 살핀 「小說家의 趨勢」가 촌철살인의 시평 투로 소설과 소설가에 대해 언명한 글이라면, 「천희당시화」는 그 제목이 시사하는 바대로 시에 관한 논설인 것이며, 글의 전체적인 개요와 윤곽은 '詩의 能力, 詩道와 國家의 關係'라는 부제로도 얼마쯤 짐작될 수 있다. 글의 서두는 단재가 국사상 3대 인물의 한 사람으로 평가한 호두장군 최영과 그 시의 이야기로 시작하고 있다. 최영의 이력을 간략히 소개한 뒤, "가마귀 눈비 맞아, 희는 듯 검노매라(…)"와 "눈맞아 휘였노라 굽은 솔 웃지 마라(…)"의 시조 두 편을 인용하고서는 바로 이어서 또, 을사조약의 체결 이후 자결한 민충정공, 민영익의 사화를 노래한 민간의 가요 한 편을 인용해 보임으로써 시가와 인세, 인격과의 상관 관계를 적절히 예시하기 위한 예비적 논설이 마련된 셈이다. 「小說家의 趨勢」속에서도 살펴졌듯 이와 같은 도입 논설 이후에 저자는 또한 부제가 표방한 그대로 '詩의 能力, 詩道와 國家의 關係'에 대해서 설유하는 원론적 논의를 펼치고 있는바, 이 대목의 입론을 살핀다면 과연 이와 같은 글을 단재가 아닌 그 어떤 사람이 펼칠 수 있었을까라는 우리의 심증은 더욱 확연한 모습을 띠어가는 것이다.

詩란 者는 國民言語의 精華라. 故로 强武한 國民은 其 詩부터 强武하며, 文

11) '天喜堂'의 당호에 대해서 상고한 안동대학교의 주승택 교수에 의하면, '天喜堂' 당호의 주인으로 살펴지는 윤상현의 다른 글들이 오히려 「천희당시화」와는 배치되는 내용들을 담고 있다고 한다. 이것은 '천희당'의 호 문제와는 별도로 「천희당시화」의 저자 문제를 재고토록 하는 요인이 된다고 할 수 있는데, 왜 '천희당시화'라는 제목이 쓰여지게 되었을까라는 문제가 앞으로 밝혀지지 않으면 안 된다는 학적 과제를 남기는 한편, 이 글이 글 전체의 내용이나 문체로 보아 신채호의 글로서 추정된다는 조동일의 견해가 현재로선 설득력이 높다 하는 쪽으로 우리의 견해를 몰고 가게 하는 반증의 요인이 된다고 할 수 있다.
12) 신용하, 앞의 책, 11쪽 참조.

弱한 國民은 其 詩부터 文弱하나니, 一國의 盛衰治亂은 大抵 其 國詩에서 可驗할지요, 又 其國의 文弱을 回하여 强武에 入코자 할진대 不可不 其 文弱은 國詩부터 改良할지라. 余가 近世 我國에 流行하는 詩歌를 觀하건대 大半 流靡淫蕩하여 風俗의 腐敗만 釀할지니, 世道에 關心하는 者가 汲汲히 其 改良을 謀함이 可하며, 又 其中에서 特히 民俗에 有益할 만한 詩歌를 蒐集하여 詩界의 國粹를 保存함이 可할지나 但 古史가 殘缺하여 三國時代에 眞正 强武한 詩歌는 得見키 難하니 惜哉로다.[13]

앞에서 살핀 「小說家의 趨勢」 논지와 거의 흡사한 논리 구조임을 알 수 있다. "小說은 國民의 羅針盤"이라 했음에 대하여, "詩란 者는 國民言語의 精華"라 규정하고, 따라서 詩風의 强武, 혹은 文弱의 여부에 따라서 "一國의 盛衰治亂"이 진단될 수 있다고 하는 논지 또한 앞서의 소설 작풍에 대한 재단 논리와 거의 흡사한 인식 구조에 의해 배태되고 있다는 것을 우리는 여실히 알 수 있는 것이다. '文風이 곧 國風'이라는 인식, 논리 구조가 바로 그것일진대, 애국계몽기의 신채호는 이와 같이 언제나 국가의 일부, 문화적 현상의 일부를 국가 위난지경의 반영 현실로 이해하고 이와 같은 국가주의적 인식을 토대로 각 분야에 종사하는 모든 국민들에게 대오분발의 각성을 촉구하는 매서운 채찍질의 언설로 자신의 논설을 펴나갔다고 할 수 있는 것이다.

신채호의 국수주의적 자세는 여기서 그치지 않는다. 그가 차후 국사학자로서 자신의 장기와 관심 방향을 형성해 갔던 것처럼 위와 같은 '시풍=국풍론'의 원론적 제기 이후에 곧바로 우리나라 시의 기원 문제로 논지를 돌려 유리왕의 「黃鳥歌」, 혹은 을지문덕의 「遺于仲文詩」 등을 예로 든 후에 이것들은 단지 漢詩요, (我國의) 國詩가 아님을 말하여 우리 시가사에 대한 투철한 인식이 국민 사이에 부족하고 결여되어 있는 현실 또한 "國粹衰落의 一原因인저"라고 탄식하고 있다.

이와 같은 논지 제출과 논법 구조의 발현 사실을 통해서도 알 수 있는 것이지만, 이 「천희당시화」가 단재의 소작임에 분명하다는 점은 다음 언술을 통해 다시 한 번 확증할 수 있다. 즉, 이제 살핀 것처럼 '국문 시가의 기원' 문제에 상도한 후 그는 곧바로 이 점에 대해 언급하는 논지 전개로 나아가고 있는바,

13) 『전집』 별집, 56-57쪽.

이 대목에서 보이는 "余의 見하는 바 國詩中 其 遺傳最舊한 자를 擧하면 高僧 了義가 國文을 始創하고 佛敎를 讚美한 眞言이 是라 할지나, 然이나 此는 梵詩를 音譯한 者라 國詩로 冒稱함이 不可하고, 其次는 崔都統·鄭圃隱의 「丹心歌」가 될지라"의 언설 중 그 전반부의 설은 「國文의 起源」(『대한매일신보』, 1909.12.29)에서 보이는 다음 대목의 언설과 그대로 상부함을 확인할 수 있다.

여가 일찍 書肆에 過하더니 〈眞言集〉이라는 一冊子가 有한데, 此를 閱한즉 乃 佛家에서 傳敎하기 爲하여 國漢字를 交用하여 著出한 者러라. 其中에 國文의 起源을 說한 一段이 有한데, 倡造한 人氏는 高僧 了義라 하였으니, 了義가 何時人인지 不知하나 世宗 以前人 됨은 無疑하더라.[14]

이처럼 우리 國字, 國文의 창시자를 고승 '了義'로 본다는 것은 비단 위의 글들만이 아니라, 「국문연구회 위원 제씨에게 권고함」(『대한매일신보』, 1908.11.14) 중 "神聖한 國文을 (…) 高僧 了義가 此를 著作한 以後"라고 한 대목, 그리고 「國漢文의 輕重」이라는 글 속에도 또 같은 양상으로 나타나 보이나니, 이 글들이 모두 단재의 글이 아니라면 모를까, 이처럼 괴이한 내용의 이설이 이 글 저 글에 산재하여 나타나는 모습인 것은 동일인 집필의 이유가 아니라면 그 이해가 도저히 불가능한 텍스트 구성의 양상이라 할 수 있는 것이다.

'丹齋'라는 신채호의 호가 당초 '단심(가)'의 문자에서 연원하였다는 설명도 있거니와,[15] 이처럼 우리나라 國詩의 연원을 고려조의 두 충신 최영과 정몽주의 「단심가」에서 찾아야 할 것을 극구 주장하고 있는 저자는 여기서 더 나아가 한국 漢詩의 경우에 있어서도 "白頭山石磨刀盡 (…)" 하는 南怡 장군의 시, 혹은 최영 장군의 시 같은 것을 떠받드는 것은 지극히 당연할 뿐 아니라, 개화파 金允植처럼 외국(일본)에 가서 외국 산천을 숭배하는 듯이 쓴 漢詩의 풍조 같은 것은 모름지기 배격되어야 마땅함을 강조하고 있다. 그렇다고 漢詩가 불가피하게 존재하느니만치 인정하자는 게 아니라, 마땅히 國字와 國語로 이루어진 시가를 가르치고 배우는 것이 학교 교육과 국민 교육 전체를 위해 바람직하리라는 것을 저자는 다시 한 번 일깨우며 다음과 같은 원론적 견해를 삽입, 주석하고 있다. 이 시기 評論의 時論적 성격, 즉 詩論의 時論적 성격을 살펴두기

14) 『전집』 별집, 78쪽.
15) 신용하, 앞의 책, 11쪽 참조.

위해 여기서 이와 같은 귀절을 명기해 둠도 전혀 무익치는 않으리라.

詩歌는 人의 感情을 陶融함으로 目的하나니 宜乎 國字를 多用하고 國語로
成句하여 婦人 幼兒도 一讀에 皆曉하도록 注意하여야 國民 智識普及에 效力
이 乃有할 지어늘, 近日에 各學校用歌를 聞한즉 漢字를 雜用함이 太多하여 唱
하는 學童이 其 趣味를 不悟하며, 聽하는 行人이 其 語意를 不知하니 是가 何
等 效益이 有하리오. 是亦 敎育界의 缺點이라 可云할지로다.[16]

이처럼 국민교육 기능으로서 우리말 시가 교육의 중대성을 강조한 뒤에 실
제로 "제 몸은 사랑컨만/ 나라 사랑 왜 못하노/ 國家疆土 없어지면/ 몸둘 곳이
어디메뇨/ 차라리 몸은 죽더라도/ 이 나라는"이라는 '애국' 적 노래와, 또 한자
어구가 가사의 중심을 이루기는 할망정 그런대로 알아먹을 수 있는 '장부가
(음)' 의 노래를 예로 들어 국문, 국자 시가 교육의 중대성을 말하고, 한편 시가
의 형식 문제에까지 관심을 뻗쳐 가령 漢詩 투의 國文七字詩를 실험한다거나,
일본 시가 풍으로 또 十一字詩를 실험한다든가 하는 등의 외국시 흉내내기가
전혀 가당한 일일 수 없음을 깨우치고 있다. 오히려 그보다는 녹두장군 전봉준
을 기리는 세태 풍자의 민중 가요 속에서 활력있는 시가의 배출로가 마련될 수
있음을 환기시키고도 있다.
    대개 여기까지가 起承轉結 중 '承' 으로서의 본론 주장 내용이라 할 것이다.
이후 부분은 내용적인 전환이라기보다 글의 형식, 형태의 전환을 기함으로써
'客' 과의 대담 술회를 통한 시가개혁론 천명의 서술 양식을 취하고 있기 때문
이다. 가령 漢詩의 改新 정도를 통해 소위 '東國 詩界의 革命' 이 기해지기는 무
망하다는 얘기이며, 이는 근본적으로 漢詩를 통해서가 아니라, "東國語・東國
文으로 組織한 東國詩"의 혁명이지 않으면 안 된다는 뜻에서 바로 國語詩歌의
혁명이 쇠해셔야 할 것을 저자는 주문하고 있는 것이다. 그런 뜻에서 지나치게
"我國을 亡케 한 者는 詩라"는 식으로 지나치게 비관적인 시각만을 견지할 필
요도 없을 것이며, 오히려 "詩가 盛하면 國도 亦盛하며, 詩가 衰하면 國도 衰하
며, 詩가 存하면 國도 亦存하며, 詩가 亡하면 國도 亦亡한다"는 인식으로 우리
나라 시가의 창작과 개혁에 박차를 가하는 노력이 경주되어야 할 것을 저자는

16) 『전집』 별집, 60쪽.

52

강조하고 있다. 돌아보면 李朝의 시풍이 문약하고 감상적이어서 왜란과 호란의 전란들을 겪게 되지 않았던가 상기시키고 있으며, 그러니 지금에라도 金節齊(김종서)의 시조나 남이 장군의 시조 같은 것을 우리 시가의 주조로서 되살리지 않으면 국난을 타개해가기 어려우리라는 것을 저자는 심각한 어조로 환기시키고 있다. 다시 한 번 일깨우건대 "是以로 其 詩가 武烈하면 全國이 武烈할지며, 其 詩가 淫蕩하면 全國이 淫蕩할지며, 其 詩가 雄健하면 全國이 雄健"하리라는 것을 깨달아 '閑談의 詩'거나, '放狂의 詩'거나 혹은 '淫蕩의 詩', '厭退의 詩' 등을 배격해야 될 책무가 당대의 志士들에게 부여되어 있음을 저자는 깨우치고 있다. 이 문맥 속에서 그는 시에 대한 공자의 언급까지를 참조하여 조선 시가가 문약에 빠진 이유를 고찰하고 있으니 외면적으로는 조선 시가가 흥성한 것으로 보일지도 모르나, 내용적으로는 이미 조선 시가가 망한 지경에 있음을 그는 안타깝게 고발하고 있다. 그리하여 이제 나라의 앞날을 걱정하는 사람들을 향하여는 무엇보다 詩道를 진흥함에 유의할 것을 다음처럼 천명, 주문한다.

(…) 噫라. 外面으로 詩가 我國이 莫盛하다 할지나 內容을 察하면 我國의 詩가 亡한 지 已久라 할지라. 詩가 亡하였거니 國民의 思想이 何由로 高尙하며 國民의 精神이 何由로 結合하리오. 故로 我國 今日 現狀은 彼等 非詩의 詩로 此를 致하였다 함도 亦可하도다. 切望하노니 今日 國家 前途에 留意하는 志士여, 不可不 詩道를 振興함에 留意할지니라.[17]

이하의 대문들은 사족이라 해도 좋을 만큼 부연, 첨언의 시론 전개 내용이라고 하겠다. 시론이라 하기보다 제목 그대로 그저 '詩話'라 하면 족할 정도이고, '詩話'라고 하기보다 더욱 적절히는 '憂國論'이라 할 수 있으리만큼 시를 빙자한 역사적 사화의 우국담 전개라 할 수 있을 내용이다. '鴨綠江 以西 倂呑'을 주장했던 申震澤(光河)의 시, 또 대원군이 청국에 끌려갔을 당시 민중들이 불렀던 민(간)요의 이야기, 또 홍경래의 시 이야기 등이 그 부연 시화의 예화들이라고 하겠거니와, 여기서도 알 수 있는 것은 저자가 시를 시 자체의 미학성으로 이해하기보다 어떻게 國風 형성의 일부로서 그 문화적 소임을 다하느냐의

17) 『전집』 별집, 67-68쪽.

측면에서 이해하고 간주하고 있다는 점이다. 이런 견지에서 시의 문화적 기능, 달리 말하면 전통적 풍류 형성의 기능에 대해서 어느 만큼이라도 배려하는 듯 기술한 다음 대목 역시 여기서 조금 특기하고 넘어갈 대목이 아닌가 볼 수 있 겠다.

古代에는 儒賢長子가 皆 國詩와 鄕歌를 喜하여 典重活潑한 著作이 多하며, 又 花朝月夕 朋儕會集의 際에 往往 長吟短唱으로 遺興하여 其 風流를 可想인 데 邇來 百餘年間은 此一道가 但只 蕩子淫妓에 歸할 뿐이요, 萬一 上等 社會 調修하는 士子이면 國詩 一句를 能製치 못하며, 鄕歌 一節을 解吟치 못하므로 詩歌는 愉愉히 淫靡의 方에 墮하고 人士는 愉愉히 愉快의 道가 絶하니 國民萎 敗의 故가 비록 多端하니 此도 또한 一端이 될진저.[18]

이러한 풍류론의 설파 이후에 그는 退溪와 金裕器, 尹善道의 시조 예를 들어 선비와 시가 풍류의 상관 문맥을 예증하는 셈이며, 이후 그는 다시 본연의 우 국시론, 우국문학론으로 돌아가 이번에는 고려조 말기의 시인 林椿(西河)의 예 를 들어 설명하거니와, 林椿의 우국시 한 편을 제대로 보전해 오지 못한 우리 문학사의 형편을 '我國 奴隷文學의 社會'라고까지 극언하는 수사적 용례를 선 보이기도 한다. 결국 글의 최종 말엽에서 저자는 다음과 같이 주석, 설유하여, 시풍 쇄신의 사업이 한갓 지엽말단의 鎖事가 아니라 크고도 중한 국민, 국가적 사업의 일부인 것을 환기, 깨우침으로써 글을 끝마치고 있다.

自來 泰東人은 詩人의 地位를 低看하여 是가 風化에 無關하며 政敎에 無關 하고, 但只 黃葉 村席門中에서 蟲鳴蛙叫하는 一個 世外棄物로 知하니, 嗚呼 라. 此는 誤解의 大誤解로다.
大詩人이 卽 人英雄이며, 大詩人이 卽 大偉人이며, 大詩人이 卽 歷史上의 一巨物이라.
故로 亞寇馬·陶淵明輩가 비록 山林에 居하여 足跡이 世에 不出하였으나 其 著한 바 詩集이 一世를 風動하여 人心을 支配함에 至하니, 大抵 辯士의 說 과 俠士의 劍과 政客의 手腕과 詩人의 筆端이 其 效用의 遲速은 異하나 世界를

18) 『전집』 별집, 69쪽.

陶鑄하는 能力은 一이라. 故로 大宗教家가 教를 布함에 爲先 詩歌에 從事하여 此로써 人心을 移改하느니, 三國時代 佛教徒의 鄕歌와 支那 六朝時 達摩·慧能의 喝句와 舊約經中의 詩歌가 皆 詩니, 詩의 功用을 此에 可知할진저.[19]

3-2. 소설론

그 문체와 문면으로 보아서 단재의 소작이라는 심증을 굳게 하는 「천희당시화」가 이처럼 적지 않은 분량으로 본격적인 시론의 성격을 띠고 있는 글이라 한다면, 그밖에 애국계몽기에 현출한 단재의 문예 비평 류 글은 양적으로도 작고 그 내용과 주지 또한 앞서 인용한 글들과 대동소이한 양상이라고 하겠다. 비교적 시기가 앞서는 「近今 國文小說 著者의 注意」(『대한매일신보』, 1908.7.8)라는 글은 앞서 인용해 본 「小說家의 趨勢」와 근사한 글이라고 할 수 있으니, 인심풍속의 교화를 담당하는 소설 기능의 중대성을 강조한 점에서 그렇고, 또 당대 소설 작단의 퇴행적 풍경을 질타하고 있다는 점에서 또한 상사한 내용, 주지의 글이라 할 수 있는 터이다. 전체로 3문단에 걸친 분량으로 되어 있는 이 글의 둘째 단락부터 조금 보이자면 이렇다.

嗚呼라 英雄豪傑의 軀體를 助하여 天下事業을 婦孺走卒等 下等社會로 始하여 人心轉移하는 能力을 具한 者는 小說이 是니, 然則 小說을 是豈易視할 배인가. 萎靡淫蕩的 小說이 多하면 其 國民도 此의 感化를 受할지며 俠情慷慨의 小說이 多하면 其 國民이 此의 感化를 受할지니 四儒의 云한 바 「小說은 國民의 魂」이라 함이 誠然하도다. 韓國에 傳來하는 小說이 太半 桑園濮上의 淫談과 崇佛乞福의 怪話라 此亦 人心風俗을 敗壞게 하는 一端이니, 各種 新小說을 著出하여 此를 一掃함이 亦汲汲하다 云할지로다.[20]

단재는 그러나 당시 소설계의 풍향이 그렇다 하여 구소설의 매매를 막무가내 금지하는 식의 정책은 옳지 못하다고 하였다. 주로 정책적인 측면에 관심이 많았던 단재 논설의 특성상 전체적으로 전체주의적인 우국론의 어조를 짙게 띠고 있지만, 그렇다고 해서 인위적인 통제가 반드시 능사의 정책일 수는 없다

19) 『전집』 별집, 71-72쪽.
20) 『전집』 下, 17-18쪽.

는 것, 곧 자유주의적 성향의 시정 방향을 지향하고 있었다는 점에서 근대적 민주주의자로서의 단재의 또 다른 면모를 보인 대목이라 하겠다. 즉 사회적 경쟁 원리에 입각하여 우수한 품질의 신소설이 양산되면 구소설은 자연히 없어질 것이라는 주장으로 시장 원칙의 자유주의적 입장을 강하게 견지한 면모로 파악될 수 있겠다. 이 점을 좀 더 분명히 살펴두기 위해 이 글의 세 번째 마지막 단락을 마저 보아두기로 하자.

年前에 幾個 志士가 中樞院에 獻議하여 凡 一般 坊間에 發表되는 舊小說의 賣買를 禁止함이 可하다 한 者—有한대, 余가 其意는 敬하고 其 方策은 反對하노니, (…) 奇妙瑩潔한 新小說한(sic. 만) 多出하면 舊小說은 自然 絕跡退藏할지어늘, 何必 此等 强制的으로 民心을 逆하여 難行의 事를 行하리오. 然而 近今 新小說이라 云하는 者 刊出이 稀罕할 뿐더러 又 其 刊出者를 觀한즉, 只是 一時 牟利的으로 草草 撰出하여 舊小說에 此함에 便是 百步 五十步의 間이라 足히 新思想을 輸入할 者—無하니, 噫라. 余가 此를 慨하여 管見을 陳하여 小說著者에게 警하노라.[21]

이처럼 시, 소설 등의 문예에 대한 단재의 생각은 초기부터 뚜렷하였으며, 그 사회적, 공리적 기능을 중시하고 높이 평가하되, 그것을 인위적으로 통제할 수도 없다는 생각을 그는 뚜렷이 견지해 왔던 것이라고 할 수 있다. 그가 나중 거의 독학 실력으로 영어 습득에까지 이르렀다는 점에서도 알 수 있듯이 그가 당시 신사상, 진보적 사상의 수용에도 얼마나 열심이었는가를 위의 문면을 통하여서도 짐작할 수 있다. 과도기의 개화기 사상가로서 단재의 사상사적 위치, 특별히 문학사상사적 위치에 대하여 우리가 깊은 탐구와 배려의 관심을 기울여야 할 이유가 이런 문맥에서도 주어질 것이다. 비록 스파르타식 '强武主義'를 주창하고 공리주의에 치우친 혐이 있지만, 당대 우리 사회의 수준을 감안하여 평가할 때는 비할 바 없이 진보적이며, 또한 자유주의자, 민주주의자의 모습을 신채호가 견지하고 있었다는 것을 알 수 있다. 19세기 말 이래의 우리 사상사, 특히 문학사상사의 공백을 메꾸는 뛰어난 문예 비평적 언설의 사례로서 신채호 비평이 간주되어야 할 이유가 다름 아닌 여기에 있다. 간략하지만 촌철

21) 『전집』 下, 18쪽.

살인의 언설 개진을 통하여 시가와 소설의 문학 담론에 대한 풍부하고 깊이 있는 견식을 보여주었다는 점에서도 애국계몽기 시기 신채호 비평의 수준을 예사롭지 않게 평가하도록 요구하는 비평 내적 이유의 한 가지가 찾아진다고 하겠다.

3-3. 기타 언어(정책)론, 문화론

애국계몽기 신채호 비평은 그러나 이와 같은 시화, 소설론 따위의 문학 내부 장르론적 논의에 머물지 않았다. 어떤 점에서 신채호 비평의 더욱 커다란 비평사적 의의는 언어정책론 성격의 언어론, 기타 문화론 등의 논의에서 찾아질 수 있을지 모르고, 실제로 신채호 비평의 구체적인 담론 사례는 문예 비평의 경우보다 더욱 많은 일반 문화론적 논의를 남겨 놓고 있다. 이에 대해서도 우선 간략히 살펴두기로 하면 이렇다.

가. 國字, 國文論

많은 논자들이 애국계몽기를 전후한 개화기 시기를 國語, 國文 운동 시기로도 규정하는 것처럼, 이 시기의 가장 의미 있는 문화사적 움직임 중의 하나는 國語, 國文 운동이었고, 신채호 역시 이 시기 國語, 國文 운동의 중요성을 잘 인식하고 그것을 언론의 차원에서 뒷받침하려 한 선각자 중의 한 사람이었다. 다만 조선 후기의 김만중, 박지원 등의 글에서도 나타나듯이 국수적인 문화적 태도의 뚜렷함에도 불구하고, 그 국수적 내용을 말하는 적재 수단으로서의 문체는 여전히 국한혼용문체를 구사하고 있었다 함이 신채호 문장의 아이러니이자, 그 역사적 한계의 측면으로 지적될 법하거니와, 「國漢文의 輕重」(『대한매일신보』, 1908.3.17-19)을 논하는 신채호의 글 중간에도 이런 어정쩡한 면모가 전혀 안 보이는 것은 아니라는 전이 우선 하나의 경계지점으로 지적될 필요가 있을지 모른다. 국문과 한문의 경중을 논함에 있어 그가 속지주의적 언어관의 단순 명쾌한 구분 논법에 의지하고 있었음을 우선 확인할 수 있다.

夫 國文도 亦 文이며 漢文도 亦 文이어늘 必曰 國文重 漢文輕이라 함은 何 故오. 曰 內國文 故로 國文을 重히 여기라 함이며, 外國文 故로 漢文을 輕히 여 기라 함이니라.

此雖 內國이나 高僧 了義 創造한 以後 至今千載에 只是 閨閣內에 存하며 下 等社會에 行하여 不經한 諺册과 淫蕩한 歌詞로 人의 心德을 亂하였고 彼雖 外 國文이나 幾十百年來로 學士大夫가 尊頌하며 君臣上下가 一遵하여 此로 治民 에 以하며, 此로 行政에 以하며 此로 明倫講道에 以한 故로, 此則 諺文이라 名 하며 彼則 眞書라 稱하였거늘, 今忽 輕重을 顚倒함은 何故오. 曰 漢文은 弊害 가 多하고 國文은 弊害가 無한 故니라.[22]

신채호 문장의 박력이 대체로 이와 같은 단순 논법의 명쾌함에서 우러나오 고 있음을 우리는 부인하기 어렵지만, 여기에서도 國文과 漢文의 輕重 문제를 가리는 일반적 판단 근거로서 단지 두 문장의 근거가 내세워지고 있을 뿐임을 우리는 확인할 수 있다. "內國文 故로 國文을 重히 여기라 함이며, 外國文 故로 漢文을 輕히 여기라 함이니라"의 문장과 "漢文은 弊害가 多하고 國文은 弊害가 無한 故니라"의 두 문장이 바로 그것이다. 이중 內(國文), 外(國文)의 판단 문제 는 여기서 더 이상 따질 필요 없이 자명한 문제라고 하겠거니와, "漢文은 弊害 가 多하고 國文은 弊害가 無한 故니라"의 판단 근거와 관련해서는 이처럼 단순 명쾌함의 논리를 사랑하는 저자 역시 어느 정도의 설명이 불가피하다고 보았 던지 몇 단락에 걸쳐 그에 대한 세부 설명을 보충하고 있는 양상이다. 하지만 이 문제 역시 궁극적으로는 '국수주의'의 문제, 곧 자국 언어와 문자를 통한 애 국심 함양의 여부 문제와 직결된다고 보고, 그의 설명은 다시 (언어를 통한) '국수주의'의 배양 문제로 다시 돌아가게 된다. 신채호식 문제 인식의 반경이 온통 저 국수주의의 문제, 곧 국가적 위기 탈출을 위한 민족(주의)적 자긍심 배 경의 문제에서 한 빌짝도 벗어난 것이 아니었음을 여기서 우리는 다시 한 번 확인하게 된다. 위의 글의 후반부에서 저자는 다음과 같이 말하고 있다.

此는 無他라. 三國以前에는 漢文이 未盛行하여 全國人心이 自國만 尊하며 (…) 三國以後로는 幾乎 家家에 漢文을 儲하여 人人이 漢文을 讀하여 漢官威儀

22) 『전집』 별집, 74쪽.

로 國粹를 埋沒하며 漢土風敎에 國魂을 輸送하여 言必稱 大宋·大明·大淸
이라 하고 堂堂 大朝鮮을 他國의 一附屬國으로 反認하므로 奴性이 充滿하여
奴境에 長陷하였거늘, 今日에 坐하여 尙且 國文을 漢文보다 輕視하는 者 有하
면 此亦 韓人이라 云할까.

　自國의 言語로 自國의 文字를 編成하고 自國의 歷史地誌를 編輯하여 全國
人民이 俸讀傳誦하여야 其 固有한 國精을 保持하며 純美한 愛國心을 鼓發할
지어늘, 今에 韓人을 觀하건대 (……)[23]

　이처럼 애국계몽기 신채호의 사상이란 국수주의에 시종한 것이었으며, 이
국수주의적 관점에서 자국어 확립의 문제를 그는 어떤 문제보다도 중시하여
인식했던 것이 사실이었다. 그가 비록 현대적 의미에서 언어학에까지 손을 뻗
친 전문적 소양의 문법학자는 아니었을망정 「國文硏究會 委員諸氏에게 勸告
함」(『대한매일신보』, 1908.11.14)의 글 속에서 지지부진한 국문 연구 사업을 힐
난하고, 또 계기가 주어짐을 활용하여 「文法을 宜統一」(『대한매일신보』,
1908.11.7; 『기호흥학회월보』 5호) 등의 논설을 적극적으로 펼쳐나갔던 것은,
특유의 저 국수주의적 언어정책적 관심에서 비롯된 글쓰기 형적이었다고 할
수 있다. 물론 이와 같은 맥락에서 당대적 한계의 면모를 지적하는 것은 쉬운
일이고, 실제로 신채호 자신이 (적어도 당시로서는) 漢主國從의 어정쩡한 국한
혼용문체 문체 감각에서 멀찍이 빠져나오지 못한 채로 國語, 國文의 앞날을 설
계하고 있었음도 문장으로 확인될 수 있는 양상이긴 하다. 위 「文法을 宜統一」
속에서 저자는 다음과 같이 지적함으로써,

　韓國에 自來로 自國 國文이 非無언마는, 此는 一閣置하여 女子 及 勞動界에
만 行用되고 上等社會에는 漢文만 尊尙하여 讀習하는 바도 此에 在하며 著作
하는 바를 此로 以하더니, 居然 時代의 思潮가 一變하여, 彼 佶屈贅牙한 漢文
으로는 國民知識 均啓함이 難함을 大覺하며, 又 自國 國文을 無視하고 他國文
만 尊尙함이 不可함을 不悟하고, 於是乎 國文을 純用코자 하나 但 屢百年 慣習
하던 漢文을 一朝에 全棄함이 時義와 時勢에 均時不合한지라.

　所以로 國漢文 交用의 議가 起하여 十餘年來 新聞雜誌에 此道를 遵用함이

23) 『전집』 별집, 75-76쪽.

已久하나, 然이나 其 文法을 觀하건대, (一)或 漢文 文法에 國文吐만 加하는 者
도 有하며, (二)或 國文 文勢로 下하다가 突然히 漢文 文法을 用하고, (三)或 漢
文 文勢로 下하다가 突然히 國文 文法을 用하는 者도 有하여, (…)[24]

　그 자신이 쓰는 문체, 즉 문체 감각이 어떻게 시대적 문법 의식의 중심적 자
장 속에 놓일 수 있을 것인지, 그다지 깊이 고민한 흔적은 보여주지 않는 셈이
라 할 수 있는 것이다. 전문적인 국어학자의 소양이나 그 지위를 가진 위치에
있지 않았을망정 당대적 문체 감각으로 보아서도 오히려 낙후된 모습의 문체
감각을 선보이고 있었다는 점은 국어정책, 국문법에 대한 신채호 나름의 지대
한 관심의 배려에도 불구하고 오히려 아이러니컬한 사실의 측면으로 기록되어
마땅하지 않을 수 없는 것이다. 물론 모든 유행은 시간의 거센 흐름 속에서 한
갓 우스꽝스러움으로 화해버리고 만다는 것이 인세유전의 엄연한 법칙이라고
할 때, 신채호의 저 고풍스런 한주국종체 문장 역시 당대의 규범적이고 제도적
인 문체 감각의 소산이었을지 모른다. 역시 내용보다는 형식 면에서의 시대의
추종이 훨씬 지체되는 것이 또한 문화사의 불가피한 일반 법칙이라고 할 때,
적어도 내용 면에서의 근대적 자국어 중심주의자, 표준 문법론자의 면모를 신
채호는 훌륭히 보여주었다고 할 수 있다. 근대적 문화주의자, 시대를 앞서간
문화 비평가로서의 면모의 일단이 이러한 언어정책적 배려의 관심 측면에서도
포착되는 것이다.

　나. 기타 문화론

　현대적 의미에서 '문화론'이라 할 만한 글은 물론 오늘 남아 있는 신채호의
글 속에서 그리 많지 못하다. 앞서 누차 언급한 바와 같이 바람 앞의 등불과 같
던 국가 존망의 위기 속에서 한가하게 평시적 의미의 '문화'를 논할 여유는
물론 주어지지 못했다. 그럼에도 불구하고 국가와 문화 형성의 근본 요체와 같
은 것으로 인식하였던 '교육'이나, '출판' 등의 문제와 관련해서는 또 기회 있
을 때마다 논란의 평필을 들었던 사람이 곧 신채호였던 것이니, 신채호는 당면
한 난국 타개를 위해 '武力'의 형성은 긴요하거니와, 역사적으로도 '文弱'의

---

24) 『전집』 下, 95쪽.

문화가 국가 패망의 위기를 초래한 근본 요인인 것으로 보아 '文武'의 조화가 나라 문화의 가장 이상적인 상태라고 보았다. 개인적으로는 망명의 시기를 앞두고 합방의 전야를 내다보는 시기에 쓰여진 논설 「文化와 武力」(『대한매일신보』, 1910.2.19)이 단재의 그와 같은 인식과 사상을 요약적으로 대변하는 글이라 할 것이다.

> 然故로 國을 謀하는 者- 文武에 其一을 偏廢함이 不可하나니, 文이 無하면 國家의 精神을 維持할 器具가 無하여 비록 孟賁·烏獲 같은 勇士가 全國에 充滿할지라도 한갓 敵人의 鷹犬이 되어 祖國을 反噬하기 易할지며, 武가 無하면 비록 釋迦·文殊같은 活佛이 各地에 普現할지라도 다만 其 慈悲의 淚를 灑하고 一身을 將하여 餓虎의 口에 供할 뿐이니 國家滅亡에 何益이 有하리요.[25]

이처럼 '文武의 조화'라는 전통적인 견해 위에 또 새로운 문명의 흐름에 동참하여 나라의 부국강병을 도모키 위한 신문화의 창달 필요도 그는 깊이 절감하여 그 중대성을 강조하고 있다. 다음 결론부의 논설은 당대에 있어서 진보적 논객으로서의 신채호의 진면목을 잘 보여주는 대목이라 하겠다.

> 韓國이 旣是 文化를 沈醉하여 如此 萎靡한 狀態를 致하였거늘 今에 乃日 文化를 無視함이 不可라 함은 何故오.
> 日 國民을 萎靡케 하는 文化도 有하며, 國民을 强勇케 하는 文化도 有하나니, 彼 西歐列强을 觀하라. 學術의 發達이 如彼하며 道德의 進步가 如彼하되, 其國이 蒸蒸 日强하나니, 是는 其 文化가 東洋古代의 人民을 驅하여 專制下에 雌伏케 하던 文化가 아니라, 自由를 歌하며 冒險을 尙하는 文化인 故니, 韓國 有志君子여, 自國固有의 長을 保하며 外來文明의 精을 採하여 一種 新國民을 養成할만한 文化를 振興할지어다.[26]

신채호가 단순한 무력주의자만은 아니었고, 또 단순한 국수주의자만도 아니었음을 이러한 문맥에서 확인할 수 있거니와, 그는 교육을 중시하여 학생층을 고무하고 격려하기에 필력을 아끼지 않으면서도 반드시 신세대, 신문화만을

---

25) 『전집』 별집, 200쪽.
26) 『전집』 별집, 201쪽.

추장한 것이 아니라, 한국의 전통문화를 보지하기 위한 노력에도 편달의 붓을 들기에 인색하지 않았다. '書籍出版家 諸氏에게 告함'이라는 부제를 단 「舊書刊行論」(『대한매일신보』, 1908.12.18-20)의 글은 그의 이와 같은 보수적 면모 또한 약여하게 보여주는 글이라 하겠거니와, 이처럼 그는 넓은 의미에서 사회 각 부문을 아우르는 당대의 모든 사태에 대해 국수주의자, 혹은 진보적 국가주의자의 입장에서 논설을 통한 비평적 개입을 일상화하였다. 이는 그가 당시 『대한매일신보』의 주필 지위에 있었기 때문이라 함을 앞서 누차 강조하였거니와, 그런 관심의 시야와 배려의 차원에서 넓은 의미의 '문화론'에 속할 만할 다수의 글을 저술, 발표하였다. 이처럼 단순한 '무력주의자'가 아닌, 진보적 문화주의자로서의 단재의 또 다른 면모에 대해서는 또 다른 논급의 형태로 다뤄져야 할 논제의 하나로 여겨지거니와, 그가 좀 더 강팍하지 않은 여유 있는 시대를 살았더라면 더 많은 문화론 형태의 글을 그는 우리에게 남겨놓을 수도 있지 않았을까 상상해 보게 된다. 비록 구체적인 장르론 형태의 문화론으로서는 빈약한 논술의 양태이긴 하나, 애국계몽기, 나아가 개화기 전체의 문화사적 편린을 그의 비평적 언급과 개입이 스스로 의미화하는 담론적 질서를 연출하고 있다 함은 부인할 수 없는 사실이다. 비평사와 문학사를 넘어, 한국 근대의 문화사라는 견지에서 신채호의 비평적 산출들을 더욱 세심하게 질서화하여 고찰할 필요가 이러한 문맥 속에서 주어진다고 하겠다.

4. 결어 및 남는 문제

문학적 영역의 글로 치부될 수 있는 단재의 글로는 물론 이밖에도 많이 있다. 본고에서는 비평사의 시각에서만 주목하고자 하여 지나치게 되었지만, 그가 남긴 10여편의 서사 작품들, 그리고 시와 수상의 글들을 모두 합하여 일람하면, 한 문학사, 하나의 문학세계로서 손색없는 문학 작품의 양을 남기고 있음을 우리는 알 수 있다. 단지 양적 차원으로만이 아니라, 질적으로 우수하고 의미있는 문예의 글들을 남기고 있다는 것을 국문학의 연구자들은 높이 평가하여 문학사 위에 기록해 놓고 있는 것이다. 별도로 연구된 바는 없지 않나 여겨지지만, 그의 시적 언술의 작품들, 특히 그가 남겨 놓고 있는 漢詩의 작품의 예를 살피자면 그가 얼마나 뛰어난 언어 감각의 소유자, 특히 漢字語 감각이 뛰어난 문필가였음을 우리는 새삼 깨달을 수 있는 것이다. "詩學으로 말하여도 丹齋는 唐詩 數千首는 늘 외고 있다"고 한 증언, 또 "그러므로 다른 事物에는 等閑하여 아무 記憶性이 없는 것 같으나 詩에 對하여서는 누가 지은 詩든지 듣기만 하면 문득 記憶하여 언제든지 외인듯 싶은 것을 筆者가 目睹하였으니"[27]라는 그 지인의 증언이 과연 허언이 아니구나 싶게 날카롭고도 평명한 시어의 구사 능력을 그의 시, 漢詩 작품들은 보여준다고 말할 수 있다. 「천희당시화」의 저자가 단재임에 틀림없다고 보는 필자의 판단은 이런 주변적 방증 자료의 검토를 통해서도 힘입고 있는 것이다.

비평적 언설, 문예 비평적 언설에 국한해 살피더라도 1900년대의 애국계몽기 이후, 그러니까 해외로의 망명을 떠난 이후에도 그가 허다한 논설들을 남겼음을 우리는 알고 있다. 망명지 중국에서 쓰여진 「文藝界 靑年에게 參考를 求함」이나 「浪客의 新年漫筆」 같은 글은 오늘의 문예 청년들에게도 자주 참고가 되리만큼 단재 특유의 매섭고, 근본적 사유의 무장투쟁주의, 애국주의적 관점의 문학관이 잘 나타나 있는 글이라 할 수 있다. "民衆生活과 接觸이 없는 上流社會 富貴家 男女의 戀愛事情을 그리므로 爲主하는 奬淫文字는 더욱 文壇의 羞恥이다"[28]는 「浪客의 新年漫筆」에서의 언설은 그 대표적인 명구의 대목이거니와, 식민지 시대를 수놓은 이광수와 같은 문학의 한편 가장 열렬한 지원자이사(국문 문학과 근대 문학의 장도자였다는 뜻으로), 한편 또 가장 격렬한 비판자이었던 비평적 견해의 소유자가 다름 아닌 단재였다는 것을 우리는 이런 문맥을 통해 추량해 볼 수 있는 것이디. 이런 뜻에서 식민지 근대 문학에 대한 애증어린, 무언의 파수꾼이 단재 신채호였음을 우리는 잘 인식할 수 있는데, 결국 같은 뜻에서 식민지 근대 문학의 역사적 기능을 인식하고자 하는 한 그 반명제로서의 신채호의 비평사적 위치를 우리는 결코 무시하거나 몰수해 버릴 수 없다는 점을 우리는 새삼스럽게 확인할 수 있다. 무엇보다 전근대사회에서 근대로의 이행기, 국권침탈기의 국가적 위기 현실 속에서 문예의 글쓰기와 언어, 문화, 사회의 정도를 끊임없이 일깨웠다는 점에서 우리 비평사의 과도기적 공백 지대를 메꾼 신채호의 언설사적 기여의 역할, 문화사적 기여 역할은 높이 평가되어야 마땅하고 신채호가 또 능히 그런 대우를 감수할 수 있는 언설적 자

27) 「전집」 下, 467쪽.
28) 「전집」 下, 34쪽.

산을 풍부히 쌓아 놓은 기자—지식인의 논설가였음을 우리는 충분히 확인할 수 있었다. 국자, 국문주의를 선양하면서도 그 자신의 교양으로 체득한 '漢詩'의 양식을 통해서 자신의 깊은 심회를 표현해 내지 않으면 안 되었던 이 시대적 자기 모순의 지식인—비평가의 시 한 수를 여기에 인용하면서 글을 끝맺고 싶다. 아! 그저 마음 편하게 시인이기만 할 수 있었다면 그는 또 얼마나 훌륭한 동국 시인일 수 있었겠는가. 동국의 두보라 해도 모자라지 않는 이름으로 그가 기억될 수도 있지 않았을까. 그 난세와 유랑의 시절에 그가 오늘 같은 날을 꿈꾸었을지 지극히 의심스럽다. 그저 경의만이 우리에게 있을 뿐.

白頭山途中

人生四十太支離
貧病相遭暫不移
最恨水窮山盡處
任情歌哭亦難爲[29]

---

29) 『전집』下, 392쪽.

참고문헌

신채호, 『丹齋申采浩全集』, 형설출판사, 1979.

김복순, 「1890년대~1910년대 문학비평 연구」, 연세대학교 석사학위논문, 1982.
권영민, 『한국현대문학사』, 민음사, 2002.
김윤식 외, 『한국현대문학사』, 현대문학사, 1994.
신용하, 『申采浩의 社會思想 硏究』, 한길사, 1984.
조동일, 『한국문학통사』, 지식산업사, 1986.

土方透・松戸行雄 共編譯, 『ルーマン, 學問と自身を語る』, 新泉社, 1996.
위르겐 하버마스, 한승완 역, 『공론장의 구조변동』, 나남출판, 2001.

제3장

한국 근대 (문예) 비평(사)의 원점론(2)

1920년대 초 염상섭-김동인 논쟁의 비평사적 의의 재음미

1. 서론—'한국 근대 (문예) 비평(사)의 원점'이라는 물음[1]

'한국 근대 문예 비평(사)의 원점'을 묻는 물음이 가능한 질문인지, 검토됨직한 질문인지 우선 자문해 볼 필요가 있을 것이다. 어쩌면 모든 물음의 행위가 부질없는, 미망의 행위는 아닐 것인지…. 이런 선(禪)적 회의의 의식과 탈 모더니티의 의식이 쉽게 같은 자리를 공유할 수 있다는 것은 오늘날 생각있는 자라면 누구나 깨달을 수 있다. 과연 근대성, 근대화가 우리에게 남겨준 것은 무엇인가.

'한국 근대 문예 비평(사)의 원점'을 묻는 일이 과연 근대성의 지평 안에서 이루어지는 것이냐, 그것을 넘어서는 작업 의미를 가질 수 있는 것이냐의 문제는 물론 쉽게 답해질 수 있는 성질의 것은 아니다. 근대성에의 충실이냐, 혹은 그것에의 극복 의지냐 하는 것이, 간단히 답해질 수 없는 문제임은 오늘의 인문학도들, 나아가 사유꾼, 공부꾼들 일반이 직면한 공통의 인식 과제로서, 보편적 난문의 형태로서 입증된다고 할 수 있는 것이다. 오늘 서양 문화의 자기 반성 형태로서 제기되고 있는 것이 바로 저 포스트 모더니티의 사유 방식이라고 한다면, 포스트 모더니즘의 문제를 둘러싼 서양 학자들의 구구한 해석적 논란과 여기에 덧붙여 동양 학자들이 고민의 방정식 속에 함께 밀어넣을 수밖에 없는 동양적 전통성의 문제는 오늘날 간단히 대답되기 어려운 철학적 난문의 성격을 머금지 않을 수 없는 것이다. 이런 사유의 정황 속에서 '한국 근대 문예 비평(사)의 원점'을 묻는 일이란 어떤 인식적 의의를 획득할 수 있는 일이 될까.

한국 근대 문예 비평사의 연구를 다시금 체계적으로 전개해 보기 위해 이 물음이 필요하다는 것을 우선 말해두기로 하자. 단순히, 역사가 있으니까, 역사가 존재하니까, 연구한다는 것이 아니라, 우리의 연구 과제, 즉 한국 근대의 문예 비평사, 혹은 더 나아가 한국 근대 문학사 전체에 대한 인식을 편제해 보기

---

[1] 한국 근대 문예 비평사가 보다 역사적이고 체계적으로 논구되기 위해서는 그 원점의 문제가 먼저 신중하게 검토되지 않으면 안 된다는 인식 하에서 필자는 같은 제목의 논의를 시도한바 있다. 조선 후기부터의 문예 비평적 담론 흔적을 거슬러 올라가 다시 내려와 보는 방식으로 우리 문예 비평사에 있어서 역사적 단절의 문제를 주로 탐색해 본 기왕의 논의에 이어서, '염상섭–김동인 논쟁'만을 집중적으로, 중점적으로 살핌으로써 우리 근대 문예 비평사의 원점 설정 문제를 재검토하고자 하는 것이 본 논의이다. 본고가 '한국 근대 문예 비평사의 원점론(2)'라는 제목으로 주어지게 되는 것은 이 때문인 것인데, 여기서 '(2)'라는 식의 제목 붙인 까닭은 그러니까 논의의 연속성과 그 후속성을 뜻하기 위한 것이다. 이 책의 제1장 「한국 근대 문예 비평의 원점(1)」 참조.

위해, 지금 여기서 하나의 시금석의 질문으로 던져져야 할 것이 '한국 근대 문예 비평(사)의 원점'에 대한 물음이어야 할 것을 분명히 해두지 않으면 안 된다고 여겨지기 때문이다. 실제로, 근대(성)의 인식 지평 안에서조차 이 물음이 제대로 물어진 바 없었다는 것은 여러모로 우리의 인식 현황을 되새겨 보게 하는 바이다. 왜 그랬을까.

이에 대해서 간단히 대답해 보자면, 근대(성)에 대한 우리의 인식 태도가 그동안 그처럼 불철저했기 때문이라고 말해볼 수 있을 것이다. 이러저러한 비평적 언설들이 한국 근대 문화사 속에서 발생했다는 것을 그동안 수없이 많은 연구자들이 지적하고 밝혔었지만, 정작 한국 근대 문예 비평의 역사 속에서 무엇이, 어떤 언설적 사건이 그 원점의 언설(사건)로 기록될 만하다고 명료히 자신의 의견을 개진한 논자는 없었던 것으로 여겨지는 것이다.[2] 왜 그랬을까.

문예에 관한 이런저런 언설, 잡설이 모두 문예 비평이고, 근대적 문학 비평 역시 그 속에서 차이가 지워져야 할 아무런 구속 요건을 갖지 못하는 것으로 인식되어야 한다면, 한국 근대의 문예 비평을 연구하는 우리의 인식 작업이란 한갓 허망함을 면하지 못하는 것으로 되지 않을 수 없다. 문예 비평사에 대한 수많은 지식을 가지고도 '문예 비평이란 무엇인가'의 질문에 대답할 수 없다면 그 지식이 우리에게 가질 수 있는 의미란 무엇일까. 근대적 문예 비평이라 해도 경우는 마찬가지가 된다. 문예 비평의 근대적 본질이 무엇인가를 망각하고서야 어찌 한국 근대 문예 비평사의 흐름에 대한 우리의 인식, 조망이 제대로 틀거리를 갖출 수 있으리라고 기대할 수 있겠는가. 결국 역사에 대한 물음과 대상의 본질에 대한 물음은 언제나 분리될 수 없고, 결코 분리될 수 없는 상태에서 물음이 제기되고 인식틀이 갖추어지지 않으면 안 되는 것이다. 한국 근대

2) 가령, 한국 근대 문예 비평사 연구의 개척자였다고 할 수 있는 김윤식 교수가 그것의 기점에 대한 인식 문제를 본격적으로 제기한바 없다는 사실은 여기서 의미심장하게 검토될 만한 사실이라고 하겠다. 한국 근대 시사나, 근대 소설사, 근대 희곡사, 심지어 근대 문학사 기술 문제와 관련해서도 그 기술에 앞서 우선 기점의 문제를 제기함이 일반적이었음에도 불구하고, 왜 한국 근대 문예 비평사의 경우에는 그 질문이 방치된 채로 놓이게 된 것일까. 이것이 비평 담론의 특수성 때문이라고 말하는 것은 별로 설득력이 없어 보인다. 본질, 즉 질적인 문제를 따짐이 언제나 역사 연구의 본질에 값해야 하는 것이라면, 한국 근대 문예 비평사 연구의 경우에도 그 기점, 원점의 문제를 따지는 것은 반드시 필요한 작업이리라 여겨진다. 김윤식 교수의 『한국 현대 문학 비평사』(서울대학교 출판부, 1982)의 경우, 저자는 그 서론 격의 논의인 1장〈비평사의 대상과 범위〉속에서 "비평사는 구체적인 작품평만으로 이루어지는 것은 아니다"(2쪽)라고 밝힘으로써 비평사 연구의 대상이 문학에 관한 이런저런 언설들로 폭넓게 넓혀질 수 있음을 암시하고 있지만, 이 때문에 근대적 문예 비평의 본질이 무엇인가에 대한 문제는 가려지고 있음을 알 수 있다. 1890년대-1910년대의 비평적 언설 양상을 꼼꼼하게 검토한 김복순의 연구의 경우도 이 문제를 철저히 검토했다는 인상은 주지 않는다(김복순, 「근대문학비평의 여명기」, 김윤식 외, 『한국현대문학사』, 현대문학, 1994 참조). 한국 근대 문예 비평사에 대한 통사적 기술을 시도한 전기철의 『한국현대문학비평입문』(느티나무, 1999)도 비슷한 인상을 주기는 마찬가지다.

의 문예 비평이란 과연 무엇이었는가. 이 물음은 끝내 근대 비평의 본질이란 무엇인가의 물음과 분리될 수 없고, 그 보편적 이해의 지평 속에서 한편 한국 근대 문예 비평의 특수성의 문제가 함께 고려, 고찰되지 않으면 안 된다는 것을 이상의 논의는 함축한다. 그렇다면 근대적 문예 비평, 혹은 비평의 본질이란 무엇인가.

작가(저자) 연구를 위한 가치 있는 자료의 경계가 어디까지인가를 물었던 미셸 푸코와 같이[3] 비평과 비평 아닌 것의 경계, 근대적 문예 비평과 그것 아닌 것과의 사이의 경계에 대한 물음에 관해서 먼저 우리는 뚜렷한 인식적 지표를 세우지 않으면 안 된다. 한국 근대의 문예 비평사가 그 전 시대의 비평사 기술과 구분되어 따로이 기술될 필요가 있는 것이라 한다면, 이 전제 하에서 먼저 근대 비평과 전근대적 비평 사이의 구분점이 먼저 논란되지 않으면 안 되며, 이러한 인식적 요청 하에서, 근대적 문예 비평의 본질이 무엇인가에 대한 물음이 끊임없이 반복, 되풀이 물어지지 않으면 안 되는 것이다. 이와 같은 물음이 되풀이 문제되지 않으면 안 되는 것은 물론 그 물음의 쟁처 주변에서 다음과 같은 파생의 질문, 논점이 얼마든지 되풀이 제기, 제출될 수 있기 때문이다. 예컨대, 문예에 관한 이런저런 언설들의 역사로 한국 근대의 문예 비평사가 구성될 수 있다고 본다면, 왜 지금 언급되지 않거나 소홀히 취급되고 있는 여타 근대 공간의 단편적 비평적 언설들은 우리의 비평사 기술 속에서 배제되지 않으면 안 되는가. 사령, 소설이라는 양식을 '빙공착영(憑空捉影)'의 한마디 말로 규정하고 나섰던 저 신소설『화의 혈』 서언의 담론은 본격적인 근대소설론 담론과 어떻게 다른 것인가. 또는 『서포만필』에서의 김민종의 자국어 선언과 이광수의 문학론이 가지는 '근대적 자국어 문학론' 사이의 차이는 무엇인가. 왜 무명 독자의 독서 감상문은 무시되고 배제되지 않으면 안 되는가.

무릇 모든 역사 기술 속에 선택과 배제의 원리, 중심화와 계열화를 통한 (의미) 질서화의 원리가 작동하고 또 작동되어야 함은 물론이다. 한국 근대 문예 비평사에 대한 모든 기술들은 이미 이런 점에서 어떤, 그 나름의 질서화의 원리를 간직하고 있다. '문제틀'의 문제가 여기서 제기된다고 할 수 있는데, 여기에서 필자는 일단 한국 근대의 문예 비평사를 단순히 '언설사'로만 볼 것이 아니라, 보다 폭넓은 시야에서 사건의 역사로 먼저 보고, 그 속에서 언설의 역사

---

3) 미셸 푸코, 「저자란 무엇인가」, 김현 편 『미셸 푸코의 문학 비평』, 문학과지성사, 1989 참조.

를 다시 간취해 보는 것이 마땅한 관점이지 않을까 생각된다. 의미의 덩어리인 언설의 틀 속에 갇힐 때 의미를 발생시키는 가장 근본적인 차원이어야 할 존재 차원의 의미 비중은 제대로 분간되지 않을 가능성이 있고, 이 때문에 모든 언설의 발생이 우선은 모두 객관화될 수 있는 방식으로 하나의 '사건', 혹은 문화사적 사건들로 간주될 필요가 있다고 보기 때문이다. 비평사를 논쟁사로 정리하고자 하는 관점[4]이 이와 비슷한 것이라 할 수 있을 것인데, 이때의 문제로는 비평사를 논쟁사로만 볼 경우, 논쟁으로 연결되지 않은 담론, 언설의 발생 사건들은 묻혀지고 잊혀지기 쉽다는 점이 지적될 수 있다. 논쟁으로 연결된 언설들만이 반드시 의미 있고, 나머지 모든 언설들이 무의미하다고 볼 이유는 없을 것이기 때문이다. 별 쓸데없는 논쟁이 있었을 수도 있고, 또 논쟁으로 연결되지 않은 담론들 중에서도 역사적으로 의의 있는, 가치 있는 담론들이 있었을 가능성은 언제나 있다. 때문에 모든 언설들의 발생을 일단 사건 차원에서 배열할 필요가 있지만, 반드시 논쟁으로 연결되지 않은 언설들도 감안하여 한국 근대의 문예 비평사를 사건사와 언설사의 교직으로 재정리할 필요성이 제기된다고 여겨지는 것이다.[5] "문학사란 누구나 쓸 수 있고, 또 씌어져야 한다"[6]고 했지만, 문학사가 새로 씌어지기 위해서는 우선 방법론, 관점의 문제 등이 먼저 재검토되지 않으면 안 된다.

　　문화사적 차원의 가치 비중과 사건들의 역사라는 척도, 관점에서 한국 근대의 (문예) 비평사를 재배열하고자 했을 때, 한국 근대 문학의 초창기 가장 파문이 컸던 비평사적 언설 사건, 논쟁의 사건을 찾는다면, 여러 논쟁사적 사건 중에서도 '염상섭-김동인 논쟁'이 가장 규모가 있었던 사건으로 기억된다는 것은 매우 자연스런 일일 것이다. 초창기 한국 근대 문예 비평의 형성 과정에서 처음으로 왁자지껄하게 파문을 부른 사건이 이 논쟁 사건이었다고 할 수 있을 것이기 때문이다. 당시 이 사건이 그렇게 파문을 던지고, 오늘의 시점에서도 역시 재음미, 되짚어 볼만한 사건인 것으로 기억되게 만드는 힘, 이유란 무엇

---

4) 대표적인 것으로 김영민의 『한국문학비평논쟁사』(한길사, 1992) 같은 것을 들 수 있다.
5) 질 들뢰즈의 『의미의 논리』(한길사, 1999)를 번역하면서, 이정우가 「들뢰즈와 사건의 존재론」을 논술한 것이 이 점에서 매우 시사적인 논의라 하겠다. 그의 설명에 의하면, 들뢰즈는 '사건'들이 계열화되면서 '의미'가 발생하는 것으로 본다고 한다. 계열화되기 이전의 사건들은 무의미 속에 놓여 있고, 그것이 의미를 갖기 위해서는 계열화되지 않으면 안 된다는 뜻이다. 그런 점에서 사건 자체가 벌써 '의미'일 수 있지만, 이를 언설, 혹은 언어 작용의 문제로만 파악하게 되면 의미 생성의 본질적인, 근본적인 차원인 존재의 차원은 사상되기 쉬운 것이다. 질 들뢰즈, 이정우 역, 『의미의 논리』, 한길사, 1999, 27-29쪽 참조.
6) 김현·김윤식, 『한국문학사』, 민음사, 1996, 7쪽.

일까. 이에 대해서 자세히 구체적으로 음미해 보고자 하는 것이 본고의 의도이며, 목적이거니와, 이 물음은 '비평이란 무엇인가', 혹은 '근대 비평이란 무엇인가'의 물음과 분리될 수 없는 것임이 새삼 환기될 필요가 있다. 역사적인 의의란 결국은 현재적인 의의이며, 원론적인 물음이란 언제나 반복성을 특징으로 할 것이다. 당시 '비평이란 무엇인가'의 물음이 폭발성을 내재한 질문이었다면, 이 질문은 지금도 유효하며, 비평이 계속되는 한 이 물음은 언제까지나 의미있는 물음으로 남으리라고 말할 수 있다. 비평이란 무엇인가. 또는 근대 비평이란 무엇인가.

한국의 경우, 혹은 동양의 경우, 비평적 언설이 반드시 근대에 들어와서만 비롯되었던 것은 아니지만, 서구 근대 비평의 기능, 혹은 존재 방식과 관련하여 진지하게 물음을 던지고 대답을 시도한 논자의 한 사람으로 우리는 테리 이글턴(T. Eagleton)을 떠올릴 수 있을 것이다. 그의 「비평의 기능(The Function of Criticism)」은 이 문제에 대답하고자 한 유력한 논저의 하나이다.[7] 하버마스의 지적처럼, 유럽의 경우 문학 비평은 18세기 이래 하나의 제도로서 형성, 기능해 왔던 것이라 할 수 있지만,[8] 그 중에서도 가장 오랜 역사를 자랑하는 것이 영국의 문예 비평이었다고 할 수 있고, 이 근대 영국 문예 비평의 역사를 나름대로 계열화, 의미 질서화하고자 한 시도가 바로 이글턴의 위의 저술이라고 할 수 있다. 여기서 주의깊게 음미할 만한 사실은 근대 비평, 혹은 비평이란 무엇인가의 질문에 내답하기 위해 하버마스의 사회적 '공공 영역' 개념을 끌어들이고 있는 것이 이글턴 특유의 대답 방식이라는 점인데, 근대적 의미에서의 '비평', 곧 문학 비평은 근대적 공공 영역의 대두와 힘께 빌생했으며, 그 속에서 실천적인 사회적 직능, 곧 사회 발전을 위해 진보적인 공공적 직능을 수행한 것이 바로 문학 비평이었다고 하는 설명이다. 이와 같은 설명의 틀 속에서 근대적 '비평'의 본질, 그 사회적 직능에 대한 이해의 문제가 한꺼번에 해결되고 있는 것을 우리는 알 수 있는데, 이는 그러니까 근대적 의미에서의 '비평'이란 적어도 사회적 공공 영역, 즉 신문, 잡지 등의 언론 매체와 유관한 텍스트 관련성을 지닌 것이지 않으면 안 되며, 그런 공공성의 사회적 기능성, 곧 공리주의적 기능성과 관련하여 실천적인 사회적 직능을 발휘한 것이 '근대 비평'의 원질로서 이해되지 않으면 안 된다고 하는 설명인 것이다. 문예에 관한 이런저런

7) T. 이글턴, 유희석 역, 「비평의 기능」, 제3문학사, 1991에서 「비평의 기능」 참조.
8) 위르겐 하버마스, 이진우 역, 「현대성의 철학적 담론」, 문예 출판사, 1994, 250쪽 참조.

잡설 모두가 근대 비평의 본질 영역 속으로 편입되어 들어올 수 없는 이유가 이런 맥락에서 설명될 수 있으며, 책의 앞뒤에 붙이는 소위 '서발(序跋)비평' [9] 과 같은 것이 근대 비평의 본령 속으로 육박해 들어올 수 없는 이유도 같은 맥락에서 설명될 수 있다. 소위 '제도로서의 문학'이라 부르는, 근대적 문학 공간 전반이 실상 이 근대적 공공 영역의 장과 무관한 관계에 있지 않았음이 이런 맥락에서 새삼 환기될 만한 사실, 인식일는지 모른다. 근대 장편 소설이란 곧 신문 소설이었고, 단편 소설은 한편 잡지와 함께 명운을 같이 한 문예 양식이라고 하는 인식, 사실이 그것이다.

이에서 더 나아가면 물론, 부르디외의 설명처럼, 하나의 사회적 자율적 장으로서의 '문학 장'의 형성과 성립이라는 조건이 근대 문학 전반에 대한 이해의 문제와 관련하여 중요한 지표 조건의 하나로 고려되어야 할 만한 사실일는지 모른다. [10] 근대 문예 비평사 이해의 경우라면 그러니까, '문학 장'의 독립과 함께 다시 한 번 '비평' 장의 독립 조건이 중요한 문화사적 토대 조건의 하나로 고려되어야 할 만한 것일지 모른다. 이 경우 '문학 장'의 독립이란 신문의 경우라면 '학예면'의 성립 사실이 그런 의미의 중요한 계기로서 간주될 수 있을 것이며, 잡지의 경우라면 보다 명확하게 '문예 잡지'의 성립, 즉 그 초보의 한 계기들로서 여러 동인지 발간의 사실들이 의미 있는 문화사적 사건들로서 주의 깊게 고려될 만하다고 여겨지는 것이다. 요컨대 『창조』로부터 비롯되어 『폐허』, 『금성』, 『백조』로 이어진 동인지 발간의 사실들이 그것이다. 이와 같은 문화사적 사건들은 넓은 의미에서 근대적인 '문학 장', 기존의 용어로는 '근대 문단'의 성립 요건과 관련하여 의미 있게 고려될 만한 계기들로 여겨지거니와, 그 속에서도 '비평 장'의 독립을 의미하는 사건으로 들어질 만한 계기란 무엇일까. 이 점에서 '월평'이라는 비평 양식의 성립 사실은 매우 뜻있는 계기의 하나로 간주될 만하다고 여겨지며, 이는 문예에 관한 일반적인 '논설'이나, '해설' 류의 글들이 신문 혹은 잡지 속의 지면에 실린 양태 지체는 흡사한 양상이라 하더라도 근대적인 문학 장 속에서 비평 장의 독립이라는 역사적 지표의 척

---

9) 1890년대–1910년대 문학 비평적 언설 양상을 주의 깊게 연구한 김복순은 이 시기 비평의 특징을 '서발비평'이라 특징짓고 있다(김복순, 앞의 논문, 1절 참조). 하지만, "이 서발비평 형태는 동양 문학양식 분류에서의 〈序跋 · 贈序類〉에서 비롯된다"(53쪽)는 논자의 지적처럼, 그것이 동양 전래의 비평 양식에서 비롯된 것이라고 보면, 이 시기 '서발비평'으로서의 비평적 언설 양상이 과연 근대적 비평으로서의 본질적 성격을 구유한 것인가 하는 점은 의문으로 남을 수밖에 없다.

10) 삐에르 부르디외, 하태환 역, 『예술의 규칙: 문학 장의 기원과 구조』, 동문선, 1999, 1장 참조.

도로 보아서는 비교할 수 없는 무게의 문화사적 의미를 지니는 것이라 할 수 있다.

이처럼 1) 사회적 공공 영역의 장 속에서 발표된 글이어야 할 것, 2) 실제 비평, 혹은 실천적인 사회적 기능성의 요건을 갖추고 있어야 할 것, 3) 근대적인 문학 장의 독립이라는 조건 속에서 더 나아가 비평 장의 독립이라는 의의와 유관할 수 있는 문화사적 계기의 흔적을 이룰 것 등의 문화사적 지표들을 설정하고 보면 더욱이나 '염상섭-김동인 논쟁' 사건의 의미는 한국 근대 문예 비평사의 원점의 사건으로 중차대하게 다가온다는 것을 깨닫지 않을 수 없다.[11] 이제부터의 본론에서의 논의는 위의 논점들을 더욱 세밀히 검토하여 논증하며, 의미 부여하는 방식으로 전개될 것이어니와, 이와 같은 작업 과정 모두가 실상 하나의 비평적 언술 작업, 즉 사건들에 의미를 부여하고, 석명하는 비평 고유의 작업 방식이 끊임없이 개입할 것이라 하는 점 역시 미리 환기해 둘만한 사실이라고 하겠다. 이글턴이 그의 작업의 〈서문〉에서 강조했던 것처럼,[12] 지금 우리에게 절실히 필요한 것도 다름 아닌 비평 정신 본래의 회복이라고 한다면, 이 점에서 우리에게 '비평에 대한 비평'으로서의 이중의 비평 작업, 즉 역사학적인 비평 정신의 정밀한 적용 과제가 부여되고 있다는 것을 부인키 어렵다. 김동인과 염상섭의 '비평관', 즉 '비평이란 무엇인가'의 문제에 대한 두 사람의 관점 대립, 이해의 상충이 지금 여기의 우리에게도 새삼스럽게 되새겨질 필요가 있다고 보는 것은 전체적으로 이러한 맥락에 기인한 것이라 할 수 있다.

2. '염상섭-김동인 논쟁'의 발단, 경과 및 그 외면적 의의

이미 사실적인 관계로는 잘 알려져 있는 것이 이 논쟁인 것이지만,[13] 여기서

---

11) 이 밖에도 한국 근대 문예 비평사 구성의 언설적 조건들을 찾는다면 다음과 같은 조건을 고려할 수 있을 것이다. 가령, 문제적 조건으로서의 근대 한국어의 문체, 즉 '국한혼용문제'라고 하는 문제적 조건을 그 하나의 조건이라 한다면, 한국 근대 문화의 주체성, 혹은 성숙성의 요건을 이루는 조건들 역시 두루 세심하게 감안되지 않으면 안 되리라고 여겨진다. 이를테면 문학(글)의 매체를 이루는 장의 조건으로서 발표 지면의 엽투적 조건, 혹은 편심권의 문제 등이 이런 맥락에서 고려될 수 있을 것인데, 가령 잡지의 형태로 자율적인 문예 공간을 형성했다고 할 수 있지만, 제목 그대로 서양 문예의 번역, 소개 기능에 치중하였던 『태서문예신보』나, 유학생 잡지로서 동경 유학생들 사이에 회람되었던 『학지광』 등의 지면이 우리 근대 문화사의 결정적인 사건들로 간주되기 어려운 사정이 이 맥락에서 이해될 수 있는 것이다. 비록 '문화 정치'라는 보다 고도화된 식민지 통치술에 기인된 바의 산물이었다 하더라도, 역시 이 땅에서 주체적 문화 의지의 소산물로 대두되어 나온 신문, 잡지의 지면들로서 우리의 문화사를 구성하는 것이 우리에게는 보다 뜻있는 역사학적 작업 방식이 될 터이다.

12) T. 이글턴, 앞의 책, 13쪽 참조.

13) 이와 관련하여 특히 김윤식 교수가 여러 차례 논급한바 있으며(대표적으로 『김동인 연구』(민음사, 1987) 7장), 전기철의 『한국현대문학입문』 또한 이에 관련된 자료들을 실증적 차원에서 자세히 검토하고 있다. 말할 나위 없이 본고의 논의는 이와 같은 선행의 연구사에 크게 빚진 형태로 이루어진 것이다.

이 논쟁의 표면적 경과를 다시 한 번 짚어보고, 그 의의를 재음미, 재해석해 보려는 노력은 필요한 과제가 된다고 생각한다. 먼저 논쟁의 경과부터 밝히자면 다음과 같다.

*염상섭-김동인 논쟁 관련, 발표된 글의 순서와 목록

1) 염상섭, 「白岳氏의 「自然의 自覺」을 보고」(『현대』 2호, 1920.2)
2) 김동인, 「霽月씨의 評者的 價值를 論함-「自然의 自覺」에 대한 評을 보고」(『창조』 6호, 1920.5)
3) 염상섭, 「余의 評者的 價值를 論함에 答함」(『동아일보』, 1920.5.31-6.2)
4) 김동인, 「霽月씨에 對答함」(『동아일보』, 1920.6.12-13)
5) 염상섭, 「金君께 한 말」(『동아일보』, 1920.6.14)
6) 염상섭, 「月評」(『폐허』 2호, 1921.1)
7) 김동인, 「批評에 대하여」(『창조』 9호, 1921.5)
(관계 논설: 金惟邦, 「作品에 대(對)흔 評者的 價值」(『창조』 9호, 1921.5)

위 목록 형식의 정리를 통해서 우선 알 수 있는 것은 첫째, '김동인-염상섭 논쟁'이 단순히 일회적 논란에 그친 사건이 아니었다는 점이다. 총 7회 정도의 언설이 오고 간 것은 그 규모로 보아 벌써 우리 비평사에 드문 사건이 된다. 꽤 연속성을 지녔던 『기독청년』지의 후신으로서 1920년 1월호부터 잡지명을 개칭해 나오게 된 『현대』지에 애초 염상섭이 「白岳氏의 「自然의 自覺」을 보고」(『현대』 2호, 1920.2)라는 비평적 글을 발표하게 된 것이 단초가 된 셈이며, 이것이 계기가 되어 김동인이 「霽月씨의 評者的 價值를 論함-「自然의 自覺」에 대한 評을 보고」(『창조』 6호, 1920.5)라는 글을 발표하게 된 것이 그 두 번째 계기를 이루게 된 셈이며, 이것이 『동아일보』 지상으로 파급, 두 사람 간 언설이 오간 다음 일단 미무리를 짓고자 했던 것이, 다시금 염상섭이 『폐허』 2호에서의 「월평」 속에서 이 문제를 재론함으로써 김동인이 이에 대한 재반론의 논설을 다시 『창조』지에 발표, 마무리 짓는 자세를 취함으로써 두 사람 간 논전은 비로소 끝을 보게 되었다고 할 수 있는 것이다. 이에 덧붙여 金惟邦이 「作品에 대(對)흔 評者的 價值」(『창조』 9호, 1921.5)를 발표하였지만, 논쟁사적 의의는 별로 없는 것으로 보인다. 이처럼 여러 지면에 걸쳐 수차례 논전이 오갈 만큼 내적 긴장의 열도를 이루었다는 점에서 우리 근대 비평사 초유의 본격적인 논쟁의 사건으로서 그 외면적 의의가 적지 않음을 알 수 있다.

둘째, 이 논쟁의 외면적 의의와 관련하여 강조해 둘 점의 하나는, 논전의 시초 발단의 계기를 이룬 염상섭의 발론, 즉「白岳氏의「自然의 自覺」을 보고」(『현대』 2호, 1920.2)가 벌써 하나의 실제 비평적 성격을 머금고 있다는 점이다.[14] 테리 이글턴의 논의를 빌어 비평이 무엇보다 사회적, 실천적 기능을 갖추지 않으면 안 된다고 강조하였거니와, 이 사회적 실천 기능이란 문예 비평의 경우 일반적으로 실제 비평으로서의 작품 비평, 혹은 작가 비평의 문제와 결부되지 않으면 안 된다는 점을 알 수 있다. 넓은 의미에서 하나의 '해석'적 작업 역시 사회적 실천 효과를 전혀 발하지 않는다고 말할 수는 없을 것인지 모르나, 그 비평적 실천 효과가 뚜렷이 발해지기 위해서는 가치 평가로서의 기능 작용, 즉 문화적 준범을 세움으로써 한 사회의 감수성의 조정에 관여한다는 사회적 수행 의미가 관철되지 않으면 안 된다. 넓은 의미에서 해석적 작업, 해설류의 글들을 비평사에서 모두 추방할 이유는 전혀 없다고 하더라도, 역시 비평의 본령 문제와 관련해서는 이 점이 강조되지 않으면 안 된다고 여겨진다. 계몽적 단계에서의 문예 평적 담론과 근대 문예 비평사의 본격적인 전개 단계에서의 그것의 질적 차이가 이 점에서 가려질 수 있다고 보기 때문이다. 그러니까 白岳 김환의 소설「自然의 自覺」이 발표되는 것을 보고(『현대』 1호, 1920.1), 그와 같은 잡지의 2호에 즉각 염상섭이 혹평하는 글을 발표한 것은 단순히 그 비평적 순발력을 의미하는 것만이 아니라, '실제 비평'으로서의 한국 근대 문예 비평의 본격적인 출발을 의미하는 것이다. 이 계기가 확대됨으로써 소위 '창조'파―'폐허'파의 병립이라는 문단 구도가 이루어지고, 이로써 한국 근대 문단의 구조적 성립이 가능해졌다는 것은 그 비평적 언설이 내포한 사회적 실천성의 함의를 시사, 웅변한다고 볼 수 있는 것이다. 가능성으로서의 실제 비평의 사회적 기능성, 폭발력이 이러한 사례를 통해 최초로 입증된 셈이라고도 볼 때, 실제 비평으로서의 염상섭 언설의 사회적, 실천적 기능 함의, 그 역사적 개시의 함의가 이 점에서 재삼 강조되어도 지나침이 없다고 할 수 있다.

셋째, 이 일련의 논쟁 과정에서 중심된 논점이 결국 '비평(가)'의 직능이 무엇

---

14) 이에 대해서는 전기철의 앞서의 논저 역시 그 의의를 강조하고 있다. "근대문학의 첫 작품평"이라고 하는 설명이 그것이다. 전기철 앞의 책, 48쪽.

인가'의 문제로 좁혀져 부각되었고, 이로써 한국 근대 비평의 자의식, 자기 인식이 구체화되기에 이르렀다는 점이다. 이 점에 대해서는 나중에 좀 더 자세히 살펴볼 것이려니와, 이에 대한 문제 의식이 확대 재생산됨으로써 '월평'이라는 실제 비평의 관행적 수립 시도가 낳아졌고, 그 사회적 파급이 결국 '비평' 장의 형성, 좀 더 나아가서는 '근대 문학' 장의 사회적 독립을 공고히 하는 문화사적 실천 효과로 이어지게 되었다고 볼 수 있다. 이의 문맥은 크게 보아서 근대 문학의 이식사, 즉 서구의 근대 문학과 그 비평에 대한 인식이 일본을 거쳐 한국으로 이입되어 오는 과정으로 이해될 것이어니와, 한국 근대 문학사 속에서 비평의 사회적 필요와 직능에 대한 인식이 우리 문인들 사이의 심각한 논전을 거쳐 자의식적으로 수립, 확산되기에 이르렀다는 것은 '한국 근대 문예 비평사의 원점' 문제와 관련하여 그 사적 의의가 재삼, 재사 강조되어도 지나침이 없다고 볼 수 있다. '판관설'과 '활동사진 변사설'로 회자되기에 이른, 근대 비평에 대한 자의식적 인식 형성 사건이 오늘 우리에게도 여전히 그 현재적 의의를 발하고 있다는 것은 '비평이란(혹은 비평가란) 무엇인가'의 본질적 질문을 그것이 내재하고 있었고, 그것은 여전히 살아 있는 현재적 질문으로서 우리 비평가들의 현존 앞에 던져지고 있다는 것을 이 맥락에서 다시 한 번 강조해둘 만하거니와, '한국 근대 문예 비평의 원점'이라는 사적 의의가 이 사건 속에 잠재, 묻혀 있다고 하는 인식도 이 점의 언설적 의의와 직접적으로 유관한 것임은 두말할 것이 없다.

결과적으로 이 논쟁 사건의 파급, 전개 와중에서 '월평'이라는 문예 비평의 제도적 실천, 관례화가 도모되었다는 점을 우리는 이 사건의 전체적 의의와 관련하여 다시 한 번 강조할 수 있고, 이것은 그만큼 한국 근대 문학 장의 성숙의 조건을 의미하는 것이다. 1910년대까지만 해도 근대 문학 장의 자율적 독립, 그 문화적 장의 양식화 문제에 대해서 엄두를 내지 못하는 단계에 있었다고 할 수 있었던 것이 『창조』와 『폐허』의 병립 단계에서 벌써 그 비평적 관례회 모색까지가 이루어질 수 있었다고 하는 것은 이 두 동인지 주체들의 뛰어난, 혹은 성숙된 문화 역량, 혹은 한국 근대 문화사 자체의 성숙 사실을 의미하는 지표의 양상이라고 할 수 있는 터이다. 1920년대의 일간지들과 『개벽』지 지면을 통하여 이 비평적 언설 양식이 순식간에 관행적으로 수립, 제도화되는 것을 우리 비평사는 확인하게 되거니와, 그 단초적 계기 또한 이 논쟁 사건의 와중에서 주어졌다는 것은 새삼 되새겨질 필요가 있는 사실이다. 적어도 국내에서 '월평'이라는 이름의 비평적 언설 양식을 최초로 시도한 사람은 염상섭이었고, 이 역사성의 사실만큼 한국 근대의 문예 비평사를 구성, 재구하는 데 필요한 역사적 사실은 달리 없다고 해도 좋은 것이다. 근대 문학 장의 독립을 완결시키는 '비평' 장의 독립 사실이 이로써 분명해졌다고 할 수 있는 것인데,[15] 단순히 양식적 독립 차원의 조건만이 아니라, 문화적 주체성의 형성과 그 성숙이라는 내적 구성 요소를 필수적으로 근대 문학 장의 독립이라는 계기는 갖추고 동반하지 않으면 안 되는 것이었다고 볼 때, 한국 근대 문학사 전체의 맥락 속에서 이 비평 장의 독립, 형성 사건의 의미는 지대한 것으로 자리매김되지 않을 수 없다. 우리가 그동안 흔히 '문단'이라고 불러왔던 근대 문학 장의 사회적 수립, 혹은 독립의 과정, 그리고 그것이 가진 역사적 의미, 의의가 이 맥락 속에서 다시 한 번 짚어질 필요가 있는 것이어니와, 이 모든 것이 '김동인-염상섭 논쟁' 사건이라고 하는 사태 전개의 와중에서 이루어졌다고 하는 것은 다시 한 번 주목을 요하는 사실이다. 근대 문학 장의 형성과 독립, 그리고 비평 장의 독립, 형성의 사태들은 어떤 계기들의 연속 과정에서 이루어졌던가. 한국 근대 문단의 형성에 대한 이해와 결과적으로 크게 달라질 것이 없는 역사적 사실들의 측면이라고 하더라도, 본고에서 이에 대한 문제가 먼저 짚어지지 않으면 '염상섭-김동인 논쟁' 사건이 가지는 역사적 의의, 그 문화사적 의의 역시 제대로 이해될 수 없다고 여겨지기에 여기에서 다시 한 번 그에 대한 서술, 설명을 시도해 보기로 한다.

---

15) 『폐허』지에서의 '월평'란의 개설 사실과 함께, 『창조』지에서 '비평'에 대한 인식이 어떻게 바뀌는가를 살피는 것도 이 문맥에서 흥미로운 검토거리가 될 것이다. 그러니까 '염상섭-김동인 논쟁'이 개시되기 이전에는 『論』이라거나, '감상', 혹은 '잡감' 등의 명칭으로 에세이, 혹은 수필 류의 글이 실리던 것이 『폐허』 2호와 거의 같은 시점에 발간되는 『창조』 8호(1921.1)에 이르러서는 버젓이 《評論》이라는 편집 분류의 체계 속에 춘원, 시어듬, 김유방, 별꽃(주요한?) 등의 글이 실리는 것이다. '비평' 장의 독립을 가시화한 역사적 기록으로 중시될 만하다. 『창조』 9호에 이르면 그러나 다시 이 편집 분류 체계가 사라지고, 〈감상, 비평, 번역〉이라는 제목 아래 산문 류의 글들이 묶인다.

3. 사회적, 자율적 공간으로서의 문학 장(場)의 수립과 비평 장 독립의 의의,[16] 혹은 한국 근대 문단 성립의 의의로서의 동인지 시대 도래의 의미

'근대 문학'이 양식으로서의 글쓰기로만이 아니라, 하나의 근대적 문화 공간, 즉 '근대 문학'이라는 장(場)의 형성을 통해서 비로소 나름의 문화적, 사회적 기능을 발휘, 행사할 수 있었다고 한다면, 우리가 그동안 '(근대) 문단'이라고 불러왔던 것의 형성, 성립 과정을 되살펴보는 것은 대단히 큰 의미를 지닐 수 있다. 이와 같은 자율적 장의 형성 과정에서 매체의 기능, 즉 문예의 공유를 가능케 하는 발표 공간, 매체의 기능은 대단히 중요하다. 사회적 공공 영역으로서의 '신문', '잡지' 등의 매체를 중시하는 관점이 한편으로는 '미디어론'의 성격을 띠는 것은 이 때문이라 할 수 있는데, 이와 같은 미디어 중시의 관점은 '(근대) 민족주의의 기원과 전파'를 설명하는 베네딕트 앤더슨의 『상상의 공동체(Imagined Communities)』[17]에서도 반복되고 있음을 알 수 있다. 앤더슨은 리얼리즘 소설로서의 근대 소설이 현실적 실감, 사실적 실감을 확보한 것은 다름 아닌 '신문'이라는 현실적 전달 매체의 중계 기능 속에서였던 것을 밝히고 있다. 근대 자본주의의 문화적 성격, 측면을 그는 한마디로 '인쇄 자본주의'라는 말로 부르고 있는 형편이기도 하다. 이처럼 근대적 의미에서의 문학, 근대적 글쓰기가 인쇄된 매체 지면으로서 '신문', '잡지' 등의 사회적 공공 영역과 긴밀한 상관관계에 있다고 할 때, 그 동안 우리가 문학사 서술의 한 중심 개념으로 운용해 왔던 '문단'이라는 개념, 즉 실제 문학 생산의 담당자이며, 운영자이며, 관리자로서의 집단적 주체를 뜻하는 이 '문단'이라는 개념 역시 보다 새롭게 정의되고 이해될 수 있다. 근자에 와서 '문학 권력'이라는 개념이 공공연히 유포되고 있는 것까지를 포함하여 생각한다면, 권력적 기제 측면에서 문단 운용의 권력이 사실상 '편집권'을 중심으로 작동된다는 것을 알 수 있고, 따라서 하나의 실체 개념으로서의 '문단'이란 실로 매체(미디어) 지면을 중심으로

---

16) 삐에르 부르디외, 앞의 책, 1장 1절, 2절 참조. 대산재단에서 실시한 국제문학포럼에서도 부르디외는 각 사회 근대적 장들의 운용 특질이 '자율성'임을 강조하고, 현재의 세계 시장 체제 속에서 각 사회적 장들이 자율성을 위협받고 있는 점을 가장 큰 문제 현실로 지적하고 있다. 삐에르 부르디외, 「위기 속의 문화」, 국제문학포럼 발표문, 2000.9.27 참조.
17) 베네딕트 앤더슨, 윤형숙 역, 『민족주의의 기원과 전파』, 사회비평사, 1991에서 2장 참조. 김윤식의 『발견으로서의 한국현대문학사』(서울대학교 출판부, 1997) 중 1장 2절 「상상의 공동체와 매체의 공동체」는 이 관점의 한국적 적용 문제를 탐색해 본 글이라고 할 수 있다.

형성되고 작동되는 문학의 주체적 '장' 개념에 다름 아니라는 것을 알 수 있는 것이다. 이처럼 이해하고 보면, '문단사'라는 기왕의 문학사 서술 개념이 무의미했던 것만은 아니었음을 알 수 있고, 오히려 근대 문학의 공간을 사회적, 실존적으로 약동하는 공간으로 파악하는 데는 이와 같은 문학사 서술 개념이 오히려 유력할 수도 있었다는 것으로 다시금 재인식, 재평가할 수도 있다는 점이 드러난다. 근대 사회의 공동체적 성격을 넓은 의미에서 '민족'(혹은 국가)이라는 개념으로 지시할 때, 하나의 언어를 공유하는, 즉 민족어를 공유하는 민족 공동체 속에서의 문학의 성립을 우리가 '근대 문학', 혹은 '민족 문학'이라고 부를 때, 민족 문학, 혹은 근대 문학의 성립 요건이 매체의 성립 요건에 다름 아니었다는 것을 이러한 맥락에서 알 수 있다. 그렇다면 일제의 식민 통치 하에서 한국 근대 문학, 그 문학 장의 자율적인 성립이 어떻게 가능해졌던 것으로 우리는 볼 것인가.

자율적인 한국 근대 문학 장의 형성, 독립이 '문예지'의 발간으로 가능해졌다고 보면, 한국 근대 문예 전문지의 역사는 『창조』의 발간으로부터 시작되었다고 보는 것이 역시 온당한 설명이 될 터이다. 문화사적 지표를 이와 같이 설정하고 보면, 개항 이래 1910년대까지의 역사는 하나의 과도기적 전사(前史)를 구축하는 것으로 설명된다. 한국 신문의 역사가 『한성순보』(1883)에서 비롯되어, 『한성주보』, 『독립신문』(1896), 그리고 『매일신문』, 『제국신문』, 『황성신문』 등으로 이어졌던 것이라 보면, 『창조』라는 문예 전문지의 발간에 이르기까지 역시 수많은 과도기적 전사가 존재했던 것을 알 수 있다. 가령 최남선이 주재했던 『소년』과 『청춘』 등이 일찍이 근대적 종합 계몽 잡지로서의 초보석 형태를 구현했던 것이라고 보면, 고졸한 형태로나마 이 단계에서 '월보', '학보' 등의 이름으로 수없이 많은 잡지적 성격의 매체들이 발간되고 있었던 것을 알 수 있다. 다만 이 잡지들은 아직 '근대 문학'의 형태를 본격적으로 구현하지 못했고, 또 혹 '근대 문학' 성격의 글을 적재하고 있었다고 해도 '문예 잡지'로서의 독립적 성격을 아직 구축하지 못하는 형태, 단계에 머물러 있었던 것을 확인할 수 있다. 가령, 한국 근대 문단 형성의 한 통로로서의 역할을 했다고 할 수 있는 『학지광』의 경우도 그것이 전적으로 문예 잡지를 표방하는 모습은 취하지 않고 있었다는 것을 알 수 있는 것이다.[18]

---

18) 『학지광』지의 「投書注意」 중에서 우리는 "一, 原告材料 言論 學術 文藝 珍談 其他(但 時事政談은 不受)"라는 표현을 볼 수 있다(『학지광』 3호, 55쪽).

그렇다면 1918년에 간행된 『태서문예신보』에 대해서 우리는 어떻게 평가해야 할까. 이 매체가 '주간 문예지'의 성격을 띠었던 것은 분명하다. 다만 이 경우도 그 제목 자체가 이미 표방하고 있는 것처럼, 비록 '주간 문예지'로서의 성격은 띠었을망정, 창작 전문지로서의 성격은 애초부터 목표하지 않음으로써 제목 그대로 '태서', 서구의 문예 작품들을 번역, 소개하는 데서 머물렀던 것을 그 한계로서 아쉽게 지적하지 않을 수 없는 것이다. 이 시기의 문학적 단계를 문단사적 관점의 문학사가들이 기왕에 최남선, 이광수 중심으로 기술하면서, '二人 문단 시대'라는 난센스의 표어(왜냐하면 두 사람만으로 '문단'이 이룩되었다 하는 진술은 '문단'이라는 어사에 비추어 볼 때, 난센스의 진술이라고 할 수밖에 없을 터이므로)로 장식하였다는 것을 우리는 알거니와, 『태서문예신보』의 이와 같은 기능적 한계 때문에 자율적인 '근대 문학' 장의 형성이라는 척도에서 볼 때, 우리는 역시 순수 문예 동인지 『창조』 창간호(1919. 2)의 발간이 보다 중차대한 역사적 의의를 지닌 것으로 평가할 수밖에 없게 되는 것이다. 그한 토대의 조건으로서 근대 문학을 소비하는 '독자층'이 당시 어느 만큼 형성된 단계에 있었던가는 자세한 자료를 통해 입증하기 어렵지만, 『창조』 9호의 「남은말」에서 '시어딤(김동인)'이 "二千部를 팔지 못하는 '창조'를 그래도 지지안코, 우리 글벗의 힘으로만 向上시키려는 그 努力이엇기에(…)"[19]라고 말하고 있는 데서, 당시 근대 문학의 독자층 역시 상당한 수의 규모로 형성되고 있었던 것을 알 수 있다. 자율적 장으로서의 한국 근대 문학이 이 시기에 어느 정도 형성의 면모를 보이고 있었다는 것을 『창조』 발간의 역사적 사실, 의의와 그토대의 조건은 시사해 주는 바라고 할 수 있다.

한국 근대 문학 '장'의 이와 같은 형성 과정에서 일본 근대 문학, 문화의 세례 영향이 작지 않았고, 적어도 생산자 문인의 공급이라는 측면에서 일본 근대 문화와 교육의 과정이 절대적인 역할을 수행하였다는 것은 여기서 새삼 환기할 필요가 없는 사실일 것이다. 하나의 총체로서의 근대 문화가 매체와 교사를 통해 영향력을 발휘하고 교육 기능을 발휘했다고 할 터이지만, 학생 신분의 문화 수용자들, 즉 일본 유학의 유학생들이 한국 근대 문학 형성의 주도자 역할을 수행했다는 면이 여기서 무시되거나, 혹은 지나치게 과장되게 평가될 이유는 없다고 여겨지는 것이다. '이식'과 '번역'이라는 용어로 항용 설명되는 바

---

19) 『창조』 9호, 96쪽.

이지만, 창조, 생산하기 전에 배움의 과정이 있었다는 것은 이론적으로 부인할 수 없는 사실이며, 당연한 이치인 터이다. 조선 신문학이 일본 명치기 문학의 이식이라는 임화의 '신문학사' 기술은 이런 점에서 이론적으로 부인되기 어려운 기술이지만, 동시에 조금 더 확대된 시야에서 자세히, 면밀히 검토되어야 할 기술 내용이기도 하다. 일본 근대 문학 자체가 서구 근대 문학의 영향과 세례 속에서 생장했다는 것이 말할 나위 없는 사실이거니와, 조금 더 자세히 살피고자 하면, 이런 영향의 수수 관계 속에서도 일본 근대 문학, 그리고 한국 근대 문학이 어떤 특수성, 주체성의 조건 아래 생장되었는가를 살피는 것이 더욱 중요한 과제가 되리라고 여겨지기 때문이다. 이 점에서 명치(明治)기 일본 근대 문학과 대정(大正)기 일본 근대 문학의 차이가 무엇이었는가 자세히 살필 필요가 있을 것이며, 식민지 치하의 조건 속에 놓여 있었던 한국 근대 문학의 수립 과정이 일본 근대 문학의 수립 과정과 어떻게 다른가도 이와 같은 시야 속에서 조금 더 면밀히 따져질 필요가 있다. 자주 지적되는바, 정치로부터의 소외가 일본 근대 문학의 특징 중 하나라고 한다면, 한국 근대 문학은 정치성의 내면화와 동시에 정치로부터의 분리가 그 자율적인 근대 문학 장 형성의 내면적인, 혹은 외면적인 동기의 중요한 일부를 이루었음을 우리는 이 맥락에서 지적할 수 있다. 정치성을 내포한 계몽의 문학에서 탈정치, 혹은 정치성 내면화의 문학이 한국 근대 문학의 형성, 수립 과정에서 중요한 계기 작용을 수행하였다는 것이 이러한 맥락에서 설명될 수 있는 것이다. 『창조』 이래, 『폐허』, 『백조』, 『금성』 등으로 이어진 동인지 출간의 내, 외면적 동기가 그러한 성격을 머금었다고 할 수 있으며, 이 맥락에서 『창조』의 빌간 동기, 그리고 여기에 대응되는 『폐허』의 발간 동기에 대한 살핌은 시금석의 의의를 지니는 것이라고 할 수 있다. '염상섭−김동인 논쟁'이 이 맥락 속에서, 결국은 '문학'과 '비평'의 기능에 대한 그 이해의 차이로부터 비롯되었다는 것이 이 맥락에서 새삼 재인식될 필요가 있는 바이거니와, 이 문제를 일단 언술의 구체화된 문면 양상으로 검토해 보기 위해 우선 『창조』지 발간 문제와 관련된 김동인의 회술을 인용, 확인해 둘 필요가 있겠다. 한국 근대 문학이 하나의 자율적 장으로 성립하기 위해 무엇으로부터 독립하지 않으면 안 되었던가. 정치적 열기, 의지로부터의 독립이었다는 것을 김동인은 다음과 같이 술회, 암시하고 있다.

실력이 부족하여 일본에게 병합된 한국이라 이 기회에 윌슨 대통령의 제창에 따라서 한국은 마땅히 그 국권을 회복해야 된다는 부르짖음이 동경 유학생 새에 맹렬히 부르짖어졌고 그날(1918.12.25) 크리스마스 축하를 핑계삼아 청년회관에 집회하여서 거기서 드디어 커다란 결의까지 한 것이었다. (……) 처음에는 우리들 새에는 아까의 집회에서 서춘이 우리(요한과 나)에게 독립선언문을 기초할 것을 부탁했었지만 우리는 그 임(任)이 아니라고 사퇴(뒤에 그것은 춘원이 담당했다)했었는데 사퇴는 하였지만 내 하숙에서 마주 앉아서는 처음은 자연 화제가 그리로 뻗었었다. (…)

〈정치운동은 그 방면 사람에게 맡기고 우리는 문학으로ー〉

이야기가 문학으로 옮겼다. 막연한 〈문학담〉, 〈문학토론〉보다도 구체적으로 신문학 운동을 일으켜보자는 것이 요한과 내가 대할 적마다 나오는 이야기였다. 이 밤도 우리의 이야기는 그리로 뻗었다. 그리고 문학운동을 일으키기 위하여 동인제로 문학잡지를 하나 시작하자는 데까지 우리의 이야기는 진전되었다.[20]

술회 내용의 역사적 사실 부합 적부 문제를 차치하고, 초창기 한국 근대 문인들이 포지하고 있었던 정치적 열기, 의지의 내면화 양상과 동시에 그로부터 독립하여 새로운 근대 문학의 장을 형성하고자 한 초창기 한국 근대 문인들의 문화적, 의식적 이중성의 모습이 이 문면에서처럼 뚜렷이 나타나는 사례는 달리 찾아보기 어려울 것이다. '2·8선언문'을 쓴 이광수는 자신의 소설 쓰기가 본질적으로 정치적 동기의 소산이었음을 술회한 바 있거니와, 정치적 독립 의지의 내면화 성격을 띤 한국 최초의 본격적인 근대시 「불놀이」를 쓴 주요한까지도 '문학'과 '정치'의 분리에서 비로소 근대적 의미의 '문학'이 시작됨을 의식하고 있었다는 것을 위의 문면은 시사하는 것이라 볼 수 있다. 『창조』 창간호를 발산하고 '2·8선언'이 이뤄진 후 곧비로 상해로 망명하는 처지에 놓이게 된 주요한이 당시 '창조'파의 일원 중에서는 근대 문학에 대한 인식이 가장 깊었다고 할 때, 문학의 자율성에 대한 인식에 있어서 주요한보다 앞서는 더욱 과격한, 적극적인 문예 지상주의, 예술 지상주의의 입장을 취한 사람이 다름 아닌 김동인이었다고 할 수 있는 터이다.

20) 김동인, 『김동인 전집』 6, 삼중당, 1976, 9-10쪽.

그렇다면 염상섭은 이에 비해 어떤 문학적 입장, 그에 대한 의식을 형성하고 있었던 것일까. 이를 구체적으로 살피기 전에 염상섭이 '창조파'에 대한 대립 의식, 일종의 경쟁 의식을 품고 있는 상태에 있었다고 하는 것을 먼저 확인해 두기로 한다. '창조'파의 김환의 작품을 염상섭이 의식적으로 지목, 혹평하고 나선 것이 그 객관적 증거라고 하겠거니와, 다시 김동인의 술회를 빌어 두 사람 간 논쟁의 시발, 그 배경 문맥에 대한 설명을 잠시 들어보기로 한다.

그때 백악이 『현대』지에 「자연의 자각」이라는 소설을 썼다. 여의 기억에도 아직 남아 있는 그 소설은 빈약의 극(極)이었다. 백악의 빈약한 소설이 『창조』에 게재되는 것이 역하여, 여는 늘봄을 독(督)하여 주의시키고 있었다. 그런지라 백악은 자기가 쓴 소설을 자기네의 기관지 『창조』지에 발표치 못하고 『현대』로 보낸 것이었다. 불운의 한과 백악에 대한 사원을 품고 있던 상섭은 이 빈약한 소설에 마침내 분풀이를 하였다. 그리고 그것이 한 분풀이인지라 혈기의 상섭은 평을 넘어서 인신공격까지 하였다. 〈내 자(作)을 몰서하였기에 백악은 얼마나 명수인 줄 알았더니 운운〉의 말까지 있었다.[21]

김동인 측의 일방적 술회이긴 하지만, 당시 유학생 사회 내에서 문예-글쓰기를 매개로 한 상당한 정도의 인정투쟁의 현실이 빚어지고 있었던 것을 알 수 있다. 당시 백악(白岳) 김환은 『학지광』지의 편집에도 관여하고 있었지만[22] 『창조』지를 발간하는 데도 실질적인 업무를 관장하고 있었다. 주요한이 상해로 떠나 뒤, 『창조』지 3호부터 7호까지는 〈편집 겸 발행인〉으로 김환의 이름이 명기되고 있는 형편이다. 그러니까 『창조』지 발간의 실질적 주도자로서 장막 밖에 있었던 인물이 김동인이었다고 하면, 표면적으로 『창조』지를 대표하는 인물은 당시 김환으로 드러나고 있는 형편이었다고 할 수 있는 것이다. 그런 사정 속에서 작가적 역량이 빈약한 김환은 자신의 작품을 당시 최승만에 의해 주재되고 있던 『현대』지 창간호(『기독청년』지의 후신)로 가져가 발표하였던 것이고, 이에 '불운의 한'과 사적인 원한을 품은 염상섭이 그 분풀로 「白岳氏의 「自然의 自覺」을 보고」(『현대』 2호, 1920.2)라는 혹평의 비평을 투고하게 됐다고 하는 설명인 것이다.

21) 위의 책, 274-275쪽.
22) 『학지광』 19호(1920.1) 〈消息〉 기사에 편집부원으로 '金煥'의 이름이 명기되어 있다(78쪽).

그러나 단지 사적인 원한, 인정투쟁에 밀린 원한만의 이유 때문이었을까. 그런 정도로 이해하고 설명해 버리고 만다면, 염상섭을 너무 수준 낮은 인간으로 보는 것이고, 이는 한국 근대 문학 전체의 수준을 저평가하는 것이 되고 말 수 있다. 실상 김동인을 넘어서는, 주요한에 버금가는 근대 문학에 대한 인식 수준, 그 자의식의 깊이를 자랑하고 자부하고 있었던 것이 당시 염상섭의 수준이며, 상태였다고 할 수 있다. 순전히 계량적으로 따져서 주요한과 같은 기간의 일본 유학 경험을 가진 사람이 염상섭인 것이다. 나이로 보아서 더 성숙한 수준에 있었던 것이 염상섭 쪽이었다고 할 수도 있다. 그러니 그가 단순히 사회적 불운의 원한 의식 때문에만 그러한 문학사적 사건을 저질렀다고 하는 설명은 단지 매도를 위한 설명이라고 볼 수밖에 없는 것이다. 당시 염상섭은 실로 원대한 포부를 꿈꾸고 있었다고 보는 것이 보다 타당한 관찰일 것이다. 게이오 대학을 중퇴한 신분으로 문학 청년 투의 방황과 방랑을 경험하던 상태에서 재대판(在大阪)조선인 노동자 대표로서 일종의 독립 선언문을 쓰고, 감옥에 갇히고, 인쇄소 식자공 노릇에 나서고, 새로 창간되는 『동아일보』의 정경부 기자직을 역임하다, 『폐허』지를 내고 잠시 오산학교 교사로 갔다가 마침내 한국 근대 문학 최고의 작가로 발돋움하게 되는, 그의 남다른 청년기 경험의 역정 속에서 어떤 꿈이 영글어 갔을 지는 미루어 짐작하기 어렵지 않다. 요컨대 평양 출신 유학생들의 응집 양상을 보였던 『창조』지에 대항하여 『폐허』지의 발간 의지가 이때 이미 그의 내면 속에서 꿈틀이고 있었고, 무엇보다 위대한 작가되기의 꿈이 이때 이미 익어가고 있었던 것으로 볼 수 있는 것이다. 그러한 그의 눈으로 볼 때, '창조' 파의 문학 수준, 적어도 소설 수준이 기준 미달의 수준으로 보였을 것은 당연하다. 문학을 넘어서는 정치적 성격의 계몽 의지까지를 이때 이미 그는 갖추고 있었던 것으로 볼 수 있지만, 문학(소설)으로서도 훨씬 수준 높은 솜씨의 문학적 기량을 이때의 그가 목표하고 있었으리라는 것을 우리는 염두에 둘 수 있다. 수준 높은 근대 문학이란 무엇인가. 그가 세례 받은 근대 문학이 주로 일본 자연주의 계열의 소설, 문학 담론임을 그는 밝히고 있거니와, 이 대목에서 그의 문학 수업 양상이 어떠했는지 그 자신의 술회를 빌어 조금 살펴둘 필요가 있겠다. 그는 다음과 같이 말하고 있다.

나의 文學修業이란 중학 시절 5년간 문학 소년으로서 닥치는 대로 체계 없이 읽은 것뿐이었지마는, 초기의 문학 지식의 계몽은 주로 『早稻田文學』(月刊誌)에서 얻은 것이라 하겠다. 작품을 읽고 나서는 月評이나 合評을 좇아다니며 求讀하는 데서 문학 지식이나 감상안이 높아갔다고 하겠지마는, 『中央公論』·『改造』 기타 文學誌 중에서도 태서작품의 번역·소개와 비판 및 文學理論 展開에 있어 『早稻田文學』은 나에게 있어 獨學者의 講義錄이었다.[23]

여기서 『早稻田文學』이라는 월간 문예지의 성격이 어떤 것이었는가를 자세히 밝힐 여유는 없다. 다만 1890년대 초(1891) 대학의 강의록 풍으로 시작되었다가 점차 위상을 확대, 강화하면서 일본 자연주의 문학의 거점으로까지 기능한 잡지[24]가 이 잡지 『早稻田文學』이었다는 것을 여기서 기록해 두기로 하자. 이런 잡지를 구독하며 '獨學者의 講義錄'으로 삼았다는 진술은 그가 이 당시 일본 근대 문학을 상당한 수준에서 이해하고 있었던 것을 증거하는 바가 될 것이다. 위의 문면 중에서 '비판'의 어사가 튀어 나오고 있듯이, 당시 일본 문학의 상태는 '문학 비평'의 개념을 일찍이 일반화시킨 상태에 있었다고 할 수 있다.[25] 잡지 『早稻田文學』 등을 중심으로 여러 차례 논쟁이 오가면서 쟁점이 발생하던 상태에 있었기 때문이다. 이런 수준을 몸에 익힌 그에게 '창조'파의 문학, 문자 행위가 미덥지 못하고, 수준 미달이자, 바람직하지도 않은, 불철저한 것으로 비쳤을 것은 당연하다. 표면석으로 '창조'파를 대표하는 듯이 보인 김환의 문자 행위에 대해 비판할 필요성이 의식된 것은 그런 점에서 본능적인 것이었다고 해도 좋다. 문화적 의식도 몸에 체득되면 본능적 양상으로 발산되는 것일 터이기 때문이다.

『창조』의 실질적인 주도자가 김동인이었다는 것을 이 당시 그는 알고 있었던 것일까. 아마도 알지 못했거나, 혹은 알았더라도 염상섭의 안중에는 없는 사실이었다고 보는 것이 옳을 것이다. 김동인의 문자 행위 역시 이 단계, 그러니까 「배따라기」(『창조』 9호)를 발표하기 전, 「약한 자의 슬픔」(『창조』 1,2호)이거나, 「마음이 옅은 자여」(『창조』 3,4,5,6호)를 발표하던 단계에서는 김환의 그것과 오십보백보의 수준에 놓여 있었던 것이라 봄이 옳을 것이기 때문이다. 따라서 일본 근대문학, 곧 일본 자연주의 문학의 수준을 엿본 상태의 그에게 그만

23) 염상섭, 『염상섭 전집』 12, 민음사, 1987, 215쪽.
24) 『日本現代文學大事典-人名·事項編』, 明治書院, 平成6年, 459쪽 참조.
25) 柄谷行人 編 『近代日本の批評』, Ⅲ, 講談社 文藝文庫, 1998, 8-33쪽 참조.

한 정도의 문예를 성취하리라는 욕망이 꿈틀이게 됐으리라는 것은 당연하고, 이처럼 그의 내면에 문학적 욕망이 꿈틀, 출렁이게 됐을 때, 근대 소설, 문학에 대한 '창조' 파의 불철저한 인식 수준이 마땅히 불식되어야 할 것으로 비쳤을 것 또한 당연하다. 이런 점에서 '창조' 파에 대한 공격으로 나아가게 되는 염상섭의 의욕은 문학적 패기와 야심의 발동에 다름 아닌 것이었다고 할 수 있고, '염상섭-김동인 논쟁' 이 이로써 성립하게 되었으며, 이 사태는 결국 초창기 한국 근대 문학, 문단 형성의 또 하나의 주춧돌이었던 셈인 『폐허』의 구축으로 연결되기에 이른다고 볼 수 있다. 모든 역사 변증법이 그렇듯이 동일자의 작용으로만 문학사가 이룩될 수 없고, 하나의 타자, 즉 문예 지면이거나, 문인 집단이 대립, 병렬하는 구도로서 비로소 한국 근대 문학의 지반 구축이 가능해졌던 것이라고 볼 때, '창조파:폐허파' 로의 대립, 병렬 구도가 성립함으로써 한국 근대 문학은 그 본격적인 출발, 고고의 성을 높이 울리게 됐다고 할 수 있는 것이다. 이 한국 근대 문학 성립의 비평사적 계기, 주체 형성의 단초적 계기로서의 사건이 '염상섭-김동인 논쟁' 사건이었다는 점을 여기서 다시금 말할 필요가 없고, 결국 이 논쟁 사태의 와중에서 한국 근대 문학, 문단의 성립, 구축이 야기되었을 뿐 아니라, '문예 비평' 장의 문화적 독립이라는 면모 역시 갖춰지게 되었다는 것을 본고는 이 논쟁이 안고 있는 역사적 의의로서 다시 한 번 강조하고자 하는 것이다. 이 논쟁의 경과 과정에서 '(문예) 비평' 의 양식에 대한 일반적 이해를 도모하게 되는 것이 『창조』지의 양상이며, 또한 버젓하게 '월평' 이라는 이름의 비평 양식의 제도화, 관행화를 도모하게 되는 것이 염상섭 주도의 『폐허』지의 양상이었다는 것을 이 문맥 속에서 새삼스레 확인할 수 있기 때문이다.

이 논쟁이 머금고 있는 역사적 의의는 물론 여기에 한정되지 않는다. 두 사람 간 언설의 주고받음 속에서 결정적으로 근대적 '비평' 에 대한 인식, 그 자의식적 인식과 개념의 확립이 도모되는 것을 우리는 또 두 사람 간 논쟁의 문면 검토를 통해 확인할 수 있기 때문이다. 이 논쟁 사건이 한국 근대 문예 비평(사)의 원점의 사건으로 기록될 만하다고 여겨지는 것은 다름 아닌 이 점 때문이기도 한 것인데, 여기서의 핵심 논점, 쟁점이 '비평이란 무엇인가' 의 문제로 모아졌던 것은 역사적으로 또 필연적인 사태였다고 볼 수 있다. '문학(문자 행위)이란 무엇인가'의 질문이 이 '비평이란 무엇인가'의 질문과 불가피하게 겹쳐져 제기될 수밖에 없었던 것은 그러므로 당시의 한국 근대 문학이 초창기, 즉 발아기의 상태에 있었다는 것을 다시금 입증하는 면모라고 하겠거니와, 이처럼 한편으로는 '근대 문학'을 확립해야 할 역사적 과제를 안고 있으면서도 동시에 또 그 '근대 문학'의 장 속에서 '비평' 장을 독립시키지 않으면 안 될 문화사적 과제를 또한 이 세대는 지고 있었던 것이라 할 수 있는 것이다. 하나의 실제 비평으로 시작되어 그것이 일회적 논박으로 그치지 않고, 문단적인 대립 구도화 양상으로 발전함으로써 마침내 이 논쟁 사건은 한편으로 한국 근대 문학, 혹은 문단을 자의식적으로 구축하는 역할을 수행했다는 것이 본고가 수행한 이제까지의 논의의 요체라고 다시 한 번 정리할 수 있거니와, '비평'과 '비평가'의 직능에 대한 두 사람 간 인식 차이가 어떤 양상으로 부딪혔고, 그것이 오늘의 시점에서 어떤 현재적 의의, 역사적 의의를 머금는 것으로 파악될 수 있는지 다음 절에서 문면 검토의 방식으로 살펴보기로 하자. '문학' 장 속에서 '비평' 장의 독립 필요성이 구체적으로 의식되기 위해서는 우선 '비평(가)이란 무엇인가'에 대한 개념적 인식의 문제가 해결되지 않으면 안 되었던바, 실제 비평의 수행을 당연한 것으로 인식하고 실천하였던 것이 염상섭의 「白岳氏의 「自然의 自覺」을 보고」(『현대』 2호, 1920.2)라는 글로 나타났던 셈이고, 이에 대해서 염상섭 당신은 과연 비평가로서의 자격을 갖춘 사람이냐, 비평이 대체 무엇인 줄 아느냐, 그렇게 인신 공격을 하는 것이 과연 비평의 정도를 걸은 것이라고 할 수 있느냐고 논박한 것이 김동인이 대응한 글, 「霽月氏의 評者的 價値를 論함－「自然의 自覺」에 대한 評을 보고」(『창조』 6호, 1920.5)라는 글로써 나타났다고 할 수 있다. 이로써 비평의 직능, 혹은 비평가의 직능은 무엇이냐는 논점이 생성되기에 이르렀거니와, 이 논점을 두고 두 사람 간 입장, 이해의 상충, 상위 양상이 어떻게 빚어졌던가를 요점만을 정리하는 방식으로 살펴보기로 한다.

4. 비평 직능론을 둘러싼 두 입장의 상위

김환의 작품에 대한 염상섭의 혹평이 무엇을 계기로 했든지 간에 이 사건을 두고 김동인이 반박문을 발표하는 행위는 당연한 일이었다고 할 수 있다. '동인(同人)'이란 말 속에 이미 함축되어 있다고 볼 수 있는 것처럼, 동인의 누군가가 공격 당하고 있는 데 대해서 모른 체 한다면 그런 약체의 결집력으로 동인 모임을 유지한다는 것은 어려운 일이 된다(김환 스스로가 염상섭의 혹평에 대해 반박할 의지도 가졌었다고 하지만, 결과적으로 김환 자신의 반론은 공개되지 않은 상태로 귀결되고 만다). 하지만 김동인 스스로도 김환의 작, 「자연의 자각」에 대해 "決코 良作은 못 된다"[26]고 고백할 수밖에 없었던 사태가 보여주듯이, 김환의 작품을 적극적으로 옹호하고 변호하기는 어려웠던 터이기에 김동인은 염상섭의 비평가로서의 자격, 또는 혹평 일색으로 인해 인신 공격, 인격 비평의 양상으로까지 치달은 염상섭의 평문 언술 내용에 대해 시비를 가리는 방식으로 자신의 반론을 개진하게 된다. 이에 대해 염상섭은 어찌하여 작품에 대한 비평적 판단을 전개하는 중에 작가에 대한 논란이 개입해서는 안 된다고 하는 것인가라고 재반론을 제출하게 되거니와, 이 과정에서 비평, 혹은 비평가의 직능 문제를 둘러싼 두 사람의 견해가 첨예하게 대립하는 양상이 노출되기에 이르는 것이다. 이와 같은 논점 대립의 양상, 사태를 두고 김동인의 비평관을 흔히 '활동사진 변사설'이라 지칭하고, 염상섭의 관점에 대해서는 '판관설'이라는 명칭을 부여하게 되었거니와, 이 모든 명명의 단서가 김동인에 의해 주어졌다는 것은 문장가로서 김동인의 언술 능력, 비유 능력을 시사하는 바라 할 수 있다. 다만 김동인의 경우, 작가 우월주의의 입장에 서 있었고, 이에 '활동사진 변사설'의 견해란 비평가를 한갓 '(활동사진) 변사'의 직능으로밖에 인정할 수 없다는 데서 튀어나온 것이고, '판관설'의 관점, 견해 역시 당초의 단서는 염상섭 스스로 제출한 셈이지만, 이를 하나의 명명의 형태로 정언하기에 이른 것은 역시 김동인의 언술 작용에 의해서였다고 할 수 있다. 비유적 언술 형태로 제기된 이러한 견해 상충 양상을 비평에 대한 오늘의 일반적 입론 형태로 바꿔 이해하기로 하면, '해설 비평'과 '입법 비평', 혹은 '지도 비평'의 상위 정도로 바꿔 설명할 수 있는 양상이 되거니와, '비평이란 무엇인가'의 물음, 혹은 '비평가의 본래 직능은 무엇인가'라는 물음에 비추어 두 사람의 견해, 입장의 상위가 근본적인 층위에서 대립되고 있었던 것을 말해준다. 다시 말하면 창작 제일주의의 입장에서 해설가로서의 비평가의 직능만을 인정하고자 했던 것이 김동인의 관점이었다고 할 수 있으며, 이에 비해 보다 공리주의적인

---

26) 「창조」 6호, 73쪽.

성격의 문학적 태도 하에서 비평의 공리적 기능, 즉 입법 비평, 혹은 지도 비평의 가능성까지를 열어두고자 한 것이 염상섭의 입장이었다고 할 수 있다. 이와 같은 입장 상위가 구체적인 문면 양상으로 어떻게 나타나고 있었는지 먼저 김동인의 글부터 검토해 보기로 한다.

4-1. 활동사진 변사설 혹은 해설 비평의 관점(김동인)

비평의 직능이 해설적 직능에 충실해야 한다는 관점은 오늘의 시점에서도 여전히 행사되는 관점, 오히려 날이 갈수록 그 상대적인 비중이 더욱 커지고 있는 유력한 관점 중의 하나라고 할 수 있다. 문학 연구를 포함한 비평적 언술 일반을 '해석'이라는 개념으로 이해하는 비평적 관점 역시 이와 대동소이한 관점이라 할 수 있는 것이다. 이 관점은 비평가들에 의해서도 고수되지만, 특히 작가나 시인의 입장에서 옹호되고 지지되고 있는 관점이라 할 수 있고, 역사적으로도 그 뿌리가 매우 깊은 것이 사실이다. 이와 같은 비평관의 상대 관점에서는 그것을 '비평 무용론'으로까지 치부하는 입장이 발동되는 것을 우리는 알 수 있지만, 근대 문학과 비평의 개념이 어느 나라보다 앞서 확립됐다고 할 수 있는 영국 문학사의 경우에서 특별히 낭만주의 시기를 대표하는 문인들에 의해서 이 견해는 강조되었다. 시인으로서 윌리엄 워즈워드, 그리고 비평적 언술 활동에 열심이있던 월터 페이터 같은 사람에 의해서 이와 같은 견해는 공공연히 주장되었던 것이다. 페이터의 이와 같은 비평관을 일반적으로 '감상 비평'(혹은 인상 비평)이라 하고,[27] 한국 근, 현대 비평시에서 이와 같은 비평적 입장을 관철한 비평가로는 김환태와 김현 등을 들게 되거니와, 1920-30년대 프로 문예 비평이 주도하는 비평사의 맥락에서도 창작을 질식시키는 비평의 횡포 문제로 대두하게 되는 이와 같은 비평관의 입론이 일찍이 한국 근대 문학 초창기의 시점에서 김동인에 의해 조금 서툴게, 투박하게 제출되었다고 해서 이를 전혀 무리한 사태였다고만 보기는 어려운 것이다. 창작(자) 우월주의의 입장에서 보면 비평가란 창작자가 되지 못한 무능자의 성격으로 파악되기 마련이고, 그러니 이런 무능자들이 어떻게 창작가를 심판하고 작품을 재단할 수 있느냐는 과격한 견해까지가 제출될 수 있는 것이다. 실제로 이러한 견해가 전혀 과

27) 월터 페이터, 「감상비평」, 백철 편, 『비평의 이해』, 현음사, 1982 참조.

장이 아니고, 창작 제일주의에 사로잡혀 있었던 김동인에 의해 노골적으로 제시되고 있었던 것이니, 넓게 말해서 그의 비평관을 '해설 비평'의 관점이라 규정하는 것은 전혀 무리한 규정이 아니게 된다. 비평의 직능이란 기껏해야 무지한 대중에게 창작자의 작품을 이해시키고 해설하는 기능에 머물러야 한다는 것이 그의 주장의 요체였던 것이니, 김환의 작품에 대해 독설의 혹평을 행사한 염상섭을 향해 그 자격과 직능을 문제삼은 것도 전혀 의외의 일이 아니었다. 비평가에 대한 작가 우위론의 입장을 띠고 있는 이와 같은 비평관, 그 견해를 최초로 대변한 사람이 그러니까 우리 근대 문예 비평사의 경우에는 김동인이었던 셈이다. 비평에 대한 김동인의 생각이 일목요연하게 정리되어 나온 것은 염상섭과의 논쟁을 마무리하면서 쓴 글, 「批評에 대하여」(『창조』 9호, 1921.5)라고 할 수 있으니, 우리의 검토 맥락에서 우선 이 글부터 살펴봐야 하는 것은 작업의 성질상 마땅한 일이 된다. 비평의 지도 기능을 거부하는 작가 지상주의의 입장에서 김동인은 다음과 같이 말하고 있는 것이다.

　대뎌, 批評의 存在홀 필요는 무엇일까요? 批評은, 그 批評을 밧는 作者를 지도ㅎ는 것일까요?

　결코 그러치 안습니다. 만약, 여긔, 批評으로 말미암아 左右ㅎ는 作家가 잇다ㅎ면, 그 作家는, 自己의 표준이 없는 作家이니자 存在홀 필요가 없는 作家입니다. 確乎不變의 표ㅅ대가 잇는 作家는, 千萬 사람이 부르짓더라도 음직도 안이홉니다. 그러니자, 「批評」은, 作家를 指導ㅎ는 것은 아님니다.

　批評은 民衆을 지도 홉니다. 鑑賞力이 부족혼 民衆의게 鑑賞法을 가르치는 것—이것이 批評의 직칙이오, 비평의 存在홀 必要임니다. 그러면, 批評家는, 가쟝 沈重혼 態度로 作品에 接ㅎ여, 모든 缺点善点을 가르치지 아느면 안됨니다. 批評家의 相對者가 다만 흔낫 作家면 좀 그릇評ㅎ는 点이 이서도, 作家의게는 표ㅅ대라는 것이 이스니자 괜찬어도, 그 相對者가, 全民衆일때 —그것도 文藝 감상력이 부족혼— 는, 批評家의 一言一句는, 全民衆의 머리에 反향되는 것이니자, 自働車運轉手以上 긴댱된 마음으로 비평치 아느면 안됨니다. 그러니자 「創作보담 비평이 어렵다」는 말자지 잇는 것입니다.[28]

28) 『창조』 9호, 54쪽.

"作家를 指導하는 것은 아닙니다"라는 언술을 반복해서 구사하고 있는 데서도 알 수 있듯이 (작가에 대한) 비평의 지도 기능을 거부하는 김동인의 태도는 이 단계에서 이미 뚜렷했다고 할 수 있다. 대신에, "批評은 民衆을 지도함니다"는 명제를 내세움으로써 민중과 작가 사이에서 일종의 중개자, 해설자 역할을 감당해야 한다는 것이 김동인의 견해였다고 할 수 있고, 이와 같은 견해가 그의 유명한 '활동사진 변사설'의 입장이라는 것으로 명명되었던 것이다. 이 명명의 유래가 어떻게 된 것인지에 대해서도 김동인 스스로 다음과 같은 언설 구절을 남겨 놓고 있다. 그때까지 염상섭과의 사이에 있었던 논쟁의 경과를 설명하면서 적고 있는 다음 대목이 그에 대한 석명의 대목이라 할 수 있는데, 이제 (신문에서의) 논쟁은 끝맺자고 선언해 놓고 논쟁을 『폐허』 2호의 '월평' 란에까지 옮겨가 논쟁을 2라운드로 재개한 염상섭의 위약을 탄핵하면서 석명하고 있는 다음 대목이 바로 그에 해당하는 대목이라 할 수 있다.

나는 이전 어썬신문(동아일보-인용자 주)에 「批評家의게는 「權利」라는 깃은 업다. 批評家는, 作家의게 대하여는 아모 權利義務가 업다, 싸라서, 재판官과 가치 作家를 探詰치는 못한다. 다만, 活動寫眞에 對한 活動寫眞辯士와가치, 진실히 경건한 마음으로, 觀客과 가튼 民衆의게 該作品의 調和명도를 說明 할 것뿐이다」하는 글을 썼습니다. 거긔대 하여, 이번 廢墟二號에, 霽月氏가 (文字대로는 아니나) 神聖한 文藝批評家를 活動寫眞辯士의게 비하는 것은, 안 된다 하엿습니다.[29]

위 대목에 이어서 "예술비평가가 신성하든 어떠턴, 比하는 데야, 똥에 比하 여슨덜, 무엇이겟습니까?"라고 덧붙임으로써 비평가에 대한 비하의 태도를 노골화하고 있음을 볼 수 있거니와, 작가 지상주의, '작가 만세론'(김윤식의 표현)의 입장을 조금치도 양보할 의사가 없음을 그는 다시 한 번 천명하고 있다. 비평가의 사회적 직능이 민중을 향한 계도적, 해설적 직능에 불과하다는 그의 언술 속에서 그 역시도 한편 계몽주의자로서의 입장을 전적으로 버린 상태에 있었던 것은 아니라는 사실을 발견하는 것은 매우 흥미로운 점인데, 이와 같은 사고, 발상의 맥락에서 '활동사진 변사'라는 그 특유의 비평가 이미지가 낳아

29) 위의 잡지, 55쪽.

졌던 것을 이 문맥 속에서 다시 한 번 확인할 수 있다.

4-2. 판관설, 또는 공리주의적 문학관의 사법 비평론(염상섭)

이와 같은 비평관 개진이 염상섭에게 매우 미숙한 것으로 비쳐졌을 것은 당연한 사정으로 이해된다. 작가 지상주의의 입장에 서 있으면서도 김환의 작품 「자연의 자각」에 대해서 "결코 양작은 못된다"고 고백할 수밖에 없었던 사정, 그 모순의 언술 표출을 중심으로 염상섭은 김동인에 대한 재반박의 논거를 찾아낼 수 있었던 것이다. "결코 양작은 못된다"는 언술 자체가 이미 일종의 가치 판단, 즉 하나의 비평적 판단을 내포한 것이라면, 이를 자세히 석명한 것을 두고 어찌하여 잘못이라 하는가. 「余의 評者的 價値를 論함에 答함」(『동아일보』, 1920.5.31-6.2)이라는 염상섭의 자신만만한, 의기양양한 논박의 언술은 이 모순의 사실에 대한 적시를 전제로 전개되는 양상이거니와, 문면 전체로는 비평가의 작품 평가, 그 연장선상에서 작가에 대한 심판의 태도가 과연 적부한 것이냐의 문제를 중심으로 전개되는 양상을 보인다. 작품 평가를 하나의 '판결(평결)'에 비유한다면, 죄를 심판하면서 어찌 죄인을 문제 삼지 않을 수 있겠느냐가 논지 전체의 윤곽이라 할 수 있는 것이다. 염상섭의 비평관이 '판관설'의 이름을 얻게 된 것은 이에 연유한 바라고 할 수 있는데, 논쟁 전체를 통해서 염상섭의 문학관, 비평관이 그 중 자세한 면모를 드러낸 것은 이 글 속에서였다고 할 수 있다. 염상섭 특유의 공리주의적 문학관, 비평관이 이 글 속에서 뚜렷이 형체를 드러내고 있음을 우리는 확인할 수 있는 것인데, 작가라 해서 자기의 이야기를 함부로 선전하는 태도를 취해서는 안 된다고 하는 것이 그 논지의 하나인 셈이며, 그런 몰지각의 사태를 두고 비평가가 작품에 대한, 혹은 작가에 대한 재판관의 직능을 행사하는 것은 말할 나위 없이 정당한 행위라는 것을 그는 힘주어 옹호하고 있는 것이다. 일반적 의미에서 입법 비평의 가능성, 혹은 비평의 지도 가능성을 타진함으로써 본질적으로 문학에 대한 공리주의적 입장을 전개하고 있는 그의 글의 문면 양상이 어떠한지 이 대목에서 구체적으로 확인해 둘 필요가 있겠다. 우선 다음의 문면을 보자.

第三. (……) 이에서 한마듸 明言하야 둘 것은 自敍傳이나 懺悔錄은 卑屈한 自家廣告를 目的치 안임은 勿論이려니와 自我表現도 目的치 안는다는 것이다. 오즉 「自己」를 말함으로써 人生을 니야기하고 自然을 니야기하고 社會를 니야기하고 眞理를 니야기하며 또 人生과 自然과 社會와 眞理 等을 니야기하는 中에서 自然히 「自己」를—全我를 發露함이다. 함으로 自我表現이란 것이 故意로 目的을 삼는 것이 안이라 豫期치 안는 結果라 한다. 萬一 自敍傳이나 懺悔錄을 쓸째에 自家를 廣告하랴는 或은 自己를 故로 表現코자 하는 目的을 가지고 쓴다 할진대 그것은 虛僞에 채운 自己誇張과 自家自讚의 不純한 臭氣쑨일 것이다. 왜 그러냐 하면 사람은 늘 自己를 보담 더 낫게 보이랴는 本能이 잇기 째문에. 함으로 나는 늘 作의 優劣을 批判키 前에 그 動機를 藝術家의 良心에 빗처 보는 것이다.[30]

'自我表現'으로서의 근대 예술의 속성을 부인하지 않으면서도, 그 자아 표현은 한편으로 사회적 공리를 위한 목표, 목적 의식과 함께 나아가는 것이지 않으면 안 된다는 점이 여기서 강조되고 있음을 볼 수 있다. "오즉 「自己」를 말함으로써 人生을 니야기하고 自然을 니야기하고 社會를 니야기하고 眞理를 니야기하며 또 人生과 自然과 社會와 眞理 等을 니야기하는 中에서 自然히 「自己」를—全我를 發露함이다"라는 문장이 자아 표현과 예술의 공리성 사이의 상관 관계를 압축적으로 설명하는 대목이라 할 수 있는 것이다. 이러한 공리주의적 예술관이 김동인 류의 예술 지상주의적 시각과 비교하여 어느 편이 옳다 그르다 구분하여 말하기는 어렵다 하더라도 한층 성숙된 인식의 소산 성격인 것만은 분명하다고 볼 수 있다. 「계몽이란 무엇인가」의 글에서 칸트가 환기시킨바 있는 '이성의 공적 사용'이라는 개념과 염상섭의 저와 같은 인식이 흡사한 양상을 띤 것임을 여기서 우리는 확인해 둘 수 있는 것이다. 칸트는 다음과 같이 말하고 있다.

이성의 공적 사용은 언제나 자유롭지 않으면 안 된다. 이 이성의 공적 사용만이 인류에게 계몽을 가져올 수 있다. (…) 내가 말하는 이성의 공적인 사용이란 어떤 사람이 한 사람의 학자로서 독자 대중 앞에서 이성을 사용하는 경우

30) 염상섭, 「余의 評者的 價値를 論함에 答함」, 『염상섭 전집』 12, 민음사, 1987, 15~16쪽.

이다.[31]

　매우 역설적으로 들릴 수 있지만, 사적 개인으로서 독자 대중 앞에서 이성을
사용할 때, 이성의 공적 사용에 값할 수 있다는 칸트의 저 이성 기능에 대한 설
명과 자아 표현으로서의 근대 예술에 대한 염상섭의 설명 구조가 똑같다는 것
을 우리는 알 수 있다. 예술가 자체는 한 사람의 사적 인간이지만, 그의 자아
표현은 단순히 자기 표현을 위한 것이 아니라, 이성의 공적 사용, 즉 보편적 실
천으로서의 의미를 지녀야 한다는 것이 염상섭의 주장인 것이다. 이와 같은 예
술관 속에서 그의 비평관 역시 솟아나온 것임은 물론이다. 그가 비평적 행위를
발동한 동기가 바로 이러한 맥락 속에서 설명되는 것이며, 김환의 작품이 탄핵
되어야 하는 이유 역시 같은 맥락에서 설명된다. 김환의 「자연의 자각」이란 말
하자면 한갓된 자가 광고, 자기 선전을 위한 자아 표현에 머무른 작품이기 때
문에 탄핵되지 않으면 안 된다는 것이 그의 설명이기 때문이다. 그 해당 문면
을 보아두도록 하자. 앞 인용 대문을 통해서도 알 수 있는 것처럼, 염상섭의 이
글은 김동인의 반론 내용을 모두 여섯 개의 항목으로 나누어 조목조목 재반박
하는 형식으로 구성되고 있는 것인데, 그 중 두 번째 항목으로 나타나고 있는
대목이 김환의 작품에 대한 혹평의 이유를 자세히 석명하고 있는 대목이라 할
수 있다.

　第二. 人身攻擊이라 하야 나의 評者的 常識과 人格과 資格이 極下劣타 하
얏고 또 人身攻擊이라고 論斷한 唯一의 論據는 「自己廣告」라고 한 나의 白岳
군의 作에 대한 評이다. 余는 試問하노니 人身攻擊의 意義 如何오. 人身攻擊
이라는 것은 公人으로 批判할 時에 私的 行爲 더욱이 그의 破廉恥的 方面을
摘發하야 羞恥를 暴露케 함을 云함이니 余가 白岳군의 作을 評하야 自己廣告
라 힘이 무삼 理由로 그의 破廉恥한 私的 行爲를 難詰함과 同類視할 수 잇슬
가 또 白岳君이 그 作中에 「K」라는 人物을 主人公으로 하야 노코 그 「K」가
某月 某日에 每日申報의 「每日文壇」에 寄稿한 作(鄕村의 누의로부터라는 散
文)이 優勝타는 것을 極力 讚揚함이 結局 自我自讚에 不過하얏다는 事實을 發
表함이 그릇되얏다 할지라도 그것은 決코 人身攻擊 卽 「프라이베이트」의 行

31) 임마누엘 칸트, 「계몽이란 무엇인가」, 이한구 편역, 「칸트의 역사철학」, 서광사, 1992, 15–16쪽.

爲 白岳君 自身이 極力 隱諱코자 하는 事實을 惡舞로써 公衆에 暴露함이 아
니요 每日文壇에 發表된「鄕村의 누의로부터」라는 一文과「自然의 自覺」이라
는 所謂 小說을 쓴 분이 同一한 作者요 또「自然의 自覺」中衣「K」라는 人物
이 白岳君 自身임을 아는 者는 누구든지 公知하는 事實인 以上 내가 決코 그
가 現露됨을 忌憚하는 바를 惡意로 摘發치 안음은 勿論이요 따라서 人身攻
擊이 안임은 自明한 事實이다. 그러나 百步를 讓하여 이것을 人身攻擊이라 할
지라도 萬一 내가 갓흔 事實을 가지고 讚揚을 하얏을 境遇에도 亦是 人身攻
擊이라 할가.[32]

여기서 알 수 있는 것처럼, 염상섭이 반복해서 강조해 마지 않고 있는 바는
그러니까 요컨대 김환이 자신의 작품(「자연의 자각」)을 통해서 '자기 광고'에
불과한 "파렴치한 사적 행위"를 벌였다는 것이다. 김환의 작품이 공적으로 탄
핵되지 않으면 안 되는 이유는 그러니까 다시 말해서 단순히 그 작품이 미숙하
다는 점 때문인 것이 아니라, 예술가로서 행해서는 안 되는 파렴치한 자기 광
고의 행위를 벌인 데 있다고 설명되는 것이다. 비평적 언설을 통해 이 점을 폭
로했다고 하는 것은 그러므로 결코 없는 사실을 조작한 것이 아니라, 작품 가
운데 노출된 사실을 고스란히 재구성해 놓은 데서 빚어진 결과임을 강변하고
있다. 따라서 김동인이 자신의 비평적 언술을 놓고 인신공격을 감행했다고 말
하는 것은 사태의 전말을 정확하게 깨우치지 못한 데서 나온 억변에 불과한 것
임을 그는 강조하고 있으며, 그런 까닭에 작품을 논하면서 작자의 신상과 관련
된 사실을 적시하게 된 것은 불가피한 사태였음을 그는 변호하고 있다. 김동인
의 반박에 대한 재논박의 첫 번째 항목은 바로 이 점과 관련된 사항이었던 것
이다. 염상섭의 평문(「白岳氏의 「自然의 自覺」을 보고」)에 대한 김동인의 반박
의 근거가 무엇이었고, 또 이에 대한 염상섭의 재반박 근거와 무엇이었는지 알
기 위해 여기서 위 염상섭 글의 첫째 항 내용을 살펴두는 것도 필요한 일일 듯
하다. 염상섭의 비평관을 '판관설'이라 명명, 규정하게 된 당초의 근거 역시 이
첫째 항목 속에서 노출되었던 것이다.

第一.「作品을 批評하랴는 눈은 絕對로 作者의 人格을 批評하랴는 눈으로

32) 염상섭, 앞의 글, 14–15쪽.

삼지 말 것』이라 하얏다. 그러나 이것은 맛치 裁判官더러 犯人의 身分을 調査하지 말나는 것과 二口同音이다. (……) 評家가 一個의 作을 評코자 할진대 반듯이 그 作者의 執筆하는 當時의 境遇, 性格, 趣味, 年齡, 思想의 傾向…… 等諸方面에 綿密한 考察이 有하여야 完全함을 期할 수 잇으며 또 此等 諸條件이 實로 一個人의 人格을 構成하는바인 以上 作을 評함에 際하야 그 作者의 人格을 吟味함이 當然한 事가 안인가. 그러하나 이 人格이라는 말은 決코 在來에 道德을 唯一의 標準으로 삼고 査定하는 바는 아니다. 오즉 眞理에 살겟다는 藝術家로서의 良心에 빗취여서 論評함이다.[33]

"오즉 眞理에 살겟다는 藝術家로서의 良心"을 반복해서 강조하고 있는 것으로 보아, 염상섭에게는 이것이 이성의 공적 사용, 즉 공리주의적 문학관을 뜻하는 것으로 여겨졌던 듯하다. 이런 양심에 비추어서 자신의 비평 행위는 추호도 거리낄 것이 없으며, 또한 마땅히 행해져야만 할 정당성을 지닌 것이었음이 옹호되고 있는 셈이다. 자신의 비평적 행위 동기가 결코 사적 원한에 의해서 이루어진 것이 아니고, 사회적, 공적 요청에 의한 발동이었음을 그는 누누이 강조하고 있는 터이다. 이와 같은 비평적 관점, 견해 속에서 그의 비평 동기를 이해할 수 없는 것이라 논박하는 김동인의 지적은 억설에 불과한 것임을 그는 마지막으로 다시 한 번 환기시킨다. 여기서 그의 비평적 동기란 설명할 필요도 없이 '명료한' 것, 즉 공적 차원의 당연한 사회적 필요, 요구에 의해서 발동된 성격인 것으로 설명된다. 이처럼 석명할 필요도 없이 당연한 것이라 인식하는 비평 양식에 대한 이해가 그를 『폐허』 2호의 지면에 '월평' 제목의 글을 쓰게끔 몰고 갔던 것이라 할 수 있으며, 이와 같은 의식, 인식의 저변에 그의 공리주의적 문학관, 비평관이 깔려 있었던 것임은 염상섭 문학에 대한 전체적 이해, 혹은 글의 행간에 대한 이해의 문맥, 방식을 통해서 명백히 확인될 수 있는 바라 하셌다. 문학도, 비평도 궁극적으로는 공적인 성질, 혹은 사회적이며, 실천적인 성질을 띠지 않으면 안 된다는 확고한 명제적 인식이 이 당시 그의 의식 저변에는 꿈틀이고 있었던 것이다. 마지막 여섯 번째 항목의 서술 양상을 보자.

33) 위의 글, 14쪽.

第六. 『霽月氏가 이 批評을 쓴 動機는 모르지만은 처음부터 끝까지 다만 白岳氏를 攻擊하려는 마음을 가진 것은 그 글이 證明한다. 즉 이 評論은 作品에 대한 것보다 人身攻擊이다』하고 하얏다. 君은 終夜痛哭에 不知何房 마누라 喪事라는 俗諺과 가치 나의 評者的 價値를 論하면서 내가 그 評을 쓴 動機를 모른다는 것은 無責任함도 限이 업다. 盜賊을 잡아다 노코 그놈이 孝誠이 至極하야 餓死할 地境에 싸진 父母를 求키 위하야 盜賊을 하얏는지 酒色博突에 耽溺하야 그리하얏는지를 모르고 엇지 正當한 裁判을 하리요. 그갓치 明瞭한 나의 動機를 모르고 評者的 價値를 云云함은 實로 넘어 無廉恥한 言動이라 하는 바이다. 또 白岳君을 오즉 攻擊만 한 것이 즉 人身攻擊이라 하얏으니 이러한 論法이 果然 構成될가. a라는 사람의 作品을 攻擊만 하고 讚揚치 안음이 곳 人身攻擊이라는 論法이 合理的이라고 할 수 잇다면 그는 精神異常이 안이면 臆說이다. 設使 作品 二字를 쎄고 白岳君을 徹頭徹尾 攻擊하얏다 하기로 白岳君의 公的 行爲를 攻駁함인지 私的 行爲를 攻擊 즉 所謂 人身攻擊을 하얏는지는 輕率히 斷言키 難할 바이다.[34]

결국 사적 행위의 차원과 공적 행위의 차원을 구분하지 않으면 안 된다는 위와 같은 염상섭 나름의 당연한, 명료한 인식 속에서 한국 근대 문학 비평의 실천적인 언설 행위가 돌출되어 나왔다고 할 수 있다. 비평에 대한 염상섭의 그와 같은 인식은 넓은 의미에서 입법 비평, 혹은 지도 비평의 가능성까지를 염두에 둔 것이라 할 수 있고, 이 점에서 편협한 작가 지상주의적 입장만에 의거해 기껏해야 '활동사진 변사'의 역할에 불과하다고 본 해설 비평론의 김동인의 비평관에 비해 훨씬 적극적이고 실천적인 비평관의 씨앗을 염상섭은 이 땅 근대 문학에 뿌려놓을 수 있었다고 볼 수 있는 것이다. 이런 자극에 힘입어 '창조'파의 문학 역시 성숙할 수 있었고, 비평을 본격적인 문예 양식으로까지 인정하는 태도가 낳아질 수 있었음을 앞에서 살펴보았거니와,[35] '월평'란을 개설, 집필하는 모험까지를 염상섭이 『폐허』 2호를 통해 감행했음은 역시 앞에서 살펴본 바와 같다. 이로써 한국 근대 문학이 문단적인 양상으로 성립하고, 또 이로써 근대 문학의 장 속에서 비평 장의 독립이라는 역사적 계기, 문화적 토대가 마련될 수 있었다고 하는 것은 오늘 우리가 '김동인-염상섭 논쟁'에 부여

34) 위의 글, 16-17쪽.
35) 이 장의 각주 16) 참조.

할 수 있는 최대치의 가치 부여라고 할 수 있다. 이에 초창기 한국 근대 문학을 놓고 벌인 두 사람의 논쟁은 한국 근대 문예 비평(사)의 원점의 사건으로 기록될 만한 역사적 가치를 지닌 사건 아닌가 환기시키고자 하는 것이 본고의 연구 의도이자 또한 목적이라고 하겠다. 문학, 그리고 비평이 모두 함께 공적인 것으로 성립하지 않으면 안 된다는 염상섭의 주장, 명제야말로 비평 정신이 쇠약해져 가는 오늘의 시점에서 다시금 재음미, 재평가해야 할 요목 아닌가, 하는 점도 본고의 연구 의도, 발상과 관련하여 중심점의 하나였음을 여기서 새삼 밝혀둘 필요도 있겠다.

5. 결어—한국 근대 문예 비평사 연구의 과제와 전망

한국 근대의 문예 비평사를 다시금 체계적으로 연구하고 인식하기 위해서는 먼저 그 원점, 출발점 설정의 문제가 해결되지 않으면 안 된다고 보고, 1920년대 초에 벌어진 '염상섭-김동인 논쟁' 이 그 원점의 사건으로 기록될 만하다는 논의를 지금까지 펼쳐 보았다. 더 거슬러 올라가 한국의 문예 비평사가 어느 지점에서 전근대적인 것과 근대적인 것으로의 분화 양상을 보이는가 하는 점을 필자는 년전의 논의에서 살펴보았거니와, 근대 비평이란 무엇인가, 한국 근대 비평은 무엇이었던가의 물음에 대한 지표 설정의 문제가 먼저 해결되지 않으면 안 된다고 본 것은 이 때문이었다. 본고의 서설적 논의는 대개 이 문제와 관련된 논의였으며, 이로부터 설정된 몇 가지 지표로 볼 때, '염상섭-김동인 논쟁' 은 그 비평사적 함의가 풍부한 역사적 계기의 사건이었음이 논란되었다. 결정적으로 한국 근대 문학 장의 성립과 동시에 그 문학 장 속에서 비평 장의 독립이라는 역사적 의의를 함축하고 있는 것이 '염상섭-김동인 논쟁' 이 가진 결정적인 의의임을 본고는 확인해 본 셈이다.

한편 역사 연구의 현재적 의의라는 각도에서 염상섭과 김동인 사이에 빚어진 언설 주고받음의 사건은 한국 근대 문예 비평사 속에서 '비평이란 무엇인가', '비평(가)의 직능이란 무엇인가' 의 물음을 끊임없이 환기시키는 문면 전개의 내용을 지녔음을 본고는 또한 주된 관심사항으로 살펴본 셈이기도 하다. 비평이 한갓 계몽류의 논설이나, 여담의 한담이 아니라는 인식 하에서 비평의 본질이 무엇이고, 현재의 비평적 견해의 뿌리가 어디에서 뻗어나온 것인가를 신중히 검토해 보고자 한 의도를 또한 본고는 지녔던 셈이다. '비평이란 무엇인가'의 물음이 여전히 현재적인 물음이라는 것을 의식한 때문이었는데, 이 점에서 역사 연구의 의의가 본질적으로 현재적 의의와 연관되지 않으면 안 된다는 인식을 본고의 의도는 포지하였던 셈이다. 비평이 실천적 기능을 가져야 하는 것처럼 역사 연구 또한 살아있는 실천적 의의를 지니지 않으면 안 된다는 전제 하에서 한국 근대 문예 비평의 역사에 대한 연구 역시 끊임없이 실천적 의의를 염두에 두고 행해지지 않으면 안 되리라고 본다. '염상섭-김동인 논쟁'의 의의를 살피면서 여기에 한국 근대 문예 비평(사)의 원점이라는 제목을 붙이고자 한 연구자의 의도는 여기에 있었다고 할 수 있다.

물론 역사를 하나의 객관적 실체로 보고, 그 실체를 자세히 규명함으로써, 한국 근대 문학의 연속과 단절의 역사를 재구하려는 우리의 노력 역시 소홀히 되고 중단되어서는 안 될 것이다. 다만 모든 역사학이 그렇듯이 문학사 역시 지식의 구성이라는 측면을 배제할 수 없다고 할 때, 역사적으로 가치 있는 언설, 사건이 무엇이었던가를 구명하는 비평적 가치 평가의 논란 작업이 문학사 연구에 있어서 배제될 수는 없다고 본다. 그런 점에서 한국 근대 문예 비평사를 구성한 주체들의 역사, 즉 비평가에 대한 연구가 주요한 연구 과제로 떠오른다고 할 때, 한국 근대 문예 비평사 속에서 본격적인 비평가의 등장이 어느 시점에서 이루어졌던가는 앞으로의 논구 과제로 제기된다고 할 수 있다. 만약 본격적인 비평가 주체의 등장이 한국 근대 문예 비평사 형성의 진정한 원점의 사건으로 기록되어야 한다면 본고의 논의 역시 한편으로 수정되어야 할 운명을 면치 못하는 것이다. 이에 관련된 논의는 차후의 기회를 보아 시도하기로 한다. 다만 본고의 논의에 있어서는 '근대적 문예 비평 장의 독립'이라는 사회학적 계기와 '비평이란 무엇인가'의 원론적 물음이 중심적인 논의 지표들로 거론되었을 뿐임을 밝혀두기로 한다. 언제나 역사는 한계 속에서 인식되고 실천되는 것이다.

참고문헌

『폐허』, 『창조』, 『학지광』, 『동아일보』 등의 신문 및 잡지.

김복순, 「근대문학비평의 여명기」, 김윤식 외, 『한국현대문학사』, 현대문학, 1994.
김동인, 『김동인 전집』 6, 삼중당, 1976.
김영민, 『한국문학비평논쟁사』, 한길사, 1992.
김윤식, 『김동인 연구』, 민음사, 1987.
_____, 『발견으로서의 한국현대문학사』, 서울대학교 출판부, 1997.
_____, 『한국 현대 문학 비평사』, 서울대학교 출판부, 1982.
김현 · 김윤식, 『한국문학사』, 민음사, 1996.
염상섭, 『염상섭 전집』 12, 민음사, 1987.
전기철, 『한국현대문학비평입문』, 느티나무, 1999.

『日本現代文學大事典-人名 · 事項編』, 明治書院, 平成6年.
柄谷行人 編, 『近代日本の批評』 Ⅲ, 講談社 文藝文庫, 1998.

미셸 푸코, 「저자란 무엇인가」, 김현 편, 『미셸 푸코의 문학 비평』, 문학과지성사,
          1989.
위르겐 하버마스, 이진우 역, 『현대성의 철학적 담론』, 문예 출판사, 1994.
월터 페이터, 「감상비평」, 백철 편, 『비평의 이해』, 현음사, 1982.
임마누엘 칸트, 「계몽이란 무엇인가」, 이한구 편역, 『칸트의 역사철학』, 서광사,
          1992.
질 들뢰즈, 이정우 역, 『의미의 논리』, 한길사, 1999.
테리 이글턴, 유희석 역, 『비평의 기능』, 제3문학사, 1991.
삐에르 부르디외, 「위기 속의 문화」, 국제문학포럼 발표문, 2000년 9월 27일.
_____, 하태환 역, 『예술의 규칙: 문학 장의 기원과 구조』, 1999.
베네딕트 앤더슨, 윤형숙 역, 『민족주의의 기원과 전파』, 사회비평사, 1991.

제4장

김기진, 혹은 신경향파 비평의 의식 구조

'프롤레타리아 쿨트' 론의 진동 양상을 중심으로

1. 머리말—논의 동기와 관점

한국 근대의 문예 비평사를 체계적으로 논구하고자 할 때, '신경향파 비평'의 단계를 빼놓을 수는 없다. 한국 프로 비평의 원형이 여기에 잠재되어 있었을 뿐 아니라, 이로써 한국 근대의 문예 비평이 그 독자성을 확립해 가는 주요한 계기를 얻을 수 있었기 때문이다. 이에 따라 많은 연구가 여기에 바쳐져 왔지만, 아직도 그것은 해명의 손길을 기다려 우리의 연구 의욕을 자극하고 있는 것으로 판단된다. 무엇보다 한국 근대의 문예 비평사를 체계적으로 이해하기 위한 인식 관심의 시야에서 이 단계의 비평사적 쟁점과 그 역사적 의의를 해명하고자 하는 노력이 부족했다. 김윤식의 『한국근대문예비평사 연구』(일지사, 1974)가 이 방면의 독보적 선행 업적으로서 프로 문예 비평의 자세한 문맥을 밝힌바 있지만, 지나치게 실증적 연구에 치중됨으로써 비평사 전개의 단계적, 혹은 핵심적 사적 원리 규명에는 한계를 노정했다고 할 수 있는 이 선대의 인식적 지평으로부터 우리 세대의 인식이 거의 한 발짝도 빠져 나오고 있지 못하고 있는 형국이라는 것은 아무래도 좀 부끄러운 일이 아닐 수 없다. 이 난관을 넘어서고 돌파하기 위해 우리가 먼저 시급히 갖추지 않으면 안 될 반성적 태도는 무엇이겠는가.

우선 하나의 맹점을 들어 말해보자면 그동안 우리 문학 연구의 관행이 지나치게 분과(分科)적 인식의 틀 속에서 진행돼 오지는 않았는가 반성해 볼 수 있겠다. 말하자면 '민족문학'의 연구라는 연구 대상 정립의 틀 속에서도 지나치게 '문학'의 범주를 그동안 우리 문학 연구의 관행은 강조해 왔다고 할 수 있는 것이다. 이런 문제 의식의 시야에서 '문학'이 반드시 어떤 형식적 규범들의 글만을 지시하는 것으로 받아들일 필요가 없다고 본다면, '비평'에 대한 연구 역시 반드시 '문예 비평'의 글들만을 대상으로 연구될 필요는 없다는 점이 환기될 수 있고, 또 응당 그렇다는 점이 확인된다. 본론에서 자세히 살펴보겠지만, '비평'의 이름으로 쓰여진 글들, 그리고 그 글들의 실천적 효과는 자주 문예 비평의 범위를 넘어서는 것으로 확인되기 때문이다. 이런 문맥에서 '민족 문학'에서의 '민족'의 범주 역시 우리 연구 시야의 한계를 제약하는 주된 연구 관행상의 한 요인으로 작용해 오지는 않았는지 반성해 볼 일이다. 최근 역사학계에서 활발히 반성점의 한 사안으로 제기되고 있는 민족사학의 한계적 자기 인식의 문제와 마찬가지로 그동안 우리 근대 문학 연구의 관행 역시 지나치게 '민족'의 이념에 붙들려 시행돼 오지는 않았는지 이런 문맥에서 자성될 필요가 제기되는 것이다. '민족'의 범주가 지나치게 앞서 작용하고 위요함으로써 근대적 역사 과학의 주된 범주로 인식되는, 보다 보편적 의미에서의 '사회', 그리고 그 현실적 구성의 다양한 기제 범주들이 홀대되거나 경시되어 온 폐해는 없었는지 우리 모두가 함께 자성을 구해 볼 만한 일이 아닐 수 없는 것이다. 이처럼 그동안 우리의 연구 관행을 지나치게 위요해 왔던 '민족-문학'의 개념을 조금 넘어서 사유해 볼 수 있다면, 한국 근대의 문예 비평사에 대한 보다 확충된 시야로서의 사회학적이고, 문화사적인 이해 시각의 마련을 여기서 우리는 도모해 볼 수 있게 된다. 비평사에 대한 사회학적이고 문화사적인 이해 시각의 마련이란 무슨 뜻인가.

되풀이 강조하는 바이지만, 한국 근대의 문예 비평사가 그 자체로 하나의 객관적 기원, 즉 기원으로서의 역사적인 객관적 사실을 가질 수 없다는 것은 여기서 명백하다. 역사적 이해란 궁극적으로 주체에 의한 역사적 지식의 자의적 구성에 다름 아니기 때문이다. 역사적 이해의 근본 성격이 이와 같음을 전제한다면, 한국 근대의 문예 비평사에 대한 체계적 이해의 과제와 관련하여 그 원점 설정의 문제가 무엇보다 긴요해지고, 이와 같은 문제 해명의 각도에서 1920년대 초 '염상섭-김동인 논쟁'이 차지하는 비평사적 의의가 무엇보다 중차대함을 강조하여 필자는 논구를 제출한바 있다.[1] 여기서도 필자는 비평사적 쟁론 사건이 머금고 있는 역사적 의의 이해와 관련하여 편협한 '문학사적 의의' 해명의 시각이 아니라 폭넓은 '문화사적 의의' 해명의 시야에서 접근하지 않으면 안 될 것을 강조하게 되었던바, 하버마스가 말하는 '공론장'의 형성 의의에 버금가는, 사회적 소통 기제로서의 지면-매체의 (문화사적) 성립의 조건이 결정적인 사회적 시실의 하나로서 인지되지 않으면 안 된다는 점을 강조하게 됐던 것이다. 그러니까 근대적 기능의 '공론장'이 성립된 의미로서 평가할 수 있는 그와 같은 근대적 성격의 매체, 문화적 독립 장(場)의 형성이라는 조건 속에서 염상섭, 김동인이 '비평이란 무엇인가'의 쟁점을 둘러싸고 벌인 논쟁이 다름 아닌 1920년대 초기 '염상섭-김동인 논쟁'이라 할 수 있고, 바로 이와 같은 쟁

---

1) 이 책의 제3장 「한국 근대 (문예) 비평(사)의 원점론(2)」 참조.

점, 문화사적 조건을 품고 있는 의의, 의미로 말미암아 이 논쟁의 역사적 의의 는 바로 한국 근대 문예 비평사의 원점의 사건으로 기록되어 부족함이 없다고 해명될 수 있었던 것이다. 한국 근대 문예 비평사의 체계적 이해를 위한 이와 같은 원점의 설정 이후에 자연스럽게 제기될 수 있는 문제는 그럼 그렇게 원점 을 출발해 나온 한국 근대 (문예) 비평사의 열차가 차후로 머물게 되는 역은 어 느 역으로 보아야 할 것인가의 문제로 제출되지 않으면 안 된다. 여기서 또 다 시 비평사의 체계적 이해를 위한 또 다른 역사학적 기준, 표준의 문제가 제기 된다고 할 것인바, '비평적 활동'의 내재적 평가를 위한 이데올로기적 기준, 혹 은 그 실천적 확대에 작용한 집단적 준거성의 '개인성'(Personality)의 측면이 여기서 그 표준의 지표들로 제시될 수 있겠다. 말하자면 '이데올로그' 성격으 로서의 한 비평가의 비평적 책동을 추동한 이념적, 정신적 좌표로서의 의식적 지표의 측면이 그것이다.

여기서 하나의 사회적 자아에 해당하는 간단한 직업적 인간 개념의 표준을 먼저 제시해 보기로 하면, 전업 비평가, 곧 전문직 '비평가'의 성립 조건을 우 리는 이러한 문맥에서 중요한 요건의 하나로 설정할 수 있지 않을까 한다. 이 를테면 넓은 의미에서의 '문필가'가 아니라, '비평'에 대한 전문직 의식의 발 로자로서 이와 같은 문필 활동을 전면적으로 펼친 최초의 한국 근대 문예 비평 가가 누구였는가 하는 점이다. 이런 점에서 소급해 말한다면, 비록 '한국 근대 문예 비평(시)' 원점 설립의 칭도자들로서 비록 김동인과 염상섭이 이후 한국 근대 문학 전개에 끼친 공로가 지대하다 할지라도 이들이 결코 전문직 '비평 가'로서의 사회적 자아를 구축한 역사적 면면들이 아니었음은 우리 모두가 동 의할 수 있고, 그런 점에서 역시 비평적 아마추어리즘을 넘어 활발한 전문직 비평가로서 자신의 득의의 영역, 독자적 영역을 개척한 인물로는 누구보다 '김 기진'의 활약상이 돋보인다는 것을 우리는 인정할 수 있다. 비평사의 체계적 이해를 위한 언술 내용상의 기준, 즉 이데올로기적 기준의 마련이 이런 문맥에 서 또한 무시될 수 없거니와, 『창조』와 『폐허』, 『금성』, 『백조』 시대로 이어진 동호인 문단 시대의 동인지 단계를 넘어 민중의 생활과 이념의 대변이라는 뚜 렷한 계급 의식의 아지 프로 기능과 성격으로 문학의 사회적 실천성을 정립해 나간 '신경향파 문학' 단계의 그 비평적 활동 양상이 비평사적 단계의 체계적 이해를 위한 이데올로기적 지표 설정의 안목에 비추어서도 한국 근대 문예 비평사 2단계의 활동 양상으로 적실하게 부합한다고 할 수 있는 것이다. 여기에 비평사적 쟁론이 가지는 하나의 역사적, 문화사적 사건으로서의 사회적 파급 의의를 덧붙여 생각해 본다 하더라도 '계급문학 시비론'을 낳고, 나아가 '내용—형식 논쟁'의 떠들썩한 논란 사건으로 연계된 '신경향파 비평'의 포괄적 의의와 맥락은 한국 근대 문예 비평사의 초기 단계 이해를 위한 우리의 역사적 인식항의 한 항목으로서 그 가치와 비중이 능히 인정된다고 할 수 있는 것이다.

'신경향파 비평'이 거느리고 있는 비평사적 함의의 성격을 위와 같이 대강 단도리하고 보면, '신경향파 비평'을 창도하고 주도한 두 비평가로서 팔봉 김기진과 회월 박영희의 역할에 대한 우리의 평가는 더 이상 의심의 여지없이 확고해진다. 요컨대 '비평'이라는 사회적, 문화적 양식의 실천적 정립이라는 역사적 역할 의의가 바로 그들에게 부여될 수 있거니와, 그 중에서도 이 사회적 역할 정립의 몫을 담당하기 위한 배역 확보의 측면을 순서의 비중으로 정한다면 당연히도 근대 비평사의 역사에 먼저 당도한 김기진의 역할을 그 주역의 역할로 꼽지 않을 수 없다. 팔봉 김기진의 역사 당도 이후에 회월 박영희의 승차가 이루어짐으로써 '염상섭—김동인 논쟁'의 비평사적 파장을 능가하는 저 '계급문학시비론'과 '내용—형식 논쟁'의 비평사적 파장이 이룩되었던 셈이기 때문이다. 이와 같은 배역 비중과 순서에 착안하여 본고에서는 일단 김기진 비평의 행방에 대해서만 주로 살펴보기로 하거니와, 그 후막의 박영희 비평과 그 이후의 비평사적 쟁론 사태에 대해서는 다음 차례의 논고 기회를 기다리기로 한다.

이처럼 '신경향파 비평'의 역사적 의의와 그 문화사적 생성의 국면을 주목하고자 할 때, 빼놓을 수 없는 해명 사안의 하나로는 초기 김기진 비평을 잉태시켰다고 할 수 있는 『개벽』지의 문화사적 위상, 그 비평사적 관여의 몫에 대한 이해의 문제가 등장한다. 『개벽』지란 말하자면 '신경향파 비평'이 그 싹을 틔우고, 못자리를 형성한 원천 토양 구실의 시사종합잡지였다고 할 수 있기 때문이다. '신경향파 비평'의 역사적 의의와 맥락을 이해하기 위한 자리에서 『개벽』지에 대한 검토의 문제가 빼놓아질 수 없다고 보는 이유가 여기에 있다. 바꿔 말하면 당시 『개벽』지가 수행한 사회적 계도, 혹은 비평적 역할의 기능 양식 중 일환으로 '신경향파'의 문예 비평이 탄생되었던 셈이다. 한국 근대 (문예) 비평사를 사회학적이고 문화사적인 폭 넓은 인식의 조망 속에서 파악해 보겠다는 우리의 행위 동기, 의욕이 근거를 얻을 수 있는 지점도 다름 아닌 이 『개벽』지와 관련해서 주어지는 것이 아닐 수 없다. 『개벽』지란 무엇이었는가라고 물을 수 있는 안목 속에서만 정당화될 수 있는 우리의 인식 의욕과 그 관심 동기의 성격을 일러 우리는 사회학적이고 문화사적인 연구 시각이라 부르는 것이다.

2. 『개벽』, 『백조』, '신경향파', 그리고 '카프'

2-1. 『개벽』과 초기 사회주의 사상 전파

한국 근대의 문예 비평사를 탐색하는 자리에서 『개벽』지가 논란되지 않으면 안 될 이유에 대해 다시 묻기로 하자. 이것은, 비평이란 무엇인가, 곧 근대적 의미에서의 비평이란 무엇인가의 물음과 일반적 '공론장'으로서의 지면, 매체의 장이 분리될 수 없기 때문이다. 이것은 근대적 문예 비평이라 해서 그것이 처음부터 단독적으로 자신의 독립적 장을 수립해 나온 것이 아니라, 넓은 의미에서의 사회 비평, 즉 정론 비평이라거나 혹은 시사 논평 등을 포함하는 일반 양식으로서의 '논설'류 양식들과 공동의 장을 형성하면서, 그 일반적 '공론장'의 분화, 전문화 과정에서 비로소 '문예 비평'상의 단독적 수립이 가능해졌다는 역사적 맥락과도 부합하는 사실이다. '근대 유럽에서 하나의 제도적 양식으로 성립된 것'이 '문예 비평'이며, 동시에 '비평(Criticism)'이라고 하는 설명은 바로 이와 같은 역사적 사실의 종합적 인지 표현이거니와, '(시사) 종합지'와 '문예지'의 분리, 혹은 그 매체의 차이에 대한 인지적 표상 역시 이 역사의 경과 과정을 반영하는 바에 다름 아니었다. 잡지의 정치적 성격과 문예 비평의 정치적 성격이 근대 비평의 초기 단계에서 서로 몸을 맞대거나, 혹은 섞고 있는 형국으로 비평과 문예 비평의 공존, 혹은 병존의 현실이 낳아지고 있었다고 하는 지적도 바로 이 사실을 깨우치고 환기시키는 바의 지적에 다름 아니다.

이 문제에 대한 선도적 연구자로 유명한 하버마스는 그 역사적 경과의 지점을 다음처럼 지적하고 있다.

（그 후) 프랑스 혁명은 원래 문예적이고 예술 비평적이었던 공론장의 정치화 물결을 불러일으켰다. 이는 프랑스에서만이 아니라 독일에서도 그랬다. '사회 생활의 정치화', 신문의 증가, 검열에 대한 저항투쟁과 언론자유를 위한 투쟁은 19세기 중반까지 확장되어 가는 공공적 의사소통망의 기능변화를 특징짓고 있다. 독일국가연합이 1848년까지 지연된 정치적 공론장의 제도화를 저지하기 위해 펼쳤던 검열정책은 문학과 비평을 더욱 더 정치화의 소용돌이에 끌어들일 뿐이었다.[2]

'원래 문예적이고 예술 비평적이었던 공론장' 이 '사회생활의 정치화' 로 "문학과 비평을 더욱 더 정치화의 소용돌이에 끌어들" 였다고 말하고 있다. 그렇다면 이것이 유럽 근대에만 국한된 현상이었을까. '근대화' 라는 보편적 자장의 변화 양상으로 이해하자면, 이것이 반드시 유럽 근대에만 국한되어 일어났다고 볼 이유는 없다. 명치기(明治期)를 지나, 소위 '대정(大正) 데모크라시' 로 이행해 간 일본에서도, 그리고 무단(武斷) 통치기를 지나 문화정치로 이행해 갔던 식민지 한반도에서도 이러한 현상은 고스란히 되풀이되었을 가능성이 높다. 본고의 인식 관심 중 하나는 이러한 점을 입증해보려는 과제에도 두어지거니와, 근대적 의미의 정치, 혹은 정치화란 소위 법 집행의 행정적 처분을 둘러싸고 벌어지는 온갖 정치 행위의 과정을 의미한다고 볼 수 있기 때문이다. 요컨대 식민지 내정(內政)의 차원에서라고 정치, 곧 '정치화' 의 과정이 전혀 부재했다고 볼 이유는 없는 것이다. 비록 식민지 현실 내부에도 그만한 정치화와 정치화의 과정이 존재했다고 볼 때, 이러한 정치적 공론장의 기능을 수행한 대표적인 제도적 공간이 신문, 집지 등 언론 기관들의 장이었으며, 또한 이러한 대중적 매체 기관들을 매개로 한 문학, 그리고 문예 비평의 장이었음을 우리는 예단할 수 있다. 이와 같은 정치적 기능화의 측면에서 '문예 비평' 과 '정론 비평', 혹은 일반적인 의미에서의 '시사 비평' 의 장이 근본적으로 분리될 수 있는 양상이 아니었음을 우리는 인식할 수 있다. 이 점과 관련하여 일본 근대 비

2) 위르겐 하버마스, 한승완 역, 『공론장의 구조변동』, 나남출판, 2001, 17쪽.

평의 역사를 말하는 다음 귀절이 유력한 참조 사항의 하나로 제시될 수 있다.

요약하면 明治(期)의 批評은 文學作品의 「鑑識」으로부터 治國平天下의 大義
論에 이르기까지의 진폭을 거느리고 있다. (…) 明治 10년대의 文藝 「批評」에
는 政論과 구별되지 않는 비평이 있다. (……) 종교나 철학을 '환원'시키는 곳
에서 말하자면 비평의 독자성이 성립하게 되는 것이다. 따라서 일본 근대의 비
평은 종교도 사상도 철학도 내부에 포함하는 것으로 성립되었다고 볼 수 있
다.[3]

이와 같이 살핀다면 일본 근대 문화사에 있어서 '종합잡지'로서의 면모를 뛰
어나게 과시했던 『太陽』과 같은 역사적 기능을 『개벽』지가 수행했다고 볼 수
있고, 『개벽』지가 발간되던 그 첫 단계에선 아직 정론 비평과 문예 비평의 구분
이 성립하기 어려운, 말하자면 비평적 미분화의 단계를 그것이 거쳐 갔을 것으
로 예상할 수 있다. 『개벽』지의 역사적, 문화사적 위상에 대하여 비평가 백철은
다음과 같이 밝힌 바 있다.

『개벽』은 우리나라 신문화사 상 가장 권위 있는 대표적 종합잡지로서, 우리
에게 문화적으로 사상적으로, 그만큼 큰 영향을 준 잡지는 일찍이 없었다.
또한 『개벽』은 이 땅에서 처음 나온 본격적인 종합잡지이기도 하다. 물론 그
전에도 『청춘』이나 일본 유학생의 동인지 『학지광』 등이 없었던 건 아니나, 이
와 비견할 비기 못 되고 또 『개벽』과 전후해서, 『시울』, 『시굉』, 『신천지』, 『조
선지광』, 『현대평론』, 『동명』 등이 간행되었지만 그 권위에 있어서 『개벽』을 따
를 수 없었다.[4]

여기서 『개벽』지의 위상이 어떻다는 것이 논의의 초점일 수는 없다. 다만 우
리가 여기서 밝힐 필요가 있는 것은 『개벽』지가 전체적으로 일종의 '정론(政
論)'지 성격을 띠었다는 점이며, 이 잡지의 이런 정론지적 표방과 당시 프로 문
학 비평의 초기 단계로서 '신경향파 비평' 사이의 활자를 통한, 혹은 편집상의
어울림이 자연스럽게 취해질 수 있었다고 하는 점이다. 이 잡지가 취했던 대체

---

3) 柄谷行人 編 『近代 日本の 批評』 Ⅲ, 講談社 文藝文庫, 1998, 10쪽.
4) 백철, 「『개벽』 전후의 문단 사조」, 『현대공론』 제3권 1호, 金根洙 『韓國雜誌史』, 청록출판사, 1980, 114-115쪽
에서 재인용.

적인 편집 방향에 대해 우선 살펴두자면 동지 제3주년 기념호(제4권 제7호, 통권 37호) 속의 권두언 「돌이켜보고, 내켜보고」의 술회를 눈여겨봄이 우선 적절할 수 있겠다.

「開闢」雜誌가 이미 朝鮮民衆의 雜誌요, 一個人 一團體의 所屬物이 아닌 以上은 民衆의 向上이 곧 開闢의 向上이요, 이 雜誌의 努力이 곧 民衆과 한가지로 興廢存亡을 決하여 民衆의 精神으로 精神을 삼으며 民衆의 心으로 心을 삼을 것밖에 없음을 斷言함이 그 하나이며,

「開闢」雜誌의 主義는 開闢이라는 「열림」이 곧 그 主義가 되는 것이니, 物質을 열며 精神을 열며 過去를 열며 現在를 열며 乃至 萬有의 正路를 열어 나아감이 그 主義인지라, 그러므로 開闢은 어디까지든지 現象을 否認하고 現象 以上의 新現象을 發見하여 新進의 正路를 開拓함이 그 둘이며 開闢의 事業에는 스스로 嚴正한 批判을 要하는 것이라, 不偏不黨 公正嚴明한 考察로 邪를 破하고 正을 顯하여 社會를 整頓하며 新運動을 助長하여 正見과 正思, 正立의 道를 振興함이 그 셋이며,

「開闢」은 具體的으로 社會運動 農村啓發運動 등의 正面에 立하여 스스로 新社會 建設의 全責任을 負擔함이 그 넷이라[5]

"「開闢」雜誌의 主義는 開闢이라는 「열림」이 곧 그 主義가 되는 것"이라 쓰고 있는 데서도 확인할 수 있듯이, '개벽(開闢)'이라는 제목은 천도교 이념의 표상을 위한 어사로만 주어졌던 것이 아니고, 그 원래의 말뜻 그대로 폭넓은 개방성이라는 편집 방침상의 '열림'을 위한 표방으로도 주어졌던 것을 알 수 있다. 편집상의 이러한 개방적 자세가 사회적 진보 사상들과 연결됨으로써 "다량의 인도주의와 자유주의 위에 사회주의를 가미했다"는 평판을 얻을 만큼 『개벽』 지는 그 발간의 초기 단계에서부터 진보적 색채를 뚜렷이 갖추는 모양새를 연출하였다. 물론 전체적으로 종합잡지를 표방한 잡지였다고 하나, 그 발간의 초기 단계에서부터 문학 예술면에 상당한 지면을 할애하여 교양지로서의 면모를 뚜렷이 갖추고 있었던 점 역시 확인될 수 있다. 그 지면 구성의 약 1/3 가량을 문학과 예술면으로 할애하여 소설, 시조, 희곡, 수필, 소설이론, 그림 등을 게재

5) 「卷頭言」, 「개벽」 37號.

하였다는 사실에서 그 점을 확인할 수 있는 것이다. 문학 비평의 글, 그러니까 월평을 위시한 문예 비평 성격의 글들이 장차 『개벽』지를 수놓게 된 편집상의 방침 전환 배경에는 이처럼 당시 종합잡지의 편집 체제가 갖추지 않을 수 없었던 문예면 우대, 즉 교양 추구 독자의 끌어들임이라는 잡지 운영상의 필수적 요청 사항이 개입해 있었던 것을 알 수 있다. 구체적으로 『개벽』지의 문예담당 편집자로서 박영희가 기자직을 얻는 단계에 이르러 '정론'지와 '문예 비평' 양식의 결탁이라는 잡지사적 계기의 하나가 마련되는 것으로 볼 수 있다. 물론 그 이전에 김기진은 이 잡지에 여러 형식의 글을 발표하여 이미 필자로서의 돈독한 관계를 마련하고 있었던 것이니, 신경향파 '비평' 혹은 '문학'과 『개벽』지의 결탁 과정은 이보다 훨씬 앞선 사실들로서 추적되지 않으면 안 된다. 그에 앞서 먼저 1920년대 사회주의 사상 운동의 진폭과 내력에 대해 조금 살펴둘 필요가 있겠다.

2-2. 1920년대 사회주의 운동의 진폭

1920년대 초, 즉 3.1운동 직후의 시점에서 벌써 '사회주의', 혹은 '노동운동'에 대한 광범위한 사회적, 지적 관심 현상이 대두하고 있었음은 오늘날 근대사 연구자들 대개가 인정하는 사실이라 할 수 있다. 청년, 지식인들의 호기심을 자극함으로써 1920년대 초두의 시점에서 벌써 이 낯선 '사회주의' 사상은 식자층을 중심으로 하여 유행 사조의 하나로 자리잡아 나가고 있었다. 이와 같이 신사조의 사회주의 사상이 당시 청년 지식층의 관심을 광범위하게 끌어놓을 수 있었던 배경에는 우리 민족의 경우에 3.1운동의 좌절이라는 역사적 경험이 깔려 있었다고 봐야 할 것이지만, 그보다 더욱 중요한 세계사적 사실로 1917년에 이룩된 러시아 혁명이 바야흐로 그 영향의 파고를 높힘으로써 동방의 이 아시아 지역에까지 그 사상적 조류의 물결이 세차게 밀어닥친 데 있었다고 할 것이다. 소위 '大正 데모크라시'의 고조된 정치적 분위기 속에서 일본 내에 사회운동, 노동운동이 활발하게 대두하였으며, 이 기운이 식자층을 매개로 하여 현해탄 건너 한반도에까지 그 영향의 파고를 크게 미치게 되었다고 할 수 있는 것이다. 물론 지역적으로 러시아의 한 끝과 지리를 맞대고 있는 한반도의 경우

사회주의 사상과 그 운동의 물결이 독립 운동가, 교포들을 매개로 하여 직접 그 혁명의 영향 파고와 맞닥뜨릴 가능성 또한 충분하였으며, 이런 까닭으로 1910년대 후반기에 소련 지역의 한인 사회를 중심으로 하여 공산계의 조직은 벌써 어느 정도 그 자생적 뿌리를 형성하는 단계에 있었다. 최근의 연구 성과를 반영한 한국사의 한 통사적 기술은 1920년대 초 사회주의 운동의 양상을 다음과 같이 요약하고 있다.

1920년대에는 1917년의 러시아혁명에 큰 자극을 받아 사회주의를 표방하는 민족운동이 일어나 우파민족주의 운동과 갈등을 일으켰다. 사회주의운동은 모스크바의 코민테른의 지도노선과 자금지원에 의해 전 세계적으로 일어나고 있었으므로 우리나라도 그 영향을 받지 않을 수 없었다. 이 운동은 소련지역의 한인동포사회에서 가장 먼저 일어났는데, (…) 1920년대 초에는 이들 여러 단체들이 통합운동을 벌여 1921년에 이르쿠츠크파 고려공산당과 상해파 고려공산당으로 크게 양분되었다.

한편, 국내에서도 1920년대 초에 많은 공산주의 단체들이 소련 및 일본유학생들을 중심으로 조직되었다. 신사상연구회(1923)·화요회(火曜會, 1924)·북풍회(北風會, 1924) 등이 그것이었다. 이들은 각종 신문·잡지 등 언론계에 침투하여 사회주의사상을 소개하는 한편, 통합운동을 벌여 1925년에 조선공산당(朝鮮共産黨)과 고려공산청년회(高麗共産靑年會)를 조직하기에 이르렀다.[6]

여기서, "각종 신문·잡지 등 언론계에 침투하여 사회주의사상을 소개하는 한편, 통합운동을 벌여"라는 대목이 이를테면 본고에서 주목하고자 하는 당시 언론계, 문학계의 동향을 시사하는 대목이라 할 수 있다. 『동아일보』의 창간 직후 시점인 1920년 4월 말엽의 시점에서 염상섭은 「노동운동의 경향과 노동의 진의」(『동아일보』, 1920.4.20-26)라는 글을 빌표하고 있으며, 『개벽』지의 경우에도 역시 1920년 여름에 발매를 시작한 창간호(1920년 6월 25일 발간)의 지면 속에서 「近代勞動問題의 眞義」라는 제목의 글이 필자 '又影生'(정태신)의 이름과 함께 굵은 활자로 전시되는 사정에 있었음을 알 수 있다(이 창간호의 목차를 보면 창간사 「世界를 알라」와 「人乃天의 硏究」라는 제목의 글만이 又影

6) 한영우, 『다시 찾는 우리 역사』 제3권, 경세원, 2001, 136쪽.

生의 위의 글과 함께 굵은 활자로 부각되어 있는 것을 확인할 수 있다). '노동문제'에 대한 관심으로만 보자면, 이 밖에도 당시 『현대』지의 창간호에 「勞動問題에 關한 余의 見聞」이라는 제목의 글이 필자 卞熙瑢의 이름과 함께 실리고 있었고, 이처럼 노동문제와 노동운동에 대한 관심은 1920년대 초두의 단계에서 벌써 당시의 지면을 화려하게 장식하는 형편에 있었다.

『개벽』지의 양상에 국한해 여기서 더 확인해 두기로 하면, 당시 일제의 검열에 걸려 압수된 기사 목록 중, 「볼쉐비크의 사상」(러셀의 강연, 16호), 「노동운동의 대세상으로 본 조선노동자 문제」(이영희, 25호), 「적색 노서아의 기견진문」(연경과객, 25호), 「산업의 발전과 무산계급의 해방」(B·S·L, 44호), 「사상의 추세와 운동의 방향」(45호), 「해방의 목표」(45호), 「세계 사회주의의 현세」(46호), 「적색조합과 황색조합」(46호), 「러시아의 공산당」(46호), 「노농운동과 공동단결 방법」(46호), 「조선청년총동맹에 대하여」(46호), 「조선청년운동의 일년」(정백, 54호) 등의 글들이 대개 사회주의 사상 유포의 이유로 불온시되었던 것을 알 수 있고, 따라서 이와 같은 정황을 종합하면 결코 '사회주의'라는 기대담론의 사상이 어느 문필가 일 개인의 역할에 의해 유입되거나 유포된 사정에 있지 않았던 것을 말해준다고 할 수 있다. 사상 통제의 역할을 하였던 일제 검열 당국의 편에서 보자면, 3.1운동 이후 점고된 노동운동 사상의 유포 시기 이전부터 그들은 일찍이 '사회주의' 사상을 중대한 위험 사상의 일부로 간주, 인식하고 있었던 것이니, 러일 전쟁 당시 대(對) 러시아 공작에 관여함으로써 러시아 내부의 사정에 정통한 형편에 있었던 조선총독부의 초대 경무총감 아카시 모토지로(明石元二郎)가 그 취임 일성으로 다음과 같은 훈시를 늘어놓고 있음에서 우리는 그 취체자 편의 현실 인식을 알 수 있다.

그(고등경찰의–인용자) 사항(사무)은 여러 가지가 있겠지만 그 중에서도 내가 가장 중점을 두는 것은, 한국의 치안 및 위험의 예방이다. (……) 대세로 판단하건데 오늘날은 이미 폭주 봉기의 시기는 지났다고 본다. 물론 다시 봉기가 없으리라고 보장키는 어렵다 하더라도, 내가 보기에는 장래의 위험은 인민의 문명의 진보에 수반하여 일어날 수 있는 무정부주의, 사회주의 등과 같은 위험일 것이다.[7]

7) 大江志乃夫, 「山縣系と植民地武斷統治」, 『近代日本と植民地』 4卷, 岩波書店, 1993, 20쪽.

혁명 이전의 러시아 정부가 그랬던 것처럼, 일본의 치안 당국 역시 무정부주의와 사회주의가 앞으로 위험 사상의 주류를 이루리라는 것을 그들은 일찍이 내다보고 있었던 것이다. 아카시 모토지로라는 인물을 중심으로 한 일제의 통제 당국은 이처럼 시대를 앞질러 나가면서 민족운동과 사상운동이 연계되는 경우의 가공할 위험성에 대해 대비하고 있었다고 할 수 있었지만, 헌병 조직을 앞세운 일제 당국의 그와 같은 치밀한 취체 노력에도 불구하고 3.1운동의 거족적인 움직임을 그들은 막을 수 없었고, 이에 일제 당국은 그때까지의 무단통치 방식을 지양하여 소위 '문화정치'라는 이름의 유화정책을 사이토 마코토(齊藤實) 총독의 취임 이후 취하게 됐던 것이다.

'문화정치'라는 이름의 유화정책이 취해지면서 가장 많이 달라진 것은 이른바 언론, 출판, 집회, 결사의 허용 범위가 넓어진 것이었다. 식민지에서의 정책 이전에 일본 본토 내에서의 자유의 허용 범위가 넓어진 탓으로, 본토와 차별 없이 정책을 집행하겠다는 사이토 마코토 이하 새로운 조선총독부 진용의 방침은 별 수 없이 조선인들의 언론, 출판, 집회, 결사의 행위에 대해서도 일단 허용의 원칙을 대전제로 내부적인 감시와 통제의 원리를 병행해 나가는 정책을 취해 나가지 않을 수 없었다고 할 수 있다. 이에 따라 언론, 출판의 행위와 관련하여 내부적 검열과 통제의 원리가 비밀리에 강화되었다고 할 수 있으니, 『개벽』지 발표 글들의 저 무수한 압수 사례가 바로 그 증거라고 할 수 있다. 3.1 운동 후 헌병대를 후퇴시키고 보통경찰제도를 활용하였지만, 경찰의 수를 증가시킴으로써 오히려 경찰력의 강화라는 현실을 낳았음에서 '문화정치'의 본 모습이 무엇이었던가를 우리는 여실히 확인할 수 있는 것이다.

이처럼 양두구육(羊頭狗肉)의 유화책이었을망정 '문화정치'의 표방은 1920 년대 전반기의 조선 문화 현실을 1910년대의 소위 무단통치 시절과 매우 다른 어떤 것으로 모양 짓게 되었음을 한편 우리는 인식할 수 있다. 사이토 마코토 총독이 그 취임 일성의 훈시를 통해, '문화직 제도의 혁신'과 '문화의 발달과 민력의 충실', 나아가 '조선 문화와 구관의 존중', '문명적 정치의 존중' 등의 시정 방침을 표명한 데서 소위 '문화정치'의 정책적 전환이 명시되었던 셈이거니와,[8] 이를 현실 변화의 의미 있는 한 계기로 포착했던 염상섭은 반어적 성격의 내면적 인물을 주인공 화자로 내세움으로써 그의 불후의 명작 중 하나인

---

8) 糟谷憲一, 「朝鮮總督府の文化政治」, 『近代日本と植民地』 2巻, 岩波書店, 1993, 122쪽 참조.

『만세전』(1922-1924)을 쓸 수 있었던 것이 사실이다. 이와 같이 표면적으로 이완된 사회 분위기 속에서 당시 청년운동, 사회운동 역시 확산의 움직임에 박차를 가해 나갈 수 있었던 사정을 김기진 역시 다음과 같은 회고문의 일절을 통해 시사적으로 밝히고 있다.

> 기미년(1919) 3·1운동 이후 발생한 청년운동이 청년회연합회의 분열을 보게 된 후 노동공제회와 서울청년회·북풍회의 세 개의 파벌로 갈라섰고, 조금 뒤에 화요회가 생겨가지고 결국 네 개의 진영이 사회운동 전체를 이끌고나가는 형편이었는데, 청년운동에서 출발했던 사회 운동이 1921년 이후부터 해마다 좌경해서 1925년 11월에는 마침내 '제1차 공산당' 사건이, 그 이듬해 12월에는 '제2차 공산당' 사건이 일본 경찰의 손에 드러났고 (…)[9]

이와 같이 '사회주의' 사상을 매개로 한 당시 청년 운동의 분화, 그리고 한편의 강고한 조직화 움직임은 이미 이 시기, 즉 1920년부터 전후 약 3년에 이르는 김기진의 일본 유학과 그 귀국행 모색의 1920년대 전반기의 시기에 사회주의 사상의 유입과 유포가 어느 정도는 진행된 단계에 있었음을 말해준다. 그러니까 문학사적인 인물, 김기진의 역할에 의해서만 저 문제의 사회주의 사상이 유입되고 유포되지 않았다는 사정을 김기진 자신의 위의 회고문은 시사하고 있다고 할 수 있거니와, '문화정치'라 표방된 1920년내 전반기의 정치적 분위기 속에서 다양한 사상적 모색과 실천적 실험이 청년들 사이에서 대두하고 있던 형편이던 것을 우리는 알 수 있다. 그렇다면 김기진의 사상사적 역할, 혹은 지성사적 역할은 그 사회주의 사상의 문학적 표현, 혹은 결실의 역할에 한정되는 것으로 규명될 수 있거니와, '사회주의'라는 넓은 의미의 사상적 스펙트럼 중에서도 당시로선 가장 첨단에 속하는 이론, 관념적 틀에 입각, 그는 이 새로운 문화사적 지평 모색의 입지 개척에 나서게 되었던 것이라 할 수 있다. 그가 수입하고 모색한 이 첨단의 문화적 지평 이론의 틀을 우리는 범박한 의미에서 '프롤레타리아 쿨트'론이라 부를 수 있거니와, 계급적 문화주의, 혹은 문화적 계급주의의 의미를 담지한 김기진 특유의 이 추상적 문화 이론의 내용 검색, 그 획득 과정의 확인에 나서기 전에 우선 김기진 비평의 생성 문맥에 대해 포

---

9) 김기진 「나의 회고록」, 『김팔봉문학전집』 2, 문학과지성사, 1988, 201쪽.

괄적 확인의 과정을 매개해 둠이 순서라고 하겠다. 『개벽』지의 지면을 빌린 '신경향파 비평'의 발생과 그 확산 과정에 대한 확인의 작업이 그것이다.

3. 신경향파 비평의 태동과 전이─『백조』 해소에서 '내용-형 식 논쟁'까지

김기진과 박영희가 『백조』에서 이탈함으로써 동인지 시대가 마감, 해체되고, 신경향파 문학, 나아가 프로 문학 시대가 열리게 되었다는 것은 우리 모두가 아는 바이다. 다만 이 과정을 여기서 좀 더 상세히 살펴둘 필요는 있겠다. 『개 벽』지와 문학사와의 관련성을 명백히 해두기 위함이다. 우선 3.1운동 이후 김 기진의 개인적 역정부터 조금 살펴두자면 이렇다.

창간 직후의 『동아일보』 지면에 시 「가련아」(1920.4.2)를 투고, 최초의 문학 적 이력을 얻게 된 김기진은 이후 바로 도일(渡日), 릿교대학(立敎大學) 영문학 부에 적을 두게 되었지만, 처음부터 그는 학업에 뜻을 두었다기보다 문사와 예 술가로서의 길을 개척하는 데 의욕을 바쳤던 것으로 보인다. 하지만 그는 원래 시적 천분과는 거리가 먼 재질의 소유자였던 것으로 보이고, 다만 열혈남아의 정열적 기질에서 뿜어 나오는 강력한 예술적 혼과 민족적 울분의 감정을 주체 하지 못해 그 당시 새롭게 떠오르는 신흥 계급 예술의 이념, 그리고 문화 운동 에의 헌신에 자신을 내맡기는 상태로 생을 몰아갔던 것으로 보인다. 3.1운동의 실패 경험을 뒤로 하고, 다니던 배재고보의 졸업식을 치루기도 전에 즉흥적으 로 동경 행을 결정해 떠나버리는 도일(渡日) 전후 시기의 그의 모습이 그렇거 니와, 장발의 큰 키에 루바슈카를 입은 정열적 사나이의 풍모를 띠고 1923년 5 월, 갑작스럽게 또 극단 '토월회'의 공연을 준비한다는 목적으로 귀선(歸鮮)해 버리는 모습이 그의 성격의 일단을 보여준다. 동경에 있을 때 이미 배재고보 시기의 막역지우였던 박영희의 권고에 의해 『백조』 동인으로 가입한 상태에 있 었던 그는 귀국하여 서울 문단에 접촉하면서 『개벽』지에 투고하게 된 과정을 다음과 같이 밝혀놓고 있다.

1923년 5월에 나는 토월회의 제1회 공연 준비를 하기 위해 방학 때까지 기다리지 못하고 동경으로부터 서울로 왔었는데, 『백조』의 동인들과 회월을 내놓고는 전부 초면 인사를 해야 했었다. (……)

그러니까 이것이 모두 1923년 5월말로부터 6월말까지의 일이었는데, 이 무렵에 동경으로부터 소파가 돌아와서 날더러 『개벽』 잡지에 글을 하나 써달라고 부탁하기에 나는 「프로므나드 상티망탈」이라는 제명으로 수필을 한 편 써서 보냈더니 이것이 그 해 7월호 『개벽』 잡지에 게재되었다.[10)]

이로 보면 문사로서의 김기진의 실질적인 발표 행적 자체가 『개벽』지 지상에서의 활동으로 시작된 것이었음을 알 수 있다. 이와 같이 하여 『개벽』지와 인연을 맺게 된 그는 여기에 거의 매달처럼 글을 발표하게 되어 일종의 고정필자격 위치를 확보하게 되거니와, 프롤레타리아 문학 전파를 위한 그의 개인적 의욕과 이 잡지의 편집 방침이 잘 부합하였던 사정을 알 수 있다. 이처럼 귀국 이후 『개벽』지에 집중적으로 투고하던 시기 그의 내면 정황을 그는 다음과 같이 회고해 놓고 있기도 하다.

개벽사 주최의 망년회가 있은 뒤에 나는 1924년부터 좀 더 문단의 사람들을 알게 되고 문단 전체의 공기도 짐작하게 되었었는데, 그 당시의 나의 감정과 사상으로는 문단의 공기가 마음에 들지 아니했었다. 창조파니 폐허파니 백조파니 하는 유파가 다 각기 현실과 용감히 싸우려는 의사는 없고, 현실을 거죽으로 핥거나, 혹은 영탄만 하거나, 혹은 도피만 하는 경향이라고 보았던 때문이었다. (……)

논문도 쓰고 창작도 쓰고 했지만, 주로 수필에 치중해 가지고 효과를 노렸었다. 이 무렵 내가 쓴 논문으로는 「지배계급교화, 피지배계급교화」, 「금일의 문학·명일의 문학」 등이오, 창작으로는 「붉은 쥐」, 「트릭」, 「젊은 이상주의자의 사(死)」 등이오, 수필로는 전기한 「프로므나드 상티망탈」 외 여러 편이었다. 그리고 이 같이 세 가지 형식의 글과 또 시를 쓰는 한편 회월과는 거의 날마다 만나가지고 현실을 보는 눈과, 사물을 관찰할 때 쓸 척도, 이상을 실현하는 방법, 인간의 양심과 사회의 정의 등…… 이런 문제를 토론하면서 그 당시 내가 걸어가려 하던 프롤레타리아 문학으로 그를 유도하기에 마음을 기울였었다.[11)]

10) 위의 글, 185쪽.
11) 위의 글, 188쪽.

신경향파 비평, 그리고 그 비평이 선두가 된 신경향파 문학에로의 문학사적 전신 과정이 김기진, 박영희 두 사람이 수레바퀴가 되고, 『개벽』지가 몸체가 되어 굴러간 사정이었던 것을 이로써 뚜렷이 확인할 수 있거니와, 그 문학사적, 혹은 문화사적 윤전의 조타수 역할은 어쩌면 당시 『개벽』지의 주간 김기전(金起田)에 의해 담당되었을지 모른다고 하는 추측도 이로 보면 전혀 억측이 아닌 것으로 주어진다. 이 사정과 『백조』에서의 박영희의 일탈 과정에 대해 김기진은 또 다음과 같이 밝혀놓고 있다.

> 『개벽』 잡지는 천도교에서 김기전(金起田)이 주간이 되어 발행하고 있었다. (…) 그는 나더러 매월 글을 쓰라고까지 말했으므로 나는 자주자주 『개벽』잡지에 글을 썼다. (……)
> 1924년 가을에 『개벽』 잡지사에서는 문예면을 확충하기로 하고서 그 책임자로 박영희를 사원으로 맞아들이었다. (……)
> 박영희의 사상이 좌경해버리는 동시 그가 개벽사에 입사해버리었을 뿐 아니라 노작 홍사용은 토월회 공연을 처음부터 열심히 돕고 하더니 그가 『백조』 잡지에 전 비용을 독담하여 오던 그 정열이 그만 연극 운동으로 방향 전환을 일으켰다. 그리하여 (…) 이때까지 동인들 가운데서 추진력이 되어오던 박영희와 홍사용이 다른 길로 기울어진 이상 『백조』는 자연히 해산될 밖에 없었다.[12]

이후의 문학사적, 비평사적 전개에 대해서는 우리 모두가 아는 대로이다. 『백조』의 해산과 함께 문학사는 바야흐로 '신경향파' 시대에 접어들게 되는 것이다. 이 '신경향파 문학' 이란 공식적으로 『백조』의 해소 이후, 그러니까 1923년 9월경부터 'KAPF' 가 공식적 출범—카프의 결성 시기는 대개 1925년 8월로 기록된다—을 이룸으로써 새로이 '프로 문학' 이라는 용어가 고창되기까지 짧은 한 시기의 과도기적인 문학 형태를 지칭하는 것으로 주어지지만, 이로부터 향후 약 10여 년간 한국 문학을 주도하게 되는 넓은 의미의 '경향 문학', 혹은 프로 문학 시대 정향성이 가능할 수 있었기에 그 문학사적 의미가 결코 간단치 않고 오히려 한국 문학사 상 그 유례를 찾아보기 어려운 중차대한 형태 변환의 계기로 파악되는 것이다. 이처럼 획기적 의의를 갖는 '신경향파' 의 용어 창안

---

12) 김기진, 「우리가 걸어온 30년」, 『김팔봉문학전집』 2, 문학과지성사, 1988, 138–140쪽.

문제에 대해 김기진은 그 공적의 대부분을 동무인 회월에게 돌리고 있어 인상
적이거니와, 그 문학사적 전환기의 양상에 대해 김기진은 다음과 같이 약술해
놓고 있다.

> 그리고 여기서 말해두어야 할 것은 예맹이 성립된 뒤부터 우리들이 주장하
> 던 문학—그 전까지는 '신경향파 문학'이라고 부르던 것을—이때부터 '프로
> 문학'이라고 불렀다는 사실이다.
> 한국 문학사에서 반드시 한 번은 고찰되고서 넘어가야 하는 신경향파 문학
> 이란 용어는 (…) 회월의 창작 용어인 것은 사실이다. 1923년 겨울에 『개벽』 잡
> 지에 내가 발표한 단편 「붉은 쥐」, 그 다음에 1924년 봄에 역시 『개벽』에 발표
> 했다가 잡지를 전부 압수당해버린 단편 「트릭」, 최학송의 「기아와 살육」, 이기
> 영의 「오남매를 둔 아버지」 등…… 종래의 우리 문단에서 보지 못하던 무산자
> 의 궁핍한 생활상과 그들의 저주에 가까운 반항과 복수를 테마로 한 작품들이
> 연달아 나타나는 문학 경향을 지칭해서 회월이 명명한 용어이었다.[13]

김기진이 술회하고 있는 것처럼 '신경향파'라는 용어가 창안된 것은 1925년
12월호 『개벽』지에 기고됐던 박영희의 「문예시평」에서로 확인되며, 이처럼 의
기 투합하여 초기 '신경향파 문학' 운동을 이끌었던 두 사람은 박영희가 『개
벽』지에 문예 담당 편집사원으로 입사하여 『개벽』지의 편집권을 쥐게 됨으로
말미암아 더욱 박차를 가해 '계급문학시비론'(『개벽』, 1925.2)을 일으키고, 이
로써 문단은 '민족(문학)진영'과 '계급(문학)진영'의 두 부류로 나뉘어지는 효
과가 빚어지거니와, 나아가 이와 같은 문단적 진용 형성의 모티브를 계기로 그
들은 '무산계급 문예운동' 실천을 위한 단일 조직 결성의 작업까지에 나설 수
있게 된다. '카프'라는 문예운동 단체가 결성된 배경에는 물론 일본 작가 나카
노 니노스케(中西伊之助)의 방한 사건을 계기로 만들어진 'PASKYUKA'(박영
희, 김기진, 김복진, 안석영, 이익상, 김형원, 연학년) 그룹과 1922년 9월 일찍
이 결성을 본 '염군사(焰群社)'(이적효, 이호, 김홍파, 김두수, 최승일, 심대섭,
김영팔, 송영)계의 통합이라는 조직적 확대 과정이 무엇보다 중심적 계기로 작
용하였던 셈이지만, 적어도 문필의 외면적 활동으로 드러나는 문예적 측면에

13) 김기진, 「나의 회고록」, 『김팔봉문학전집』 2, 문학과지성사, 1988, 196~197쪽.

서는 『개벽』지를 주 무대로 한 팔봉 김기진과 박영희 두 사람의 비평적 활동과 그 편집자적 역할이 지대한 몫을 수행하였음을 확인할 수 있다. 1925년 8월의 시점에서 '조선프롤레타리아예술동맹'(KAPF)이 출범함으로써 문학사는 결국 프로 문학 시대라는 장대한 시대의 서막을 열게 되거니와, 이 카프의 공식적 출범 이후 조직 운영의 선편을 쥐게 된 박영희와 그 주변에 위치하게 된 김기진의 비평적 입장이 갈리고 틈이 벌어지고 됨으로써 1926–7년간 문단의 화제를 집중시키게 된 '내용–형식 논쟁'의 발화가 이루어지게 된다고 할 수 있다. 김기진, 박영희 사이의 '내용–형식 논쟁'에 대해서는 이미 수다한 논자들이 그 문맥을 밝혀놓고 있거니와, 여기서 이 논쟁이 가져온 외면적 효과를 중심으로 일단 그 의의만을 밝히자면 다음과 같이 정리될 수 있을 것이다.

첫째, '내용–형식 논쟁'으로 말미암아 비평사의 주도권이 구세대의 국민문학 진영으로부터 차세대의 소위 '계급문단' 진영으로 완전히 이월되는 효과가 빚어졌다는 점. 이는 팔봉과 회월 사이의 '내용–형식 논쟁' 자체가 1) 김팔봉의 「문예시평」(『조선지광』, 1926.12)에 대한 반발로 2) 박영희의 「투쟁기에 잇는 문예비평가의 태도」(『조선지광』, 1927.1)를 불러들이고, 이어서 3) 김기진의 「무산문예작품과 무산문예비평」(『조선문단』, 1927.2)을 거쳐 다시 4) 박영희의 「신경향파 문학과 무산파 문학」(『조선지광』, 1927.2), 그리고 5) 「무산예술운동의 집단적 의의」(『조선지광』, 1927.3)와 6) 「문학 비평의 형식파와 맑스주의」(『조선문단』, 1927.3) 등으로 이어지면서, 다시 김기진의 7) 「내용과 표현」(『조선문단』, 1927.3), 8) 「문예시평」(『조선지광』, 1927.3), 9) 「예술상의 사회성과 개성」(『현대평론』, 1927.3)에다 박영희의 10) 「문예운동의 방향전환」(『조선지광』, 1927.4)에다 11) 「문예운동의 목적의식론」(『조선지광』, 1927.7)과 다시 김팔봉의 일련의 대중화론이 제출되기까지 파동이 파동을 낳는 식으로 끝없이 두 사람 간 논설 발표가 이어지고, 이로써 문단 화제를 독점, 프롤레타리아 문학의 헤게모니가 적이도 메스컴의 지상에서 학고히 뿌리내리는 효과를 거두어들이게 되었다는 점으로 설명될 수 있는 사태의 한 외면적 효과 측면인 것이다. 비록 팔봉–회월 사이의 직접적인 논전과 무관하게 쓰여지고 발표된 글의 맥락이었다 하더라도 그것을 바라보는 외부자의 시선으로는 '카프'의 공식적 출범과 함께 그 담론의 외연적 확산 양상으로 이 논전의 전체적 국면이 인식되고 파악됨으로써 프로 문학의 헤게모니 확립에 절대적으로 기여하는 기능적, 전략적 효과를 두 사람 간 '내용—형식 논쟁'은 거두어들이게 되었다고 할 수 있다.

둘째로, 한편 이 논쟁의 연쇄적인 효과로 프로 문학의 방향 전환이 앞당겨지는 결과가 낳아지게 되었다는 점을 들 수 있다. 김팔봉 자신의 주도로 '신경향파 비평'의 정론성이 확립되었다고 하는 점에 비추어 보아서는 이는 매우 역설적인 사태로 인식될 수 있었지만, 논쟁 과정에서 김팔봉이 오히려 문학의 형식(주의)파로 물러서고, 그 팔봉에게 감화 받아 '백조' 시대의 낭만적 자세로부터 전신해 나온 박영희가 오히려 카프 조직의 신편을 쥐게 됨으로써 내용 위주의 문학적 전신을 통한 사회적 실천 효과, 선전성의 옹호 입장으로 급전하게 되었던 것은 곧 바로 카프와 프로 문학의 방향 전환을 재촉하는 계기로까지 작용하여 결과적으로 프로 문학의 외화내빈, 혹은 빈사 상태를 촉진하는 사태까지를 낳게 되었다고 할 수 있다. 이 급진화의 정치적 가속도 추진 압박에서 스스로 배겨나지 못한 박영희가 좌석을 이탈함으로써 차후 다시 카프의 2차 방향 전환이 낳아지게 되고 그 여파로 마침내 박영희의 전향 선언문 격인 「최근 문예 이론의 신전개와 그 경향」(『동아일보』, 1934.1.2-11) 중에 "얻은 것은 이데올로기요, 잃은 것은 예술"이라는 유명한 문장이 표출되기에 이른다고 할 수 있거니와, 이처럼 프로 문학의 본질 문제, 나아가 문학의 본질 문제와 유관된 사안의 성격으로서 '내용—형식 논쟁'이 거느리고 있었던 복합적 문제 제기와 그 처방의 인식은 일제하의 프로 문학사, 그리고 문학사 전반의 전개에까지 그 작용력의 심부를 내린 폭발성의 뇌관 성격을 머금은 것이었다고 할 수 있다.

셋째, 비평사의 안목으로 다시 문제의 범위를 좁혀 생각하면, '내용—형식 논쟁'의 결과로 다시 정론 비평과 형식주의 비평, 혹은 내재적 문학 비평의 영역에 대한 확실한 구분 영역이 가능해지게 되었다는 점을 꼽을 수 있다. 정론 비평과 순수한 문예 비평 사이의 차이가 이로써 선명해지고, 그 결과 정론 비평의 장에서 문예 비평의 독립이라는 문화적 분리에의 요구, 혹은 그 실천이 다시금 재의식되기에 이르렀던 사정을 이 논전에 참여했던 두 사람 비평가의 차후 행적으로부터 확인할 수 있는 것이다. 비록 소수파의 위치로 전락한 시점에서도 김기진이 결코 자신의 비평적 입지와 역할을 포기하지 않고 오히려 더욱 활발한 비평적 활동을 펼쳤으며, 박영희 역시 프로 문학으로부터의 후퇴 이후에도 소위 '미학'의 개척이라는 명분과 함께 자신의 독자적인 비평적 입지 모색, 개척에 적극적으로 나설 수 있었던 행적들이 이 사정을 암시한다. '정론 비평'과 (문예적) '형식 비평'의 좌표를 오간 김기진 비평의 전후기 진동 현상에서 이 점이 선명하거니와, 이는 일찍이 트로츠키 류의 유연한 '프롤레타리아 쿨트'론에서 자신의 비평적 입지점을 발견하였던 김기진 비평의 내적 모색의 자취에서 이에 대한 자의식적 분간의 흔적을 더욱 뚜렷이 확인할 수 있다고 하겠다. 김기진 비평의 이와 같은 내면적 진동, 진폭의 성격을 자세히 알기 위한 목적에서라면, 이제부터 김기진 비평의 언설을 대상으로 한 보다 섬세한, 구체적인 문면 확인 작업에 나섬이 순서라고 하겠다.

4. 김기진 비평의 의식 구조

4-1. 현실 인식과 전망

이상의 검토를 통해서도 알 수 있는 것처럼, 비록 '사회주의' 사상 도입의 중심적 역할을 김기진이 담당한 것은 아니라 하더라도, 신경향파 문학, 혹은 프로 문예 의식의 태동과 그 전개의 과정에서 김기진의 역할과 활약은 당시의 잡지 『개벽』지를 주 무대로 눈부시게 펼쳐졌었다. 그렇다면 이와 같은 문필 활약을 가능케 한 그 의식적 기저 동력이란 무엇이었던가. 말할 나위 없이 새 시대를 꿈꾸는 이상주의적 정열과 그 전망적 의식이 그 기저 동력이었다. 더 구체적으로 말한다면, 당시 일본으로부터 돌아와 활발히 문예 활동을 펼치던 그 시기 김기진은 앞으로 6-7년 안이면 거대한 사회 혁명의 파고가 도래하고 이로써 민족 해방의 과제도 해결될 수 있으리라는 희망을 품고 있었다는 것이다. 당시 그의 내면 의식을 그 자신의 회고직 서술은 다음과 같이 피력히고 있다.

우리가 그때 민족문학을 고집하는 선배들에게 대들던 이유는 간단했었다. 육당과 춘원이 큰 일을 해준 것은 사실이지만, 지금 일본의 자본주의가 제국주의로 발전되어 사회의 모순이 극도로 달했는데, 여기 대해서 아무런 대책을 세우지 못하고, 막연히 '조선심'이니, '민족혼'이니 하는 주장만 읊고, 노래하고, 주장하면 어쩌자는 거냐? 일본 제국주의를 쓰러뜨리지 않고서는 조선인의 생활도 없고, 문학도 없는 것이 아니냐? 하는 단순한 의기였던 것이다. 사실 그 당시 일본 내의 프로레타리아 싸움은 맹렬하여서, 어쩌면 가까운 시일 내에 일본에 혁명이 일어날 것 같았다. 다른 사람 눈에는 어떻게 비쳤는지 적어도 우리들 눈에는 그렇게 보였었다. 더구나 나 같은 것은 5년 전—1922년에 일본에 있을 때, 마생구로부터

"앞으로 10년 이내에 일본은 혁명됩니다. 긴상은 조선에 돌아가서 씨를 뿌리십시오."

이 같은 말을 듣고서 그렇잖아도 동경에 더 있기가 싫어서 학교를 그만둘 생각을 하던 판이라, 책을 죄다 팔아버리고서 귀국했던 인간인고로, 과연 일본 사회의 되어가는 꼴이 마생구의 예언대로 되어간다고 보았던 것이다. 그런 까닭으로 소련을 조국같이 생각하고서 국제적으로 단결된 노동 계급의 혁명이 일본에서 일어나고 조선에서 이에 발을 맞추어 함께 일어나야만 우리의 앞날은 있다—는 것이 그때의 나의 생각이었다.[14]

비록 회고적 서술에 의한 증언이긴 하지만, 여기서 우리가 주목할 만한 대목은 "과연 일본 사회의 되어가는 꼴이 마생구의 예언대로 되어간다고 보았던 것이다"라는 구절이 아닐 수 없다. 과연 일본 사회의 어떤 모습이 아소 히사시(麻生久)의 예언, "앞으로 10년 이내에 일본은 혁명됩니다"라는 예언대로 되어간다는 확신을 심어준 것일까. 일본 근대사에 대한 기술 내용 중의 한 대목을 빌려 이에 대한 방증으로 삼아보자면 다음과 같다. 요컨대 일본 내 '노동운동'이 "1920년대를 통하여 계속 확대 성장하였다"는 사실, 이와 같은 현실적 사태에서 그들은 조만간 혁명적 시기의 도래를 내다보았던 것은 아닐까. 노동운동의 성장을 곧 그들 좌익 청년들은 혁명적 사태의 도래 조짐으로 파악했을 터이다. 그러니까 이와 같은 진보적 조짐이 오히려 역사의 반동을 불러올 수도 있다는 사실을 그들은 결코 꿈에도 예상치 못했던 것일까.

1차대전 후의 불경기는 노동자들의 투쟁을 더욱 격화시켰다. 붐이 꺼지자

14) 위의 글, 204-205쪽.

해고와 임금삭감의 선풍이 불었으며 이에 따라 노동분쟁 건수도 1919년에는 전년도의 무려 다섯 배가 넘는 2,388건에 달하였다. 시위나 태업, 작업 중단 등이 자주 일어나 노사(勞使)간의 격렬한 감정대립으로까지 발전하는 경우가 잦았다. 많은 좌익 지식인들과 학생들은 노동조합을 결성하는 데 노동자 대표들과 손을 잡기 시작하여 1917년 40개에 불과했던 조합이 1921년에는 300여 개로 늘었고 이들은 대개가 1919년에 조직된 대일본노동총연맹과 연결을 맺고 있었다. 조직이 잘된 노동운동은 곧 장기간에 걸친 치열한 파업을 감행할 수 있었다. (…) 노동운동은 1920년대를 통하여 계속 확대 성장하였다.[15]

당시 일본의 노동운동 상황이 이와 같이 전개됨에 따라 조선에서의 노동운동 규모 역시 비슷한 정도로 변화하기 시작하였던 것은 사실이다. 1910-20년대 조선에서의 노동쟁의 발생 양상을 압축적으로 보여주는 하나의 표가 이 점에 대한 시사일 수 있다. 1918년경부터 노동쟁의의 건수가 비약적으로 증가하거니와, 그 참여 인원의 규모를 보면 이 점이 더욱 뚜렷이 드러난다. 아래 표를 보라.

연도	건수	참가인원
1912	6	1,573
1915	9	1,951
1918	50	6,105
1921	36	3,403
1924	45	6,751
1927	94	10,523
1930	160	18,972

자료: 이종범·최원규, 『자료 한국근현대사 입문』, 혜안, 1995, 284쪽.

김기진으로 하여금 "가까운 시일 내에" "혁명이 일어날 것 같"다고 판단케 한 여러 현실적 변화의 기운, 그 지표의 사실들은 요컨대 위의 표와 같은 것으로 집약, 명시될 수 있는 현실적 사태에 다름 아니었을 것이다. 결국 그는 현실

15) 피터 두으스, 김용덕 역, 『日本近代史』, 지식산업사, 1983, 195쪽.

을 일면으로, 일방적으로만 파악하고 있었던 것일까. 현실을 이루는 여러 다양한 세력들의 움직임을 그는 보지 못했었을 뿐 아니라, 노동 현실에 대한 이해역시 일본 유학 시절 익힌 맑스주의의 피상적 교양적 지식의 수준에서 그는 한발짝도 더 나아간 상태에 있지 못했다. 1929년 1월 1일부터 2월 2일 사이의 『조선일보』에 발표된 「10년간 조선 문예 변천 과정」이라는 논문 속에서 당시 김기진이 무장하고 있었던 상식적 정치경제학의 이론 수준은 여실히 그 자태를 드러내고 있는 것이다. '조선 사회의 일반적 정세'를 '무산 계급의 성장'이라는 각도에서만 바라보고, 무산 계급의 성장이라는 그 추상적 인식에 문예 운동의 변천을 대응시키고 있는 그 기계적 유물사관의 논리틀이 말하자면 당시 김기진이 내장하고 있었던 소위 사회과학적 인식론의 최대치를 그대로 투영한 것이었다고 할 수 있다. 식민지적 굴종의 역사까지도 심지어 이런 시각 속에서 노골적으로 합리화되고 있음을 우리는 그냥 지나칠 수 없다. 그 3장 A절의 표현 문면은 정녕 그 점을 과시하고 있는 것이다.

1910년 이후로 조선인은 성장하는가? 위축하는가? 이 질문에 대한 대답은 간단하다. 즉 조선인은 근대적 무산 계급으로 성장한다고. 만일 이것이 너무 간단한 대답이라 할진대 (……) 약간의 자본가적 기업가가 증가한다 할지라도 일본인의 기업과 자본의 증가에 비하여 도저히 다투지 못할 형편에 있는 것이 사실이로되 인구는 증가하고 생활 표준은 향상되고 교육의 보급은 증진되고 신문화 정신의 수립과 소화는 발전되었으니 다시 말하면 경제적으로는 위축하고 사회적·문화적으로는 성장한 결과를 보였으니 이 모순의 현상은 무엇을 말하는 사실이냐 하면 두말할 것 없이 지주 급 소부르조아지의 몰락과 무산 계급의 성장을 말하는 것이라 함이다. 이제 실업자와 자유노동자의 정확한 통계는 알기 어렵거니와 공장 노동자의 통계를 볼 것 같으면 명치 44년에 12,180명, 대정 4년에 20,310명, 대정 8년에 41,873명, 대정 12년에 59,673명의 증가를 보였다.[16]

16) 김기진, 「10년간 조선 문예 변천 과정」, 『김팔봉문학전집』 2, 문학과지성사, 1988, 21–22쪽. 여기서 한 가지 방증 자료를 인용하기로 하면, 연말상주인구 기준으로 1915년에 176,026명이었던 경성의 조선인 인구수가 1920년과 1925년 조사에서는 각기 181,829명과 220,312명으로 증가한 것으로 되어 있다. 김기진의 위의 논설문의 주장을 보강하는 자료의 하나로 삼을 수 있겠다. 정숭교·김영미, 「서울의 인구현상과 주민의 자기정체성」, 『서울 20세기 생활문화·변천사』, 서울시정개발연구원·서울시립대학교 서울학연구소, 2002, 47쪽 참조.

이처럼 무산계급의 성장이라는 역사적 사태의 필연성을 강조하고 설명하기 위해 그의 논리의 가닥은 식민지화의 역사까지도 합리화하기를 주저하지 않으며, 그런 인식틀 속에서 또한 그는 같은 글의 4장 '무산 계급 문예 운동의 조직 과정' 제하의 A절 '1923-28년말까지의 조선 사회의 일반적 정세' 속에서 "무산 계급 문예 운동의 조직 과정의 기간을 1923년으로부터 계산하는 이유"가 무엇인지를 아래와 같이 장황하게 적시하여 기술하고 있다.

무산 계급 문예 운동의 조직 과정의 기간을 1923년으로부터 계산하는 이유는 여러 가지이니 (1) 문단적으로 말해서 그 의식이 확실치 못하여 비록 그것이 차라리 소부르조아적·개인주의적·관념적 ××의식이었을지라도 그것이 종래의 작가 및 시인의 의식과 대립하여 그 인도주의적 사상과 또는 회의적 사상과 기타 현실 도피적 개인 향락적 예술 지상주의적 제경향과 부단히 싸움으로써 무산 계급적 의식으로 접근하기 비롯한 것이 1923년부터이니 이 해에 『개벽』 잡지에 게재된 임정제 군의 「문사 제군에게」라든가 또는 팔봉의 「클라르테 운동의 세계화」와 수필 등과 동인 잡지 『백조』사가 내부에 있어서 사상적 대립이 처음으로 생기게 되어 분열 상태를 일으킨 것과 무산 계급 문예를 표방하는 동인제지 염군사(동인 이호·송영 기타 수씨)가 출생된 것 등의 사실이 그것을 실증하며 (2) 사회 운동의 부문에 있어서도 청년당 대회를 보게 되고 청년연합회의 후신 조선물산장려회의 민족주의적 사상과 무산 계급적 사상과의 투쟁이 전조선적으로 만연되어 무산 계급적 사상이 일반 민중에게 있어서 ××를 얻게 되며 소수 식자의 손으로부터 사회 운동이 대중의 손에 탈환되기 시작한 것도 1923년도부터이며 (3) 노동 운동의 부문에 있어서도 노동 운동 단체로는 그 조직과 달라서 그 지도 정신에 있어서 유치하고 소부르조아적인 노동 공제회의 발생이 비록 1920년이었다 할지라도 노동 운동이 전개되기는 22년 12월에 경성양화직공 동맹파업을 필두로 하여 각지에서 소규모의 노동 쟁의·소작 쟁의를 보게 되고 노동자나 소작인의 조직체를 보기 시작한 까닭이다. 그러므로 이곳에서 말하는 무산 계급 문예 운동의 조직 과정은 그 운동의 발생—자연 생장 과정과 또는 주의적 지도 이론의 전취와 함께 목적 의식성적 운동으로의 앙양—방향 전환 과정을 포함하여 말하는 것이다.[17]

17) 위의 글, 32쪽

이처럼 김기진은 팔봉 자신의 글 등이 제출된 사실을 증거 삼아 '무산 계급 문예 운동의 조직 과정'이 시작된 것을 1923년부터로 기산하고 있는데, 여기서 다시 한 번 뚜렷이 확인할 수 있는 바는 무산 계급의 성장과 무산 계급 문예 운동의 성장이라는 역사적 사태 인식의 준거틀이 자기 환원적인 일대일 대응 논리로 시종일관 제시되고 있다고 하는 점이다. 여기서 한 가지 주의하지 않으면 안 될 사실은 좁은 의미의 공장 노동자보다는 넓은 의미의 '무산 계급'이라는 용어를 사용함으로써 '노동자'와 '소작인'을 등차 없이 동일 계급으로 인식하고, 이들이 함께 장차 혁명 시기의 전위대로 나서리라고 하는 기대를 표명함에 있어 추호의 망설임의 흔적조차 보여주지 않고 있는 점이라 할 수 있다. 이는 김기진이 당시 정통의 이론으로 유포되고 있던 혁명 이론에 얼마나 무지한 상태에 있었던가를 보여주는 바라 할 수 있거니와, 이와 동일한 내용의 인식 시야 속에서 당시 김기진의 언술 속에 포착되고 있었던 무산 계급의 구체상이란 소부르조아의 실업(失業) 지식인을 포함, 이농민의 뿌리를 지닌 도시 빈민 성격의 무산자 집단이 현실적인 무산 계급의 전형으로 포착되고 있는 양상이라는 점은 간과할 수 없는 요목의 사항으로 주의 깊게 음미될 필요가 있다. 「붉은 쥐」의 중심인물들이 계층적으로 바로 그러한 형상이거니와, 문자 그대로 내일을 기약하기 어려운 도시 빈민 집단의 그 참담한 궁박의 현실 속에서 김기진은 곧 도래할 혁명의 내일을 꿈꾸고, 또 새롭게 도래할 경향 문학 시대의 내일을 예기하였던 셈이라 할 수 있다. 「붉은 쥐」 속의 가난한 부부와 작자의 내면을 분비하는 촛점 화자로서의 중심인물 '형준'이 함께 공유하는 현실로서의 가난한 현실 묘사가 이를테면 '도시 빈민' 집단이 놓여 있는 그러한 일반적 침상의 현실 투사에 해당할 터이다.

애아버지는 지겟벌이도 없어서 펀둥펀둥 놀지요. 나는 배가 이 모양이 되어서 쇠통 먹지도 못하고…… 벌써 사흘째 아무것도 먹지 못했답니다. 바느질 품도 팔아보지만 일 없을 때는 그것도 못 하니까…… 흐우 글쎄 사는 게 아니란 밖에 어짭니까. 벌거지 모양으로 꼼지락거리다가 언제 어떻게 죽어……버리는지, 모르지요…….[18]

18) 김기진, 「붉은 쥐」, 『김팔봉 문학전집』 4, 문학과지성사, 1988, 13쪽.

형준이의 머리에는 다시 생각이 일어나기 시작하였다. 배가 고프다는 깨달음이 그의 머리를 찔렀던 것이다. 그리고 그는 요즈음에 자기의 생활을 살펴볼 기회를 붙잡았다.

굶으며 먹으며 하여 가면서 지내온 자기 자신을 돌아다보았다. 날마다 재촉하는 방세(房貰)에 쫓기는 자기 자신을 돌아다보았다. 대체로 사람이 굶어가면서 억지로 살아도 관계치 않겠나, 다른 사람은 먹는 것이 남아서 어쩔 줄 몰라 돈 쓰기를 물 쓰듯이 하는데?[19]

결국 현실에 대한 이와 같은 인식을 배경으로 신경향파 문학 일반이 투과시키는 사회적 저항에의 의지가 솟아난다.

—그렇다. 이 모양으로 살아나갈 필요는 없다. 현실은 어디까지든지 포악무도 잔인(暴惡 無道 殘忍)하다. 나는 아직도 좀 더 살아야겠다. 산다는 것은 나의 권리(權利)이다. 너희들이 도둑질하면 나도 도둑질하면서 살아갈 테다. 네가 나에게 밥 한 사랍을 거절할 경우이면 나는 네 밥의 한 사랍을 빼앗겠다! 나는 네 위에 선다. 나는 너를 발 아래에 밟고서 그 위에 선다. 현실이라는 너를 짓밟고서 그 위에 서겠다……[20]

'신경향파 문학'이 바로 위와 같은 현실 인식, 사회적 의지의 표현 양상을 두고 지칭하는 역사적 범주의 문학 개념임은 말할 나위가 없다. 극에 달한 무산계급의 현실적 궁핍상 묘사와 그로부터 (자연발생적으로) 솟아나오는 사회적 저항 의지 적출의 일반적 표현 양상이 그것이다. 김기진이 발표한 최초의 수필 작품으로서「프로므나드 상티망탈」역시 전체적으로는 서울에서 봄을 맞게 되어 피어오르게 된 청년다운 벅찬 감격과 두서없는 문학론, 예술론 등이 뒤섞여 함께 용출하는 양상으로 되어 있지만, 부분적으로 서울의 빈곤 현실에 대한 적출의 묘사가 그 주제 구현의 주요 모티브 중 하나로 구축되어 있음을 이런 맥락에서 주목할 수 있으며, 이 밖에 당시 경성의 빈민 현실을 고발하기 위한 목적에서 쓰여진 주목할 만한 글의 한 편을 들자면 이 시기 『개벽』에 발표된 김기진의 「경성의 빈민, 빈민의 경성」(1924.6)을 꼽을 수 있다. 도시 빈민의 현실을

19) 위의 글, 21쪽.
20) 위와 같음.

바라보는 김기진 특유의 사회학적 인식 관심의 성격을 드러내는 것이면서, 한편 시도 아니고 소설도 아니며 그렇다고 일반적인 수필 양식의 글로 분류하기도 어려울 정도로, 잡지 특유의 르포르타쥬 양식에 부합하는 고발성 기사의 이 글에 주목한다면 당시 김기진이 형성하고 있었던 독특한 의분의 의식상이 어떠한 것이었는지를 여기서 손에 잡힐 듯이 간취해 볼 수 있을 것이다. 글의 앞 대문을 그는 다음과 같이 꾸며 보여주고 있다.

  —경성의 빈민?
  —빈민의 경성?
  특히 빈민굴이라고 이름지어가지고 말할 필요는 어디 있겠느냐마는 그래도 요 알뜰한 서울(!)에 낯간지러운 '빈부의 차이'가 엄존하여 있는 이상에는 말하지 아니할 수 없다.
  서울서 빈민하면 훈련원·봉래정(蓬來町) 두 곳의 경성부 경영인 '장옥(長屋)'과 동대문 안 못 미쳐 '첫대리목' 다리에서 훈련원편 쪽으로 보이는 언덕 위에 있는 조그만 동네 즉 남정동(南正洞) 빈민굴의 세 곳을 말하게 된다. 그외에도 빈민은 무수하게 있지마는 대개 세상 사람들이 말하는 곳으로는 이 세 곳이 저명한 것이다. 그러나 그 중에도 제일 참혹한 곳은 부영(府營) 장옥보다도 남정동 빈민굴이다.[21]

이처럼 도시 빈민굴의 소재를 우선 적시해 드러낸 다음, 이어서 그는 경성부청의 자료를 인용, 그 빈민 가호의 규모와 직업별 내역 등을 소개한 뒤, 그 빈민굴의 참상이 어떠한지를 객관적인 고발의 언어로서 묘출해 보여준다. 그의 문체가 수사적이기보다 전체적으로 저널리즘의 요구에 부응하기 위한 고발성, 혹은 폭로성의 내용적 밀도를 갖추면서, 한편 감정 격발을 위한 선동적 문체 지향의 내면적 동기 또한 함께 지니는 성격을 띠었다는 것은 다음 대문의 문체상을 보아서 알 수 있다. 고발과 폭로의 내용에 이어서, 다음과 같은 선동적 언설이 뒤를 이어 글을 전체적으로 마무리 짓고 있다.

  그러나 어찌 빈민이 이 위에 말한 곳에만 있겠느냐? 빈민은 가는 곳마다 있

<hr/>

21) 김기진, 「경성의 빈민, 빈민의 경성」, 『김팔봉 문학전집』, 4, 문학과지성사, 1988, 273쪽.

131

다. 발 가는 곳마다 눈 닿는 곳마다 금전에서 제외당한 빈민은 수없이 많다. 남의 집 행랑방 속에, 농촌의 머슴방 속에, 양옥집 문간 앞에, 행길 네거리에 빈민이 궁글고 있다! 그렇지만 이와 같은 것은 이 사람네들이 게으르다는 원인에서 온 것은 결단코 아니다. 이 사람네들은 아침부터 저녁까지 일한다. 그래도 아귀를 당하지 못한다. 또 더 한층 심한 것은 일하고 싶으나 일을 주지 않으므로 못하고 굶는 사람이 있다. 경성 인구 28만에는 실업자가 20만이라고 한다. 놀라야만 할 일이냐, 슬퍼해야만 할 일이냐. 모른 척하고 눈감아버려야만 할 일이냐!

(……)

그러나, 불출(不出) 6,7년에 경성은 빈민의 것이 된다는 전제가 눈앞에 보인다! (…) 그러면 지금의 부유 계급은 6,7년 후의 빈민 계급이다.

빈민 제군들, 그때에는 군들과 동일 계급 위에 설 지금의 부유 계급을 그다지 미워할 것은 없다. 그때에는 경성은 빈민의 것이다. 똑같은 의미에 있어서 조선이 빈민의 것이다.[22]

4-2. '프롤레타리아 쿨트' 론의 진동

1924년 6월호의 『개벽』지에 발표되었던 위의 글을 통해서 우리는 당시 김기진이 품고 있었던 현실 인식과 그 전망의 의식상을 추출해 볼 수 있다. 거리낌 없이 그는 "불출(不出) 6,7년에 경성은 빈민의 것이 된다는 전제가 눈앞에 보인다!"고 말하고 있는 것이다. 이와 같은 전망적 의식 표출의 양상은 그가 일본 유학 시 아소 히사시로부터 들었다는 '10년' 내의 일본 혁명 전망과 정확히 일치하는 인식 내용의 양상이라 할 수 있으며, 이 단계의 그는 이처럼 사회 혁명적 전망 의식의 표출에 추호도 거리낌이 없는 상태를 보여주고 있었다. 그는 특히 도시화의 진진에 따라 필언적으로 수반되기 마련인 도시 빈민의 적층 현상에 주목하고 있었던 셈이라 할 수 있으며, 무산자 빈민 계급의 이와 같은 적층이 조만간 내일의 혁명 세력의 대두로 전화할 것을 그는 추호도 의심치 않는 상태에 있었다고 할 수 있다. 그렇다면 어찌하여 이후 이와 같이 거리낌 없었던 혁명적 투쟁 의지의 표출 자세가 한갓 문학주의자의 그것으로, 그러니까 투

22) 위의 글, 274-275쪽.

항주의자의 자기 굴복에 가까운 형식주의적 문예 비평가의 한계적 인식상으로 전화되어 나타나게 되는 것일까. 알다시피 그는 소설의 본질과 프롤레타리아 문예운동의 요청 사이를 분간하는 입장을 견지함으로써 맹우 박영희와의 저 '내용—형식 논쟁'에 이르게 되었거니와, 1926년 말의 이 시기에 그는 이미 혁명적 의식의 약화, 혹은 포기 단계에 접어들었던 것이라 해석될 수 있을 것이기 때문이다. "소설은 건축이다. 기둥도 없이, 서까래도 없이, 붉은 지붕만 입혀놓은 건축이 있는가?"라는 유명한 문구를 통해서 그는 기둥도 서까래도 없이 붉은 지붕만 얹어놓은 꼴의 저 박영희 소설 두 편 「철야」와 「지옥순례」를 소설 밖으로 내몰고 말았던 것이다. 이 혹평이 박영희의 반발을 불러들임으로써 문단을 진동케 한 이른바 '내용—형식 논쟁'이 발단되었거니와, 이 논쟁 속에서 그가 취한 관점과 입장 확보란 요컨대 '문학'과 '문화'의 자율성에 대한 옹호로 요약될 수 있으며, 이와 같은 자율성론의 성격이란, 기껏해야 부르조아 문화에서 프롤레타리아 문화로의 전이와 해방을 목표하는 트로츠키 류의 '프롤레타리아 쿨트'론에 비근한 것이 아닐 수 없다. 근대 문화에 대한 숙명적 애호의 감정, 정열이 여기에 숨겨진 성격이었다고 할 수 있는 것이다. 그가 최초 연극단체 '토월회'의 멤버로 가담함으로써 문화 운동, 문학 운동에 진입하는 구체적 계기를 얻었다는 점으로 이 역사성의 한 면이 설명될 수 있으며, 카프 방향 전환의 논란 속에서도 그가 기어이 급진주의 측의 타박과 비난을 무릅쓰고 합법적인 '대중화 노선'을 견지했다는 점으로 김기진 노선의 본질적인 한계적 성격이 보강 설명될 수 있을 것이다. 하지만 이러한 점들에 앞서 그가 비평가로서 최초로 발표한 논설인 「지배계급교화, 피지배계급교화」가 다름 아닌 '프롤레타리아 쿨트'론의 변해론 성격이었다는 점은 문화주의자로서의 그의 본래적 입장과 성질을 선명히 각인시켜 보여주는 바가 아닐 수 없다. 이상 언급된 그의 논설들의 핵심적 결절 대목들을 여기서 모아 보이기로 하면 이렇다.

회월형은 이것들을 선전 문학으로 썼을 것이다. 그러나 선전 문학도 문학으로서의 요건—소설로서의 요건을 구비하지 않으면 안 될 것이다 —「문예시평」, 『조선지광』, 1926.12[23]

23) 김기진, 『김팔봉 문학전집』 1, 271쪽.

그러나 자유주의에도 계단이 있다. 우리는 우리의 하는 일의 계단을 잊어서는 안 된다. 만일에 우리가 이 계단을 잊어버리는 때에는 우리의 건설 원리는 붕괴의 원리로 화해버린다.

계단을 살펴야 한다. 결단코 상승해서는 아니 된다. 혹시 그것이 그 사람 개인으로는 당연한 일일는지는 모르거니와 우리가 건설하고자 하는 사업에 대해서는 해독이다. 건설적 초기에 있는 프롤레타리아에게는 '나'라는 개인을 사용하면 아니 된다. '우리'라는 복수가 우리의 목표이다. 그렇지 않다가는 저 혼자 실진(實進)하다가는 누구 모양으로 방향 전환론을 쓰게 될는지도 알 수 없는 형편에 이르를는지도 모른다.

그러면 나아가자, 60년 전의 노서아의 지식 계급이, 귀족의 자녀가, 브 나로드 V Narod를 부르짖던 것을 본받아서, 전인류의 영성의 해방을 위해서, 우리의 생의 가치를 세우기 위해서, 용왕(勇往)하여라, 매진하여라. 유일의 명백한 진리를 꿰어들고서……. ―「지배계급교화, 피지배계급교화」, 『개벽』, 1924.1[24]

우리들의 예술 운동에 있어서 무엇보다 긴요한 문제는 우리들의 예술을 여하히 하면 노동 대중 속에서 성장시킬 수 있는가 하는 문제이다. 다시 말하면 우리의 예술을 여하한 방법으로 대중 속으로 가지고 가며, 또는 대중으로 하여금 우리의 예술을 여하한 방법으로 친하게 할 수 있을까 하는 구체적 방법의 문제라는 것이다.

(……)

그러나 모든 사물에는 일정한 발전 법칙이 있다. 자본주의 사회의 발전이 없는 곳에 프롤레타리아트의 발생이 없고, 기후가 온화하지 아니한 때에 화초가 있을 리가 없는 것과 마찬가지로 예술 운동의 발생 성장이 없는 곳에 그 운동의 발전이 있을 수 없다. ―「예술의 대중화에 대하여」, 『조선일보』, 1930.1.1~1.14[25]

발표 시점의 역사적, 시간적 순서는 뒤섞인 것이지만, 문면 상으로는 전혀 등차가 없는, 관점과 논지의 연속된 일관성의 면모를 우리는 위의 글들의 문맥 속에서 발견할 수 있을 것이다. 이상과 같이 살핀다면 김기진 비평의 관점은

24) 위의 책, 489쪽.
25) 위의 책, 160쪽.

초기에 일견 과격한 면모를 띠었었지만, '프롤레타리아 쿨트' 론의 입지점을 벗어나서는 한 번도 제기된바 없음이 된다고도 볼 수 있다. 다만 진폭 큰 '프롤레타리아 쿨트' 론의 자장 속에서 그는 진동했을 따름이라고 말할 수 있는 것이다. 그가 발표한 최초의 논설로서 「지배계급교화, 피지배계급교화」의 논설 제목 역시 이 점의 안목에 서면 그 지향점의 면모가 사뭇 분명해진다. '교화' 라는 어사가 반복됨에서 알 수 있듯이 문학의 문제를 그가 무엇보다 '교육' 과 '교사' 의 문제로 이해했음이 여기서 확인될 수 있는 것이다. 그렇다면 '교화' 의 문제, 즉 '교육' 의 문제로서 그가 '프롤레타리아 쿨트' 론의 궁극적 의제를 이해했다는 점의 중요성은 또 어떻게 설명될 수 있는가. '프롤레타리아 쿨트' 론의 문제가 여기서 전반적으로 되살펴지고 재음미되지 않을 수 없다. '프롤레타리아 쿨트' 론이란 과연 무엇인가.

'프롤레타리아 쿨트' 에 대한 이해의 문제가 간단없이 제기되고 그것이 계속해서 논란거리로 남을 수밖에 없는 이유와 원인은 근본적으로 이 개념 자체의 내부 모순, 혹은 불화의 여지에 기인한 탓이라고 할 수 있다. 문자 그대로의 '프롤레타리아 쿨트' 란 '프롤레타리아 문화' 를 의미하는 것이지만, 이 문화를 어떻게 구성하고 이 문화의 구성을 위해 또 어떻게 싸워나갈 것인가의 문제를 논하는 전략적 차원의 논의에서는 그 의미가 끊임없이 수정되고 이에 따라 개념적 혼란을 피할 수 없는 숙명을 지닌 것이 바로 '프롤레타리아 쿨트' 의 구호인 셈이라고 할 수 있는 것이다. 사회주의 혁명 이론, 그 투쟁 이론이 끊임없이 단계론을 설파하게 되는 문제 상황을 생각해 보면 이 점이 보다 용이하게 이해될 수도 있다. 가령 「지배계급교화, 피지배계급교화」의 글 앞머리에서 김기진이 다음과 같이 말하고 있음에서 우리는 그 문제 인식의 한 실마리를 끌어낼 수 있다.

부르조아 컬트, 프롤레타리아 컬트라는 말을 나는 여기에서 편의상 '지배계급교화, 피지배계급교화' 라고 역(譯)하였다. 오늘의 지배계급 그것은 어느 나라를 막론하고 부르조아이며, 오늘의 피지배계급 그것은 모두가 프롤레타리아이다. 그러면 무산계급교화나 유산계급교화라는 말과는 똑같은 의미일 것이다.[26]

26) 위의 책, 479쪽.

'부르조아 쿨트'를 '지배계급교화'로 환치시키고, '프롤레타리아 쿨트'를 '피지배계급교화'로 환치시킨다고 하면, 역사 발전의 단계 상으로 '부르조아 쿨트' 다음에 오게 되어 있는 '프롤레타리아 쿨트'를 어떻게 구성할 것인가의 문제가 곧바로 제기되지 않을 수 없다. 자본주의 사회 속에서 생성되기 마련인 '프롤레타리아' 계급과 그 자생적인 문화가 '프롤레타리아 쿨트'라고 한다면, 소위 '자연생장'적인 것으로서의 '프롤레타리아 쿨트', 즉 우리 문학사가 지시하는 '신경향파' 단계의 '프롤레타리아 쿨트'가 피어나는 사태는 자명한 것으로 주어질 수 있지만, 바야흐로 이 '프롤레타리아 쿨트'가 투쟁 단계에 들어섬으로써 '부르조아 쿨트'와의 투쟁 문맥에 들어설 때, 그때 '프롤레타리아 쿨트'의 모형은 그럼 어떻게 설정되어야 할 것인가의 문제가 다시금 제기되지 않을 수 없게 되는 것이다.[27] '목적의식'을 통한 프로 문학의 방향 전환이라는 논란이 이러한 문맥 속에서 이루어졌거니와, 만약 '부르조아 쿨트'를 전적으로 부정되어야 할 것으로만 인식한다면 '프롤레타리아 쿨트'란 아무것도 없는 박토 위에서 생장하는 것으로 설정되지 않을 수 없으며, 그렇지 않고 만약 유물변증법의 본래 개념이 시사하듯이 투쟁 대상으로서의 '부르조아 쿨트' 역시 어느 정도 보존되고 지속될 긍정성을 가진 무엇으로 인식됨으로써 그 다음 차례 '프롤레타리아 쿨트'의 개념 구성이 도모된다면, 여기서 무엇을 넣고 빼고 더해야 할 지의 문제가 더욱 더 복잡한 과제로 제기되지 않을 수 없다. 근본주의, 혹은 급진주의적 입장의 강경파와 점진적 입장의 온건파가 갈리고 나뉘어지지 않을 수 없는 전략적 입장의 차이가 바로 이와 같은 문제를 두고 무시로 발생할 수밖에 없게 되는 것이다. 투쟁 대상의 보존이냐 아니냐, 혹은 무엇을 보존할 것이냐의 문제를 두고 격렬한 내부 투쟁이 일어날 수밖에 없게 되는 것이다. 정치 투쟁의 입장과 문화 투쟁의 입장이 서로 갈리게 되는 지점도 다름 아닌 바로 이 지점에서라고 할 수 있다. 근본적으로 상대를 거꾸러뜨리지 않고서는 성립하기 어려운 정치 투쟁의 입장에서 보면 투쟁 상대의 보존을 주장하는

27) 이와 같은 논란이 '프롤레타리아 예술'의 문제를 논하는 문맥 속에서는 기본적인 논란 사항으로 등장한다는 것을 시사하고 있는 역사적 논급의 예로 우리는 해방 후 1948년에 발간된 『사회과학대사전』(한울림에서 1987년 영인으로 다시 발행) 중의 '프레타리아藝術' 기술항을 들어 살필 수 있겠다. 여기서 자생적인 프롤레타리아 문화의 일부로서의 프롤레타리아 예술과 투쟁기의 목적의식적인 프롤레타리아 예술을 구별하기 위해 전자에 대해서는 특별히 '협의의 의미'라는 것을 주석하고 있음을 살필 수 있으며, 그밖에 '프롤레타리아 예술'의 의미가 지닌 제3항의 의미로 특별히 '문학이론'이란 것을 주석하여 설명하고 있는 점도 주목할 사항의 하나로 특기할 수 있다. 프롤레타리아 예술 문제와 관련하여 문학이론, 즉 비평의 문제가 그만큼 중요하다는 것을 인식한 표지로 볼 수 있지 않은가.

문화 투쟁의 입장이란 심히 불철저한 것으로 인식되지 않을 수 없다. 본질적으로 정치투쟁가의 면모를 지녔던 블라디미르 레닌과 상대적으로 문화주의자의 면모를 지녔던 레온 트로츠키 사이의 근본적 입장 차이란 실로 이러한 것이 아니었을까. 트로츠키의 '영구혁명론'이란 말하자면 문화 투쟁을 통한 역사의 끝없는 자기 갱신을 주장하는 바에 다름 아닌 입론이라고 볼 수 있을 터이기 때문이다. 다만 논란을 얼버무리자면 여기서 흔히 좌파 이론가들에 의해 전가의 보도처럼 휘둘러지는 '변증법'의 개념이 그 마땅한 자리를 차지하여 사태를 얼버무리고 봉합해 버릴 수는 있을 것이다. '내용—형식 논쟁'이 한참 지나간 뒤의 자리에서 김기진이 추상적 언어로 점철된 「변증적 사실주의」(『동아일보』, 1929.2.25–3.7)론을 제기했었음이 바로 그 역사적 실례의 하나로 예증될 수 있다. 김기진의 다음 발언을 보라.

> 프롤레타리아 문학은 간신히 지금 발생되었다. 그것은 그것이 필요한 형식을 동반하되, 종래의 부르조아들이 완성한 문학 형식을 색색으로 따와가지고 자기의 형식으로 만들어본 것에 지나지 않는다. 동시에 그것은 완전히 프롤레타리아 문학의 형식은 아니다. 그러므로 지금에 와서는 프롤레타리아 문학은 자기 자신의 형식을 필요하게 되었으니, 이것은 비단 조선에서만 볼 수 있는 현상일 뿐 아니요, 이미 선진 제국에서 보아온 현상이다. 이것이 전기한 바와 같이 "어떻게 만들 것인가? 즉, 어떻게 써야 할 것인가?" 하는 정세와 한가지로 형식 문제를 제출케 하는 이유의 하나이다.

"간신히 지금 발생"된 '프롤레타리아 문학'이 "종래의 부르조아들이 완성한 문학 형식을 색색으로 따와가지고 자기의 형식으로 만들어본 것에 지나지 않는다"고 보고, "프롤레타리아 문학은 자기 자신의 형식"을 필요로 한다고 봄으로써 프롤레타리아 문학 고유의 형식을 어떻게 창조할 것인가의 방법을 묻고 있는 것이다. 여기에 대해서 그가 할 수 있는 대답은 기껏해야 '사실주의'의 답변일 수밖에 없었다. 답을 말해야 될 자리에서 서론의 얘기가 되풀이 반복되고 있는 모습이 나타나는 것은 '프롤레타리아 쿨트'론에 대한 김기진의 역사적인 인식 한계 전체를 드러낸 바에 다름 아니라고 볼 수도 있다. 내친김에 위의 글 속의 결론부의 대목마저 보아두자면 이렇다.

> 요컨대 종래의 리얼리스트는 현실을 객관적·현실적·실재적·구체적으로 관찰하려 하였지만 그들의 부르조아적 또는 소부르조아적 계급적 입각지로 말미암아 비사회적·비전체적·개인적·국한적 관찰에서 지나지 못하였다. 근대 문예상의 리얼리즘은 근대 상공 부르조아지의 흥기와 한가지로 발흥하여가지고 오늘날에 이르러서 부르조아지의 고식적·개인주의적·편견적 태도와 한가지로 더 발전하지 못하고 말았다. 이곳에 종래의 리얼리즘의 한계가 있다. 그러면 지금 일어서는 프롤레타리아 문예는(이곳에 한하여서 프로 소설은) 어떠한 형식을 취할 것인가. 그리고 그것은 프로 계급과 어떠한 철학적 관계에 설 것인가—

이처럼 본질적으로 '프롤레타리아 쿨트' 론의 입장, 즉 한갓 문화투쟁론자의 입장에서 한 발짝도 벗어나지 않았던 것이 1920년대 내내 지속된 김기진의 기본적인 입장, 색채였다고 할 수 있고, 이런 문화주의자의 한계적 입장 내에서 그는 자기 주도의 문화 운동, 문학 운동을 점철해 갔을 뿐이라고 우리는 프로 문학사 속의 김기진의 비평적 이력을 요약할 수 있다. 사회적 실존을 위한 입지 모색이 구체화되고 혁명적 전망이 실종되어 가는 와중에 문학적 언어 유희에 골몰하다 보면 어느덧 혁명가의 애초 투쟁 의지는 약화되고, 결국 글쓰기 자체를 위한 일상적 쳇바퀴의 서사(書士) 자리로 돌아올 수밖에 없는 것이 어쩌면 혁명가—문사의 피할 수 없는 속성인지도 모른다. "얻은 것은 이데올로기요, 잃은 것은 예술"이라고 고백한 박영희의 유명한 선언 문구의 함의도 바로 이 점의 시사일지 모르며, 김기진 역시 그러한 한계적 문화주의자의 자기 인식에서 한 발짝도 벗어나지 않는 모습으로 자신의 생 전체를 변호하고 있다. 다음 보라.

> 그런데 이상한 것은, 그때 내가 이렇게 생각은 가졌으면서도 직접 공산 혁명 운동에 몸을 던지지 아니하고 신문기자를 다니면서 문학만 주물렀다는 사실이다. 친구라고는 신문기자 아니면 사회주의자뿐이었건만 그 사회주의자들과 직접 운동에는 휩쓸려들기 싫었다는 사실이다.[28]

---

28) 김기진, 「나의 회고록」, 『김팔봉 문학전집』 2, 문학과지성사, 1998, 205쪽.

"직접 공산 혁명 운동에 몸을 던지지 아니하고 신문기자를 다니면서 문학만 주물렀다는 사실"이란 좀 더 구체적으로 말하면 무엇일까. 그것은, 문학과 언론의 결합으로서의 '문화운동'의 성격을 말하는 것이자, 하나의 비평사적 단계로서 '문학 비평'의 미분화 단계를 의미하는 것이 아닐 수 있는가. 실상 문학비평의 미분화, 미정립 상태를 의미한다기보다 한국 근대 비평은 계속해서 문학비평과 언론매체와의 이런 유착 관계를 유지해 오면서 겨우 그 언표적 차원에서 그 나름의 기능적 독자성을 추구해 나왔을 따름이라고 해석될 수도 있는 터이다. 이런 뜻에서 한국 근대의 비평사에서 최초의 직업적 비평가, 전문적 문예 비평가의 역할을 김기진은 실천했다고 할 수 있지만, 김기진 자신 전체의 인생 실천으로 보아서는 전문직 비평가, 혹은 전업 문필가로서의 생활이 기껏해야 1년여의 시간에 머무름에 불과하다는 것은[29] 또 다시 음미되지 않으면 안될 직업적, 혹은 양식적 한계 표출의 역사적 사실일지 모른다. 한국 근대 초기의 소설가들이 대부분 기자직과 소설가 직분을 겸해 나왔듯이 김기진을 위시한 한국 근대의 많은 비평가들이 또한 기자―비평가, 혹은 교사―비평가의 겸업 상태를 통해서만 겨우 자기 역할과 입지를 보정해 왔다고 할 수 있을 것이기 때문이다. 외적으로든 내적으로든 결과적으로 불철저한 양상을 보였다고 할 수밖에 없는 이와 같은 김기진 류의 실천적 양태에 비하여 당초 시인으로 출발했던 박영희 쪽이 편집자―비평가로서 좀 더 철저한 비평적 실천 의지를 과시하여 좀 더 후한 점수를 받을 가능성을 안았지만, 그 역시 전문적이고 직업적인 의지의 비평적 실천 면모로서는 조만간 한계의 지점을 노정하고 말았다는 점을 뼈아프게 다시 새기지 않을 수 없다.[30] 어떤 면으로든 이와 같이 미급한 김기진, 박영희의 비평적 실천 양상은 차후 그 후배의 프로 비평가들에 의해서 어느 정도 극복되기에 이른다고 할 수 있거니와, 이와 같은 한국 근대 문예 비평사 초기의 도정이 '정론성'을 위주로 한 문예 비평 미분화 성격의 프로 비평 단계에서 프로 문학 비평이라는 문예 비평적 자립성 추구의 비평사적 단계로 특질 지워지는 것임을 인식할 수 있고, 결과적으로 이 초기 단계의 비평적 분화, 미분화의 이론적 정립 과정에서 '내용―형식 논쟁'을 수행한 김기진, 박영희, 그 중에서도 김기진의 역할이 특별히 그 역사적 몫을 수행했던 것으로 평

29) 1924년 가을에 그는 '매일신보' 기자로서 입사하는 상태가 된다. 김기진, 「우리가 걸어온 30년」, 『김팔봉 문학전집』, 2, 문학과지성사, 140~141쪽 참조.
30) 박영희, 「최근 문예이론의 신 전개와 그 경향」, 『동아일보』, 1934.1.2~11 참조.

가된다는 점은 비평사 공지의 사실로 누구도 부인치 못할 바라 할 것이다.

5. 마무리

김기진이 남긴 비평적 언설을 중심으로 '신경향파'의 의식 구조를 점검해 본 것이 본고의 주된 의의라고 할 수 있다. '신경향파 비평'이 『개벽』지와의 기능적 공존의 맥락 속에서 역사적으로 구체화될 수 있었음을 확인할 수 있었고, 이 신경향파 비평을 대표하는 김기진의 비평적 자취는 크게 보아 '프롤레타리아 쿨트'론의 자장, 진폭 내에서 움직인 것을 확인할 수 있었다. '신경향파 비평'이 거느리고 있는 비평사적 의의와 맥락을 이와 같이 문화사, 혹은 사회운동사의 범위로까지 넓혀 살피고 확인해보고자 한 점에서 당초 본고의 인식 의욕과 동기는 출발했다고 할 수 있고, 본론의 전개 과정에서 차츰 문제의 범위를 좁혀가 종국적으로는 비평가 김기진의 의식 구조 확인을 통해 신경향파 비평 전체의 역사적 의의와 그 한계를 조명해 본 셈이라 할 수 있다. 식민지라는 역사적 상황 속에서 민족적 '저항'이 최고의 정치 행위이자 그 가치 추구의 본핵일 수밖에 없었던 점을 염두에 두고, 한 문화주의자의 혁명적 계급의식 전도라는 점에서 이 당시 비평의 시대적, 혹은 한계적 의의가 구출될 수 있다는 점을 주 논지로 펼쳐 보았다고 할 수 있다. 정론 비평과 문예 비평의 통합, 혹은 양자의 분리 맥락이 특별히 '내용—형식 논쟁'을 정점으로 한 김기진, 박영희 사이의 비평적, 혹은 문예 비평사적 의의의 골간에 해당한다는 점을 밝히고자 한 측면도 한국 근대 비평사를 체계적으로 이해하고 정립하기 위한 본고의 주된 연구 관심 사항 중의 하나였음을 여기서 강조해 두기로 한다. 『개벽』지에서 『조선지광』, 혹은 『조선문단』, 『문예운동』 등으로 이월됐던 1920년대 잡지사의 전개 과정이 이를테면 정론 비평으로서의 '신경향파 비평'(편 '내용' 주의의 사회실천적 비평), 그리고 문예 비평으로서의 또 다른 '신경향파 비평'(형식주의, 혹은 미학주의 비평)의 통합과 분리 과정에 대응하는 역사적 단초의 모습이었다고 할 수 있겠다. '프롤레타리아 쿨트'론과 관련한 논란의 자세한 세목 인식과 프로 문학 비평의 역사적 전개와 관련한 기타 세부 사항들의 인식에 관해서 차후 보충 논의의 기회를 가질 수 있기를 기대한다.

참고문헌

『동아일보』,『개벽』,『현대공론』등의 신문 및 잡지.
김기진, 홍정선 편,『김팔봉문학전집』, 문학과지성사, 1988.

金根洙,『韓國雜誌史』, 청록출판사, 1980.
이석태 편,『사회과학대사전』, 한울림, 1987.
이종범・최원규,『자료 한국근현대사 입문』, 혜안, 1995.
정숭교・김영미,「서울의 인구현상과 주민의 자기정체성」,『서울 20세기 생활・
            문화 변천사』, 서울시정개발연구원・서울시립대학교 서울학연구소, 2002.
한영우,『다시 찾는 우리 역사』제3권, 경세원, 2001.

柄谷行人 編,『近代 日本の 批評』Ⅲ, 講談社文藝文庫, 1998.
糟谷憲一,「朝鮮總督府の文化政治」,『近代日本と植民地』2卷, 岩波書店, 1993.
大江志乃夫,「山縣系と植民地武斷統治」,『近代日本と植民地』4卷, 岩波書店, 1993.
위르겐 하버마스, 한승완 역,『공론장의 구조변동』, 나남출판, 2001.
피터 두으스, 김용덕 역,『日本近代史』, 지식산업사, 1983.

제5장

'12월 테제'에서 '물 논쟁'까지

(혁명적) 계급의식의 분화와 프로 비평

1. 머리말

식민지 시기 조선 공산주의 운동에 커다란 영향을 미친 문건으로 코민테른의 '12월 테제'를 지목할 수 있다. 1928년 12월 10일, 코민테른 집행위원회 정치서기국에 의해, '조선 농민 및 노동자의 임무에 관한 결의'라는 제목으로 채택된 이 문건은 그 의미가 단순히 담론 체계로서의 이론적 텍스트에 국한되는 것은 아닐 것이다. 공산주의 운동의 본산과의 접점이 구체화됨으로써 조선 운동가들의 세계 내 위치가 분명해졌으며, 이로써 조선 공산주의 운동의 세계적 현실성이 마련되었다는 점에서 이 테제의 상징적 가치는 실로 (조선 공산주의 운동 사상) 그 어떤 것과도 바꿀 수 없는 것이 되었다. '12월 테제'의 지침에 의해서 실제로 당시의 조선 민족 운동이 상당 부분 영향받았다는 것도 사실로 인정되고, 이에 따라 이것이 미친 운동사적 효과에 대해서 그 동안 많은 논고가 제출되어 왔다. 필자는 이런 점들을 의식하면서 '12월 테제'가 한국 공산주의 운동에 미친 영향, 그리고 당시 한국 프로 문학에까지 그 외화가 미친 영향의 양상 등을 중심으로 논의를 전개해 보기로 한다. 이를 위해 먼저 '12월 테제'가 당시 한국 공산주의자들의 인적, 조직적 연계 속에 어떻게 수용되었는지 밝히고, 이를 발판으로 당시 한국의 프로 문학 운동, 프로 비평이 중심적으로 전개해 나간 논제 양상을 밝혀보기로 하겠다. 이런 뜻에서 본고는 이제까지의 한국 근대 문예 비평사 연구의 뒤를 잇는,[1] 한국 근대 비평사 연구의 일 기초 연구에 불과함을 밝혀두어야 하겠다.

2. 조선 공산주의자들의 '12월 테제' 수용

2-1.

'12월 테제'란 무엇인가. 현재의 조판 분량으로 십여 페이지에 달하는 담론체를 여기서 간략히 요약함은 결코 쉬운 일이 아니겠지만, 조선에 있어서 공산

---

1) 축적된 이 분야의 연구 업적 중에서, 특별히 일제하 프로 비평사를 집중적으로 살펴 온 김윤식, 권영민의 선행 연구를 빼놓을 수 없겠다. 본고와 관련해서 특히 권영민의 『한국계급문학운동사』(문예출판사, 1998)는 결과적으로 기본적인 논의틀을 제공해 준 셈이 되었다(이 책 IV장 참조). 다만 조직 중심의 운동사 기술 관점이 비평적 담론의 문맥을 심층적으로 점검하고 조명하는 데는 제한된 효과를 미친 것으로 파악되고, 이 점에서 한국 근대 문예 비평사의 전개를 일관된 담론사의 기술 관점에서 위치시켜 보려는 본고의 인식 관심과 그것이

주의 운동이 취해야 될 여러 전략, 전술적 요목에 대해서 밝힌 것이 이 문건의 대체적인 성격이자 내용이라 할 수 있겠다. 식민지 하의 조선 현실을 밝히고 그에 따른 혁명 운동의 방향을 제시하며, 또 조선 공산주의자들의 활동 원칙을 밝힌 곳에 이 문건의 대체적인 문맥이 들어 있다고 할 수 있는 것이다. 조선 공산주의자들의 활동이 대단히 어렵고, (공산)당 건설의 움직임이 수차에 걸쳐서 와해되었으며, 그래도 국외에서의 여러 분파적 활동들과 더불어 조선 내 민중들의 저항 의지가 만만치 않다는 것을 이 문건의 작성자들은 충분히 인식하고 있었다. 그러기에, "공산당을 위해 이념적으로 투철하고 진정으로 '볼셰비키적'인 기반의 창출"[2]이 현 단계에서 투쟁의 우선적인 목표임을 그들은 강조했었지만, 한편 조직 활동의 기반을 가지고 조급하게 다음의 실천적 활동을 예기하는 엘리트 공산주의자들에게 있어서 이 문건은 차라리 "코민테른 집행위원회는 조선공산당의 가장 빠른 재건과 통합을 위해 조치를 강구할 것이다"[3]의 모호한 암시와 같은 서술 속에서 오히려 더욱 긴박한 메시지를 발하고 있는 것으로 받아들여진 것 같다. 이를테면 채무자와 같은 기분 속에서 공산주의(적당) 활동의 독촉장을 받아든 것 같은 일시적 흥분 상태에 당시 일부 엘리트 (조선) 공산주의자들이 빠져들지 않았나 살펴지는 것이다. 허나 이보다 더 중요한 사실은 이 문건을 작성한 '조선문제위원회'가 구성되기 이전, 그 모체로서의 코민테른 6회 대회에서 세계 공산주의 운동의 확산을 위한 '식민지·반식민지의 혁명운동에 관한 테제'가 다시 한 번 수정, 확정되었으며, 이 기조에 따라서 조선에 관한 '12월 테제' 역시 작성되었던바, 코민테른의 이와 같은 움직임이 결과적으로 조선 공산주의자들의 운동을 크게 제약하는 결과를 빚게 되었다는 것이다.[4] 말하자면 코민테른 6회 대회가 빠져든 좌익 섹트주의로의 전술적 선회, 곧 공산주의 운동의 좌선회 방침에 의해 크게 자극받고 고무됨으로써, 한국의 민족운동 전체가 변전을 경험하지 않으면 안 되는 노선 변경 상태에 빠지게 되었던 것이다. 이 6회 대회를 통해 비로소 코민테른의 강령이 채택되었고, 이로써 국제 공산당의 지위가 크게 높아진 효과가 낳아진 반면, '좌익 섹트주의'의 전술은 국제 공산주의 운동 전반에 커다란 그림자를 드리우게 된 효과를

조금 다른 것으로 되었음을 밝힐 수는 있겠다. 1920년대 후반부터 1933년도의 '물 논쟁'에 이르는 일련의 비평적 과정을 국제 공산주의 운동의 흐름과 그것이 낳은 담론 효과라는 측면에서 일관되게 기술해 보고자 하는 것이 본고의 주된 인식 관심으로 작용한 셈이다.

2) 자료 7-1-B(12월 테제), 임영태 편, 『식민지시대 한국사회와 운동』, 사계절, 1985, 363쪽.

3) 위와 같음.

4) 水野直樹, 「코민테른 대회와 조선인」, 임영태 편, 위의 책 참조.

빚게 되었다. 이것이 당시 조선에 미친 효과가 역시 적지 않았던 것으로 평가되는 것이다.[5] 좌익 섹트주의란 그럼 무엇이고, 그 전술적 방침 채택의 원인과 그 이후의 효과는 무엇이었나.

코민테른의 주요 관심사였던 중국 문제를 중심으로 볼 때, 국공합작의 전술이 채택되었던 코민테른 6회 대회 이전의 전술적 기조가 중국 정세의 변화(1927년 4월 장개석의 상해 쿠데타와 그로 인한 국공분열, 그리고 12월의 광동꼬뮨 수립 시도 실패 등)와 함께 좀 더 급진적인 좌익 모험주의로 기울게 되었고, 이 과정에서 코민테른의 다수파를 형성하고 있었던 스탈린파와 반대파의 트로츠키파 사이에 치열한 논전이 전개되고, 이에 따라 조선에서도 '신간회'를 중심으로 한 기존 민족단일당 추구의 노선, 즉 좌우 합작의 노선이 좌편향의 전술적 기조에 기울게 됨으로써 신간회 '해체'가 결과되기에 이른, 곧 공산주의 운동 전술에 있어서 좌선회의 방침이 명백히 채택된 것을 두고, 우리는 일반적으로 '좌익 섹트주의'의 전술이 채택된 것이라 볼 수 있겠다.[6] 박영희 주도로 이루어진 '신간회' 서울 지부의 해산이 우연이 아니었던 것을 이 맥락에서 확인할 수 있고, 그것이 카프 1차 사건과 가지는 관련성에 대해서는 기존의 연구에서도 이미 상세히 밝혀진 상태라 할 수 있는데,[7] 조선에 관한 (코민테른의) 그 전술적 표현인 '12월 테제'가 한국 프로 비평의 직접적인 담론 생산에 미친 영향의 측면에 대해서는 비교적 관심이 소홀하게 투여된 것으로 사료된다. 우선 조직적 차원에서 '12월 테제'가 미친 영향의 한 파장이 되는 공산당 재건 운동과 카프 1차 사건과의 관련 문맥을 살핌으로써 '12월 테제'와 조선 사회운동의 괴계, 그리고 프로 비평의 관계를 여기서 확인해 두기로 하나.

'카프 1차 사건', 곧 '조선공산주의자협의회 사건'이 본래 '조선공산당재건설동맹'의 형태를 띠고 나타났던 것은 당시 일부의 조선 공산주의자들에게 있어서 '12월 테제'의 발신이 무엇보다 '당 재건'의 요구, 필요성이라는 메시지로 받아들여졌다는 것을 뜻한다. 이 사건의 주동자 고경흠(高景欽)은 이미 1927년 3월에 "홍효민, 조중애(곤), 한식, 이북만 등과 함께 제3전선사를 결성"

5) 松元幸子, 「코민테른과 민족·식민지 문제」, 임영태 편, 위의 책 참조.
6) 松元幸子의 위의 논문, 그리고 도진순의 「1920년대 코민테른에서 민족—식민지 문제에 대한 논쟁」(김대환·백영서 편, 『중국사회성격논쟁』, 창작과비평사, 1988) 참조. 한편, '신간회' 해소와 관련해서는 기왕에 여러 설명이 주어져 있는 상태이지만, 코민테른의 위와 같은 전술 변경으로 말미암아 한국 프로 문학 운동에 어떤 영향이 초래됐는가 하는 점에 관해서는 아직 많은 설명이 주어져 있지 못한 상태가 아닌가 여겨진다. 가령 '예술운동의 볼셰비키화'와 관련해서 그 국제적 맥락을 점검한 논고는 지금까지 별로 많지 않았다고 살펴지기 때문이다.
7) 권영민, 앞의 책, 4장의 2절, 3절을 통해 이런 점이 상세히 기술되었다.

하여 '프롤레타리아 예술운동'에 관련을 맺은[8] 한 사람으로 지목되는데, 문예운동과의 이러한 관련성이 차후 그가 '무산자사'를 중심으로 벌이게 되는 공산주의적 전위 활동 즉 조선공산당 재건운동의 토대가 되었음을 알 수 있다. 카프 동경 지부에서 발행하고 있었던 카프의 기관지 『예술운동』을 대체하고 그 후속격으로 출현한 잡지가 곧 『무산자』였던 바, 이와 같은 '무산자사'가 공산주의자협의회 사건의 토대로 작용하였다는 것은 곧 그 토대가 카프 동경 지부의 인적 토대와 겹치는 부분임을 말해주는 것이다. 카프 1차 사건에 대한 신문 기록은 이 사건의 개요를 다음과 같이 그리고 있다.

사건의 내용은 멀리 소화 3년 속칭 ML당, 제3차 조선공산당 이후로 시작되었다. 당시 ML당 주요 간부로 검거망을 피하여 해외로 탈주한 한위건(韓偉健) 양명(梁明) (……) 두 명의 지도를 받고 있던 (…) 고경흠 황학로의 두 명은 (…) 조선공산당 재건설의 사명을 가지고 작년 4월 (……) 임화 등과 연락하여 무산자사와 잡지 『인터내슈낼』 등을 중심하고 기회있는 대로 주의 선전의 글을 발표하는 외에 팜푸렛트를 발행하여 (…)
(…) 그리하여 임화 등이 작년에 동경서 조선으로 건너와 프로예술동맹의 조직 내부를 고치고 (…) 작년 여름에 임화·김효식·안막 등이 이에 전력하여 금년 봄까지 조직의 질을 달리하고 운동이론을 세우기에 힘쓰고 동시에 신간회 해소 운동이 일어나자 예술동맹원들도 이에 참가하여 (…)[9]

또 '무산자사'의 활동에 대해서는 일본 경찰이 다음과 같은 기록을 남겨놓고 있다.

고경흠이 재차 동경에 와서 활동을 개시함에 이르러 (…) 고경흠의 집필에 의한 팜플렛을 발산하기로 하고, 이북만, 김삼규가 편집 책임을 맡아 기관지를 매호 발행한 외에, 무산자사 팜플렛 제1집 『전위[당] 볼셰비키화의 임무』(車石東), 국제[공산]당 1928년 테제 및 국제적색노동조합의 1930년 9월 18일 테제의 번역, 「반제국주의 협동전선의 제문제」(金民友)를 게재한 동 팜플렛 제2집 (…) 동 팜플렛 제3집 (…) 등을 발행하여 (……) 또한 10월경에는 『무산자』의

8) 배성찬 편역, 『식민지시대 사회운동론 연구』, 돌베게, 1987, 406쪽의 〈고경흠 약력〉 참조. 한편 이와 같은 약력 파악의 저본 자료로는, 金正明 편, 『朝鮮獨立運動』 IV, 原書房, 1967, 1035쪽, 1053~1057쪽이 제시됨.
9) 『조선일보』, 1931.10.6.

배포망을 통하여 공산주의의 연구 및 실천을 지도하기 위한 '무산자연구회'를 조직하고 (…) 고경흠, 김치정은 이면에서 이를 지도하고 매주 1회 회합하여 연구를 계속하였다. 그 후 다시 (…) 조직을 개편하여 (…) 국원 김효식(김남천), 편집부 책임 한재덕, 부원 안필승(에)(……)[10]

여기서 카프 1차 사건, 곧 '공산주의자협의회 사건'을 야기한 조직적 비선은 '한위건-고경흠'의 축이었던 것을 알 수 있고, '무산자사' 속에서 고경흠은 카프계 문인들과 연합하여 있었던 것을 알 수 있다. '한위건'이란 인물을 이러한 맥락 속에서 파악할 필요가 주어진다고 할 수 있는데, 학생시절 일찍이 3.1운동에 가담, 상해임시정부로 망명하였던 한위건은 그후 귀국, 일본과 중국을 오가면서 1924년부터는 기자 생활에도 몸담아 이 시기부터 사회주의 운동에 본격적으로 발그게 되었던 것으로 살펴진다. 그리하여 '정우회 선언'을 발표하고, 제3차 조선공산당(ML당) 결성에 참여한 한위건은 한편 '신간회' 창립에도 참례,[11] 민족주의자의 색채를 띠었으나, 1928년 중국으로의 망명 이후 태도가 급변하게 된 것으로 파악된다. 그 계기가 무엇이었을까. 연구자 배성찬의 소개는 다음과 같이 이어진다.

1928년 2월 (…) 조선공산당 전국대회에서 한위건은 (…) 검사위원장으로 선출되었다. (…) 동년 7-8월의 제4차 탄압으로 국외로 탈출, (…) 1929년 5월 양명과 함께 조선어 잡지 『계급투쟁』을 발간하여 李鐵岳이란 필명으로 「조선혁명의 특질과 노동계급 전위의 당면 임무」, 「조선에 있어서 볼셰비키 당의 결성 과정(…)」 (…) 등을 집필하여 종래의 공산주의 운동을 비판하고 「12월 테제」에 따라 볼셰비키형의 당 건설을 주장하였다.[12]

이처럼 한위건이 1928년 말 이후 급전하게 된 배경에는 코민테른에 의해 주어진 '12월 테제'의 영향 계기가 적지 않게 작용한 것을 파악할 수 있다. 고경흠은 위 한위건과의 관계 속에서 조선공산당 재건설 활동, 그리고 공산주의자협의회 활동을 전개하였던 셈인데, 카프계 인물들은 또 그와의 관계 속에서 사회주의적 활동을 보다 조직적으로 전개하고 또 그 이론 투쟁의 일익을 담당하

10) 김정명 편, 앞의 책, 1054-1055쪽.
11) 배성찬, 앞의 책, 399-400쪽 참조.
12) 위의 책, 401-402쪽.

고자 하는 의지에 불탔던 것으로 파악된다. '12월 테제'의 담론성이 '무산자' 그룹을 통해 카프계 소장 문인들에게까지 널리 전파되었으리라는 가정이 이러한 맥락 속에서 가능해진다고 할 수 있는데, 이로써 당시 조선에 관한 가장 정통한 공산주의적 교리에 카프계 문인들이 접할 수 있었다는 가정이 구체적인 추정으로까지 성립할 수 있게 되는 것이다(여기서 물론 당시 동경에 체제하고 있었던 조선 공산주의자들, 그리고 카프계 문인들의 지식, 정보 통로가 반드시 중국 쪽을 경유한 통로뿐이었겠는가 물으면, 오히려 더 많은 통로가 일본 내에서 주어졌으리라는 대답이 보다 상식적일 것이다. 하지만 이 가능성을 높이 상정한다 하더라도 '12월 테제'를 대표로 한 최고의 (공산주의적) 이론 학습 교본에 어떤 경로로든 당시 카프계 소장 문인들이 접할 수 있었다고 하는 판단이 이 경우에 중요하다고 볼 수 있다. 당시 이들의 의식 세계를 보다 면밀히 검증하기 위해서는 물론 이런 뜻에서 당시 일본 좌파 문인들의 담론상을 자세히 검토하는 것이 필수적인데, 다만 여러 여건 상 본고에서는 단지 '한위건-고경흠'의 비선 연계를 중심으로 그 담론성 확인 작업에 나서 보기로 한다).

2-2.

"종래의 공산주의 운동을 비판하고 '12월 테제'에 따라 볼셰비키형의 당 건설을 주장하였다"는 연구자의 지적처럼, 1929년부터 한위건의 저술은 급속히 '12월 테제'와 동반하는 양상을 보였다. 그의 「조선혁명의 특질과 노동계급 전위의 당면 임무」(『계급투쟁』, 1929.5.1)라는 글이 발표되는 자리에 '12월 테제'의 전문이 나란히 번역되어 실리고 있음에서 우리는 이 사정의 단면을 분간할 수 있고,[13] 그렇게 '12월 테제'의 압도적인 영향의 흔적은 그의 글 전면에 등장하는 숱한 인용부의 양태로 나타난다. 한위건의 글에 대한 연구자의 해제를 여기서 확인해 두도록 한다.

이 글에는 코민테른 「12월 테제」가 곳곳에서 인용되는데, 이 글은 전체적으로 보아 「12월 테제」의 지침을 조선의 상황에 적용시켜 본 사회운동의 총론적 성격의 글이다. 우리는 이 글을 통해 1928년-29년 당시에 「12월 테제」를 적극

13) 위의 책, 25쪽의 각주 36 참조.

수용하고 있던 ML계의 조선혁명의 전략전술, 정세인식(주·객관적 조건의 평가)을 대체적으로 파악할 수 있을 것이다. (……)

　그는 전위의 최대 결함을 첫째, 구성원의 대부분이 지식계급인 점 (…) 셋째, 이론적으로 순화되지 못하고 철과 같은 규율이 확립되어 있지 못한 (…) 점을 들고 (…)[14]

　이처럼 한위건(필명 李鐵岳)의 논지 전개에 '12월 테제'의 영향이 압도적으로 나타나 있다는 점은 부인할 수 없는 사실로 파악된다. 그렇다면 그와 동지적 위치에 있었던 고경흠의 경우에 그 영향의 양상은 어떠한가. 구속된 고경흠이 '검사와의 문답' 자리에서 한위건과의 회견을 통해 "별로 얻은 바가(는) 없었"다고 말했다 하지만,[15] 어떤 경로를 통해서였든 이 시기에 그가 '12월 테제'로부터 크게 고무받고 자극되었던 것은 그의 문면을 통해 여러모로 나타난다. 차석동(車石東-고경흠)의 이름으로 발표된 「조선[공산]당 볼셰비키화의 임무」(1930.4) 속에서 그는 "이상의 논술은 현재 조선 프롤레타리아트의 유일한 투쟁 실체인 조선[공산]당 볼셰비키화를 위해서 수행해야 할 우리의 임무이며, 따라서 코민테른의 1928년 조선에 관한 결의는 완전히 정당하다고 인식된다"[16]고 말하고 있는바, 그 다음 글로서 집필 시점이 1930년 후반기로 추정되는 「조선에 있어서 [혁명]적 앙양과 [공산]당의 임무」를 정독한다면, '12월 테제'에 대한 의존성이 더욱 강렬하고도 대담한 표현 양상으로 나타나 있음을 알 수 있다. 그 집중적인 표현 대목을 들면 이렇다.

　1928년 2월 일련의 청산파 변절자들과 제국주의 관헌이 협동하여 조선[공산]당을 파괴하기 시작한 지 수개월 후인 동년 12월 조선 [공산]주의자들에게 보내는 국제[공산]당의 테제는 계속적인 백색테러의 한가운데에서 [공산]당의 재건을 위해서, (…) 결사적으로 투쟁하고 있던 조선의 [공산]주의자에게 (…) 올바른 진로를 명확하게 교시하였다. (……)

　(…) 이 테제는 조선에 있어서 모든 진실한 [공산]주의자의 신념과 활동의 기

준이 되었다. 즉 (…) 진실로 계급적 기초 위에 선 강력한 볼셰비키적 [공산]당을 전취하기 위한 강력한 활동을 전개하도록 한 것이다. (…)[17]

"테제에서 제시된 임무와 노선을 전부 실천적 투쟁으로 옮기기 위한 정력적인 활동이 시작되었다"고, 이어서 말하고 있는 위 필자의 태도는 말하자면 국제공산당(코민테른)에 대한 교조적 태도, 맹신의 태도를 드러내 보인 것으로 보아 크게 틀리지 않겠다. 「(…) 전위의 당면임무」 속에서 한위건의 태도가 그렇게 나타난 것처럼, 「(…) [공산]당의 임무」를 밝히는 고경흠의 글에서도 역시 코민테른에 대한 의존의 태도가 짙게 나타남을 볼 수 있다. "국제[공산]당 12월 테제가 발표된 직후 1929년 2월에 원산 제네스트가 폭발하였고, 이 투쟁을 계기로 하여 새로운 [혁명]적 격동의 파도가 강력하게 발전하였다. 새로운 [혁명]적 정세의 전개와 국제[공산]당의 새로운 투쟁방침이 동시에 조선 [공산]주의자에게 주어졌고(…)"[18]라고 쓰고 있는 대목에서 우리는 이를테면 당시 고경흠이 취하고 있었던 프롤레타리아 국제주의, 즉 국제적 일원주의의 입장을 여실히 확인할 수 있는 것이다. '12월 테제'를 앞세워 조선[공산]당의 과제를 부각시키고, 또 그것을 앞세워 '조선공산당'이 마치 살아 있는 존재라도 된 양 서술하고 있는 고경흠의 다음 언술은 그런 뜻에서 매우 흥미로운 대목이 아닐 수 없다.

국제[공산]당은 [12월 테제]를 통하여 (…) [공산]당 볼셰비키화 투쟁을 조선 [공산]주의자의 가장 중심적인 임무로 제의하였다. (…) 진정한 볼셰비키적 [공산]당의 확립이 필요하다는 것을 (…)
(…) [당]이 진실로 (…) 전투적인 조직이 될 것을 국제[공산]당은 권고하였던 것이다.
이 제의는 즉각 조선[공산]당의 활동기준이 되었고, 지침이 되었다.[19]

국제공산당, 즉 코민테른에 대한 그의 의존과 경사의 자세가 어느 정도였던가를 여기서 확인할 수 있고, 글의 말미에서 그는 다시 한 번 조선공산당, 그리고 조선의 공산주의자들을 둘러싼 국제적 환경을 환기시킴으로써 프롤레타리

17) 위의 책, 324–325쪽.
18) 위의 책, 325–326쪽.
19) 위의 책, 327쪽.

아 국제주의자로서의 그의 면모를 유감없이 확인시켜준다. 수사학자일 수밖에 없는 이론가의 한계가 이런 대목에서 여실히 그 면목을 드러낸 셈이라 할까.

세계의 프롤레타리아트는 이 후진국에서의 약한 전우의 전투를 적극적으로 원조해야 한다. 특히 조선 프롤레타리아트와 일본[공산]당은 조선[공산]당의 활동에 가장 강력한 원조자이고 협동자여야 한다. 국제[공산]당의 끊임없는 관심과 원조는 조선 [공산]주의자의 가장 강력한 무기로 된다. (…) 조선[공산]당이 당면한 어려움은 오직 전 세계 프롤레타리아트의 이러한 적극적 원조를 배후에 둠으로써만 급속하게 극복할 수 있을 것이다. 세계의 프롤레타리아트와 국제[공산]당은 [악랄무비]한 [일본] 제국주의의 [야수]적 박해로부터 조선[공산]당을 단호히 지키고 제국주의의 [탄압]에 맞서 돌진하는 조선[공산]당의 투쟁과 활동에 대한 강력한 후원자이어야만 한다. (1930년 9월)[20]

3. 볼셰비키론과 프로 비평

3-1. '무산자' 그룹과 볼셰비키론

당시 '무산자사'에 진을 치고 있던 카프계 소장 문인들이 고경흠의 영향권 안에 놓여 있었다는 것은 앞에서 이미 확인한 바다. 카프 강경파의 '(예술운동) 볼셰비키화'론이 고경흠의 소론과 무관하게 출현하지 않았을 것을 이로써 확인할 수 있고, 다만 카프계 문인들의 볼셰비키론이 구체적으로 어떤 계기 작용들의 도움을 받아 현출하게 되었는지에 관해서는 여기서 좀 더 주의 깊은 검토가 필요할 것이다. 여전히 일부 자료가 미확인 상태에 있는 것으로(임화의 「조선 프로예술운동의 당면의 중심적 임무」 같은 것이 그렇다) 보이지만, 그렇다고 현재 동원 가능한 이차 자료의 활용을 통해서나마 추론의 작업을 포기하는 것은 연구자의 마땅한 태도가 아니라고 여겨진다. 우선 안막의 글 한 대목을 여기서 인용하고 넘어가기로 하자.

예술운동 볼셰비키화라고 하는 말은 1930년 6월 28일부터 『중외일보』에 연

20) 위의 책, 335-336쪽.

재된 임화의 논문「조선 프로예술운동의 당면의 중심적 임무」중에서 처음으로 사용된 말이지만, '예술운동을 볼셰비키화하자'라는 내용을 가진 이론은 1929년 6월 김두용의 논문「어떻게 싸울 것인가」를 최초로 합니다.[21]

위 인용문 속에 납득되기 어려운 모순의 대목이 끼어 있다는 것은 그리 어렵지 않게 눈치챌 수 있다. '예술운동 볼셰비키화'라고 하는 말이 임화에 의해서 "처음으로 사용된 말"이라고 하고서, 그러나 '예술운동을 볼셰비키화하자'라는 내용(을 가진 이론)은 김두용의 글에서 최초로 제기되었다고 위 필자는 말하고 있기 때문이다. 이와 같은 진술의 진위 여부를 확인해 보기 위해서는 당연히 원문의 검토에 나서지 않을 수 없을 것이다. 우선 김두용의 글을 여기서 추적해 보기로 하자.

김두용의 글「우리는엇더케싸울것인가?-아울너「文藝公論」,「朝鮮文藝」의 反動性을曝露함」(昭和 4년 7월)을 읽어볼 적에 그러나 기대하는 '예술운동 볼셰비키화' 관련 논의가 별반 발견되지 않는다는 것을 우리는 깨달지 않을 수 없다. 그리하여 넓은 의미에서 이 글을 '예술운동의 볼셰비키화'와 관련된 화제의 글로 인정한다 하더라도 김두용 글의 역사적 가치는 (적어도 '볼셰비키화' 화제와 관련하여) 그리 투명한 것이 아니었음을 우리는 확인할 수 있다. 만약 더 찬찬히 따져보더라도, 이 글의 전반부가 대개 (부제대로) '反動文學「文藝公論」과「朝鮮文藝」에 대한 공격에 할애되고 있다는 것을 알 수 있으며, 겨우 그 후반부에 이르러서야 〈엇더케 具體的으로 鬪爭할가?〉, 〈具體的「푸란」〉, 〈政治的雜誌와 藝術雜誌〉 등의 소제목 아래 향후 투쟁 방향이 조금 예시되는 정도로 나타나고 있음을 알 수 있다. 여기서 글의 후반부를 좀 더 면밀히 살펴본다 하더라도, 그 속에서 우리는 '예술운동의 볼셰비키화'보다는 좀 더 막연한 화제의 예술대중화론, 즉 "(예술을) 노동자농민대중 속에 침투식히"자는 정도의 '침투론'이 제기되고 있음을 우리는 살필 수 있다. 필자 스스로 방점을 찍어 강조하고 있는 부분을 여기서 살펴두기로 하자.

結局 엇더케 되는가 一言으로 말하면 우리의 階級的 必要에 依하야 모든 藝術形式을 可能한 限度로 우리 손에 奪取하여 이것을 우리 藝術에 內容에 相應

21) 安漠,「朝鮮 プロレタリア 藝術運動 略史」,「思想月報」10, 1932.1, 166쪽.

식혀서 勞動者農民大衆 속에 浸透식히는 곳에 모든 問題가 잇다.[22]

그러니까 전체적으로 불투명한 글, 김두용의 「우리는엇더케싸울것가?」는 적어도 '볼셰비키'라는 단어를 언표적으로 등장시키고 있는 글은 아니며, 그렇다고 내용적으로도 '볼셰비키화' 화제를 그리 긴밀히 전개시킨 논설은 아님을 알 수 있다. 그렇다면 왜 안막은 "'예술운동을 볼셰비키화하자'라는 내용을 가진 이론"이 김두용의 논문 속에서 최초로 제기되었다고 말하고 있을까. 혹시 우리가 알지 못하는 다른 글의 「(우리는)엇더케싸울것가?」가 존재하거나, 아니면 글의 정확한 제목과는 상관없이 김두용의 다른 글 속에서 '예술운동의 볼셰비키화' 내용이 최초로 전개되었던 것은 아닐까. 여기서 후자 쪽의 가능성이 좀 더 높아 보인다고 하면, 김두용의 다른 글을 좀 더 면밀히 뒤져볼 필요가 제기된다고 하겠다. 『무산자』 1929년 6월호 속의 논문 「政治的 視角에서 본 藝術鬪爭」이 우선 그 대상이다. 그리고 다음의 주목할 부분이 발견된다.

그리고 다음에 作春에 테-제를 中心으로 한 論爭을 들추어보자. 盟員의 多數는 테-제가 藝術運動에 適合하냐 안하냐는 것을 말함보담 當時의 政治的 모-멘트에 잇서서 前衛의 스로-간이 「工場으로!」이냐 또는 「工場으로! 農村으로!」이냐는 論爭을 하엿다. 또한 甚함에 잇서서는 그 論爭에서 藝術鬪爭과 政治鬪爭이 公式的으로라도 맛치맛게 結合되엿는지 안되엿는지까지도 無視하고 單只 自己의 主張하는 그 스로-간이 正當하기만 하면 그것으로 凱旋을 들(?)인 듯이 意氣揚揚한 滑稽을 나타냇든 것이다! 그러나 이 事實은 우리 盟員 多數는 何等의 藝術的 才能을 有한 것이 아니요 따라서 早晩間 政治鬪爭으로 進出할 傾向을 가젓스며 또한 진출하지 안하면 안된다는 前兆을 表示하엿든 것이다 이러하여서 「藝術同盟은 鬪士養成所라」는 定義가 適用되엿든 것이다![23]

위 부분에 앞서, "試驗삼어서 우리의 道程에서 그러한 이들의게 依하야 提議되고 그래서 가장 激烈한 論爭이 나타난 問題를 들추어보는 게 조흘 것이다. 爲先 藝術運動의 再組織과 거기에 따른 테-제"[24]의 언술이 있는 것으로 보아, '예술운동 재조직'의 문제가 우선 제기되었다는 것을 알 수 있고, 이어서 ('12

22) 『무산자』, 昭和 4년 7월, 36쪽.
23) 김두용, 「정치적 시각에서 본 예술투쟁」, 『무산자』, 昭和 4년 5월, 5E-6E쪽.
24) 위의 글, 5E쪽.

월 테제'를 계기로 하여) "(當時의 政治的 모ー멘트에 잇서서) 前衛의 스로ー간 이 「工場으로!」이냐 또는 「工場으로! 農村으로!」이냐는 論爭"이 제기되었다는 것을 위의 문면은 말해주고 있다. 그러니까 1928년 겨울의 저 '12월 테제'가 발표된 후 1929년 봄의 시기에 벌써 '예술운동 볼셰비키화'의 화제가 카프 동경 지부 내에서 제기된바 있었다는 사정을 위의 문면은 드러내고 있다고 할 수 있는 것이다. 그와 같은 논란 속에서 예술운동의 재조직 문제가 다시 제기되었고, 그와 함께 전위의 활동 공간은 '工場' 중심인가, 아니면 '工場과 農村'인가의 문제가 심각하고도 깊이 있게 토론되었다는 것을 위 문면은 시사한다고 할 수 있는 것이다. 그렇다면 이제 이러한 문면 내용을 염두에 두고, 그것과 1년여의 시차 속에 쓰여진 안막의 「조선 프로 예술가의 당면의 긴급한 임무」(『중외일보』, 1930.8.16-22)를 참조한다면, 고경흠의 「전위 볼셰비키화의 임무」가 확실히 시기적으로도 그렇고, 이론상으로도 임화의 글에 앞서 '볼셰비키화' 논제를 제기한 글임을 알 수 있게 된다. 문맥이 조금 흐트러진 상태대로 '차석동'의 이름을 뚜렷이 각인하고 있는 아래 안막의 언술을 살필 수 있다.

> (…) 전위 프롤레타리아트의 입장에 섭을 갖출 유일의 프롤레타리아트 × (당)과 결부시키는 것 즉, 우리들의 예술가들이 조선 프롤레타리아트와 그 × (당)이 현재 국제적, 국내적 정세에 있어 당면하고 있는 과제를 자기의 예술적 활동의 과제로 삼는 데서만이 (?) 동지 차석동은 조선 프롤레타리아트의 당면의 임무를 규정하여 이같이 말한다.[25]

이렇게 살핀다면, 1929년 봄부터 카프 동경 지부 내에서, 그리고 그 후속의 '무산자사' 내에서 '예술운동의 볼셰비키화'에 관한 논제가 이미 제기되었고, 이는 당시 코민테른, 즉 국제공산당의 전술적 좌선회라는 이론적 환경 속에서 주어진 것이라 할 수 있는 한편, 카프 동경 지부 내에서 예술운동의 아지 프로화를 주장하는, 즉 보다 직접적인 실천 (정치) 지향적인 측과 예술운동의 특수성을 주장하는 예술주의파 사이에 상당한 정도의 의견 대립조차 야기되었음을 위 문면들은 드러내고 있다고 해석될 수 있다. 김두용의 다음 언술이 확인되기

---

25) 안막, 「조선 프로예술가의 당면의 긴급한 임무—××주의 예술을 확립시키자」, 『중외일보』, 1930.8.16.

때문이다.

　최후로 그러한 비기술가를 다수히 포용한 「예술동맹」의 예술투쟁을 구체적으로 결정하는 것은 객관적 정치적 정세인 것을 구명하자. 일반적으로는 조선무산계급의 그리고 특수적으로는 동경지방의 정치적 정세 그것이 예술투쟁조직에 여하히 반영하고 있는가? 그것은 '예술동맹'에 있는 다수의 간부가 재동경의 각 투쟁조직의 간부로 영전함에 의하여, '예술운동 집워치워라!'라는 충고에 의하여, 그리고 결성 전에 있어서 '예술단체 박멸의 비라'와 그 투쟁능력에 있어서 종교단체와 동등하다는 평가 등등—일언에 말하면 객관적 정치투쟁은 보다 더 많은 투사를 기대하고 있으며 그리고 그 투쟁력을 통일하고 집중함에 의하여 강대한 조직투쟁으로 전개할 정치적 모멘트에 있다는 것에 의하여, '예술투쟁같이 미적지근한 투쟁은 그만 두는 게 좋다'는 것, 그것은 예컨대 예술투쟁에서 탈퇴한 사람의 말에 불과하였다. 즉 프로예술의 낯짝을 하고서야 어디 이 동경 각 단체에 낯을 낼 수 있나—운운.[26]

3-2. 카프 볼셰비키론의 이중 구조—조직론과 예술론

　'경제투쟁에서 정치투쟁으로!'의 전환이 공식적으로 제창된 카프 1차 방향 전환 이후 카프 내부에서는 다시 '예술운동의 볼셰비키화'를 화두로 한 다음 단계의 방향 전환이 모색되고 있었고, 기관지 『예술운동』의 폐간과 새로운 잡지 『무산자』의 발행이 결국 이러한 또 다른 방향 전환의 의미를 담보한 것이었음을 이렇게 해서 알 수 있다. 전면적인 정치투쟁이냐, 예술운동이냐의 논란이 이 와중에서 제기되었던 것인데, 이와 같은 문제가 곧바로 해소되고 정리될 수 있는 것은 아니었지만, 그 잠정적인 기치로서 '(예술운동의) 볼셰비키화'의 기치가 '무산자사' 주변을 폭넓게 포용하며 감싸고 있었던 것을 알 수 있다. 이와 같은 이론 모색의 과정에서 입장을 대변했던 주요 논자들이 고경흠, 김두용 등이었을 것은 당연한 사실인데, 이들 선도 이론가들 사이에서도 미묘한 입장의

---

26) 『무산자』, 昭和 4년 5월, 6E쪽.

차이가 내재된 채,[27] 당시 '무산자사'를 봉합하고 있던 주요 기치가 1930년을 전후하여 '(예술운동) 볼셰비키화'의 구호로 자리 잡게 되고, 이것이 경성에까지 파급되어 이 시기 프로 비평의 주요 화두로 자리 잡게 되었던 터이다.

'예술운동 볼셰비키화'의 논의 과정을 여기서 더 구체적으로 더듬는다면, 우선 권환의 「무산계급예술운동의 과거, 현재 및 미래」(『중외일보』, 1930.1)가 쓰여진 것이 논의 무대를 일본에서 경성으로 옮기고, 동시에 『중외일보』 지면을 주 토론 무대로 떠오르게 한 중요한 계기 작용의 역할을 하였음을 알 수 있다. 임화의 「조선 프로예술운동의 당면의 중심적 임무」(『중외일보』, 1930.6)가 이로써 쓰여질 수 있게 되었고, '예술운동의 볼셰비키화'의 구호가 이렇게 해서 카프의 공식적 구호로 자리 잡기에 이르는 것이다. 이에 덧붙여 김남천은 그 자신 최초의 논고인 「영화운동의 출발점의 재음미」(『중외일보』, 1930.7)를 발표하고, 이어서 안막의 「조선 프로예술가의 당면의 긴급한 임무」(『중외일보』, 1930.8), 그리고 권환의 「예술운동의 구체적 과정」(『중외일보』, 1930.9), 또 박영희의 「카프 작가 및 수반자의 문학적 활동」(『중외일보』, 1930.9) 등의 글이 연달아서 발표됨으로써, '예술운동의 볼셰비키화'의 구호는 이제 경성 문단의 중심 화두로까지 자리잡게 되는 것이다. 이와 같은 시기적 양상이 대개 '무산자사'를 무대로 당시 활발한 팜플렛 작업을 벌여 나가던 고경흠이 『조선 전위(공산)당의 볼셰비키화』를 쓰고(1930.4) 그것을 발표했던(1930.6) 시기와 정확히 접맥되는 시기임을 알 수 있고, 그것은 카프계 '볼셰비키화'의 논의와 '무산자사' 볼셰비키화의 논의가 서로 무관하게 이루어진 것이 아님을 알 수 있게 하는 사정인 것이다. 물론 이와 같은 시기적 양상 전체는 안막이 「조선 프로예술가의 당면의 긴급한 임무」(『중외일보』, 1930.8.16-22) 속에서 밝히고 있듯, 러시아프롤레타리아작가동맹, 즉 라프의 2회 총회(1929.10.20-27)에서 '볼셰비키화'가 결의된 것, 마찬가지로 일본에서 또한 1930년 4월에 열렸던 일본프롤레다리아작가동맹 2회 대회에서 '예술운동의 볼셰비키화'가

27) 굳이 구분하기로 하면, 예술투쟁을 둘러싼 김두용과 고경흠의 견해 차이(좀 더 정확히는 관심 차이)가 카프 문학에 상당한 정도 영향을 미친 것으로 판단할 수 있겠다. '예술운동의 볼셰비키화', '선전선동'을 주장하고 강조한 점에서는 두 사람이 비슷한 입장을 보였다고 할 수 있지만, 처음부터, 그리고 본질적으로, 예술운동의 특수성을 인정하지 않고 그 가치에 대해서도 근본적으로 회의, 부정적 태도를 버리지 않았던 고경흠에 비해, 늘 예술운동의 한계를 비판, 강조하면서도, 예술운동의 본래적 가치나, 그 특수성에 대해서는 이해하고 두둔하려 했던 김두용의 태도 차이가 '무산자사' 내에서 늘 내부적 긴장을 형성하고 갈등을 야기한 주요 요인은 아니었던가 추측되기 때문이다. 고경흠의 글 속에서 '선전선동'이 강조되는 만큼 '예술운동'이나 '카프'가 언급되는 경우는 거의 없으며, 한편 김두용의 경우에는 끊임없이 예술운동을 비판하고 소부르 예술가들의 한계를 지적, 냉소하고 있지만, 거꾸로 그만큼 예술운동에 대해 깊은 애정을 가지고 지속적 관심을 펴 보인 재동경(在東京) 이론가의 경우는 (초기의 이북만을 제외하고) 달리 찾아지지 않는다고도 말할 수 있기 때문이다.

결의된 것[28] 등의 계기가 복합적으로 작용하여 주어진 것을 알 수 있게 하는 것이며, 이와 같은 모든 움직임들은 결국 공산주의 본산(코민테른 6회 대회)에서의 전체적인 전술적 좌선회 움직임과 긴밀한 영향 관계 속에서 주어진 것이라 함을 인식할 때, 조선 공산주의자들과 카프계 문인들의 경우에는 보다 직접적으로 '12월 테제'에 의한 영향의 소산이라고 봄이 타당한 관찰일 것으로 성립하게 하는 문맥이 낳아지는 것이다. 비록 (조선 공산) '당'이라는 현실적 구속체는 존재하지 않았다고 할지라도 적어도 의식상에서 당원의 의식에 필적하는 이념적 상을 불러일으키면서 이념 운동에 매진하였을 그들이 이 시기에 '(예술운동) 볼셰비키화'의 논제를 구체적으로 어떻게 이해하고 그 실천적 방략을 어떻게 구상하고 있었는지는 이제부터 좀 더 정밀한 논의가 추가되어야 할 일이나, 적어도 '무산자사'를 합숙소(의식상으로는 '당사')로 삼고, '예술동맹은 투사양성소'라는 구호를 공유해 가면서 '볼셰비키'적 이념 활동에 종사하였던 이들 문인들이 현해탄 이쪽저쪽을 넘나들면서 '볼셰비키'적 공동체 의식의 환각에 사로잡혔으리라는 것은 의심의 여지없는 사실로 확인될 수 있다. 이런 문맥에서의 '볼셰비키'(Bolshevik)가 그 원 뜻으로서의 '다수파'와는 전혀 아무런 상관이 없고, 다만 레닌이 창설하고 이끌었던 저 강고한 혁명적 (당)조직의 전통이라는, 즉 상징적 기표의 하나로서 '볼셰비키'의 어사였다는 것을 이해하면, 왜 한갓 러시아어의 이 말이 이 시기에 그렇게도 호사로운 언어적 지위의 영예를 누릴 수 있었던가에 대한 우리의 설명은 근사치의 임무나마 수행한 답으로 받아들여질 수 있는 것이다. 고경흠(차석동)의 다음 문면을 본다면, '볼셰비키적 공산당' 히는 식으로, 마치 형용어와 명시기 상투적으로 붙이 디니듯, 한 묶음의 운행을 하고 있다는 것을 우리는 발견할 수 있다. 이것이야말로 바

---

28) 여기서 카프의 '예술운동 볼셰비키론'에 끼친 일본 쪽 이론가들의 영향 문제를 생각해 보지 않을 수 없다. 앞서 인용한 「朝鮮 プロレタリア 藝術運動 略史」속에서 안막이 "1929년 4월 내지(일본)에 있어서 일본프로예술연맹의 나카노 시게하루(中野重治)가 戰旗 4월호 지상에 「우리들은 전진하자」는 제목으로 예술논문을 발표했는바, 그것이 김두용의 논문 가운데에 直譯된 것이어서 조선에 있어서 예술운동 볼셰비키화의 최초의 것이었다"고 기술하고 있기 때문이다. 하지만 앞서 살핀 것처럼 「무산자」에 실린 김두용의 논문 「우리는 어떻게 싸울 것인가」는 안막의 내용 이해와 사뭇 다른 내용으로 되어 있고, 더구나 그것이 나카노 시게하루의 「우리들은 전진하자」를 직역한 투로 쓰여진 글인가는 현재 필자의 능력으로 확인 감당이 어려운 문제이기 때문에 이에 대한 논급은 일단 유보해 두기로 한다. 다만 안막이 보다 자유로운 상태에서 썼다고 할 수 있는 글 「조선 프로예술가의 당면한 긴급한 임무」속에서 밝히고 있는 대로 '(예술운동) 볼셰비키화'가 일국적 차원에서 제기된 문제가 아니고, 궁극적으로 전 세계 공산주의 운동의 총본산인 러시아에서부터 들어올려진 전술적 기치의 성격을 띠고 있었기 때문에 보다 폭넓은 국제적, 세계적 시야에서 이 문제를 바라봄이 기본적으로 타당한 관점이 되리라고 생각하는 것이다. 본고에서 필자가 코민테른 6회 대회를 강조하고, 그 대회의 한 부산물로 발표된 조선에 관한 테제로서 '12월 테제'를 강조하게 되는 이유 역시 기본적으로 이와 같은 세계적, 국제적 시야의 관점, 성격을 드러내고자 하는 의도의 맥락 속에 들어 있는 것이다.

로 수사학적 기능의 양상, 그것이 아니고 달리 무엇이겠는가.

　(…) 그렇다면 어떻게 해야 이 결함이 극복되고 현재의 조직적으로 미약한 단계가 돌파될 것인가? 그것은 무엇보다도 무산계급의 정당인 진실한 볼셰비키적 [공산]당을 확대시키는 것에 의해서만 비로소 실현되는 것이다.
　그렇다! 진실한 볼셰비키적 [공산]당으로 확대시키기 위한 투쟁은 우리들의 가장 중대하고 긴급한 초미의 급무이다.[29]

　1948년판 『사회과학대사전』의 설명 속에서 역시 "今日에 있어서는, 볼셰비키라고 하면, 共産黨이라고 하는 것과 꼭같은 의미로 쓰여져 있고" 또 "볼셰비즘은 공산주의 卽 맑스, 레—닌主義와 同義語로서 (…) 사용되고 있다"[30]고 서술되고 있는 것처럼, '볼셰비키' 란 어사는 이미 1930년 단계에서 레닌적 전통의 공산당 조직을 의미하는 것으로 굳어지고 있었고, 그러니 이 용법을 구사하는 당시의 젊은 프로 문사들 경우에도 역시 일종의 동어반복과 같은 수사학적 반복의 양상이 짙게 드러나고 있었으리라는 것은 어느 정도의 예단으로서 확인될 수 있다. 가령 이 용어가 익숙해진 상태에서 쓰여진 안막의 다음 언술을 보더라도 동어반복의 회로를 어느 정도 겨우 벗어나 '계급적 기초'와 'x(당)' 을 연결시키는 논리구조를 그만치라도 짜고 있다는 것을 확인할 수 있는데, 바로 이런 정도의 언설 조직 능력으로 말미암아 안막은 당시 '볼셰비키' 논자 중에서도 가장 정통한 논자의 한 사람으로 군림할 수 있었던 것을 확인할 수 있다.

　그러면 우리들의 새로운 방향전환인 '예술운동의 볼셰비키화' 란 무엇이냐? 그것은 국제 프롤레타리아트의 세계적인 단일한 유기적 메카니즘 가운데 자기를 결부시키고 명확한 계급적 기초에 서는 조선 프롤레타리아트의 조직적 기구 가운데 우리들의 예술운동이, 자기의 프롤레다리아적인 진실이 계급적인 기초를 가지려는 것을 말한다.[31]

이어서 그는 다음 같이도 설명해 놓고 있다.

29) 차석동(고경흠), 「조선 [공산](전위)당 볼셰비키화의 임무」, 배성찬, 앞의 책, 250쪽.
30) 이석태 편, 『사회과학대사전』, 문우인서관, 1949, 266-267쪽의 '볼셰비키' 항.
31) 안막, 「조선 프로예술가의 당면의 긴급한 임무」, 『중외일보』, 1930.8.16.

우리들의 예술운동을 볼셰비키화하자! 이 신시대에로의 비약의 준비는 언제나 조선 프롤레타리아트와 그 ×이 당면한 임무의 관점에서의 우리 예술운동 내부의 자기비판의 서주(序奏) 전개일 것이며 우리들의 광범위한 비판은 먼저 우리들의 조직과 우리들의 작품 위에 향하여 전개되지 않아서는 안될 것이다.[32]

'예술운동 볼셰비키화'의 논제를 이와 같이 권환, 임화, 안막 등의 소장 문인들은 당시 마치 화두처럼이나 걸머지고 다니며 논제를 확산시키고자 노력하였던 것을 알 수 있다. 하지만 그 해법에 있어서는 논자마다 설명이 조금 달랐다고 할 수 있는데, 이 때문에 "예술운동의 볼셰비키화'론에 대한 이론가의 설명은 결코 일치된 것이 아니었"고, 그리하여 "예술운동 볼셰비키화의 이론은 1930년도 카프의 이론적 비평적 활동의 가장 중요한 부분이었지만 '예술운동 볼셰비키화'에 관하여서는 카프 전체가 통일된 견해를 가질 수 없었다. 이는 각 비평가의 설명이 그것마다 상이했기 때문이"[33]라고 주석하고 있는 안막의 서술이 어느 정도 요령을 얻은 설명이라 평가할 수 있다. 그 불일치 속에서도 그러나 크게 두 가지의 논의 방향이 낳아지고 있었다고 할 수 있는데, 조직론과 예술론으로의 이중화 양상이 그것이며, 그 점에서 우선 '카프의 재조직'이라는 첫 번째 의제와 관련한 임화의 「조선 프로예술의 당면의 중심적 임무」가 당시 카프계 문인을 포함한 문단인들의 폭넓은 주목의 대상에 값할 수 있었다고 볼 수 있다. 안막이 요약하는 대로 임화의 소론 내용을 옮겨보자면 다음과 같다.

임화는 이 논문에서 최근의 국제적, 국내적 정세를 분석하고, 그 정세 하에 있는 예술운동의 중심적 임무를 「노동자, 농민에 대한 당의 사상적, 정치적 영향을 확보 확대하고, 당의 슬로건을 대중화하기 위한 광범위한 아지 프로 사업이다. 즉 조선 프로예술운동은 볼셰비키화하지 않으면 안 된다. 예술운동 볼셰비키화—이것이 당면의 임무이다. 예술운동 볼셰비키화를 위한 전제로서 구체적 임무에는 첫째, 예술동맹을 재조직하는 것, 즉 예술운동이 각 부문, 문학,

32) 위와 같음.
33) 安漠, 「朝鮮 プロレタリア 藝術運動 略史」, 『思想月報』 10, 1932.1, 173쪽.

연극, 영화, 음악, 미술 등에 확대된 전문적 기술적 전국동맹을 형성하지 않으면 안된다. (…) 둘째 기관지를 확립할 것, 셋째 카프 중앙부내에 있어서 일화견주의를 극복하는 것에 의해 카프를 계급적으로 볼셰비키적으로 할 것 넷째, 노동자, 농민의 조직과 유기적 관계를 가질 것」등으로 예술운동 볼셰비키화의 용어를 가지고 카프의 중심적 임무에 관한 이론을 발표했다.[34]

이처럼 '예술운동 볼셰비키화'에 대한 임화의 논지는 현저히 (재)조직론의 형태를 띠고 있었고, 그렇게 "예술운동 볼셰비키화의 임무는 카프를 재조직하는 것, 즉 카프의 조직을 볼셰비키적으로 하는 것"이라고 한 임화의 선언적 논지 전개에 대하여, "예술운동 볼셰비키화의 임무는 카프를 재조직하는 것이 아니라 작품을 진정으로 맑스주의적 이데올로기로 쓰는 것"이라고 예술 창작 쪽에 강조점을 두어 논설을 제기한 것이 말하자면 권환, 안막 등의 기술주의적 입장이었다고 할 수 있다. 「예술 운동의 구체적 과정」(『중외일보』, 1930.9.3)이라는 글 속에서 권환이 "맑스주의적 작품을 이상의 기준에 의해 제작하고 그 노동자 및 농민을 중심으로 하여 가지고 들어갈 것"이라고 전제하고, '카프의 전 관심을 볼셰비키화로, 맑스주의 예술을 대공장노동자, 빈농층으로!'라고 슬로건식 구호를 제시함으로써 글을 맺고 있는 것은 권환 나름의 기술 우선적 입장을 충실히 전개한 것이라 볼 수 있다. 이에 안막 역시 마찬가지 입장에서, "예술운동 볼셰비키화는 맑스주의 예술의 확립에 있다", "맑스주의 예술의 확립은 (…) 정치와 예술을 기계적으로 혼합하는 것이 아니라, 현실을 있는 그대로 묘사하는" 속에 있다고 강조함으로써, '예술운동 볼셰비키화'의 문제가 단순히 조직의 문제 차원에서만이 아니라, 기술의 능력을 가진 창작가, 예술가들이 보다 맑스주의적으로 정예화한 아지 프로의 예술 작품을 생산하는 데서도 구해져야 한다고 역설하였다. 예술운동 볼셰비키화의 문제가 단순히 조직론의 문제로만 인식된 것이 아니었음을 확인시켜주는 대목이라 할 수 있다. 아래에서 '물 논쟁'[35]을 중심으로 '(예술운동) 볼셰비키화'의 논제, 그리고 '12월 테제'의 이론적 지침 등이 이후 프로 문학에 어떤 영향의 그림자를 드리우게 되었는지 계보학적 시각에서 다시 정리해보기로 하자.

34) 위의 글, 168–170쪽.
35) 물 논쟁에 대해서는 1980년대 후반 이후 이 논쟁의 가치를 새로이 인식한 연구자들에 의해 여러 차례 집중적인 검토와 논고가 이루어졌다. 김동환, 「1930년대 한국 전향소설 연구」, 서울대학교 석사학위논문, 1987;

4. '물 논쟁' 전후

4-1. '예술운동 볼셰비키' 론에서 '당의 문학' 론으로

코민테른 6회 대회가 초래한 전술적 좌선회 속에서('12월 테제'는 이 대회의 연장선상에서 작성되었다) '볼셰비키론'이 대두하고, 프로 문단에 '예술운동 볼셰비키화'의 논제가 대두하게 되었음을 앞에서 강조하였다. 민족단일당 노선이 이로써 파기되고, 공산당 재건 운동이 펼쳐졌으며, 볼셰비키 예술운동이 이와 무관하지 않은 환경 속에서 펼쳐졌던 것을 또한 앞에서 살펴보았다. 카프 1차 사건, 즉 조선공산주의자협의회 사건이 이 가운데에서 잉태되고 있었던 것이다. '(예술운동의) 볼셰비키화'란 따라서 레닌적 전통에 의한 강고한 혁명적 조직화를 의미한 것으로 받아들여질 수 있으며, 이에 따라 예술운동의 아지 프로적 성격이 전면적으로 강조되었지만, 예술운동의 특성상 한편으로 맑스주의적 예술 작품의 창작을 강조하는 비평적 실천 역시 이러한 가운데에서 펼쳐졌다. 그렇지만 '볼셰비키'라는 말은 속성상 중간적이고 과정적 의의를 내포할 수밖에 없는 숙명 또한 지니고 있었다. 볼셰비키적 지향이 결국 하나의 (공산)당적 결사로 현실화된다고 할 때, 볼셰비즘적 지향의 귀착점은 마침내 '당(黨)'의 이름으로 환치될 수밖에 없는 숙명을 지닌다고 할 수 있기 때문이다. 다만 당대의 검열 환경 속에서 '당'의 어사는 허용되지 않았기에 인쇄 매체 속에서 당은 복자의 '×'로 기표화될 수밖에 없었고, 이 때문에 '볼셰비키'의 어사가 유효하게 활용될 수 있는 공간이 확보되는 한편, 보다 선명한 논지를 추구하는 논자에 의해서는 과감히 '×(당)'의 기표가 공공연히 추구되는 비평적 글쓰기의 양상이 벌어지게 되었다. 이렇게 해서 '예술운동의 볼셰비키화'론과 '당의 문학'론이 공존하면서 동시적으로 펼쳐지는 양상이 전개되었으며, 이와 같은 전개가 필연적으로 '당파성'의 이념, 이론을 불러들이게 되었다고 할 수 있다.

'볼셰비키'의 용어, 구호가 이렇게 해서 한시적 숙명을 지닌 것이었음이 드러났다고 할 수 있거니와, 이 용어의 적합성은 한편 개량주의에 대한 투쟁, 그

류보선, 「1920–30년대 예술대중화론 연구」, 서울대학교 석사학위논문, 1987; 채호석, 「김남천 창작방법론 연구」, 서울대학교 석사학위논문, 1987; 김윤식, 「임화와 김남천」, 『문학사상』, 1988.10; 김외곤, 「'물' 논쟁의 미학적 연구」, 『한국근대리얼리즘문학비판』, 태학사, 1995 참조.

리고 집단 내 일화견주의에 대한 투쟁 속에서 유용성을 드러내었다. 혁명 운동의 과정에서 레닌의 경우가 바로 그러했던 것처럼, 혁명 조직의 강철 같은 규율을 요구하는 데서 무엇보다 이 용어가 불러일으키는 강렬한 전통적, 문화적, 역사적 환기력이 수사학적 힘을 발휘했다고 할 수 있기 때문이다. 그러니까 안막의 글 속에서 자주 그렇게 기능하듯이, '볼셰비키'(볼셰비즘)의 어사는 혁명적 프롤레타리아의 계급성을 의미함으로써 모든 개량주의적인 사회민주주의적인 경향과 결별할 뿐만 아니라, 그것과 열렬히 투쟁한다는 전투적 자세를 확립하는 데 있어서 무엇보다 강력한 수사학적 힘을 발휘하였던 것으로 살펴질 수 있는 것이다.[36] 국제 공산주의 운동의 좌선회 속에서—그러니까 최소한 1935년 코민테른 7회 대회에서 반파쇼 인민전선이 제창되기 전까지—이 용어가 발휘할 수 있었던 수사학적 힘도 기본적으로는 이와 같은 의미 작용에 힘입은바 컸다고 할 수 있고, 이에 따라 1928년 코민테른 6회 대회 이후 전 세계 공산주의 운동의 기치로서 '볼셰비키화'의 기치가 높이 들려지게 된 것을 확인할 수 있다. 한국 프로 문학의 경우에도 이 슬로건의 자장이 지배하게 됨으로써 1930년 여름을 전후하여 '예술운동 볼셰비키화'의 구호가 카프계 소장 비평가들의 주요 화두로 등장하게 되었다는 것은 앞에서 살펴본 대로다. 이는 '무산자사' 그룹 내에서 '전위의 볼셰비키화'가 내부적으로 활발히 모색되던 것과 맥을 같이 하는 사실이었다고 할 수 있으며, 특히 1930년 6월 고경흠의 「조선 전위(공산)당 볼셰비키화의 임무」가 팜플렛의 형태로 발간된 사정과 겹쳐져 임화 등에 의한 '예술운동 볼셰비키화' 논제가 정식으로 부상하게 된다는 것을 알 수 있다. 따라서 이 시기 '무산자' 그룹이 공유하고 있었던 '(예술운동) 볼셰비키화'의 의미 내포가 무엇이었는지 확인해 두기 위해서는 무엇보다 고경흠(차석동)의 글에 대한 문면 검토가 필수적이라 할 수 있는데, 여기서 그 대표적인 보기의 대목을 우선 확인해 보자면 다음의 대목을 꼽을 수 있겠다.

우리 조선노동자가 요구하는 조직은 (…) 철과 같은 규율과 민주적 심의의 정신을 함께 갖춘 조직이며, 광범한 노동대중 속에 굳게 뿌리를 내린 강철같이 엄중한 군대적 [비]합법적 조직으로서의 진정한 볼셰비키적 [공산]당이다. 그것은 (…) 확고한 계급적 입장을 갖고 동요없이 부단히 레닌적 전술을 고수하

36) 로버트 H.맥닐, 이병규 역, 『볼셰비키 전통』, 사계절, 1983, 1부 2절 참조.

고 프롤레타리아트의 투쟁을 올바로 계승할 수 있는 조직이어야 한다.[37]

이처럼 어떠한 탄압에도 굴하지 않는, 강철 같은 혁명적 전위 조직이 곧 '볼셰비키(화)'의 어사 속에 담긴 내포적 의미였다고 본다면, 이 볼셰비키의 어사는 조만간 '당(×)'의 어사로 대치되거나 그것과 대립, 공존하는 수사학적 환경 속에 놓일 수밖에 없었다. '예술운동(의) 볼셰비키화'의 구호가 조만간 '당의 문학'론으로 변개되는 양상이 낳아지게 되는 것은 이 때문이라 할 수 있는데, 안막이 자기 최초의 입신의 평론 「푸로 예술의 형식」(『조선문학』, 1930.3-6)에서 '프롤레타리아 리얼리즘'을 주창한 뒤, 「맑스주의 예술비평의 기준」(『중외일보』, 1930.4.19-5.30)이라는 긴 글의 연재 속에서 맑스주의 예술 비평의 문제를 보다 공식적으로, 원론적으로 제기한 후, 다음 「조직과 문학」(『중외일보』, 1930.8.1-2) 속에서 더욱 대담하고 공개적인 문투로 '×(당)의 문학'론을 운위하게 되는 사정이 이와 같은 맥락 속에서 이해될 수 있다. 하나의 연도 안에서 전개된 안막 문학론의 이와 같은 발전, 변모 양상은 곧 '볼셰비키' 문학론의 숨가쁜 전개 양상을 시사하는 것이라 받아들여도 좋으려니와, 이는 혁명적 계급문학 이론의 숙명과 같은 것이라 이해될 수 있는 것이다. 가령 「조직과 문학」속에서 그는 단적으로 "문학의(은) ×의 문학이지 안아서는 안 된다"고 전제하고, 곧바로 그렇다면 "×의 원칙이란 엇더한 것이냐?"[38]고 묻는 방식으로 논지 전개에 나서고 있음을 우리는 발견할 수 있는데, 이는 당시 볼셰비키 문예론의 가장 선두에 서서 이론 투쟁에 나서고자 했던 안막 내부의 비평적 조급성, 혹은 혁명적 조급성을 시사하는 바라 할 수 있는 것이다. 「조직과 문학」에 앞서 씌어진 「맑스주의 예술 비평의 기준」 속에서도 안막은 이미 김두용의 지론(이도 코민테른 6회 대회에서 결정된 방침의 스탈린주의적 좌선회에 따른 의론인 것으로 본다)[39]을 수용하여 진정한 맑스주의자와 사회민주주의자 사이의 구분을 강조하는 한편, 진정한 프롤레타리아 예술 비평의 중심적 임무가 "卽 그것은 우리들의 藝術을 ×의 예술로 만들기 위한, 그리하야 『×의 걸은 스로간을 大衆의 스로간으로 하기 위한 廣汎한 아지·푸로』事業 그것에 藝術批評으로 結付시켜야 하는 그것이다"[40]라고 요약, 개진함으로써 맑스주의 예술 비평의

37) 배성찬, 앞의 책, 255쪽.
38) 안막, 「조직과 문학(2)」, 『중외일보』, 1930.8.1.
39) 김인덕, 『식민지시대 재일조선인운동 연구』, 국학자료원, 1996, 제6장 1절 3항 참조.
40) 안막, 「맑스주의 예술비평의 기준(19)」, 『중외일보』, 昭和 5년, 5월 30일.

기준이 구극적으로는 당의 예술, 당의 예술 비평으로 치환되는 그것이지 않으면 안 된다는 것을 강력히 천명하고 있다. 이로써 '당파성'이 개념이 출현할 수 있는 이론적, 논리적 바탕이 마련된 것이다.

하지만 그렇게도 단호한 어조로, "어떠한 백색테러 하에서도" 깨지지 않고 "철과 같은 규율"을 갖추어 나가겠다고 맹세하던 '무산자' 전위들의 전진에 대한 의지와 각오는 1931년도에 접어들면서 철퇴 앞에 직면하게 되고 만다. '카프 1차 사건', 즉 '조선공산주의자협의회 사건'이 발로된 때문이다. 예심을 거치면서 고경흠 등 4명만이 남고 나머지 대부분의 문인들이 풀려나게 되었지만, 그 중에도 김남천이 기소자의 한 사람으로 남게 되었다는 것은 주지의 사실이다. 그만이 유일하게 실천적 노동운동에 가담하여, 평양 고무직공 사태에 관여한 혐의를 안은 때문이었다. 임화는 불기소 문인의 한 사람으로 풀려나, 카프 개편을 주도하기도 하여 1932년 5월 윤기정의 후임으로 카프 서기장에 취임하는 몸이 되었지만, 그 역시 이 시기에 활발한 활동을 펼치기는 어려웠다. 병질(맹장염?)에 사로잡힌바 되었기 때문이다.[41] 따라서, 감옥에 들어앉아 있던 김남천의 경우야 더 말할 것이 없지만, 임화의 경우에도 역시 1932년의 한 해는 일종의 휴지기, 즉 절필의 기간으로 남게 되었다. 그가 예심을 위한 구금 상태에서 벗어나, 「1931년간의 칵프 예술운동의 정황」(『중앙일보』, 1931.12.7-13)을 1931년 말에 쓰고, 그 다음 해 벽두에 「당면 정세의 특질과 예술운동의 일반적 성향」(『조선일보』, 1932.1.1-2.10), 그리고 「1932년을 당하야 조선문학운동의 신단계」(『중앙일보』, 1932.1.1-28), 그리고 「전후 자본주의 제3기의 제문제」(『조선지광』, 1932.1) 등 몇 편의 글을 1932년 초에 발표했던 것을 제외하면, 그 해(1932년) 말 다시 평필 활동을 재개하기까지 임화의 문필 작업은 일종의 진공 상태나 다름없는 공백 상태에서 그 해 연간을 보내게 됐던 것이다.

이렇게 보면, 1933년 여름의 시점에 불타오르게 된 임화, 김남천 사이의 '물논쟁'은 1930년 여름 '예술운동 볼셰비키론'의 공동 제기 이후 문필로나 생면으로나 거의 첫 번째 대좌 쯤으로 여겨질 만한 사건이었던 것을 알 수 있다. 한 사람은 감옥에 있었고, 또 한 사람 역시 병고로 인한 상당한 휴면 상태에 놓여 있었기 때문이다. 따라서 이 공백기 이후의 두 사람의 인식 조정은 단지 두 사

---

41) 이 시기 임화와 김남천의 동정에 대해서는 김남천, 「임화에 관하여」, 『조선일보』, 1933.7.22-25 참조.

람 사이의 관계 조정일 뿐만 아니라, 카프 전체로 보아서도 공식적인 입장 조정의 의미를 내포했던 것을 알 수 있게 한다. 그것은 그때까지 두 사람이 한 배를 타고 있었노라고 믿어 의심치 않았던 저 열정적 볼셰비즘의 문학, 곧 '당의 문학'에 대한 이론과 신념의 재확인 문제일 뿐만이 아니라, 본질적으로 문학예술을 통한 혁명에의 기여는 어떻게 이루어져야 하는가, 즉 문학, 예술 속의 궁극적인 '당파성'을 어떻게 구원할 것인가에 대한 비평적 확인의 문제가 이로써 제기되었다고 할 수 있기 때문이다. 그리고 어떤 점에서 이들은 이 단계에 이르러서야 비로소 '12월 테제'를 이룬 저 수많은 언어들의 조직을 구체적인 수준에서 이해할 만한 높이에 다달아 있었다고 할 수 있을지 모른다. 아래에서 이 논쟁의 내면 구도를 살핌으로서 그 이후의 발전에 대한 전망의 문제까지를 조금 더듬어 보기로 하자.

4-2. '물 논쟁', 그 후

'물 논쟁'이라 하지만, '서화 논쟁'이라 불러도 좋을 만치 임화와 김남천 사이의 이 쟁론은 김남천의 작품 「물」과 이기영의 소설 「서화」를 사이에 두고 빚어진 불꽃 튀기는 논쟁의 양상이었다. 이 논전의 핵심 국면이랄 수 있는 김남천의 자기 비판 대목과 이기영 작 「서화」에 대한 임화 비평의 핵심만을 여기서 우선 옮겨 살펴두기로 하자.

그럼으로 김남천의 우익적 경향에 대한 원인의 해명은 김남천이 장구한 시일간의 옥중생활에 의하야 실제적인 실천과 창작생활로부터 유리되어 잇다는 사실과 및 김남천의 과거의 단시일간의 조직적 훈련 때문에 그의 세계관이 불확고하다는 사실과 또한 출옥 후에도 노력 대중과 하등의 관련없는 생활을 영위하고 잇다는 등등의 실천상의 일체를 문제하지 안코는 불완전한 성과에 도달할 것이다.

작품을 결정하는 것은 작가이며 작가를 결정하는 것은 엇던 혹자의 이론보다도 그 당자의 실천이다. 그럼으로 작품을 논평하는 기준은 그의 실천에 두어야 하는 것이다. 이것에 대하야 무이해한 비평가는 그가 변증법적유물론을 백

만번 운운하야도 진실한 『맑스』주의 평가는 될 수 업는 것이다.[42]

   (그리고) 작자는 이 대상을 조선의 노동자계급의 ××적 생활 가운데 위치하는 최중요 문제의 하나인 농민 가운데 그것을 두었다. 농민은 조선××에 있어서 노동계급의 최강최대의 동맹군이면서도, 이 문제를 해결함에는 여하한 고난이 있는가를 '객관적'으로—이것은 형이상학적 객관주의가 아니라 레닌의 이른바 계급투쟁의 객관주의다!—개괄하려고 의도되어 있다. 즉 농민의 사회성의 이중성, 농민의 프롤레타리아적 개조의 모순성, 복잡성의 사상이 강조되어 있어 (…) 농민이 갖는 바의 '두개의 혼' 가운데의 소유자적 특성이 고도의 예술적 묘사를 궁하여 표현되고 있다.[43]

김남천의 앞 글 문면에서 과거 볼셰비키로서의 어조, 감각이 그대로 묻어나고 있는 것을 확인할 수 있다. "과거의 단시일간의 조직적 훈련 때문에 그의 세계관이 불확고하다는 사실", "출옥 후에도 노력 대중과 하등의 관련없는 생활을 영위하고 잇다"는 자책의 대목 등에서 우리는 볼셰비키로서, 공산주의자로서 훈련된 김남천의 모습을 엿볼 수 있는 것이다(그것은 한위건, 즉 이철악의 전위에 대한 비판의 대목과 얼마나 흡사한 양상인가). 그렇게 자기 비판을 앞세우면서도 그는 "작품을 결정하는 것은 작가이며 작가를 결정하는 것은 엇던 혹자의 이론보다도 그 당자의 실천이다"라고 주석함으로써 "이것에 대하야 무이해한 비평가는 그가 변증법적 유물론을 백만번 운운하야도 진실한 『맑스』주의 평가는 될 수 업"다고 단언하여 임화의 자격을 문제삼고 있다. 실천만이 모든 것을 보증할 수 있다는 볼셰비크다운 오만함이 이 발언 속에서 묻어나고 있다고 할 수 있지 않겠는가. 혁명적 전위의 실천 의의는 결국 민주주의의 대의를 위한 복무 속에서 찾아질 수 있다고 강조했던 레닌의 사회민주주의적 지향성에도 불구하고, 그가 허약한 멘세비키들과 끝내 길라서서 볼셰비키 중심으로 혁명을 이끌어갈 수밖에 없었던 강고한 실천 지상주의적 면모가 이 발언의 행간 속에서 은밀히 모습을 드러내고 있는 것이라 볼 수도 있을 것이다. 이와 같은 엘리트주의가 자기 부정으로 나아갈 때, 궁극적으로 아무도 믿을 수 없다는 인간에 대한 불신이 초래될 수 있다(레닌 말년의 운명이 그 점을 보여준다

42) 김남천, 「임화에게 주는 나의 항의(2)」, 『조선일보』, 1933.8.1.
43) 임화, 「6월 중의 창작(6)」, 『조선일보』, 1933.7.19.

고 할 수 있지 않을까). 인간이란 허약한 동물이기에 그것은 그러한 것이다. 김남천이 감옥 체험 중에서도 유독 '물'을 소재로 하여, 인간의 허약성을 폭로하고자 한 것도 말하자면 이 맥락 속에 그 창작적 동기가 숨어 있는 것은 아니었을까. 최고 지식인, 혁명적 전위조차도 물 한 모금 앞에서 허무하게 무너질 수밖에 없다는 것을 그는 그리고자 한 것이다. 생물학적 인간으로서의 이와 같은 인간적 한계 폭로가 유물론적 인간의 자기 이해라 한다면 너무 유치하고 단순한 인간 파악일 것이다(임화가 불쾌하였던 것은 이 대목 때문이었다고 할 수 있다). 그러나 그와 같은 생물학적, 유물론적 인간 이해의 시선 속에 한편 전위 지식인의 오만한 엘리티즘이 숨쉬고 있다는 것을 우리는 놓칠 수 없다. 자기 비판으로서의 볼셰비키적, 혹은 공산주의적 지식인의 역설적인 자기 현시의 의지가 이 행간 속에 발아하고 있다는 것을 우리는 놓칠 수 없는 것이다. 그가 나중 유다의 자기고발과 모랄론으로 자기 문학을 끌고 가게 된 것도 그 충동적 동인은 이와 같은 맥락 속에서 살펴질 수 있다. 그것은 주체의 자기 응시라 하더라도 그것은 절연된, 혹은 유폐된 주체의 자기 응시를 의미하는 것이다. 임화의 소위 '주인공-성격-사상' 노선에 비겨, 그가 '세태-사실-생활'의 기본 노선을 걷게 된 것[44]은 따라서 그 본래적 자기 중심주의의 뒤집어진 현현의 양상이라 할 수 있다. 자기 동일성의 관점을 근본적으로 해체하지 못하는 한, 주체의 반성이라는 것도 자기 동일성의 범주를 맴돌 수밖에 없으며, 그것은 조만간 관찰자의 시선으로 정착될 수 있다. 가장 열정적이고 행동하는 투사였던 볼셰비키 문인의 정직성과 그 한계의 모습을 우리는 김남천을 통하여 확인할 수 있다고 하겠다. 일제 말을 통하여 굴곡을 겪었던 김남천의 저러한 원형질의 노습은 해방과 함께 다시 모습을 드러낸다고 할 수 있는 것이다.

　김남천이 벗어나지 못했던 저러한 주체 중심적 한계의 시각을 「서화」 비평을 통하여 임화는 결정적으로 벗어난다고 할 수 있다. 그리고 그것은 한갓 시인-비평가의 수준을 벗어나, 거의 '12월 테제'의 인식 수준에 육박하는 수준에서 그가 당시 조선 현실을 관찰할 수 있는 안목에 그가 도달해 있었음을 뜻한다. '12월 테제'야말로 그 진정한 의미에서 당대 조선에 대한 냉정한 과학적, 이론적 현실 분석서이며, 그 최고의 혁명 전략 보고서일 것이기 때문이다. 그 속에서 제일 강조된 것이 농민 계급의 혁명적 가능성, 곧 토지 혁명의 가능성이었

---

44) 김윤식, 『임화 연구』, 문학사상사, 1990, 11장 참조.

던 것을 우리는 상기할 필요가 있다(실제로 '12월 테제'를 자기식의 언어로 옮겨놓은 한위건(이철악)의 「조선혁명의 특질과 노동계급 전위의 당면 임무」속에서 그 주안점은 토지혁명과 반제혁명의 조합 형태로서 부르조아 민주주의 혁명에 대한 혁명 전략 보고에 놓여져 있다. 따라서 이와 같은 현실 인식과 분석 속에서 혁명의 영도 계급은 당연히 혁명적 노동자 계급으로 설정된다 하더라도, 혁명군의 주축 세력은 농민 계급이어야 하고, 또 혁명 운동의 현재적 중심 투쟁 목표 역시 일제의 타도에 뒤이은 노농 민주독재의 실현 및 노농 소비에트의 정부 건설에 놓여져야 한다고 그는 갈파하고 있다).[45] 당시 민중의 80% 이상이 농민층이었다는 사실로 이 문제에 대한 이론적 해명은 간단히 주어질 수 있는 것이지만, 공산주의 운동의 이론과 혁명 전략 속에서 이와 같은 입장의 확인이 의외로 쉽지 않았다는 것을 또 각국의 역사 사례를 통해 확인할 수 있다. 본질적으로 노동계급의 혁명성에 의존했던 맑스 이론의 성격이야 여기서 더 말할 것이 없지만, 레닌이든, 모택동이든, 또 누구든, 궁극적으로 농민을 동원하지 않고서는 어떤 혁명 운동도 성취될 수 없다는 것을 의식했지만, 그것의 이론적 도모가 쉽지 않았다는 것을 우리는 확인할 수 있기 때문이다.

그리하여 코민테른 6회 대회가 민족·식민지 문제를 새롭게 정리하면서 기왕의 연합전선적 관점을 폐기하고 프롤레타리아 계급의 독자성을 강조하는 쪽으로 전술을 변경했던 것은 이 문제에 대한 이해에 새로운 시사를 던져주었다고 할 수 있다. 민족 부르조아지 계급을 혁명 전선에서 후퇴시킴으로써 빈농 계급(층)의 혁명적 가능성에 대한 신뢰가 그 자리를 대신하게 되었기 때문이다. 바로 이와 같은 전술적, 이론적 변경을 알아차리고, 현실을 폭넓게 관찰할 수 있게 된 데서 이기영의 저 「서화」에 대한 임화의 흥분된 비평이 제출될 수 있었으리라고 우리는 생각할 수 있다. 이런 뜻에서 임화는 분명히 계급적 객관주의자(현실주의자)의 면모로 자신을 세우고 있었다고 할 수 있지만, 한편 그것은 혁명적 전위 지식인, 즉 볼셰비크로시의 면모를 일실한 지리에 세입진 것이라고 볼 수도 있다. 청년 시인이자, 투사, 혁명가의 모습은 이제 온 데 간 데 없어지고, 노회한 현실 비평가의 모습만이 그의 면영을 채우고 있던 것이라 볼 수도 있을 것이기 때문이다. 이후 그는 뼈아픈 자기 검열의 어조 속에서 '물 논쟁'에 대한 회의와 반성을 계속하여 '문학에 대한 (나의) 태도'를 논하고, 「진

45) 배성찬, 앞의 책, 25쪽 참조.

실성과 당파성」(『동아일보』, 1933.10.13)의 각도에서 문제를 재해석하면서, 「비평의 객관성의 문제」(『동아일보』, 1933.11.9-10), 「문학에 있어서의 형상의 성질 문제」(『조선일보』, 1933.11.25-12.2), 또 「비평에 있어 작가의 그 실천의 문제」(『동아일보』, 1933.12.19-21) 등을 연달아 제기하면서 비평가로서는 참으로 풍요로운 이론적 개척과 논리 심화에 나설 수 있었다고 할 수 있다. 그 비평적 계기의 단초는 '물 논쟁'으로부터 주어졌다고 할 수 있지만, 현실주의자[46]로서 그의 이론적 모색 과정 자체는 기실 '볼셰비키론'의 습득 과정에서 주어졌다고 할 수 있고, 조선에 관한 현실 이해의 그 최고 교본은 다시 한 번 '12월 테제'로부터 주어졌으리라는 것을 우리는 생각할 수 있는 것이다. 이와 같은 이론적 모색 과정에서 그는 '당파성'의 개념을 안으면서도 그는 그것을 '계급성'의 개념으로 치환하는 객관주의자의 입장을 확립하게 된다. 이는 혁명적 전위의 볼셰비키적 의식에서 빠져나오지 못하고 있었던 김남천의 태도, 입장과 구별되는 것이 아닐 수 없으며, 그렇게 그는 전위의 자리에서 물러서는 만큼 현실을 광각으로 볼 수 있는 인식적 이점을 누렸다고 할 수 있다. 해방 후 그가 '인민성'의 개념으로 나아가는 계기 역시 이와 같은 비평적 인식 심화의 도정 속에서 주어졌으리라는 것은 의심할 여지없는 사실이다. '당파성'과 '계급성'의 양축으로 스며든 맑스주의적 비평 인식의 심화 과정이 '물 논쟁'으로부터 질적 비약의 계기를 얻었다는 것이 본고의 인식 요목이며, 이는 볼셰비키론의 시기로부터 수득된 그의 현실주의적 인식이 양생 과정을 거쳐 「서화」 비평에 이르러 비로소 그 모습을 드러낸, 즉 일련의 성숙 과정으로 파악될 수 있다는 데 본고의 최종적인 결어이자 요목의 강조점이 두어진 것이라 할 수 있다.

5. 맺음말

코민테른의 '12월 테제'부터 '물 논쟁'에 이르기까지의 비평사적 과정을 일관된 관점에서 해명하고 기술해보고자 하는 것이 본고의 원 의도였다고 할 수 있다. 지나치게 포괄적인 주제를 제한된 지면 속에서 다루다 보니 많은 것이

---

46) 임화가 카프 해산기를 거치면서 낭만주의자로 전신하는 문제는 어떻게 설명할 것이냐의 문제가 제기된다면, 이것은 그가 자주 설명하는 대로 주체 위기의 현실에 직면하여 주체 재건의 노력이자, 그 모색의 과정으로 이해될 수 있지 않을까 싶다. 고전주의자의 면모를 지녔던 임화가 창작방법론 논쟁의 와중에서 제출된 혁명적 낭만주의 개념에 자극을 받아 낭만적 정신의 위대한 복귀를 꿈꾸게 된 것이 이 시기 그의 내면 풍경이었다 할 수 있을 것이기 때문이다. 복잡한 자기 조정의 과정을 거치기 마련인 비평가의 내면 풍경을 합리적으로 수미일관하게 이해한다는 것이 이런 점에서 쉬운 일이 아니라고 할 수 있다.

누락되었지만, 농민문학론의 문제를 다루지 못한 것은 특히 아쉽다. 「서화」 비평과 관련하여 농민문학론의 문제가 빠트려질 수 없다고 생각되기 때문이다. 다만 이기영의 농민문학 창작이 농민문학론과 별 상관없이 이루어졌듯이, 「서화」에 대한 임화의 비평 역시 농민문학론과 별 상관없이 이루어졌다고 보기 때문에 농민문학론 자체가 본고의 필수 관여 사항은 아니라는 점을 밝혀둘 수는 있겠다.

코민테른 6회 대회에서 결정된 전략적 지침, 그리고 그 소산물의 하나인 '12월 테제'와 그것의 사회운동론에의 반영 양상을 살피는 데 지나치게 지면을 할애하다 보니, 정작 이 시기 프로 문예운동, 그리고 그 속에서 표방된 '문예운동 볼셰비키화'론의 전개 양상을 자세히 살피지 못한 느낌이다. 다만 본고의 대목대목에서 밝히고 암시하였듯이, 공산주의 운동 자체가 세계적 일원성의 성격을 띤 것이었다는 점에서 이의 전모를 살피고 이해하기 위해서는 본고와 같은 국제적, 운동론적 일원주의의 관점에서 문제를 살필 필요성이 크게 주어지지 않을 수 없다고 여겨지고, 이 때문에 문예운동의 세부가 자세히 관찰되지는 못했을망정, 이 시기 공산주의 운동의 세계적 공시성의 모습과 조선 공산주의자들이 의지하고 있었던 현실적 거점의 문제는 어느 정도 파악되지 않았을까 싶다. 결국 '12월 테제'를 매개로 하여 코민테른이 발한 영향의 문제는 최종적으로 '물 논쟁' 가운데, 특히 「서화」에 대한 임화의 비평 가운데 발견되고 확인될 수 있다고 필자는 생각하였지만, 이에 대한 자세한 논증, 검증의 작업을 소략하게 진행할 수밖에 없게 된 결과는 필자로서도 무척 아쉽다. 이와 같이 남는 문제들은 후일을 기약하고 싶다.

참고문헌

『조선일보』, 『조선지광』, 『중외일보』, 『문학사상』 등의 신문 및 잡지.

권영민, 『한국계급문학운동사』, 문예출판사, 1998.
김대환 · 백영서 편, 『중국사회성격논쟁』, 창작과비평사, 1988.
김동환, 「1930년대 한국전향소설 연구」, 서울대학교 석사학위논문, 1987.
김외곤, 『한국 근대 리얼리즘 문학 비판』, 태학사, 1995.
김윤식, 『임화 연구』, 문학사상사, 1989.
김인덕, 『식민지시대 재일조선인 운동 연구』, 국학자료원, 1996.
김재용 편, 『카프비평의 이해』, 풀빛, 1989.
김정명 편, 『朝鮮獨立運動』 Ⅳ, 原書房, 1967.
류보선, 「1920-30년대 예술대중화론 연구」, 서울대학교 석사학위논문, 1987.
박경식 편, 『조선문제자료총서』 5, アジア問題研究所, 1983.
배성찬 편역, 『식민지시대 사회운동론 연구』, 돌베게, 1987.
안막, 「朝鮮プロレタリア藝術運動略史」, 『思想月報』 10, 1932.1.
임영태 편, 『식민지시대 한국사회와 운동』, 사계절, 1985.
이석태 편, 『사회과학대사전』, 문우민서관, 1949.
채호석, 「김남천 창작방법론 연구」, 서울대학교 석사학위논문, 1987.

로버트 H.맥닐, 이병규 역, 『볼셰비키 전통』, 사계절, 1983.

제6장

김남천의 '고발문학론'과
'유다'론의 행방

1. 머리말

이 글은 1930년대 카프(KAPF) 계열 출신 비평가 김남천의 비평적 담론 궤적과 그 의미, 의의 해석을 목표로, 문학과 사상, 종교, 사회 이론 등과의 상관 문맥을 두루 폭넓게 확인하면서, 한국 근대 문예 비평사 연구에 있어서 그 시야 확대 가능성을, 특별히 비교문학적 연구 시야 적용 가능성에 방점을 두어 논의를 전개해 본 글이라 할 수 있다. 김남천은 일제하 한국의 프로 문인 중 이른바 볼셰비키[1]적 실천력을 가장 볼 만하게 감행하여 보여준 문인으로서, 공산주의 이념에 입각한 문예적 실천을 가장 전형적으로 과시해 보여준 비평가—소설가라 할 수 있고, 따라서 우리는 그의 인간성과 문예 사상을 통하여 '공산주의적 인간', 혹은 '공산주의적 문예'란 무엇인가의 물음을 물을 수 있다고 생각하며, 따라서 그와 관련된 많은 논구의 업적들이 이미 산적해 있는 현실에서도 필자는 아직 그의 담론들에 내포된 연구 원천으로서의 가치가 여전히 소진되지 않은 상태에 있다고 말해두고 싶다. 임화와 그를 함께 취급하는 방식을 취하여, 필자는 이미 그를 1930년대 프로 문학 운동의 중심 흔적으로 간주하면서 세계 공산주의 운동과 한국 프로 문학 운동 노선 사이의 상관관계를 1930년대 전반기의 시기를 배경으로 논급하는 논설[2]을 전개한 바 있거니와, 그 후속 연구의 일환으로서 본고는 이제 1930년대 중, 후반기를 배경으로 김남천이 제기한 이른바 '고발문학론'의 함의가 무엇인지를 폭넓은 문맥에서 따지며, 1930년대 말기로 나아가는 한국 근대 문예 비평사의 과제가 무엇이었는지 시금석 심아 논구해 보고자 한다. 20내 중,후반의 연지에 불과하였던 당시 김남천의 처지에서 당시 유럽을 중심으로 했던 문학의 국제적 동향, 혹은 국제 공산주의 운동 심부의 자세한 이론적 동향에 대해서까지 폭넓은 이해와 정보를 공유한 상태에 있었다고 장담하기 어렵지만, 최소한 그의 비평적 문면, 혹은 소설 작품과 수필 등, 그가 남긴 다양한 문건의 자료들을 통해서 당시 국제적

---

1) 본고에서 중요하게 원용되는 분석 개념 중 하나가 이 '볼셰비키' 개념이다. 이에 대해서는 많은 논의가 있지만, 러시아 혁명 운동의 과정에서 레닌이 주도한 당의 명칭으로서 이른바 (멘셰비키—소수파에 상대적인) '볼셰비키' 그룹을 지칭하는 것이며, 그것이 공산주의적 활동과 이념, 노선을 총칭하는 소련공산당의 전통을 의미하는 것으로 굳어지게 되었음은 잘 알려진 사실이다(로버트 H.맥닐, 이병규 역, 『볼셰비키 전통』, 사계절, 1983 참조). 한편 이 볼셰비키 개념이 1930년 전후 김남천, 임화 등이 속했던 카프 동경 지부, 즉 '무산자' 그룹 내에서 일반화되고, 그 연장선상에서 김남천이 포함된 카프 1차 사건, 즉 '조선공산주의자협의회' 사건이 구체적으로 발동했음이 살펴진다(이 책의 제5장 「'12월 테제'에서 '물 논쟁'까지」 참조).
2) 이 책의 제5장 「'12월 테제'에서 '물 논쟁'까지」 참조.

인 지평의 문화 동향 속에서 카프 출신 한 문인이 보여주는 치열한 문예 탐구의 흔적, 혹은 문학으로 현실을 넘어서고자 했던 식민지 출신 한 소시민 지식인 작가의 내면적 고투의 흔적은 여실히 파악해 볼 수 있다고 여겨진다. 따라서 여기서 작가와 작가, 혹은 비평가와 비평가 사이의 영향 수수라는 전형적인 비교문학적 (영향) 연구의 개념을 차용하지 않더라도, 1930년대 당시의 한국 문학이 한국 문학 자체 내부의 비평적 담론 생성 문맥에서만이 아니라, 국제적인 문예 현장의 흐름, 혹은 국제적인 좌익 운동과의 연계라는 연장선상에서 비교문학적 연구 시야를 삼투시켜 김남천 비평과 그 문학을 현대 문학 이해의 한 시금석 삼아 논급하는 작업은 가능할 수 있으리라고 여겨진다. 볼셰비즘에 의한 실천, 혹은 맑스-레닌주의에 입각한 실천 사상을 신앙처럼 내면 가운데 지펴 온 한 소설가-비평가가 파시즘이 광풍처럼 몰려오던 1930년대를 지나가면서 어떤 내면적 고투의 흔적을 보여주는가의 문제도 한국 근대 문학사에 관심 가진 논자에게라면 흥미로운 인식의 한 논제가 될 수 있으리라고 생각해 본다. 1930년대 중반, 더욱 정확히는 1937년을 정점으로 펼쳐졌던 그의 비평적 행정은 주지하다시피 '전형기'라는 시대적 주조 이행기를 배경으로 '고발문학론'이라는 널리 알려진 표상으로 입안되었으며, 그 '고발문학론' 제창의 문맥 속에서도 우리의 인식 관심이 모아질 수 있는 중핵의 비평적 언표는 또한 '자기 고발론'으로 요약되는 평문의 글, 즉 「유다적인 것과 문학」 속에 집중적으로 나타나 있다고 보아, 그 문맥 이해와 비평사적, 혹은 사상사적 의미 해석과 의의 부여의 작업에 본고의 주의를 모아보기로 한다.

여기서 다시 한 번 지금까지 필자가 추구해 온 한국 근대 문예 비평사 이해의 결절점, 마디를 구체화해 살피기로 하면, 필자의 이전 논고 제목(「'12월 테제'에서 '물 논쟁'까지」)이 시사하는 것처럼, 카프 해산 이전까지의 프로 문학 운동사에서 차지하는 의의로 보아 임화와 김남천 사이의 '물 논쟁'이 하나의 기섬으로 설정될 수 있다고 보고, 그 '물 논쟁' 이후 전개된 두 비평가(임화-김남천) 사이의 비평적 짝패 관계가 결국 공식적인 해산계의 제출 사태까지를 맞게 되는 카프 이후, 즉 프로 문학 이후의 경향 문학—Post-Proletarian Literature or Criticism—이라는 담론 현상 중 주요 주름의 하나로 간주하여 그 맥락과 의미를 재확정, 비평사적 의의를 부여해 보고자 하는 것이다. '물 논쟁' 자체를 단기적 양상으로만 보면, 김남천의 소설 「물」에 대한 임화의 논평을 일단 김남천이 수긍한 양세를 취했지만, 이후 김남천은 계속하여 비평가로서 임화와의 전략적 동반자 관계를 유지하여, 이른바 '주체의 재건'이라는 문맥에서 '낭만 정신의 부활'을 외치는 임화에 대하여 '리얼리즘 정신의 부활'이라는 '고발문학론'을 제창하고, 급기야 그 내면적 심화를 덧붙인 '자기고발론'의 제창에까지 이르게 된다고 설명할 수 있는 것이다. 카프 1차사건 즉, 일명 '조선공산주의자협의회' 사건[3]의 주모자 중 한 사람으로 구속되어 2년 정도의 감옥 체험에까지 이르렀던 '볼셰비키'적 실천가의 면모로서 김남천의 독자적인 면모가 이러한 문면 속에 잘 각인되어 있다고 볼 수 있거니와, 한국 프로 비평 초기의 김기진-박영희 사이의 논쟁, 즉 이른바 '소설건축론'을 둘러싼 '내용-형식 논쟁'[4]의 담론 경과가 그러했던 것처럼, 비평사에 있어서 논쟁적 구도란 문맥을 의미론적으로 뚜렷이 분화시키거나 재단하면서 토론의 변증법적 진전을 이룩하는 유익한 비평사적 진자하기 마련이다. 마찬가지로 김남천 비평의 경우에 있어서도 이러한 논쟁적 구도는 그 문학적, 비평적 진전을 이룩케 하는 결정적인 이론적, 경험적 인자로서 지속적으로 커다란 성숙의 계기를 제공한 원동력으로 기능했다고 평가할 수 있다. 출옥 이후 잠시 고향으로 내려가 서울 생활을 접었던 김남천이 서울 생활을 재개하게 된 것도 이 '물 논쟁'에 말미암은바 크다고 여겨지며, 이 와중에 상처하여 딸 둘을 거느린 소시민 홀아비 생활을 구체적으로 맛보게도 되고, 기자로 취직하여, 당시 '신건설사' 사건으로 구속, 재판 중에 있었던 동료 카프 문인들의 공판을 취재 보도하기도 하고, 카프 '해산계'를 제출하지 않으면 안 되었던 얄궂은 운명까지를 감당하여, 1936년 '일장기 말소 사건'으로 마침내 신문(『조선중앙일보』)이 폐간되는 사태에까지 이르러서는 전업 문인, 즉 비평가 겸 소설가이면서, 때로 편집자들이 요구하는 대로의 잡문을 써 호구지책에 임하는 소시민 지식인으로서의 생활 전선에 본격적으로 나서게 된다. 우선 이와 같은 사회적 경험 과정을 중심으로 굳건한 맑스-레닌주의 실천가로서의 면모를 부각시켜 그의 인격적 면모를 조금 묘사해 두는 것으로 일단 예비적 논의를 시작해 보기로 한다.

3) 위의 글 참조.
4) 이 책의 제4장 「김기진 혹은 신경향파 비평의 의식 구조」 참고. 이 논쟁에서 김기진은 김복진을 위시한 KAPF 내 다수 여론이 후퇴를 요구함으로 말미암아 명시적으로 자설(自說) 철회를 선언하였지만, 차후 박영희가 일종의 선언문 격인 「최근 문예 이론의 신 전개와 그 동향」(『동아일보』, 1934.1)을 통해 "얻은 것은 이데올로기요, 잃은 것은 예술"이라는 자가 당착의 발언을 하자, 과거 논쟁의 문맥을 환기시키면서 그 모순을 지적한바 있다.

2. (볼셰비키) 김남천의 사회적 실천, 그 이후

김남천이 '물 논쟁'의 경과 문맥 속에서 그렇게도 강조하고 옹호하고자 했던 '작가적 실천', 곧 '사회적 실천' 행위란 무엇인가. '카프 1차 사건'으로도 불리는 '조선공산주의자협의회' 사건에서 문인으로 유일하게 기소된 사람이 김남천이었다는 것은 국문학도에게라면 이미 상식에 속하는 사실이 된다. 보성전문을 중퇴하고 1931년 당시 일본대학 유학생 신분으로 공산주의 운동에 몸담게 되었던 제주도 출신 고경흠을 중심으로, 코민테른의 6차 대회에 영향 받아 펼쳐졌다고 할 수 있는 이 협의회('조선공산주의자협의회') 사건에 김남천이 연루되어 구속되고, 기소 상태에까지 이르게 된 것은 그가 동향(평양)이었던 친구 한재덕 등과 함께 평양 고무공장 노동자 총파업에 관여, 격문을 작성하는 등 선전, 선동 활동에 깊이 개입한 때문으로 설명된다. 사회 혁명을 위한 이른바 '볼셰비키'적 이론, 사상에 그가 일찍부터 깊이 공명하여 활동한 흔적이 이로써 확인될 수 있거니와, 1911년생인 그가 1929년에 평양고보를 졸업하고, 일본 法政대학 예과에 입학, 카프 동경 지부에 가담하고, 임화 등과 함께 기관지 『無産者』 등의 발행에까지 관여하면서 공산주의자로서의 활동에 깊이 몸담았음이 여러모로 확인된다.[5] 결국 2년 가까운 옥살이 끝에 1933년 23세에 병보석으로 출감하였지만, 이때에 그는 이미 딸 둘을 낳고 가정을 꾸린 상태에서 갑자기 상처하게 되어 가정적 불행까지를 체험하게 된다.[6] 이 와중에 낙향 상태에서, 옥중 체험을 기록한 단편 「물」을 발표하였던바, 그와 동지 관계였던 시인–비평가 임화로부터 참담한 혹평을 듣고, 작가로서 이의를 제기한 것이 다름 아닌 '물 논쟁'으로 전개된바 되었다.[7] 공산주의자로서 가장 명예로운 (볼셰비키로서의) 실천 행위를 감당하였다고 자부하던 바의 김남천이 이로써 내면의 깊은 상처와 충격을 입고, 이후 자기 정리와 비평적 모색, 그리고 작가로서의 뜻있는 문예 장작 작업을 도보하게 되었던 것이 이후 1930년대 중, 후반기에 있어서 김남천의 비평적, 문학적 궤적으로 나타나게 되었다고 대개 설명될 수 있다.

---

5) 정호웅·손정수 엮음, 「김남천 전집」 I, II, 박이정, 2000에서의 「김남천 생애 연보」 참조. 이하, 「전집」으로만 표기하도록 한다.
6) 「어린 두 딸에게」, 「전집」 II.
7) 이 책의 제5장 「12월 테제'에서 '물 논쟁'까지」 및 김윤식, 「임화연구」, 일지사, 1989에서의 「김남천, 물 논쟁, 논리적 대결의식」 참조.

하지만 직업적인 혁명가, 전업 작가로서만 소시민 가장으로서의 책임을 다 감당할 수도 없어 일본 제국주의 체제의 엄혹한 '치안유지법' 체제가 갈수록 기승을 부리는 상황에서 그는 여운형의 도움으로 잠시 『조선중앙일보』에 기자로서 취직, 취재 업무를 감당하던 중, 얄궂게도 그가 몸담았던 카프(KAPF) 맹원들의 전면적 취체로까지 확산된 이른바 2차 카프 사건, 즉 '신건설사' 사건의 공판 과정을 보도해야 하는 사회부 기자의 역할까지 맡게 되며, 급기야 감옥 바깥의 임화, 김기진 등과 협의하여 제 손으로 카프 '해산계'를 관할의 도 경찰당국에 제출하지 않으면 안 되는, 자기 배반의 운명을 감당하기까지에 이른다.[8] 결국 대부분의 카프 문인들이 1935년 말 공판 종료와 함께 집행 유예로 옥문을 나서게 되나, 김남천 자신은 또 1936년의 베를린 올림픽 마라톤 경기 결과를 보도하는 과정의 소위 '일장기 말소 사건'으로 말미암아 신문이 장기 정간 사태를 맞고 마침내 폐간의 운명에까지 처하게 되자,[9] 이번에는 하는 수 없이 소시민 전업문인으로서 작가-비평가의 생애를 다시금 모색하고 전개하지 않으면 안 되는 상황을 맞게 된다. 혁명을 꿈꾸었던 패기 만만의 한 청년 볼셰비키 실천가에서 이제 한갓 소시민 작가로서 전업문인으로서의 삶을 모색하지 않으면 안 되는 이와 같은 실천적 후퇴 과정, 또는 실존적 내면과 그 번민의 심화 과정 속에서 1930년대 중, 후반기에 꽃망울을 터뜨리게 되는 그의 문학적, 비평적 개화음의 전경, 혹은 배경 음악의 전조가 우선 이해되어야 한다는 점이 위와 같은 맥락에서 강조될 수 있으며, 한편 그와 함께 공산주의 운동의 세계사적 움직임, 구체적으로 당시 카프의 해산(1935년 5월)과 함께 코민테른 7차 대회(1935년 7월) 속에서 결의된 이른바 '우(右)선회(旋回)' 정책의 '인민전선' 론과 같은 것이 그의 문학론 전개에 깊은 영향을 미쳤으리라는 점[10] 등이 우선 이러한 문맥의 거시적 시야로부터 강조 사항으로 유념될 필요가 있다.

8) 김윤식, 앞의 책, 참조.
9) 『전집』에서의 「김남천 생애 연보」 참조.
10) 최근 번역 간행된, 제프 일리, 유강은 역, 『The Left 1848-2000: 미완의 기획, 유럽 좌파의 역사』(뿌리와 이파리, 2008)의 제3장 「안정과 '진지전'」은 코민테른 주도 하에서의 국제 공산주의 운동의 흐름을 잘 개략하여 설명해 주고 있다. 요컨대 1928년 코민테른 6차 대회는 '좌선회'로 특징지어지며, 이후 1935년의 7차 코민테른 대회는 '우선회'라고 불러도 좋을 만큼 반파쇼 연합전선으로서 '인민전선' 형성의 노선을 분명히 하여 제시한 것으로 평가되기 때문이다. 당시 일제하의 식민지 조선 공산주의자들에게도 코민테른 주도 하의 이러한 정책 변경이 기본적인 지침으로 작용하여 문학 운동에까지 영향을 주었다는 것을 필자는 이 책의 제5장인 「'12월 테제'에서 '물 논쟁'까지」에서 자세히 밝혀 논의한바 있다.

3. '고발문학론'에서 '자기고발론'까지

비평가-작가, 즉 전업문인으로서 새 출발하게 된 김남천이 비평가로서의 자긍심을 가지고 득의의 기치로 삼아 제출한 그 최초의 '고발문학론'이 지상을 장식하게 된 것은 1937년 6월의 일이었다. 「고발의 정신과 작가」(『조선일보』, 1937.6.1-5)가 그 단초의 논제였는데, 에밀 졸라의 유명한 선언, '나는 고발한다'를 연상케 하는 제목이지만, 그 문맥 속에서 우리는 무엇보다 '물 논쟁'의 여진이 계속하여 파문을 일으키고 있었던 사정을 먼저 확인할 수 있다. 이기영의 소설, 「서화」에 대한 논쟁'이라 불러도 상관없으리만큼 위 '물 논쟁'[11]은 한편 이기영 소설에 대한 임화의 일방적인 편애의 사실을 둘러싸고도 빚어졌었거니와, 신진 작가로서, 그리고 소장 비평가로서 무엇보다 선배 작가인 이기영 소설에 대한 사숙의 사실을 밝힘으로써 논지 전개의 실마리를 삼고 있어 인상적이다. 사회적 정세, 혹은 상황이 아무리 변전하더라도 소설 문학의 길은 여전히 '리얼리즘'의 길 위에 있다고 전제하고, 그렇다면 또 (오늘의 시대에 있어서) (참다운) 리얼리즘 (정신)이란 무엇이겠는가를 묻는 방식으로 논지를 이끌고 있는 논자(김남천)는, 마치 염상섭이 '자연주의'가 무엇인가를 묻는 문제 제기의 문맥에서 그것을 압축하여 '자기 폭로의 비애'라는 명언으로 정리해 냈던 것처럼, '자기 폭로' 혹은 '자기 격파' 등의 어구를 빌려, 이 용어(리얼리즘)의 간명한 해설에 우선 나서고 있는 것이다. 따라서 향후 자신의 기치로서 내세우고자 하는 '고발문학론'이란 다름 아닌 '리얼리즘론'의 시대적 변용 구호에 지나지 않음을 우선 강조하여 전제하는 양상이 되는 셈인데, 이는 프로 문학의 비평적 논제라는 것이 '맑스-레닌주의'라는 세계관의 차원에서보다 오히려 그것을 당연히 전제한 마당에서 구체적인 창작방법이 어떻게 적용되어야 할까를 묻는 소위 '창작방법론' 중심의 논쟁 맥락을 이루어 온 사실을 그가 새삼스럽게 인식하고 깨우치기 위힌 의도에서 이런 담론 진술의 맥락이 이루어진 것을 알 수 있다. 당시 임화가 구체화하여 논제로서 제기하고 있었던 이른바 '주체의 재건' 문맥을 상기시키면서도, 김남천은 그러한 논제가 작가로서, 즉 작가적 실천이거나, 혹은 문인으로서 문학적 실천을 도모하는 마당에서 구

---

11) '물 논쟁'이 한편 이기영의 중편소설 「서화」에 대한 논쟁이라고 불리어도 좋을 만한 이유는, 비평가 임화가 시평 속에서 김남천의 「물」을 혹평하는 한편 「서화」를 지나치게 고평한다는 인상을 김남천에게 안겨준 데 연유한다. 이에 따라 김남천이 그 비평적 평가의 기준을 문제 삼은 데서 논쟁이 발단되었던 것이다(이 책의 제5장인 「'12월 테제'에서 '물 논쟁'까지」 참조).

체적인 '창작방법론'의 문제와 연계되지 않으면 안 된다고 보아, 작가로서 '고발의 정신'을 강조하는 자신의 '고발문학론'이 전래의 창작방법론 논의, 즉 리얼리즘 창작방법론의 구체화라는 맥락에서 우선 리얼리즘 정신의 재확인이라는 문제가 확보되지 않으면 안 된다는 점을 무엇보다 앞서 강조하는 문맥 양상을 도모하는 것이다.[12] 여기서 그 서두의 핵심 문면만을 조금 인용해 살펴 두기로 하면 이렇다.

> 필자는 이기영 씨의 「고향」 평에서부터 한 개의 방향을 고집해 왔다. 그것은 '자기폭로' '자기격파' 등의 문구로 표현되어 있었다. 나는 이것이 이 시대 이 땅에 있어서 리얼리스트 작가들의 갈 길이라고 생각하였던 것이다. 최정희 씨의 「흉가」 평에서도 이동규 씨의 「신경쇠약」 평에서도 나는 자기 자신에 대하여 무자비하고 잔인할 것을 강조하였다.
>
> (…) 필자는 이것으로 인하여 자기변호의 문학이나 자조적(自嘲的) 문학이나 자기 은폐의 문학에서 리얼리즘을 역설하고 그것을 이 시대적 감각의 구상에서 발전시킬 수 있으리라고 확신하였다. 고민, 회의, 불안 지식인의 유약성과 양심 이런 것이 이 창작적 기준에 의하여 샅샅이 부서지고 그것이 문학적 정열로 튀어나올 수 있으리라고 생각하고(…) 신 창작이론의 구체화의 길 그것(만)이 (…) 이 땅에 있어서는 (…) 시대와 함께 걸어갈 수 있으리라고 믿었던 것이다.[13]

덧붙여 자신의 리얼리즘론이 '고발문학론'이라는 형태로 새삼 읍미되어야 할 필요를 다음과 같은 문맥 형성을 통해 '고발의 정신'에 방점을 두어 역설하는 논지를 펼치게 된다.

> 여기에 필자는 지금 이것(리얼리즘)의 발전으로 고발정신을 생각하고자 한다. 이 땅의 사실주의 작가들이 시대에 뒤떨어지지 않고 그와 동시에 혹은 앞서서 걸어가기 위하여 그의 기준이 될 것으로, 그리고 신 창작이론의 이 땅에

---

12) 여기서 김남천이 자기의 '고발문학론'을 새삼스레 '리얼리즘론'의 변용이라는 형태로 제출하게 된 문맥 역시 임화와의 논쟁 관계, 즉 라이벌 의식의 투영이라는 맥락에서 이해해 볼 수 있다. 이 시기 '주체의 재건'이라는 논제를 제기한 임화는 그 비평적 대안으로 '낭만 정신', 곧 '낭만주의'의 부활이라는 기치를 내건 상태에 있었기 때문이다. 즉 임화(시인)가 낭만 정신의 부활을 외친 데 대해서 김남천은 소설가로서 보다 전통적인 리얼리즘 정신의 부활을 외친 형국이었던 것으로 이해할 수 있다. 김윤식, 앞의 책 참조.
13) 「고발의 정신과 작가」, 「전집」 I, 230쪽.

있어서의 구체화의 길로서 고발의 정신을 지시하고자 하는 것이다.

일체를 잔인하게 무자비하게 고발하는 정신, 모든 것을 끝까지 추급(追及)하고 그 곳에서 영위되는 가지각색의 생활을 뿌리째 파서 펼쳐 보이려는 정열—이것에 의하여 정체되고 퇴영한 프로문학은 한 개의 유파(流波)로서가 아니라 시민문학의 뒤를 낳는 역사적인 존재로서 자신을 추진시킬 수 있을 것이다. 이 길을 예술적으로 실천하는 곳에서 문학의 사회적 기능도 다할 수 있을 것이다.

물론 이것은 리얼리스트 고유의 정신적 발전에 불과하다. 신 창작이론에서 날카롭게 제창된 모든 예술적 성격과 그의 사회적 기능—이것이 이 땅 이 시대에 있어서 구체화되는 방향에서 작가가 당연히 가져야 할 정신임에 불외(不外)한다.

이 정신 앞에서는 공식주의도 정치주의도 폭로되어야 한다. 영웅주의도 관료주의도 고발되어야 한다. 추(醜)도, 미(美)도, 빈(貧)도, 부(富)도 용서 없이 고발되어야 한다. 지식계급도 사회주의자도 민족주의자도 시민도 관리도 지주도 소작인도 그리고 그들이 싸고도는 모든 생활과 갈등과 도덕과 세상관이 날카롭게 추궁되어 준엄하게 고발되어야 할 것이다. 이렇게 하는 가운데서 진지한 휴머니티와 작가가 일체로 될 수 있으며 그의 예술이 그것을 구현함에 이를 것이다. (『조선일보』, 1937.6.5)[14]

김남천이 이처럼 치열한 어조로 '고발의 정신' 구현을 강조한 데 대하여 진지한 반응을 내보인 당대의 비평가는 불문학 전공의 이헌구였다. 그 역시 에밀 졸라의 경우(혹은 앙드레 지드를 위시한 프랑스 문학의 전통)를 연상하였음인지, 우선 김남천의 소론에 대해서 깊은 인상과 호소력을 발견하였음을 토로하였지만, 그럼에도 그것(고발의 정신)이 하나의 독자적인 문학론, 곧 리얼리즘 문학론의 발전된 이론으로 진척되어 나아가기에는 한편 지나치게 생경하고, 또 편협한 개념이 될 수밖에 없으리라는 것을 당시 시론익 글 속에서 전개하였다. 이에 따라 김남천은 나름대로 자신의 논지를 강화하면서 의구심 제기에 답변할 필요를 의식하게 되었는데, 다음 글에서 세계문학의 여러 고전적 예들을 끌어와 자신의 논변 강화에 나서고 있음이 그 증거의 대목이 된다. 톨스토이와 괴테, 나아가 세르반테스까지를 끌어와 자신의 논지 강화에 나서고 있는 양상

14) 위의 글, 230–232쪽.

이 바로 그런 대목에 해당할 것이다.

　　이씨(이헌구)는 나의 고발문학의 제의에 대하여 (…) 호의를 가지고 인정하면서, 그러나 "(…) 그것이 너무나 생경하고 하나의 이론으로서 생명과 육체를 가지기에는 지나치게 편협하다"고 말하고 있다. (…) '고발이라는 한 측면으로서 모든 문학(古今) 속에 뛰어들 때' 고금의 명작을 인간 문제로서 통일하려는 백철 씨 식의 과오를 범하지나 아니할까(…)

　　수일 전에 문학을 전공하지 않는 어떤 우인(友人)에게서 '폭로, 비판, 고발, 풍자, 적발' 등은 본시 리얼리즘 본래의 성격인데 어찌하여 하나의 고발정신을 특수화하려는가 하는 질문의 편지를 받은 일이 있어서 더욱 이에 대한 오해가 일반화되어 있는 것을 알았다.

　　나는 이러한 오해를 (…) 미리 예상하고 고발이란 것은 객관적 존재의 반영에 불과하다는 것을 말해 두었었다.

　　고발문학이란 리얼리즘 문학이라는 뜻이다. 그리고 과거의 모든 리얼리즘 문학의 제성과(諸成果)뿐 아니라, 여태껏 인류가 도달한 일체의 문학사적 성과의 최고 수준으로 신 창작이론이 제창된 것을 상기하면, 그것의 구체화의 문학적 방법인 고발문학을 편협하다고 볼 필요는 없을 것이다.

　　(…) 가로되 작품을 시대의 거울, 다시 말하면 역사의 반영으로 보자는 것 (…). 객관적 진리의 반영, 이것은 고발문학의 입장 이외의 다른 것은 아닌 때문이다. 이러한 관점에서 톨스토이는 당시의 러시아 농민의 모순의 거울로 평가되었고, 괴테는 뒤떨어진 독일의 이중성격의 반영으로 보아졌고, 세르반테스의 돈키호테는 16세기 서반아의 훌륭한 고발로 연구되게 되었다. 고전에 대한 이같은 태도는 확고불변한다. 이것을 가리켜 고전으로부터의 무자비한 비판적 섭취라고 말하는 것이며, 유산의 과학적 계승방법이라 일컫는 것이 아니었던가. 이것은 하등의 편협한 태도도 생경한 이론도 아니다. 이것 없이 우리는 안심하여 고전의 대해를 항해할 수는 없을 것(…) (『조선일보』, 1937.9.15)[15]

답답할 정도로 '리얼리즘' 론에 집착하는 양상이지만, 어쨌거나 '고발문학론' 이란 요컨대 '리얼리즘론' 의 한 변주에 불과하고, 다만 가차 없는 '고발' 의

---

15) 「최근 평단에서 느낀 바 몇 가지」, 『전집』 I, 259~260쪽.

정신만이 당대의 위기를 헤쳐 나갈 수 있는 적극적 문예 창조의 정신으로 기능할 수 있으리라는 뜻에서 자신의 '(고발적) 리얼리즘' 정신이 현대의 위기를 극복하는 유력한 작가적 무장이 되리라는 것을 되풀이 강조하여 해명하는 문장임을 알 수 있다. 이를 역사적 단계론으로 다시 해명하여 말하자면 루카치가 말하는 뜻에서의 이른바 비판적 리얼리즘, 곧 부르조아 리얼리즘의 전통을 다시금 승인하는 의미에서의 리얼리즘 재활, 곧 리얼리즘 정신 부활의 주의, 주장에 불과함을 그의 비평적 문면이 시사한다고 볼 수 있는데, 이러한 논지 구조가 이를테면 코민테른의 우(右)선회(旋回) 이후 정치적으로 소위 반파시즘 연합 전선을 의미했던 '인민전선'론에 상부하는 비평적 주장의 개진이라 볼 수 있는 터이다. 카프 해산 전, 이른바 '사회주의 리얼리즘'론이라 칭해졌던 프로 문학의 공식적 창작방법론이 달라진 정세 하에서, 혹은 내부의 계속된 문제 제기로 이어졌던, 사회주의 현실 이전의 사회 단계에서 '사회주의 리얼리즘'의 창작방법이란 무엇인가의 물음 앞에 정직하게 답하는 형식으로 김남천은 마침내 리얼리즘론의 고전적 개념, 정신을 수렴하면서, 다만 주체의 날카로운 현실 참여 자세와 그러한 왕성한 문예 정신의 부활을 꿈꾼다는 의미에서 '고발문학론'을 고창하는 것임을 이러한 문맥 속에서 힘주어 강조하고 되풀이 설득하고 있는 것이다. 톨스토이, 괴테, 나아가 세르반테스로까지 소급하는 이러한 리얼리즘 개념의 발원지가 『소설의 이론』으로 유명한 루카치 소설론에 이어진 것을 이러한 문맥에서 또한 확인할 수 있거니와, 이러한 고전적 리얼리즘 정신의 날카로운 현대적 부활을 주창하는 의미에서 그는 이에서 한 발 더 나아가 '자기 고발론'을 제창하게 됨을 알 수 있다. 객관적 대상 묘사로서의 막연한 '(현실) 고발'의 문예 정신 창도만으로는 스스로의 창안이라는 형태로 비평적 기치 선양의 근거로 삼았던 '주체의 재건' 논제와는 오히려 거리가 멀어지고 한갓 공소한 비평적 구호에 그칠 수 있다는 점을 그가 의식하기에 이른 때문이라 할 수 있는데, 우리가 이 시기 그의 비평적 행정을 유심히 주목하고 무엇보다 창발적인 의의의 '고발문학론' 전개 문면이 꼼꼼히 세계적, 비교문학적 시야에서 고찰되어야 할 필요와 의미가 주어진다고 하는 판단도 이러한 문맥에서 주어진다.

우선 평문 「유다적인 것과 문학」(『조선일보』, 1937.12.14—18)의 내용을 간단히 요약해 보기로 하면, 그 동안 일 년 가까이 '고발문학론'이란 이름으로 제기했던 논제를 정리하면서, 한편 '소시민 출신 작가의 최초 모랄'이란 부제가 암시하는 바와 같이 '주체의 재건'이란 임화 제기의 논제와도 보조를 같이 하면서 당시 불문학도 출신 이원조가 제기했던 넓은 의미의 '모랄론'과도 취의를 같이 하는 형태로 종합적인 논의 양태를 이 글은 취하고 있다. 한때 사회 혁명을 위해 온 몸을 던지다시피 투기했던 '볼셰비키' 추종자이며, 맑스-레닌주의 문학자로서 철저히 자신을 헌신하고자 했던 비평가—작가가 이제 돌아와 무력하고 위축된 모습으로 '소시민'(지식인) 작가의 일원으로 생활 전선의 앞에 서 있는 자신의 모습을 돌아보며, 다시금 긴장된 볼셰비키 작가로서의 재탄생을 도모, 시위하기 위해 내 건 논제가 이와 같은 '자기고발론' 즉, 「유다적인 것과 문학」과 같은 자기 독려의 문학적 선언 형태로 나타났다고 할 수 있는 것이다. 이는 본질적으로 자기비판을 위한 내면적 해부의 성질을 띤 것이기에 자기 과시의 내면적 욕구를 다분히 내포한 일본적 '사소설(私小說)'의 전통과는 성질이 다른 리얼리즘의 긍정적 형질을 내포할 것이라는 점을 그는 잊지 않고 강조하고 있으며, 따라서 이는 자신의 비평적 상표처럼 이미 등록시켜 둔 '고발문학론'의 연장이자, 그 심화의 논변임을 더욱 강조하여 서술하고 있는 문면 양상이 된다. 이미 시대는 일제의 중일전쟁 개전이 확전의 일로를 걸어 이른바 '신체제'의 전시국가동원체제가 본격화되는 시점에 이르렀으며, 한편 전 세계적인 파시즘 세력의 발호와 확대에 맞서 코민테른 내에서도 '인민전선'론이 채택되는 한편 프랑스, 스페인 등지에서, 특히 스페인 내전과 같은 형태로 반파쇼 연합 전선의 형성을 위한 국제적인 연대 움직임이 가시화됨으로써[16] 바야흐로 식민지 한반도의 문학 지식인에게도 이 비상한 시대를 어떻게 뚫고 나갈 것인가의 문제가 핵심적인 과제로 대두하지 않을 수 없는 시대였다. 자, 이처럼 모든 사회적 불온성 내포의 담론 제출이나 결사 행위 등이 불법화되고 감시되는 그 비상한 시국의 상황에서 우리의 비평가는 어떤 논법으로 시국 타개의 방법을 제시했던가. 먼저 「유다적인 것과 문학」의 문면 구조, 즉 외면적 수사 구조의 양태를 분석적으로 재단하여 요약 제시하기로 하면, 다음과 같이 정리될 수 있겠다.

---

16) 제프 일리, 앞의 책, 제3장 참조.

4. '자기고발론'의 담론 구조와 비교사상사적, 혹은 문화론적 의의

4-1. 「유다적인 것과 문학」의 외면 구조

가. 당대 비평사의 문맥에서

한국 근대 문예 비평사 상의 한 유니크한 글 「유다적인 것과 문학」의 한 특징점을 꼽자면 사회주의 정향의 한 문인, 나아가 일반 비평가의 글로서도 희유하게 (신약) 성경 속의 화제를 끌어와 자기 논지 전개의 말머리로 삼고 있다는 점이다. '유다적인 것'이란 바로 그와 같이 자기의 스승이었던 '예수'를 고발하고 마침내 자기 살해의 길로까지 나아가게 되는 '유다'의 길, 즉 생애를 암시하는 언급이 되거니와. 그와 필생의 논쟁적 짝패로서 임화와의 대결 문맥을 다시금 상기시키면서—즉 (카프 해산 뒤의) '주체의 재건' 문맥이라는 것—스스로 작가를 겸하는 김남천 자신의 입장에서는—시인인 임화와는 결단코 다른 자세로서— 소설 창작을 위한 창작방법론 모색이 무엇보다 긴요한 작가적 실천의 과제임을 공언하고, 마침내 성경 속에서까지 '유다적인 것'의 예화를 끌어내지 않으면 안 될 이유를 설명하게 된다. 우선 글의 순서를 바꾸어 자기 글의 논제 제기 문면을 자가 해설하고 있는 문면부터 검토해 보자면 이렇다.

이러한 마당에(서) 비로소 주체의 재건이나 혹은 완성의 문제가 제기되는 것이다. 그러므로 임화 씨가 주체의 재건이란 결코 문학자가 이러저러한 세계관을 이론적으로 해득하는 것으로 해결되는 것이 아니라고 말한 것은 정당하다. 그러나 임화 씨가 그 뒤의 논의 속에서 수행(數行)의 이론적 해명으로 이 문제를 해결해 버리려고 할 때에 곧바로 모피(謀避)할 수 없는 공혈(空穴)을 직감히 게 되는 것은 무슨 까닭일까? 그것은 정히 임씨가 작가의 주체 재건을 획책하면서 반드시 한 번은 통과하여야 할 작가 자신의 문제, 그러므로 정히 주체되는 자신의 문제를 이미 해명되어버린 문제처럼 살강 위에 얹어버린 곳에 있지 않으면 안 될 것이다. 임화 씨는 주체의 재건을 기도하는 마당에서 작가의 문제를 작가 일반의 문제로 추상하여 그것을 그대로 들고 문학의 세계로 직행한다. 작가 일반이 추상화된 개념으로 파악되어버릴 때 문제의 해결은 지극히 용이할지 모르나 주체의 재건과 완성은 해명의 뒤에서 정히 방기되어버릴 것이다. 왜냐하면 이 문제는 결코 기정된 리얼리스트 작가 일반의 개념으로써 해결될 만큼 통일되어 있다느니 보다는 실상은 더 혼란하게 자기 분열되어 있기 때문이다. 이것은 비참한 일이나 어찌할 수 없는 사실이다. 작가는 일반적으로 추상적으로 이해될 것이 아니라 구체적으로 심각하게 토구(討究)되어야 할 이유가 이곳에 있다. 우선 제일로 일어나는 것이 작가 자신의 속에 있는 유다적인 것으로 발현된다는 것은 사색이 조그만 땅 위에 발을 붙이는 것으로 능히 이해될 수 있을 것이다.[17]

의도적으로 임화와의 논쟁 문맥으로 논지 전개를 이끌어 가고 있음을 다시한 번 확인할 수 있다. 다만 이런 경우의 논쟁 문맥이란 전면적인 전제 부정의 논법이 아니라, (병소의) 진단(診斷)에는 동의하지만, 처방은 틀렸다는 식의 의도적인, 곧 고의적인 전략적 동반 관계로서 논지 설정이 이루어지고 있다는 것을 알 수 있다. 임화가 진단하고 처방하는 것처럼, 단지 작가 일반(의 정황)이 "추상화된 개념으로 파악되어 버릴 때" "문제의 해결은 지극히 용이할지 모르나", 오히려 "주체의 재건과 완성은" 차라리 '해명의 뒤에서' "방기되어버릴" '위험'을 더욱 크게 안을 수 있다는 점을 그는 지적하고 있는 것이다. 결국 작가 일반이 한갓 '개념'으로써 "해결될 만큼 통일되어 있다느니 보다" 실상은 "더 혼란하게 자기 분열되어 있"음을 그는 강조한다. 따라서 '작가(의 문제)'는 "일반적으로 추상적으로 이해될 것이 아니라" "구체적으로 심각하게 토구(討究)되"지 않으면 안 된다는 점을 그는 강조한다. 요컨대 작가 자신의 속에 있는 '유다적인 것', 즉 기존의 의식을 배반하고, 새로운 자아로 태어나고 싶은, 즉 소시민적인 자기 배반의 운명적 충동을 스스로 먼저 고발하고, 이로부터 뛰쳐나오지 않으면 안 된다는 점을 그는 무엇보다 앞서는 선행 절차로서, 즉 자기 정화의 행위 절차로서 강조해 두고자 하는 것이다. 다시 말해 '카프'가 해산되고 모든 문인들이 구금의 위협 앞에서 법적 항복 선언의 절차를 진행하지 않을 수 없었던 '절박'한 사회 정세를 맞아 '유다적인 것(충동)', 즉 시대와 타협하

17) 「유다적인 것과 문학」, 『전집』 I, 307-308쪽.

고, 도피하지 않을 수 없게 하는 소시민 지식인 작가 일반의 이러한 정신적 함락, 즉 '전향'의 계절에 먼저 작가 자신의 실존적 비겁성을 치열하게, 가차 없이 고발하고, 그러한 타협 의지와의 투쟁과 내면적 항쟁의 자세야말로 오늘날 작가 일반이 '주체의 재건'을 위해 무엇보다 먼저 도모하지 않으면 안 될 정신적 '모랄'의 핵자라는 점을 그는 누누이, 되풀이하여 설유하고 있는 문맥의 논지라 할 수 있는 것이다. 따라서 이와 같이 과거 프로 문학 출신 문인들에게 있어서 '주체의 재건'이라는 명제가 회피할 수 없는 명제고, 나아가 절체절명의 문학적, 시대적 극복 명제로서 대두해 있다고 할 때, '유다적인 것'이란 곧 단지 소시민 지식인으로서 작가 자신이 "신봉하던 어떤 사상이나 주의에서 이탈하거나 배반하는 등의 저급한 곳에 있어서 제출될 상식적" 성격의 것으로서가 '자기 자신의 매각'이라는 고도의 자기 "성찰과 더불어 제출되"지 않으면 안 될 내면적 긴급성의 과제인 것을 자신의 언변 모두를 동원하여 한껏 강조하는 수사력을 김남천은 연출하고 있다. 보라. 당시 파시즘이라는 야만에 맞서서 지성의 총 규합 노선인 '인민전선' 형성의 한 상징적 인물로 떠올랐던 앙드레 지드까지를 끌어들여 논지 전개에 나서고 있는 다음 문면이 그 문제의 절박성을 상징적으로 잘 투영하는 양상이라 할 수 있다.

시대는 정히 작가 자신이 자기의 문제를 해결하지 않고는 아무 것도 할 수 없다는 것을 절실히 깨닫게 하는 데까지 절박되어 있다. 작가가 자신의 속에서 유다적인 것을 발견하려고 하고 이것과의 타협 없는 싸움을 통과하는 가운데서 창조적 실천의 최초 문제를 해결해 보려고 하는 것이 현대 작가의 모랄이 되는 것도 이 때문이(…)다. 그러므로 유다적인 것과의 항쟁, 그것이 옳건 그르건 하나의 결론을 보려고 할 때까지 작가는 자기 자신을 추급하고 박탈하고 끝까지 실갱이 해 보려는 방향을 고집할지도 알 수 없다. 이것이 또한 고발문학이 가지는 넓은 과제 중의 하나로 소시민 출신 작자의 자기고발의 문학적 방향이 설정되는 소이이다.

그러면 우리들 심내(心內)에 있어서의 유다적인 것이란 대체 무엇을 말함일런가? 그것은 결코 유다가 돈을 받고 그의 선생을 매각해버렸다는 표면적 사실에서 제출되지는 않을 것이다. 그것은 그러므로 소시민 지식인이 신봉하던 어떤 사상이나 주의에서 이탈하거나 배반한다는 등의 저급한 곳에 있어서 제출될 상식적인 것이 아니라 자기 자신의 매각이라는 고도의 성찰과 더불어 제출되는 문제일 것이다.

이렇게 볼 때(…) 앙드레 지드의 두 개의 여행기는 우리에게 흥미 있는 대상이 된다. (…) 지드 자신이 유다적인 것과 다투는 그의 심내(心內)의 고투에 있었던 것이다. 그러나 여행기 수정에 있어서는 고귀한 심내의 투쟁이 저열한 자기 상실과 자기 매각에서 종료하고 있다. 그는 그의 마음에 있는 유다적인 것에 비참한 패배를 맛본 것이다.[18]

이처럼 '자기고발'이라고 하는 것, 그것이 작가로서 내면 고백이라는 고백문학적 방법을 일생 동안 추급해 왔던 앙드레 지드의 문학적 행정과 분리되어 이해될 수 있는 것이 아니라는 점을 위 지문은 잘 시사하고 있다. 다만 앙드레 지드의 두 번에 걸친 '소련 기행' 집필 사례를 두고는 그 후자의 '수정' 작업에 대해서 깊은 실망을 감추지 않고 있으며, 이는 다 알다시피 앙드레 지드가 그 수정 판본에 있어서 소련 현실에 대한 실망감을 표출했기 때문일 터였다. 원칙적으로 앙드레 지드의 그 두 개의 여행기가 "유다적인 것과 다투는 그의 심내(心內)의 고투"를 반영한 것이라 평가하면서도, 소련에 대한 실망감 표출 쪽으로 기운 후자의 여행기 수정 작업에 대해서는 "고귀한 심내의 투쟁이 저열한 자기 상실과 자기 매각에서 종료"함으로써 결국 "그의 마음에 있는" '유다적인 것'에 "비참한 패배를 맛보"고 만 셈이라고 그 서술의 서슬 퍼런 자세를 구태여 감추지 않고 드러내는 것이다. 따라서 이 시기에 이르기까지 김남천의 볼셰비키, 곧 공산주의 사상에 대한 추종의 자세는 조금치도 흔들리지 않는 상태에 있었다는 것을 알 수 있고, 다만 그처럼 그 사회적 이념 포기, 혹은 모종의 전향이 강요되는 시대이니만큼 자기 스승을 고발하고 부인하지 않으면 안 되었던 '유다', 혹은 '베드로', 그리고 또 역으로 제자를 공공연히 고발하지 않으면 안 되었던 스승 '예수'의 심정에 이르기까지 자기고발의 내면적 정황을 십분, 철저하게 이해하고 그 탈출구를 모색함으로써 새로운 작가적 자세 확립의 단초 모랄로 삼아야 할 것을 극구 힘들여 강조하고 설유하는 터이다. 곧 '유다적인 것'의 자기고발이란 이제 한마디로 시대적 강박의 파시스트적 계절을 맞아

18) 위의 글, 308쪽.

(백철, 혹은 박영희 등과 같이) '시대적 사실의 수리'라는 이른바 '전향론'의 승인으로 나아가자는 것이 아니라, 그처럼 분출하고자 하는 자기 배반의 의지를 철저하게 고발하고 고해함으로써 오히려 작가로서의 이념과 정신의 방호를 위한 기틀로 삼아야 한다는 것을 힘주어 강조하는 문맥이라 할 수 있는 것이다. 이 비평문, 즉 「유다적인 것과 문학」의 서두를 이루는 '신약 성경' 속의 자기고발 사례, 인례의 대목들이 그러한 논지 형성의 문맥을 좀 더 구체화하여 보여주는데, 여기서 그 서두 문면의 양상을 조금 요약적으로 압축하여 보이면 다음과 같다.

나. '성경'을 통한 자기고발의 인례라는 양상

"기독교(도)가 아닌 나를 송두리째 매혹해버린 장면을 신약 성서는 그다지 많이 갖고 있지는 못하다"고 전제한 뒤, 그러나 "가라앉지 않는 소란한 마음이 때때로 헛되이 이 책 저 책을 뒤적이다가 한 권의 바이블을 들 때 으레(히) 펼쳐지는 몇 군데의 구절"로서, 마태 26장, 마가 14장, 누가 22장, 혹은 요한 13장으로부터 각각 끝장까지의 대목이 그가 즐겨 묵독하는 대목임을 볼셰비키 추종자 김남천은 서슴없이 말하고, 그 대목들은 곧 "기독(基督)이 제사제장(祭司諸長)과 병정에게 체포되어 골고다의 이슬이 되어버리기까지의 유월절 전후의 장면"을 조목조목, 상세히 기록해 놓고 있는 대목들이라 일컬어 (신약) 성경에 대한 그 자신의 이해가 당대 만만치 않은 수준에 있었음을 그는 스스로 입증해 보인다. 그러니까 그 유월절의 핵심 장면이란 우리가 다빈치의 그림 〈최후의 만찬〉에서 엿볼 수 있듯이, 기독(예수)이 12제자를 둘러앉히고, "진실로 너희에게 이르노니 너희들 가운데 한 사람이 나를 팔리로다" 하는 '폭탄적 예언'의 장면으로서 벌써 (자기)고발의 최초의 장면이 예증되어 나타나고 있으며, 이어서 베드로가 닭 울기 전 그의 스승인 예수를 세 번 배반하는 장면, 그리고 유다가 그의 선생을 은 30냥을 받고 팔아넘기며, 결국은 후회하여 "그 은을 성소에 던지고 가서 목을 매어 죽었다"고 기록된 장면까지를 들어, 이 3장면이 (신약) 성경 속에 나타난 자기고발의 가장 극적인, 곧 전형적인 장면들에 속하는 것임을 예거하여 설명하고 있다. 총 5절로 구성된 이 글의 모두를 그렇다고 본고의 지면 속에서 하나하나 인용하여 설명하기 어려운 점이 안타깝거니와, 다만 이처럼 '유례없는 높은 문학 정신'의 구현('파악')이라는 것으로 치켜 올려진 그 성경 구절들의 인례 의의를 스스로 간략히 요약하여 첨언해 두고 있는 대목만은 여기서 조금 확인해 두고 넘어갈 필요가 있을 것 같다. 다음 서술을 보라. 많은 함축성의 비의들이 이 짧은 문면의 구절구절들 속에서 흘깃흘깃 자태를 드러내고 있음을 우리가 확인할 수 있지 않은가.

이상 나는 빈약한 성서의 지식을 기울여서 지나치게 장황한 독단을 시험하였다. 그러나 위에서 본 세 장면, 다시 말하면 기독이 배신자를 적발하는 곳과 베드로가 그의 선생을 부인하고 통곡하는 곳과 끝으로 유다가 선생을 판 것을 후회하고 스스로 제 목숨을 끊어버리는 이 세 가지 감격적인 장면에서 나는 유례없는 높은 문학정신을 파악해 보려고 한다.

생각건대 이 세 개의 인간적 감정이 한 둘의 계단을 넘어서서 가장 전형적으로 종합된 것은 물론 유다에 있었다. 그러나 은 30냥과 바꾸려는 제자를 무자비하게 적발하는 기독의 비타협성과 자신의 비굴과 회의와 자저(自抵)와 비겁에 가슴을 두드리며 통곡하는 베드로를 넘어서 그의 마음을 팔았던 유다가 은전을 뿌려던지고 목을 매어서, 자기 승화를 단행하는 곳에 이르러 우리들이 결정적인 매혹을 느끼는 것은 어떤 까닭일런가?

이 세 장면이 흔연히 합하여 하나의 높은 감동을 주어 이곳에서 현대문학 정신으로 직통하는 어떤 직감적인 것을 갖게 하는 대신, 유다의 속에는 우리들 현대 소시민과 가장 육체적으로 근사한 곳이 있으며 다시 그의 민사(悶死)의 속에서 소시민 출신 작가가 제출하여야 할 최초의 모랄을 발견하게 되는 때문은 아닐까 하고 나는 지금 생각하고 있다.

실로 모든 것을 고발하려는 높은 문학 정신의 최초의 과제로서 작가 자신 속에 있는 유다적인 것을 박탈하려고 그곳에 민사(悶死)에 가까운 타협 없는 성전(聖戰)을 전개하는 마당에서 문학적 실천의 최초의 문제를 해결하려는 작가의 모랄은 성서가 우리에게 주는 상술한 바와 같은 고귀한 감흥 이외의 것이 아니다. 이곳에 유다를 성서에서 뺏어다가 우리들의 선조로 끌어 세우려는 가공할 만한 현실성이 있는 것이다. 실로 현대는 그가 날개를 뻗치고 있는 구석

구석까지 유다적인 것을 안고 있다는 것으로 고유의 특징을 삼고 있다. 이러한 대상의 전(全) 포위진을 향하여 리얼리스트 작가가 그의 필검(筆劍)을 휘두르기 전에 우선 무엇보다도 자기 심 내(自己 心 內)에서 유다적인 것을 발견하려는 태도가 작가의 최초의 모랄이 되는 것에 대하여는, 그러나 이곳에 약간의 문학적, 사회적 해명이 필요할까 한다.[19]

4-2. 「유다적인 것과 문학」의 비교문학적 재음미

가. '기독교 담론의 인유'라는 수사적 층위에서

물론 한국 문학 속에서 기독교 담론의 인유가 김남천의 이 비평 담론 속에서 희유하게 발해진 것인가 하는 데 대해서는 아직 더 많은 검토가 행해져야 할 사안이라고 해야 할 것이다. 시간적 선후 문제는 따르지만, 당대에 활발한 활동을 개시하는 김동리가 일찍이 기독교 사상과 담론에 깊은 관심을 기울였음이 확인될 수 있으며,[20] 이후 황순원이라거나 박두진 등 해방 후 소위 '문협 정통파' 세대, 그리고 김현승이나 김종삼 등 많은 전후 문인들 역시 기독교 신앙과의 깊은 상관관계 아래서 그들의 시작 활동을 펼쳤었음이 확인될 수 있다. 그러니까 여기서 문제되는 것은 기독교적 인유의 최초 수용, 최초 수렴이라는 의의에서가 아니라, 하나의 비평 담론 속에서, 그리고 무엇보다 공산주의를 추종했던 한 볼셰비키 문인에 의해서 이러한 종교적, 기독교적 담론이 낳아졌다는 점이 주목되어야 할 점이라고 할 수 있으며, 그리고 그것이 일본 제국주의의 군국주의화, 즉 파시즘의 열풍이 몰아치면서 이른바 '전향의 계절'이 몰려오고, 한편 '코민테른' 중심의 세계 좌파 운동권 내에서는 '인민전선'이라는 폭넓은 정치적, 문화적 연대, 곧 '연합전선론'이 펼쳐지던 시기에 이러한 '자기고발'의 문학론이 대두했다는 점에서 그 의의와 좀 더 자세한 분석적 고찰의 지점을 찾아내지 않으면 안 된다고 여겨지는 것이다. 알다시피 맑스-레닌주의

---

19) 위의 글, 305-306쪽.
20) 여기서 김동리 문학에 대해서 잠시 언급해 두기로 한다면, 그의 유명한 「무녀도」가 발표된 것은 1936년 5월호 「중앙」지에서인데, 그가 장편을 통해 본격적으로 '예수' 시대를 배경으로 한 작품을 발표한 것은 「현대문학」 1955년 11월부터 1957년 4월에 이르는 기간 동안이다. 하지만 그가 식민지 시대부터 오랫동안 구상하여 발표했다고 하는 「사반의 십자가」는 도스토예프스키의 「카라마조프가의 형제들」 중 〈대심문관〉 장으로 대표되는 기독교 문학의 우람한 높이에 비하면 매우 빈약한 성과라 하지 않을 수 없다.

자들이란 기독교—종교를 징그러운 뱀을 보듯 타기해 마지않았으며, 그러한 사실을 모르지 않을 김남천이 왜 그 시기에 신약(성경) 담론의 태연한 인유를 시도하는 모습으로 자신의 비평적 자태를 드러내게 된 것일까.

여기서 다시 한 번 강조되어야 할 사항이 1935년 7월에 개최된 코민테른 7차 대회—결국 이것이 마지막 대회였다—에서 추상적인 노선 결의 차원에서만이 이루어진 게 아니라, 당시 프랑스, 스페인 등을 중심으로 실제로 폭넓은 '인민 전선', 즉 소위 '반파시즘 연합 전선'이라는 폭넓은 이념적 연대의 의식이 형성되고 일반화되고 있었다는 사실이다. 특히 스페인에서 '내란'의 형태로 인민 전선과 파시즘 세력과의 격렬한 내부 투쟁이 발생하게 됐을 때, 파시즘에 반대하는 모든 민주 세력의 총 연합과 규합이라는 이념이 보편적인 공감을 얻고, 확대되기에 이르렀다는 점을 상기할 수 있는데, 이른바 '사회주의 조국'이라는 '소련' 내에서도 종교 의식과 절차의 명시적 금지라는 조치까지는 취해지지 않고 있었다는 사정도 이런 맥락에서 돌이켜 인식되어야 할 필요를 암시하는 것이다. 김남천 자신은 필시 '물 논쟁'의 발단이 된 작품 「물」이 감옥 생활을 기록한 작품이었듯이 그의 기독교적 독서(신앙?) 체험 역시 필시 감옥 생활 체험을 통해 주어졌을 것이 틀림없는데, 이런 곡진한 내면 체험의 기회를 통해 그는 한 인간에게 닥치는 '믿음'과 그리고 그에 동반하는 '배반'[21]에의 유혹이 얼마나 절실할 수 있는가를 실감하였다고 볼 수 있으며, 그리하여 그런 원초적 신앙 체험의 계기를 문학론 제출의 연장선상에서 매개로 삼아 당시 완화된 형태의 '경향 문학' 재건, 즉 당시 임화의 용어로 말하자면 '주체의 재건'이라는 논제에 좀 더 구체적으로 다가갈 수 있었던 셈이리고 평기할 수 있게 된다. 민약 이렇게 본다면 그렇다고 해서 그가 이 시기 볼셰비키, 즉 투쟁적 공산주의자로서의 입장을 완전히 포기하고, 외면적으로나 내면적으로나 정히 보편적 인문주의자로서의 후퇴를 감행했다고까지 볼 근거가 주어지는 것일까?

당시 대부분의 지식인 작가들, 문화인들이 같은 고민에 처해 있었으리라고 볼 수 있으리만치 당시 '볼셰비키'와 '인민전선' 노선을 둘러싼 선택의 문제는 매우 복잡하고 까다로운 문제들을 파생시키고 있었다고 할 수 있다. 좌, 우의 구분을 막론하고, 카프 출신 문인들을 비롯한 당시 한국의 기성세대 문인들 모두가 마찬가지로 비슷한 고민을 안고, 휩싸여 있었다고 할 수 있고, 결국 이 문

---

21) "배반은 나의 운명"이라고 기술한 밀란 쿤데라의 유명한 정언도 상기해 볼 수 있다. 밀란 쿤데라, 송동준 역, 『참을 수 없는 존재의 가벼움』, 민음사, 1988 참조.

제가 해방 후까지 이어져 문인 단체로는 대표적인 좌우 합작 성격의 단체 '문학가동맹'을 탄생시켰다고 할 수 있거니와, 파시즘 세력이 전 세계적으로 밀물같이 밀려오고, 급기야 스페인 등에서 범 인민주의, 즉 민주주의 세력의 집결, 그러니까 파시즘 세력을 제외하고, 기독교 민주당 등을 포함한 거의 모든 자유주의 세력의 연대가 가시화되는 시점에서, 단순히 극좌적인 노선의 추종만이 옳은 선택이라고 말하기는 어려웠던 것이 사실이다. 당시 스탈린을 중핵으로 한 소련 지도부 역시 서방의 강국들 대부분, 나아가 독일과 일본 등과도 상호 불가침 조약의 외연을 넓히는 터에 단순히 기존 '볼셰비키' 노선의 충직한 추종이 무엇을 의미하는가의 물음에도 분명한 답변을 취하기 어려운 국제 정세가 형성돼 가고 있었던 터이다. 일본 제국주의 역시 내부 탄압과 함께 만주국을 넘어 중국 본토를 점거하고 있던 국민당 정부와의 전쟁 포고 상태로 나아가고 있었으며, 따라서 한 치 앞을 내다보기 어려운 오리무중과 백척간두의 위기적 현실이 모든 지식인, 문화인들 앞에 아주 구체적인 현실로 다가들고 있었던 것이다. 이런 위기의 계절에 좌,우를 넘어 폭넓은 지적, 교양적 지지를 얻고 있던 앙드레 지드의 행적 같은 것이 많은 문화인들에게 귀감의 한 모델로 제시될 수 있었으며, 따라서 김남천 역시 불문학 풍토에 영향 받은 자기고발, 즉 앙드레 지드의 고백 문학과 같은 '자기고발'의 문학론을 창안하기에 이르렀지만, 그렇다고 앞서 보았듯이 결단코 「소련 기행」을 전후한 앙드레 지드의 반소련, 즉 우선회의 노골적인 이념 선택에 대해서까지 지지의 의사를 표명한 것은 아니었다. 오히려 그는 단호히 그의 이념적 선택의 입장을 재정리하여 제시한 「소련 기행」의 수정 작업에 대해서는 그것이 "고귀한 심내의 투쟁이 저열한 자기 상실과 자기 매각에서 종료하고 있"음으로써, 결국 "그의 마음에 있는 유다적인 것에 비참한 패배를 맛본 것"이라고 규정하여 과격한 부정적 평가의 입장을 감추지 않는 모습을 보여주는 것이다. 그렇다면 그가 이 시기 왜 공산주의자, 즉 침다운 볼셰비기리면 티기에 마지않을 기독교 담론의 인례를 통해 소시민 지식인 작가의 자기 분열이라는 논제에 구체적으로 다가가고자 한 것일까. 여기서 우리는 담론 구조의 유사성, 혹은 이념과 사상에 대한 믿음, 혹은 신앙이라는 의식 형태의 동일성 개념에 비추어 사태를 이해해 볼 필요성에 직면하게 되는데, 이에 대한 현대의 가장 통찰력 있는 연구자—소설가는 이른바 '전후 최대의 작가'로 일컬어진 우리 작가 최인훈이었다고 할 수 있다. 우선 최인훈이 제시하고 있는 한 도표와 관련 언술을 논급하면서 우리의 논의를 좀 더 진척시켜 보기로 하자.

나. 맑스-레닌주의의 이념 체계와 자기고발의 형식

1	에덴 시대	원시 공산 사회
2	타락	사유 제도의 발생
3	원죄 가운데 있는 인류	계급 사회 속의 인류
4	구약시대 여러 민족의 역사	노예·봉건·자본주의 사회의 역사
5	예수 그리스도의 나타남	칼 마르크스의 나타남
6	십자가	낫과 망치
7	고해 성사	자아비판 제도
8	법왕	스탈린
9	바티칸 궁	크레믈린 궁
10	천년왕국	문명 공산 사회[22]

「광장」의 결론부에서 주인공 이명준이 '공산주의'의 이론 구조, 혹은 사상 구조라는 것을 이해시켜 보이기 위해 그것을 서양 전래의 전형적인 사유 구조, 즉 기독교적 전례 의식, 혹은 교리적 양상과 일일이 일대일로 대응시키고, 항목화하여 제시한 표가 위의 표이다. 그렇게 된 까닭은 결국 공산주의 사상을 이론적으로 확립하고 정초한 맑스가 일찍이 신학도였던 헤겔의 제자 때문이 아니었던가 주석[23]을 가하고 있으며, 결국 헤겔 철학이라는 것은 기실 '성경'에서 '순수 도식'만을 뽑아낸, 즉 "바이블의 에스페란토어 옮김"[24]에 불과한 사유 체계를 제시하였다는 것이 작가 최인훈의 설명인 것이다. 후기의 개정 판본들에서 그는 '맑스-레닌주의' 대신에 '스탈리니즘'이라 개칭하여 그 역사적 형태에 좀 더 구체적인 명명을 부여하고자 하였지만, 어쨌거나 서양 전통의 기독교 교리 구조와 맑스-레닌주의가 구조적 상동성의 대응 관계에 있음을 적절히 지적한 한국 작가의 한 탁견의 보기 대목이라 하지 않을 수 없는 것이다.

22) 최인훈, 「광장」, 『최인훈 전집』 1, 문학과지성사, 1976, 149-150쪽.
23) 위와 같음.
24) 위와 같음.

여기서 우리가 특히 주목해 볼만한 대목 중의 하나가 '고해성사'와 '자아비판 제도'의 유사성을 지적하는 대목이다. 요컨대 기독교(종교)가 내세를 믿는 신앙(믿음) 구조를 본질로 하고 있다면, 맑스-레닌주의는 유물변증법이라는 과학의 체계를 믿는 이성의 신앙 구조를 본질로 한 것이라 볼 수 있으며, 이때 '죄(원죄)'의 개념을 원질로 한 인간적 행위의 전반에 대해서 '고해성사'의 양식을 통해 정죄의 기회를 얻는 것이라고 한다면, 이성의 종교로서의 맑스-레닌주의는 '자아비판'이라는 양식을 통해 이성적 정죄의 기회를 부여하는 의식적, 절차적 동일성의 원형적 양상을 보인다고 이해될 수 있다. 그렇게 본다면 창작방법으로서의 치열한 '자기고발'의 정신이란 곧 '자아비판'이라는 특유한 이성적 자기 정죄의 정신과 상통하는 것이고, 그것은 또한 '고해성사'라는 기독교적 정죄의 원형적 양식과 한 묶음으로 통하는 양식적, 원리적 발상법으로서 동일성을 드러내며, 스스로 그 구조적 상동성을 입증해 주는 바의 사태가 되지 않는가?

실제로 근대 소설의 원형이 되는 '고백체' 소설에 대해서 푸코는 그것이 기독교의 고해성사 양식으로부터 유래한 것임을 그의 최후의 저작 『성의 역사』에서 지적한바 있으며, 어린 시절 북한 치하에서 경험하고 스스로 행한 바 있는 '자아비판'의 상처를 그의 생애를 집적한 자전적 소설 『화두』에서 이야기 전개의 제1모티프로까지 삼아 그 사회적 기능소의 의미를 분석하고 해독한바 있는 최인훈은 '자아비판' 양식이야말로 공산주의가 기독교의 양식으로부터 본받아 이룩해 낸 최고의 사회 유지 형식이자 혹은 통제 형식으로서 그 유용성을 자랑해 보여주었다고 신랄하게 고발해 보여주었던 것이다. 6.25 전쟁 후 치러진 '남로당' 재판에서 이 자아비판의 형식은 최고도로 그 기능성을 발휘해 보여주었거니와, 스탈린 치하의 소련에서는 이른바 당내 분파주의자들의 제거를 위해서 이 방식이 자주 동원된 것으로 살펴지며, 그렇지만 이 양식을 효과적으로 도입하여 자기 집단 내부의 규율을 저절히 유지하고 끌어올리는 데 활용한 사례는 중화인민공화국, 그 중에서도 '인민해방군'의 사상 교육 방식을 통해서 잘 드러난 것으로 설명된다. 한 중국 전문가는 일찍이 다음과 같이 말해 놓았음을 확인할 수 있다.

공산주의 정권이 수립되자 이데올로기의 주된 기능은 黨의 건설보다는 中國 사회의 再建의 지침으로 轉向하게 되었다. 적어도 스탈린의 死去까지로 볼 수 있는 집권초기에 있어서 中國의 공산주의자들은 革命에 대한 이데올로기적인 접근에 있어서 새로운 특색을 발전시켰다. 그들은 모든 人民을 공산주의자로 개조할 수 있다는 확신을 아무런 유보없이 표현했던 것이다. 그들은 階級的 배경과는 관계없이 누구나 공산주의에 대한 잠재적 改宗者로 보았던 것이다.

그리고 그 결과는 人民에 대한 설득과 자기비판의 기술로서 나타났다. 이데올로기는 이제 고도의 개인적인 문제로 등장하게 되었으니 개인은 그릇된 견해를 공개하고, 과거의 잘못을 비판하고, 그들 스스로가 혁명적 이상에 헌신하도록 강요되었던 것이다.[25]

人民解放軍에서 사용되는 사상교육 내지는 정치적 敎條注入(indoctrination)은 학습과 비판을 통하여 행하여 지는 것이 보통이다. 학습의 방법도 다양하고, 「讀書·討論·作文·思考」 등이 학습을 위하여 사용되고, 학습은 개별적으로 이루어지기보다는 공산주의 靑年團·軍人클럽 혹은 學習集團內에서 행해지는 것이 보통인데, 形勢敎育의 경우도 마찬가지의 방법에 의한다고 보아도 좋을 것이다. 또한 이 경우 批判—自己批判과 相互批判—의 방법도 중요하게 이용되었으리라고 판단된다. 왜냐하면 비판은 「團結-批判-團結」이라는 毛澤東의 整風方式에 있어서 중심적인 역할을 담당하는 것이며, 상호비판과 자기비판은 軍에 있어서 「黨內鬪爭」(intra-party struggle)의 操作上의 테크닉으로 사용되고 있으며, 情報의 유용한 채널인 동시에 自己監視의 수단으로 이용」되고 있기 때문이다.[26]

왜 이처럼 공산주의자들은 '자기비판', 곧 '자기고발'의 방법을 효과적으로 이용하고 애용하게 된 것일까. 이는 한마디로 말하면 공산주의가 '이성의 종교'라는 성격을 띠기 때문이라고 말할 수 있다. 그것은 가장 합리적인 '이성'을 이용하여 다스리고 생산한다는 외양을 취하며, 따라서 그들의 사상 교육, 혹은 정풍과 집단 학습을 위한 장 등의 자리에서 (이성적인) '비판'의 형식과

25) 최명, 『現代 中國의 理解』, 현암사, 1975, 320-321쪽.
26) 위의 책, 375-376쪽.

외양을 취한 자기 고백의 양식이야말로 최고의 의식적 실행 형식으로 자리잡고 또 권력자들이 그것을 적극적으로 활용하기에 이르렀다고 말할 수 있는 것이다.

'(자기)비판'이라는 이름의 이러한 제도적, 기술적 양식은 일찍이 푸코가 현대 사회의 특징이자, 맹점으로 지적한 '자기 기술의 양식화'와 정확히 대응하는 실천적 양식에 해당하는 것임은 말할 나위가 없다. 그것은 취조실의 자술서 양식에서부터 정신 병원에서의 자기 기술, 혹은 학생들의 일기장이나 이력서 등에까지, 온갖 사회 양식에 있어서 전형적인 기술 양상, 양식으로 자리 잡아 기능하고 있다. '고백체'로서의 근대 소설 양식이란 기독교의 '고해성사' 양식으로부터 기원한 이러한 자기 기술의 양식을 문화적으로 고도화시킨 최고의 문학적 기술 양식 의의를 지니는 것이라 규정할 수 있거니와, 일세를 풍미하던 프로 문학 운동이 후퇴하고 반파쇼를 위한 범 민주 세력, 범 문화 세력의 결집이 도모되던 1930년대 후반기의 시점에서 작가이자 비평가인 김남천이 어떤 묘리에서든 근대 소설의 이러한 양식적 본질을 통찰하고 그에 의거한 창작 활동, 문화적 실천을 제창하였다는 것은 비록 우연의 연계에 의한 소치의 성격이었다 하더라도 우리 비평사가 기념할 만한, 기억할 만한 한 정점의 비평사적 기술 사태라 하지 않을 수 없다. 김남천의 「유다적인 것과 문학」에 대해서 특별히 그 의의를 높이 평가하고, 그 비평사적 자리매김의 작업에 본고가 특별히 헌정될 필요가 있다고 자임하게 된 연유, 근거가 이러한 맥락에서 마련된 것이다.

다. 소시민 지식인의 자기 분열 초극을 위하여

이제 심상한 언어가 되고 말았지만, '소시민', 혹은 '지식인'의 '자기분열'이리거니, 그 '초극'의 과제처럼 지식인 일반의 대중적 존재를 의미하는 '독자'들에게 깊은 호소력을 발휘한 언설도 없었을 것이다. 마찬가지로 김남천 역시 '고발문학론' 혹은 '자기고발론'을 제기하는 마당에서 가장 중심적인 논제로 제기하여 강조하고 있는 사안의 요체는 곧 '소시민 지식인(작가)의 자기분열' '치유', 혹은 '초극'이라는 명제였다. 이것이 얼마나 당대 지식인 (지망의) 독자들에게 깊은 호소력을 발휘하는 테제일 수 있었는가는 해방 후의 작품이긴 하지만, 이용악의 「오월에의 노래」 같은 것이 잘 시사하여 보여준다고 할 수 있다. 간략히 그 전문을 살피기로 하면 이렇다.

이빨 자욱 하얗게 홈 간 빨뿌리와 담뱃재 소복한 왜접시와 인젠 불살라도 좋은 몇 권의 책이 놓여 있는 거울 속에 너는 있어라

성미 어진 나의 친구는 고오고리를 좋아하는 소설가 몹시도 시장하고 눈은 내리던 밤 서로 웃으며 고오고리의 나라를 이야기하면서 소시민 소시민이라고 써놓은 얼룩진 벽에 벗어버린 검은 모자와 귀걸이가 걸려 있는 거울 속에 너는 있어라

그리웠던 그리웠던 구름 속 푸른 하늘은 우리 것이라 그리웠던 그리웠던 메이데이의 노래는 우리 것이라

어느 동무들이 희망과 초조와 떨리는 손으로 주워 모은 활자들이냐 아무렇게나 쌓아 놓은 신문지 위에 독한 약봉지와 한 자루 칼이 놓여 있는 거울 속에 너는 있어라

비록 해방 후의 작품이긴 하지만, 이른바 민중 혁명을 꿈꾼 문인들에게 있어서 '수시민성', '소시민' 근성이라는 것의 초극, 혹은 딜각이라는 맹세가 얼마나 핵심적인 화두였는가를 위의 시는 잘 보여준다. 위의 시에서도 그처럼 소시민성의 극복을 바로 자기 인생의 좌우명처럼이나 내걸고 있는 화자, 시인의 "성미 어진 친구"는 "고오고리를 좋아하는 소설가", "몹시도 시장하고 눈은 내리던 밤 서로 웃으며 고오고리의 나라를 이야기하"던 친구, 소설가로 나타나고 있으며, 그처럼 김남천 역시 새로운 비평적 구호 '고발문학론', 혹은 '자기고발론'을 외치던 시기에 마찬가지로 고리끼를 모범의 작가, 이상의 작가로 내세우며, 고리끼의 문학 정신을 사표로 삼아 작가 일반의 소시민적 근성을 탈각하고 극복하지 않으면 안 될 것을 강조하고 있다. 「유다적인 것과 문학」 후반부 4

절의 문면을 예증하여 이에 대한 증거의 대목으로 삼아두기로 한다.

　이렇게 해서 유다적인 것과의 항쟁에서 발로되는 문학의 정신은 일찍이 고리끼가 사람이 가질 수 있는 최고의 선물이라고 말한 '애와 증'의 두 감정의 극히 아름다운 통일 위에 건립된다. 고발의 대상은 증오에 치(値)한 것 그것 이외에는 없다. 그러나 증오를 무찔러서 그칠 줄 모르는 타협 없는 감정은 증오의 대상이 인간의 힘으로 소탕된다는 높은 긍정의 정신, 인류를 사랑하고 인간의 힘을 예찬하는 아름다운 정서 이외의 것도 아니다. 자기 속에 깃들이고 있는 유다적인 것의 적발은 물론 그것을 끊임없이 증오하는 감정에서 출발한다. 그러나 그것은 자기 자신의 인간적 개조가 가능하다는 높은 애(愛)의 정서가 없는 곳에는 있을 수가 없는 감정이다.
　이것은 물론 소시민 지식인의 얼토당토 않는 자기위안의 감정과는 전연 무연(無緣)이다. 왜냐하면 소시민의 인간적 개조의 방향은 원칙적으로 자신의 역사적 지위의 과학적 인식이라는 이성적 지향과 일치하는 때문이다.
　그러므로 백철 씨와 같이 지식층을 고래불변(古來不變)하는 문화 계급으로 설정하려는 자기 애무의 태도에서는 이러한 강렬한 문학 정신은 생겨나지 않을 것이다. 백철 씨는 자기 자신이 갖고 있는 유다적인 것의 증오와 고발 위에 사랑을 두는 것이 아니라 그와의 타협과 자기 만족의 위에 자기 긍정을 안치하려고 하기 때문이다. 이곳에는 교묘하게 지식인의 마음 자체가 매각되는 것이 은폐되었다.[27]

　그럼 왜 이처럼 소시민 지식인의 근성 극복, 그 속성 극복의 과제가 '유다적인 것'의 자기고발이라는 비평적 과제의 핵심 논제로 인식되고 제기되었던 것일까. 다시 말하지만 이 시기가 당시 경향 문학 계열 문인들에게는 정신적 압박이 극히 심내하게 강요된 일종의 '전향의 계절'로 의식된 때문이었으며, 실제로 박영희, 백철 등을 위시한 많은 과거 경향파 문인들이 노골적인 전향 선언에 가담하거나, 혹은 대다수 과거 프로 문인들이 김기진이 선언했던 바의 "연장을 수그리라" 식으로 소극적이거나 시대와 타협적인 자세를 노출하고 있었던 것이 불가피한 시대적 현실로 감내되었기 때문이다. 물론 레닌이 창도한

27) 『전집』 I, 309~310쪽.

볼셰비키즘의 강철 같은 규율 원리 속에서도 '당과 나사못'이라는 상징적 비유 형태로 당에 절대 복종하지 않으면 안 되는 당원-지식인의 자세가 강조되었지만, 하지만 레닌 자신의 더 많은 일반적 언급들 속에서 볼셰비키 당원(지식인)의 민중(노동자·농민)을 지도하는 혁명적 인텔리겐챠로서의 사회적 소명감이 강조되었던바, 이러한 레닌의 '지적 독단주의', 그리고 '소수정예주의'로서의 엘리티즘적 규율 강조의 태도는 스탈린 시대에 이르러 볼셰비키 전통의 일정한 수정이 가해진다고 설명될 수 있다.[28] 즉 의사 지식인, 준지식인(Quasi-intelligentsia)[29]으로서 스탈린 자신의 성격이 트로츠키로 상징되는 지식분자들의 종파주의, 또 혹은 맑스가 『공산당 선언』에서 강조한 기회주의(일본 사람들이 말하는 日和見主義)적 문제 등을 다시금 소시민 지식인들이 내포한 본질적인 부정적 속성으로 강조되기에 이름으로써 이후 볼셰비키 운동에 있어서 소시민 지식인이 가진 회의적 속성 극복의 과제가 끊임없이 보편적이고 지속적인 과제로서 부각되는 문맥이 낳아졌다고 볼 수 있다.[30] 특별히 '전향의 계절'에 처한 지식인의 나약한 이념적, 실천적 태도를 고발하기 위한 의도에서 "자신의 역사적 지위의 과학적 인식이라는 이성적 지향과 일치"시키라는 지적 주문이 끊임없이 나아졌다고 볼 수 있겠다. '유다(적인 것)'의 이름을 빌려 이처럼 자기 배반의 시대적 풍운 속에 놓인 경향 문인들의 내면적 위기의 정황을 구체적으로 투시하고, 그 위기적 정황을 자신의 문제로 치환, 가정함으로써 소시민 지식인이 직면한 보편적 존재의 문제를 부각시킨 사례는 김남천의 이 「유다적인 것과 문학」을 넘어서 달리 유례를 찾기 어려운 비평사적 사례가 된다고 할 수 있다. 앙드레 지드라는 당시 대표적, 국제적 표상의 지적 작가까지를 끌어 들여 소시민 지식인 작가의 행태를 고발한 점에서 이 시기 김남천의 뛰어난 지적 패기와 비평적 의욕의 자세를 확인할 수 있는 터이다. 「유다적인 것과 문학」의 매듭 절인 5절에서 이 비평가-작가는 다음과 같이 요약하여 자신의 주장을 개략하고 있음을 다시 한 번 확인할 수 있다.

  작가가 자기 자신을 구명하려 하지 않고 자기의 개조를 철저하게 실현하기

---

28) 김학준, 『러시아 혁명사』, 문학과지성사, 1999, 증보; 로버트 H.맥닐, 앞의 책, 제2부 및 19장 참조.
29) 로버트 H.맥닐, 위의 책, 187쪽 참조.
30) 가령 해방 후 한반도 운명 결정에 결정적인 요인의 하나로 작용했다고 할 수 있는, 조선노동당의 책임비서 발탁 과정에서 결국 스탈린이 코민테른 경험자 박헌영을 제치고 김일성을 선택하게 된 경우도 따지고 보면 스탈린의 지식인 혐오증이 알게 모르게 작용한 탓으로 해석될 수 있겠다.

위한 진실한 노력으로 창작적 실천을 유도하지 않는 이상 (……) 그곳에는 작가의 창조적 호흡과 열의는 전연 영자(影子)를 감추어버리고 말 것이다. 문제는 주체성에 있어서 제출되며 주체의 재건은 작가 자신의 철저한 자성, 그러므로 자기 자신의 속에 있는 유다적인 것의 적발에서 가능하며, 이렇게 하여서 시행되는 작가의 자기 개조의 방향이 창조적 실천으로 유도될 때에 소시민 출신 작가의 최초의 모랄은 제기되는 것이며 동시에 사회와 국가와 민족과 계급과 전인류의 문제는 비로소 하나의 정당한 왜곡 없는 프리즘을 통과하게 될 것이다.[31]

5. 김남천의 창작, 그리고 고발문학론 이후

위와 같이 의욕적이었던 김남천의 방향 제시에도 불구하고, 그러나 주지하다시피 경향 문학, 즉 과거 카프에 몸담았던 프로 문인들의 문학은 침체와 저조의 상황을 노정하지 않을 수 없게 되며, 김남천 스스로도 비평과 소설 창작 양면에 걸쳐 치열하고 집중적인, 가히 초인적이라 할 만큼 많은 분량의 글쓰기 업적을 산출하기에 이르지만, 작가로서 창작의 질적 성과는 오히려 초라하다 할 만큼 빈곤한 실적을 내보이고 만다. 비평과 창작을 겸했던 만큼 스스로 "주장하는 것과 떠나서 내가 작품을 제작한 적은 거의 한 번도 없었고 또 나의 주장이나 고백을 가지고 설명하지 못할 작품을 써 본 적도 썩 드물다"고 설명할 정도로 창작방법론, 즉 이론과 실천의 일치를 추구해 왔던 그였지만, 실제로 그가 비평의 '고발문학론', '자기고발론' 시대를 회고하여 스스로 결산하고 있는 창작 실천의 성과는 그다지 풍요롭지 못한 결실을 얻었음이 부인되기 어렵다. 주로 단편으로 나타난 1930년대 중, 후반기 자기 작품 세계를 스스로 해부한 「양도류(兩刀流)의 도량(道場) -내 작품을 해부함」(『조광』, 1939.7) 속에서 그 스스로 다음과 같이 해명하고 있음을 볼 수 있다.

1. 「남매」 「소년행」 「누나의 사건」 「무자리」 「철령까지」
이상의 작품은 주로 나의 '모랄' 론과 관련을 시키고 싶다. 이 창작집에 수록된 것으로는 비교적 창조적 문학이라고 부를 수 있는 것으로 「무자리」를 그 중

---

31) 『전집』 I, 311쪽.

결함이 적은 것으로 생각하고 있다. 소년을 주인공으로 삼고 기생을 누이로 설정한 처음 세 작품은 리얼리즘 문학이라고 하기에는 너무도 관념적인 주관이 섞인 것으로 기생 같은 인물은 픽션이 너무 유약(柔弱)하다.

    2. 「처를 때리고」「춤추는 남편」「제퇴선(祭退膳)」은 자기고발의 문학에 속할 것이요

    3. 「미담」「가애자(可愛者)」는 고발문학에 넣을 수 있는 것이다.[32]

스스로 술회하고 있는 것처럼 20대 소장 작가로서 이 시기까지의 김남천의 창작 성과는 대체로 빈곤한 양상이었음을 숨기기 어려우며, 다만 이 시기 이후 당시 평판작으로 부각되었던 「낭비」(『인문평론』, 1940.2-1941.2), 「경영」(『문장』, 1940.10), 「맥」(『춘추』, 1941.2) 등과 함께, 이 시기 바야흐로 비평가 최재서 중심으로 꾸려지게 되는 출판사 인문사(人文社)에서 전작 장편으로 출간하였던 『대하』의 평판으로 이제 작가로서의 위치도 공고히 하게 되며,[33] 비평가로서도 최재서와 함께 잡지 『인문평론』의 편집에 주도적으로 관여함으로써 문단적 위치와 평판이 높아지게 된다. 더하여 『인문평론』지의 발간 준비와 편집에 임하던 그 시기에 그는 소설론과 창작방법론의 연구에 더욱 매진하여 이른바 '고발문학론(자기고발론)'의 확장 논제인 '모랄론', 그리고 또 이어서 논제를 계속 확대한 '풍속론' '관찰문학론', '로만개조론' 등과 함께 「소설의 운명」(『인문평론』, 1940.11)론에까지 이어지는 소설 양식 논고의 성과들, 특히 일련의 발자크 연구 노트로 집성된 「'고리오 옹'과 부성애·기타」(『인문평론』, 1939.10), 「성격과 편집광의 문제」(『인문평론』, 1939.12), 「관찰문학소론」(『인문평론』, 1940.4), 「체험적인 것과 관찰적인 것」(『인문평론』, 1940.5) 등의 논설을 연이어 발표함으로써 창작과 현장 비평만이 아니라, 소설 양식에 대한 진지한 연구자로서의 학구적 논설을 일제 말 암흑기까지 쉬지 않고 제출하는 열성적인 문학적, 지적 자세를 내보이기에 노력하였던 것이다. 이런 열성적인 자세로 최재서, 이원조 등과 함께 『인문평론』 편집의 한 축을 이루었으며, 따라서 1930년대 전 기간에 걸쳐 임화와 함께 프로 비평, 그리고 경향파 비평 형성의

---

32) 위의 책, 513-514쪽.

33) 김남천 비평과 창작과의 관계를 여기서 정리하여 평가해 두기로 하면, 김남천 자신의 술회(「양도류(兩刀流)의 도량(道場)」)과는 달리 김남천의 소설론이 육화되어 그 나름의 창작 성과를 낳은 것도 장편 『대하』와 단편 「경영」, 「맥」 등의 단계에 이르러서였다고 판단된다. 특히 「경영」, 「맥」 속에서 김남천 득유의 '자기고발론'이라는 창작 방법이 득의의 소설적 산출 성과를 본 것으로 평가할 수 있다.

주요 필진을 이루었으며, 더하여 그의 대표적인 장편소설 「대하」, 그리고 단편 「경영」, 「맥」 등과 더불어 1930년대 소설사의 잊을 수 없는 성취의 일부를 이루었음이 사실로 인정될 수 있다. 무엇보다 「고발의 정신과 작가」, 그리고 「유다적인 것과 문학」으로 대표된 카프 해체기의 '고발문학론', '자기고발론' 제창의 비평적 성과는 한국 근대 문학 사상 지울 수 없는 비평적 담론 제기의 하나로 기록될 만하다는 것이 이러한 문맥 모두를 통해 입증된다고 보겠다.

6. 맺음말—한계 및 남는 문제

'김남천의 '고발문학론'과 '유다론'의 행방'이라는 제목 하에, 1937년 전후 정점에 이르렀던 김남천 비평의 담론 구조와 그 의미론적 핵자의 요소들을 검출함으로써 김남천 문학의 역사적 의의를 구출하고, 그 위상의 정당한 자리매김을 꾀하고자 한 이 논고는 지면이 허여되는 한계 내에서 비교문학적 시야를 폭넓게 적용하고자 하는 의도에서 출발하였으나, 비평적 담론 생성의 국내 비평사적 문맥 해설에 1차 치중한 나머지 당시 국제적 차원에서의 사회주의 문학 운동, 즉 국제적인 '인민전선' 형성의 이념적 연대 하에 당시 경향 문학자들이 처한 위기적 정황을 돌파하고자 한 문맥은 상대적으로 소홀히 취급된 느낌이 없지 않다. 필자는 기회가 닿는 대로 본고에서 언급된 톨스토이나, 고리끼, 특히 앙드레 지드 등, 당대 문학의 국제적 지표로서의 역할을 한 작가, 그리고 소설 작품들과 국내 문학과의 상관관계를 지속적으로 연구하고자 하는 기회를 갖고자 하거니와, 우선 1차적으로는 일제하 비평사, 문학사와 해방 후의 그것 사이의 지평 연속 문제[34]를 밝히기 위한 작업에 주로 치중하는 인식 관심의 안목에서 본고를 포함한 일련의 비평사 재구의 작업들이 기획, 안출된 사정이었음을 여기서 한편 밝혀두지 않을 수 없다. 지금까지의 한국 문학, 그 중에도 비평사 연구의 관행과 관섬, 시야가 주로 민족문학사, 즉 일국시의 문화사적 연속성 밝히기에 주로 치중하여 왔던 한계를 이런 맥락에서 반성하지 않을 수 없으며, 필자의 이와 같은 노력이 한국 문학 연구의 지평 넓히기에 조금이라도

---

34) 여기서 일제하 좌익 문인들의 인식 비평과 해방 후의 그것을 연속적인 관점에서 단적으로 밝혀 말하자면, 해방 후 남로당이 소위 '신전술'을 취하기 전 박헌영으로 대표된 남로당 노선의 기본적인 입장은 '통일전선' 혹은 '인민전선'의 '연합전선론' 등으로 표명된 것이었음이 확인될 필요가 있다. 김남천이 문학, 비평적으로 노출한 30대 후반기의 노선 표명이 이에 근사한 것이었음이 확인될 수 있다. 김남식, 「남로당 연구」 1, 돌베게, 1984, 8장 참조.

기여할 수 있기를 바란다.

참고문헌

김남천, 『김남천전집』 I · II, 박이정, 2000.
_____, 『麥』, 기민사, 1986.

김남식, 『남로당연구』 1, 돌베게, 1984.
김동리, 『사반의 십자가』, 민음사, 1995.
김재용 편, 『카프비평의 이해』, 풀빛, 1989.
김윤식, 『임화연구』, 일지사, 1989.
_____, 『한국근대문예비평사연구』, 일지사, 1976.
긴하준, 『러시아 혁명사』, 문학과지성사, 1999.
백철, 『문학자서전』, 박영사, 1975.
최명, 『현대 중국의 이해』, 현암사, 1975.
최인훈, 『광장』, 문학과지성사, 1976.
최인훈, 『화두』 1 · 2, 민음사, 1994.

니콜라이 베르자예프, 이경식 역, 『러시아 지성사』, 종로서적, 1980.
도스토예프스키, 이대우 역, 『까라마조프 씨네 형제들』, 열린책들, 2000.
밀란 쿤데라, 송동준 역, 『참을 수 없는 존재의 가벼움』, 민음사, 1988.
로버트 H.맥닐, 이병규 역, 『볼셰비키 전통』, 사계절, 1983.
제프 일리, 유강은 역, 『The Left 1848-2000; 미완의 기획, 유럽 좌파의 역사』, 뿌리와 이파
　　　리, 2008.

제7장

1930년대 휴머니즘 비평의
속성과 그 파장

白鐵 비평의 원질과 그 지속의 양상을 이해하기 위한 연구

1. 머리말—백철 비평의 자리

1-1.

1930년대 비평사를 통해서 白鐵만큼 뚜렷한 흔적을 남기고 있는 비평가도 드물다. 시야를 확대하여 1930년대에서 전후에까지 이어지는 역사적 연속의 관점에서 한국 근대 문예 비평사를 바라볼 경우 중간파의 입장에서 백철만큼 끈끈한 생명력의 파장을 남긴 비평가도 드물다. 문사(文士, Writer)라는 바로 그 어의에서 비평적 글쓰기를 실존의 도구로 연결시킨 이가 바로 백철이었다고 말할 수 있다. 1931년 「농민문학문제」의 테마를 가지고 비평사의 전면에 등장한 그는 비록 유전의 굴곡은 있었을망정 일제 말기 암흑기의 『매일신보』 기자직을 거쳐 해방 후, 그리고 전후에까지 걸쳐 생명력의 작동을 멈추지 않았다. 해방기 『신문학사조사』라는 걸출한 문단사 정리 작업으로 그 생명력은 발현되기도 하였으며, 이후 강단과 평단을 오가며 한국 현대 문학의 재건과, 펜클럽 회장으로 문학 국제화에 남긴 공적 또한 빼놓을 수 없다. 주제사의 각도에서 한국 휴머니즘 비평의 선도자 역할을 했다는 점으로도 그의 비평사적 공적은 지워지지 않는다. 휴머니즘 의식 형성의 각도에서 우리 비평사의 한 가닥을 새롭게 밝히고 그것이 미친 문학사적 파장을 포괄적으로 검토한다는 시야에서 우선 백철 비평의 내면적 동일성, 혹은 그 비평적 일관성이 먼저 밝혀지지 않으면 안 될 이유가 여기에 있다. 휴머니즘론의 비평사적 파장과 백철 비평의 속성에 관한 한 다음과 같은 예비적 논의가 가능할 것이다.

1-2.

1930년대 비평사에서 휴머니즘론의 제기는 이미 밝혀진 바와 같이 넓은 문맥에서 프로 문학의 퇴조가 가져온 비평사적 공백 메꾸기의 일환으로서 이루어졌다.[1] 이 시대를 비평사는 전형기라 부르거니와, 한 시대를 지배했던 문예의 주조(프로 문학)가 퇴각, 해체하면서, 새로운 주조 형성을 위한 다양한 테마론의 모색 움직임이 문단 내에서 벌어졌고, 그 중에서도 선두주자 격으로 부상

---

1) 이하, 김윤식, 『한국근대문예비평사연구』, 일지사, 1976, 2부 1장 참조.

된 것이 백철의 이른바 '휴머니즘론'이었다. 프로 문예 의식의 반성과 해체라는 문맥 속에서 이 논의가 제기되었음을 이 사정은 암시한다. 결과적으로 이 시기 백철 중심으로 전개된 휴머니즘론이 당대엔 별다른 비평적 논의의 성과를 거두어들이지 못한 것이라고 속단될 수도 있겠으나, 이후 지속된 비평사와 문학사의 내밀한 흐름 속에서 그것이 미친 파장은 의외로 컸다. 일제하의 최말기, 김동리에 의해 계승, 수렴된 당시 '신세대 문학론'의 큰 틀 속에서 '휴머니즘론'은 어언간 문학 상의 '인본주의'로 정식화 되었으며, 이후 한국 현대 문학 전개에 있어 그것은 이념적 중심축으로조차 작용하였다.[2] 비평적 주체가 달라짐으로써 변조, 생기되는 이러한 비평사적 확대와 계승, 증폭의 현상은 우리 비평사 연구에서 아직 정밀히 추적되고 있지 않은 형편이며, 이 공백 메꾸기의 한 시금석으로 우리는 '휴머니즘 비평(사) 연구'를 시도할 수 있다. 물론 어사의 변경뿐만이 아니라 당시 휴머니즘론 자체가 제대로 정초되지 못해 체계화의 약점을 노출한 측면이 있었음은 사실이며, 백철 비평의 약점과 이것은 긴밀히 결부되어 있었다. 흔히 약점과 강점은 동전의 양면과 같이 결부되어 있으며, 이런 점에서 우선 백철 비평의 속성이 무엇인가 물어질 필요가 있다.

비평가로서 백철은 鬪鷄의 닉네임을 얻었던 만치, 마치 일인 대 만인의 싸움 같은 양상을 연출하였던 곳에 백철 비평의 전략적 한계가 놓여 있었음을 우선 말할 수 있다. 워낙 저널리즘 비평의 속성을 띠었던 탓에 논의의 깊이와 확장의 모색보다는 선정주의에 치우친 혐이 많았다는 사실에서 이 한계는 지적될 수도 있다. 휴머니즘론에 대한 관심과 호의로서 덤벼들었던 철학과 출신의 김오성, 그리고 불문과 출신의 이헌구 등과의 논전에서도 그는 동업자의 태도로서 임하기보다 마치 경쟁자의 태도를 취하여 노획물을 두고 싸움판을 벌이는 듯한 추태를 연출하였다. 평단의 조소를 살만치 유아독존과 자화자찬의 자기도취에 감격하기 쉬웠던 것이 이를테면 하나의 인격성(Personality)으로서 백철 비평의 본성적 한계였던 것이다. 논쟁의 활력을 유도한 점에서 그것은 미덕이라 보아질 수도 있지만, 어쨌든 이와 같은 개성적 특질이야말로 그다운 것으로서 휴머니즘 의식의 본성과도 무관할 수 없는 백철 비평의 강점이자 약점의 속성이었다고 말할 수 있다.

이 특질은 따라서 자유주의자다운 그다운 본성의 한 측면이라 할 수 있고,

---

2) 한형구, 「일제 말기 세대의 미의식에 관한 연구」, 서울대학교 박사학위논문, 1992, 3장 참조.

바로 이 개성적 활발함에서 백철 비평의 끈질긴 생명력은 낳아졌다. 실상 한국 근대 문예 비평의 전반적 한계가 저널리즘 비평으로서의 한계와 직결되어 있었다고도 할 수 있고, 이것은 시대적 상황의 문제와 분리되지 않았다. 저널리즘이란 결국 급격한 시류 속에 있는 것이다. 당대 전형기가 '신체제'의 현실 속으로 급속히 빨려 들어감으로써 심도 있는 이념적 논의 자체를 그것은 불가하게 하였고, 당대 논의 주체들의 인식 한계와도 결부되어 비평사적 실종의 사태를 그것은 야기하게 되고 말았다. 김동리 같은 당시 '신세대'가 이를 아전인수 격으로 차용하여 자기 세대의 문학적 전과물로서 재빨리 목록화할 수 있었던 이유도 이러한 배경적 요인 속에 깃들어 있었다고 할 수 있고, 결국 논의의 비체계성과 불균질이 이후 세대의 아전인수 격 자기화 선언에 한 빌미의 요인이 되었다고 볼 수 있다. 어찌됐든 저 굴곡의 과정을 거쳐 '휴머니즘' 논의는 1930년대 중반의 저 일시적 성론의 상태를 지나 다양한 변조의 양상으로 우리 문학사에 깊은 음영의 흔적을 드리웠다고 말할 수 있고, 긴 문학사적 흐름으로 보면 이는 오히려 태풍 전야의 밀물에 불과한 것이었다고도 말할 수 있다. 6.25 전쟁 후 최대의 비평사적, 문학사적 패러다임이 다름 아닌 '휴머니즘'으로 모아졌고, 한국 현대 문학사의 시원은 이에 기반하였다고도 볼 수 있기 때문이다. 이 시원의 검출을 위해서 우리는 그 전사(前史)를 먼저 검토하지 않으면 안 된다. 전사의 검토를 기반으로 하여 이후 역사의 진면목에 대해서 역시 바른 검토의 시야를 가질 수 있을 것이기 때문이다. 이 전사의 검토를 위해서는 또한 그 서구적 원천으로서 근대 문화사에 있어서 '휴머니즘'이 차지하는 위상, 그 본래적 의미에 대해서 간략하게나마 검토하는 자리를 갖지 않으면 안 되겠다.

2. 휴머니즘의 의식과 (한국) 근(현)대 문학

2-1.

'휴머니즘'이란 대체 무엇인가. 수다한 사람들이 이 용어를 말하고도 아직 이 용어의 성질은 뚜렷이 정립되어 있지 않은 느낌이다. 그만큼 다양한 내포와

외연, 포괄적 함의의 특질을 이 용어는 가진다. 그렇다고 처음부터 그것이 무방향적이었다고 말할 수는 없다. 김동리가 「純粹文學의 眞義」(『서울신문』, 1946.9.15)에서 제2기 휴머니즘으로 설명한, 즉 르네상스 휴머니즘 단계에서 이 용어의 의미와 방향성은 뚜렷했다. 주지하는바 그것은 중세 신본주의로부터 이탈해 나오는 과정에서 고대적인 인본주의 정신으로 회귀를 의미하는 것이었기 때문이다. 여기서 고대적인 인본주의 정신으로의 회귀란 서구 문화의 원류가 되는 그리스─로마 정신으로의 회귀를 의미하는 것이었으며, 특히 르네상스기 이탈리아인들에게 있어서 고대 지향이란 과거 영광스러웠던 로마(시대) 문화에의 향수를 의미하는 것이었다. 로마 정신이란 말할 나위 없이 그리스 정신을 이어받은 것이며, 따라서 그것은 로마식으로 해석된 그리스적 문화 전통을 의미하는 것이었다. 로마식으로 해석된 그리스적 문화 전통, 정신이란 그럼 무엇인가.

풍부한 신들의 이야기를 거느렸지만(그리스─로마 신화), 기실 그 신화들 속에 인간의 꿈과 이상에 대한 다채로운 실현의 가능성을 부여하던 곳에 그리스─로마적 정신의 원류가 놓여 있었다고 할 수 있고, 따라서 르네상스기 인본주의로의 회귀란 이러한 문화 정신의 본향으로서 고대적 전통에 대한 회귀의 꿈을 품고 있었다.[3] 여기에서 인간적인 자유 정신에의 복귀, 그 복귀를 위한 인간성의 탐구 정신이 새롭게 강조되었으며, 그 점에서 가령 다빈치, 미켈란젤로, 라파엘로 등에게서 볼 수 있는 인체 미학의 정교한 탐구 정신은 르네상스기 정신을 대표하는 휴머니즘 미의식의 절정의 표현이었다고 할 수 있다. 휴머니즘의 정신이 본질적으로 하나의 탐구 정신으로서 '인간성의 탐구'라는 철학적 이념의 성질을 띨 수 있었던 소이도 이와 같은 맥락 속에서 파악될 수 있다.

이와 같이 활발한 탐구와 부정의 정신으로서 출발한, 르네상스기 이후 근대의 '휴머니즘 정신'이 시간이 갈수록 그 초기의 역동성을 잃고 관성화되는 경향을 노출하게 되었다는 것은 이 이해에 있어서 주의할 요목이다. 이는 정치사적으로 신정주의의 반격 때문이라고 볼 수 있으며, 절대주의 왕권 하에서 자유로운 문화 개성의 억압 양상으로 이것이 설명될 수도 있다. 르네상스 이후 시기를 문화사는 '고전주의' 시기로 지목하지만, 귀족 계급의 주도와 근대의 형성을 위한 여러 계급들 간의 치열한 싸움의 와중에서 고전주의 문화라는 것이

3) W.비이멜, 백승균 역, 『하이데거의 철학이론』, 박영사, 1982, 8장 참조.

별다른 문화의 꽃을 피우지 못했음을 이러한 맥락에서 지적할 수 있다. 비록 외형의 문화적 형식에 있어서 그리스-로마적인 규범성을 추종하였다고 하지만, 새로운 이념과 결부되지 못한 단지 형식만의 추종은 문화-예술사의 갱신을 참답게 이룩할 수 없었다. 오히려 이 정형화된 미적 규범 의식으로부터 탈피하고자 했던 '바로크'—원래 이 용어는 야만적 투박함을 의미하는 말로서 성립했다고 한다—의 양식 대두에서 근대 문화사는 새로운 활력을 얻었다고 할 수 있거니와, 낭만주의적 열정의 대두 역시 같은 맥락에서 이루어졌다. 부르조아적 진보와 귀족적 반동의 대립 전선이 사회적으로 명확해지고, 이 투쟁의 세기에서 진보를 이끌어나갈 주축 세력이 누구인가 분명해짐으로써 낭만주의적 활력은 이제 새롭게 문화사의 주도 정신으로 부각될 수 있었다. 어정쩡한 타협적 권력의 세기를 지나, 절대 군주제와 구체제의 완전 붕괴가 이루어지는 전기 낭만주의의 세기(18세기의 혁명적 낭만주의가 이 세기의 특징으로 인지되지 않으면 안 된다)에 있어서 휴머니즘의 문화 의식은 다시금 그 복권의 시기를 맞이하는 것이다. 문학적 낭만주의 물결이 가장 앞서서 일어났던 독일에서의 경우 이 경향을 대표하는 시인, 작가로, 빙켈만, 괴테, 실러 등이 꼽힐 수 있다. 하지만 이 세기에 이르러서까지 휴머니즘의 의식은 아직 그 본래적인 내용성을 갖추지 못한 상태에 있었다고 말할 수 있다. 전체적으로 18세기의 문화사가 구질서의 문화 관념에서 이탈하여 인간중심주의의 사고-관념을 폭넓게 유포시킨 것은 사실이지만, 부르조아 주도의 문화 양식이 아직 그 실질적인 내용성을 갖추지 못한 상태에 있었고, 이에 따라 인간중심주의의 보편화는 오히려 문화의 갈 길을 잃게 한 뿐이었기 때문이다. 르네상스 이후 고전주의 시기를 거쳐 18세기에 이르는 동안 휴머니즘의 문화 의식이 전체적으로 분열과 해체의 상태에 있었다고 볼 수 있는 근거는 여기에 있다. 이 시기의 문화를 주도한 양식 개념들이 귀족적 궁정문화의 후예인 로코코나, 아직 거친 문화 의식의 바로크, 혹은 단순한 양식적 세련화를 의미하는 매너리즘 개념 등으로 모아진다는 것이 또한 이러한 판단 근거의 하나로 제시될 수 있다.

위기 뒤에 기회가 오는 것처럼 오랜 분열과 해체의 시기를 겪은 뒤에 인문주의적 문화는 다시금 재흥의 기회를 맞는다. 그 구체적인 계기는 산업혁명으로 왔다. 18세기 말 이래 산업혁명기가 도래하면서 기계적 세계관은 하나의 절정기를 맞이한 셈이었고, 이로써 기계로부터 쫓겨난 인간, 인간의 세계에서 인간이 추방되는 인간 소외의 현실은 다시금 휴머니즘 이념의 부활 필요성을 일깨웠다. '기계파괴운동'으로 그 이념이 행동화되는 한 계기가 마련되었다면, 농촌 사회와 도시적 삶의 분열 속에서 이 시기 절정기에 이르는 여러 근대 문화 양식들의 팽만과 성숙은 인간에 대한 인간의 의식으로서 인류적 자의식의 휴머니즘 의식을 폭넓게 확산시키고 일반화시켰다. 문화의 패권을 확립한 부르조아 계층은 자신들을 문화의 보편성으로 정립시키는 의식적 노력들에 구체적인 사회적 지원 세력으로 등장하였으며, 그 자신감을 반영하는 계몽주의적 관념 철학의 정립과 함께, 문학, 음악, 미술 등에 걸치는 문화, 예술 활동의 다양한 고조는 근대 사회가 노정한 자연과 인간 문화 사이의 조화로운 삶의 문제를 새롭게 부각시켰다. 문학만으로 볼 때, 특히 이 시기 근대 서정시 양식과 소설 양식의 확립, 개화는 근대적 인간 의식의 집중화되고 세련된 표현 양상으로서 휴머니즘 의식의 보편화, 일반화에 결정적인 기여의 몫을 담당하였다. 오페라와 장편 소설에서 보듯, 오만할 정도로 방대한 인간 의식의 집적적 표현 양식들이 19세기를 경유하면서 절정의 문화적 성숙 양상을 보인다는 것은 그 자체로 이 시기 휴머니즘 문화 의식의 한 고조의 증거로 해석되어 전혀 무리가 없는 것이다.

물론 그렇다고 하여 19세기적인 이 문화의 고조된 표현 양상이 내부의 분화, 분열 없이 전적으로 안정된, 통일된 인간 의식만을 반영하였다고 말할 수는 없다. 오히려 극심한 동요와 분열의 내부 변증법이 이 시기의 문화적 활력에 보탬이 되었다고도 할 수 있으니, 니체의 이른바 '신은 죽었다!'의 선언이 임박한 만큼 중세의 기독교적 세계관은 쇠미의 증언들을 수행하지 않으면 안 되었고, 새로운 노동 계급 의식의 대두가 기존 부르조아 계급 중심의 문화관에 반정립의 형태로서 충격의 영향을 미치기 시작하였다. 사진을 위시한 기술 복제 양식의 대두도 이 세기의 후반부터 문화를 새롭게 추동한 요인이 되었다고 할 수 있고, 제국주의의 확대로 인한 비서구 지역의 서구 문명에의 편입은 인류사의 자의식을 확대시키면서 그 내부 분화와 차별성을 오히려 보편적인 것으로 인지하도록 하였다. 20세기적인 휴머니즘 의식의 분화와 파산, 혹은 그 위기의식의 점고는 따라서 이와 같은 19세기적 풍토의 전환에서 이미 마련되었다고 볼 수 있으니, 맑스를 대표로 한 신흥 인본주의-전체주의 사상의 대두에서 역시 이 20세기적 전환의 기초는 마련되었다고 볼 수 있다. 물론 프로이드와 니체를 필두로 한 탈이성주의의 흐름 역시 20세기적 전환의 기초를 마련한 새로운 사상의 흐름이었다고 할 수 있으며, 전쟁과 폭력의 광기들을 거치면서 이 반(反)형이상학의 새로운 휴머니즘의 기초들은 그 사회적 영향력을 구체화하기에 이른다고 말할 수 있다.

제1차 세계대전으로부터 그 진정한 시작이 이루어졌다고 보는 20세기는 문명의 파괴적 역량과 분열, 갈등에 있어서 초유의 인류사적 경험을 야기한 것이었다. 이 미증유의 파괴적 현실 경험은 서구(문명)의 몰락, 위기의식을 점고시켰으며, 전체주의적 정치 세력의 대두와 확대는 이 문명이 내재한 야만적 폭력성의 실체를 뚜렷이 확인시켜 주었다. 지식인, 문화인들을 중심으로 문화의 옹호와 휴머니즘의 옹호가 다시금 공감을 얻기에 이른 것은 결국 이 문명의 파괴적 흐름에 대한 공멸의 위기의식에 기인한 것이었다. 여러 갈래의 극단주의적 흐름 속에서도 공동의 문화 전선 형성을 위한 지식인, 문화인들의 노력이 유례없는 집결의 양상을 보일 수 있었던 것은 이 배면의 위기의식을 반영한 것이었다고 할 수 있다.[4] 세계적인 공산주의 운동이 이 시기에 성수기를 이루었으며, 독일 나치를 중심으로 한 파시즘 세력의 발호는 자유주의의 파산을 불러왔다. 1930년대 진보적 자유 지식인들의 결집 선언이라 할 '지적자유협력회의'의 태동은 이 위기의식의 확산 속에서 마련되었다고 할 수 있으며, 식민 치하의 약소 민족 지식인들에게까지 이 연대의 기운이 파급됨으로써 인간성 옹호의 휴머니즘이 이제 다시금 세계적인 사상적 기치로서 선양되기에 이른 것이 있다. 따라서 '휴머니즘'이란 단일 기치의 사상이 전개되었다고 해도 여기에는 다양한 편차가 내포되었다. 톨스토이나 간디를 배경으로 한 평화주의적 인도주의, 혹은 새로운 민족주의, 인권의 사상이 여기에 내포되었으며, 정치적 반달리즘(야만주의)의 확대에 따른 문화 자체의 옹호, 선양이 또한 중요한 이념적 결절 지점으로서 작용하였으며, 이 운동을 지지하기 위한 행동주의적 실천의 움직임이 또한 그 중요한 내포로서 여기에 포함되기에 이르렀다. '인민전선'의 정치적 제휴와 코민테른의 조직은 이 운동의 국제적 연대 기반을 마련하였으며, 그것은 스페인 내전과 같은 격렬한 좌,우 투쟁의 현장에서 국제적 실천의 현장

4) E. Hobsbawm, "The Age of Extremes", Penguin : London, 1994, 1부 5장 참조.

무대를 가졌다. 프랑스를 중심으로 한 '행동적 휴머니즘'의 기치는 그러니까 이 자유주의 물결의 고조된 표현 양상이었다고 할 수 있으며, 그것이 가능했던 것은 아직 이 단계에 있어서 자유주의 진영과 사회주의 진영 사이에 이념의 혼란, 혹은 지식의 갈등 같은 것이 크지 않았던 때문이기도 했다. 자유와 진보의 차이에 대한 인식 부진이 '휴머니즘'의 어사를 부각시킬 수 있는 인식적, 사상적 배면 요인으로 작용했다는 것을 이러한 문맥에서 깨달을 수 있다.

2-2.

1930년대 일본 철학자, 미키 기요시(三木淸)의 교설을 답습했다고 지적되는 김오성의 「문제의 시대성-인간 탐구의 현대적 의의」(『조선일보』, 1936.4.29-5.8)를 보면, 이 시기 휴머니즘의 논의가 전혀 뿌리 없이 이루어진 것만은 아님을 알게 한다. 그것은 서구 근대 사상사에서 나타났던 각 시대 간 휴머니즘의 낙차를 논한 것이며, 이 휴머니즘론의 역사 단계론을 이어받아 자기의 교설로 변조시킨 것이 이를테면 김동리의 '순수문학론'으로 나타났던 것임을 알 수 있다. 김동리는 일제 말기 순수-세대 논쟁 단계에서부터 '개성과 생명의 구경 추구', '인간성의 옹호 및 탐구, 창조에 걸치는 정신' 등으로 자기, 혹은 자기 세대의 문학관을 설명하였거니와, 해방 후 '문학가동맹' 측과의 논쟁이 본격화되는 단계에서 「純粹文學의 眞義」(『서울신문』, 1946.9.15)를 발표함으로써 '제3기 휴머니즘론'이라는 특유의 문학론을 전개하게 된다. 그의 본령 정계 '순수 문학 정신'이란 간단히 말하면, 동,서의 역사적 휴머니즘 정신을 민족 단위 민족 문학의 형태로 계승, 발전시키는 것이라고 요약된다. 의식적이든 무의식적이든 순수문학론의 전개에 1930년대 휴머니즘 논의의 영향이 없지 않았음을 이에서 확인할 수 있으며, 전후의 시기를 지나 김동리를 위시한 순수문학 세대와 중산파의 백철 등이 문단적 결합을 이룩할 수 있었던 소이도 이처럼 '휴머니즘' 개념을 매개로 한 의식적 수수관계의 역사가 알게 모르게 작용한 탓이 아니었던가 생각해 볼 수 있다. 전후 백철 비평의 복귀 양상이란 실상 전후 휴머니즘에의 편승 양상이었다고 해도 좋을 정도로 휴머니즘은 그의 문학적 전가의 보도로서 그 끈질긴 생명력을 다시 한 번 입증하였던 셈이다.

백철과 김동리 사이의 바통 이어받기처럼 진행된 이와 같은 휴머니즘 문학 의식사의 전개 속에서 그러니까 전후 문학과 전후 비평의 싹이 돋아났음을 우리는 한편 인정하지 않으면 안 된다. 프로 문학 세대가 월북으로 물러난 처지에서 전쟁과 전후의 상처는 그 문학적 외피에 휴머니즘의 이념적 내용성을 부여하는 것으로 충분한 의식적 상황을 조성하였다. 다만 전후에 새롭게 등장한 전후 세대 비평가들에게 있어서만 이 어사는 너무 소박하여 유치한 것으로조차 인식될 수 있었는데, 왜냐하면 그들은 그 의식적 성장기에 이미 하나의 관념 형태로서 보다 세련되고 정치한 실존주의 의식에 세례 받은바 컸었기 때문이다. 이와 같은 사정을 감안하고라도 그러나 당시 보다 일반적이고 대중적인 차원에서는 휴머니즘의 어의가 훨씬 직접적이고 강렬한 호소력을 발휘하는 상태에 있었다고 할 수 있는데, '휴머니즘'이란 이를테면 생명과 존재의 따뜻한 옹호를 뜻하는 말로서 이런 소박한 뉘앙스의 언어 자질이 오히려 전쟁기와 전후기의 척박한 현실에서는 생명 자체의 존귀함을 선양하는 데 적절한 역할을 수행할 수 있었노라고 말할 수 있는 것이다. 그런 시야에서 만약 등차화가 필요하다면, '실존적 휴머니즘', '행동적 휴머니즘', '인도적 휴머니즘' 등으로 이 시기 휴머니즘적 문학 양상을 준별할 수도 있겠거니와, 전후 문학의 양상은 전체적으로 '휴머니즘'의 어사로서 조명되어야 한다는 뜻을 전후 세대의 비평가 역시도 다음과 같은 문맥으로 말하고 있다. 한국 근대 비평에 대한 약사의 기술 자리에서 김윤식은 '1950년대-전후 세대의 비평'과 관련, '막연한 휴머니즘-실존주의 논의' 제하에 다음과 같은 개괄의 논평을 가하고 있는 터이다.

모든 전쟁문학이 그러하듯 한국의 전후문학도 넓은 뜻의 휴머니즘을 기본으로하여 출발되었다. 전쟁속에서 인간이 처한 극한상황을 드러내는 것, 피난민 문제, 모랄 문제, 제대병의 현실적응 문제 등은 넓게 보아 휴머니즘론(의식)으로 포괄시킬 수 있다. 동시에 이 전후문학의 휴머니즘은 실존주의철학과 관련을 맺음으로써 서구의 2차대전 이후와의 동시성을 확보하게 된다.[5]

손창섭, 장용학, 선우휘 등으로 대표되는 전후 소설의 포괄적 양상 역시 이와 같은 문맥에서 '휴머니즘'으로 규정될 수 있다. 그 작가와 작품들 사이의 낙

---

5) 김윤식, 「한국근대비평약사」, 이형기 외, 『한국문학개관』, 어문각, 1987, 547-548쪽.

차를 어떻게 파악할 것이냐의 문제는 여전히 학계의 논란거리로 남아 있는 형편이지만, '넓은 뜻의 휴머니즘을 기본으로 하여 출발되었다'는 위의 규정적 논급은 소설 문학의 경우에도 대차없이 적용될 수 있는 것이다. 시의 경우에 역시 1950년대 전쟁시, 그리고 전후시의 양상은 넓은 뜻에서 휴머니즘을 기조로 펼쳐졌음을 필자는 「1950년대의 한국시-전쟁시, 혹은 전후시의 전개 양상」[6]에서 확인한바 있거니와, 전쟁 문학, 혹은 전후 문학에 있어서 그 이념적 기조란 휴머니즘을 필요로 하였고, 또 그것으로 충분한 양상을 노정하였음을 저 양식사의 검토 사례들은 하나같이 입증해 주고 있는 셈이다.

그렇다면 휴머니즘과 실존주의의 관계는 어떻게 이해되는 것이 바람직할까. 사르트르의 유명한 저서-명제 '실존주의는 휴머니즘이다'는 이와 같은 문맥에서 시사적으로 참조될 수 있거니와, 여기서 실존주의와 휴머니즘 사이의 범주적 관계는 서로 대립항이 아니라 포섭 관계일 수 있음이 추론될 수 있다. 말하자면 보다 큰 의미 범주로서 '휴머니즘'이 '실존주의'를 껴안고 있는 형국으로 이 둘 사이의 범주적 관계는 설정될 수 있는 것이다. 사르트르에 의하면 '휴머니즘'이란 '인간을 목적으로 삼고 최고의 가치로 삼는 학설(이설)'로 규정되고 있으며, 이 규정으로부터 볼 때 휴머니즘 학설(이설)은 내부적으로 모순을 가질 수밖에 없고—왜냐하면 인간적인 것에의 숭앙이 인간의 타자들을 억압하는 것으로 나타날 수도 있으므로-, 따라서 존재의 초월성과 주체성을 사유의 핵자로 하는 실존주의만이 우주적 현실 속에서 참다운 휴머니즘으로 기능할 수 있다고 힘주어 주장되고 있는 것이다.[7] 요컨대 인간 밖에서의 인간의 탐구와 인간성의 실현을 목적으로 할 때만이 인간을 넘어선 사유로서의 휴머니즘 정신을 구현할 수 있고, 바로 그것이 실존주의 정신의 요체라는 것이다.

사르트르의 위의 강연 저술이 맑시스트-휴머니스트들과의 논쟁 문맥에서 제기된 것이라 함은 그 이해를 위한 한 요목이 될 수 있거니와, 어떤 사상도 휴머니즘의 이름으로 옹호될 수 있는 것이면서, 참다운 휴머니즘이 무엇인가를 묻는 문제는 언제나 간단치 않다. 이와 관련, 하이데거는 휴머니즘에 대한 역사적 이해, 파악이 긴요할 것임을 말하고, 고대적인 그 사상적 원천에 근거하지 않은 맑스주의적 휴머니즘이나 사르트르의 실존주의적 휴머니즘이란 '인간성 탐구'로서의 그 본의에 별달리 기여할 바가 있을 수 없을 것임을 경고하고

6) 문학사와비평연구회, 「1950년대 문학연구」, 예하, 1991, 73쪽 참조.
7) 장 폴 사르트르, 방곤 역, 「실존주의는 휴머니즘이다」, 문예출판사, 1992, 47-49쪽 참조.

도 있다. 휴머니즘의 자의성에 대하여 그는 다음과 같이 말한다.

> 만일 인간성에서 벗어나서 인간의 존엄성을 찾음이 문제된다면 인간의 〈자유〉와 〈본성〉을 어떻게 파악하느냐에 따라 휴머니즘은 달라지기 마련이다.[8]

1930년대와 전후에 걸친 한국 문학에서의 휴머니즘 논의가 과연 어느 만큼의 철학적 높이에 달했던가에 대해서는 의문의 여지가 많을 수 있다. 다만 생명의 극한 상태에 다다른 상황에서 선택의 윤리를 기초로 하는 실존주의적 논법은 적어도 당대의 상황에서 사치로 보일 수도 있었다는 점을 감안할 필요가 있고, 이는 1930년대의 상황에서도 마찬가지였다. 파시즘의 위협 앞에서 민족적 생존이 문제되기는 1930년대의 상황도 전후 시대에 비겨 그 강도가 전혀 떨어지는 상황이 아니었다고 말할 수 있기 때문이다. 어차피 서구적 논변의 문맥속에서 제기된 사상인 한 서구적 문맥을 잘 아는 것도 중요했겠지만, 사상 역시도 변조되는 것이다. 사상이 설득력을 갖추기 위해서는 그 이동 공간의 풍토와 환경에 적절히 적응하는 형태로 변조되지 않으면 안 된다. 이 점에서 비록 도식상의 수준에서였을망정 김동리와 같이 휴머니즘에 대한 명쾌한 사적 이해의 정리를 도모해 보여준 사람도 드물었지 않았나 싶다. 다만 김동리는 이 '휴머니즘' 의 논변을 '순수문학론' 에 접합시켰다는 점에서 외견상 '휴머니즘론'으로부터 이탈한 인상을 줄 수 있고, 그것은 그가 서구적 교양에 익숙한 문학자였다기보다 동양 전래의 사상, 종교(불교) 등에 뿌리를 둔 자립적 사상가로서의 면모를 지녔기에 불가피하게 사상의 자기 문맥화를 도모하는 과정에서 파생된 사정이라 할 수 있다. 이로 보면 전후 휴머니즘 문학 역시 그 사상적 원천과는 아무 상관없이 토양이 만들어 내었던 것이라 할 수도 있으리라. 하지만 뿌리 없는 것이 어디 있을까. 설사 그것이 부정의 대상이었다 하더라도 역사는 불가피하게 전사(前史)를 참조하지 않는가. 무의식적인 영향이라는 것도 얼마든지 있을 수 있고, 바야흐로 전후 문학의 형성과 전개에 대한 전체적 연구로 나아가려 하는 이 지점에서 그 전사(前史)로서의 1930년대 휴머니즘 문학 의식사 연구에 매달리게 되는 것은 이 때문이다. 문학사, 비평사 연구에 있어서 의식사 연구가 그 중요한 접점 고리임을 의식하기 때문이며, 문화사에 있어서

---

8) W.비이멜, 앞의 책. 174쪽에서 재인용.

'세대(론)적 변증법' 이 형성되는 그 단층의 문맥을 자세히 살피기 위해서도 전사(前史)의 연구는 꼭 필요하다. 백철 휴머니즘 비평의 속성과 그 전개의 문맥은 구체적으로 어떠한 것이었던가. 이 역시 세대론적 변증의 문맥에서 자세히 검토되어야 할 것은 또한 물론이다.

3. 1930년대 백철 비평의 내면적 동향과 휴머니즘론에의 길

이 장(章)에서 중요한 것은 1930년대의 백철 비평을 일관된 지속의 형질로서 파악하는 일이다. 이로부터 1930년대 백철 비평의 내면적 성격, 정황을 묻는 일이 과제로 떠오르는데, 여기서의 중심 문제는 결국 백철 비평의 출발점을 맑스주의로 볼 것이냐, 아니면 휴머니즘, 혹은 자유주의의 모습으로 볼 것이냐의 문제로 갈리게 된다. 이와 관련하여 그의 자서전 『文學自敍傳−眞理와 現實』(박영사, 1975)의 한 대목은 다음과 같이 말하고 있다.

> 1932년 3월 어느날 오후의 일이다. (⋯) 林和에게서 온 전화였다. 연락이 있을 줄 알고 기다렸는데 아무런 연락이 없어서 전화를 거노라면서 일본 〈나프〉에서 온 연락 편지 이야기도 있고 하니 시급히 한 번 만나야 되겠다는 것이다. 〈백철 동지〉란 말을 쓰면서 퍽 친절한 듯하면서 어딘지 壓力을 느끼게 하는 목소리. 결국 연락이 닿았구나 하는 철렁하는 놀라움이 가슴에 와 닿는 쇼크를 받았다. 이미 쓴 일이 있지만, 내가 귀국하는 전후에 나는 벌써 마르크시즘에 대한 신봉은 그전 같은 것이 아니고 주저와 회의의 비판적인 태도의 것이었다. 그러나 실제로 그런 비판적인 태도를 표면으로 드러내기는 여간해서 할 수 있는 일이 아니었다. 커뮤니즘의 조직망이란 한 번 발목이 빠져 버리면 좀체로 그 수렁에서 발을 빼내기 힘든 것을 체험하고 있었다. 속으론 이탈하고 싶어도 기회주의자.배신자⋯⋯ 등의 이름을 듣기가 두려워 감히 입밖에 빌설을 못하는 것이다.[9]

이런 고백을 다 곧이곧대로 믿을 필요는 없다. 그 고백의 시기가 1930년대의 시점으로부터는 한참 떨어진 1970년대 중반의 시기라는 점이 이 고백의 확실

9) 백철, 『문학자서전』 上, 박영사, 1975, 269−270쪽.

성을 의심케 하는 요인이 된다. 그렇긴 하나 여러 문맥을 종합해 볼 때 그가 동경 유학으로부터의 귀국 당시부터 맑시즘에의 실천에 소극적인 자세를 갖추게 되었다는 점을 부인할 필요가 있을까. 그가 귀국 후 임화에의 연락을 늦추고 있었던 점을 단지 자존심의 문제 때문이었다고 볼 여지는 있다. NAPF의 맹원이면서 일본 프로 시단에 정식으로 데뷔한 경력을 가지고 있는 이 열혈남아 白世哲, 그 학생기의 경력만으로 한갓 조선 프로 문단의 지도부에 굳이 머리를 숙이고 들어갈 이유는 주어지지 않았다. 그는 자부심에 차 있었던 것. 이러한 사정을 감안하고라도 그가 귀국 직후부터 '개벽' 사의 기자로 입사한 신분에 있었다는 점, '개벽' 사란 천도교의 하부 기관으로서 후기로 갈수록 맑스주의 이념과는 상당한 거리를 두게 된 잡지사, 조직체의 성격이었으며, 더구나 1930년대 초반의 시점에서는 민족 계열로서 분류되어야 한다기보다, 한갓 오락, 문예물 출판사의 성격을 띠고 있었다는 점, 귀국 이후 별달리 프로 문예에의 관여 흔적이 나타나지 않는다는 점, 이러한 모든 점을 감안하고 본다면, 귀국을 전후하여 그가 실제로 맑스주의에의 회의 상태에 빠져 있었다는 점은 어느 정도 인정될 수 있다. 그의 동경 유학 시절은 그렇다면 어떠하였던가.

문단 데뷔 평론으로 되어 있는 「농민문학문제」(1931.10.1-20)가 이를테면 그의 동경 유학 시절의 결산 소산으로서 쓰여진 평론문이다. 이 논문까지를 구태여 맑스주의 밖의 소산이라고 우겨 해석할 필요는 없겠다. 하지만 노동자 (계급) 중심주의라는 입장에서 볼 때 이 논문은 안함광의 기계주의적인 농민문학 종속론에 비추어 농민문학의 자율성론, 소위 노동문학과 농민문학의 동맹론을 주창한 것이며, 이것은 프로 문예 운동, 혹은 무산 계급 운동의 정통론에 비추어서도 정당한 것으로 일본 내에서 평가된 것이었다. 다만 주의할 점은 이러한 시각에서 농민문학의 새로운 가치, 소위 쁘띠 부르조아 계층으로서 농민층의 자율성론을 주창한 점에서 전투적인 노동운동론에서 이탈한 것이라 함이 지적될 필요가 있으며, 귀국을 전후한 시기 백철의 의식 상태는 이러한 지점에 서 있었던 것이다. 왜 그러했던가. 이것은 동경고사 학생으로서 백철의 유학 시절이 상대적으로 열정적인 맑스보이의 상태에 있었다는 점으로 설명될 수 있으며, 이 열정의 시기에서 돌아옴의 찰나에서 그는 아연 쁘띠 부르조아 지식인으로서 계급적인 속성, 혹은 한계에 부딪혀 스스로의 의식적 정향을 조절하지 않으면 안 되었던 것이다. 자서전의 중요한 부분을 차지하는 '동경시절' 이란 실상 '학생시절' 의 의미에 다름 아니었음을 이러한 문맥에서 새삼스럽게 환기해 볼 수도 있다. 학생시절이란 누구에게나 자유롭고 열정의 시기인 것. 이념의 모험을 감행해보는 것도 당연한 일이려니와, 당시 동경 학생층의 분위기란 '맑시즘' 에 깊이 침윤돼 있어서 가정의 속박을 벗어나 있는 그에게 진보적 이념의 호흡이란 매우 자연스런 일이었다. 한 식민지 조선 청년이었던 백(세)철은 성격적으로 특히 다정다감하면서도 열정적인 면모의 소유자로서 기분에 치우치는 경솔 부박의 면모 또한 함께 지닌 학생 지식인이었다. 시인으로의 입신을 꾀했음을 그런 기질의 한 반영으로 볼 수 있거니와, 무책임한 결혼 생활의 행태, 그리고 졸업 이후의 생활에 대해 특별히 뚜렷한 대안을 갖추지 못한 상태에 있었던 점 등을 감안해 볼 때 그가 낭만적 열정의 소유자이기는 할망정, 현실에 치밀히 준비하는 성격의 소유자는 아니었음으로 파악된다. 실상 고등사범 이후의 대책이 전무하였던 것은 아니고, 졸업장만 가지면 자동으로 취득할 수 있는 교사로서의 직종을 그가 스스로 거부하였다는 점도 그의 기질의 한 편향으로 파악될 수 있고, 이것은 그가 자유로운 문인의 신분을 선호하였음을 말해주는 또 하나의 증거가 되는 것이다. 우리는 물론 그의 학창 시절의 모든 행각을 한때의 객기로만 치부해 버리고 도외시하는 태도를 가질 필요는 없다. 오히려 그 자유로움 속에서 개인적 기질은 더욱 개성적인 면모를 드러낸다고 볼 수 있을 것이며, 바로 이와 같은 시야 속에서 동경 시절 백철은 기질적 면모에 있어 감상적이며, 우월감에 빠져들기 좋아하며, 전체적으로 자유 부동하는 지식인으로서 열정적인 문예적 감수성의 소유자였던 것으로 파악될 수 있는 것이다. 그럼 NAPF 맹원이 되기까지 맑스주의자로서의 그의 치열한 행적은 어떻게 해석되어야 할까.

이론적이고 실천적인 분자로서 그가 NAPF의 맹원이 됐다기보다 한 시인으로시 추천된 맹원이었을 뿐임이 우선 감안되지 않으면 안 된다. NAPF의 산하 조직인 시 동인지 『전위시인』에서 주도적인 역할을 하였고, 좌익 잡지 『프롤레타리아』에 시 「봉기」를 발표함으로써 그는 마침내 NAPF 중앙위원회의 추천에 오르게 된다. 이로써 그는 시인의 자격으로 NAPF의 맹원 신분에 오르는데, 정작 평론가로서의 일본 문단 데뷔를 꾀한 『中央公論社』 신인현상응모에서는 거푸 낙방의 고배를 마시는 바람에 그는 하는 수없이 귀국행을 서두르지 않으면 안 되었다. 이처럼 동경고사의 졸업이 가까워진 시점에서 그는 나름대로의 인생 항해를 모색하나 결국 현실의 벽에 부딪혀서는 맑스주의적인 실천 지식인의 자세를 위협받지 않을 수 없는 상황에 이르게 된다.[10] 몰락하는 소지주 계층의 아들로서 당대 명문인 관립의 동경고사까지 나온 처지에서 젊은 한때의 열정만으로 룸펜 생활을 지속하기에는 여러 여건이 마땅치 않았기 때문이다. 물론 여기에 시대적 압박의 조건 또한 없지 않았고, 들뜬 성격의 그의 개인적 기질 또한 이와 무관할 수 없었다. 1929년 대공황을 고비로 자본주의-제국주의 체제의 몰락이 눈앞에 보이는 듯하던 1920년대식 운동 전망과 달리 바야흐로 파쇼 체제의 압박은 대대적인 검거 선풍을 불러왔고, 조선 프로 문예 운동의 상황은 이 점에서 더욱 열악한 상태에 있었다. 이와 같은 상황을 피부로 감지하면서도 그가 「농민문학문제」라는 평론을 제출하여 한 무산 평론가로서의 입신을 꾀한 것은 따라서 그의 기질의 반영이었다고 하겠거니와, '농민문학'의 테제야말로 기실 그가 가장 잘 다룰 수 있는 프로 문예 운동의 테제이기 때문임도 했다. 동경시절 농민파의 '지상낙원'에 몸을 담음으로써 농민문학 이론에 구체적인 식견을 갖게 된 그로서는 안함광의 기계적 농민문학론이랄 수 있는 「농민문학 문제에 대한 일고찰」(『조선일보』, 1931.8.12)에 대해 누구보다 통렬한 반박의 이론을 갖출 수 있었던 것이다.

조선 프로 문예 운동의 테두리 안에서 이처럼 처음부터 내부 비판자로서의 위치를 택하였던 백철은 그 비판적 회의의 태도를 밀고 나감으로써 조만간 인간문학론에 이르게 된다. 『카프詩人集』을 격렬하게 비판한 「창작방법문제 계급적 분석과 시의 창작 문제」(『조선일보』, 1932.3.9-10)에서 그의 내부 비판자로서의 면모는 여실히 드러났다고 할 수 있으며, 이 자세는 그 대의와 명분에 있어서 프로 문학을 옹호하면서도 그것의 구체적인 기술적, 방법적 문제에 있어서는 단호히 비판의 태도를 명백히 하는 것이었다. 명문 고등사범의 영문학부 출신이라는 자부심이 프로 문학 내부에서 이론적 비판자로서의 위치를 갖게 하는 데 심리적 추동력을 가져다주었다고 볼 수 있으리라.

아슬아슬한 경계를 유지하는 듯한 이와 같은 이중적 처세의 문예관은 한동안 지속된다. 하지만 그것이 언제까지나 지속될 수는 없는 일이었다. 어떤 식

10) 위의 책, 8장 참조.

으로든 선택을 강요받는 상황에 그는 이르게 됐고, 카프 2차 사건에 의한 검속의 계기는 그 결정타였다. 하지만 그 외부적인 계기 이전에도 내발적인 계기가 먼저 찾아온 셈이었으니 당시 성론된 창작방법론 모색의 한 계기로서 '인간묘사론'을 제기하게 된 것이 그 한 계기였다. 하지만 이 관찰 또한 피상적일 수 있으리라. 어떤 점에서 그 입론 모색의 정황적 계기는 '개벽' 사로부터의 퇴사 이후 주어진 실업의 계기로부터 왔다고 할 수 있으니, 실직의 상태 곧 전업 비평가로서 연명해야 되는 이 실업의 계절 속에서 그는 원론적인 문예 이론가로서의 자기 계발에 몰두하게 되었던 것이다. 특히 이 기간 동안 그는 학창시절 문외한의 위치에 있었던 소설 이론 공부에 나아갔던 셈인데, '인간묘사론'이란 실상 근대 소설의 방법론적 원론을 제기한 데 불과한, 그러니까 소설 이론 공부의 한 산물이라 볼 수 있는 성질이 짙기 때문이다. 이 공부의 와중에서 그는 새삼스레 '문학(소설)'이란 '인간묘사'의 형식에 다름 아닌 문화적 양식이란 사실을 깨달을 수 있었고, 따라서 이 '인간묘사'의 인식이야말로 구체적인 창작방법론의 획득으로 나아가는 첩경이 될 것임을 그는 포착하였다. 물론 이와 같은 인식의 획득이 당시 일본 문단의 동향과 세계 문단의 동향까지를 촉수를 높이 세우고 감득하려 한 데서 얻어진 저널리즘 비평의 한 일류의 성과라고도 말할 수 있고, 이것은 그가 당시 영문과 출신의 교양적 지식을 획득하고 있었던 사실과 전혀 분리되어 인식될 수 없는 한 요건의 사실이다. 이처럼 「문단 시평-인간묘사시대」(『조선일보』, 1933.8.29~9.1)로 열리게 되는 그의 휴머니즘 비평의 개막 양상이란 그의 주체적 조건과 내외의 객관적 여건, 사정이 종합적으로 작용하여 이루어진 비평사적 요청의 한 점이 지대로서 이루어진 성격이라 할 수 있고, 이는 상당 부분 한국 근대 문예 비평사의 파행적 전개와도 접맥되어 이루어진 성격 양상이라 할 수 있다. 휴머니즘 의식이란 자유주의적 의식에 불과한 것으로 타매되기도 했지만, 우리가 알다시피 근대 자본주의 사회의 성립과 궤를 같이 히는 근대 소설, 혹은 근대 문학의 인간묘사적 기능, 성격이란 다른 어떤 것에 비해서도 앞서 인식되지 않으면 안 될 비평적 테마이기도 했기 때문이다. 그렇지 못하고 프로 문학의 이념, 방법론이 문예 근대화의 일반 과정을 앞질러 과도하게 추상적 규제의 힘을 발휘하게 됐을 때, 원론적인 휴머니즘론의 제기는 그러니까 그 파행의 공백 지대를 메꾸는 적절한 테마론의 하나로서 기능할 수 있었던 셈이다. 이 공백 메꾸기의 역할은 자유주의와 무산 지식인의 접경, 혹은 경계 지대에 서 있는 사람의 문제 제기에 의해서 이루어질 수 있었다고 할 수 있고, 바로 그 점에서 백철의 비평사적 역할은 처음부터 중간파의 위치에 서 있었던 것이라 말할 수도 있다. 보다 정확히 말하면 그는 처음부터 중도의 좌파 위치를 지켜나아 왔을 따름이다.

실업의 시대, 도서관 시대의 산물로 낳아진 「문단 시평-인간묘사시대」가 평단에 큰 반향을 낳음으로써 백철로서도 문단 저널리즘의 중심에 본격 진입하는 부수적인 성과를 얻게 된다. 하지만 이와 같은 성과를 뒤로 하고 그는 낙향에 임함으로써 상당한 기간 글쓰기의 공백을 가지게 되며, 따라서 '인간묘사론 其二'(「문학, 인간, 자연, 현실-인간 탐구의 도정」, 『동아일보』, 1934.5.24- 6.2)와 「인간묘사론 其三」(『개벽』, 1934.11)의 글들은 해를 넘겨서야 이어지게 되며, 따라서 그 글들은 이 시기의 배경적 문맥상 사회주의 리얼리즘의 창작방법론 모색 일환으로 제시되는 성격을 머금게 된다(혹시는 이 시기, 실업의 기간 동안 그는 작가로서의 전신을 꿈꾸었던 것은 아닐까. 실제로 그 직후의 수감 기간 이후 그는 단편 「南柯의 悲別」(『부인공론』, 1936.7)을 발표하며, 그 뒤 『인문평론』에도 유명한 중편 「展望」(1940.1)을 쓰고 있음을 확인할 수 있다. 이 내면적 동기에 대해 그는 아무런 술회도 남겨 놓고 있지 않은데, 그의 자유분방한 성격 체질로 볼 때 작가로서의 글쓰기 모색도 충분히 염두에 둘 수 있는 사항이다).

어쨌거나 유유자적하며 자유분방한 서사(書士)로서의 생활을 지켜나가던 그는 뜻밖에 '신건설사' 사건에 연루됨으로써 구속의 처지에 놓이게 되며, 그의 본격적인 '휴머니즘론' 개진은 따라서 출옥 후로 미뤄지게 된다. 출옥 소감 「비애의 성사」(『동아일보』, 1935.12.22-27)로써 그는 전향의 태도를 분명히 하며, 이후 그는 그의 비평적 한 상표가 되다시피 한 휴머니즘론의 적극 개진에 나서게 된다. 그의 휴머니즘론의 전개를 단계별로 나누어 볼 때 그 내면적 일관성의 양상은 다음과 같이 정리될 수 있다.

3-1. 소설 창작방법론의 모색—인간묘사론

백철의 '인간묘사론'은 그러니까 처음 시초에 창작방법론 모색의 일환으로 제기된 것이었다. 이에 대해서 물론 선행 연구자의 지적이 있었다.[11] 하지만 아직까지 백철 비평의 내면적 동향이 전체적으로 주의 깊게 추적된 바는 없었던 것으로 보이며, 따라서 당시 창작방법론 논의의 구체적인 전모 또한 아직까지는 베일의 상태에 있는 것으로 보인다. 가장 일반적으로 범해지는 오류가 당시 창작방법론 모색의 논의를 소련예술조직위원회 제1차 총회의 '사회주의 리얼리즘' 원칙 천명에 부수된 결과로만 파악하는 것. 이러한 해석은 당시 우리 문예 운동의 상황이 전적으로 강고한 조직 체계 아래 움직이고 있었다는 가설 아래서만 타당할 수 있다. 그러나 실제 그러했던가. 오히려 백철 글쓰기의 실질적, 내면적 동력학이 보여주듯, 당시 우리의 문예 운동은 조직적 이완의 상태에 놓여 있었으며, 따라서 박영희의 "얻은 것은 이데올로기요, 잃은 것은 예술 그 자체!"라는 회오의 술회가 보여주듯, 예술로의 귀환 움직임으로 설명될 수 있는 의식적 상태에 당시 우리 프로 문예 운동의 전반적 상황은 놓여 있었다. '사회주의 리얼리즘'의 공식 천명을 아전인수 격의 일반 리얼리즘으로 해석하거나, 무엇보다 창작의 활성화가 긴요하다는 예술주의적 입장의 대두는 이 사정에 기인했던 것으로 볼 수 있다. 백철의 '인간묘사론' 역시 그러니까 러시아에서의 사회주의 리얼리즘 공식화가 한 단초의 계기로 작용하기는 했을망정 그로부터서만 영향 받아 성립된 것은 아니었다. 이 때문에 백철은 '인간묘사론'을 전개하는 도정에서 사회주의 리얼리즘의 공식화된 문구에 의존하기보다 오히려 엥겔스에 연원하는 '전형적 성격'의 창조론에 집중된 이론적 관심의 태도를 보였으며, 이를 교두보로 그때까지 사회주의 문예의 일반 원칙으로 통용돼 왔던 추상적 규칙들을 과감히 철폐하고, 오히려 부르조아 문예의 전범이 되고 있는 서구의 여러 고전적 사례들을 앞세워 논리를 진개하는 자유주의적 태도를 적극화하게 된다. '인간묘사론 其二'의 글에서 그가 〈햄릿〉, 〈파우스트〉, 〈리스벳트〉, 〈라스콜리니코프〉, 〈보봐리 夫人〉' 등의 이름을 들어 "우수한 작품은 우수한 인간 타입을 창조 묘사하였다!"고 주장한 것은 그의 이와 같은 사회주의 문예 이론에서의 이탈 태도와 부르조아적 문예 이론에의 복귀 태도를

11) 김윤식, 앞의 책, 217-218쪽 참조.

잘 보여주는 전형적인 문면 사례라 할 수 있다.

하지만 이 단계에서 그의 문예적 입장이 사회주의 문예 이론의 틀을 근본적으로 탈각한 상태에 있었다고 보기는 아직 이르다. 여전히 '경향성'의 원칙을 버리지 않은 상태에 있었으며, 스스로 자신의 문예 이론이 신흥계급의 문예 창작에 기여하기를 바란다고 천명함으로써, 말하자면 트로츠키 류의 '프롤레타리아 쿨트론'적 입장과 같은 논리적 기반에 그의 입론이 있음을 그는 밝히고 있다. 창작인의 작가적 입장에 섬으로써 그는 문예 실제에 있어서 기법이 중요하다는, 그런 기능주의적 입장을 그는 취한 셈이며, 이와 같은 기능적 태도는 이미 데뷔 평론 「농민문학문제」 단계에서부터 '제재 문제', '표현형식' 등의 문제를 주목하여 나타난바 있다. 신유인의 '창작 고정화' 현상에 대한 비판 논리를 적극 받아들임으로써 문학은 이론적 교설로서 성립하는 것이 아니라, 현실 변화 자체의 언어적 수용, 그러니까 '산 인간', '산 현실'의 묘사로서 구현 가능한 것임을 그는 기회 있을 때마다 강조하는 입장을 취하였으며, 이 점에서 그는 처음부터 '운동으로서의 문학' 개념보다 '작품으로서의 문학' 개념에 전념하는 태도를 취해왔다고도 볼 수 있다. 이와 같은 문맥에서 볼셰비크적인 정치, 문화 이론 투쟁에 전념했던 당시 카프 지도부와는 처음부터 이론적 대척점의 자리에 그는 서 있었다고 말할 수 있는 것이다.

3-2. 문학주의로의 선화—개성과 고뇌의 정신으로서의 휴머니즘

문학의 정치성, 경향성을 한편 인정하면서도 문예의 기능적 측면, 그러니까 소설 창작에서의 성격 조형의 측면을 강조하여 전개되던 그의 '인간묘사론'은 출옥 후 문학의 정치주의에 대한 완전 포기의 입장을 정하게 됨으로써 순연한 문학주의의 논리로 귀환, 혹은 선화하게 된다. '휴머니즘 문학론'이라고 하는 것이 바로 그것인데, 여기에서 그의 탈정치주의적 입장은 "인간으로 귀환하라!"는 명제로 요약되며, 이와 함께 과거 프로 문학의 기준 비평보다는 감상 비평을 옹호하는 태도를 천명함으로써 마침내 과거 그가 부르조아 근대 문학의 말기파라 해서 거부했던 심리주의 문학까지도 적극 긍정하는 입장으로까지 나아가게 된다. 하나의 모델로서 말하고자 할 때 '도스토예프스키론'을 개진한 바 있던 앙드레 지드의 문학관을 상기시키며, 지드의 태도야말로 현대적인 문학관의 전범이 되어야 할 것을 그는 은연중 천명하는 것이다. 나아가 그가 옥중에 있던 시기 불문학자 이헌구에 의해 소개된바 있는 '행동적 휴머니즘'에 대해서까지 그는 그 경향의 대두를 마치 예견이라도 했다는 듯 아전인수 격의 해설을 늘어놓고 당시 유럽의 정황 속에서 집단적 흐름의 양상을 보이고 있었던 인민전선의 문화 옹호론을 자설 이해의 배경으로 배치하는 양상조차 보인다.

하나의 연속적 관점에서 바라볼 때 이와 같은 변모의 양상까지를 초기 기능주의적 입장, 혹은 자유 부동하는 지식인으로서의 문예적 입장이 확대 강화된 것으로 볼 수는 있다. 다만 상황이 상황인만큼 프로 문학의 정치적 색채를 불가피 탈색할 수밖에 없는 상황에서 인간적 보편주의에의 헌신 태도만을 앞세울 수밖에 없었던 사정이라 이해할 수 있고, 이 때문에 그는 문학 본래의 '인간 탐구'적 의의를 강조하는 한편으로 상황의 외압에 어찌할 수 없이 구속되는 가련한 지식인의 프로메테우스적 '고뇌의 정신'을 부각시키는 상황 문학론, 일종의 지식인 문학론을 적극 개진하게 된다(「현대문학의 과제인 인간 탐구와 고뇌의 정신」, 『조선일보』, 1936.1.12–21). 그가 나중 『신문학사조사』를 쓰는 단계에서 극구 강조했던 것처럼, 이 시기, 그러니까 1936년도의 시점에 와서 셰스토프 류의 불안 사상이 세계적인 유행의 양상을 띠었던 것도 사실이었던만큼, 점차 만연되는 파시즘 정치의 불안 시대에 감옥의 험한 풍경을 막 구경하고 나온 그로서는 지식인다운 고뇌의 정신 속에서야 겨우 현대 문학의 새로운 이정표를 찾을 수 있다고 하는 것이 그럴 수밖에 없었던 심리적 외양의 한 자세로서 이해될 수 있는 것이다. 이 단계에 와서 그는 '개성'과 '보편성'의 문제를 새롭게 대립시키며, 문학의 본령은 (계급적) 보편성에서보다는 개성의 획득, 구현에서 찾아져야 할 것임을 새삼 강조하게도 되거니와(「문학에 있어서의 개성과 보편성의 문제」, 『조선일보』, 1936.5.31 6.11), 1937년 새해를 맞으면서 그는 「웰컴! 휴머니즘」(『조광』, 1937.1)이라는 요란스런, 흥분된 어조의 비평적 구호를 내세움으로써 보는 독자로 하여금 오히려 불길한 시대의 전망에 선 나약한 지식인의 자기 변호적 단말마의 외침소리를 듣는 기분조차 안겨준다. 시대에 맞설 패기의 의욕으로서 이제 그 비평적 구호는 들리는 것이 아니라, 더 이상 새로운 문학론의 계발, 확대로 나아갈 수 없는 패배적, 수세적 의식의 자기 응시 속에서 단지 구호만으로 현실을 의장하는, 그래서 빈 수레가 요란하다는 속설을 연상시키는 내면적 공허의 목소리로 들린다. 비록 저널리즘에 의한 치장이기는 하지만, 1930년대 휴머니즘론의 모색이 어떤 점에서 이 지점에서 끝났던 것 아닌가 하는 느낌을 줄 정도로 그것은 비평으로서 처연한 내적 논리 부재의 상태를 보여주는 것이다.

3-3. 추수적 자유주의의 말로—동양적 휴머니즘론의 제기

결국 파시즘의 몰아치는, 엄혹한 풍정 속에서 감옥으로부터 나와 한가로이 몸을 돌볼 겨를도 없이 평단 복귀와 그의 비평적 상표가 되다시피 한 휴머니즘론 모색, 전개에 열을 올리던 그의 비평적 정열은 1930년대 후반, 1937년, 1938년경을 넘어서면서부터 하릴없이 한풀 꺾이고, 파시즘의 발호에 속절없이 추수(追隨)하고 마는, 참여된 현실 지식인의 자기기만 상태에 진입하게 된다. 김오성처럼 철학적 식견이 탄탄한 것도 아니고, 이헌구처럼 불문학사의 지식에 정통한 입장도 아닌 상태에서, 박람강기만으로 겨우 고전적 문학 사례들을 열거할 수 있을 뿐이면서, 「文學의 聖林—인간으로 귀환하라」(『조광』, 1936.4)의 구호를 반복 외치기는 힘에 부치기도 했을 터이면서, 당대의 상황 자체가 그리 호락호락, 한가롭게 전개되지 않는 탓이기도 했을 것이다. 그렇다고 그가 전혀 멈추어 있었다고만 할 수는 없다. 이 시기의 의미 있는 자취로 그는 서구적 행동적 휴머니즘의 직접적 수용이 불가하다는 인정의 바탕 위에서 동경 문단의 고전론에 자극받은 탓인지, 「풍류인간의 문학—소극적 인간의 비판」(『조광』, 1937.6)이라는 동양적 휴머니즘에의 모색 양상을 보이게 되며, 이로써 서구적 휴머니즘과 동양적 휴머니즘의 접목 교두보를 마련했다고 할 수 있는 그는 그러나 이 논설을 더 이상 확장시키지 못한다. 대신 그는 「인간 연구의 최대작가 성(聖) 도스토예프스키」(『조광』, 1938.5)를 논하며, 특유의 지식인 문학론(「현세에 대한 이해와 애착—지식계급론」(『조선일보』, 1938.6.3-9), 「시세를 불거하는 정신—역설을 이해하는 지혜—현대지식계급론」(『동아일보』, 1938.7.1-12))과 종합문학론(「종합문학의 건설과 장편소설의 현재와 장래」(『조광』,

1938.8))의 모색으로 나아가게 되며, 다시 한 번 「휴매니즘의 본격적 경향—현대인의 형성 문제」(『청색지』, 1938.8)를 논해보지만, 더 이상 뻗어나가지 못하고 시대적 사실을 수리하지 않을 수 없다는 시대 추수론의 「시대적 우연의 수리—사실에 대한 정신의 태도」(『조선일보』, 1938.12.11–21)에 떨어지고 만다. 이때 그에게는 세 가지 길이 남아 있었으리라. 『문장』과 『인문평론』으로 재편되는 새로운 잡지 시대, 일순 흥성해진 순수문학 중심의 문단에 동참하거나, 아니면 붓놀림을 중단하고 물러서거나, 아니면 어떤 식으로든 신문에서 버티는 길이다. 새로이 일군 가정적 행복에 대한 기대와 함께 그는 결국 『매일신보』 문화부장에의 길을 선택하며, 그 이후 더욱 험악해진 암흑기의 문단 폐쇄기에는 북경 지국장으로 날아가 그 나름의 알리바이 마련에 착수한다.

　일제 말기의 이와 같은 행보를 두고 한 시대 추수적 자유주의자의 행로를 떠올리는 것은 크게 부자연스런 일이 아니라 할 것이다. 문학비평가로서 충실하고자 애썼다고 하지만, 그것이 불가한 상황에서 오히려 현실 대변의 언론인 길에 나섬으로써 이후 그의 행보는 어려워졌던 것이다. 『매일신보』의 기자직을 택하기 전에 학교 교사냐, 총독부 기관지 기자냐의 길을 놓고 그는 친우이자 전 카프 서기장이었던 임화와 상의했다고 하거니와,[12] 그 엄혹한 시기에도 시대 참여에의 길을 놓지 않았다는 것은 어찌됐던 그의 현실적 욕망을 반영하는 것이다. 해방 후 그가 은둔과 칩거의 상태에 빠져들 수밖에 없었던 것은 그 역사적 과오에 기인한 행적이었다고 할 수 있으며, 그렇지만 이에 굴하지 않고 그는 그 나름의 문학사 정리 작업에 임함으로써 『신문학사조사』라는 걸출한 업적 소산에 이르게 된다. 그가 본격적으로 문단에 복귀하기는 분단과 전쟁으로 인한 문단 상황의 지각 변동으로 말미암아 가능해졌다고 할 수 있으리라. 월북 문인들로 인한 문단의 공백 발생은 비록 친일의 행적을 가졌을망정 그의 문단 롤백을 자연스럽게 했고, 특히 휴머니즘 의식의 자연 발생은 그의 문단 생환에 의식적 기반을 마련해 주었다. 전쟁 직전 김동리와의 논전(「산문 문학과 리얼리즘—김동리의 미몽을 계함」(『국도신문』, 1950.3.29–31))은 오히려 순수문학 작단과의 친화력의 계기를 마련해 주었고, 전쟁을 거치면서 이제 그는 본격적으로 평단 일선에 다시 복귀하게 된다. 도미의 시기를 계기로 그가 미국 '뉴 크리티시즘'의 도입에 나서게 되었다는 것도 잘 알려진 사실이며, '동인문학상'의

12) 백철, 『문학자서전』, 下, 박영사, 1975, 36쪽.

제정과 그 운용에 깊숙이 관여했다는 것, 그리고 한국 펜클럽의 운영에 주도적 위치를 차지했다는 것도 잘 알려진 사실이다. 문학주의자이자 자유주의자로서 그의 이와 같은 행보는 그 비평적 의식의 중심 축에 알게 모르게 휴머니즘의 의식이 작동했다는 것을 알게 하며, 이 의식의 거리 조정을 통해 그는 시대와의 대면을 꾀해왔다는 것을 알 수 있게 한다. 이 끈질긴 비평적 생명력의 기원에 휴머니즘의 의식이 있었으며, 이 의식의 견지로 그는 한국 비평사의 한 공백 지대를 메꾸어갔다고 볼 수 있다.

4. 맺음말—휴머니즘의 문학의식과 비평가의 개성

1930년대로부터 전후기에까지 이르는 한국 휴머니즘 (의식) 비평사에서 백철의 족적은 이처럼 지울 수 없는 것이다. 물론 그 한계에 대해서 우리는 얼마든지 비판적 논급을 가할 수 있다. 그 비평적 담론 자체로 그다지 정치하고 포괄적인 담론의 형태를 제시하지 못했다는 것은 이 비평 전개의 결정적인 한계로 지적된다. 하지만 일제 말 이래 순수문학으로부터 전후 문학에 이르기까지 휴머니즘의 문학 의식이 미친 영향의 흔적은 지대하며, 이를 부인하지 못하는 한 백철 비평의 경과는 무시될 수 없다. 그의 비평의 한계는 그가 그만큼 시대의 추세에 민감하고 시대에 충실하려 했다는 점으로 상쇄될 수 있으며, 저널리즘에 의한 비평 행태란 항용 이러한 것이다. 프로 문학에 대한 외부 비판자로서의 위치를 지켜가려 한 만치 그는 처음부터 중간자, 중간파였다고 할 수 있으며, 이 중간적 매개적 위치는 문학사의 경세 지점, 공백 시대를 메꾸어가는 데 적격이었다. 처음 그것은 '인간묘사론'으로 시작되어, 카프 해체 이후에는 '휴머니즘'으로 문단의 의식적 공백을 메꾸어가려 한 노력으로 파급되었으며, 그렇지만 시대적 제약에 부딪혀 그것은 더 이상 뻗지 못하고 '풍류문학론'이라는 어정쩡한 개념적 모호의 지대에서 소실되고 만다. 그렇지만 그 입론의 단초들이 김동리 세대 이후의 문학론에 알게 모르게 역사적 선행자로서의 역할을 담당했다면 이의 문학사적, 비평사적 의의는 높이 평가될 수 있다.

논고의 대상을 백철 비평의 원질, 혹은 특질이라는 것으로만 한정할 경우 이와 같은 휴머니즘 의식과 백철 비평의 끈질긴 생명력과의 관계 역시 사상될 수 없다. 원론적 비평에서부터 시평에 이르기까지 작품의 의식을 문제 삼고, 작가론적 비평에 나아갈 수 있었던 방법론적 원천이 또한 그의 인간주의적 비평 의식에 근거하고 있었던 점을 착안할 수 있기 때문이다. 휴머니즘의 주제 의식만을 물고 늘어졌던 것이 아니라, 이 방법적 의식을 체계화하고 정리해나가는 과정에서 그의 비평적 의욕이 적어도 고갈되지 않고 샘솟듯 솟아날 수 있었다는 점은 적어도 한 비평가의 행보로서는 행운의 열쇠를 쥔 형국이었다고 말할 수 있다. 이 비평적 원질은 곧 비평가로서 그의 개성 자체였으며, 이것은 그 자신 풍부한 인간성의 면모 소유자로서 구비되지 않으면 충족될 수 없는 것이었다. 이언 와트의 『소설의 발흥』(The Rise of the Novel)을 굳이 참조하지 않더라도 근대 소설의 원질은 형식적 리얼리즘과 개성의 신장, 발휘에 있었으며, 백철 비평에 있어서 자유주의적 개성의 옹호와 그 발호는 따라서 한국 근대 비평사가 마땅히 메꿔나가지 않으면 그런 의식적, 방법적 공백 지대의 하나였다. 일제 말 순수문학과 전후문학의 전개에 있어서 그 역사적 성립의 근거는 충분히 설명되는 바라 할 수 있다. 순수문학과 전후 문학에 있어서 이 의식의 관련 양상에 대한 자세한 검토의 기회는 차후로 미룬다.

참고문헌

『조선일보』, 『서울신문』, 『개벽』, 『인문평론』 등의 신문 및 잡지.
백철, 『문학자서전』 上·下, 박영사, 1975.

김윤식, 『한국근대문예비평사연구』, 일지사, 1976.
이형기 외, 『한국문학개관』, 어문각, 1987
문학사와비평연구회, 『1950년대 문학연구』, 예하, 1991.
한형구, 「일제 말기 세대의 미의식에 관한 연구」, 서울대학교 박사학위논문, 1992.

E. Hobsbawm, "The Age of Extremes", Penguin : London, 1994, 1부 5장 참조.
장 폴 사르트르, 방곤 역, 『실존주의는 휴머니즘이다』, 문예출판사, 1992.
W. 비이멜, 백승균 역, 『하이데거의 철학이론』, 박영사, 1982.

제8장

1930년대 중반 문단 재편과 시론의 비평적 전개

'기교주의 논쟁' 재음미

1. 머리말

1-1. 문학사–비평사의 본질 이해를 위한 시각, 혹은 인정투쟁론

역사를 어떻게 설명할 것이냐의 문제가 늘 역사학도의 중심 과제일 수밖에 없다면, 문학사 연구자에게도 이 사정은 마찬가지일 것이다. 문학사 역시 역사의 일종이 아닐 수 없고, 그런 뜻에서 문학사 연구는 역사학의 근본 성격과 분리되기 어렵다. 역사란 무엇인가.

(한국) 근대 문학 연구자들에 의해서 취해지고 있는 두 가지 사관의 성격을 대별시켜 본다면, 크게 '역사변증론'의 시각과 순수 기술론적인 시각, 즉 전통적으로 '실증주의'라 칭해왔던, 사건 중심의 순수 기술론적 시각이 대립해 있지 않을까 생각해 본다. 오늘날의 강단 현실에서 역사변증법의 결정론적인 사관, 소위 유물사관 같은 것을 맹목적으로 채택하는 경우란 그리 많지 않을 것으로 여겨지지만, 넓은 의미에서 '변증법'이란 편리한(?) 역사 구성의 도식을 취하고 있는 경우가 전혀 없다고 말하기란 어려우리라고 생각된다. 실제로 많은 역사 기술 속에서 이원 대립항 설정에 의한 역사 서술의 방식을 취하고 있는 경우를 흔하게 찾아볼 수 있다. 역사의 추동이 언제나, 그리고 반드시, 이원 대립의 체계에 의해서만 전개되느냐 하는 데 대해서는 의문이 제기되지 않을 수 없지만, 그러나 어쨌든 이 편리한 도식적 인식 체계가 역사를 이해하고 설명하는 데 유효한 도구로 군림하고 있다는 것은 마냥 부인하기만은 어렵다.

물론 그렇다고 순수 기술자의 시각, 혹은 전통적인 실증주의자의 시각이 역사에 대해서 반드시 옳고 타당한 서술을 제시하는 것이냐 하면, 거기에 대해 또 얼마든지 많은 이론이 제기될 수 있을 줄로 안다. 과연 (역사적) '사실'이라고 하는 것이 어느 만큼의 타당성과 객관성 속에서 역사 기술에 적용될 수 있느냐에 대해서 늘상 많은 물음이 제기되는 것이지만, 여기서 한 발 더 나아가 사실들의 취사선택, 곧 어떤 사건을 버리고 어떤 사건은 취할 것인가, 혹은 어떤 사건이 더욱 중요하고 또 어떤 사건은 덜 중요하다고 할 것인가, 이런 물음에 이르게 되면 역사학의 문제라는 것이 결코 생각만큼 그렇게 간단히 정리될 수 있는 성질의 것이 아님을 인식치 않을 수 없다. '현상'에 대한 순수 인식을 현상학은 갈망하였지만, 긴 여정 끝에 현상학이 욕망하는 것은 결국 현상의 배후로서의 어떤 '본질'이라는 것의 통찰에 있다는 점은 역사학에 대해서도 많은 것을 깨우쳐 준다고 할 수 있다. 사건과 사태에 대한 순수 기술을 통해서 궁극적으로 역사의 본질에 대한 통찰에 나서고자 하는 역사학의 의욕, 혹은 딜레마와 '현상학'의 그것이 많이 닮아 있다고 할 수 있을 것이기 때문이다.[1]

그렇다면 '역사의 본질'이라고 운위하는 것, 그 설론 자체가 매우 우매하고 당돌할 수 있지만, 1930년대의 문학사, 비평사에 대한 나름의 체계적인, 정리된 인식을 도모하고자 하는 필자의 입장에서 그와 같은 설론을 마냥 피해 가기만도 어렵다고 하지 않을 수 없다. 가령 변증법의 편리한 논법을 동원한다면, (당대 비평가 임화가 그랬던 것처럼) 당시 문학사의 흐름을 크게 '시민문학'과 '인민문학'의 흐름, 곧 그 대립과 각축이라는 구도 속에 압축, 배치하고, 거기에 리얼리즘, 혹은 모더니즘의 창작 방법과 이념을 적절히 접목, 설명의 틀을 구성함으로써 궁극적으로 '계급'(여기에 '지주'라거나 '농민', 혹은 '프롤레타리아'라거나 '소시민층' 등의 다양한 계급 지시 용어들이 동원될 수 있겠다)의 문화 활동이라는 유물변증론의 문화사 서술 시각이 그럴 듯하게 구현, 완성되는 양상을 그려 보일 수 있다고 할 수 있다. 이와 같이 역사 변증론의 시각이란 언제나 선명하고도 편리한 역사 구성의 도식적 논리틀을 통해 역사 전개의 내면 동력을 간명하게 적출해 낸다는 점에서 장점을 갖는다. 물론 이로써 모든 사태가 다 해명되었느냐 하면 그렇다고 말하기는 어렵다. 예컨대 '기교주의 논쟁'처럼 일견 (시)문단 3분 구도의 정립(鼎立) 양상을 드러낸 것으로 파악되는 비평사적 현상에 대해서 이를 어떤 설명의 틀 속에서 적출해 낼 것이냐의 문제는 여전한 학적 과제로 남는다고 할 수 있다. 1930년대 후반기, 『문장』, 『인문평론』으로의 대립 구도를 드러내었던 시기의 문학사적 현상에 대해서도 그것을 반드시 '시민문학'과 '인민문학'으로의 대립과 각축이라는 구도 속에서만 설명해 보일 수 있느냐의 문제 역시 여전한 과제의 하나로 남는다고 할 수 있다. 흔히 변증론자들은 (당대의 임화가 그랬던 것처럼) 기본모순과 주요모순이라는 설정 아래 나머지 차이에 대해서는 단순히 부차적 모순들로 가볍게 처리하고 마는 양상을 볼 수 있지만, 모든 역사적 현상들이 언제나 이원 대립의 변증법 체계 속에 수용, 녹아들 수 있느냐의 문제는 여전히 수수께끼의 문제로

1) 윤명노, 「훗설에 있어서의 현상학의 구상과 지향적 함축」, 『현상학이란 무엇인가』, 심설당, 1983 참조.

남을 수밖에 없다고 하지 않을 수 없는 것이다. 만약 문학사의 대립이 언제나 양자 대립에 의해서만이 아니라, 3자 대립과 그밖의 많은 복수태들의 다양한 대립 현상들로도 이해될 수 있다면, '기교주의 논쟁' 역시 그 대표적인, 다양한 복수태의 대립 현상 중 하나로서 충분히 주목해 볼 만한 역사적 현상의 하나로서 간주될 수 있을 것이다.

역사 이해의 한 가설적 명제의 하나로서 '인정투쟁' 론의 개념도 이런 맥락에서 적극적으로 고려, 인식될 수 있을 것이다. 변증론적 역사 이해 논법의 창시자이자 그 최초의 정립자라고 할 수 있는 헤겔의 경우 그 청년기에 모색했던 역사 인식틀의 하나가 '인정투쟁' 론이었음[2]을 우리는 이런 맥락에서 상기할 필요가 있다. 만약 다양한 복수태의 문학 주체 설정을 우리가 가정할 수 있다면, 그 다양한 복수태의 주체들 사이에서 ('인정' 을 위한) 상호 투쟁과 대립이 다양한 형태로 나타난다고 볼 수 있고, 그리하여 그러한 인식틀이 보다 풍부하고 유연한 형체로 역사 속의 현상들을 집어낼 수 있다면, 우리가 쓰는 문학사, 비평사도 보다 풍부하고 구체적인 자태로 그 모습을 드러낼 수 있지 않을까 기대해 보게 된다. '기교주의 논쟁' 에 대한 재검토의 작업을 새삼스럽게 시도해 보고자 하는 뜻은 위처럼 우선 그것이 보이는 일견 3원태의, 치열한 인정투쟁의 형국 때문이라 할 수 있는데, 이 논쟁 사건이 보다 세밀하게 주목될 필요가 있다고 하는 뜻은 그러나 반드시 위와 같은 공간학적 인식 자장의 의미론적 요소 때문만은 아니다. 달리 말해서 시간 속 인식 자장, 즉 한국 근대(일제하 시기)의 문예 비평사가 시간적으로 변화해 간 추이 속에서 그 주요 결절점의 하나로 보기에 충분한 위상학적 사건이 하나로서 '기교주의 논쟁' 이 한편 보다 세밀히 음미될 필요가 있다고 보기 때문이다. 이 점에 대해서 일단 절을 나누어 다음과 같은 논변을 시도해 볼 수 있겠다.

1-2. 일제하 한국 근대 문예 비평사의 종장, 그리고 '기교주의 논쟁'

1930년대 문학사를 종단하여 건너고자 할 때, 혹은 문단사라는 관점에서 그 전모를 이해해 보고자 할 때, 그 이정표의 자리에 놓일 수 있는 사건이 우선 '기교주의 논쟁' 사건임을 말할 수 있다. 시기적으로 이 사건이 1935년 말과

---

2) 악셀 호네트, 문성훈 · 이현재 역, 『인정투쟁』, 동녘, 1996, 1장 참조.

1936년 벽두의 시점에서 발생한 사건이라는 것, 이 때문에 이 시기까지의 1930년대 시사, 나아가 한국 근대 시사 전체의 성과를 가늠해보는 하나의 지표적 의의를 이 사건이 수행하였으며, 또한 이후 한국시의 전개에 어떤 식으로든 방향타의 역할을 수행하였다는 점을 이 사건의 의의로서 주석할 수 있다. 한국 근대 문학사의 전개를 시사 중심으로 개관하고자 할 때, 빼놓을 수 없는 비평사적 쟁론 사건의 하나로서 이 사건을 꼽을 수 있는 이유가 이런 맥락에서 주어질 수 있다.

이 사건이 획득할 수 있는 의의는 그러나 그것이 단순히 하나의 문학사적 결절점에 위치한, 그러니까 문학사의 향방을 결정한 일종 나침반으로서의 역할을 그것이 수행하였다는 점에 그치지 않는다. 더 크게 말한다면 1930년대 문학사 전체의 윤곽을 어림잡게 하는 그러한 시금석으로서의 역할을 이 사건이 수행한 것 아닌가 판단할 수 있다. 달리 말하면 그 말의 참뜻에서 일제하 문학사의 종장을 열어젖힌 사건으로 기록될 수 있다. 물론 이 논쟁 자체에 의하여 일제하 문학사, 혹은 한국 근대의 문예 비평사 전체가 끝을 보았다거나 종장에 이르렀다고 하는 선언은 섣부른 판단이 되리라. 흔히 카프 해산 이후의 시기를 비평사가 '전형기'로 기록해 왔다는 것을 우리는 알거니와, 조선어 문자 활동이 실질적으로 폐막의 상태에 이르는 1940년대 초반의 시점에 이르기까지, 즉 '암흑기' 직전의 시기에 이르기까지 『문장』, 『인문평론』이 병립하면서 격렬하게 문학적 인정투쟁을 다투는 활발한 문예 생산의 시대, 그리하여 당시의 용어로 이른바 '문예부흥기'의 한 시기가 도래하였다고도 할 만큼 활발한 문예 생산의 점고 시대가 있었다는 것을 우리는 알고 있다. 그런데 어이하여 1930년대 중반의 시점에서 때 이르게 일제하 문학, 혹은 비평의 종막을 알리는 조종의 소리가 울려 퍼지게 되었다고 하는 것인가. 여기에 대해서 설명이 없을 수 없다. 말하자면 역사의 종말론, 역사의 본질이 무엇인가를 이해하기 위한 방편에시 '역시의 종언' 논의가 대두하게 된다는 점을 상기할 수 있거니와,[3] 한국 근대 문예 비평사의 본질이 무엇인가를 질문하기 위한 의도에서 일제하 비평사의 종점 지대에 대한 설정의 문제가 제기될 수 있다. 일제하의 근대 문예 비평사 전체를 우리는 어떻게 볼 것인가.

한국 근대의 문예 비평사를 질서지우기 위한 의도에서 '논쟁사' 중심으로 그

3) 프란시스 후쿠야마, 이상훈 역, 「머리말을 대신하여」, 『역사의 종말』, 한마음사, 1989, 7-23쪽 참조.

문맥을 재구축하는 작업을 필자는 근래 벌여오게 되었거니와, 이 작업의 시발점에서 먼저 한국 근대 문예 비평사 전개의 원점 설정을 위한 작업이 도모되지 않으면 안 되겠다고 생각하게 되었다. 이에 따라 우선 '근대 비평이란 무엇인가'라는 원론적 물음을 제기하면서 그 원점 설정의 작업을 도모하게 된 결과, 1920년대 초 김환의 소설 「자연의 자각」을 두고 벌인 '염상섭-김동인' 사이의 논전이 우리 근대 문예 비평사의 출범을 알린 원점의 사건으로 기록될 만하다고 판단하게 되었다. 근대적 의미의 공공영역(신문, 잡지의 지면)을 무대로, 실제적인 작품 평가의 쟁처를 둘러싼, 곧 실제 비평의 전형적인 논란 양상을 빚은 것이 이 논쟁의 대체적인 윤곽이었으며, 이를 통해서 '창조' 파와 '폐허' 파를 중심으로 한 근대적인 문단이 형성되고, 또 이를 통해서 '(문예) 비평'에 대한 자의식적 인식이 구체적으로 정립되기에 이르렀다고 확인할 수 있었기 때문이다. 달리 말하면 '비평이란 무엇인가'에 대한 원론적 함의를 입에 물고, 입법 비평의 '판관설', 혹은 해설 비평의 '활동사진 변사설'에 입각한 논전을 벌인 끝에, 결과적으로 『창조』와 『폐허』의 지면에 각각 '월평' 란이 개설, 운영되기에 이르렀다는 것이 그 원점 형성의 구체적인 조건 흔적들로서 인식될 수 있다고 파악하였던 것이다. 근대 비평의 '제도화' 라는 관점에서 볼 때, 이 사건만큼 엄숙하게 근대적 문예 비평의 사회적 성립 양상을 구체적으로 특화시켜 보여준 사건은 달리 없었다고 말할 수 있다.[4]

이처럼 1920년대 벽두의 시점에서 한국 근대의 문예 비평사가 그 개막의 고고성을 울렸다고 본다면, 우리는 또 어느 시점에선가 근대 비평사 폐막을 알리는 사건이 개시하게 되었음을 기정, 인식할 수 있다. 이는 말할 나위 없이 일제하 비평사 전체의 역사적 목적성 이해, 그 목표 설정의 문제와 결부되게 된다. 이러한 인식 목적을 설정하고 볼 때, 여기서 필자는 다시 한 번 한국 근대의 문예 비평사가 무엇보다 '문단사' 라는 관점에서 인식될 필요가 있음을 환기시켜 두고 싶다. 이는 단순히 '문단사' 의 관점에서 한국 근대의 문예 비평사가 보다 주체적인 시야 속에서 파악될 수 있음을 의미하기 때문에서만이 아니라, 더 나아가 이 관점을 통해서 오늘의 세대에게 필요한, 즉 한국 근대 문학사 전체를 살아있는 생물로 인식하는 안목이 주어질 수 있음을 고려하게 되기 때문이다. 즉 살아있는 활물체, 곧 하나의 '유기체' 로서 인식하는 안목을 통해서 과거의

---

4) 이 책의 제1장 「한국 근대 문예 비평의 원점(1)」과 제3장 「한국 근대 문예 비평(사)의 원점론(2)」 참조.

문학사, 비평사가 결코 죽은 지식의 집적물이 아니라, 역사에 숨결을 불어넣고 그것을 구체적으로 고동치게 하는 살아있는 활물체의 성격으로 배양될 수 있음을 우리는 감안할 수 있다. 말하자면 오늘의 조건에서 필요한 문학사 교육, 혹은 비평사 교육의 활성화를 위해서는 역사 자체를 합목적적이고 경제적인 시야에서 인식할 필요성이 주어지며, 이러한 필요조건 속에서 문학사와 비평사를 살아있는 '문단사'의 전개 양상으로 볼 안목의 인식 요건이 성립하게 된다고 할 수 있는 것이다. 이처럼 유기적이고 합목적적인 형체로서 문단사, 그리고 비평사의 면모를 재구성한다고 할 때, 그 원점 설정과 함께 종장, 혹은 종점의 설립 필요성이 주어지며, 그 종점 지대 구축의 유력한 표지 사건의 하나로서 우리는 '기교주의 논쟁' 사건을 주목할 수 있다. 왜 그런가. 말할 나위 없이 이 문맥에서 역사적 사건들의 숨 가쁜 연속성, 그 연쇄적 고리 형성의 맥락들이 주밀하게 파악되어야 할 것은 물론이다.

『문장』지 발간 이후 주어진 '순수-세대'의 논쟁 사건이 일제하 비평사의 폐막을 드리운 결정적 사건의 하나였다고 한다면,[5] 그 전경(前景)을 이룬 도화선의 주된 사건 중 하나가 곧 '기교주의 논쟁'이었음을 우리는 주목할 수 있다.[6] '기교주의 논쟁'이 30년대 전반, 아니 그 이전부터 형성된 소위 '프로 시단(경향 시단)', 그리고 '시문학파', 더하여 '구인회'로의 문단 분립 양상을 반영한 사건이었음은 말할 나위가 없거니와, 이로써 일제하 문학사, 비평사가 뚜렷이 '순수문학'과 '참여문학(경향 문학)'으로의 이분화 경향을 배태하게 된다는 것도 이 논쟁 문맥을 통해서 검출된 담론 표지라 할 수 있다. 결국 일제 말의 문학사는 『문장』과 『인문평론』 간 대립이라는 또 하나의 양극화 시대를 연출하게 되거니와, 이러한 양극화의 문맥 속에서 구체적인 쟁론 사건으로 발화된 것이 '순수-세대 논쟁' 사건이었다고 할 때, 그 앞자리의 예비적 문학관 충돌 사건이 다름 아닌 '기교주의 논쟁'으로서 현출하게 되었던 것을 우리는 역사화된 근대 문예 비평사 재구성의 맥락 속에서 검출, 인식하지 않을 수 없는 것이다. '시란 무엇인가?'라고 묻는, 원론적 물음 함의의 측면이 이런 맥락 속에서 보면 오히려 부차적일 정도이다. 일제하의 비평사가 이런 물음의 계기들을 통해

5) 한형구, 「일제 말기 세대의 미의식에 관한 연구」, 서울대학교 박사학위논문, 1992, 2장 참조.
6) 학술대회 자리에서 발표하던 당시, '기교주의 논쟁'을 (일제하 시기) 한국 근대 문예 비평사의 '종점'으로 설정할 만하지 않느냐는 본고의 주장에 대해 많은 토론자들의 이의 제기가 있었다. 이에 발표 후 숙고 결과, 역시 '종점' 설정의 논의는 지나치게 과격한 인상을 준다는 이의 제기를 수용하고, 일단 완화된 '종막' 단계의 한 사건으로 인지하는 것이 좋겠다는 잠정적인 결론으로 이 글을 쓰게 되었음을 밝힌다. 토론자 여러분들에게 깊은 사의를 표한다.

성숙해지고, 이로써 그 역사적 성숙의 한계 지점을 돌파하게 되었다는 것은 그 논쟁 문면의 구체적인 확인과 파악을 통해 점검될 수 있다. '기교주의 논쟁'이 간단치 않은, 여러 비평사적 성숙의 지표들을 거느리고 있다는 것을 지금까지의 서술을 통해 환기, 재문맥화하고자 해온 셈이거니와, 이러한 가설적 논의들은 무엇보다 여러 구체적 사실들의 확인과 그 문맥 검출의 작업들을 통해서 보완되지 않으면 안 된다. 실상 본론은 지금부터이거니와, 무엇보다 먼저 이 논쟁 자체의 외면적 경과와 그 담론 형성의 행간 요인들을 먼저 확인, 검출해 두지 않으면 안 될 것이다.

2. '기교주의 논쟁'의 경과와 그 배경—카프 2차 사건의 발생과 1930년대 시단의 재편

선행의 연구자들에 의해서 밝혀져 있는 것처럼,[7] '기교주의 논쟁'이란 일단 김기림에 의해서 제기된 바 있는, 소위 「詩에 잇서서의 技巧主義의 反省과 發展」(『조선일보』, 1935.2.10-14)이라는 글이 단초가 되어서 촉발된 논쟁인 것으로 살펴진다. 이어서 이 논쟁의 중심축을 이룬 논자로는 임화, 박용철이 주요하게 떠오르게 되었지만, 이와 같은 논쟁 사건을 두고 '기교주의 논쟁'이라는 세칭이 붙게 된 것도 그러니까 당초 그 원인 제공자의 역할을 위 김기림의 글이 수행했다고 보는 인식과 무관치 않다.

하지만 이 논쟁의 문면을 자세히 더듬어 살펴보면 거기엔 여러 가지 문맥이 얽혀 있었던 것으로 파악된다. 김기림의 논설 한 편이 촉발시켰다고 보기에는 전후좌우로 복잡한 여러 사정이 얽혀 있었던 것으로 관찰될 수 있다. 오히려 논쟁의 직접적인 도화선 역할을 수행한 평론은 임화의 시평(時評), 년평(年評) 글로서의 「曇天下의 詩壇 一年」(『신동아』, 1935.12)이었다고 할 수 있고, 이 글을 자세히 들여다 보면 더욱 그 사정이 복잡했던 것을 알 수 있다. 제목이 시사하는 바처럼 을해(乙亥)년(1935)의 시단 성과를 점검하는 글로서 년평의 임무를 띠고 있었던 이 글은 그 모두(冒頭)에서부터 사뭇 어조도 비장하게 '朝鮮의

---

7) 비평사 연구의 차원에서 김윤식, 김시태 등에 의해 '기교주의 논쟁'이란 명명이 일반화된 이래, 수많은 시론 연구자들, 또한 김기림 연구자들에 의해서 이 논쟁은 지속적으로, 그리고 간단없이 언급돼 왔다. 연구사의 지나친 방대함이 연구에 대한 언급을 불허할 정도인 것이다. 따라서 실증적 차원에서 이 논쟁에 대해 무엇인가 사실을 덧붙인다는 것은 거의 무망한 일로 보인다.

詩文學'이 담천하(曇天下)의 일 년간을 경과하지 않을 수 없었음을 밝히고 있다. 그 서두 부분을 보아두기로 하자.

우리 朝鮮의 詩文學이 지난해의 잠자리에서 눈을 부비고 窓門을 열렀을 때 今年의 時代的 하늘의 빛깔이란 매우 尋常치 않았다. 지난해 數十名 의 詩人 作家 批評家의 一團 우에 내린 무서운 雷雨는 決코 물러가지 않았을뿐더러 안개와 구름은 以上 더 濃度를 기피하고 거치른 바람은 비가 올지 눈이 올지 全然 判別키 어려웠다. 浦口를 向 하야 배를 젓기에는 너무나 險한 天候이었다. 그러나 歷史의 出航을 그만둘 수는 없는 것이다. 이곳에 우리들의 運命의 殘忍함이 있고 이다지 詩文學의 눈물겨운 行路가 있다.

이 疾風과 怒濤가 물결치는 가운데서 지낸 六月 드디어 十年間의 苦鬪史를 가진 이곳의 進步的 文學의 組織的 母體가 放棄되고 그 壓力은 水波와 같이 모든 種數의 良心있는 文學에 擴大되었다.

只今에는 드디어 우리들이 생각하고 말하는 唯一의 道具인 우리들의 言語가 決完(sic. 定)的 危機下에 스게 된다는 沈痛한 事實이 藝術家의 앞에 展開되고 있다.

예전부터 詩人은 모든 藝術 가운데 가장 敏捷한 時代現實의 感知者이고 그것이 만드러내는 時代的精神의 最良의 意味의 傳聲機라는 데서 그들은 높은 명예를 차지해 왔다.[8]

카프 2차 사건으로 인한 문인 대량 구금의 사태를 암시하는 바의 서술이 아닐 수 없다. 그리고 이 때문에 조선의 시문학 전체가 먹구름 속에 짓눌리게 됐음을 그는 시사하고 있는 것이다. 이처럼 경향 시단이 암울한 사회적 현실 속에서 신음하고 있었던 데 비하면 시단의 그와 같은 공백을 기화로 '기교파'의 시난이 수년래 번성의 상태에 놓여 있었음을 그는 지적하고 있다. 결국 논쟁의 불씨가 구체적으로 지펴지게 된 것은 바로 이러한 문맥에서였다. 마땅히 시단의 주류를 차지하여야 할 경향시 대신에 그 공백기를 틈타 번성을 누리는 것이 과연 옳은 시단 현실이냐, 이런 윤리적 질문의 뇌관을 그의 글 속의 서두에 그는 장치해 놓고 있었던 것이다. 그가 글의 서반에서 '시인의 명예'를 운위하면

---

8) 『신동아』, 1935.12, 166쪽.

서, "그러나 우리들의 詩人의 名譽 가운데 얼마나 이 虛僞의 명예가 많은 것일가?" 반문하고, 더 나아가 본론 속에서도 "이러한 歷史的인 條件下에서 우리 詩壇의 거의 橫暴에 가까운 支配者이었든 푸로레타리아 詩의 痛烈한 不自由 가운데서 一時的으로남아(나마) 그 氣熄이 微弱해 갈제 詩는 言語의 技巧이다 라는 態度를 朝鮮的인 方法으로 飜譯해 가지고 나오는 狡猾한 潮流가 漸完(次)的고으로나아 「繁榮」한 것은 無理가 아니다"⁹⁾라는 문장 등을 통해 통렬한 비난의 수사를 퍼부었던 것은 다름 아닌 바로 그와 같은 당파적 의식, 의도의 지향성 때문이었다고 할 수 있다. 카프 책임자의 위치에 있었던 사람으로서는 어쩔 수 없었다거나, 지극히 자연스러운 마음의 행보였다고 변호될 만한 임화 특유의 글쓰기 행투가 결국 논쟁의 직접적인 발단, 도화선의 역할을 한 것을 알 수 있다.

박용철이 감정적으로 예민하고 날카롭게 반응하게 됐던 것도 결국은 이런 문맥에서 연유된 바라고 하겠다. 언제나 사람을 아프게 하는 것은 윤리적 질문의 내용인 터이다. 다시 말하면 '파렴치범'으로 몰리게 될 위기에 처할 때 사람들은 발끈하게 된다. 시를 쓰고 그것이 사람들에 의해 애호되는 일이 파렴치한의 행위에 준할 수 있는가. 이러한 반문의 의식을 박용철은 또 가졌을 법하다. 그리고 그 또한 임화의 붓질에 대해서 평소 가져왔던 의심의 일단을 풀어놓게 되었다. 결국 이러한 평론 행위란 궁극적으로 '문단 헤게모니' 쟁취라는 의도 속에서 행해지는 비열한 도배의 짓이 아닐 것인가. 이러한 혐의를 내장한 채 그 또한 임화의 글을 논평하는 「을해시단총평」 속에서 다음과 같은 독설의 언술을 퍼붓게 되었다. 보라.

林和氏의 論文中 또하나 注意를 喚起하고 싶은 것은 技巧主義者로 金起林氏를 攻擊한 가운데 있는 不謹愼한 章句다.

「進步的 詩歌에 對한 不自由한 客觀的 雰圍氣의 擴大는 그들의 活動에 있어서는 自由의 天地의 展開이었다」(……)「그들은 進步的 文學의 不幸 우에 自己의 幸福을 심어온 것이다」(……)

그들이 果然 林和 氏의 말하는 바 今日의 時代的長林과 曇天을 「自由의 천지」로 알고 「自己의 幸福」으로 알고 사는 줄 아는가.

9) 위의 글, 167쪽 및 170쪽.

藝術上 主張에 있어 아모리 尖銳하게 對立할 때에도 우리가 이 狹小한 朝鮮 文壇에서의 文壇헤게모니를 唯一한 目標로 삼는 卑劣한 徒輩가 아닌 以上 이러히 無用한 敵愾心의 發露는 當然히 淸算하여야 할 것이다.[10]

감정이란 이렇게 격앙되기 쉬운 것이다. 이처럼 박용철이 「乙亥詩壇總評」 (『동아일보』, 1935.12.24-28) 속에서 자신을 역공하고 나오자 임화 역시 다시 한 번 칼을 빼들어, 「技巧派와 朝鮮 詩壇」이라는 제목으로 『중앙』 36년 2월호에 반론의 글을 싣게 되었고, 박용철 역시 여기에 재반박문, 「技巧主義說의 虛妄」(『동아일보』, 1936.3.18-19)이라는 제목으로 글을 발표하게 되자 논쟁은 완전히 2라운드, 두 차례의 공방을 주고 받은 끝에 종결을 고하게 된 것이다. 이 와중에서 당초 「詩에 잇서서의 技巧主義의 反省과 發展」을 써서 논쟁의 한 빌미를 제공하였던 김기림은 「詩人으로서 現實에 積極 關心」(『조선일보』, 1936.1.5)이라는 제하에 한 번 자신의 입장을 개진하였을 뿐 구체적으로 논전에 개입하지 않아 전체적으로 논쟁이 소강의 면모를 보이게 되었다고 할 수 있다. 김기림은 이 시기 직후 유학을 떠나 논쟁 당시에는 유학 준비에 바쁜 상황이지 않았나 이해되며, 성격적으로도 호전적인 기질은 아니었던 것으로 파악된다. 임화 역시 이 시기에 알려지기로는 병질로부터 완전히 해방되지 못한 상태에 있어 논쟁을 지속하기는 어려웠지 않았나 이해되며, 심신의 허약을 이기지 못해 이로부터 수년 후 곧 불귀의 객 신세가 되고 마는 박용철의 입장에서도 굳이 재도전이 없는 상태에서 논쟁을 지속하기는 어려웠을 것으로 파악된다.

어쨌거나 논쟁의 외형적 양상은 이렇게 해서 서둘러 막을 내리는 모습을 띠게 되었지만, 결국 이 논쟁을 계기로 순수문학, 혹은 심미적 비평의 의식과 그 담론이 활성화되기에 이르렀음을 주목할 필요가 있을 것이다. 김환태의 인상주의 비평이 이 시기에 정열적으로 개진되었고, 한편 김문집의 탐미적 비평이 문단 내외에 그 존재를 표출하기 시작하였던 것도 이 시기를 전후한 시점에서부터였다. 한편 『시와 소설』(1936.3)의 발간으로 그 면모를 일신한 구인회가 대내외적으로 그 존재를 과시하기에 이른 것도 대개 이 시기를 전후한 시점이었음을 또한 인식할 수 있다. 즉 일제 말기의 신세대 문인들에 의해서 '순수(문

---

10) 박용철, 『박용철 전집』 2, 깊은샘, 2004, 88-89쪽.

학)' 의식이 크게 주입된 배경이 이러한 맥락 속에서 파악될 수 있음을 알 수 있다. 모더니즘 시의 독보적인 이론가 위치에 있었던 김기림이 결국 동북제대 시절의 유학기로부터 돌아와 최초로 쓴 본격 논설이 「모더니즘의 역사적 위치」(『인문평론』, 1939.10)였다는 사실도 이러한 맥락에서 유념해 기억해 둘 만한 사실이다. 시론, 혹은 시학적 인식 점고와 확산이 이와 같은 문단적 배경 속에서 이루어졌다고 할 수 있으며, 그와 같은 시적 문예 의식의 세례를 받았던 일제 말기의 신세대, 즉 '순수문학' 세대가 앞 세대의 경향문학 세대와 뚜렷한 변별점의 의식을 갖고 마침내 『문장』지를 발판으로 '순수(세대) 논쟁'이라는 본격 세대 논쟁을 벌이게 되었던 사정도 이러한 문단적 구도의 확산 문맥 속에서 읽혀질 수 있다. 이런 뜻에서 '순수문학' 의식의 기원과 그 확산이 결코 만만치 않은 문단적 배경 속에서 이루어졌음을 극적으로 투영해 보여주는 논쟁이 곧 '기교주의 논쟁'이라 할 수 있는 것이다.

임화가 다시 의욕적으로 평필을 곧추 잡아 여러 원론적 성격의 문예론 개진의 글, 가령 「언어의 마술성」(『비판』, 1936.3), 「언어의 현실성」(『조선문학』, 1936.5), 「예술적 인식과 표현수단으로서의 언어」(『조선문학』, 1936.7) 등을 연속적으로 집필하고, 이후 문단에 신인론이 제기될 때는 「신인론」(『비판』, 1939.2), 혹은 「시단의 신세대」(『조선일보』, 1939.8.18~26) 등을 통해 순수문학 비판의 손길을 늦추지 않았던 것도 또한 같은 문맥 속에서 그 행적의 일관성이 파악될 수 있다. 임화가 이 시기 집중적으로 논구하여 그 준비 작업을 개시하게 되는 '신문학사' 집필의 작업까지를 폭넓게 위와 같은 문단 현실의 인식 자장, 곧 경향 문학 퇴조기라는 시대적 담천(曇天)의 현실에 직면하여 그 문학사적 헤게모니의 확보라는 인식적 전략, 그 의도의 발현이라는 문맥 속에서 이해할 때, 이 시기 '기교주의 논쟁'이 내재하고 있었던 비평사적 함의가 결코 만만치 않았던 것을 확인할 수 있다. 그렇다면 '기교주의 논쟁' 속에서 집중적으로 논란된 논점의 구체상은 무엇이었던가. 이 점이 무엇보다 시론, 혹은 시학의 문제로 인식되었다고 할 때, 시론, 혹은 시학적 의식의 (차이) 문제를 둘러싸고 배열되고 있었던 당시 문단의 구도를 다시 한 번 요약, 정리해 둘 필요가 있을 것이다. 결국 의식의 차이, 곧 가치 인식의 차이가 문단의 분할을 가져온 근본 요인이었다고 할 때, 당시 문단의 병립 구도와 시론, 시학의 문제를 접목시켜 논하는 관점이 핵심적인 (인식) 지평 형성의 요인으로 작용하였음을 알 수 있다.

3. 시단과 시론의 정립(鼎立) 구도

논쟁 자체의 외형적 면모는 따라서 비교적 단순한 공방 양상으로 나타났다고 할 수 있지만, 그 배경에 상당한 심리적 저변과 문화적 헤게모니 쟁투를 위한 전략적 담론 문맥들이 깃들어 작용해 있었던 것을 알 수 있다. 특히 많은 연구자들이 주목한 것은 이 논쟁의 문맥에서 여러 유파의 시론이 예각적으로 맞부딪혀 개진되었다는 점이다. 특히 그동안의 연구들에서는 '시문학파'를 대표한 박용철 시론이 이 문맥 속에서 날카롭게 드러났다는 점을 주목하였으며, 마찬가지로 경향시를 대표한 임화의 시론, 그리고 모더니즘 시파를 대표한 김기림의 시론 역시 이 문맥에서 자기의 정체를 드러내었다고 보았다. 결국 시론의 추상적 개진만으로는 그 시론의 자기 정체성이랄까, 그 참다운 개성이 잘 드러나지 않는 것이다. 논쟁을 통해서, 타자와의 격렬한 맞부딪힘을 통해서 주체의 자기 정체성이 인식되고 폭로된다고 할 때, 시론의 격렬한 맞부딪힘을 야기한 희귀한, 예외적인 논쟁의 사례가 '기교주의 논쟁'이었음으로 우리는 다시 한번 정리할 수 있는 것이다. 그것이 어떻게 당시 시(문)단의 구도와 연결되고 있었던 것인지 먼저 살펴두기로 한다.

논쟁의 도화선에 불을 붙인 직접적인 발화자로서의 임화 시각에 기대 먼저 당대 시단의 현황을 인식해 두기로 하면, 그에게는 우선 경향 시단, 즉 프로 시단과 그에 대한 반정립으로서의 기교파 시단이 병립한 형태로 시단 전체의 면모가 파악되었던 것을 주목할 수 있다. 그에 의하면 이 기교파 시단이란 전대의 민족주의 시파, 즉 시민시의 뿌리를 잇고 있는 것으로, 그것이 결코 사회적 진보의 몫을 수행하기는 어려울 것을 예단하고 있다. '구인회'와 '해외문학파'의 존재를 그가 이 문맥에서 염두에 두었음이 틀림없는데, 이들을 싸잡아서 그는 한마디로 '기교파'라 치부하고자 했던 셈이다. 그리고는 이 기교파의 입장을 대변하는 시론가로서 김기림을 주목하고, 그가 『조선일보』 지상을 통해 밝힌 「詩에 잇서서의 技巧主義의 反省과 發展」을 거론, 그 시론의 문제점을 통렬하게 논파하고자 한 것이다.

여기에 대해서 김기림이 어떤 반응을 보였었는지는 앞에서 말한 바와 같다. 이 시기 김기림은 독자적인 시론 모색과 개척에 나서던 형편에 있었다고 할 수 있고, 그 잠정적인 모색의 자취가 이른바 '오전의 시론'과 '전체시론'으로 표명되고 있었다. 『조선일보』 학예면 담당 기자로서 계몽적인 시론 개진의 논설들을 써 가던 중 여러 현대시론을 섭렵한 끝에 그 나름으로 도달한 결론이 '오전의 시론'과 '전체시론'으로 주어지고 있었던 것이다. 쉽게 설명하면, '오후'가 아닌, 즉 '오전'의 시론으로서 '젊음'이 약동하는 시가 되어야 할 것과, 한편 그 창작 실천의 모토로서 이른바 '기교'와 '현실'의 통합이라는, 나름의 '전체(적 통합의) 시'론을 그는 이 시기 한 잠정적인 결론태로서 제시하고 있었던 것이다. 이러한 시론적 사유와 반성 궤적의 표출로서 전술한 「詩에 잇서서의 技巧主義의 反省과 發展」이라는 의외의 테제가 발표되었던 것인데, 이 글을 논박하면서 임화는 기실 '기교주의'라는 것이 전대의 '예술지상주의' 허물을 벗지 못한 것으로서 진정으로 시적 진보를 관철하기 위해서는 '문명 비평'이라는 허울에 만족할 것이 아니라, 진보적 시의 진영, 곧 프롤레타리아 시의 진영에 합류해야 할 것을 역설, 강조했던 것이다. 이러한 비평, 비판이 김기림의 본의와 무관한 문맥에서 이루어졌던 것은 말할 나위 없는 사실이나, 그는 단지 임화의 그와 같은 주장, 비판이 현실을 적극 수용해야 한다는 자신의 논지와 다르지 않다는 점에서 반쯤 접수하고 투항하는 태도로 논란을 접고 말았던 것이다. 하지만 김기림 시론의 본체가 임화 본령의 저 계급적, 당파적 주장과 무관한 성격으로 주어졌다는 것은 다시 한 번 말할 나위가 없는 사실이며, 이 점이 여기서 좀 더 짚어질 필요가 있겠다. 김기림은 왜 이 시기 뜻밖의 '기교주의 반성'론을 제출함으로써 논란의 빌미를 스스로 제공하게 됐던 것인가.

여러 가지 요인이 이 문맥 속에서 검출될 수 있지만(가령 당시 카프 2차 사건으로 인한 문인 대량 검거 사태를 의식했을 것이라거나, 『조선일보』 특유의 진보적 분위기에 영향 받았으리라는 점, 혹은 '구인회' 내에서의 독자적 위치 확보를 의식했으리라는 점 등), 본질적인 사항은 역시 그가 이 시기 장시 「기상도」 등을 구상하고 또 그 실제 창작 작업에 나서면서 그가 의식적으로 개척했던 '문명 비평'의 작업이 넓은 의미에서 '현실(적 제재)'의 수용이라는 문제와 무관하게 이루어질 수 없다는 점을 인식했기 때문이 아니었을까. 따라서 임화의 글 「曇天下의 詩壇 一年」이 발표되고 나서 그가 이에 대한 즉답의 형식으로 「시인으로서 현실에 적극 관심」이라는 제하에 일견 항서 성격의 자술서를 낭독하게 되었지만, 그의 진의, 본의가 프로시, 경향시에의 투항과는 본질적으로 아무런 상관없는 그 나름의 독자적 시 입장을 개진한 것이었음이 그 내용 문맥으로 보아 확인된다. 전체적으로 어정쩡한 절충주의가, 그리고 피상적인 포괄주의적 성격의 면모가 이 글로서 폭로되기에 이르렀다는 것은 어쩔 수 없는 불가피한 사태였지만, 그 나름으로 그의 의도 자체는 순수한, 혹은 소박한 형태로나마, '내용+형식', 또는 '현실+(언어적) 기교' 라는 양수겸장의 논리를 지향한, 즉 이른바 '전체시론' 의 그것이었음이 그 문면을 통해서도 확인되는 것이다. 「시인으로서 현실에 적극 관심」이라는 글 중 그 핵심이라 할 만한 구절들을 통해 이 면모를 확인해 두자면 다음과 같다.

그러나 내 意見은 곧 技巧主義에 대신해서 內容主義를 가저오려는 것이라고 理解되어서는 아니 된다. 內容의 偏重은 벌서 一九三○年 以前의 誤謬엿다. 내가 主張하엿든 것은 차라리 이 內容과 技巧의 統一한 全體主義的 詩論이엿다.[11]

卽 詩人은 우리의 말을 그 現狀에 잇서서 잘 把握해 살릴 뿐 아니라 산 말속에서 늘 새로운 것을 發見하야 그것을 組織하야 새말의 創造에 努力해야 할 것이다.
要컨대 우리는 朝鮮말에 대하야 一種의 倫理感을 가저야 할 것이다.[12]

"最後로 내가 提示하야 諸君과 함께 記憶에 새로운 印象을 깁게 하고 시픈 問題는 朝鮮밀의 問題다"라고 함으로써 조선어 조탁의 문제를 새삼스럽게 강조하는 김기림의 위와 같은 태도는 확실히 임화 류의 현실지향적 입장과 구별되는 것이 아닐 수 없다. 바로 이 점을 통해 자신의 독자성을 드러내고자 김기림은 일단 '시인으로서 현실에 적극 관심' 이라는 어사를 일단 글의 제목으로 내세워두고도 특별히 시인으로서 '조선어' 조탁의 임무를 강조하는 전략적 논

11) 윤여탁 편, 『김기림 문학비평』, 푸른사상, 2002, 257쪽.
12) 위의 책, 259쪽.

변의 태도를 취했던 것이다. 이와 같이 당시 김기림이 취하고 있었던 시론의 성격은 일방 (언어를 사용하는) 시적 기교의 측면을 강조하면서 한편 시적 제재라는 폭넓은 의미에서 '현실' 수용의 문제를 강조하는 양수겸장의 소위 '전체시론'에 기울어 있었던 것을 알 수 있다. 그 선의에도 불구하고 그러나 이와 같은 어정쩡한 면모의 절충주의, 혹은 중도적 포괄주의자의 면모에 자신을 위치시킴으로써 결과적으로 이론적 깊이를 잃는 상식주의적 한계를 드러내었다는 점, 그리고 결정적 시기에 자신의 입장을 명확히 드러내지 못함으로써 역사의 미아로 남게 되는 처세의 치명적 한계를 낳게 되었다는 점 등은 그의 시론과 비평의 아킬레스건으로서 지적되지 않을 수 없는 면모라 할 수 있는 것이다.

김기림이 이처럼 '전체시론'이라는 이름으로 자기 엄폐의 처세에 그치고 말았던 데 비하면, 임화의 비판, 공격에 대하여 박용철은 매우 단호한 입장을 취하였다. 물론 임화 역시 구극적으로 시작에 있어서 언어의 측면, 즉 넓은 의미에서 언어 구사와 그 표현의 측면을 전적으로 부정하지는 않았던 것처럼, 박용철 역시 궁극적으로 시가 사회적 영향의 장으로부터 이탈해 존재하는 것은 아니라고 생각하였다.[13] '예술지상주의'라는 임화의 지적을 터무니없다고 본 것도 이러한 까닭에서였던 것이다. 다만 詩는 (高處의 산물인 까닭에) "아름다운 辯舌, 適切한 辯舌, 理路整然한 辯舌"의, (이러한 若干의) "辯舌에 그칠 것이 아니"라, "特異한 體驗이 絕頂에 達한 瞬間의 詩人을 꽃이나 或은 돌맹이로 定着시키는 것 같은 言語最高의 機能을 발휘시키는",[14] 辯舌 以上의 詩가 되어야 할 것을 그는 강조하였으며, 이 때문에 시 창작 과정에 대한 정밀한 논구가 중요함을 그는 재삼재사 강조하였다.[15] 요컨대 시가 구극적으로 사회적 장 속에 위치하고, 또한 그 속에서 쓰여진다는 점을 부정하지는 않지만, 궁극적으로 시는 시로서 받아들여져야 하며, 그런 뜻에서 좋은 시와 나쁜 시의 구별이 있을 뿐이며, 따라서 시가 사회적으로 좋은 효과를 미치기 위해서라도 우선 좋은 시가 되지 않으면 안 될 것을 그는 강조하고 역설하였다. 시를 한낱 기교의 대상처럼 격하시키는 김기림의 시론에 대해서도 그는 명백히 거부의 태도를 취하여 '새로움'이라는 신기성의 탐구, '衣裳師'의 그것보다는 차라리 '생리의

---

13) 박용철 「효과주의적 비평 논강」, 앞의 책, 26–33쪽 참조.
14) 위의 책, 87쪽.
15) 위와 같음.

시'(생리적 필연의 진실로 새로운 예술)를 주장하였으며, 본질적으로 체험의 시적 변용이라는 '표현'의 측면을 강조함으로써 선구적인 표현주의의 이론에 가까이 다가선 모습을 보였다. 그의 다음 문면을 보면 그의 시론의 핵심적인 입각점, 논란의 쟁처에 대한 인식이 어떠했는가를 여실히 알게 한다.

現實의 本質이나 刻刻의 轉移를 敏速正確히 認知하는 것은 人間一般에게 要求되는 理想이오 詩人은 이것을 認知할 뿐아니라 령혼의 가장 깊은 속에서 그것을 體驗하는 사람이여야 한다. 그러나 이것까지도 思考者 一般에게 要求될 수 있는 것이요 그 우에 한거름 더 나아가 最後로 詩人을 決定하는 것은 이러한 모든 깊이를 가진 自身을 한송이 꽃으로 한 마리 새로 또는 한 개의 毒茸으로 變容시킬 수 있는 能力에 있다.

영혼의 체험이 최후로 시적 변용으로 나타날 수 있다는 이러한 표현론적 시관[16] 속에서 '기교'의 개념이 설 자리는 없다. 그가 김기림의 「기교주의설의 허망」을 논함으로써 기교주의설에 반발한 것은 이러한 시관 때문이었거니와, 한편 성급한 현실의 채찍을 앞세우는 현실주의적 시관에 반대한 것도 같은 시관으로서였다. "性急한 現實의 채직이 그들로 하여금 이렇게 忍耐있는 藝術의 創作에 從하기가 어렵게 하는 것도 있겠으나 그 藝術의 最高의 到達點에 對한 理解없이 그 藝術에 從事하는 것은 相當한 才能과 努力을 헛되이 消費하게 할 뿐인 것이다"라고 함으로써 시 예술의 차원이 결코 현실 수용의 차원과 같을 수 없음을 그는 명백히 하였던 것이다. 그가 「기교주의설의 허망」 속에서 본격적으로 '기교' 개념을 거부하고("그러나 金起林氏의 技巧主義詩論이라는 것은 筆者가 全能力을 傾注해서 擊破하고저 하든 多年의 宿題로") 그것을 보다 일반적인 '기술' 개념으로 대치할 것을 주장하면서 피력하고 있는 다음 시론의 핵심 문면은 이 시기 그가 도달한 시적 사유의 개념이 낭만주의로부터 상징주의를 거쳐 표현주의에까지 근접한 것임을 알 수 있게 한다. 보자.

具體的으로 詩에 들어가 論議하자. 우리가 우리의 精神 가운데 貴重하다고

---

16) 박용철의 시론이 '생리의 시론', 혹은 '표현론적 관점의 소산'으로 이해된다는 것은 이제까지의 연구자들에 의해서 거의 정설처럼 인식되어온 바라 할 수 있다. 김윤태, 『한국 현대시와 리얼리티』, 소명출판, 2001, 제1부 3장 4절 참조.

評價할만한 想念이나 情念의 成立을 알았다 하자. 우리의 精神의 山脈 가운데 가끔 가다 불끈 일어서는 이 高峰을 흔히 靈感이라고 부른 것은 별반 거기 神秘의 옷을 입힐래서가 아니라 그 成立을 自由로 操縱할 수도 없고 또 그 豫測할 수도 없는 까닭이다.

우리는 그것의 表現을 向한다. 그러나 그 表現의 길이란 얼마나 困難하고 데스퍼레트한 것이냐. (…)

그 생각이 特異하면 할사록, 微妙하면 微妙할사록, 남달리 强烈하면 할사록 表現의 門은 좁아진다. 한편 言語 그것은 極小한 部分 極微한 程度를 除하고는 任意로 改正할 수는 없는 것이요 長久한 時日을 두고 遲遲하게 變化生長하는 生物이다. 그러므로 象徵詩人들이 그들의 幽玄한 詩想을 이 粗雜한 認識의 所産인 言語로 表現하게 되었을 때에 모든 直說的 表現法 을 버리고 한가지 形體를 빌려서 그 全精神을 托生시키는 方法을 取한 것이다. 이것은 不可能을 可能하게 하려는 必然의 길이었다.

다다이즘 以後 立體派 超現實派 等이 言語의 發生保存者인 先人들 또는 凡人들과 정말 相異한 精神狀態를 가질 때에 그 相異는 너무 컸기 때문에 그들은 媒材를 技術로 克服하는 安協의 길을 取하지 않고 그것을 全體로 破壞하고 뛰어넘는 것이다. 그러나 言語를 破壞하고 改作하는 것은 이 外觀부터 分明한 破壞者들뿐이 아니다. 모든 價値있는 詩人 즉 모든 創造的인 詩人은 自己 하나를 위해서 또 그 한때를 위해서 言語를 改造하고 있는 것이다. 그렇지 않고는 그의 目的은 到達할 수 없는 것이다.[17]

박용철의 시론이 김기림의 저 피상적인 '오전의 시론', 혹은 '전체시론' 과는 판이하게 다른 이론적 깊이를 갖춘 것이었음을 이러한 문맥에서 확인할 수 있다. 하지만 기교주의 논쟁이 타오른 것은 단순히 이러한 이론적 깊이, 혹은 그 차별성의 문제 때문이 아니었다. 말하자면 실제 비평의 국면에서 당대 시의 현상에 대한 본질적인 평가, 즉 인정투쟁의 문제가 이 문맥 속에 잠복되어 있었기 때문이었다. 요컨대 당대 비평의 구체적인 논제로서 정지용 시(에 대한 평가)의 문제가 시급한 화두로서 떠올랐기 때문이다. 임화가 「기교파와 조선시단」 속에서 거의 옷을 발가벗듯이 자기 시에 대한 평가 문제를 스스로 제기하

17) 박용철, 앞의 책, 19-20쪽.

게 된 것도 이 문맥 때문이었다. 그러니까 김기림이 「詩에 잇서서 技巧主義의 反省과 發展」이라는 논제를 제기했을 때, 이는 단순히 시인-시론가를 겸한 한 저널리스트가 일종의 계몽강좌적 의의로서 자신의 시론 개진에 나섰던 데 불과했었던 것이었지만, 그해 말에 임화가 「담천하의 시단 일년」을 쓰고, 박용철이 또 여기에 「을해시단총평」을 덧붙이게 되었을 때, 이미 시단의 중심 화제는 정지용 시를 어떻게 평가할 것인가의 문제로 옮아간 상태에 있었다. 박용철이 임화의 비판에 대해서 위기감을 느끼고 자신의 년평, 「을해시단총평」 속에서 정지용 시 「유리창」을 장황하게 해설함으로써 전면적인 반박에 나섰던 것이 이 행간의 문맥 때문이었고, 마찬가지로 임화가 재반박문 「기교파와 조선 시단」 속에서 정지용 시에 대한 격렬한 비난, 비판의 작업에 나서게 했던 동기가 모두 이 문맥 속에 있었다. 그러니까 최초 '기교주의'의 반성 문제를 제기한 사람(김기림)은 단지 이론적, 시론적 관심에서 그리했었을지 모르지만, 이를 확대하여 시단 비판으로 이끈 사람이 임화였고, 이에 대해 그것을 정지용 비판의 의미로 받아들여 격렬하게 저항하고 논박하는, 실제 비평의 논쟁장으로 이끈 사람이 다름 아닌 박용철이었던 것이다. 화마처럼 인정투쟁의 불꽃을 이처럼 비화하게 만든 심리적 저변의 이유란 그럼 무엇이었을까. 여기에 1930년대 문학, 적어도 1930년대 시문학의 차륜을 이끈 한 기수로서 박용철의 자의식, 자존심의 문제가 놓여 있었던 것이니, 전체적으로 임화와 정지용, 임화와 박용철 사이의 싸움이라는 1930년대 문학 최대의 인정투쟁, 그 감정싸움의 접점 지대가 이 가운데 놓여 있었다.

4. 시금석으로서의 『정지용 시집』과 그 평가 문제

한 가지 문학사적 사실을 우선 상기해 두기로 하면, 이 시기에 정지용과 김영랑 시집이 시문학사를 통해 나란히 출간되있다는 사실이다. 그러니까 '기교주의 논쟁'이 발단된 1935년 말의 직전 시기, 곧 1935년 10월과, 11월의 시기에 정지용 시집과 김영랑 시집이 시문학사의 주간 박용철의 주도 아래 나란히 출간되었음을 확인할 수 있고, 이에 따라 이 시집들에 대한 평가의 문제가 시 평단, 아니 문화계 전체의 화두, 화제로까지 인식 고조되었음을 알 수 있다(어찌

된 일인지 허나 정지용 시집 외에 김영랑 시집에 대해서는 별반 특기할 만한 비평적 반응이 제출되지 않았음을 확인할 수 있다. 반면 정지용 시집에 대해서는 유난스럽다 할 만큼, 전례에 없는 뜨거운 비평적 반응이 저널리즘의 각 지면을 통해 쏟아져 나왔던 것이다). 따라서 김기림이 제기한바, '기교주의' 논제와 상관없이 정지용 시, 곧 정지용 시집을 어떻게 평가할 것인가의 문제가 당대 비평의 중심 현안으로 대두하게 되었던 것인데, 바로 이 사정으로 인해 '시문학사'의 대표자인 박용철과 카프계의 대표자인 임화 사이에 피할 수 없는 인정투쟁의, 격렬한 논쟁이 야기될 수밖에 없었음을 이해할 수 있다. 이처럼 임화와 박용철 사이의 논전이 치열하게 전개됨에 따라 최초의 논제 제기자인 김기림으로서는 일단 한 발 뺀, 절충적 입장을 취할 수밖에 없었던 것으로 이해될 수도 있거니와, 그렇다고 김기림 자신이 정작 이 시집에 바친 비평적 반응조차 절충적인 것은 아니었다. 특이하게도 정지용은 '시문학파'의 일원으로서도 활동했지만, 또한 김기림과 함께 '구인회'를 대표하는 시인이기도 한 터여서, 역시 정지용과 김기림은 넓은 의미에서 문학사적 동행의 관계에 있었다고 봄이 타당하다. '기교주의 논쟁'의 와중, 혹은 그 집필 시점으로 보아서는 그 개막 직전의 시기에 막 집필되었다고 할 수 있는 글, 김기림의 「鄭芝溶 詩集을 읽고」(『조광』, 1936.1)를 읽어보면 이 사정을 잘 확인할 수 있다. 이 글을 보면 당시 김기림이 정지용 시를 어떻게 인식했다거나, 혹은 그 미묘했던 비평적 심리의 음영에 대해서도 잘 간취해 볼 수 있지만, 무엇보다 김기림 자신의 글쓰기의 특징, 곧 그 문체적 특질이라거나, 혹은 이를 통해서 알 수 있는 김기림 자신의 문학관이 잘 투영되어 나타나고 있다는 점에서 주목해 볼 만한 글의 히나다. 보아두자.

「넥타이」를 모양있게 맨다고 하는 것만으로는 紳士의 趣味 以外의 아모 것도 아니라고 할른지 모른다. 우단 「망또」를 입은 「오스카ㆍ와일드」는 오늘의 靑年들에게는 벌서 우수꽝스럽다고 할른지도 모른다.

그러나 高尚한 敎養과 洗鍊된 感性을 表示하는 깜장 「넥타이」를 端正하게 매고 우단이 아니라 밤빛의 羅紗 「망또」로써 그 不潔한 周圍로부터 自身을 가리려는 듯이 몸을 둘른 한사람의 詩人이 저 「쎈치멘탈ㆍ로맨티시즘」의 雜草와

灌木이 욱어진 一九二〇年代의 저므름의 朝鮮詩壇이라는 荒蕪地를 걸어가는 모양을 想像만 해보아도 우린 유쾌하다. 깜장빛 「넥타이」는 얼골의 유리빛 明朗과는 딴판으로 「당나귀처럼 凄凉한」 그의 마음의 喪章이라.(갈매기 歸路) 그런 까닭에 詩人 芝溶의 出發은 實로 이렇게도 中世紀의 騎士傳처럼 孤獨하고도 華奢했든 것이다.

　그러나 그는 決코 「탕크」를 타고 그 荒蕪地를 侵略하려고 하지는 않았다. 裝甲自動車는커녕 自働自轉車조차 타지 않았다. 그것들은 그의 물제비처럼 端雅한 感性에 너무 거츠렀든 까닭이다. 그는 실로 다락같은 말을 몰아서 周圍의 뭇 荒凉에 輕蔑에 찬 視線을 던지면서 새로운 詩의 地平線으로 향해서 荒野를 突進했든 것이다.(말1. 말2. 말) 一九三三年까지도 사람들의 무딘 귀는 그들에게 익숙지 않은 이 말발굽소리를 깨닷지는 못했다. 허나 어느새 그가 달려가는 길의 左右에서 또는 前後에서 마치 그 발자취에 놀라서 깨여난 것처럼 몇낱의 새로운 詩의 병아리들이 慌忙히 날기 시작했다. 이 不拔한 騎士는 오늘도 계속 달리고 있다. 이제 그가 지나온 貴重한 발자최를 한 卷의 詩集에 모아서 한꺼번에 바라볼 수가 잇다는 것은 實로 우리들에게 幸福이 한가지 더한 일임에 틀림없다. 우리는 오히려 너무나 오랫 동안 기다리든 것이 늦게야 나왔음에 야속함을 느낄 지경이라. 사람들은 이 端麗한 裝幀 속에 쌓인 아름다운 詩集에 依해서 낡은 詩와 새로운 詩라느니보다는 詩 아닌 것과 참말 詩의 境界를 다시 한번 뚜렷하게 分別할 것이다. 또한 어떠한 詩集에고 무슨 傳說이 붙어댕기기 쉽고 그 傳說은 實相은 그 책의 價値와는 아모 關係가 없는 것이나 그것이 그 책에 어떠한 人間的인 體溫을 느끼게 하는 것은 事實이다. 이 詩集의 誕生에 뭇 産婆의 勞役을 다한 朴龍喆氏의 어여쁜 友情은 이 詩集의 뒤에 숨은 아름다운 傳說의 하나일 것이다.[18]

　인용이 길어졌지만, 이 글을 통해서 우리는 당시 김기림이 취하고 있었던 비평적 입장이나 글의 특징적인 수사적 성격에 대해서 잘 확인해 볼 수 있겠다. 이처럼 신기 취미의 화려한 수사 문체를 구사하고 있었던 점에서 그는 자신의 모더니스트다운 취향을 속일 수 없었다고 할 수 있고, 한편 그 문채의 양상이 비유의 수사적 기교에 의해 시종일관 유지된 성격을 띠고 있었다는 점에서 기

---

18) 김기림, 「정지용 시집을 읽고」, 윤여탁 편, 앞의 책, 473–474쪽.

교주의자의 면모를 뿌리칠 수 없었다고 할 수 있다. 시에 있어서 '기교' 적 측면과 함께 '현실' (수용)의 측면을 강조하는 그의 절충주의자, 혹은 포괄주의자로서의 '전체시론' 가의 면모는 이런 국면에서라면 결코 그 흔적을 찾기 어려운 실종된 상태에 있었음이 부인되기 어려운 것이다. 여러 대목에서 유보적 표현이 부가되고 있기는 하지만, 정지용 시에 대한 최대의 찬사가 주어진 것임은 말할 나위가 없다.

그렇다면 박용철과 함께 김기림 역시 이처럼 최대의 경의를 표한 정지용 시에 대해서 임화는 과연 어떤 평언을 내리고 있었던 것인가. 「技巧派와 朝鮮 詩壇」 중 한 대목을 우선 보아두기로 하자.

拙作이 문자대로 졸렬한 「詩」임은 오래 전부터 스스로 느끼고 부끄러워하는 바이다. 그러나 또 그와 마찬가지로 氏(박용철-인용자)가 「拙劣」에 대한 對蹠的 「優越」로 解說의 勞를 애끼지 않은 鄭芝溶氏의 諸作을 나는 鄭氏 個人과 作品에 대한 年來의 敬意에 불구하고 그다지 높이 評價치 못하는 者의 한사람이다.

우리들을 울리고, 괴롭히고, 때리고, 노하게 하는 헤일 수 없는 많은 現實의 大海 가운데서 「미사」의 촛불을 밝히고, 天國을 빌며 하나의 어린 子息의 죽엄을 萬사람의 同胞의 死와 不幸보다도 아프게 情感하는 「靈魂」과 「感性」에 대하여 나는 禁할 수 없는 敬意를 느낀다.

芝溶氏의 작품 가운데는 「鄕愁」와 같이 슬픈 노래를 나는 버리는 자는 아니다.

그러나 深奧에 徹하는 「슬픔」을 報復의 뜨거운 불길로 고치지 못하는 詩人을 나는 朝鮮 사람에게 猶太人의 運命을 勸함이라고 생각한다.

나는 抒情詩라는 것이 「靈魂의 感動」을 노래하는 것이라든가, 「感情은 다만 하나의 온전한 狀態」이라든가, 「그 自體는 말을 갖지 않았다」든가, 「狀態感情은 반드시 어떠한 形體에 태어나 그 表現을 達成한다」든가 하는 神秘的이고, 天來의 啓示, 靈感에 依한 詩作設을 믿을 수는 없다.

氏에 의하면, 詩는 「高貴한 靈魂」만이 감지할 수 있는 세계이고, 詩란 한 개의 「魔術」이라 한다.

「靈魂設」이란 聖 토-마쓰 僧正과 더부러 議論할 것이고 우리들 俗輩의 關知할 배 아니나, 「感情은 하나의 온전한 狀態」이라는 것은 낡은 말로 하면 「本能說」, 요새말로 하면 生物學主義이다.

詩는 (抒情詩도!), 感情에 의하여서만 노래되고, 感情을 通해서만 讀者에게 傳해지는 것은 아니다. 그것은 두 개의 理由에 依하는 것으로 하나는 感情, 情緒와 더불어 理智를 가지고 있고, 이 兩者로써 讀者에게 呼訴하는 것이며, 感情이란 動物에 있는 것과 같은 온전한 生物的 本能에 發現이 아니라, 人間에게만 固有한 것으로 思惟와 知性과 連結되어 있는 때문이다.

感情(혹은 感覺)이란 認識과 判斷의 端端이면서, 또 그것에 의하야, 確認되고 强化되며 自體를 現實化하는 것이다.[19]

임화가 일찍이 '카톨릭 문학' 비판의 기치를 치켜든바 있다는 사실을 우리는 이 국면에서 먼저 상기할 필요도 있겠거니와, 종교의 세계를 인정할 수 없는 맑시스트의 입장에서 상당한 이론 수준을 바탕으로 논리 전개에 임하고 있다는 것을 우리는 인정할 수 있겠다. 임화가 당시 경향문학 조직의 단순한 대표자였던 것이 아니라, 그 전체적인 맑스-레닌주의 이론의 수준에서거나 혹은 그 특수화의 문학, 예술계 논란 수준에 있어서도 상당한 깊이의 이해 수준과 안목을 자랑한 상태에 있었음을 알 수 있다. 신문학사 집필 계획을 구체화할 만큼 이 시기 그의 문예학적 인식은 상당히 고조되는 상태에 있었고, 김남천과의 '물 논쟁' 단계에서 이미 그의 맑스-레닌주의 미학에 대한 인식은 정통의 단계에 도달해 있었다는 것을 알 수 있다. 그가 순수시파, 혹은 모더니즘 계열의 두 이론가, 박용철과 김기림을 상대로 밀리지 않는 시론 씨름을 할 수 있었던 것도 이러한 이론적 자신감을 바탕으로 한 그 나름의 세계관에 대한 신념 때문이었다고 할 수 있는 것이다. 그가 비록 (시)문학적 현실주의자의 입장에 시종한 상태에 있었다고 해도 단순히 이론적 동어반복에 머무르지 않는, 감정(정서)과 이지의 조화, 감각과 지성의 조화라는 나름의 통합된 '감수성' 개념에 의지하여 자신의 시론을 펼치고 있었다는 것은 시 창작에 대한 그 자신의 소양과 함께 전통적인 문예학 개념에 상당히 정통한 상태에서 그 나름의 '현실주의' 시관이 펼쳐진 것을 의미한다고 볼 수 있는 것이다.

19) 임화, 「기교파와 조선시단」, 『중앙』, 1936.2, 69-70쪽.

5. 시론의 막다른 길, 혹은 최후의 시인-시론가들

결국 여러 가지 문맥이 뒤얽힌 끝에 『정지용 시집』을 정점으로, 그리고 그 시적 성과에 대한 비평적 평가의 문제를 중심으로, 일제 시대 시 비평의 담론 역시 한계의 정점을 노출하였다고 할 수 있고, 이것은 그대로 일제하 시대 한국 근대 시론의 한계로 나타났다고 할 수 있다. 이런 견지에서 「모더니즘의 역사적 위치」(『인문평론』, 1939.10)로 나타난 김기림의 시론이 '기교주의 논쟁' 단계로부터 어느 만큼 전진, 성숙한 것이냐에 대해서 의문이 주어지지 않을 수 없고, 임화 역시 '당파성' 이론의 끝까지 나아간 마당에서 '현실주의'와 '낭만주의' 사이를 시계추처럼 진동해 보았지만, 적어도 시론의 차원에서 그 이후의 평론 작업들이 어느 만큼의 이론적 성숙을 보여준 것이냐에 대해서는 회의적인 눈길이 주어지지 않을 수 없다. 박용철의 시론 개진에 대해서도 마찬가지 평가가 주어져야 할 것이다. 「詩的 變容에 대해서」(『삼천리문학』, 1938.1)라는 이름으로 최후의 시론 개진에 나섰던 것이지만, 여기에서의 개진이 기교주의 논쟁 단계에서의 「을해시단총평」이나, 「기교주의설의 허망」을 넘어선 것이냐에 대해서는 의문이 주어지지 않을 수 없다. 릴케를 거론하면서 체험과 생애의 기억, 그리고 그 상기(想起)를 위한 인내의 시간에 대해서 얘기했지만, 이와 같은 인용과 감성적인, 혹은 감상적인 이미지 개진의 시학에서 더 이상 나아가지 못한다. 그리고는 임화가 지적하는 대로 고답주의이거나 예술지상주의적인 서정의 시학에서 머물러 아차 자칫하면 낭만주의적인 '영감'의 개념으로 후퇴한다. 「기교주의설의 허망」에서 암시되었던 표현주의적 인식의 '표현' 관념에조차 재도달하지 못하고 다시금 굴러떨어지고 마는 시지포스의 모습을 보여주는 것이다. '시적 변용'이란 따라서 체험의 이미지로의 변용이라는 영미 모더니즘, 이미지즘의 시관에서 더 이상 나아가지 못하고 주저앉는 모습의 관념 양상으로 그 시론의 한계적 성격을 지시한다고 할 수 있다. 그 함정에서 벗어나려 하면 할수록 낭만주의의 신비적 관념이 그 공동을 메꾸는 언어의 되풀이가 결국 그의 시론을 채운다고 할 수 있다. 그는 결국 그가 인간적으로 가장 친했던 김영랑 시의 해설에까지 나아가지도 못하고, 그 책무를 후세대에게 넘기고 마는 일제하 최후의 시론가 역할을 수행했다고 할 수 있는 것이다. 하지만 어쩔 것인가. 그것이 그의 한계이면서 동시에 당대 한국시론의 한 정점에 다름 아니었다면. 이런 뜻에서 여러 현대시의 이론들을 섭렵하면서도 그 이론의 원용에 멈추지 않고 자기 나름의 시론 형성에 악착같이 매달리고자 했던 일제하 한 최후의 시론가—시인의 모습은 우리의 연민을 자극하여 옷깃을 여미게 하기에 충분하다. 결국 그가 풀 수 없었던 숙제는 시에 앞서는 것과 시 사이에서 일어나는 (시적) '변용'의 본질적인 수수께끼에 관한 것이었으며, 이를 직관으로 넘지 못하고 끝내 이론적 함수의 문제로 매달리는 이상, 그는 천상 불우의 시인이면서 동시에 성실한 시론가일 수밖에 없었다. 시론가—시인이 남긴 마지막 문장으로 우리의 글을 막자. 최후의 시론을 통해서도 그는 시가 한갓 이야기, 즉 '변설' 그 이상의 것이 되어야 함을 잊지 않고 강조해 두고 있음을 확인해 볼 수 있다.

詩는 詩人이 느려놓는 이야기가 아니라, 말을 材料삼은 꽃이나 나무로 어느 순간의 詩人의 한쪽이 혹은 왼통이 變容하는 것이라는 主張을 위해서 이미 數千言을 버려놓았으나 다시 도리켜보면 이것이 모도 未來에 屬하는 일이라 할 수도 있다. 詩人으로나 거저 사람으로나 우리게 가장 重要한 것은 心頭에 한 點 耿耿한 불을 길르는 것이다. 羅馬古代에 聖殿가운대 불을 貞女들이 지키는 것과 같이 隱密하게 灼熱할 수도 있고 煙氣와 火焰을 품으며 타오를 수도 있는 이 無名火 가장 조그만 感觸에도 일어서고, 머언 香氣도 맡을 순 있고, 사람으로서 우리가 아모 것을 만날 때에나 어린 호랑이 모양으로 미리 怯함없이 만져보고 맛보고 풀어볼 수 있는 기운을 주는 이 無名火 詩人에 있어서 이 불기운은 그의 詩에 앞서는 것으로 한 先詩的인 問題이다. 그러나 그가 시를 닦음으로 이 불기운이 길러지고 이 불기운이 길러짐으로 그가 詩에서 새로 한거름을 내여드딜 수 있게 되는 交互作用이야말로 藝術家의 누릴 수 있는 特典이요 또 그 이상적인 코—스일 것이다.[20]

6. 결어 및 남는 문제

일제하의 1930년대 비평사를 경제적이고 합목적적인 시야에서 인식해 보기

20) 박용철, 「詩的 變容에 대해서」, 앞의 책, 9–10쪽.

위해 '기교주의 논쟁'에 착목, 그 의의와 내적 계기들을 분석하고 재음미하는 작업을 벌여 보았다. 모든 역사가 그렇듯, 비평사 역시 각 단계에 있어서 성숙의 지표들을 가지고 역사의 최종 목적에 도달한다는 그러한 목적론적 시각에서 볼 때, 일제하 시론의 성숙을 보여준 대표적인 비평적 쟁론 사건의 하나가 '기교주의 논쟁'인 것으로 확인될 수 있다. 임화의 경향시론에 대해서 다분히 절충적이고 포괄주의적 성격의 기계적 모더니즘 시론을 김기림은 그의 「詩에 잇서서 技巧主義의 反省과 發展」, 그리고 「시인으로서 현실에 적극 관심」 제하의 논설들을 통해 제출한 셈이라 할 수 있으며, 박용철은 그보다 적극화된 심미적 시론 내용을 「을해시단총평」과 「기교주의설의 허망」 등의 논설을 통해 발표했다고 할 수 있다. 이 시기 '기교주의 논쟁'이 발단된 배경에는 한편 당시 시문학사의 이름으로 발간된 『정지용 시집』을 어떻게 평가할 것인가의 문제가 크게 작용한 때문으로 볼 수 있으며, 이러한 계기적 작용에 힘입어 임화, 김기림, 박용철 등 한국 근대 시사의 대표적인 시론가―시인들이 시에 대한 인식과 그 평가 문제를 둘러싼 치열한 인정투쟁의 담론 대결을 벌인 것이 곧 저와 같은 '기교주의 논쟁' 양상으로 나타났다고 할 수 있다. 이 논쟁이 그때까지의 30년대 전반기, 아니 근대 시사 전체에 대한 평가의 문제를 수렴하면서 이후 '순수―세대 논쟁'을 여는 발판을 제공했다는 점에서 일제하 한국 근대 문예 비평사의 종장을 여는, 중대한 계기적 역할을 수행했다고 할 수 있으며, 이 때문에 이 논쟁의 앞뒤로 해서 펼쳐진 여러 담론 현출의 사건들이 이 논쟁과의 상관 문맥 속에서 좀 더 주의 깊게 살펴질 필요를 본고는 제기한다고 할 수 있다. 본고가 남긴 이와 같은 해결 과제들과 함께 이후 비평사의 전개에 대한 좀 더 자세하고 치밀한 석명의 논의는 다음 차례를 기다려 감당되어야 할 것이다.

참고문헌

김기림, 『김기림 전집』, 심설당, 1988.
김시태 편, 『식민지 시대의 비평문학』, 이우출판사, 1989.
박용철, 『박용철 전집』, 깊은샘, 2004.
_____, 『박용철 발행 잡지 총서』, 깊은샘, 2004.
윤여탁 편, 『김기림 문학비평』, 푸른사상, 2002.
임화, 『문학의 논리』, 서음출판사, 1989.

김윤태, 『한국 현대시와 리얼리티』, 소명출판, 2001.
이명찬, 『1930년대 한국시의 근대성』, 소명출판, 2000.
한계전, 『한국현대시론연구』, 일지사, 1983.
한국현상학회 편, 『현상학이란 무엇인가』, 심설당, 1983.
한국현대시학회 편, 『20세기 한국시의 사적 조명』, 태학사, 2003.

악셀 호네트, 문성훈·이현재 역, 『인정투쟁』, 동녘, 1996.
프란시스 후쿠야마, 이상훈 역, 『역사의 종말』, 한마음사, 1989.

제9장

한국 탐미(주의) 비평의 한 사례

1930년대 후반 김문집 비평의 문단 위상과
그 미적 이론의 형성 배경

1. 시작하며

　김문집 비평을 어떻게 자리매김해야 온당할 것인가? 일제하 우리 비평사의 실상을 마지막으로 한 번만 더 점검해 두고자 하면서, 역시 김문집 비평의 자리를 빼놓을 수는 없다고 생각했다. 최재서도 중요하고, 누구도 중요하고, 빼놓아선 안 될 비평가가 여전히 많다고 해야 하겠지만, 1930년대 후반 비평사의 실상을 점검하기 위해서라면 누구보다 먼저 김문집의 자리부터 검토해 두지 않으면 안 된다고 생각했다. 소설사와의 관련성 때문이다. 김유정, 그리고 이상의 소설과의 관련성 때문.

　그 중에도 먼저 김유정 소설과의 비평적 관여에 얽힌 문제를 먼저 살펴두지 않을 수 없다. 지나간 김유정의 해(2008년), 혹은 매년 봄이면 되풀이 펼쳐지는 김유정 문학제의 행사를 맞으면서 자꾸 김문집 비평의 자리를 떠올리게 됐던 것은 왜일까? 김유정에 관심 가진 사람이라면 누구보다 김유정 문학의 자리를 문학사 속으로 끌어낸 비평가가 김문집이라는 사실을 모르지는 않을 것이다. 하지만 요절로 단명하고 사라진 김유정 문학의 비극만큼(혹은 이상 문학의 비극이라도) 일찍이 이 땅을 떠나 비평사 위에 여전히 한 실종자처럼 처리되어 망명의 그림자를 드리우고 있는 김문집의 경우도 비평가로서는 한 비극적 사례의 경우로 기록되어야 하지 않을까.

　물론 김문집 비평의 실종 사태를 복원시키려 한 여러 연구자들의 노력이 그동안 존재해 왔음이 사실이고, 한편 그에게 천형처럼, 노비문서처럼 따라다니는 '친일 부역자'라는 혐의, 넝에가 완전히 벗겨진 상태에 있지 않은 것도 사실이다. 그렇다면 왜 그러한 아픈 상처를 가진, 혹은 그 윤곽이나마 많은 연구자들이 베일을 벗긴 상태에 있는 김문집과 그 비평에 대해서 굳이 또 한 번 해부에의 메스를 들이대고자 하는 이유와 그 긴급한 시술대 마련의 판단 근거는 어떻게 주어질 수 있겠는가?

　현구아 독설로 마냥 치장된 그 비평 행위들을 단순안 호사 취미로 벗겨내고자 하는 의도에서만 이루어질 수 있는 일은 결코 아니겠다. 흥미롭기는 하지만, 단순한 학적 취미로 우리의 비평사가 채색되어야 할 이유는 없다. 그렇다면 무엇이 그 비평의 역사적, 문화사적 위상을 결코 최재서의 그것에 비겨 뒤떨어지지 않는 것이라고 판단케 할 수 있는 것일까? 한마디로 요약하자면 그것이 한국 탐미주의 비평의 한 사례, 역사적 기원의 족적으로 간주될 그것이기 때문이 아닐 수 없다. 그렇다면 탐미주의 비평이란 무엇일까?

'유미주의', '심미주의' 등과 함께 일컬어지지만, 미묘한 뉘앙스의 차이로 말미암아 이 경우 '탐미주의'의 어사가 가장 적절하리라고 여겨지는 김문집 비평의 성격 규정 문제와 관련하여 먼저 어사의 문제를 제기해 두지 않을 수 없다. 흔히 '유미주의'라고 할 때는 '예술지상주의'의 태도와 입장이 거론되지 않을 수 없고, 따라서 이 입장과 사상의 한국적 현상화라고 하면 굳이 김문집이 아니라 김동인의 소설 양상 등으로 충분히 대별될 수 있다. '심미주의'라고 해도 마찬가지다. 1930년대 초, 중반에 이미 충분히 발현했다고 할 수 있는 온건한 심미주의의 입장, 태도와 관련해서라면 '시문학파'의 박용철과 그와 인척 관계로 맺어지게 되는 김환태 비평의 현상 문맥을 통해서 얼마든지 점검 가능하다고 해도 전혀 문제될 것이 없으리라. 하지만 '탐미주의'라고 하면? 오직 '아름다움'일 뿐이라고 말하지도 않고, 온건하게 미의 세계에 대한 음미, 곧 심미적 태도가 중요하다고 말하지도 않는 것 같지만, 어떤 점에서 가장 격하게 미적 세계에 대한 탐구와 추구의 태도를 강조하고, 격려하는 것이 바로 이 입장이자 태도라고 할 수 있다. 그렇다면 왜 오늘 우리에게 탐미주의, 탐미적 비평의 태도, 이론이 중요하고, 또 그렇게 의미화 될 필요가 있다고 주장될 수 있을 것인가?

말할 나위 없이 '미'의 가치, 미적 가치에 대한 경사의 태도가 현대적 가치 형성의 중핵을 이루는 문제로 대두한다는 것은 오늘날 문학 관계자라면 누구나가 다 아는 사실이다. "보들레르의 시 한 줄이 인생보다 위대하다"는 정언이 마치 현대적 금언처럼 일본 근대 문학사 속에서 늘 꿈틀거리며 작용해 왔다고 하거니와, 『악의 꽃』 이래 세계 문화사에서 차지하는 보들레르의 위상이 또한 바로 이 명제로서 설명되는 것임은 말할 나위가 있다. 바야흐로 '윤리'로 표상되는 존재 세계의 원리, 공동체의 원리가 붕괴되고, '시인'과 '삐에로', 그리고 스포츠 영웅들을 대표 표상으로 하는 미적 가치 구현의 직업과 그 대변인들이 현대 사회의 전면으로 부상해 나아 왔다. '모더니티' 혹은 '모더니즘'의 개념과 이념이 이러한 미적 가치 세계의 확장과 기능 증대 속에 마찬가지의 궤도를 밟아왔다는 것도 잘 알려진 사실이다. 바야흐로, '진(眞)'과 '선(善)'으로 대표되어 온 봉건 세계의 '윤리(倫理)' 표상들이 이와 같은 가치 전도, 역전과 함께 소실될 위기에 처하게 됐으며, 세계 문화사의 현대화 과정 전체가 이러한 미의식, 미적 이성의 전면화와 함께 20세기를 넘어 21세기의 초입에 이른 지금 문명사적 과학 기술 혁명의 총아로 부각되는 오늘날의 디지털 기제들, 가령 스마트 폰과 같은 기제에 있어서 '편익'의 요소는 무엇보다 '미'의 가치 영역들과 더불어 소위 '앱'(Application)의 장치 영역들을 창출해 내고 있는 것으로 설명되고 있다.

세계 역사 속에서 이러한 미적 가치 영역의 확대, 기성 가치 규범의 전도와 파괴 과정 설명을 위해서 다름 아닌 '보들레르'와 '오스카 와일드', 그리고 그 선배의 '에드가 알란 포우' 등의 인물을 들어 그 맥락을 구성하거니와, 고전주의와 낭만주의를 넘어 상징주의와 '악마주의'로까지 이어지는 이 역사적 계보 형성의 맥락이 한국 근대 문화사 속에서 의외로 풍요로운 설명의 예화들을 거느리지 못한다는 사실은 우리 문화사의 발양을 위해서 스스로 안타까운 대목이 되지 않을 수 없다. 물론 근대화를 도모하자마자 식민지라는 긴 어둠 속의 역사 터널을 겪지 않을 수 없었다든지, 또 해방되자마자 민족과 국토의 분단, 그리고 마침내 이어진 열전, 그리고 가난과 독재, 민주화를 위한 긴 여정의 투쟁과 경제 발전이라는 고통스런 수고, 노둔의 과정이 연이어 펼쳐짐으로써 언제 '미'의 세계를 향한 투신과 고상한 열정의 의욕 충전이 가능할 수 있겠느냐고 묻는다면, 그 부재와 영성의 역사에 대한 책임 회피의 설명은 될 수 있다. 그러나 과연 그럴까. 보들레르가 '당디슴'을 실천하고 오스카 와일드가 (당시의 용어대로) 소위 엽색 행각을 했다든지 하는 등으로 감옥 생활까지 체험하고, 또 에드가 알란 포우가 지나친 음주로 요절할 수밖에 없었다든지 하는 운명들을 마찬가지로 감내하고, 예술 작품의 판금만이 아닌, 금치산과 해외 유랑에의 업을 스스로 받아들인 예술가들이 우리에게 전혀 부재했더란 말인가. 만약 그렇지 않다고 본다면, 이상, 김유정, 혹은 이효석 등과 더불어 비평가로서는 김문집이 1930년대 후반 문단에서 미적 가치 의식의 확대, 곧 예술적 인식의 확대와 그 대항 의식과의 투쟁을 위해 진력한 경우로 볼 수 있다고 생각된다. 비록 피투성이까지는 아니라 하더라도 만신창이가 되도록까지 그는 미적 가치 의식의 희박과 그 인식 부재의 현실에 온 몸을 던져 싸운 경우로 기록될 수 있지 않을까.

물론 그렇다고 해서 그가 그 이후 저지른 모든 범죄적 해악과 반민족적 과실의 행태들이 지워지고 가려져야 할 이유는 없다. 하지만 이 모든 것은 한편 앞에서도 간략히 살핀 것처럼 윤리적 경계, 혹은 터부들과의 모순과 충돌의 의식속에서 발현된 바의 사태들이라고 볼 여지도 있는 것이다. 그가 자라나고 깊이 영향 받은 일본 문학사의 경우로 살핀다면, 많은 문인들이 문학의 세계에 투신한 나머지 자살로까지 자신을 몰아갔던 사례가 숱하게 발견된다는 것은 주지의 사실이다. 어떤 범죄 행위보다도 자신을 죽음으로 몰아가는 경우가 가장 극단적인 경우에 속할 수 있다면, 자살과 스캔들로 얼룩진 일본 문학사의 풍토속에서 미적 가치 의식의 전면적 추구라는 또 하나의 이데올로기에 감염되어자신의 뿌리인 조선, 경성 문단에 기착하고자 한 문인-비평가가 김문집이었다. 가령 그가 존경해 마지않았던 다니자키 준이치로(谷崎潤一郎)의 행로라든지, 또 혹은 그가 '문도'(門徒)임을 자처했던 문학적 스승, 요코미쯔 리이치(橫光利一)의 생애 등을 참조해 볼 때, 그가 프롤레타리아 문학이나 상식적인 리얼리즘 등으로 구축된 비평관을 부정하고, 보다 과격한 미의식적 경사 태도를 의미하는 탐미주의에 빠지고 그와 함께 여러 탈선, 기행의 행각들을 저질렀다는 것은 그 의식과 이념, 행동 상의 유관 관계를 인식할 때 충분히 이해될 수 있는 일이다. 요컨대는 미적 가치 의식과 그 영역에의 헌신이 '민족'이라는 윤리 의식과 그 범주를 궁극적으로 초월할 수 있다고 믿는 것이 이 태도, 신념의 신봉자들이 보여주는 전형적인 행태가 아닐 것인가.

한편 1930년대 문단, 평단의 정위화 경향을 실체적으로 점검하기 위해서도 일본 문학사와의 상관관계 속에서 당시 비평가들의 움직임을 질서 지워 본다는 것은 문학사의 객관적 이해와 설명을 위해서도 필요한 작업이 된다고 생각된다. '시문학파', 그리고 '구인회'의 등장과 함께 1920년대 말 이래 프로 문학 주류화의 경향 속에 놓여 있던 1930년대 문단은 카프 2차 사건과 함께 문인 대량 구속 사태의 끝 무렵에 빚어진 '기교주의 논쟁'과 더불어 3파 정위의 구도화 양상을 보이게 되는 것이지만, 다시 1936년의 소위 '일장기 말소 사건'을 거치면서 『(조선)중앙일보』가 폐간되고 『조선일보』, 『동아일보』 중심의 저널리즘 판도가 연출됨으로써 다시금 이원 대립 구도라는 단순화의 축도 경향을 야기하게 되는데, 이 축도의 한복판에서 그러니까『조선일보』를 거점으로 한 최재서와『동아일보』를 거점으로 한 김문집이라는 전형적인 양자 대결 구도가 빚어졌던 사정을 이 문맥 속에서 확인할 수 있다. 이후『중앙일보』를 나온 이태준이 월간지『문장』을 창간하고, 여기에 자극받은 최재서 역시 이원조, 김남천 등과 함께『인문평론』지를 창간함으로 말미암아 양대 문학 저널리즘의 병렬 구도가 자리 잡게 되거니와, 이 구도는 일본에서 막 프롤레타리아 문학 시대의 종막과 함께 그 이후 전형기의 문예 연합체 기능을 수행했던 잡지『文學界』, 그리고『日本浪漫派』라는 이름으로 일본적 미의식의 확대를 주장하면서 마침내는 '근대의 초극'이라는 미망과 더불어 전시 민족주의, 제국주의적 군국주의 미학에의 굴종에 별 수 없이 몸을 맡겨야 했던 1930년대 소위 '昭和 文學'의 동향과 거의 흡사하게 궤를 같이하는 구도였다고 말할 수 있는 셈이다. 바로 이러한 이행기, 1930년대 후반 문단의 과도적 전형기의 모습을 상징적으로 대표하여 보여준 인물이 바로 최재서와 김문집이었다고 할 수 있고, 따라서 이 두 인물 사이에 노정된 비평관 대립, 문학론 대립의 구도를 살피는 것은 1930년대 문학사 전체의 실상 이해를 위해서도 긴요, 빼놓을 수 없는 요충의 대목이 된다고 하겠다. 바로 이와 같은 대립, 병렬의 구도가 미학주의에 영향 받은 당시 신세대의 순(秀)문학주의, 그리고 구 카프계의 경향 문학관과의 대립, 충돌이라는 논란 사태를 빚어, '순수─세대 논쟁'이 야기되고, 이로써 해방 이후 소위 '청년문학가' 세대와 '문학가동맹' 그룹 사이의 이원 대립이라는 문단 구도가 낳아지게 되었음도 잘 알려진 사실이다. 따라서 이런 거대한 파고의 진폭을 자세히 이해하고 설명하기 위해서라도 1930년대 후반 문단, 평단의 전형적인 대립, 논란 구도를 파악해 두는 것은 비평사 연구의 한 요목 사항이 된다고 할 수 있다.

하지만 사정이 그러함에도 불구하고, 그 동안의 비평사 연구, 소위 '전형기'라는 시기에 대한 비평사 연구가 어딘지 절름발이의 형세와 같은 모양새를 연출했다는 것은 부인할 수 없는 사실이다. 지나치게 '경향 문학' 중심의 이해 시각이 주류를 이뤄왔던 한편, 그 반대편에 위치한 비평가로서 최재서의 관점을 지나치게 '모더니즘' 중심으로 설립함으로써 소위 '리얼리즘과 모더니즘' 사이의 대립이라는 해묵은 인식 구도를 상투화시켜 한국 문학 자체의 진폭과 그 인식 시야를 스스로 좁히는 약점을 노출해 왔다고 여겨지기 때문이다. 마치 정지용과 김기림을 실종자로 가려 놓고 1930년대 시사를 설명해야만 했던 몇 십 년 전의 시사 연구자들의 고충, 곤혹감처럼 만약 '친일 부역자'라는 혐의 아래 김문집의 비평적 위치를 가려 놓아야 한다면, 1930년대 후반 한국 문학사의 진폭이 제대로 설명되기 어려운 곤란을 겪으리라는 것은 당연한 사태이다. 이 시기 센다이 동북제대에서의 유학을 위해 문단을 떠나 있었던 김기림, 그리고 때 이르게 신병에 이은 타계에의 운명으로 갑작스럽게 비평의 중단 사태를 초래할 수밖에 없었던 박용철의 행정 등이 자체로 평단의 빈곤을 야기한 외적 요인이 되었다고 하더라도, 적어도 '순수–세대 논쟁'기에 이르기까지 신세대 자신을 변호하고 구출할 평론가 한 사람을 변변히 갖추지 못한 상태에 있었다는 것은 아무래도 납득하기 어려운 문단 실상으로 이해될 수밖에 없음을 부인하기 어렵다. 순문학 옹호, 심미주의 옹호자로서, 박용철과 인척 관계 사이의 김환태가 뒤를 이어 그 역할을 수행하고자 했지만, 지나치게 온건한 성격이었던 그의 역할이 썩 시원치 못했기에 창작자였던 김동리가 스스로 나서 신세대의 대변인을 자임하며, 괄목할 평론 「신세대의 정신」을 썼다고 할 수 있고, 이후 이 세대를 대표, 대변할 조연현은 아직 등단의 업조차 이루지 못한 상태에 있었기에 이 시기 문학사가 보여주는 약동하는 변증의 비평적 대립상을 제대로 구현, 설명해내기 위해서라도 김문집이라는 존재를 지울 수 없는 것이 사실이다. 그렇다면 이제부터 김문집 비평의 문학사적 관여상을 먼저 확인해 두기 위해서라도 우선 김유정 문학과 관련하여 그것이 이 땅 비평사에 기착하게 되는 장면을 먼저 포착해 두기로 하자.

2. '조선주의의 언어 미학'이라는 인식 관점—김유정과 김문집

글이 발표된 시점으로만 따지면, 「장혁주 군에게 보내는 공개장」(『조선일보』, 1935.11.3-10), 혹은 「동경 문단의 근모–행동주의를 중심으로」(『조선일보』, 1936.1.3-8), 혹은 「전통과 기교문제–언어의 문화적 재인식」(『동아일보』, 1936.1.16-24) 등으로 문단 활동이 개시된 것으로 파악되지만, 실제 비평가,

혹은 현장 비평가로서 김문집 비평의 의미 있는 활동은 오히려 김유정 문학에 대한 남다른 주목과 그 가시화의 형태로 빚어졌음을 확인할 수 있다. 김문집 자신의 회고의 문면을 빌리자면 다음과 같다.

裕貞金君은 朝鮮文壇서 내가 自信을 갖이고 推賞할 수 있는 唯一의 新進作家다. 朝鮮에 도라와서 한글藝術을 鑑賞하기 始作하야 第一먼저 내눈에 띠이는 作品하나가 있었으니 그가 곧 「안해」라는 短篇이요, 이 「안해」의 作者가 未知의 新進 金裕貞君이었다.

그後 얼마하지 않어서 中央日報社 主催의 所謂 劃期的 文壇大座談會가 長安某料亭에서 열였을적에 果然 斯界의 明星驍將이 한자리에 다모힌 그자리에서 나는 조곰도 躊躇치 않고 劈頭로 君을 推薦한 것이었다. (…) 卽 「안해」의 作者는 所謂 文豪를 꿈꿀 作家는 못된다. 그러나 濃厚한 獨自性을 享有한 稀貴한 存在로서의 그의 앞길을 祝福할 수는 있다. 이 作品 하나로서 推測컨대 君은 (…) 그러나 一般朝鮮文學에 있어서 가장 내가 不足을 느끼는 '모찌미'(特味──體臭 또는 個體香)를 고맙게도 (…) 넘칠만큼 갖이고 있다. 그의 傳統的 朝鮮語彙의 豊富와 言語驅使의 個人的 妙味와는 所謂 朝鮮의 中堅, 大家들이라도 따를 수 없는 性質의 그것이니 (…) 우리는 그의 藝術을 朝鮮文學에서 없지 못할 一個要素로서 이를 相當히 높이 評價할 義務를 갖이는 同時에 앞으로 君의 成長을 助長하는 權利를(…)[1]

연보를 통해 알 수 있듯이, 김유정의 수선 「안해」가 『사해공론』지를 통해 발표된 것은 1935년 12월호에서의 일이며, 따라서 이 시기 직전에 동경에서 서울로의 이주 사건이 김문집에게 주어졌던 것을 알 수 있다. 「장혁주 군에게 보내는 공개장」이라는 제목으로 『조선일보』지면에 그의 최초의 글이 발표된 시점이 1935년 11월 초의 사실로 밝혀지니, 대개 이 시기 전후하여 그의 귀국행이 도모되었던 사정을 알 수 있는 것이다. 이어서 김유정과의 직접 만남에 얽힌 사정도 밝혀, 유정의 등신대, 실물에 대한 이해에 한 발 더 다가서게 하는 듯한 도움을 준다.

1) 金文輯, 『비평문학』, 청색지사, 1938, 403-404쪽.

일즉 그는 나를 찾었으나 나는 그를 맞나는 機會를 얻지 못하였다. 그러다가 某日 나는 朝光社에서 病的으로 謙遜해 보이는 特異한 어떤 人物 하나를 有心하게 觀視했다. 그는 質素한 한복을 입은 元氣없는 美男子였다. 그 茂盛하고도 一種調和를 가춘 頭髮風景으로서 나는 그가 舊派에 屬하는 憂鬱의 詩人인가 하는 印象을 얻었었다.

大監 앞에 나온 罪人과 같은 恭遜한 態度로 編輯室에서 무슨 所關을 마치드니 그는 黙黙한 얼굴로 혼자 도라가는 것이었다.

一步 咸君에게 都大體 저게 누구요 물으니 그게 다름아닌 金裕貞君이라 한다. 나는 말없이 고개만 끄득였다.

(…)

(그러던) 어느날 우리는 途上에서 서로 맞나 인사를 바꾸지 않으면 않되는 아름다운 運命을 呼吸했다. 藝術에 關한 이얘기를 해보니 「안해」에서 觸取한 나의 純粹推測과는 조곰도 틀림이없는 친구였다. 그는 막걸리를 잘먹는다는 말은 들었으나 (…) 南村 어떤 집에 案內해서(…)[2]

하지만 이 시기 김유정은 벌써 폐결핵으로 신음하기 시작하여, 거의 회복 불능의 병중 상태를 노정하고 있었다. 그가 밝히는 다음 문면은 따라서 그가 이 시기 어찌하여 김유정 구명을 위한 모금 운동까지에 나서게 되었는지 알려주는 사연이 된다.

오래동안 消息이 없던 金裕貞君으로부터의 人便便紙 一通이 다른 郵便物에 섞여서 冊床 위에 쌓여 있었다. 不吉의 豫感. (…) 第三期의 重患에 빠저 衣食을 缺하는체 搖動도 못하고 藥한번 못쓰고 누어있다는 그의 人生이 氣맥히게 불상하기도 했거니와 이놈의 조선사회 이놈의 문단은 이처럼도 沒情漢들의 堆積뿐이였든가?[3]

하여 유례없는 병고 문인 구출 운동이 문단 내에서 회자되기에 이르렀는데, 그 다음 결과는 김유정 자신이 쓴 다음의 사연, 즉 「文壇에 올리는 말슴」이라는 제하에 스스로 감사의 소감을 밝혀 『조선문학』지에 올린 글을 통해 그 전후 사

2) 위의 책, 405쪽.
3) 위의 책, 405~406쪽.

정을 대강이나마 짐작해 볼 수 있게 한다.

　平常 肺結核으로 無數히 呻吟하옵다가 이즈막에는 客症勢까지 並發하여 將近 넉달동안을 起居不能으로 重倒되어 있아온 바 原來 변변치 못하야 糊口之方에 生疎한 저의 일이오마 病苦 艱窘 兩難에 몰리어 勢窮力盡한 廢軀로 竿頭에서 進退가 아득하옵더니 天幸히도 여러 先生님의 敦厚하신 下念과 몇 벗들의 赤誠이 있어 再生의 길을 얻었압거늘 그 恩惠 무얼로 다 말슴 드리올지 感謝無地에 惶悚한 마음 이를 데 없아와 今後로는 銘心不忘하옵고 다시 앓지 않기로 하겠아오니(…)丙子 十月三十一日 金裕貞 再拜[4]

　물론 우리가 알다시피 김유정은 위의 글을 쓴 지 채 반년도 되지 않는 다음 해 3월에 기어이 이 세상을 뜨고 만다. 가난한 문인들의 호주머니를 털어 겨우 모은 위로금 정도로는 이미 깊은 상태의 그의 병고를 감당하기 어려웠던 탓일 게다. 하지만 그렇게 죽음의 마지막 호흡을 몰아 쉬는 병고의 상태에서도 그는 붓끝을 놓지 않아 오늘 우리의 문학 유산을 이 만큼이나마 풍요롭게 하는 데 공헌했다. 그렇다면 이와 같은 김유정 문학의 성취와 저 거칠고 '파렴치'의 소리조차 듣기 일쑤였던 김문집의 비평가로서의 행각은 어느 만큼의 상관성을 안은 것이었다고 보아야 할 것인가? 아니 그 이전에 이제 동경 문단에서 갓 돌아왔다고 하는 김문집의 시야 속에서 과연 무엇이 김유정 소설만을 그렇게 편애케 하고 돋보이게 했던 것일까? 김문집 비평의 형질, 그 특질과 속성의 원형질을 묻는 이 질문과 김유정 문학에 대한 검토의 문제가 분리될 수 없는 사정에 있다는 것은 또한 당연하다. 과연 김문집은 스스로 '산상(山上)에 홀로 장치된 기관총'을 자처하리만큼 험구와 독설의 비평을 자임했던 것인데, 이광수, 염상섭과 함께 김유정에 대해서만은 예외로 하고, 특히 실제 비평에 있어서는 거의 유일하게 김유정 소설에 대해서만 긍정의 찬사를 선사해 놓았던 것으로 살펴지기 때문이다. 과연 그렇다면 이렇게 유일하게 김유정 소설만을 긍정적으로 인식케 하는 그의 비평의 독자적인 입장, 관점의 논리는 과연 어떠한 것이었던가?

4) 위의 책, 413쪽.

3. 소설가 지망생에서 비평가로—오스카 와일드, 혹은 요코미 쓰 리이치, 다니자키 준이치로 등을 경유하여

김문집 비평에 대한 논급의 자리에서 되풀이 지적된바 있는 사항이지만, 김문집 비평의 의식적 바탕엔 늘 생래적으로 일본적인 것에 대한 취향과 그 대타로서의 조선적인 것에 대한 갈증이라는 이율배반의 의식이 항상 쌍둥이처럼 붙어 다니는 자의식이 연출되고 있었다. 소위 출생의 비밀에서부터, 유년기의 성장 비화에 이르기까지 분명한 것이 아무것도 없는 이 비평가에게 분명한 사실은 1935년 말, 그가 돌아오는 시점에 이르도록 한국어, 곧 조선어에는 매우 서툰 상태에 있었고, 그에 비해 한편 일본어 능력 면에서는 일본에서의 정식 작가 활동이 뚜렷이 확인되리만큼 상당한 수준에 이르러 있었던 것을 확인할 수 있다. 그의 일본어 창작집 『아리랑 고개(ありらん峠)』의 출간 사실이 그 점을 여실히 증거하거니와, 고바야시 히데오가 써서 잡지 『文學界』에 발표했던 다음 창작평의 존재 사실이 그 점을 단적으로 증명해 준다고 할 수 있다. 조금 길지만 여기서 인용해 두기로 한다.

金文輯君へ

いつか御丁寧な御手紙いただき御返事あげず失敬しました.君の「あいらん峠」を今讀みましたので御返事がはり率直な讀後感をこの紙面をかりて書きます.

あの作品は感服しません.第一に君の精神は大變弱弱しく甘つたくる思はれた.

第二にああいふ異常な事讀を書くには君の想像力は充分だとは思はれませんでした.

異常な出來ことや病的な心理を描くといふ事,ただそれだけでは面白い事はない,さういふ事をして平常な出來事,平常な心理をあつかつてはとても表現しきれないものが表現できなければ,つまらぬと思ひます.事實病的なものをあつかつた古來の傑作は,平常な手法では思ひも及ばぬ眞理につきあたつて

いるものです.君のあつかつた材料には,さういふ意味での必然性不充分だと存じます.併しさういふ必然性は理屈でどうにもなる事ではなく,作者が實際に病的な性質を待つていなくては,さうしふ必然性が自ら作者には起きり得ない.ガルシンもゴオゴリもポオも,さういふ人達は實際に病的な人間であった.實際に病的な人間でなくてああいう仕事が出來た筈はない,と私は信じております.又さうでなくては文學なぞいふものは面白いものではない.又それ程文學といふ仕事は自分をいつはれないものだ.

平常な人間でも病的な空想をはしいままにする事は出來ます.がそれは飽くまでも空想で作家の想像力とは別の事と考えます.空想といふものは觀念上の遊戲であり,想像といふものは性格的な力だと存じます.君の作品は空想的です.ほんたうの想像力といふものはもつと血肉の裏づけのあるもので,さういふものは一讀すればわかるのです.

私は君がもつと平常な材料で自分の力をためす事を望みます.以上.[5]

1933년 11월호 지면에 고바야시의 이 글이 발표되었으므로, 김문집의 작품이 발표된 시점도 대개 이 무렵이었던 것을 짐작할 수 있다. 서두 문면으로 보아, 작품 발표 이전에 고바야시에 대한 김문집의 사신 발송이 먼저 있었고, 이에 대해서 고바야시가 묵살로 응대한 사정이 있었던 것으로 보이나, 그 때문에 고바야시 쪽에서 조금이나마 마음의 부채 의식을 지니게 된 사정이 있었을망정, 그렇다고 해서 김문집에 대한 호감 같은 것이 증대될 이유는 전혀 없었다고 하는 사정을 엿볼 수 있다. 작품의 표제나, 그 서시 내용, 혹은 김문집에 대한 사전 지식 등으로 김문집이 소위 반도 출신 작가라는 것을 고바야시가 전혀 짐작하지 못할 이유는 없었다고 여겨지나, 여하튼 어떤 류의 동점심이나 일말의 공감 같은 것을 피력할 이유는 전혀 없었다는 사정을 또한 짐작할 수 있다. 그도 그럴 것이, 고바야시가 비평문을 통해 밝히고 있는 대로 지나치게 엽기적인 내용과 소재의 성격으로 이루어진 작품이 김문집의 그 「아리랑 고개」라는 작품이었던 것인데, 당시 일본 문단의 젊은 실력자 요코미쯔 리이치의 제자를 자처하면서, 일본 문단에의 진출을 강렬히 열망하는 상태에 있었던 김문집에게 고바야시 히데오의 이러한 푸대접, 혹은 차가운 반응은 그에게 도저히 일본

---

5) 고바야시 히데오(小林秀雄), 「六號雜記」, 『文學界』, 1933.11.

문단의 두터운 벽을 뚫고 나가기가 어려우리라는 절망감, 또는 최소한이라도 우울한 비관적 전망 같은 것을 안겨서, 결국 이것이 그로 하여금 조선 문단에 회귀를 충동질하게 하는 내면적 동인으로 작용케 하지는 않았던가 짐작케 한다. 비평가로서 고바야시 히데오의 엄정한 눈으로 보아서 「아리랑 고개」와 같은 작품이 결과적으로 매우 실망스런, 그러면서도 한편 매우 엽기적인 작품이었던 것으로 판단, 평가되는 것은 일응 당연하고 불가피한 사정이었다고도 여겨지나, 어쨌든 일본 문단을 뚫고 나아가려는 김문집의 야심찬 기획과 문학적 열망에 비교할 때, 이와 같은 평단의 반응 또한 매우 실망스럽고 어떤 면에서 절망적 결과였다고도 할 수 있으리만치 커다란 충격을 안겨서 그의 내면에도 깊은 상처를 남겼으리라는 점을 짐작할 수 있다.

하지만 비록 당대 일본의 대표 비평가, 고바야시 히데오로부터 이처럼 차갑고 냉담한 비평적 반응, 평가는 얻었을망정, 김문집이 일본 내에서 일어의 소설 작품을 발표하고, 또 한편 고바야시 히데오가 반응하리만큼 일본 문단 내에서 말석이나마 소설가로서의 자격은 획득한 사정이었던 것을 우리는 위의 글을 통해 확인할 수 있다. 이런 사람이 스스로 경멸해마지 않는 조선 문단으로의 귀환을 결심한 데는 무엇인가 말 못할 사정이 게재된 탓이었을 것으로 짐작할 수 있겠는데, 그 스스로는 모종의 스캔들에 연루된 탓으로 말하고 있지만, 그렇게 결심하게끔 촉구한 의식의 근저에는 역시 일본 문단에서 겪은 말 못할 실망감의 요인, 곧 말하자면 창작을 통한 일본 문단 진출이라는 꿈이 수포로 돌아가게 된 데서 주어진 좌절감의 요인이 결정적으로 작용한 탓이 아닌가 살필 수 있다는 얘기다. 뿌리부터 조선인이면서도 조선어에 서툴렀던 그는 서울(경성)로 돌아와 작가로서의 입신을 꾀하지는 못하고 그때까지 그가 배운 문예 지식과 여러 가지 상식들을 동원하여 비평가로서의 입신을 꾀하게 됐던 셈이며, 그것이 그로 하여금 일반의 평론가들과는 달리 과격하게 언어를 구사하는 파격의 비평가로서 자신을 치달려기끔 한 내면적 동인으로조차 작용했다고 살펴지는 셈이다. 이론적으로 전혀 준비되지 않은 상태에서 독설과 혐구를 방패삼아 자신의 서툰 조선어 솜씨를 호도하고자 한 전략을 구사한 데서 그의 바탕의 거친, 내면적인 공격성의 소인을 간취할 수도 있지만, 한편으로 그렇게밖엔 달리 대응할 수 없도록 비평가로서의 준비 부족이라는 치명적 아킬레스건의 노출 조건이 그에게 선행하여 작용한 때문이었다고 파악될 수도 있겠다. 어쨌거나 10대 시절부터 문학적 '천재'의 자부심을 가져 작가로 꼭 대성하고야 말겠다는 야망을 남몰래 품어 왔다고 하는 이 자기도취형 과대망상 취향의 미숙한 작가에게 식민지 반도 출신이라는 뼈아픈 자의식의 소인 또한 작용하여 그에게 그토록 거친 자기 파멸 성향의 파괴적 논단을 일삼게 추동하지는 않았던가 하고 정신분석학적인 시야에서 추론을 해볼 수도 있다. 어쨌든 프로 비평과는 또 다른 기제의 충동(욕동)을 발산함으로써 미학적으로 형편없다는 식의 비평 언사를 즐겨 난사하곤 했던 이 희대의 가학 비평가에게 오직 김유정 소설만이 예외로 치부되어 찬사의 행운을 누렸다는 것은 이런 뜻에서라도 과연 우리가 주목할 만한 분석의 대상거리가 되기에 충분하다고 할 수 있는 것이다.

물론 세계 문학사나, 우리가 비근하게 살필 만한 문학사의 전례들을 통해서 김문집 내면의 그와 같은 잠재 성향 파악을 위한 유추의 여부가 전혀 불가능하다고만 말하기는 어렵다. 앞서 모두(冒頭)에서부터 일본 현대 문학사에서의 경우 다니자키 준이치로가 보여준 행적이나, 또는 에드가 알란 포우, 혹은 보들레르, 또 혹은 오스카 와일드의 경우와 같은 사례를 참조하여 김문집 이해를 위한 방편으로 삼을 수 있다는 사실을 암시한 셈이거니와, 특별히 오스카 와일드의 경우가 우리에게 시사하는 바는 크다. 먼저 김문집의 글 「비평방법론」 중 한 대목을 들어두기로 한다.

그러나 例의 오스카─와일드에 이르면 語調가 꽤 明朗해진다. 批評이야말로 가장 發達한 形式의 創作이란 말이다. (……)
大抵 그가 近代人일스록 또는 聰明할스록 그는 唯物的인 論法에 魅力을 느끼는 法이다. 다시 말하면 그 나라의 文化가 높아갈스록 批評藝術의 信徒가 만하지는 同時에 다른 모든 分野의 藝術을 눌러보게 되는 것이다. 創作은 服藥이지마는 批評은 注射다! 히지부지한 效驗이 아니고 直接的이오 特效的인 仁術이다. 果然 한篇의 小說을 읽음은 얼마나 지리한가! 스피─드를 찾는 近代人은 바야흐로 批評藝術에로 改宗할 것이다.
勿論 批評이 創作 以上의 藝術이라 함은 批評自身의 理想이지 아직까지는 現實이 아니다.

남은 課題는 이 理想을 實現하는데 있어서의 實踐的方法論이다. 오히려 問題의 根本은 여기에 있을 것이다.

實踐이란 結局 技術 問題밖에 더 아니겠으나 그러니만큼 그는 또 理論 以前이요 以後인 修業과 才能問題임이 明白하다.[6]

이 짧은 문단 속에 김문집 비평의 이해를 위한 키워드들이 거의 다 들어가 있는 것을 발견할 수 있다. 마치 그 자신의 개종 역사를 변해하듯, '소설'은 지리한 것이라고 말하고, 스피디한 근대인은 비평 예술로 전환하리라고 말하고 있는 것이다. 이런 장르 전환론적 견해가 오스카 와일드로부터 비롯됐다고 그는 말하고, 그렇다면 비평은 마침내 창작 이상의 예술이 되리라고 호언장담한다. 하지만 그렇게 호언장담으로까지 비화된 의지는 아직 비평 자체의 의지일 뿐, 실천적으로 현실화된 상태는 아닌 것을 지적하여 분위기를 환기시킨다. 그리하여 비평적 실천의 과제가 단지 '기술' 문제로 귀환할 뿐이라고 본다면, 그것은 오히려 이론 이전이요, 결국은 수업과 재능의 문제로만 귀착될 것임을 선언하여 비평과 예술 사이에 하등의 등차가 있을 수 없음을 명백히 한다.

이와 같은 추론 과정의 모든 길목 길목에서 오스카 와일드의 영향이 작용했다고 말하기는 어렵고, 그러니까 이런 식의 논리 형성 자체는 김문집 스스로의 사고 운행에 의해 이루어졌다고 해야 할 것이지만, 김문집 자신 오스카 와일드를 들어 말하고 있듯이 이러한 사고의 모형을 흡사하게 제시한 문학사 상, 예술사 상 대표적인 논자를 들자면 아무래도 오스카 와일드의 이름이 그 중 설득력 있게 제시될 만하다는 사정을 우리는 이해할 수 있다. 여기서 오스카 와일드와 김문집 사이의 친화감의 요인을 몇 가지로 들어 설명해 보기로 한다면 이렇다.[7]

아일랜드 출신으로 옥스포드에서 월터 페이터 등과 함께 대학에서의 연구 과정을 거쳤던 오스카 와일드는 시인, 소설가, 극작가 등 다채롭게 창작 이력을 쌓은 문인으로 널리 알려져 있지만, 실제 그는 여러 에세이들과 함께

---

6) 김문집, 앞의 책, 202-203쪽.
7) 오스카 와일드와 김문집 사이의 비교 연구는, 이보영의 논문, 「Oscar Wilde 문학의 수용과 그 한국적 수용」에서 자세히 시도되었다. 하지만 이 논문에서 이보영은 김문집이 오스카 와일드를 자세히 알지 못하여 그 정확한 이해에는 도달하지 못하였다고 평가하고 있다. 이상의 「날개」에 대한 김문집의 분석에 대해서도 이보영은 부정적으로 평가하고 있다. 참고로 여기에서 그 동안의 김문집 연구 성과를 개괄해 보자면, 김문집 비평에 대한 비교문학적 연구 시야 속에서 강조된 영향의 발신자로는 고바야시 히데오가 강조되었다. 김윤식, 「자의식의 비평과 서구적 지성의 한계」(『김윤식선집』 3, 솔, 1996); 이은애, 「김문집의 예술주의 비평 연구」(『한국문예비

『Intentions』라는 제목으로 하나의 평론집을 상재할 만큼 무시 못 할 비평적 업적을 쌓은 현대의 대표적인 문예 이론가, 예술 이론가로도 알려져 있다. 그가 남긴 여러 작품들과 함께 그가 쓴 비평적 소론들이 모여 그 문예 의식, 예술관의 총체가 '데카당스', 혹은 '악마주의' 혹은 또 '창조비평', '탐미주의' 등의 이름으로 회자되었거니와, 소위 '엽색'이라는, 곧 동성애 행각으로 말미암아 구속의 죗값을 치를 정도로 사회적 유명세를 치르게 되었고, 일찍부터 이러한 사실들이 일본을 위시한 동양 사회에도 알려져 가령 다니자키 준이치로와 같은 인물들이 남다른 기행과 독특한 문학 세계로 유명세를 탈 때면 마찬가지로 늘 그와 함께 상기되었던 작가가 오스카 와일드였다고 하는 것이다. 이처럼 탐미적이고 기왕의 윤리 파괴적인, 그리하여 '악마주의'라는 세평조차 들어야 했던 오스카 와일드 같은 작가에게 김문집이 끌렸던 이유란 어떻게 설명될 수 있을까? 여기서 또 김문집이, 우리의 고전 「춘향전」에 대해, '(신판) 獄中花'라는 또 다른 별칭을 선사, 논하면서, 실상 그보다는 오스카 와일드에 대해 소개하고 있는 다음 문면을 확인해 두고 넘어갈 필요를 느낀다.

> (…) 오스카 와일드의 이름을 안지 于今十八年이니 (…) 긴 歲月을 두고 나는 新版獄中花를 업고 단였다는 셈이 된다. (…) 獄中의 主人公은 (물론) 唯獨 와일드 뿐만은 아니다. 그러나 와일드만큼 有名한 主人公은 世界藝術史上에서 또 다시 찾아볼 수 없으리라. (……)
>
> 그의 藝術은 그의 生活이었다. 아니 그의 生活이 곳 그의 藝術이었다. 『藝術이 生活을 模倣하는 것에 比하면 生活이 藝術을 模倣하는 便이 훨씬 더 많다』는 것이 元來부터의 와일드의 美學原論이었다. 大作 『또리안·그레—의 肖像』을 읽으면 『藝術家에는 倫理的 同情心이 있어서는 안 된다』는 말을 發見할 것이다. 그 人生觀, 아니 그 藝術觀 아래서 마침내 그는 高貴한 몸으로써 獄에까지 몰리어 드러가지 않으면 안되었든 것이다.
>
> 『藝術을 表現하는 것은 오로지 藝術 그 自身이다』(論集 "Intention" 所收이

평연구』, 15집, 2004) 참조. 그 밖에 홍경표, 「김문집 비평의 몇 가지 논거들」(『향토문학연구』 제7집, 2004); 노상래, 「김문집 비평론」(『한민족어문학』 제20집, 1991); 정영호, 「김문집 문예비평 고찰」(『어문학교육』 제10집, 1987); 장도준, 「김문집의 비평예술가론」(『향토문학연구』 제7집 2004); 이인숙, 「최재서와 김문집을 중심으로 본 전환기 비평의 이해」(『한국어문학연구』 제11집, 1971); 강경화, 「한국문학비평의 존재론적 지평에 대한 고찰」(『반교어문연구』 10집); 홍성암, 「김문집 비평 연구」(『동대논총』 제24집) 등에서 김문집의 생애와 그 비평의 특질, 비평관 등이 검토되었다.

"The decay of lying") 그의 耽美主義의 理論的 根據를 우리는 이 한 마디에서 捕捉할 수가 있다. 如此한 藝術觀의 實踐的 結論인 例의 戱曲『사로메』는 (……)[8]

이처럼 오스카 와일드가 김문집에게 있어서 충분한 '자아 이상'으로서의 거울과 같은 역할을 톡톡히 해 내었으리라는 입론을 입증, 시사해 줄 수 있는 많은 귀절들을 우리는 찾아낼 수 있겠는바, 이러한 뜻으로 오스카 와일드에 대한 이해는 김문집의 이해를 위한 여러 가지 보조의 해명 열쇠를 제공해 준다고 말할 수 있는 터이다. 더 나아가 이러한 상관 요소들에 대한 더욱 심도 있는 이해를 위해서는 정신분석학적인 인식 관점에서의 설명, 해석이 도움이 된다고 여겨지는 바, 그 후행 작업을 위해서는 여기서 또 먼저 소위 그 실존적 예술 정신 형성의 배경 이해를 위한 분석의 조건들로서 탄생 이래 주어진 유, 소년기, 혹은 청년기에 있어서의 김문집의 방황 여정을 다시 한 번 더듬어 둘 필요가 있겠다. 김문집 자신의 해명에 의하면 어린 시절부터 계모와의 불화로 인해 고향을 떠나 유랑하는 처지의 삶을 전전해야 했다고 하는데, 그럼에도 불구하고 그는 자신의 부계 혈통과 관련해서는 은근히 서양의 귀족 신분과 흡사한 양반 가문 출신의 혈족임을 내세우고자 하며, 더불어 중등 학력 과정에서 벌써 천재적인 문예 재능이 발로되어 문필가로서의 대성 의지를 키워가게 되었음을 되풀이 강조하면서, 최종 학력과 관련해서도 그는 제국대학 체제의 최고학부에서 수학(?)하였음을 늘 훈장처럼 이력 사항 앞에 내세우고자 했던 것이다. 전체적으로 사랑 기갈증의 면모이면서, 표면적인 우월감 뒤에서 엿보이는 짙은 우울과 열등감의 소인을 우리는 발견할 수 있겠거니와, 그의 충동적이면서 파괴적인 본성 또한 따라서 그의 감춰진 생애의 비밀 속에서 이해될 수 있는 바라고 하겠다. 이처럼 열등감과 우월감이 뒤섞여 나타나는 복잡한 내면 의식의 형질과 유년기 고난, 고초의 경험이 야기한 짙은 복수심, 자기 현시적 갈등이 그로 하여금 문인되기의 욕망에 사로잡히도록 유도했다고 할 수 있으며, 이 때문에 그는 일찌기 일본 문단에 진출하여 여러 문인, 집단과 어울리면서 호시탐탐 문예를 통한 성공에의 기회 잡기에 부심하게 되었다고 분석될 수 있는 것이다. 여러 가지 비슷한 행적과 충동의 면모를 보였다고 여겨지는 오스카 와일드에

8) 김문집, 앞의 책 34-36쪽.

대해서 그가 특별한 친화감을 내면화하게 되었을 가능성이 이러한 맥락에서 설명될 수 있다. 하지만 앞서 일본 문단에서의 행적 확인을 통해 간파할 수 있듯이 그의 문학적 야망은 결코 극복되기 어려운 비평적 장벽에 부딪혔고, 김문집 자신은 이를 마치 아일랜드 출신 오스카 와일드가 그랬을 것이듯이 마땅히 식민지 반도 출신으로서 내지인에 의한 차별 의식과 같은 것으로 치환시키는 방식으로 잠재돼 있던 민족의식을 활성화시키는 합리화를 기함으로써 의식, 무의식적인 안정과 평형의 상태를 도모하게 되었다고 해석될 수 있는 터이다. 오스카 와일드의 과격하고 강렬한 예술 지상주의의 탐미적 비평 이론, 창조 비평의 이론에서 그가 마음의 위안처를 찾게 되었던 소인도 같은 맥락에서 설명될 수 있다. 한편 또 (김문집 자신의 술회를 참조할 때) 일종의 선후배 관계 수준으로 이루어졌다고 하는 요코미쯔 리이치와의 교유가 그의 비평관 형성에 미친 영향 또한 적지 않았던 것으로 설명될 수 있다. 소화(昭和) 전기에 벌써 '소설의 신', '문학의 신'이라는 비아냥 겸 찬사의 칭송을 들을 만큼 그 영향력이 막강했던, 그러니까 일본 문학사에서 '신감각파'라고 할 때, 그 신감각파의 기수이자 대표자의 역할을 자임했던 요코미쯔 리이치의 문학관은 한마디로 '실험'의 정신으로 요약될 만한 것이었으며, 따라서 소설이 늘 실험의 정신으로 씌어지는 만큼 비평 역시 늘 새로운 창작의 정신으로 씌어지지 않으면 안 된다는 의지가 요컨대 그의 '비평예술'관, 곧 '예술평론'의 정신으로 굳어지게 되었다고 볼 수 있다. 관련 문맥을 여기서 잠시 확인하고, 이어서 논의를 계속해 나가보자.

藝術評論으로 世界 第一位로 高級인 것은 아마 「폴·발레리」의 「따빈치 方法序說」일 것이다.

나는 四五年前 橫光利一씨의 勸으로 和譯으로 읽었을 뿐이나 果然 高級이었다. (……)

橫光씨는 이 論文을 읽고 두어달 동안 바보가 되어 아무 것도 쓰지 못하고 애를 먹었다는 것을 나에게 뿐 아니라 여러 後輩들에게 告白한 것이었다.

意志의 사람 橫光利一을 바보로 만들기까지 그 글은 感動力이 있었다.[9]

9) 위의 책, 424-425쪽.

이 글의 논지 전체는 제목(「評壇 破壞의 緊急性-新聞 學藝面의 問題」)이 말해주듯 당시 한국 평단의 무용한 '난삽(難澁)벽'을 지적하면서, 그처럼 쓸데없는 난삽 취향을 일소하기 위해 쉽고 재미있고, 투명한, 나아가 시적 향기를 갖춘 비평 문장을 구사할 수 있도록 노력해야 한다는 점을 주장하기 위해 씌어진 문장이지만, 글 전체를 살피면 일본 문단, 평단의 수준에 비해 불투명하고 난삽하기 짝이 없는 문장으로 그 후진성을 폭로하고 있음이 조선 평단의 현황이라는 식으로, 이 사람 저 사람 일본과 서양의 고급한 평론 실천의 사례들을 예로 들면서 조선 비평이 개혁되기 위해서는 단지 분발 정도가 아니라 근본적인 파괴의 정신과 의지로 그 쓸데없는 현학 취미를 거세하지 않으면 안 되겠다는 주장의 평문으로 읽힐 수 있는 것이다. 따라서 조선 평론 문학의 저열한 수준을 입증하기 위해 그 자신 서양과 일본의 여러 사례들을 거론, 어떻게 보면 마찬가지로 신기 취미, 현학의 벽을 노출했던 것이 아닌가 하는 주체적 시각 하에서의 논란 여지를 남기는 것이지만, 어쨌거나 당시 젊은 세대의 눈으로 보아서는 일본 현대 문학의 최고 수준을 대변한다고 인식되었던 다니자키 준이치로나 고바야시 히데오 등과 함께 당시 모든 소설가 지망생들이 추앙해 마지않았던 요코미쯔 리이치와 같은 작가와 더불어 문학의 문제를 논해 왔다는 사실은 그가 거칠 데 없이 자부심을 피력하고 또 그것이 당시 그의 글을 읽었던 많은 조선 독자들에게는 경외감을 동반시킬 만큼 강력한 문화적 위세를 과시하는 정도로 호소력을 발휘했을 것을 미루어 짐작할 수 있다. 식민지 문화, 식민지 사회가 갖는, 미묘하고 복잡한 정신적 이중 의식의 작용 매커니즘을 고려할 때, 지금 우리가 겪고 느끼는 것처럼 이른바 '내지(內地)'라는 식민지 본토 문화계에서의 다양하고 직접적인 현장 체험의 이력 과시가 어떤 사람에게는 물론 역거움을 선사했을 것이 사실이겠지만, 더 많은 대중 독자들 그리고 신문 편집자들에게는 비록 거칠더라도 거침없이 활달하고 우상 파괴적인 그의 문체가, 한편 식민지 조선의 경성 문인들을 직격하고 구어체 문장이 살아 있는 흡인력을 발휘하는 효과를 발휘함으로써 유용한 비평적 실천의 사례로 간주될 수 있었을 것이 틀림없다. 그가 당시 이원조의 지원 사격 속에서 거의 독무대 격으로 문학 현장 파수꾼으로서의 위치를 굳혀가고 있었던 최재서 비평을 의식, '화돈(김문집의 호) 칼럼'이라는 별란을 신설해 가면서까지 『조선일보』 학예 지면에 맞서게 했던 동아일보 편집진, 혹은 경영진의 저간의 대처는 그와 같은 독자 반응, 혹은 호응에 기초해 이루어진, '김문집 비평'에 대한 전폭적인 지원, 배려의 맥락을 실증해 보여주는 사태라 할 수 있다. 상대적으로 다른 평론가들에 비해서는 비체계적인 언술, 담론의 면모를 보여준다고 말했지만, 가령 다음과 같이, 「로당 彫刻의 近代的 惡魔主義的 硏究」라는 제하에, 로댕의 조각을 예로 들어 설명하면서, 근대적 예술 정신의 한 핵자를 '악마주의'로 파악, 그 세부 심리적 양태로 '사디즘'과 '마조히즘'을 거론, 예거하는 과정에서 다음과 같이 슬쩍 '다니자키 준이치로'의 사례를 끼워 넣어 해설해 보이고 있는 문맥 등은 그가 이 시기 나름으로 서양 문화, 예술사에 대한 지식을 총동원, 종횡으로 활용하면서도, 한편 일본 (내지) 문단에 대한 그의 이해의 정통함을 한편 은근히 과시함으로써 일본 문단 전문가로서의 자신의 조선 내 위치를 확고히 하려 했던 전략적 고려 같은 것이 작용한 문면이라고 보겠다. 다니자키 준이치로에 대한 그의 경모, 경외의 태도를 고스란히 드러내고 있는 대목이라 보아도 좋다.

惡魔主義란 말은 文學史에 나타난 近代的 語彙다. 決코 文字 그대로의 惡魔의 行勢를 하는 主義는 아니다.

多少 現代 日本文學에 通한 이는 누구나 알겠지마는 日本 文壇이 가진 最高의 藝術家―적어도 그 하나인 谷崎潤一郞의 藝術은 惡魔主義의 藝術이고 그 中에도 『마조히즘』에 屬한 그것이다.[10]

다음 절에서는 이제 1936, 37, 38년 경, 그러니까 『문장』이 창간되고 이어서 최재서 주도의 『인문평론』이 발간됨으로써 문단이 다시 양대 월간지 중심으로 재편되기 이전, 그리고 1936년 베를린 올림픽을 계기로 소위 '일장기 말소 사건'으로 말미암아 『(조선)중앙일보』가 폐간되는 사태를 맞이함으로써 한국 저널리즘이 대개 『조선일보』(『조광』지 포함)와 『동아일보』(『신동아』 포함)라는 양대 민간 일간지의 대결이라는 대립 구도를 보였던 시기에 최재서 비평에 도전한 형국의 김문집 비평이 어떤 활약상과 이론적 대항의 면모를 과시했던 것인지 살펴두기로 한다.

10) 위의 책, 222쪽.

4. 소위 '리얼리즘'의 비평 관념에 대항하여—최재서와 김문집

먼저, 「『날개』의 詩學的 再批判」으로 알려진 김문집의 글 서두 단락을 인용하면서 논의를 시작해 보기로 하자.

> 우리 文壇서 相當히 이름이 있는 어떤 文學人이 故 李箱의 作 「날개」를 「알수 없는」 小說이라고 前提하고는 그의 智識과 精力과 그리고 誠意를 다하야 리어(리)즘의 深化된 作品이라고 論評한 結果 某種 暗然한 影響을 一般讀者에게 준 것은 벌서 再昨年度에 屬하는 文壇 消息이다.[11]

여기서 '어떤 文學人'이 최재서를 지칭하는 것임은 말할 나위가 없다. 주지하다시피 최재서는 '리얼리즘의 확대와 심화'라는 부제와 함께 「『천변풍경』과 『날개』에 관하여」의 평문을 발표하였고, 이것은 최재서의 비평문 중에서도 가장 널리 알려진 글이 되었다. 더하여 최재서는 이상이 사거한 후 그 '추도회'의 자리에서 「故 李箱의 藝術」이라는 글을 발표하였고, 최재서의 그와 같은 일련의 이상 해독 작업에 대하여 김문집이 시비를 제기한 사정이었던 것을 알 수 있다. 시비 대상이 된 논점은 비교적 간명하다. 요컨대 오독이라는 것이겠지만, 달리 말하면 최재서의 발언이 지나치게 상식적인 이해에 기초해 있다거나 혹은 거꾸로는 현대 문학의 동향에 어둡다는 지적으로 요약될 수 있는 내용이라 하겠다. 널리 알려진 그 최재서 평론에서 핵심 구절이 될 만한 부분을 여기서 잠시 확인해 두자면 다음 부분이 될 수 있겠다.

> 이 두 作品은 그 取材에 있어 判異하다. 「川邊風景」은 都會의 一角에 움즉이고 있는 世態人情을 그렸고 「날개」는 高度로 智識化한 소피스트의 主觀世界를 그렸다. 그러나 觀察의 態度와 및 描寫의 手法에 있어서 이 두 作品은 共通되는 特色을 갖이고 있다. 卽 그들은 될 수 있는 대로 主觀을 떠나서 對象을 보랴고 하였다. 그 結果는 朴氏는 客觀的 態度로써 客觀을 보았고 李氏는 客觀的 態度로써 主觀을 보았다. 이것은 現代世界文學의 二大傾向—리아리즘의 擴大와 리어리즘의 深化를 어느 程度까지 代表하는 것이니(…)[12]

11) 위의 책, 37쪽.
12) 최재서, 「『천변풍경』과 『날개』에 관하여—리아리즘의 확대와 심화」, 『문학과지성』, 인문사, 1938, 98~99쪽.

이 문면을 통해서도 우리가 확인할 수 있는 것처럼, 최재서 비평의 미덕은 실제 지식의 힘이라기보다 다분히 문체 능력을 통해서 주어진 것임을 알 수 있다. 확실히 김문집의 거칠고 요령 없는 문체 양상과는 질이 다른 논리적 명석함으로 구축된 글임을 알 수 있게 한다. 『천변풍경』과 『날개』를 대비시켜 논하면서, 그것들을 리얼리즘의 '확대'와 '심화'라는 도식에 적용, 선명히 구별시키고 있다. 한편 그러한 차이에도 불구하고 두 작품은 모두 '리얼리즘'의 전진이라는 현대 문학의 근본 요건을 만족시킴으로써 문학적 성취에 있어서 성공적인 결실을 산출하였음을 일목요연하게 해명하는 비평적 진술인 것으로 그 비평의 장점을 인정하는 시야에서의 평가가 가능해질 수 있다.

하지만 이와 같은 상식 논법, 그러니까 지나치게 일반화한 도식적 논법의 인식적 한계와 그 문제점이 무엇인지도 우리는 잘 지각할 수 있을 것이다. 선명한 도식이 명석한 분석적 효과를 낳는 장점을 안지만, 한편 지나치게 단순화되고 일반화된 도식은 인식 자체를 왜곡시킬 수 있는 가능성, 역기능을 안는다는 사실. 가령 헤겔의 '변증법'이라는 역사 설명의 도식, 도법이 마치 인류사 전체를 선명하게 해설해 주는 듯한 인식 효과를 발휘하는 것 같지만, '이성의 간(교)지' 같은 개념이 대변해 주듯 한편 자의성의 여지를 지나치게 크게 동반한 형태의 이 개념 도식이 실로 잘못 적용, 응용된다면, 역사에 대한 이해 자체를 왜곡시킬 수 있다는 우려, 함정을 갖는다는 점을 우리는 늘 경계하고 주의하지 않으면 안 된다. 헤겔의 역사 도식을 물구나무 세워 적용했다고 하는 맑스의 또 다른 유물변증론의 사관에 대한 우리의 인식이나 우려 역시 똑같이 적용될 수 있을 것이다. 역사의 신상과 유리된 채 오히려 왜곡된 역사 인식이나 허상을 낳을 수 있다는 점을 20세기 세계사, 혹은 오늘날에도 진행되고 있는 여러 민족사의 사례들을 통해 환기 받을 수 있지 않겠는가? 많은 인식적 난점들을 공유하면서도 오늘날 지식의 여러 영역에서 '복잡계'라는 인식틀이 기본형으로 받아들여지고 있는 사태도 이와 같은 맥락에서 이해해 볼 수 있을 것이다. 과거 소위 '이론의 시대'에 저질러졌던 수많은 일반이론 추구에의 오류를 교정하여, 그러니까 도식적 인식 체계들이 갖는 한계의 지점들을 분명히 인식, 그 대상이 되는 세부 '계'의 영역들이 발현하는 복잡한 혼돈─무질서의 현상을 무엇보다 충분히 먼저 전제하면서, 그 세부 영역 속의 어떤 반복과 형태화의 원리를 '패턴'의 개념으로 추적함으로써 다시 한 번 인식의 기초를 다져보자는 것이 오늘날 '물리학'이라는 선두 학문을 중심으로 해서 도모되고 있는 새로운 인식 추구의 주된 경향, 그러니까 요컨대는 과거 너무 단순하고 일반화된 체계의 형태로 강요되었던 도식적 논법 중심의 인식 한계를 극복하기 위해, 여러 영역의 학문 이성들이 총합적으로 자기 반성과 광정에의 노력을 벌인다는 것이 오늘날 여러 가지 형태로 '복잡계' [13] 추구의 인식 경향을 낳고 있는 것 아닌가, 이해될 수 있는 것이다.

최재서 비평에 대한 김문집의 문제 인식과 그 비판 또한 따라서 위와 같은 맥락에서 주어진 바라고 우선 해명될 수 있다. 요컨대 문제의 핵심, 요체는 '리얼리즘'이라는 개념에 걸릴 수 있는 것이고, 따라서 달리 말한다면 이 문제는 결국 『천변풍경』과 『날개』의 작품을 두고, 그것들을 '리얼리즘의 확대와 심화'라는 용어로 규정, 인식할 수 있겠느냐의 문제다. 더 세분, 분별하여 말한다면, 박태원의 『천변풍경』을 두고 이것을 '리얼리즘의 확대'라고 규정한 데 대해서는 시비를 제기하지 않은 셈이 되지만, 이상의 『날개』를 두고 그것을 '리얼리즘의 심화'라고 규정하는 것은 이상하지 않느냐는 지적이었던 셈이다. 물론 그는 더 근원적으로 현대 문학에 있어, 아니 원천적으로 문학에 있어서 '리얼리즘' 개념의 적용이 타당할 수 있느냐는 문제의식을 가졌던 것 같다. 소위 '문단 주류설' 문제를 두고, 당대 비평가 김용제와 벌였던 논쟁 문맥에서도 그는 과거 요코미쯔 리이치와 가졌었던 대화의 한 대목을 상기하여 '리얼리즘' 개념에 대한 부정의 입장을 뚜렷이 하여 논란했었음을 확인할 수 있기 때문이다. 당시 백철이 제기하고 있었던 현대적 '휴머니즘'의 주류설에 대하여, 김용제는 '리얼리즘' 주류설을 제시하였고, 이에 대해 김문집은 '휴머니즘', '리얼리즘' 어느 쪽이든, 결코 현대 문학의 주류설에 합당할 경색된 이념, 개념의 성립은 있을 수 없음을 논단하였다. 여기서 '리얼리즘' 개념에 대한 부정의 논리 전개 대목만을 인용해 보인다면 다음과 같다.

　―"實際의 藝術 製作에 있어서 리얼리즘이란 것이 있을 수 있나?"
　―例의 純粹小說論을 發表하기 直前의 橫光利一 氏는 어느 고요한 자리에서 對坐한 나에게 문득 이런 質問을 던지는 것이었다. 눈을 돌려 멀리 下午의

13) 이노우에 마사요시, 강석태 역, 『카오스와 복잡계의 과학』, 한승, 2002.

太陽에 反射하는 樹葉을 내려다보면서 나는 다음과 같이 對答한 것을 아직 記憶하고 있다.

"만약 있다면 그것은 天國의 藝術이겠죠!"

리어리즘을 쉽게 말하면 있는 그대로를 그린다는 이즘이다. 橫光에게 보낸 내 說話는 大略 다음과 같았다. 卽 只今 저 나뭇잎이 太陽에 反射되고 있다. 저 놈을 Sein(實在)으로써의 저 놈을 있는 그대로 그린다는 것이 어찌 人間으로서 可能한 일이냐? 우선 저것은 實物 나뭇잎인 데 對해서 '나무잎'이란 말 또는 그 形象은 글자가 아니면 色 칠, 音響, 大理石 等等이 아니냐. 그러기에 實在乃至는 現實을 있는 그대로 그린다는 命題 그 自體가 벌서 無謀의 甚한 하나가 아니면 아닌 거다. 그러고 보면 藝術存在의 可能性은 오로지 그것 아닌 것을 그렇게스리 맨든다는 見解에서만 찾을 수가 있지 않은가. 이 見解에 異議를 許容치 안는다면(,) 그리고 또 一個 藝術品은 西東古今의 百萬 藝術家가 한마당에 모혀서 共同製作하는 그 무었은 決코 아니라는 것이 事實이라면 있는 그대로를 그릴 수 없다는 最初의 原理 以上으로 네가 그렇게스리 됐다고 믿고 自信하고 내 놓는 나뭇잎의 꼴과 내가 그렇게스리 됐다고 믿고 내미는 그것과는 때로는 된장과 大便과의 差異가 있을 것(…)—여기서 어찌 우리가 리어리즘을 設定할 수 있으며 더구나 그로써의 文壇 主流의 樹立을 敢히 慾望할 수가 있겠는가.[14]

이 문장을 통해서도 알 수 있는 것처럼, 김문집은 순전히 예술, 예술가의 관점에서 리얼리즘론이 관념과 주장을 일축하고 있다는 것을 알 수 있다. 김용제가 본디 나프 계열의 프로 시인으로 출발했던 문학자, 비평가였음을 감안하면, 일본 문단에서 요코미쯔 리이치가 소위 '신감각파'를 대표하여 프로 문학 계열 문인들과 피투성이의 문학 논쟁을 벌였음을 상기하게 하는 대목이 되거니와, 프로 문학계, 곧 당시(1930년대 후반) 경향 문학계의 지론이었다고 할 수 있는 리얼리즘론을 그가 결코 수용하기 어려웠으리라는 점도 우리가 쉽게 이해할 수 있고, 바로 그와 같은 관점에서 마찬가지로 '리얼리즘론의 확대와 심화'라는 규정을 『천변풍경』과 『날개』 해독에, 그 중에도 이상의 소설 해명에 적용했던 최재서의 평필에 대해서 도저히 용납하기 어렵고, 납득할 수 없다는 태도를

14) 김문집, 앞의 책, 394–395쪽.

취해 논란을 제기했던 셈이다. 그렇듯 리얼리즘의 소산이 아니라고 본다면, 그렇다면 김문집 자신은 이상의 『날개』를 어떻게 이해하고 파악한다고 말했던 것일까? 우선 또 다음 문면을 확인해 두기로 하자.

　명백히 「날개」는 이성화한 감정이 그 자체의 변증법적 부자연의 탓으로 (第二段의 感情에로 進行한 것이 아니라) 그의 故鄕인 본시의 感情에 向하여 간신히 自己解體를 完了한 瞬間의 純粹한 疲勞! 이 疲勞의 純粹性이 無限의 虛無感과 同一意識인 것을 悟道한 刹那의 그의 感性의 恍惚性! 이 恍惚性을 다시 理性的으로 否認하려는 그의 知性의 自嘲……이 自嘲의 無意味를 自己 스스로에게 意味視시키는 意識的 活動狀態를 가르쳐 우리는 따따이즘의 前夜光景이라고 할 수 없을까?[15]

다소 요령부득이고, 결코 최재서의 비평만큼 명석하고 선명한 해설 담론의 효과를 발휘하지는 못하는 양상인 것을 부인하기 어렵다고 해야 하겠지만, 그 진단 자체는 오늘날의 많은 이상 문학 연구자들이 동의하는 '다다이즘' 개념에 입각하여 최재서의 상식적인 '리얼리즘' 개념과 같은 것으로부터는 멀찍이 벗어나 있는 양상임을 알 수 있게 한다. 이어서 그는 '시적 무질서의 질서성'이라고 하는 독특한 담론 규정을 빌려 더욱 구체적으로 이상의 『날개』의 담론이 갖는 독특한 형질을 설명해 보이는데, 다시금 요령부득의 느낌을 갖게 하는 대로 한편, 그의 이와 같은 인식과 논법은 오늘날 복잡계가 말하는 '혼돈 속의 패턴'이라는 개념에 근사한 형태로 이루어진 것임을 확인시켜 준다. 『날개』에 대한 해설을 계속하여 들어두기로 하면 다음과 같다.

　作者 李箱의 밧탕이 詩人이었던 탓으로 그의 感情에는 노래가 흘렀다. 意味없이 처량한 墮力의 노래를 부르면서 그는 넋빠진 저 自身의 넋을 찾아 白意識의 彼岸地帶를 彷徨하였다. 질겁지 않으면서 홀로 괴롭지 않았다──疲勞! 蒸溜水같은 惡魔의 呼吸이 그를 꽃없는 樂園으로 誘引하자 리즘의 슬픈 輓歌를 黙黙히 드르면서 '白晝의 黃昏'을 幻覺하는 寢床의 그──'그'는 '나'를 嘲弄하고 '나'는 '그'를 慰撫하면서도 오히려 '그'는 李箱을 慰撫하고 '나'는

15) 위의 책 37-38쪽.

李箱을 嘲弄하는 것이다. 그 나—李箱, 秩序롭게 交錯된 三次方程式의 詩的 無秩序. 이 詩的 無秩序의 秩序性에 三次方程式의 悲劇이 內在하였다.[16]

이어서 그는 이상의 죽음에의 운명까지가 그 '따따이즘'이라는 '소리없는 공포', '의식—무의식', 혹은 '질서—무질서'라는 근대인의 숙명으로부터 야기된 바임을 설명하고 있다. 이어서 본다.

死에의 作者 李箱의 宿命은 이미 이 悲劇에서 決定된 그것이었다. 따따이즘의 前夜만큼 무서운 光景을 近代人은 가질 것인가? 後夜와 當夜를 希望치 못함이 따따이즘의 前夜다. 決코 壯大한 光景이 아니면서도 이 前夜 光景은 그 光景의 所有人에 限해서는 死에의 소리없는 恐怖다.
내가 解釋한 「날개」의 詩學은 大略 以上과 같다.[17]

『날개』에 대한 김문집의 언급은 "(칠팔 년 전) 동경 문단의 신인 작단에 있어서는 여름의 맥고모자와 같이 흔했다"로 잘 알려져 있지만, 실상 『날개』에 대한 김문집의 평가가 인색한 것만은 아니었음을 알 수 있는데, 다만 앞서 말한 것처럼, '리얼리즘의 심화'라 규정한 최재서의 비평에 대해서는 그것이 결코 온당한 해석이 아님을 강조하고 싶었던 것이라고 말할 수 있다. 결국 위와 같이 자기 나름으로 해석한 '『날개』의 시학' 제시 후, 본격적으로 최재서 비판에 나선다. 보자.

이에 대해서 최씨는 어떤 말을 했나? 예술과 담을 쌓은 서재의 전람이었다. 이 서재 비평에서 그러나 우리는 다음과 같은 수려한 일행을 발견한 사실을 부정해서는 안 된다. 즉 "현실에 대한 분노를 그(날개의 주인공)는 현실에 대한 모독으로써 해소시키려 했다는 말이다. 허나 최군의 이 명구는 (…) 소피스트의 재담 밖에 더 아니라 함은 작품 「날개」에는 여하한 이념상의 현실 모독도 없다는 사실로써 증좌할 수가 있다.[18]

16) 위의 책, 38쪽.
17) 위와 같음.
18) 위의 책, 38–39쪽.

이어서 『날개』의 미덕에 대해서 다시 한 번 상찬의 언사를 선사하고 더불어 이상 문학의 세계 전체를 자기 나름으로 요약하고 해명하는 논지를 전개한 다음에 예의 그 유명한 『날개』에 대한 언급을 내놓게 된다.

事實 이 作品은 千篇一律의 農村小說이 아니면 얼빠진 封建小說이 主流되고 있는 우리 文壇에 있어서 資本主義 末期의 都會의 裏面을 悲劇해 보인 하나의 異彩로운 作品이었다. 더구나 作品 中 가령 책보 만하던 해ㅅ빛이 한카치-푸만해졌다는 表現 같은 것은 世界的으로 새롭다. (……)
　　그의 第一作인 「지주회돈(sic. 시)」은 「날개」의 約婚時代요 第三作 「童骸」는 「날개」의 倦怠期다. 그리고 「終生期」는 그의 老境의 悟入(철학적)이다.
　　即 「날개」는 作家 李箱의 新婚期라 一生을 通하야 두번 經驗지 못할 질거운 그 한때인지라 慶賀를 마지 않으나, 여기서 未安한 人事를 同時에 드리지 아니치 못한다는 것은 이 程度의 作品은 只今으로부터 七八年前 新心理主義의 文學이 極盛한 동경문단의 신인작단에 있어서는 여름의 麥藁帽子와 같이 흔했다는 사실이다.[19]

이런 식으로 『날개』에 대한 온당한 평가와 함께 최재서 비평을 교정하기 위한 메타 비평의 성격으로 이중적 담론 의도를 매우 불안스럽게, 보기에 따라서는 겨우 아슬아슬한 균형 감각 속에서 수행해 냈다고 할 수 있는 김문집의 위와 같은 의욕적 현장 비평의 한 시도는 다음과 같이 작품의 성취와 한계를 요약하면서, 최재서 비평의 문제점을 지시한다. 그 요지를 다시 한 번 확인해 두기 위해 그 결론부의 핵심 문면에 귀착해 보자면 다음과 같다.

그의 神經系統의 메카니즘에는 不當하게도 또 오일(油)이 너무 (…) 말라빠졌나는 네에 그의 따따이즘의 前夜기 開幕된 것이었다. 그 前夜光景에서 虛無의 메로디-를 소리없이 노래부르는 그 '나' 氏는 事實에 있어서 作者와 作中人物과의 混線體라는 데에 李箱의 力量 問題가 있었고 더 重大한 일에는 一見 簡單한 이 事實에 진실로 「날개」의 非리어리즘性의 根本 原因이 潛在한다는 것이다. 하물며 그의 深化일까보냐![20]

19) 위의 책, 39-40쪽.
20) 위의 책, 41쪽.

5. 맺음말—결어 및 남는 문제

민족주의와 같은 상식적 관점에서 본다면, 김문집이라는 비평가, 그리고 그의 생 전체는 하나의 파탄에 불과한 족적이라는 것을 솔직하게 부인하기 어렵겠다고 생각된다. 모든 생이 결국엔 (죽음 앞에서) 하나의 퇴락이라는 명제를 수긍하고 보더라도 그렇다. 단순히 문학적으로 실패했다는 결과만으로 보아서 그런 것만은 아니다. 여기서 문학 비평가 이후의 생애에 대한 하나의 공적 추적으로서, 김문집에 대한 연구 자료의 하나를 인용해 두기로 한다.

1940년 4월 중순경 파렴치범으로 검거되어 조선문인협회 간사직을 사임했고, 징역 8월을 선고받은 뒤 1941년 5월 말 석방되었다. 그 해 6월 일본으로 건너갔으며 1942년 2월 후쿠오카(福岡) 일일신문사(日日新聞社)에 입사했다.

해방 후 행적에 대해서는 거의 알려진 바가 없으나 김문집이라는 이름으로 논문 「조선중립과 조선연방」(朝鮮中立と朝鮮聯邦, 東京 國際文化學會, 1960.10)이 간행된 것으로 보아 이후에도 집필 활동을 한 것으로 추정된다.[21]

이 정도의 추적이 현재 상태로서는 최종적인 것이라고 할 수 있겠으나, 여기에 필자는 최근 입수된 하나의 자료를 추가하여 위 논의를 보강할 수 있으리라고 본다. 임종 년도가 여전히 미지수로 처리될 만큼 그의 행적의 많은 부분이 아직 미정의 상태에 있다고 할 수 있겠으나, 최근 작고한 재일(在日) 한국 문학 번역가 안우식(安宇植) 선생에 의해 보관 중에 있었던 김문집의 일어(日語) 소설집 『ありらん峠』(第二書房, 1958)[22]의 확인은 그의 생애 전반에 대한 이해와 의식 파악에 커다란 도움을 주는 자료가 된다고 여겨진다. 그는 과연 이 땅을 떠나 일본으로 돌아간 뒤 어떤 생애를 살았는가? 그리고 그의 생애를 통해 반복되다시피 저질러진 것으로 여겨지는 '파렴치범'의 행적이란 또한 도대체 과연 어떠한 것이었는가?

지면 관계상 여기서 상세한 논의를 시도하긴 어려우나, 여러모로 상식적 삶을 거부했던 그의 삶 전체의 충동적 면모로 보더라도, 반복되는 '파렴치범'의

---

21) 친일인명사전편찬위원회, 『친일인명사전』, 민족문제연구소, 2009, 357–358쪽.
22) 이 자료를 필자에게 알려준 일본 櫻美林 대학의 정백수 교수에게 이 자리를 빌려 감사를 표하고 싶다.

행적은 매우 이해하기 어려운 불가사의, 혹은 수수께끼와 같은 상식 외의 면모로 이해되어야 할 것이 당연하다. 다만 그의 소설집 자료를 전체적으로 해독하면서 이해하고자 할 때, 단서가 될 만한 흔적들을 찾자면, 생후 백여 일 만에 어머니를 잃고, 모진 모성애 기갈의 조건에 사로잡히게 된 그는 이후 야뇨증과 페티시즘(Fetishism)과 같은 변태 성욕에 시달리게 돼, 급기야 '파렴치범'의 행적과 같은 탈속의 경지까지를 선보이게 된 것으로 파악된다. 그렇다면 그의 생 전체는 어떤 시야에서 최대한 합리적으로, 일관되게 해명된다고 할 수 있을까?

본고에서 오스카 와일드와의 상관 문맥에 대해 누차 강조하여 서술했거니와, '동성애' 행적 등으로 옥중의 포로가 되었던 와일드의 생애는 김문집의 생애를 통해 늘 거울과 같은 존재로 비추어졌던 것 아닌가 하는 생각을 이 대목에서 다시 한 번 해보게 된다. 주지하다시피 오스카 와일드는 소설가이며, 비평가이며, 또한 시와 희곡까지를 망라하여 전방위적인 예술가로 문명을 드날렸으며, 따라서 김문집 역시 비평가로서의 한 시기를 다시금 괄호 속에 집어넣은 다음에는 다시금 소설가로서의 존재 회복을 꿈꾸지 않았던가 하는 추측을 또한 해보게 된다. 1958년에 출간된 일어(日語) 소설집 『ありらん峠』이 바로 그 증거가 된다고 하겠는데, 하지만 그럼에도 불구하고, 그러니까 10대에서 20대에 이르는 청춘 시절, 원래 가졌던 문학적 포부와 꿈의 실현 욕망 재충전에도 불구하고, 실제 그의 삶 자체가 문학적으로 그렇게 충실하게 전개되었는가 하는 데 대해서는 의문을 품지 않을 수 없다. 단순히 문학적 반향, 곧 비평적 반향이 별 볼 일 없는 것이었으리라는 가정 위에서만 하는 얘기는 아니다. 작품집 전체의 밀도가 그다지 충실하지 못하고, 다분히 자전적인 내용의 전개들 속에서, 무엇보다 이 작품집 소재의 9편 작품들 중에서 「ありらん峠」를 위시한 여러 작품들이 그의 인생 후반기에 씌어진 것들이 아니라, 이른 시기 소산의 작품인 것을 드러내 보여주기 때문이다. 실제로 그는 '(작가)후기あとがき'에서 이 소설집에 실린 소설들이 대부분 청춘과 열정의, 곧 질풍노도의 시기 소산인 것을 암시하여 밝히고 있다. 소화(昭和) 전반기 일본 문학을 대표하는 작가의 한 사람인 타츠오 호리(堀辰雄)와의 인연을 소개하고, 이 타츠오 오리와 자기, 그리고 여류작가 '崇瑛' 사이에 삼각관계로 얽힌 치정의 사연 때문에 한

국으로 돌아와 평론가 노릇을 하고, 다시 일본으로 돌아간 뒤, 여류 작가 宗瑛
(F子)의 어머니인 마츠무라 미네코(松村みね子)의 죽음을 맞고, 그 계기로 자신
의 생애에 대한 연민의 감정에 빠져, 상처 추스르기, 혹은 추억의 기념화를 위
해 창작집 (재)발간 사업에 나서게 되었다는 등의 내용으로 전후 사정을 소개
하고 있다. 조금 길더라도 여기서 그 '후기'의 일부를 확인해 둘 필요를 느낀
다. 먼저 일본에서 소설 수업에 진력하던 그가 어찌해서 경성으로 돌아가 평론
가 행세에 나서게 되었는지 구체적으로 설명하기 위해, 우선 작가 타츠오 호리
의 초기 소설 「聖家族」을 읽은 계기로부터 사연을 전하고 있다.

> 「聖家族」を讀んで, なんだ, 俺の戀人F子がモデルになってるじゃないか! ち
> くしょう! と齒を食い縛る所で, 幕があく.
> 　堀辰雄を殺し損ねてやけくそになり, 酒場の女を刺したりして狂亂が續い
> た. 滿身瘡痍. 幾變轉してとうとう京城行の三等切符を買わされる所で, この
> 獨り舞臺は幕を閉じる.—
> 　年に一, 二篇の割で小說だけを書いた舌の僕は京城驛頭に降り立ったその
> 日から, ぶっ通し, 評論家の暖簾で飯を食わされた. しかもそこの文壇バスは
> 日に月にこの似(而)非評論家に借り切られて行く觀があった. (…)朝鮮語の丸
> で下手糞な僕には小說は書けと云われても手が出ない, という事情にも由
> る.[23]

이어서 그 어머니 장례식장에서 꿈결 같았던 지난 생애의 연인, '宗瑛'을 수
십 년만에 만나고, 급기야 자기 연민이라는 주체할 수 없는 감정 과잉의 상태
에 맞닥뜨려 폭풍 같았던 지난 생애를 결산하며, 추억 같이 하나의 모자이크를
낳겠다는 결심에 이르게 된 사연을 고백한다.

> ——昨年, この母君の告別式場で, 何十年(?)ぶりかで僕は宗瑛にあった. 今
> は大會社の社長夫人であるF子さん, ……驚いた. (…)
> 　一瞬僕は足を取られてふらふらと棺桶の前で訃. 俺は眞珠ならぬこの種帽
> 子のために靑春と藝術を棒にふったのか? それとも錯覺で俺は戀をし, 錯覺で

23) 김문집, 「ありらん峠」, 第二書房, 1958, 205쪽.

またその戀を叩きこわしたというのか…….

　どうともやり切れない日日が僕を襲った. いわゆる虛脫とも違う. 阿呆らしくてまともに箸も握れないていたらくである. 意味も味も分らない酒びたりの生活が際限もなく續いた揚句, ついに僕は悟ったようにこの小說集を出すことに氣がついた. これで幾らか救われそうである.[24]

　이런 내용으로 보건대, 매우 정열적이었던 한 탐미주의자의 행정이라 하더라도, 생애 전체로 그것이 얼마나 거칠고, 혼돈과 풍랑으로 가득찬 것이었는지를 짐작케 해 주는 바가 아닐 수 없다. 물론 이는 그것이 얼마나 의미 있는 생이었는가의 물음과는 상관없는 것이며, 다만 조선 문단을 떠난 후 그의 생애가 더욱 외롭고 황량스런, 황폐했다고 말해도 좋을 정도의 어떤 것이었음을 짐작케 한다. 마치 헤세의 소설, 「황야의 이리」의 주인공처럼 내면의 울부짖음을 들으며, 그렇게 하나의 생애를 마감해 가야 하지 않았던가 하는 것이 여러 자료를 취합해 볼 때 그의 생애에 대한 전체적인 조감의 인상이다.

　전문에 의하면, 해방 이후 조성된 교포 사회 속에 그는 동화되지 못하고, 그렇다고 일본 사회 내에서 뚜렷한 위상이나 족적을 남기고 확보하지 못한 상태에서 그는 마치 일종의 세계 시민처럼 살았던 것 아닌가 여겨진다. "アメリカを除き世界中を步き廻った"라는 구절을 소설집 말미의 「저자 설명」을 통해 확인할 수 있기 때문이다. "亡命客の三男として, 東京神田錦町に生る. 新羅王朝の末裔"[25]라는 구절 또한 부기되어 있는 것으로 보아서, 가식과 과장, 허위로까지 파악될 수 있으리만큼 방랑자의 거친 의식으로 자신을 위장, 호도하고 살지 않으면 안 되었던 것이, 식민지 출신 불행한 탐미적 지식인, 좌절된 예술가의 비극적 실존 조건이었다고도 말할 수 있겠는데, 어쨌거나 소설집을 위시한 여러 자료들을 취합해 보건대, 정신적으로 여러 결손의 상흔들을 안은 채, 예술과 낭만 지향의 탐미주의적 비평가의 자세로 생애를 관철하려 했지만, 결국 이루지 못하고 좌절된 꿈을 '세계 시민'이라는 지적 보상 의식으로 대치하여 말년의 생애를 꾸려나갔던 것 아닌가 여겨진다. 이런 점에서 그의 생애의 자아이상, 이상적 자아상은 일본 작가 쪽에 있었다기보다, 오히려 더 세계적이어서 보편적일 수 있었고, 또 '식민지 출신 귀족의 후예' (자아 구성의)라는 동질 의

24) 위의 책, 206-207쪽.
25) 위의 책, 211쪽.

식을 함께 나눌 수 있었던 오스카 와일드 쪽에 두어지고, 또 그로부터 위안을 얻을 수 있었던 내면 의식의 세계 아니었던가 여겨진다. 따라서 오스카 와일드의 대표작, 「도리안 그레이」 같은 명작을 남기는 것이 그의 생애의 목표였다고도 말할 수 있겠으나, 어떤 이유로든 그는 이 생애의 목표 앞에서 좌절하고 허물어진 인생을 살았다고 말할 수 있는 터이다. 이로 보면 그 예술가적 취향과 추구의 도정 속에서 몇 년간 모국의 문단, 평단에서 자신의 일차 언어인 일본어 능력에 비해 훨씬 미달하는 조선어의 서툰 서술 능력을 가지고 탐미주의자로서의 비평적 행적을 구축했다는 것은 생애 전체로 보아서 하나의 에피소드의 막간극이었다고 말해도 좋을지 모른다. 소설집 『ありらん峠』의 '후기' 속에서 경성 시절을 하나의 '역두(驛頭)'의 시절로 기억하고 있는 그의 태도가 이 점을 증명한다. 하지만 이와 같은 파탄, 비평가 생애의 수많은 곡절의 사연에도 불구하고, 우리 비평사는 한편 '비평가 金文輯'의 족적을 결코 지울 수 없는 것 아닐까? 현대 문학 비평의 가장 보편적이고 원류의 이념, 척도의 하나인 '예술성'과 '언어 미학'의 개념을 그가 우리 비평사에 본격적으로 도입하고, 또 구체적으로 실제 비평에 응용한 대표적인 평론가였다는 점을 부인할 수 없겠기 때문이다. 김유정 소설의 가치 함의 문제와 관련하여 그가 남긴 비평적 언설의 흔적들이 그 뚜렷한 증좌이다.

참고문헌

김문집, 『비평문학』, 청색지사, 1938.
_____, 『ありらん峠』, 第二書房, 1958.

강경화, 「한국문학비평의 존재론적 지평에 대한 고찰」, 『반교어문연구』 10집, 1999.
김윤식, 「자의식의 비평과 서구적 지성의 한계」, 『김윤식선집』 3, 솔, 1996.
노상래, 「김문집 비평론」, 『한민족어문학』 제20집, 1991.
이보영, 「Oscar Wilde 문학의 수용과 그 한국적 수용」, 『세계문학비교연구』 제1호,
        1996.
이은애, 「김문집의 예술주의 비평 연구」, 『한국문예비평연구』 15집, 2004.
이인숙, 「최재서와 김문집을 중심으로 본 전환기 비평의 이해」, 『한국어문학연구』 제11집,
        1971.
장도준, 「김문집의 비평예술가론」, 『향토문학연구』 제7집, 2004.
정영호, 「김문집 문예비평 고찰」, 『어문학교육』 제10집, 1987.
최재서, 「『천변풍경』과 『날개』에 관하야―리아리즘의 확대와 심화」, 『문학과지성』, 인문사,
        1938.
친일인명사전편찬위원회, 『친일인명사전』, 민족문제연구소, 2009.
홍경표, 「김문집 비평의 몇 가지 논거들」, 『향토문학연구』 제7집, 2004.
홍성암, 「김문집 비평 연구」, 『동대논총』 제24집, 1994.

고바야시 히데오(小林秀雄), 「六號雜記」, 『文學界』, 1933.11.
이노우에 마사요시, 강석태 역, 『카오스와 복잡계의 과학』, 한승, 2002.

제10장

양주동 문학 담론의 생산 궤적과
그 내면적 특질

민족주의적 열정과 근대적 학리 지향성

1. 문학과 과학, 혹은 이데올로기와 담론 연구 사이

문학, 또는 문학 연구가, 과학의 이름에 값할 수 있을까? 이 물음에 답하기 위해서 먼저 '과학'의 문제가 해결되지 않으면 안 된다는 반론은 당연하다. 하지만 모든 과학, 제분과의 모든 학문들을 아우르는 '일반 과학'의 개념이 과연 가능할 수 있을까? 근래 '통섭'과 '융합', 혹은 '학제간 연구' 등의 개념이 제창되는 현실이지만, 과연 '일반 과학'의 개념이 당장에 성립할 수 있겠는가의 물음에는 우리 모두 움츠려 망설이는 자세를 취할 수밖에 없을 것이다. 그렇다면 '문학'은, 그리고 '문학 연구'는 또 무슨 근거로 '과학'의 이름과 함께 대학과 학문 세계의 일부를 구성하면서 그 명망 높은 근대적 자부심을 누려올 수 있었던 것일까?

만약, 캉길렘이나 푸코를 좇아 과학에 미달하는, 말하자면 한갓 전과학적인 담론 연구에 머물러 오늘도 우리의 문학 연구가 행해지는 형편이라면, 무엇보다 과학성 보강을 위해 힘써 애써야 할 것이 우리들 문예학자의 임무가 될 것이다. 만약 그렇지 않고, 우리의 작업이 푸코가 말하듯 단지 담론 연구의 일환에 불과한 것으로 격하된다 하더라도 우리는 최소한 역사학적 담론 연구가 취하는 엄밀한 자료 취급의 방법과 태도를 본받아, 문학과 문학 연구의 설득력을 배가하기 위한 암중의 모색과 방황, 고민을 계속하지 않으면 안 된다.[1] 우리가 실감하듯 이제 '구조주의'와 같은 어떤 이름의 이론, 혹은 과학의 가면으로도 문학 연구가 일종 '이데올로기'이거나 혹은 일찍이 아리스토텔레스가 언명했듯 '수사학'적 기술의 성격에 불과할 뿐이라는 식의 혐의를 완전히 벗어던지기는 점점 더 어려운 현실을 맞고 있다. 허나, 만약 과학에 미달하는 무엇이 우리의 것이라 해도, 모종의 분석과 종합, 정리를 통한 해석의 작업 자체까지를 우리가 포기할 수 있을까? 비록 아직은 허약한 걸음마의 그것이라 해도, 여전히 우리는 수많은 넘어지기와 무릎깨기를 통한 상처투성이의 봉합을 통해서 조금이라도 더 나은 약진의 세계로 나아갈 수 있는 것 아닐까?

만약 우리가 지금 시점에서, 한국 문학 연구가 과연 '과학'일 수 있겠느냐고 물을 필요가 있다면, 그 역사적 존재 사례, 곧 시금석이 될 만한 역사적 보기의 하나로 양주동의 경우를 꼽을 만하다고 생각한다. 양주동의 향가 연구, 즉 '고

---

1) 미셸 푸코, 이정우 역, 『지식의 고고학』, 민음사, 2000, 4장 6절 참조.

가 연구'와 관련하여, 일찍이 육당 최남선은, "해방 전·후 출간된 학적 저서로 후세에 전할 만한 것은 오직 梁모의 『조선 古歌 연구』가 있을 뿐"[2]이라는 취지로 말했었다고 하거니와, 일제하에서 이루어진 한국 문학의 비평적 실천 면모와 관련해서도 그 합리적 설득력의 지표, 준거로 보아, 양주동의 비평, 곧 당시 '절충론'으로 회자된 양주동의 민족문학론의 경우처럼 조리정연하게 빈틈없는 담론 형상을 구축하고 있는 사례란 별달리 유례를 발견하기 어려운 정도라고 생각된다. 하지만 그 논리적 성취의 예외적 달성 수준과 보편적 설득력의 남다른 획득 수준에도 불구하고, 양주동의 비평적, 문학적 성취 전반과 관련하여 한국 문학사 연구자들은 그동안 그에 대한 관심 기울이기에 이상하게도 소홀, 인색한 배려에 머물러 왔다고 할 수 있으며, 이 때문에라도 지금 이 시점에서 우리의 그에 대한 연구 관심의 투자는 정당화될 수 있으리라고 본다. 한국 근대의 민족 문학 담론사, 혹은 민족 문학 비평사의 맥락에서만도 그의 비평적 자취는 지금 이곳에서 우리의 관심 대상이 될 만한 충분한 가치와 의미를 확보하고 있다고 여겨지지만, 특별히 오늘 우리가 구성하고 있는 근대적 지(知)의 일부로서 '한국 문학'이라는 지식 체계의 형성 역사를 돌아보게 될 때 더욱 그렇다. 과연 양주동 없이, 양주동을 배제하고, 오늘 우리가 가르치고 배우는 지(知)의 체계의 일부로서 '한국 문학'의 구성 역사를 설명할 수 있겠는가?

물론 자칭, 타칭 '국보'라는 별호까지 따라붙게 한 양주동의 최대 문화사적 기여의 업적이란 '향가' 연구로 대표되고, 그 연구는 주지하다시피 합방 이후 일인 학자들에 의해 주도되고 시발된 것이 사실이다. 오구라 신페이(小倉進平)가 그 대표 학자이다. 하지만 그 해독에의 작업이 만약 양주동에 의해서 보충되고 교정되지 않았더라면 우리가 비록 해방을 맞았더라도 마음 편하게 우리 민족의 최고 문화유산으로 마음껏 가르치며 되뇌일 수 있게 되었을까? 양주동은 단지 향가 연구를 집성한 업적, 『(조선)고가연구』만을 구성, 발간한 데 그치지 않고, 고려가요에까지 연구 대상의 폭을 넓혀 『여요전주』라는 또 다른 걸출한 업적을 산출했을 뿐만 아니라, 그 시가 연구에의 도정에서 수많은 우리말 어휘들과 만나, 고어 연구의 성채들을 쌓아 올렸으며, 또한 일찍이 서구 문학에 입문, 온축한 문예 지식의 편린들을 살려, 비록 완벽하지는 못하나마 엘리어트 문학 번역과 같은 선구적 밀알의 문예 성과들을 길어 올린 업적 등에까지

---

2) 양주동, 『양주동전집 4-문주반생기』, 동국대학교 출판부, 1995, 99쪽에서 재인용. 이하, 『전집』으로 약칭한다.

결코 부인하지 못할 우리 근대 문화사의 형적들이자, 자취들을 남겼다고 하겠다. 물론 그는 더 일찍이 1920년대 초, 중반 한국 근대 문학의 초창기에 동인지 『금성』의 발간을 주도하는 등, 한국 신문학 개척에 나섰던 것이며, 이로부터 일약 문예 비평계에 두각을 드러낸 그는 1920년대 후반, 잡지 『문예공론』을 발간하는 시기까지 열정적으로 민족 문학론의 수립과 민족 문예의 발전을 위해 진력했다. 12권의 전집 형태로 최종 집성된 그의 글쓰기의 세계, 문(예)학적 업적 전반을 두루 일별하여 살피건대, 과연 그 양식의 다양함과 동서고금을 넘나드는 집필 세계의 폭과 깊이에 있어서 과연 '명불허전'이라 하리만큼 문인으로서 유례를 찾기가 쉽지 않은 압도적인 질, 양의 세계를 연출하고 있음 또한 부인할 수 없는 사실이다.

결국 이러한 문필적 사태를 앞에 두고, 우리 연구 관심의 초점이 다시금 과학성, 곧 학술사적 업적의 성격에 모아져야 할 것은 물론이다. 우리는 그의 글쓰기 업적 전반에 대한 일별의 작업을 통해서도 그 문학적 열정, 계몽적 정열의 근저에 민족주의적 의지와 정서가 열렬히 숨 쉬고 있었던 자죽을 살필 수 있지만, 그 담론들에 깔린 내면적 형적 전체를 단지 '민족주의'라는 이데올로기적 에너지의 형체로만 변환시키고 만다면, 우리 스스로의 작업 성과 또한 여전히 '민족주의'라는 이데올로기의 한계에 부딪혀 헤어나지 못하는 문학 연구 일반의 병폐를 자기 스스로도 역시 극복하지 못하는 채로 한계를 노출하는 결과를 빚고 말 것이다. 과연 양주동의 연구가 민족주의라는 이데올로기의 차원을 넘어, 과학성 확보의 어떤 구극의 지점에 이르렀는가의 문제에 우리의 최종 인시 관심이 두어져야 할 것이지만, 그러니 모든 인식과 직업 순서에도 언제나 적절한 절차와 과정이 수반되어 한 켜 한 켜, 한 땀 한 땀 이루어지는 진행 성과가 도모되어야 할 것은 물론이다. 그러니까 최종적으로는 물론 그의 고전 문학 연구가 이데올로기적 담론 구성의 차원을 넘어, 비록 민족학의 일부이긴 하나, 한국학, 곧 당대 '조선학'의 인식 확대와 수준 제고를 위해 기여했는가를 당연히 문제 삼아야 할 것이지만, 그 최종 목표 확인을 위한 기초 다지기와 적절한 절차 수행을 위한 과정의 작업으로서도 우리는 먼저 그의 글쓰기 생애 전반과 거기에서 살필 수 있는 뚜렷한 특질적 면모의 내면적 형질을 찾아 그것을 부감해 볼 필요가 있겠다. 2장에서 먼저 향가 연구로 나아가기 이전 글쓰기의 상태를 여러 양식들을 비교하여 살피며, 이후 3, 4장에서 겨우 주로 일인 어학자 오구라 신페이와의 업적 비교를 통해 양주동의 고전 문학 연구가 지닌 과학적 성격을 추출해 보고자 하는 의도로 논고를 진행하게 되는 이유는 논지 전개상의 바로 그러한 기초적 필요 때문이었다. '비교문학' 이라는, 비교적 자유롭고 폭넓은 인식 의지와 시야의 모토에 기반해 당시 일본학계와 한국학계의 형편을 두루 비교, 대조하면서, 오늘의 언어로 말하자면 최고의 통섭적 인문학자 경우로 추앙될 만한 양주동의 문학적 업적과 그 구극의 학적 경로가 오늘의 학자들에게도 귀감의 한 사례로 새삼스럽게 재인식될 수 있다면 본고의 의도는 일차 충족된 셈이라 하겠다. 그럼 먼저 양주동의 전반기 문인-비평가로서의 생애부터 요약적으로 검토, 그 특질적 면모를 추출해 보기로 하자.

2-1. 민족주의적 시의식과 강단 비평의 원형질—학리적 감수성

우선 양주동의 체질적인 과학 지향성, 혹은 학리적 면모를 보이기 위해 시 한 편을 인용해 보이기로 한다. 『문예공론』지 발간을 위해 그가 1929년 설립한 출판사 '문예공론사' 에서 자비로 출판한 시집 『조선의 맥박』의 표제시이다.

한밤에 불꺼진 재와 같이
나의 熱情이 두 눈을 감고 잠잠할 때에,
나는 조선의 힘없는 脈搏을 짚어보노라,
나는 님의 毛細管, 그의 脈搏이로다.

이윽고 새벽이 되야, 훤한 東녁 한울 밑에서
나의 希望과 勇氣가 두팔을 뽐내일 때면,
나는 소선의 更生된 긴 한숨을 듯노라,
나는 님의 氣管이오, 그의 숨ㅅ결이로다.

그러나 보라, 얼은 아침 길ㅅ가에 오가는
튼튼한 젊은이들, 어린 學生들, 그들의

공 던지는 날내인 손발, 책보낀 *女生徒*의 힘잇는 두팔
그들의 빗나는 얼골, *活氣*잇는 걸음거리—
아아 이야말로 참으로 조선의 산 *脈搏*이 아닌가.

(……)
아아 조선의 *大動脈*, 조선의 *肺*는, 아기야, 너에게만 잇도다.[3]

이와 같은 시적 양상을 두고, 그것을 훌륭한 시라고 말할 시 전문가는 거의 없겠지만, 여기서 우리는 그것이 두드러지게 해부학적 인식이며, 민족주의적 정열이며, 투철한 교육자적 자세와 신념으로 이루어진 세계임을 알 수 있을 것이다. 이 시기 양주동은 바야흐로 평양 숭실전문학교의 초년 영어 교사로서 교육 활동에 열정을 불태우던 상태에 있었으며, 그러한 열정의 상태는 (비록 시인으로서는 서툰 솜씨라고 해도) 고스란히 위의 시를 통해 진면목의 맨 얼굴로 모습을 드러내고 있다. 회고에 의하면 이 시기 양주동은 광주 학생 사건의 여파가 평양으로까지 치올라와 학생들의 소요와 의분이 들끓는 와중에서 비록 일제 앞에 총칼로 대적하지는 못할망정, 교육자적 소명감과 지식인으로서 마땅한 책무 수행을 통해 민족 독립에 이바지하겠다는 결의를 굳히곤 하였다는 것이다.

대부분 해방 후 일제가 물러간 뒤의 훗날에 씌어진 것이 틀림없는 회고문들을 통해 그의 민족주의적 의지나 열정 등을 확인하는 작업이 부질없다고 본다면, 위처럼 우리는 일제하 당시에 씌어진 글편들을 가지고 양주동 생애의 일관된 지적 의지 같은 것을 살필 수 있을 것이다. 이런 관점에서 우리는 문필가로서 그의 전반기 생애, 곧 1920년대에 있어서 주요하게 행해진 문예 비평 활동에 대해 주목하게 되는데, 그가 당시 동인지 『금성』의 실질적인 주재자로서 일찍부터 시와 비평, 번역 등의 작업에 매진하였다는 것은 주지의 사실이다. 이처럼 문예 운동가로서의 억척스런 모습, 곧 사업가다운 뛰어난 추진력과 열정의 편모가 그의 사회적 입신 초기 단계에서부터 두드러지게 외화, 과시되었음을 우리는 확인할 수 있거니와, 당시 와세다 대학에 적을 두고 있던 상태의 학생으로서 그의 비평적 실천 면모의 하나는 근대 문학, 혹은 문학의 본질 문제

3) 『전집』 6, 63~64쪽.

와 관련된 해설 비평이 많다는 점이었으며, 한편 초기부터 그의 능기 중 하나가 '논쟁' 적인 글의 모습으로 현출하였다는 사실이다. 가령 「시란 어떠한 것인가」(『금성』 2, 1924.1.25), 「시와 운율」(『금성』 3, 1924.5), 「문예비평의 3양식」(『조선일보』, 1925.7.9) 등이 그러한 문예 원론 격 해설적, 강단 비평 류의 글에 속한다고 보면, 가장 일찍이 발표된 글들 중 하나인 「'작문계'의 김억 대 박월탄 논전을 보고」(『개벽』, 1923.6), 「〈개벽〉4월호의 〈금성〉평을 보고-김안서 군에게」(『금성』 3, 1924.5) 등은 그가 처음부터 논쟁가적인 면모로, 즉 비판자로서의 자질을 타고난 운명적인 모습으로, 그런 뜻에서 태생적으로 '시인', 혹은 창작가이기보다는 비평가, 학자로서의 생이 더욱 어울리는 학리자로서의 천분이 그에게 주어졌다고 말할 수 있겠다. 초기 그의 이와 같은 타고난 천분이 잘 발휘되어 나타난 글이 이광수의 이른바 「중용과 철저」론을 도치시킨, 「철저와 중용」론으로 주어졌다고 할 수 있거니와, 여기서 다시 그의 초반 생애를 요약적으로 정리하면서, 차후 비평적 도약기로 나서는 모습을 살펴 나아감이 좋겠다.

2-2. 철저와 중용─비판 의지의 문예학적 기획

1903년생의 양주동이 일찍 조실부모하고, 잠시 평양고보에 적을 둔 시기도 있었다고 하지만 대체로, 1919년 3.1운동 이전까지는 고향(황해도 장연)을 근거지로 하여, 주로 전통 한학(漢學)의 세계에 몸을 담근 채 훈장 세계를 실습하는 등, 마치 우물 안 개구리와 같은 신세로 신학문의 세계에 대해서는 겨우 눈을 뜰 수 있는 정도의 기초 교양조차 갖추지 못한 상태에 있었다고 하는데, 3.1 운동의 충격을 경험한 1년 만에 초단기 속성으로 중등 과정을 해치우고는 1920년 바로 일본 유학에의 길에 들어서 대학 예과의 불문학과, 본과의 영문학 과징을 차례로 이수하면서 동인지 발간을 주도히는 등으로 문단에 이름을 알리고는 대학 본과에 적을 둔 상태의 1926년 벽두, 당시 문단에 이름 높았던 이광수를 향해 비판의 화살을 겨눔으로써 일약 문단 중견 진용에의 진입이라는 의욕적인, 모험적인 평필 행위를 감행하게 된다. 잘 알려진 비평적 사건이지만, 문단 데뷔의 초기 단계를 지나 2기를 맞게 되는 양주동 비평의 전략적 의

지, 상황을 압축적으로 잘 반영한다고 보아 이 사건을 여기서 잠시 주목해 두
자면 이렇다.

1926년 벽두, 이광수는 「中庸과 徹底」(『동아일보』, 1926.1.2-3) 제목의 논설
을 발표하였다. 발표 일자를 보아서도 알 수 있듯이, 신춘을 맞아 민족을 향한
덕담 격의 논설 요청을 받고, 씌어진 글이라 할 수 있는 셈이다. 예의 '민족개
조론' 투에 이어서, 또 당시 연속적으로 발표하고 있었던 일련의 '문학강화'
류 글들에 이어서, 나름대로 조선 문학의 방향 제시를 도모한다는 의도를 지녔
었지만, 한편 당시 새로이 등장하는 '신흥 문학'의 대두를 견제한다는 의도 또
한 내포되어 있던 글인 것을 부인하기 어렵다. 의도야 어떻든 혁신적인 혁명적
문학을 거부하면서, 마치 환후의 상태에 놓인 것과 같이 겨우 회복기를 맞고
있는 것이 당대 조선 민족의 상황이라고 그는 진단하고, 따라서 중용의 보혈
문학을 공급함이 옳다는 논지를 폈다. 아마도 이러한 과도한 비유 형용에 의한
민족적 상태 묘사, 그리고 온건한 중용지도를 통한 방책 제시라는 것이 팽팽하
게 젊은 의욕의 양주동의 입장에서는 매우 거슬리게 비쳤던 것이 틀림없다. 이
광수의 글 모두(冒頭)를 먼저 보이면 다음과 같다.

> 지금 우리 朝鮮人은 重病을 앓고 난 사람과 같다. 그는 肉體的으로 虛弱하
> 거니와 精神的으로 虛弱하다. 그에게 强烈한 刺戟劑만 주는 것은 마치 不寢症
> 患者에게 强烈한 珈琲茶를 자꾸 먹이는 것과 같다. 그는 元氣를 補하여야 한
> 다. (…) 이리하여 얼마동안 元氣를 恢復하여 이른바 氣血이 充壯하여 능히 正
> 義와 自由를 사랑하고 그를 위하여 獻身奮鬪힐 叡智와 勇氣를 얻은 후에라야
> 능히 革命도 하고 怪天의 雄圖도 할 것이다.[4]

이에 대해 양주동은 19세기적인 세기말의 데카당 문학이나 예술 혁신을 위
한 파괴적 문학에 대해서까지 공감하면서 '중용'의 도가 아니라, 힘과 미적 의
지에 입각한 '철저'의 무학 정신이 당대의 민족을 위해 발분하지 않으면 안 되
리라는 점을 주장하였다. 우선 「철저와 중용」(『조선일보』, 1926.1.23-24)의 결
론부만을 보이면 다음과 같다.

---

4) 『동아일보』, 1926.1.2.

'중용'은 오직 평화로운 安定된 狀態에서만 收容될 道德이다. 우리는 지금
'中庸의 德'을 밝히기에는 너무나 우리의 生活이 調和를 잃었다. 우리는 지금
'안티테제'의 過程에 있다. (…) 現下의 길로서는 오직 徹底와 極端이 있음
을 力說코자 한다. 'All or Nothing'임을 부르짖고자 한다.[5]

글 전체의 문면을 좀 더 자세히 살피면, "문학상 모든 가치 있는 작품은 작자
의 시대와 환경을 반영한 것인 동시에 작품의 영원성을 가진"다고 전제하고,
따라서 모든 문학 작품의 가치가 '영원성'의 면모를 갖춘다는 것은 당연한 요
청이지만, 그러나 그 "영원성의 출발점이 시대정신 그것부터에 있는 것을 우리
는 망각"하면 안 되며, 따라서 시대정신과 영원성의 조화, 아니 일보 더 나아
가, 오히려 영원성의 출발점이 '시대정신' 그것으로부터 주어지지 않으면 안
된다는 점을 그는 극구 강조하였다. 문학적 가치 창조의 핵심적 구성 요소가
'영원성'과 '시대정신'의 조화에 있음을 원칙적으로 공감, 동의하면서도, 그
출발점에 있어서 '시대정신'의 획득이 오히려 선결 요소가 되며, 이로써 시간
의 담금질을 견디는 영원한 '고전'으로서의 문학적 비약이 가능할 수 있다는,
요컨대 시대정신 개념의 우위에 입각한 특유의 변증법적 논리 구성의 면모가
이 시기 그의 문학론 형성의 핵심, 골조로 기능하는 양상이었음을 알 수 있게
한다. 여기서 그 표현의 중심 대목만을 옮기면 다음과 같다.

다시 말하면 文藝上 偉大한 作品은 未來에 永遠한 生命이 있는 동시에 現在
에서 더 많이 그 精神을 發揮하여야 할 것이다. (…) 그럼으로 우리의 文學은
未來의 永遠性을 가져야 함도 勿論이려니와 當代의 時代 精神을 잘 表現함으
로써 그 出發點을 삼아야 할 것이다. 換言하면 時代精神의 表現을 우리 文學의
出發點으로 하는 同時에 未來의 永遠性을 그 窮極의 目的으로 하여야 할 것이
나.[6]

이와 같이 출발점으로서의 '시대정신'이 예술 궁극의 도달점으로서의 '영원
성'에 앞서 갖춰져야 될 필요의 덕목이라고 할 때, 그 시대정신을 구현할 당대
의 문학이란 마치 워즈워드와 같은 자연적, 보수적인 그것이라기보다, 바이런

5) 『전집』 11, 72쪽.
6) 『전집』 11, 69쪽.

과 같은 혁명적 문학, 혹은 밀튼보다도 더욱 보들레르나 또는 베를렌느와 같은 퇴폐적, 파괴적 문학에서 그 가능성을 찾을 수 있을 것이기 때문에, 차라리 '퇴폐적' 문학, 혹은 더 적극적으로 '혁명적' 문학이 당대 문학 정신의 핵자로 보증되어야 할 것을 거듭 천명한다. 이후 그가 천명하게 될 '절충론'의 문학 이론적 입지점, 거점이 어떠한 것이었는가를 알 수 있게 한다는 점에서 이 대목의 확인은 필요하다. 글의 말미를 다시 한 번 보아 두자.

우리 朝鮮이 現下에 가지고 싶은 文學은 消極的으로 頹廢的 文學 積極的으로 革命的 文學임으로 斷言하고 또한 그것이 時代精神의 表現인 文學의 必然的 結果임을 붙여 말한 뒤에 나는 이 所論을(…)[7]

2-3. '문예공론'—절충적 민족문학론에 의한 공동화 의식

위와 같은 양상을 두고 과학 지향적이라거나, 학리적이라고 판단하기는 이르다고 말해야 될 것인지 모른다. 과학과 과학자의 세계를 일종의 토론 공화국으로 이해한다 하더라도 저 정도 양상의 양주동 비평, 토론 지향의 세계를 그대로 과학 지향적인 것이라 수긍하기는 어렵다. 다만 그의 보다 본격적인 토론 지향적 면모는 다음 단계의 곧 '문예공론' 지향의 면모로 나타난다. 왜 그에게 있어서 '문예공론'이 중요했는가?

'문예공론'이란 그가 1928년 대학을 마친 후 평양 숭실전문학교에 보임된 이래, 본격적으로 문학 사업을 벌이기 위해 창간한 잡지의 제호이자, 그리고 그가 설립한 출판사의 사명이 되거니와, 그에게 『문예공론』이고, 또 그럴 수밖에 없었던 것은 그가 다름 아니라 문예공론 세계의 주재자가 되고 싶었기 때문이라고 말해야겠다. 바로 제호 자체가 그의 의지이며, 목표이자, 지향 세계의 범주 자체였다고 말할 수 있는 셈이다. 요컨대 '문예'의 세계는 그의 실천적 범주의 한계였으며, 한편 이 범주 안에서 그는 온갖 공론의 주재자이고자 했다. 그가 이 시기 '절충론자'를 자처했던 것, 앞서 이광수와의 논전에서 보았듯 그는 신흥 문학, 즉 퇴폐적이거나 혹은 혁명적이거나 그 모든 시대정신에 철저한 문학 정신들을 구원하고자 했거니와, 그렇다고 해서 '민족주의'로부터 근본적

7) 『전집』 11, 72쪽.

으로 일탈하고자 한 것도 아니었다. 다만 민족주의 문학과 신흥 문학을 동거시키고 결합시키고자 했을 따름이었다. 따라서 너무 온건하게 우선회의 양상을 보이는 이광수 류의 민족주의(국민주의) 문예 경향에 대해서 그것을 질타하고 바로잡고자 했을 뿐, 근본적으로 결별을 선언한 것도 아니었다. 그가 잡지 『문예공론』을 창간하고서 처음 대화자로 청한 상대가 '이광수'로 주어졌던 것도 이러한 사정에 말미암는다. 그러니까 그는 중도적, 절충적 민족주의자이고자 했던 셈인데, 이 점에서 비록 중도적 행보는 같으나마 매우 냉소적이었던 염상섭에 비해 그의 태도가 훨씬 정숙하고 진지한 것이었다고 하겠다.

따라서 이 시기 '신간회'를 중심으로 한 민족 협동 노선, 단일 노선의 천명이 프로 문학계 내부에서도 공식적으로 용인되고 있던 시절이었다고는 하나, 내부적으로 점차 분열하고 있었던 프로 문학 진영의 강경파 내부 입장에서 보았을 때, 양주동의 저와 같은 불철저한, 기회주의적 민족주의 작태에 불과한 움직임에 대해서 그것을 긍정적으로 인식하고 받아줄 사람은 아무도 없었다. 1929년의 해에, 그와 『문예공론』지를 싸잡아 비판하는 프로 문학 진영의 홍수와 같은 성토문들이 봇물처럼 쏟아져 나오게 된 배경은 이러한 맥락에서 이해될 수 있다. 이 지탄과 성토의 물결 속에서 그는 유독 김기진을 선택, 프로 문학 선도자 격의 그가 유일하게 자신의 토론 상대자가 될 만하다고 지목하며 집중적으로 논전을 전개하였는데, 그 연유 속에는 한편 당시 김기진이 박영희와의 사이에 소위 '소설건축론'을 매개한 '내용—형식 논쟁'의 여진을 계속 유지하고 있으리라는 나름대로의 판단이 가세한 때문이기도 했다. 김기진의 시평(「시평적 수언」)과 양주동의 「문제의 소재와 이동점」, 그리고 다시 김기진의 「문예적 평론의 평론」 등을 거쳐 양주동의 「속(續) 문제의 소재와 이동점」으로 문을 닫게 되는 이 논쟁의 최종 대차 대조표를 단면이나마 파악해 보기 위한다면 다음과 같이 양주동 스스로 일목요연한 차림표의 내용으로 결산해 두고 있는 고지서를 확인해 둠이 좋겠다. '내용—형식 논쟁'과 관련한 문면 내용은 거세하고 '민족 문학' 문제와 관련하여 양주동(梁)이 스스로와 김기진(八峯) 사이의 문제 인식 상위 사항들, 곧 '문제의 소재와 이동점'이라는 내용 항목들을 고스란히 옮겨놓자면 다음과 같다.

(乙)민족문학문제에 관하여

1) 민족의식(조선심)은 관념적, 迷靈的 존재이다(八峯). 민족의식(전통, 정조, 동족애)은 그 존재사로 보거나, 그것의 의거하는 물적 근거로 보거나 결코 迷靈的, 관념적 현상이 아니다. 그것은 원칙적 존재로서도 그러하고 현 계단적, 특수적 존재로서도 그러하다(梁).

2) 현 계단의 조선의식의 전부는 계급의식이다(八峯). 현 계단의 조선의식은 민족의식과 계급의식의 병행 합류, 혹은 교차로써 구성된다. 대개 민족의식은 한 개의 민족이 존재하는 이상 그 표면적 사회정세 여하에 불구하고 그 저류의식으로서 언제나 존재한다. 그런데 현 계단의 민적의식은 이 저류를 형성한 세 가지 의식에다가 다시 그 것 중의 하나인 '同族愛'가 고조된 민족적 ×쟁의식을 결합한 자이다(梁).

3) 현 계단의 의식은 따라서 일원적으로 계급의식으로써 통일된다(八峯). 양 개 의식은 그 사실과 근거가 상이한 점에서 엄연히 분리된다. 다만 현 계단에서만은 교묘히 교차하였을 뿐이다. 구태여 현 계단에서 통일적으로 파악하려면 '계급적 민족의식' 혹은 'C의식', '조선의식'으로밖에 他途가 없다(梁).

4) 따라서 현 계단의 조선문예운동은, 세계 프롤레타리아 운동의 일환으로서의 조선 무산계급운동의 일익적 임무를 가진 프로문예운동이 그 전부이다(八峯). 조선운동은 조선의식을 토대로 하기 때문에 언제나 민족적 특수를 잊어버릴 수가 없다. 또한 조선의 문예운동은 조선의식을 근거로 하는 이상, 현 계단에 있어서 계급문학 이외에 민족문학의 병존 혹은 교차를 필연적으로 상반하게 된다. 민족주의 문학 내지 민족적 문학은 민족의식의 존재와 및 그 사회적 근거와 함께 필연적으로 産出된다(梁). 『중외일보』, 1929.11.8[8]

오늘날 온당한 시각에서 보아 일제하 민족문학론의 여러 전개 속에서도 가장 설득력 있고 선명한 논리의 소산으로 파악될 수 있는 양주동의 이와 같은 민족문학론 담론 현출 양상 속에서 필자—연구자가 이 자리에서 오히려 더욱 강조하고 되풀이 환기시켜두고 싶은 요목 중의 하나는 이와 같은 양주동의 기술 태도가 확실히 일반적인 비평가들과는 다르게 매우 분석적이며, 그런 뜻에서 매우 학리적이며, 동시에 과학 지향적인 태도로 드러내 보여주고 있는 어떤

8) 『전집』 11, 518–519쪽.

원형질적 면모와 관련해서이다. 이 점의 자세한 이해와 설명을 구하기 위해서는 여기서 불가불 질 들뢰즈의 관점, 인식을 인용하지 않을 수 없겠는데, 실상 우리 인식의 본질이란 결코 동일성의 구조에 의해서가 아니라 차이의 구조에 의지해서만 생성될 수 있다고 하는 인식이다.[9] 실로 궁극적으로는 동일률에 의거해서만 전개될 수 있는 법칙이라고 단죄될 수 있는 변증법 원리조차도 우리가 늘 배웠듯 그 과정의 내부 구성 원리로서는 늘 '차이', 그리고 그 차이에 의한 내부적 투쟁의 원리를 강조해 왔음을 우리는 이런 맥락에서 새삼스럽게 상기해 볼 수도 있다. 우리의 세계란 구조화된, 곧 양식화된 몇몇 전형적인 차이 형식에 의해서만이 아니라, 근본적으로는 결코 같을 수 없는 무수한 차이들의 중첩과 그에 따른 시간적 되풀이의 구조, 즉 반복의 양상으로 구성되는 것은 아닐까? 바로 이러한 인식론, 인식관이 바로 현대적이고, 또 그런 뜻에서 인식자의 근본 형질을 드러내 주는 근본 표지일 수 있다면, 문단 내의 비평적 공기로서 소위 '문예공론'의 세계 구현을 꿈꾸었으면서도 설득과 논전을 교환한 뒤에는 냉정히 토론 상대자와 자신과의 인식 상위, 문제의 소재와 그 이동점에 대하여 분명히 밝히는 태도가 바로 인식자, 과학자다운 그것의 반영이었다고 이해, 해석해줘야 하는 것 아닐까? 비록 그로 말미암아 그가 꿈꾸었던 '문예공론' 세계의 구축 꿈은 기껏 석 달 사이의 한갓 일장춘몽으로 끝나는, 물거품의 것이 되고 말았다 하더라도 이처럼 깨끗이 패배—논쟁의 패배가 아니고, 기획과 구상, 실천까지를 포함하는 사업적 의욕의 패배로서—를 깨끗이 인정하고 물러나, 다음 세계를 준비함이 참다운 인식자다운 모습, 태도였다고 부각해야 하지 않을까? 다음 장에서 우리는 그다운 인식자다운 모습이 본격적으로 발현함에 비추어 이와 같은 예비 단계의 형용, 형질 해석이 결코 무리한, 맥락 없는 엉뚱한 해석이 아님을 거슬러 확인할 수 있게 될 것이다.

9) 질 들뢰즈, 김상환 역, 『차이와 반복』, 민음사, 2004, 1장 참조.

3. 문예 비평가에서 고전문학자의 세계로

3-1. 오구라 신페이와의 만남—비평과 학술 사이

　비평가−시인으로서의 '문인되기' 지향의 시절이 지나고 바야흐로 문학자, 고전 인문학자로서의 생애가 시작되는 1930년대 중반기, 양주동 학예의 제2시기가 한국 고전의 대종, 신라 향가에 대한 논문인, 「鄕歌의 解讀, 특히〈願往生歌〉에 就하여」(『청구학총』 제19호)로 시작된다는 것은 잘 알려진 사실이다. 논문이 발표된 시점은 1935년 2월이었으며, 『青丘學叢』이란 당시 경성 체재 일본인 학자들을 중심으로 하여 발간되던 일문 학술지였다. 학술지로서의 권위를 내세우고 있던 이 잡지에 양주동은 (와세다 대학 동문 관계의) 국사학자 이병도를 통하여 논문을 투고하게 되었다고 하는데, 당시 이 잡지의 실무 편집 책임을 '조선사편수회'의 수사관이자, 후일에 일본 천리대의 교수로 활동하게 되는 나카무라 히데타카(中村榮孝) 등이 맡고 있었다는 것으로 보아, 이 잡지는 당시 조선사편수회의 관계자들을 중심으로, 경성제대 교수들이 주로 관여하고 있었음을 살필 수 있다.[10]

　물론 이 작업이 이뤄진 학적 배경에는 무엇보다 당시 경성제대에서 다카하시 도오루(高橋亨)[11]와 더불어 조선어학·조선문학의 제2강좌를 맡고 있었던 오구라 신페이의 획기적 업적 『鄕歌及び吏讀の硏究』가 가로놓여 있었다. 스스로 '파천황'의 연구라 일컬을 만큼 오구라 신페이의 그 놀라운, 한국 고전의 세계에 대한 종합적 연구에 자극되어 양주동 역시 마침내 한국 고전 문학 연구자로서의 생애 개척에 나서게 되었다는 설명이다. 이때에 양주동은 평양 숭실전문학교의 영어교사로서 국어와 국문학을 연구하고 가르치기는커녕, 기껏해야 영문학의 주변을 맴돌면서, 차라리 '시인' 혹은 '비평가'의 자격으로 위대한 문호에의 길을 개척하겠다는, '문인되기'의 욕망에 사로잡힌 상태에 있었다고

---

10) 『青丘學叢』 第十九號(昭和十年二月發行)(국립도서관 정기간행물실 소재); 金性玟, 「朝鮮史編修會의 組織과 運用」, 『한국민족운동사연구』, 1989.5, 121–164쪽 및 각주 134; 李丙燾, 「无涯와 學術的 抗爭心과 韓國學」, 『梁柱東博士프로필』, 무애선생고희기념논총간행회, 1973, 54–56쪽 참조.

11) 다카하시 도오루는 문학자로서는 퍽 생소하게도 들릴 수 있으나, 경성제대 조선어학·조선문학 전공의 제1강좌 교수로서 특히 한국 사상사 파악에 집요한 관심을 가져, 오히려 한국 철학계에서 널리 알려진 인물이 되었다. 특히 유교 사상을 중시하여 율곡 이이의 「격몽요결」 같은 것을 한국 문학의 중요 자산으로 간주하여 교재의 일환으로 활용하는 등의 행적을 보이자, 유교에 매우 적대적이었던 이광수 같은 사람이 당시 언론에 격렬한 반박의 글 같은 것을 게재하였음을 살필 수 있다. 이러한 문제와 양주동의 관련 사안은 살펴지지 않는다. 김미영, 「다카하시 도오루(高橋亨)의 '한국철학관'과 내셔널리즘」, 『동양철학』 34집, 2010, 참조.

스스로 설명하고 있다.

하지만 그와 같이 정열적이었던 그의 '문호'에의 야망은, 1929년과 1930년을 거치면서 급 좌절의 위기 시절을 겪게 되었던 것으로 살펴진다. 그가 의욕적으로 도모해 벌인 문예의 '공론'지 발간 사업과, 또 시집 『민족의 맥박』을 위시한 출판 계획들까지 별다른 성과 없이 수포의 상태로 돌아가자 그는 내심 크게 좌절하고 실심의 상태에까지 처하게 됐던 것으로 보인다. 경성 문단의 후방 격인 평양에 앉아 일개 객원 문인 격으로 겨우 주어진 원고 청탁이나 소화하고, 또 교사로서의 사명감이나 민족주의적 정열 역시 갈수록 매너리즘에 의한 반복상을 연출하여 취흠에 빠지거나 시정인들의 장기판을 기웃거리는 등 한량 생활조차 즐기게 되었음을 그는 실토하고도 있다.[12] 스스로 이 시기의 행적을 정리해 요약해 놓고 있는 문면, 두어 단락을 잠시 참조해 두자.

> 종합문예誌 『文藝公論』의 발간은 一九二九년 五월, 前記 문단 초년기의 『金星』과 사이에 五년이란 세월의 간격이 흘러 있다. (……)
>
> 내가 그 때 대학을 졸업하고 평양 崇實전문교의 교수로 부임한 다음 해. (……)
>
> 『문예공론』은 (그러나) 역시 三호를 낸 채 폐간하고 말았다. (……)
>
> 나는 얼마동안 그 「절충적 문학론」을 계속하다가 이윽고 그 無謂 또 無爲한 評筆을 끊고, (…)[13]

여기서 우리가 주의, 음미해 볼만한 구절은 "그 無謂 또 無爲한 評筆을 끊고"의 대목이 될 것이다. 평필 활동 자체가 무의미해졌거나, 혹은 개점휴업 상태쯤에 접어들었거나, 어느 쪽이든 간에 그는 이제 국문학도, 한국 고전문학 연구자로 전신하게 된다. 향가 연구자로의 전신 계기를 안겨다 주었다고 하는 다음 일인 학자 오구라 신페이와의 (저서를 통한) 다음의 대면 장면은 오늘 우리에 의해 공유되는 '한국 문학'—지식의 일 형태로서—의 근대적 형성 도정을 돌아볼 때, 가장 압권의 대목 중 하나라 하지 않을 수 없겠다.

나로 하여금 國문학 古典 연구에 發心을 지어준 것은 日人 조선語 학자 小

---

12) 이 시기 그의 교단 생활 시절 관련해서는 그의 『문주반생기』 중 6장 (敎壇 十年)의 기록이 비교적 자세하다. 『전집』 4, 261–281쪽 참조.
13) 『전집』 5, 259쪽.

倉 씨의 「鄕歌 및 吏讀의 연구」(一九二九)란 著書가 그것이었다. 『文藝公論』을 폐간하고 심심하던 차 우연히 어느 날 학교 圖書館에 들렀더니, 새로 刊行된 「京城 帝國大學 紀要 第一卷」이란 어마어마한 副題가 붙은 尨大한 책이 와 있다. 빌어다가 처음은 好奇心으로, 차차 驚異와 감탄의 눈으로써 하룻밤 사이에 그것을 通讀하고 나서, 나는 참으로 글자 그대로 驚嘆하였고, 한편으로 悲憤한 마음을 금할 길이 없었다. 첫째 우리 문학의 가장 오랜 遺産, 더구나 우리 文化 내지 思想의 現存 最古 源流가 되는 이 귀중한 「鄕歌」의 釋讀을 近千년來 아무도 우리의 손으로 시험치 못하고 外人의 손을 빌었다는 그 민족적 「부끄러움」, 둘째 나는 이 사실을 통하여 한 민족이 「다만 총·칼에 의하여서만 亡하는 것이 아님」을 문득 느끼는 동시에 우리의 文化가 言語와 학문에 있어서까지 완전히 저들에게 빼앗겨 있다는 사실을 통절히 깨달아, 내가 혁명가가 못 되어 총·칼을 들고 저들에게 대들지는 못하나마 어려서부터 학문과 文字에는 약간의 天分이 있고 맘속 깊이 「願」도「熱」도 있는 터이니 그것을 武器로 하여 그 빼앗긴 문화 遺産을 학문적으로나마 決死的으로 戰取·奪還해야 하겠다는 (…)14)

일제로부터 해방되고 난 뒤의 서술이라서, 믿기 어려운 회고적 과장, 곧 진한 학적 무용담 성격의 윤색이 여기에 깃들어 있을 공산이 크다고 생각한다면, 바로 우리는 직접 1935년 발표 당시 씌어진 해당 논문의 언술 속으로 들어가 보아도 좋을 것이다. 서두에서 저자(양주동)는 우선 자신의 학적 상대가 될 '博士' (오구라 신페이)의 업적에 대해 극구 칭양해 마지않으면서도, 한편 자신의 연구가 그것을 보충하고 보완하지 않으면 안 될 민족적 숙명의 사실과 조건에 대해 절절히 서술하고 양해를 구하면서 본론 전개의 구실 마련으로 나아간다. 보아 두자.

(…) 생각건대 博士의 該著는 당시 전혀 破天荒의 연구요, 劃期的인 일이었다. 더구나 우리가 博士의 大著에 대하여 讚仰해 마지않는 바는 博士가 그의 外語인 조선 古語에 精通하여 古來 조선의 學者가 아무도 감히 풀 수 없었던 극히 난해한 鄕歌를 無難히 解讀한 그 驚異的 業績이다. (…)

14) 위의 책 286–287쪽.

子는 博士의 著를 읽고 비로소 鄕歌의 내용의 대강을 알고 鄕歌란 것에 흥미와 관심을 깨닫고, 절실히 鄕歌 연구의 필요를 느껴 多少의 연구를 加하여 왔다. 이 點에 있어 子는 먼저 個人으로서 博士의 啓蒙에 감사치 않을 수 없다. 그러나 子는 정직히 말하여, 연구의 步武가 다소 나아감에 따라 博士의 解讀에 적지 않은 의심과 不滿을 느껴 왔다. 무론 子는 言語學徒로서의 素養이 결핍하고, 연구의 閱歷도 아직 해를 넘지 못하였으며, 자기의 연구가 과연 얼마만큼의 自信으로써 學界에 물어질 것인지 모른다. 그러나 淺學을 돌아보지 않고 감히 陋見을 발표하는 所以는 워낙 此種의 연구가 조선 學者에 의하여 당연히 행하여질 義務와 많은 便宜가 있음에도 불구하고 아직 博士의 該著에 관한 한 줄의 批評조차도 나타나지 않았음에 애오라지 感慨를 느낀 때문이다. 어떻든 子는 자기의 조그마한 연구를 통하여 博士의 解讀에 불가불 訂正되어야 할 數많은 個所가 있음을 보았다. 솔직히 말하면, 博士의 解讀은 혹 今後에 一半 以上의 改訂을 요할 터이다. 그러나 그 全豹的 敍述은 지금 여기가 그 적당한 場所가 아니다. 子는 다만 博士의 연구가 다음의 諸點에서 근본적 缺陷과 적지 않은 誤謬를 가진 것을 指摘하고 그 一斑의 例를 보이려고 생각한다. (…)

博士의 鄕歌 解讀은 우선 그 詩歌的 形式을 전혀 度外視하고 있다.[15]

정중한 표현의 자세를 유지하면서도 민족적 자의식의 표출을 회피하지 않아, 적어도 학문의 세계에서 허용될 만큼은, '민족학'의 일종으로서 '조선학' 문제와 관련된 일인 학자와 조선인 학자 사이에 개입될 법한 학문적 조건의 문제에 대해 언급하고 있음을 확인할 수 있다. "博士가 그의 外語인 조선 古語에 精通하여 古來 조선의 學者가 아무도 감히 풀 수 없었던 극히 난해한 鄕歌를 無難히 解讀한 그 驚異的 業績"이라고 말하여 외인(外人)의 학자가 조선어, 조선학의 세계에 대해 그렇게 정통하여 파천황의 업적을 낳을 수 있었던 데 대해 그렇게 감탄하여 싱찬하면서도 한편, "淺學을 돌아보지 않고 감히 陋見을 발표하는 所以는 워낙 此種의 연구가 조선 學者에 의하여 당연히 행하여질 義務와

15) 양주동, 「鄕歌의 解讀, 특히 〈원왕생가〉에 就하여」, 『전집』 3, 45–46쪽. 발표 당시의 원문이 日文이기 때문에, 그 원문을 보이자면 다음과 같다. 나중 번역된 문장과 의미상으로 별반 상위가 없으며, 다만 표현상의 미세한 문제가 논란될 정도인 것을 알 수 있다. "予は博士の著を讀みて、始めて鄕歌の內容の大體を知り、鄕歌なるものに興味と關心を覺え、切に鄕歌硏究の必要を感じて多少の硏究を加へて來た。この點 予は先づ個人として博士の啓蒙に感謝せざるを得ない。然し予は正直のところ、硏究の步武の多少進むに伴ひて博士の解讀に少からざる疑ひと不滿とを感じて來た。元より予の如き、言語學徒としての素養に乏しく、硏究の閱歷も未だ年を越えず、果たして自分の硏究が如何程の自信を以て學界に問はれるべきものなるかを知らない。而も淺學を顧みず敢へて

많은 便宜가 있음에도 불구하고" 아직 "該著에 관한 한 줄의 批評조차도 나타나지 않았음에 애오라지 感慨를 느낀 때문이"라고 당당히 그 민족적 신분을 밝혀 학적 동기 설명에 나서고 있음을 살피게 하는 터이다. 그렇다면 기껏해야 한 사람의 영문학자, 혹은 그때그때 순발력 있게 문학 논전에 개입하며 위대한 걸작 남기기를 소원하던 현역 중견의 문필가가 갑자기 길을 바꿔 조선 고가의 연구라는 새로운 학문 세계 개척에의 결단을 왜 내리게 되었을까? 이것을 하나의 실존적 '결단'으로 이해하기 위해서는 당시의 학문 상황, 곧 조선어 문학계라는 당시 학계의 진척 상황을 염두에 두면서, 식민지 치하에서 대두된 '민족학'의 성격과 이념이 무엇인지 여기서 조금 개괄적으로나마 살펴둘 필요가 있겠다.

3-2. 오구라 신페이와 일제하의 조선어 문학 연구

식민화의 과정과 근대화의 과정이 어떤 식으로든 연계되어, 서로 뗄 수 없는 불가분리의 관계 속에서 진행된 것으로 파악한다면, 근대적인 의미에서의 한국 문학의 연구, 그리고 그것을 통한 오늘날 지식으로서의 '한국 문학'의 형성 과정이 바로 그렇다. '국어국문학의 대종'이라는 향가와 관련해, 그것이 기록된 『삼국유사』를 우리는 일찍이 알고 있었지만, 그 향가에 대한 풀이, 해독을 본격적으로 수행한 사람들은 일인 학자들이었기 때문이다. 그 대표 학자가 오구라 신페이인 셈이지만, 오구라 신페이 이전에도 향가 연구에의 역사는 시작되고 있었다. 이를 『鄕歌及び吏讀の硏究』(1929)에서 오구라 신페이 스스로 밝히고 있는 대로 정리하면 다음과 같다.

「처용가」 해독으로부터 시작하는 향가 연구사가 발출될 수 있었던 것은 무엇보다 『樂學軌範』속 처용무의 가사 내용이 알려짐으로써였다. 향가 「처용가」와 거의 흡사한 내용의 무곡 기사가 확인됨으로써 당시 일본인 문학 전공자 가나자와 쇼자부로(金澤庄三郎)가 1918년 『朝鮮彙報』지에 「吏讀の硏究」라는 제목

陋見を發表する所以のものは,抑此の種の研究が,朝鮮の學者によって當然なさるべき義務と多くの便宜とを有するにも拘らず,未だ博士の該著に關しての一行の批評さへも現はれなかった事に聊か感慨を覺えたからである. 予は自分の少さき研究を通じて,博士の解讀の訂正を餘儀なくされるべき幾多の箇所の存在する事を見た. 率直に言へば,博士の解讀は,或は今後一半以上の改訂を要するものがあらう. 而もその全豹的敍述は,今はその場所でない. 予は只博士の研究が,次の諸難点に於て根本的缺陷と少なからざる誤謬とを有する事を指摘し,その一斑の例を揭げようと思う.(…)博士の鄕歌解讀は先づその詩歌的形式を全く度外視して居る" 『靑丘學叢』第十九號, 2-3쪽.

으로 최초, 향가 해독의 가능성을 알렸고, 다만 가나자와 쇼자부로가 여기서 작업의 손길을 멈추고 학적 관심을 이동시킴으로 말미암아 오구라 신페이의 선배 어학자인 아유카이 후사노신(鮎貝房之進)의 손에서 다음 그 연구사의 바통 터치가 이루어지게 되었다. 이에 따라 아유카이 후사노신의 손에 의해 비교적 간단한 구조의 (사구체)「薯童謠」와「風謠」해독이 덧붙여지게 되었고, 여기에 가나자와 쇼자부로의 이전 작업을 보완한 「處容歌」해독이 추가됨으로써 당시 조선사 연구 진흥을 위해 일인들 중심으로 새로 창간된 잡지『조선사강좌』의 1호-3호(1923.9-11)에 그 연구 성과가 발표될 수 있었던 셈이다.[16]

한편 이 시기에 뜻하지 않게 발견된 고려 시기『균여전』소재 기사로 말미암아 향가 해독에 대한 연구 의욕과 관심은 더욱 고조될 수 있었다. 1921년 12월, 경상북도 김천 군수가 당시 현존하는 47서원(書院)의 유래를 밝히기 위해『四十七祠院』의 제목으로 책자를 출간하였던바, 그 부록으로「圓通兩重大師均如傳」의 문서가 이 사태로 말미암아 알려지게 된 것이었다. 여기에 11수의 향가가 실려, 그 문자의 용법이『三國遺事』소재 향가의 용법과 흡사하다는 것을 확인함으로써, 오구라 신페이는 드디어 현존하는 향가 전부의 해독이라는 미증유의 사업에 덤빌 수 있는 관건 확보를 채촉할 수 있었다. 이렇게 해서 25수의 향가 해독이라는 연구 작업의 목표, 도전 대상이 확정될 수 있었는데, 이는 무려 4000여 편에 이른다는 일본『万葉集』의 시가 해독 작업에 비한다면 그 수효가 극히 미미하여 '決して(결코) 難事'일 수 없으리라는 도전 의욕과 자신감을 그 자신에게 불어넣어주게 되었다고 오구라 신페이 자신은 술회하고 있다.[17] 이 시기 이미 조선의 귀한 문화유산들은 일본인과 그들이 관리하는 기관들의 손에 넘겨진 상태가 되어, 원본『三國遺事』를 포함한 그 모든 자료들을 오구라 신페이는 활용할 수 있었고, 김천 군수만이 소극적으로 협조를 거부하는 상황을 연출하였지만, 오히려 다른 경로를 찾아『균여전』의 원본이 해인사 대장경의 보판 중에 존재하는 것을 확인함으로써 연구 작업에 박차를 가할 수 있었다고 하는 것이다. 경성제대 예과의 개교를 예정한 시기로부터는 겨우 2년 정도의 작업 시간이 남았을 뿐의 시점이었다.

여기서 오구라 신페이의 연구 여정을 좀 더 망원경의 시선으로 살펴두자면, 어학자로서 그의 초기 방법론상의 중점은 우선 '방언 조사'에 두어져 있었다.

16)『鄕歌及び吏讀の硏究』, 京城帝國大學, 昭和四年三月十五日, 第一編 第一章 總說, 1-4쪽 참조.
17) 위의 책 4-5쪽 참조.

1882년생의 그가 근대 언어학의 훈련을 체득한 것은 1903-6년 시기, 동경제대 언어학과에서였으며, 이때 그는 동문수학한 여러 동창들과 함께 최종적으로는 비록 자신들의 모(국)어인 '일본어'에 대한 이해 확장을 위한 것이었지만, 그를 위해 각기 주변 언어 하나씩을 연구한다는 분담 의식을 공유하게 되어, 오구라 신페이의 경우 이 시기 특별히 합방 전후 상황 속에 놓여 있었던 '조선어' 연구를 추진하게 된 것으로 설명된다. 그리하여 모교에서의 학업과 연구 과정을 마치고 그는 1911년 5월 경성고보 교유(敎諭)직을 겸하는 형태로 조선총독부 학무국 편집과에의 근무를 시작하게 되는데, 이 시기부터 그는 일 년에도 몇 차례씩 출장 보고의 형식으로 현장 답사를 수행하여, 1912년부터 1924년까지 총 44차례의 답사 보고(서)를 제출할 만큼, 정력적으로 그리고 철저히 현장 조사를 통한 방언 연구에 임하였다고 한다. 그렇게 연구에 진력한 오구라 신페이는 1924년, 곧 개교를 앞둔 경성제대에서의 조선어 문학 전공 교수직 취임을 앞두고 2년간의 해외 연수 기간을 갖게 되는데, 1926년 다시 돌아와 조선어에 대한 강좌를 시작한 그는 1933년 모교 학과의 주임교수직으로 전출하기까지, 그리고 그 이후 매년 방학 기간을 이용, 집중 강의 형식의 병임교수(1943년까지) 역할을 감당하면서도 조선어 방언에 대한 연구 계획을 한 치도 소홀히 하지 않았다고 한다. 평생에 걸친 그의 그와 같은 치열한 학적 탐구의 성과가 사후 1944년, 『朝鮮語方言の硏究』上, 下로 집대성 출간되었으며, 그보다 앞선 1920년대에 이미 『南部朝鮮の方言』이라는 제목의 부분적 연구 성과를 출간하였던(1920년 혹은 1924년) 그는 따라서 대작 『鄕歌及び吏讀の硏究』(1929)를 출간하는 데도 경상도 지방을 중심으로 한 남부 지방 방언들의 기초 조사를 통해 신라이에 대한 역사적 재구 작업에 있어서 어느 정도의 자신감을 축적한 상태에 있었다[18]고 설명이 되는 것이다. 총독부 관리의 일원으로서 지배 당국의 전폭적인 지원 정책[19]과 함께 수행되었다고 할 수 있는 이 시기 그의 조선어, 그리고 조선 문화에 대한 연구와 학적 이해의 수준은 따라서 적어도 당시 일본인 학자 집단

18) 安田敏朗, 『「言語」의 構築―小倉進平と植民地朝鮮』, 三元社, 1999, 第一章, 第二章 참조.
19) 이 시기, 즉 일제 강점 이후 '조선학'의 연구 불길이 오히려 총독부에 의해 주도되고 강화되는 현실이 빚어졌다는 것은 여기서 주목할 만하다. 예컨대 정치사적으로 흔히 '무단통치시대'라고 지칭되는 1910년대 초두부터, 가령 총독 데라우치 마사다케(寺內正毅) 같은 자에 의해서 조선 연구의 필요성이 강조되었는데, 타카하시 도오루나 오구라 신페이와 같이 유능한 젊은 학자들의 초빙이 이런 맥락에서 이루어졌을 것을 살필 수 있다. 대담 중에 총독 데라우치 마사다케는 다음과 같이 피력하고 있었다. "大和魂과 朝鮮魂을 혼합하여 우리 일본인이 저들에게 대화혼을 심어주지 않은 채로, 저들이 우리의 문명적 시설로 인하여 지능을 개발하고 널리 세계의 형세에 접하게 되는 날에 이르러, 민족적 반항심이 타오르게 된다면 이는 큰일이므로 미리 일본국민의 유의를 요한다. 이것이 대개 조선통치의 최대난관인데 (…) 조선연구에 하루도 소홀히 할 수 없음을 믿는 것은 이러한 이유 때문이다. 목전의 정치적 시설 이상으로 다시 영구적, 근본적인 사업이 필요하다. 이것이 곧 조선

내에서는 '조선학' 전체를 대변한다고 해도 좋을 만큼 깊은 지식과 학적 성실성으로 무장한 상태를 과시하고 있었다는 것이 보다 온당한 설명이 될 수 있다.[20] 제국대학 본산의 언어학과 주임 교수로 발령되고, 이른바 일본인들이 학적 천황상이라 부르는 '학사원은사상'(1935)의 영예가 『鄕歌及び吏讀の硏究』라는 그의 대작 성과에 주어졌던 것이 이와 같은 사정들로 보아 우연이 아니었음으로 이해될 수 있다.

하지만 이와 같은 학자적 근실함이나 총명함, 혹은 당시 일본 학계 전체의 질 높은 학문적 수준이라는 조건 등을 두루 감안한다 하더라도, 오구라 신페이의 저 대작 업적이 가능할 수 있었던 데에는 좀 더 다른 시각에서의 접근을 통한 이해 작업의 도모도 필요할 것으로 보인다. 현재 이 문제와 관련해 한, 일 학계 양쪽에서 정밀하고도 광범위한 논의가 교환되고 있는 중인 것으로 보이지만, 특히 한자(漢字)를 빌려 거기에 토를 다는 식의 형태로 전이, 발달하기 시작했다고 파악되는 일본 고대문의 원형적 체계, 곧 『万葉集』이 기록될 시기의 문자 체계를 말하는 '만요가나(万葉俠假名)'에 대한 이해, 연구 문제가 우리의 논제와 관련해서도 훌륭한 시사를 던져줄 수 있는 방증 사안이 되지 않을까 살펴진다. 음독과 훈독, 즉 음차와 훈차를 혼합, 병행하는 이 운용 체계가 현재도 남아 일본식 한자 읽기의 어려움을 낳는 요인으로 작용하고 있다고 하겠거니와, 어학자로서 '만요가나(万葉假名)'의 체계를 잘 알고 있었을 오구라 신페이는 가나(假名) 해독의 원리를 그대로 향가 해독에 적용하고, 또 이로써 한국의 이두 원리에 대한 자세하고 구체적인 지식들을 습득함으로써 마침내 『鄕歌及び吏讀の硏究』라는 저 획기적인 연구 성과의 집필, 발간이라는 연구 목표를 세우게 되었을 것으로 파악될 수 있겠기 때문이다. 그렇다면 오구라 신페이의 경우는 그렇다 하더라도 양주동은 또 어떤 야심과 복안으로 저 희대의 연구 성과

인의 심리 연구이며 역사적 연구이다. 저들의 민족정신을 어디까지나 철저히 주사하는 것이다. 그렇지 않고서 內鮮同化의 진실한 사업은 아직 완전하다고 말할 수 없다. (······) 식민정책의 근본은 반드시 여기에 기초를 두지 않으면 안 된다. 그러므로 나는 世人이 迂遠하다고 경시하는 학술적 조사가 절대로 필요하다고 인정하여 조사의 步武를 진행시키고 있다. 靑柳南冥, 「總督政治史論─武斷統治時代』, 1928, 金性玟 「朝鮮史編修會의 組織과 運用」, 『한국민족운동사연구』, 1989, 123~124쪽에서 재인용.

20) 방언 연구에의 그러한 치열한 관심 제고와 함께 오구라 신페이는 그 동안의 문헌 연구와 어학사 연구에 대한 성과를 두루 포함한 『朝鮮語學史』(1920)와 『國語及朝鮮語のため』(1920), 『國語及朝鮮語發音槪說』(1923) 등의 저서를 1920년대 전반기에 발간하는데, 이러한 연구 성과들을 개괄하여 보면 그가 이 무렵, 즉 『鄕歌及び吏讀の硏究』의 출간 준비와 더불어 경성제대에서의 교수 역할을 내면적으로 준비한 상태에 있었지 않았는가 짐작된다. 경성제대 개교를 앞둔 1924년 시기에 그가 한국 문화 최고의 유산인 신라 향가 해독을 어느 정도 마친 상태에 있었다는 것은 제국대학 교수직에의 도전이라는 학적 야망 실천과 함께 그가 이 시기에 벌써 어느 정도 해독 준비, 즉 해독 능력의 완비, 혹은 최소한 준비 마련의 상태에 있었음을 뜻하는 것으로 보아 족하겠기 때문이다.

를 무너뜨리고 자기만의 학적 성채를 구축할 수 있으리라고 장담할 수 있었던 것일까?

4. 양주동의 오구라 신페이 비판: 동기와 논법

4-1. 문예 형식론적 관점의 전략 수립과 그 한계

앞서 2장의 서술을 통해, "博士의 鄕歌 解讀은 우선 그 詩歌的 形式을 전혀 度外視하고 있다. 博士는 上揭 著書 第七章 「鄕歌의 形式」" 운운으로부터 양주동의 본격적인 오구라 신페이 비판에의 기획과 논법 체계가 발동된다는 것을 확인한 셈이거니와, 양주동은 우선 오구라 신페이가 언어학자인 탓에 '詩歌的 形式'에 대해 아무래도 어둡기 쉽고, 또 그래서 그 약점의 아픈 부분을 공격함으로써 마치 아킬레스의 건을 찌르는 듯한 비판 효과를 거둘 수 있으리라고 판단했던 듯하다. 그렇다면 이와 같은 공격 전략의 마련이 오늘의 시야에서 볼 때 정확성과 예리함을 두루 갖춘 것으로 정당화될 수 있는 비책일까?

당시 양주동은 사태, 상황을 정확히 알지 못하는 상태에 있었던 것으로 보이나, 적어도 향가의 운율 문제에 관해서는 이미 양주동이 아니었어도 당시 일본의 대표적 시가 연구자에 의해서 일찍이 문제 제기되고, 또 논란된 상태에 있었다는 것을 여기서 상기할 필요가 있겠다. 그러니까 오구라 신페이가 자신의 대직 논문을 출간한 직후가 되는 1929–30년 사이의 연간에 문학자 츠치다 교손(土田杏村)이 일찍이 이 문제를 제기함으로써 둘 사이에 심각한 논전이 오고 갔었던 사정이 확인되기 때문이다. 먼저 츠치다 교손이 「國語國文의 硏究」(京都國語國文研究會 刊)라는 지면을 통해 「紀記歌謠に於ける新羅系歌形の硏究補說」(위의 잡지 39호, 40호)이라는 제목으로 오구라 신페이의 연구를 신랄히 비판하는 논변을 제기했고, 이에 대해 오구라 신페이는 「鄕歌の形式に就き土田杏村氏に答ふ」(同 40호)이라는 제목으로 응수함으로써 1라운드를 마쳤던 것이다. 하지만 츠치다 교손이 이에 그치지 않고, 다시 「鄕歌の內容及形式に就き小倉博士問ひ且つ答ふ」(同 45호)로 재비판하자, 오구라 신페이는 또 「再び鄕

歌の形式に就き土田杏村氏に答ふ」(同 47호)이라는 글로 반격하였으며, 다시 츠치다 교손이 「三たび鄕歌の形式を論ず―小倉博士との論爭を終る」라는 제목으로 여전히 자설을 고수하면서도 논쟁의 종결을 선언함으로써 파문은 일단 잠복 상태에 들어갔다고 할 수 있다.[21] 이처럼 향가가 시가인 이유로 마땅히 '형식'에 대한 배려, 즉 운율적 고려가 우선해야 된다는 예단 성립이 가능할 것처럼 보였지만, 그것이 실상 논전을 더 이상 심화시키지 못하고 유예, 혹은 잠복 상태를 빚고 만 이유란 무엇일까?

이두 원리에 입각해서 실제적으로 향가가 불려지던 신라 시대 당시의 음가를 재현하고자 한다는 것이 엄밀하게는 거의 불가능한 작업일 수 있겠거니와, 운율의 문제에 대한 논의 역시 음가 자체를 정확히 재현해 내지 못하는 한계 속에서 작업하는 한 미진함의 여운을 남길 수밖에 없었다는 점에서 일차 그 요인이 파악될 수 있다. 더구나 우리 시가의 경우, 그러니까 향가의 경우에도, 오늘날 우리가 시조의 형식 속에서 잘 알 수 있듯이 운(韻), 즉 rhyme의 요소는 파악되지 않고, 그렇다고 율격이라고 해 봐야 일본이나 혹은 다른 어떤 나라 시가의 경우처럼 음수율과 같은 것이 정확하게 지켜지는 형식이 아니라고 보아서, 향가의 형식, 혹은 운율 측면에 대한 면밀한, 또는 정밀한 논의가 당초부터 불가능했다고도 말할 수 있는 터이다. 그러니까 양주동 자신이 먼저 오구라 신페이의 다음과 같은 향가 운율론, 즉 일본식 음수율 틀에 기반한 이론 구성에 동의를 표명,

新羅 시대의 鄕歌는 4句 또는 그 倍數인 8句로 되었고, 8句로 된 것에는 다시 2句로 된 後句가 붙는 것이 原則이 되어 있다. 그리고 8句로 된 鄕歌에 있어서는 대부분의 경우에 第4句에서 文勢가 일단 斷絶함이 보통이다. 그리고 各句의 音節數는 樂律에 맞추어서 譯文을 精練한 뒤가 아니면 결정할 수 없으나, 대략 別章에서 해설한 譯文에 就하여 볼 때는 8·8·8·8, 8·8·8·8, 後句 8·8의 形式을 취하고 있는 듯하다. 단, 初句는 예외로 흔히 8音節이 못 되고 3音節로부터 5내지 6音節 사이에 動搖하고 있다.[22]

고 파악하고서는, 오구라 신페이 자신이 그 자신의 운율론에 철저하지 못하다

21) 安田敏朗, 앞의 글, 151쪽 참조.
22) 小倉進平, 『鄕歌及び吏讀の硏究』, 京城帝國大學, 昭和四年, 268쪽, 『전집』 10, 70–71쪽에서 재인용.

는 것, 즉 실제 해독 작업에 있어서 숱한 정형률 일탈에의 양상을 노정하고 있음으로 다음과 같이 꼬집는 것, 즉

그런데 박사는 그 해독의 실제에 있어서 하등 상기 所說에 일치를 보이지 않음은 어인 까닭인가. 박사의 해독은 현저하게 그 형식론과 齟齬되어 있다.[23]

고 지적하는 것은 비록 형식 논리 상으로는 그럴 듯한 지적이 된다고 생각할 수 있을지 몰라도, 실제로

窟理叱大肹生以支所音物生(굴ㅅ뎔 生으로 괼 바인 物生), 「安民歌」 第5句
皆佛體置然叱爲賜隱伊留兮(무릇 부톄도 쏘 ㅎ샨 일이네), 「常隨佛學歌」 第8句
身靡只碎良只塵伊去米(몸 업시 부스러뎌 들글이 가매), 「常隨佛學歌」 第5句
秋察尸不冬爾屋支墮米(ㄱ슬 안들 갓가오어 뻐러디메), 「信忠怨歌」 第2句
仰頓隱面矣改衣賜乎隱冬矣也(울워 조을은 눗애 고티샤온들로), 「信忠怨歌」
第4句
迷火隱乙根中沙音賜焉逸良(迷火에 숨을 불휘애사 옮샤는 일야), 「恒順衆生歌」
第2句 [24]

와 같이 외면적으로는 비록 그 정형률 일탈에의 양상이 심하다 하여도 실로 해독 작업 자체는 어찌할 수 없이 정형률 파탈에의 양상을 피할 수 없는 문제들을 그 자신 극복하기 어려웠던 터이다. 그러니까 또 가령 한 편의 시로서 「得烏慕郎歌」 같은 경우, 그 정형률 일탈에의 정도가 비교적 심한 양상으로 나타난다 하여도 그렇다면 실제로 그 괴리의 문제를 어떻게 극복할 것인가의 문제에 대해서는 실로 그 자신도 역시 속수무책의 한계를 노정할 수밖에 없었다고 할 수 있는 것이다. 요컨대 오구라 신페이의 다음과 같은 「得烏慕郎歌」 해독이

去隱春皆理米	가는 봄이 다 다스리메	9音
毛冬去叱沙哭屋尸以憂音	모든 것이사 올오어 설음	10音
阿冬音乃叱好支賜烏隱	어듸매나롤 됴화ㅎ샨	9音

23) 위의 책, 71쪽.
24) 위의 책, 72쪽.

貌史年數就音墮支行齊	짓 年數 닐움에 뼈러디 녀제	11音
目煙廻於尸七史伊衣	目煙 멀 ᄉ싀에	6音
逢烏支惡知作乎下是	맛나오어 지ᄉ오이리	9音
郎也慕理尸心未行乎尸道尸	郎이야 그릴 ᄆ슴의 녀올 길이	12音
蓬次叱巷中宿尸夜音有叱下是	봇질 굴헝에 잘 밤이 잇이리(오)	11音 [25]

의 양상으로, 일견 거친 형식적 운율상을 노정한 대표적 보기의 하나인 것으로 대표적으로 지목, 거론하였으나, 이후 그가 상당한 시간이 흐른 뒤 고심 끝에 『조선 고가 연구』(1942)를 발간하던 임시에 그 자신의 해독 작업 역시 다음과 같은 정리,

> 간봄 그리매
> 모돈것사 우리 시름
> 아룸 나토샤온
> 즈싀 살쯈 디니져
> 눈 돌칠 ᄉ이에
> 맛보읍 디 지ᄉ리
> 郎이여 그럴 ᄆᄉ민 녀올길
> 다봇ᄆᄉᆯ히 잘밤 이시리 ─「慕竹旨郎歌」[26]

의 양상을 연출함으로써 그가 말하는 4 · 4조, 혹은 8음절 기조의 정형률에는 여전히 크게 못 미치는 해독 한계를 노출하고 말았다고 우리의 관점에서도 마찬가지로 양주동 작업의 한계를 규명, 발론할 수 있는 것이다. 이는 문학자, 혹은 문예 비평가의 관심 안목에서는 일견 타당한 형식 논리 상의 쟁처를 붙잡은 것으로 평가될 여지를 안을 수도 있겠으나, 실제 향가 원문의 기사와 맞닥뜨려서는 그다지 효과를 발휘할 수 없었던 운율론의 한계적 면모만을 드러낸 것으로, 말하자면 오진에 기반한 치료책 제시 논란을 부른 국면으로 평가될 형국의 모습이었다고 하겠다. 그렇다면 이와 같이 처음부터 헛다리 짚은 형국으로 제기된 양주동의 오구라 신페이 비판이 마찬가지로 획기적이요, 파천황의 학술

25) 위의 책, 72-73쪽.
26) 『전집』 1, 67쪽.

성과를 담지한 것으로 고평될 수 있는 준거는 과연 어떤 학문적 여지와 비판 가능성으로부터 주어진 것이었는가?

4-2. 동북아 고전 문헌학을 통한 한국학의 방법 수립—『조선 고가 연구』의 성과와 의의

만약 오구라 신페이 비판이 단지 시가 운율론 관련 문제 제기에 그친, 민족 학자의 울분 토로에 가까운 것이었다고 한다면, 이 학자의 이름이 그렇게 이후에도 오래도록 사계에 진동할 수는 없었을 것이다. 그러니까 양주동은 무엇보다 문예 비평가의 이력을 지닌, 그리고 대학에서 정식으로 근대 문학의 쌓은 문학자의 자격으로 시가의 '운율'과 '형식'에 관련된 문제를 제기함으로써 일단 오구라 신페이의 코를 납작하게 할 생각이었지만, 이제 살핀 것처럼 실상 운율 문제 제기만으로는 저 방대한 오구라 신페이 업적의 아킬레스건은커녕 흠집조차 안겨주기 어려웠을 것도 사실이었다. 그렇다면 양주동이 오구라 신페이를 쥐었다 놓을 만한 악력의 소유자로서 실로 자신의 천분을 알릴 수 있을 진정한 고수의 역할을 발견한 장소는 어디였던가? 우선 그의 글 2장에서 운율에 대한 논의를 마치고 다음 장 3장으로 넘어가기 전에 다시 한 번 서론 격의 모두 진술로 오구라 신페이 논의의 허실을 개략하여 제시하고 있는 부분을 여기서 일단 조금 살펴둘 필요가 있을 것 같다.

다음, 해독에 임한 박사의 태도는 자못 독단에 기울어 왕왕 신입견에 의하여 牽强附會한 箇所가 적지 않은 듯하다. 딴은 此種의 古歌를 온전히 자연스러운 原形으로 회복하는 일은 至難할지 모른다. 박사의 고심이 想見되는 所以이나, 그렇다 하더라도 무리한 것은 이를 姑捨하여 두고 차라리 疑를 存하는 편이 좋지 않을까. 생각건댄, 박사는 먼저 한 首 한 首의 노래에 就하여 그 대체의 의미를 瑞摩하고, 그 억측된 大意에 嵌合 시키려고 때로는 牽强에 가까운 引證을 시험하고, 때로는 근거없는 斷案을 내리고, 심지어는 전구 · 全首를 그르친 예조차 있는 듯하다. 더구나 박사의 설명은 해독하기 쉬운 字句에 주력하고 문제되는 個所는 도리어 간략히 넘기는 등 그 예가 허다하다. 박사의 著를 읽는 자로 하여금 처음 경이와 찬탄의 생각에 넘치고, 자세히 所說을 점검함에 미쳐 때로 그 논거의 粗相함에 차라리 意外의 感을 품게 하는 所以이다. 다음 그 약간의 예를 들어보려 한다.[27]

"다음 그 약간의 예를 들어보려 한다", 이 문장 이후에서부터 결국 양주동의 오구라 신페이에 대한 비판, 그 진면목의 면모가 개시된다고 할 수 있는데, 이를 한마디로 말하면 '한국 고전 문헌학의 (재)출현' 사건으로 명명할 수 있다. 양주동이 오구라 신페이를 능가할 수 있다고 판단할 수 있는 학술적 역량의 원천은 다름 아닌 그의 동양 고전 문헌 세계에 대한 해박한 섭렵의 역량에서 주어질 수 있었고, 그리하여 그 문증, 고증의 방법을 통한 세세한 입증, 추론의 전개가 드디어 오구라 신페이를 압도하리만큼 다양한 학적 과시의 면모를 출현시킬 수 있었다고 할 수 있다. 여기서 향가 하나하나의 작품, 어구들에 대한 세세한 분석과 해독, 문증을 통한 논증의 대목들을 일일이 열거해 예증할 방법과 여유는 확보하기 어렵거니와, 가장 단적으로 『(조선)고가연구』를 위해 서지 목록으로 작성된 동양 고전들의 문헌, 가짓수가 270여 권에 이른다는 사실은 양주동의 문헌학적 역량을 단적으로 요약, 시사해주는 바가 아닐 수 없다. 오구라 신페이가 발로 뛰는 답사, 현장 연구의 대가였다면—물론 그도 문헌학적 연구를 소홀히하거나 무시하지 않았다—, 양주동은 그보다는 상대적인 의미에서 완연히 '문헌학적' 방법에 충실하였음을 그 연구 방법론상의 특질로 지적할 수 있게 되는 셈이다.[28] 그의 270여 개 인용 서지 목록 중에서 가장 주된 목록들만 꼽아봐도 『龍飛御天歌』, 『月印釋譜』, 『楞嚴經諺解』, 『杜工部詩諺解』, 『南明集』, 『三國遺事』, 『三國史記』, 『東國輿地勝覽』, 『大明律直解』, 『訓蒙字會』 등 10권 분량에 이르는데, 그 밖에 동양 고전의 대부분이 그의 『조선고가연구』 (1942) 속에서 거론되고 있는 형편이라 해도 크게 과언은 아니다. 그 각권의 낱권 하나하나만 해도 결코 쉽사리 독파해 낼 수 있는 서권들이 아니라 온갖 언해본, 중국 사서의 원전들, 그리고 일본 사서, 더하여 또 온갖 불경 등등……, 가히 동아시아 3국의 모든 고전적 문헌 서지가 여기에 다 집대성되어 있다 해

---

27) 『전집』 10, 73쪽.
28) 이 점을 필자의 논문 발표 자리에서의 경험을 통해 실감시켜 보자면, 양주동의 학술에 대한 짧은 발표를 위해 필자는 당초 『고가연구』의 참고문헌 목록 예시를 통해 그 특질적 면모 부각에 나서고자 했지만, 실제로 그 「인용서목」만을 보이고자 해도 무수도려 8페이지에 걸치는 분량이 되어서 포기해 버리고 말았던 경험이 있다.

도 과언이 아니라 할만큼 동양적 고전의 집대성 면모를 그 자체로 보여주는 셈이라 할 수 있다.[29]

의심 많은 학자들이 이와 관련해서 과연 그렇게 그 많은 서지들을 모두 다 섭렵, 읽고, 기억, 분별해서 작업할 수 있겠었는가고 물음을 제기하며 그 신빙성의 정도를 따지고자 한다면 동료이자 경쟁자였던 도남 조윤제의 다음과 같은 증언 기록이 증거로서 보탬의 구실을 해줄지 모른다. 양주동의 뛰어난 박람강기 재능과 관련해 회술해 놓고 있는 다음 대목이 인상적이다.

> 无涯는 뭣이든지 一瞥이면 외어제끼는 魔力이 있다. 실로 학자로서 最强의 武器를 지닌 无涯다. (……)
> 일찌기 學界의 業績을 가려 推薦하는 자리에서 남의 專攻을 일일이 指摘하여 그 數三行을 줄줄 외는 데는 그저 놀라지 않을 수 없어, (……)[30]

따라서 오구라 신페이가 근대적인 현장 연구(Field Work)의 대가로서 특별히 그의 치열했던 방언 연구의 성과들이 알게 모르게 신라어의 역사적 재구를 위한 방대한 기초 자료 제공의 구실을 해주었다면, 양주동의 경우에는 순전히 전통적인 문헌학적인 방법을 통해 고증을 통한 문증 확대에 나섰고, 그 자신이 점에 관련해서는 아무도 흉내내기 어려운 타의추종 불허 상태에 있다고 늘 자신하고 자부심을 과시했던 것이지만, 실제로 고전 문헌학자로서의 그런 뛰어난 박식의 섭렵 실력과 또 어느 자리에서든 즉흥적으로 용례들을 기억의 저장고 속에서 끌어내어 줄줄이 인증해 낼 수 있었던 실력이 오늘날까지도 이어지고 있는 그의 학자로서의 신화 저변을 구축해 낸 바탕 자질이었다고 할 수 있다. 이 점과 관련해 최근 연구자 역시 "小倉進平이 시작한, 용례를 통한 향찰의 해독은 양주동에 이르러 비약적으로 확대되어 적용된 바 있으나, 그 후의 연구서에서는 점차 이러한 경향이 사라져갔"[31]고 지적하여, 양주동의 문헌학적 실력, 역량이 가시 독보적이어서 후대의 누구도 그것을 흉내내기 어려운 수준으로 수행된 것이었음을 간접 증언하고 있다. 그렇다면 그의 이런 뛰어난, 예외적이라 할 정도의 과시적, 일탈적이었던 그의 동양 고전 섭렵 능력, 독파 능력이란 과시 어떤 천분과 후천적 노력으로 말미암아 계발, 발양될 수 있었던

29) 「引用書目」, 『전집』 1, 3–8쪽 참조.
30) 위의 책, 70–71쪽.
31) 박재민, 「三國遺事 所載 鄕歌의 原典批評과 借字 · 語彙辨證」, 서울대학교 박사학위논문, 3쪽의 각주 5 참조.

능력일까?

여기서 그의 이력 사항을 다시 한 번 돌아볼 때에 당시 동 시대의 문학자들에 비해서 그가 일찍부터 한학에 심취, 오랫 동안 동양 고전 문헌학의 세계를 주유하는 학적 이력을 지녀, 유소년기에 그 능력을 집중적으로 계발, 발양시킬 수 있었다는 점이며, 한편 그 당시 시골 벽지 생활을 통해 당대 지방적 어문 생활의 일부를 점하고 있었던 이두식 한자, 한자(漢字)의 차자 운용 원리를 일찍부터 깨우치고 있었다는 점이며,[32] 이후 오랫 동안의 일본 유학과 서양 근대 문학, 즉 불문학과 영문학을 모두 이수하는 폭넓은 학적 이력 속에서 그의 유다른, 예외적인 독서 능력과 그것을 근대적인 학문 담론과 재조직, 논변 능력으로 변화시킬 수 있는, 즉 이런 뜻에서의 총체적인 근대 인문학적 소양, 전체가 발양되어 이루어진 학적 솜씨와 능력의 성격이라 함이 이런 맥락에서 재삼, 재사 강조해 두어야 할 만한 점이라고 하겠다.

5. 결론—요약 및 남는 문제

30대를 넘어서 마침내 꽃피운 재능으로, 오늘의 '한국 문학'이 결코 외인(外人)의 손에 의해서만 형성될 학적, 지식의 세계가 아님을 온 몸을 던져 증명시키고 확인하는 작업에 몰두했던 양주동의 생애 전체를 조감, 일별하면서 그의 학적 성향과 소양, 즉 유년기 수학의 이력과 배경으로부터 근대식 대학 교육을 받으며, 절충적 민족문학론자로 활동했던 시기까지, 그리고 마침내 고전 인문학자, 문헌학자로서 우뚝 서기까지의 경과, 과정을 두루 살펴보았다. 결과적으로 일제 말과 해방 후까지로 이어졌던 그의 학적 작업의 집대성이 『古歌研究』, 『麗謠箋注』라는 난공불락의 학적 성취로 주어지게 되었거니와, 무엇보다도 까딱 잘못했으면 일본인의 손에 의해서만 구출되었다고 기록되게 되었을지 모를 근대적 향가 연구의 세계를 재구출, 마침내 오구라 신페이를 극복하고 우리 손으로 이만큼이나 오늘 '한국 문학' (지식으로서) 형성의 토대를 일굴 작업에 몫을 다하였다는 것은 과연 아무리 적게 평가한다 하더라도 결코 지울 수 없는 공적임이 분명하다. 물론 그의 생애를 통한 학적 업적 전부를 따지자면 『엘리어트 전집』을 번역하는 등, 서구 문학에 대한 설명과 번역, 주해의 작업 등을 빼놓

---

32) 『전집』 4, 1장 「유년기(幼年期)」 참조.

을 수 없지만, 여기서는 단지 한국 근대의 문화 연구사 형성이라는 커다란 문맥 속에서 근대 '한국 문학'의 형성이 양주동과 관련되는 문맥에서 어떻게 이루어 졌는가를 주로 살핀다는 목적을 우선 겨누고, 지면 제한의 이유만으로도 우리 는 일단 이 자리에서 필을 멈출 수밖에 없다. 차후 기회가 마련되어 보완할 기 회를 얻기 바라며, 가히 '통섭'과 '융합', 혹은 그 어떤 현대 학술적 변형 개념 으로도 그의 학술 세계를 한마디로 규정하기는 가당찮다고 할 그의 학문적 여 정 자체를 다시금 돌아보아 오늘 우리 학문의 귀감으로 삼는 데 조금이나마 기 여하는 의의의 성과가 이 글 속에서도 주어졌다고 하면 더 바람이 없겠다.

참고문헌

양주동, 『양주동 전집』, 동국대 출판부, 1988.
이헌구 외, 『梁柱東 博士 프로필』, 탐구당, 1973.

권영민, 『근대문학과 시대정신』, 문예출판사, 1983.
김시태, 「무애 양주동 연구-민족주의 문학론을 중심으로」, 『동악어문논집』 제11집, 1978.
김윤식, 『한국근대문예비평사연구』, 일지사, 1973.
김윤식, 『이광수와 그의 시대』, 한길사, 1985.
_____, 『염상섭 연구』, 서울대 출판부, 1987.
박재민, 「三國遺事 所載 鄕歌의 原典批評과 借字·語彙 考證」, 서울대학교 박사학위논문,
　　　 2009.

小倉進平, 『鄕歌及び吏讀の硏究』, 京城帝國大學, 昭和四年.
安田敏朗, 이진호 외 역, 『言語の構築』, 제이앤씨, 2008.
미셸 푸코, 이정우 역, 『지식의 고고학』, 민음사, 2000.
에드워드 윌슨, 최재천·장대익 역, 『통섭』, 사이언스 북스, 2005.
질 들뢰즈, 김상환 역, 『차이와 반복』, 민음사, 2004.

제11장

해방 후 김기림의 행적(업적)과 그 문화정치사적 함의

1. 머리말 : 문제의식 및 연구관점

이 글은, 제목처럼, 해방 후 김기림의 행적을 포괄적으로 검증하고자 하는 의도 아래 씌어진다. 물론 이와 관련해 이미 많은 논문들이 발표된 상황에 있는 셈이다. 이에 따라 본고는 당초 '해방 공간과 한국 문학'이라는 주제 하에 열린 한 학술대회에서의 발표를 목적으로 구상되었던바, '해방 공간'의 역사(적 특수)성을 도식적이며, 또한 함축적으로 드러내고자 한 의도에서, 다시 말하면 그 당대 역사의 비극성을 구체적으로 현시하고자 하는 의도에서, 최재서, 그리고 김동석을 병렬하여 동석시킨 자리에서, 김기림을 주로 호출, 그 행적의 적나라한 비극성을 현출하고자 했던 셈이다. 발표의 자리가 미국 대학(시애틀 소재 워싱턴 주립대학)의 한 현장이었던 만큼 영문학자 겸 비평가의 이력을 지녔던 세 사람만을 일단 단출하게 불러내기에 이르도록 되었던 셈인데, 이를 논문화하자니 자연히 또 김기림의 중도적 위치만이 크게 초점으로 부각되는 사정을 낳게 되었다고 할 수 있다. 왜 김기림이 문제되고, 또 그의 중도적 행정이 문제되는가?

우리의 인식-관심(곧 필자의 인식-관심)을 오늘의 처지에서 다시 한 번 곰곰이 되짚어본다고 할지라도 여전히 근본적인 문제는 이데올로기의 문제로 남게 되고, 또 그것과 상관되지 않고서는 어떤 문제라도 구체적으로 검토되기 어려우리라는 사정을 우리는 깨닫게 된다. 알다시피 6.25 전쟁은 이데올로기로 인해 벌어진 전쟁이었고, 또 그 이데올로기로 인해 죽고살기의 비극적 현실들이 초래되었음을 명기히지 않을 수 없다. 김기림이 오래 문학사적으로 금기시된 상황에 처해 있었던 것, 즉 1980년대 말 해금되기 이전까지 문학사적 향유의 대상에서 제외된, 배제된 상태에 놓여 있게 된 상황 또한 그런 연유, 곧 이데올로기적 사정으로 초래되었음이 분명하고, 그와 함께 6.25 이후 행방불명의 처지에 놓이게 된 그의 문학사적 처지 역시 여전히 그러한 문제와 상관되어 빚어진 사태였을 것이 필시 분명하다. 냉전 체제가 해소되고, 그리하여 탈이데올로기의 시대가 도래했다는 많은 풍문들이 돌았지만, 여전히 오늘 우리가 그의 생애의 마지막을 확인치 못하는 상태에 있는 것 또한 그러한 이데올로기적 정황과 무관치 않은 사태에 있음을 뜻하는 바라고 보아야 할 것이다. 그렇다면 오늘 우리가 김기림의 해방 후 행적을 좇고자 하는 이 시점에서도 여전히 '이데올로기'의 문제는 우리의 연구 상황을 옭죄고 있는 근본 상수의 조건으로 작용하고 있는 편이라 보아야 하지 않을까?

필자는 오랫동안 김기림의 생애 마지막 행적이 밝혀지기를, 그 행정에 관한 어떤 소식이라도 듣고, 들을 수 있기를 기대해 왔었지만, 이제 더 이상의 실증적인, 혹은 실존적인 추가 자료의 확보가 무망해진 상황임을 인정해야 한다면, 다시금 지금 남겨진 모든 자료들만을 대상으로 하여서라도 그에 대한 또 하나의 작가론다운 해석적 연구가 보충되어야 할 필요성을 이제 강력히 의식, 인식하게 된다. 그에 대한 연구, 곧 이해의 결락 부분이 아직 남아 있다고 생각하기 때문인데, 가령 6.25 전쟁 개전 직전 하나의 이론적 작업 형태로 공간된 『문장론 신강』, 즉 문체론 연구 성과 등에 대해서 아직 자세한 연구가 미비한 실정에 있으며(이에 대해서 본고의 4장에서 집중적인 논의를 시도하기로 한다), 특히나 그의 이데올로기적 행정, 지적 행정 전반에 관해서도 아직 체계적인 일목요연한 연구, 구체적인 인과론적 해명의 연구가 부진한 상태에 있다고 판단되기 때문이다. 따라서 다시금 김기림이 보였던 해방 이후 행적들에 대한 구체적인 논고, 그 해명의 작업을 위해서는 인물 연구라는 역사학적 일반 연구의 작업틀로부터 더 나아가 일종의 비교론적 연구 시야에서 인물비교학의 논법을 시도하고, 더욱이 그 인물 주체가 포지하였던 깊은 내면 심리의 탐사를 위해서는 사르트르가 시도하였었던 소위 '실존적 정신분석'의 방법 등을 더욱 원용하여 이데올로기적 선택, 혹은 그 실천의 과정 등을 해명할 연구 필요성 등이 이제 적극적으로 주어지는 상황, 시대가 아닌가 싶다. 이러한 연구사적 인식 의욕과 그 방법론적 충전과 함께 이제부터 필자는 우선 해방 전후사 속에 아로새겨진 최재서, 그리고 김동석의 행적을 먼저 간략히 요약, 되짚어 본 후, 먼저 일제하 시기부터 이어진 김기림의 비평사적 행적, 그리고 그에 대한 '처세(사회적 처신)' 개념 위주의 실존적, 정신분석학적 해석의 작업을 도모해 보고, 그리고 이를 바탕으로 해방 후 김기림의 문학적(비평적) 처신, 더하여 지적, 이데올로기적 처신 전반을 포괄하는 하나의 생애 해명과 그 문화정치사적 의의 해명의 작업에 나서보고자 할 것이다. 논의상의 초점은 요컨대 '김기림은 왜 그렇게 살고, 또 그렇게 처신할 수밖에 없었는가?'의 물음에 대해 정밀히, 구체적으로 해명하고자 하는 인식 의욕 쪽에 맞추어져 서술이 이루어질 것인 바, 이러한 탓으로 논의가 장황해질 수밖에 없게 되는 그 서술 상의 약점을 보완하기 위해 본고는 각 장마다 '소결(小結)'의 절을 따로 마련하여 장(章)간 논의 연결의 가교를 마련하는 서술 양식을 취하기로 한다. 이에, 논의 비대의 결과에 대한 독자 여러분의 양해를 먼저 구하며, 이제 본 연구 성과의 작업 결실들을 적시해 보기로 하면, 다음과 같이 정리될 수 있겠다.

2. 최재서-김동석 사이의 거리, 그리고 김기림의 문학사적(비평사적) 자리

2-1. 최재서의 경우

그동안 수많은 연구 업적들이 추가, 축적된 최재서 문학에 대해서 이제 와 새삼스레 새로운 밝힘을 운위하기란 실질적으로 어렵다. 단지 여기에서 일제하 최말기의 시점에 발간을 본 저서, 그 서언의 문면 중 두 단락만을 조금 인용해 두기로 한다. 비평집 『轉換期の朝鮮文學』(인문사, 1943) 중 일부이다. 해방을 불과 2년도 채 앞두지 않은 시점에서 그가 다음과 같은 발언을 늘어놓았다는 것은 당대의 최고 지식인으로 자부하였던 그가 역사(미래) 앞에서 얼마나 무지한 상태에 있었던가를 잘 보여주는 문면 증거라고 보아도 좋겠다.

> この四五年來, 私は朝鮮文壇の激しい轉換をば身を以て體驗せねばならなかつた. 殊に雜誌「國民文學」が發刊されてからは, (…)
> その轉換と云ふのは, 意識的には, (…) 新體制運動と共に始まり, 翌十六年春に斷行された文藝雜誌の統合とそれに引續く「國民文學」の發刊に依つて運動の基礎を與へられ, (…) 畏くも宣戰の大詔を奉戴するに及んで世界觀的な自覺を深め, 最後に(…)徵兵制實施發表に依つて, いよいよ自己の性格を最後的に決定したのである.[1]

압제의 땅들을 넘지 못하고 결국 자살에 이를 수밖에 없었던 벤야민은 '역사

---

1) 최재서, 『轉換期の朝鮮文學』, 인문사, 1943, 4쪽.

적 전망'이라는 개념을 구체화하기 위해 '거인의 어깨 위에 올라앉은 난장이의 눈길' 정도로 비유하여 설명한 바 있거니와, 참으로 역사 속에서 미래를 전망하기란 어렵다. 바로 이런 인간적 한계, 현실을 인식한 때문인지 여전히 5년 뒤에 다가올 전쟁의 참화를 예견하지 못한 채 많은 친일 부역자들의 잘못을 단지 (인간적) 실수로 감싸며, 그들 존재의 복권 기회를 마련해 주었다. 이광수, 최남선 등과 달리 최재서가 '반민특위'의 신세를 전혀 지지 않고, 버젓이 오늘날에도 한국을 대표하는 유수의 명문 사학 안에서 영문학자 지위를 유지할 수 있었던 까닭이 이런 인식, 감각들과 함께 주어졌을 것이다. 대학 경영자가 그의 재주를 아까워 해 배려했다고 하는 것이다. 그는 다만 자신의 과거를 공개적으로 과시할 수는 없어, 아무 것도 모르는 어린 학생들 시선 속에 유난히 '신비의 인(人)'으로 부각되는 명성을 누리게 되었다고 한다. 물론 그렇게 가슴에 주홍글씨를 감추어둔 그는 새로운 학문의 전당, 상아탑 속에서 수도승 같은 진리(문학사) 탐구의 정열을 발휘해, 해방 이후 한국 영문학을 구축하는 데 초석과 같은 역할을 수행했다고 하는 『영문학사』, 그리고 쉐익스피어 연구서 발행 등의 성과가 낳아질 수 있었다. 영문학의 불모지였던 곳이 그가 이룬 쉐익스피어 연구 성과로 단번에 유수의 영문학 연구 진원지로 발돋움하게 되었다는 설명이다. 그럼 그렇게 문학(창작)을 둘러싼 소란스런 비평 현장에서 물러나 고전의 산실, '상아탑'으로 귀환해 간 최재서의 경우에 비추어 그와 동학 후배이며, 또 한 사람의 쉐익스피어 전문 연구자였던 김동석의 경우는 어떠했던가? 최재서 5년 후배인 김동석은 매우 대조적이게도 거꾸로 '상아탑'에서 소란스런 비평 현장으로 달려나간 형적을 드러내 보여주어 흥미롭다. 자전, 자술의 문맥 몇 군데를 인용하여 그에 대한 단편적 이해의 디딤돌로 삼아보기로 한다.

2-2. 김동석의 경우

事實 조선말조차 壓殺을 당할번한 그 時代엔 누가 떠다밀어도 주기 前엔 글 쓸 勇氣가 나서질 않았다. 서뿔리 글을 쓰다간 (…) 유치장 신세를 지거나 (…) 마이너쓰의 글이 되어버릴 염려가 결코 杞憂가 아닌 시대였다.[2]

---

2) 김동석, 「隨筆集 『海邊의 詩』를 내놓으며」, 『海邊의 詩』, 박문출판사, 1949, 128쪽.

내가 英文學을 버리고 朝鮮文學으로 轉向한 줄 아는 사람이 있는 모양인데, 나는 애시 당초부터 朝鮮文學을 爲해서 英文學을 했지 英文學을 爲해서 英文學을 한 것은 아니다. 崔載瑞는 싱가포르가 陷落했을 때 英文學을 버린다고 聲明했지만, (…) 硏究室에 들어앉아서 「함레트」를 읽어야만 英文學이 아니오 (…)[3]

언젠가 (…) 인천 가는 차 속에서 시인 지용을 만났는데 그때도 술이 취해서 이 사람 저 사람한테 시비를 걸고 나서 날보고 "영문학자에선 재서가 제일이야 제일"하기에 영문학의 대가를 앞에다 두고 "무슨 소리를 하오"하고 대꾸를 했더니, "야, 이것 봐라! 자존심이 대단한데"하기에 내가, "자존심이 그만하기에 흔들거리는 기차 속에서 당신처럼 비틀비틀하지 않고 이렇게 두 다리를 버티고 섰었지 않소"하였더니 껄껄 웃어댔다. (…)

어떤 여성이 나의 『예술과 생활』을 읽고 나서, "(…)선생의 글에는 은연중에 '인피어리오러티 콤플렉스'가 나타나 있어요" 한 것이 생각난다.[4]

이런 문면들을 요약적으로 다시 새겨보면, 최재서에 대한 대타의식이 해방 후 전개되기 시작한 그의 비평적 행각 수행의 주요 동력이 된 것을 짐작할 수 있고, 해방 후 월북 직전 출간하게 되는 시집, 『海邊의 詩』로 자신의 시적 정열을 표출하기도 하지만, 주로는 해방 전 '수필가'로서만 문명을 등재하였던 그가 이후 주로 〈상아탑〉이라는 제호와 함께 스스로 발간, 주재자로 나섬으로써 자신의 비평 활동을 구축 나간 것으로 볼 수 있다. 물론 경성대학에서의 석사 학위 취득 후 그는 계속해서 한국 사학의 또 하나의 명문인 '보성전문'에서 학생들을 가르친 입장에 있었는데, 이처럼 교사와 문필가를 겸하는 입장에서 해방 전후 그의 사회적 처신이 주로 이루어졌다고 볼 수 있다. 해방 직후 김동리와의 '순수문학' 논쟁으로 말미암아 그는 최초의 유명세를 치루게 되었지만, 가정적으로는 남로당 간부와의 인적 관계 형성이 향후 그의 진로를 결정짓게 된 주된 요인의 하나로 작용하지 않았나 보기도 한다. 다만 의식적으로도 그가 당시 남한의 현실, 체제, 그리고 이데올로기에 부정적이었던 사실인 것만큼은 틀림없으며, 그렇게 해서 1949년 이후 월북 상태에 놓이게 되는 그는 전쟁 동

3) 김동석, 「나의 英文學觀」, 『藝術과 生活』, 박문출판사, 1948, 217쪽.
4) 김동석, 「나」, 『세계일보』, 1949.1.1, 이희환, 『김동석과 해방기의 문학』, 역락, 2007, 272~274쪽에서 재인용.

안 판문점 휴전 회담을 취재하는 기자(통신원)으로 모습을 드러내기도 하고, 북한 내 최고 대학의 영문학과 설치자 중 한 사람으로 이름을 등재하게 되기도 했다고 한다. 어쨌든 전쟁 후에 막바로 빚어진 남로당계 숙청 사태와 상관없이 그가 북한 체제, 이데올로기에 얼마나 동화되고 자족을 누리게 되었던 것인지는 아직까지 대체로 수수께끼의 상태로 남아 있다고 보아야겠다. 그렇다면 해방 전후, 같은 영문학자—비평가로서의 지위를 누리고 있었던 김기림의 경우는 과연 실존적, 이데올로기적으로 어떻게 다르며, 또 일관된 자기 연속성의 자태를 드러내었는가? 일제하 1930년대 중엽의 시기로부터 거슬러 올라가 '비평'으로 나타난 그의 의식적, 이데올로기적 자취들을 조금 더듬어 두기로 한다.

2-3. 김기림의 경우

일제강점기 동안 김기림이 어떻게 살았던가에 대해서도 역시 새삼스럽게 추가할 바는 많지 않다고 해야 할 것이다. 어머니를 일찍 여의긴 했으나, 과수원 집 귀동 아들로 자라나 보성고보를 거쳐 일본 대학 문예예술학과를 졸업한 뒤 돌아와, 고향에서 1930년대 초(1933년?) 연간까지 잠시 낙향의 세월을 보냈던 그는 조선일보사 학예부 기자로 입사, 이후 '구인회' 회원 등으로 활동하다가 다시 동북제대로 적을 옮겨, 영문학을 전공함으로써 당시로서는 드문 학력의 스펙을 갖추게 되었다는 점을 일단 그의 이력상의 주요 자취들로 정리, 기록할 수 있다. 태평양전쟁으로 치달려 가면서 일제가 대부분의 조선어 신문, 잡지들을 폐간하게 되자, 그는 다시 고향 쪽으로 돌아가 교사 생활에 전념한 것으로 되어 있는데, 이 때문에 그는 대부분의 일제 말기 문인들이 친일 부역에의 혐의로부터 자유롭지 못하게 되었을 때, 비교적 그러한 정신적 부채로부터 여유로운 상황 속에 자신을 안치시킬 수 있었다고 볼 수 있다. 이데올로기적으로는 모나지 않는 성격에 대체로 중립적인 자세를 견지하여 문단 전후좌우로 사뭇 교제가 넓은 편이었다고 할 수 있는데, 상식적인 인식과는 달리 프로 문인들과도 오히려 사이가 나쁘지 않았다고 봄이 옳다. 문단 상으로 그가 당시 좌파의 인사들을 많이 껴안고 있었던 신문 『조선일보』의 일원이었다는 점으로 우선 설명될 수 있지만, 이론상으로도 그가 '전체시론'을 표방했을 때, 이것이 주로 당시의 경향 문학적 태도, 입장을 포괄하고자 제출, 조립된 성격의 이론이었음을 우리는 주목할 필요가 있다. 만약 이 점에 대한 좀 더 자세한 설명이 필요하다고 본다면, 하나의 쟁론 사건과 더불어 또 하나의 평론 문장이 예거될 수 있는데, 소위 '기교주의 논쟁' 사건과 널리 알려진 그의 평론, 「모더니즘의 역사적 위치」가 그것이다. 먼저 그럼 '기교주의 논쟁' 사태부터 잠시 살펴두자.

임화의 평론, 「담천하의 시단 1년」으로 불길이 당겨졌지만, 실상 이 논쟁 국면에 하나의 도화선을 제공한 것은 김기림의 평론, 「詩에 있어서의 技巧主義의 反省과 發展」(『조선일보』, 1935.2.10-14)이었던 것으로 일컬어진다. 물론 또 임화가 괜히 트집을 잡은 데 불과한 것으로 일축해버릴 수도 있는 사연이지만, 대부분의 경향 문인들이 잡혀간 마당에(카프 2차 검거사건) 임화 자신만이 요양 중이라는 핑계로 빠져나와 있던 사정, 곧 프로 문학 공백기의 와중에 조만간 『정지용 시집』의 발간이 이루어지리라는, 곧 그 '개봉 박두!' 예고의 평문들은 임화의 심기를 심히 불편케 하고, 또 어둡게 했음에 틀림없다. 말하자면 그 예고편 상영을 위한 점두 호객꾼쯤의 역할을 자원하고 나선 것이 곧 김기림의 위 평론으로 나타났다고 임화는 보았던 터. 따라서 임화는 정지용 시를 소위 손끝재주에 의한 기교주의적 소산 일편쯤으로 간주하고, 그것을 탄핵하기 위한 방편으로 김기림의 위 평론을 문제 삼아, 매우 우울한 시대 상황이라는 뜻으로(왜? (경향) 문인들이 모두 잡혀갔으므로!) '담천하(의 시단 1년)'라는 수사를 앞세우게 되었던 셈인데, 이런 문맥을 간파한 박용철이 즉각 반응하여 「을해시단총평」(『동아일보』, 1935.12.24-28) 중에 반론을 제기하였다는 사정은 모두가 아는 바아 같다. 이에 임화가 다시 「기교파와 조선 시단」(『중앙』, 1936.2), 그리고 박용철이 다시 「기교주의설의 허망」(『동아일보』, 1936.3.18) 등을 발표해 이른바 '기교주의' 논쟁이라는 것이 문단에 회자되기에 이르렀거니와, 논쟁 전개의 이와 같은 호각 구도 속에서 김기림만은 어찌된 일인지 마치 방관자라도 되는 양, 「시인으로서 현실에 적극 關心을(…)」 운운하면서 뒤로 빠지는 양태를 노출하고 멀리 유학, 장막 속에 숨어버리는 결과를 초래하였던 것이다. 이러한 처신 양상을 두고 물론 김기림의 성격이 비호전적인 탓이었다고 보거나, 유학 사무 등으로 바쁜 탓이었다고 볼 사정도 있는 것이겠으나, 무엇보다 그의 이론적 입장 자체가 모호하였기 때문이었다고 봄이 훨씬 타당할 수 있다. 논쟁 발단에 도화선 제공의 역할을 하였다고 하는 그의 논설(「詩에 있어서의 技巧主義의 反省과 發展」) 문면의 양상 자체가 사실은 스스로의 무모한 입장, 자세를 명백히하고 있었던 것이다. 그러니까 결론부의 전반 서두를 이루는 문장을 그대로 좇아가면,

> 그런데 근대시의 이러한 순수화의 경향은 항상 기교주의의 방향을 더듬어 온 것은 주목할 일이다. (……) (그러나) 우리는 30년대 전반기를 통하여 이것을 개별적으로 얼마간이고 지적할 수가 있고 또한 한 경향으로서도 우리가 추상할 수가 있었다고 생각한다.

가 되지만, 그 다음 아래 단락을 따라가면 이어서,

> 기술의 일 부면만을 浮彫하는 것은 확실히 明澄性을 획득하는 일이다. 그러나 그것은 어디까지든지 시의 기술의 일 부면에 그쳐야 할 것이다. 전체로서의 시는 훨씬 그러한 것들을 그 속에 통일해 가지고 있는 더 높은 가치의 체계가 아니면 아니 된다. (……)
> 이미 그 역사적 의의를 잃어버린 偏向化한 기교주의는 한 전체로서의 시에 종합되어야 할 것이다. 그것은 한 조화 있고 충실한 새 시적 질서에의 지향이다. 전체로서의 시는 우선 기술의 각 부면을 그 속에 종합 통일해 가지고 있어야 할 것이다. 그러한 전체로서의 시는 그 근저에 늘 높은 시대정신이 연소하고 있어야 할 것이다.[5]

의 문장이 곧바로 좇아나오는 형국을 이루기 때문이다. 위와 같은 문맥 속에서 우리가 주의 깊게 살펴야 할 것이 그러니까 소위 '전체로서의 시'란 개념인 것인데, 충분치는 않아도 그것을 보충하기 위한 설명으로 주어진 "(늘 높은) 시대정신이 연소하고 있어야" 하리라는 표현은 결국 "시인으로서 현실에 적극 관심(을…)" 운운의 입장 표명과 궤를 같이 하는 것이라고 볼 수 있다. 일반적인, 상식적인 이해와 다르게 그는 오히려 박용철과 거리를 둔 입장을 표명한 셈이며, 상대적으로는 임화와 더욱 가까운 비평적 입론의 자세를 표명한 셈이다. 그가

5) 김기림, 『김기림 전집』 2, 심설당, 1988, 98~99쪽. 이하 『전집』으로 약칭한다.

해방 후 출간하게 된 저서 『詩論』 속에서 그가 윗 글의 제목을 아예 「기교주의비판」으로 바꾸고, 일제하 시기에도 박용철 시론이 오히려 자신과 대척 지점에서 감상주의에 접근한다고 본 것 등은 소위 '전체시론'이 뜻하는 그의 일관된 시학적 자세, 입장의 표명이었다고 볼 수 있다. 다만 이와 같은 그의 비평적 입장, 태도의 견지에도 불구하고, 그가 논쟁 국면에 적극적으로 뛰어들지 않은 것은 그가 기본적으로 절충주의적이거나 혹은 중도주의적 성향을 가진 탓으로 볼 수 있겠는데, 누구와도 적대시하지 않는(비록 앞 세대의 1920년대 세대와는 분명한 선을 긋기 위해 '모더니즘', 혹은 '오전의 시론'이라는 이름 등으로 로맨티시즘, 특히 센티멘탈 로맨티시즘과의 분명한 단절을 선언한 그였었지만) 외교(관)적 태도로서 매사 투쟁을 회피해 간 성질, 기질의 투사가 그와 같은 면모로 나타났다고 봄이 타당하리라고 여겨지는 것이다.

이어서 다음, 그가 동북제대 유학 후 돌아오면서 발표한 평문, 「모더니즘의 歷史的 位置」(『인문평론』, 1권 1호)가 비평사에 그의 뚜렷한 존재를 알린 글 중의 하나가 된다고 할 수 있는데, 여기에서도 그의 모호하나 뚜렷한 입론의 절충주의적 자세는 분명히 구체화되어 나타났던 셈이라고 할 수 있다. 많은 이들이 인용하는 대로, "「모더니즘」은 두 개의 부정을 준비했다. 하나는 「로맨티시즘」과 세기말 문학의 말류인 「센티멘탈·로맨티시즘」을 위해서고, 다른 하나는 당시의 偏內容主義의 경향을 위해서였다. 「모더니즘」은 시가 우선 언어의 예술이라는 자각과 시는 문명에 대한 일정한 감수를 기초로 한 다음 일정한 가치를 의식하고 쓰여져야 된다는 주장 위에 섰다"[6]라는 그 전반부의 표현 문맥에만 착목한다면, 차시이 오류가 빚어질 수도 있는 일이지만, 오히려 글의 후반부, 곧 결론부에 다가서 보면 1935년도에 그가 발표한 글, 곧 「詩에 있어서의 技巧主義의 反省과 發展」과 한 치도 틀림없는 문면 양상이 이 글 속에서도 반복되고 있음을 확인할 수 있기 때문이다. 다음 문면을 보자.

그러나 「모더니즘」은 30년대의 중쯤에 와서 한 위기에 다닥쳤다.
그것은 안으로는 「모더니즘」의 말의 重視가 이윽고 그 말류의 손으로 언어의 말초화로 타락되어 가는 경향이 어느새 발현되었고, 밖으로는 그들이 명랑한 전망 아래 감수하던 오늘의 문명이 점점 심각하게 어두워가고 이지려 가는

6) 위의 책 55쪽.

데 대한 그들의 시적 태도의 재정비를 필요로 함에 이른 때문이다.

이에 시를 기교주의적 말초화에서 다시 끌어내고 또 문명에 대한 시적 感受에서 비판으로 태도를 바로잡아야 했다. 그래서 사회성과 역사성을 이미 발견된 말의 가치를 통해서 형상화하는 일이다. 이에 말은 사회성과 역사성에 의하여 더욱 함축이 깊어지고 넓어지고 다양해져서 정서의 진동은 더욱 강해야 했다.

더욱 구체적인 표현이 이어서 나타난다.

全詩壇的으로 보면 그것은 그 전대의 경향파와 「모더니즘」의 종합이었다. 사실로 「모더니즘」의 말경에 와서는 경향파 계통의 시인 사이에도 말의 가치의 발견에 의한 자기반성이 「모더니즘」의 자기비판과 때를 같이 하여 일어났다고 보인다. 그것은 물론 「모더니즘」의 자극에 의한 것이라고 보여질 근거가 많다. 그래서 시단의 새 진로는 「모더니즘」과 사회성의 종합이라는 뚜렷한 방향을 찾았다. 그것은 나아가야 할 오직 하나인 바른 길이었다.[7]

이와 같이 살피면 해방 전, 곧 일제하에서라고 해서, 그(김기림)가 결코 프로문학, 경향 문학적 입장, 태도와 적대하는 관계에 있지 않았었음을 확인할 수 있다. (그가 말하는) 모더니즘이란 현실에 초연하거나 손끝재주에 의존하는 말초적 기교주의의 소산쯤으로 이해될 수 있는 것이 결코 아니었다는 뜻이다. '문명'이라는 거대한 서구사적 인식의 소산물을 즐겨 원용하여 그는 시의 문제를 설명하고자 했었지만, 그 식민주의적 인식의 배면이 탈을 벗고 해방이라는 민족적 맨몸뚱이, 민낯의 현실 앞에 마주하게 됐을 때, '문명'과 같은 추상적 의장의 인식 탈이 벗겨져 나가고, 어떤 치열한 인식의 소산물들이 그 자리를 메꾸어가게 되리라는 것은 필지의, 불가결한 사태였다. 물론 그렇다고 주체의 성격이 하루아침에 달라지고 변형되어 가리라고 예측될 수도 없는 일이 되므로, 그는 그답게 일단 온건하고 중도, 중립주의적 자세로 현실 대응에 임하도록 되어 갔으리라는 것은 충분히 예측될 수 있다. 물론 어느 모로든, 그러니까 문단 내외 어떤 친소관계의 연분으로든, 또는 이론적으로든, 그는 일단 그와

7) 위의 책 57-58쪽.

비슷한 연배–세대의 '문학가동맹' 집단에 연루되어, 비록 좌익 진영이라 할지라도 모토로는 '민족' 전체를 아우르어 조선 문학과 문단인의 진로를 모색한다고 표방하는 소위 '전국문학자대회'의 호명에 그는 부응, 대답하지 않을 수 없었다. 때마침 '전국문학자대회'에서의 조직 체계 속에서는 그에게 '시분과'를 맡아달라는 영광스러운 소명, 중책이 주어졌다.

2-4. 소결

　소제목이 시사하는 바처럼, 본고 2장 속에서 필자는 해방 후 김기림의 행적을 탐색하기 위한 전초전의 논의로서 먼저, 해방 전후사를 통과했던 세 사람의 영문학자–비평가, 곧 최재서, 김동석, 김기림이 각기 어떤 역사적 경로를 찾아 나아갔는가를 확인해 보았던 바, 일제 말 친일 거두의 행각을 보였던 최재서가 해방 후 선택의 여지없이 대학 영문학과의 강단 속으로 숨어들어갔던 것에 비하면, 김동석은 일제 말기부터 오히려 조용히 '상아탑'을 지키는 행보를 이어오다가 해방의 상황을 맞게 되자 거꾸로 좌익 문단의 비평적 기린아 위치를 탐색, 마침내 월북행에까지 이르는 경로를 찾아갔음을 확인할 수 있었다. 이에 비하면 김기림은 해방 전, 그러니까 1930년대 시기부터 보다 내면적으로 복잡한 중도주의자, 혹은 절충주의자의 입장을 찾아나가면서, 해방 공간에 이르러서도 보다 폭넓은 민족 통합론자로서의 입지를 모색해 나가게 되리라는 것을 암시해 보여준다고 할 수 있다. 중도 지향의 그러한 온건한 성품, 정향성이 극적으로 드러나 외화된 국면을 우리는 그가 연루된 1930년대 중반의 소위 '기교주의 논쟁' 파장의 문면, 문맥 속에서 확인할 수 있거니와, 1939년도에 씌어진 그의 대표적인 논설 중 하나, 곧 「모더니즘의 역사적 위치」라는 글 속에서도 여실히 확인할 수 있다. 그 스스로가 명시적으로 표명했던 시론, 소위 '전체시론'이라 명명했던 시론의 문맥을 통해서도 이 점은 또한 여실히 확인될 수 있다.

3. 해방 후 김기림의 행보

3-1. 해방, 그리고 '전국문학자대회'에서의 발언

1945년 뜨거웠던 8월, 갑작스럽게 '해방'이라는 현실이 주어졌을 때, (아마이 땅의 누구라도 그러했겠지만) 김기림 역시 그 '도둑처럼' 주어진 새로운 역사적 현실의 입래에 대해 따로 정신적 준비 같은 것이 마련될 리 없었다. 다만 그가 두만강 유역에 소재한 고향 집과 직장의 위치 탓으로 소련군의 진주 사실을 누구보다 일찍 풍문에 들어 알게 되고, 그래서 또 누구보다 일찍이 서울로의 이주를 결심하게 되지 않았을까 하는 생각을 해 볼 수 있다. 고향집을 지키던 아버지가 부존하게 된 마당에 그는 직계가족을 솔가하여 늦어도 1947년 전반기까지는 고향집에서의 철수를 완료했던 것으로 살펴지기 때문이다(각자 가정을 일군 누나들과는 행정이 달랐던 것으로 얘기된다). 그가 평양을 거치지 않고, 바로 서울로의 이주를 택했다는 것은 서울에서 오래 살았던 그로서는 일면 매우 당연한 선택이었다고도 이해될 수 있지만, 어쨌거나 그가 서울에서 뿌리내리기를 결심했다고 하는 사실은 향후 그의 이데올로기적 행정 전체를 이해하는 데도 매우 중요한 관건의 사실로 고려될 수 있다.

그 스스로는 가족들보다 훨씬 일찍이 서울로 내려와, 적어도 1945년 후반기부터는 다시 서울 생활을 시작한 그에게 최초로 중요하게 주어진 문학사적 공적 책임의 하나는 역시 1946년 2월에 개최되었던 '전국문학자대회'에서의 시분과 대표 보고 발언의 임무로 주어졌다고 할 수 있다. 앞에서 살핀 일제하 행정의 양상으로 그가 대체로 온건한 중립주의적 성향으로 실질적으로 '문학자대회'를 주관한 임화 중심의 남로당 계열들과는 다르게, (마치 이태준 등이 여기에 적극 관여했던 것처럼) 범 문단적이고 민족적인 통합 대열의 일부로 다만 주어진 책부를 수행하는, 그래서 소금은 소극적인 의식으로부터 출발한 관여 자세를 내보였던 것으로 일단 추측될 수 있는데, 이 점은 대개 그 스스로 기초한 보고 발언의 문면 양상으로도 반영되어 나타났으리라고 헤아려질 수 있다. 이 점 그가 해방 정국에서 취한 최초의 비평적 자세가 어떤 것이었는지 확인시켜줄 수 있다는 의미로 먼저 '전국문학자대회'에서의 보고 발언을 우리는 조금 상세히 검토하고, 분석, 해명해 둘 필요가 있겠다. 「조선시에 관한 보고와 금후의 방향」이라는 제목으로 주어진 이 보고에서의 주된 발언 내용은 그 스스로 자신의 발언 요지라고 요약, 정리해 놓고 있는 이 연설문의 마지막 결론부, 〈시의 시련〉(소제목) 절 속에서 다음과 같이 확인될 수 있다.

시의 시련

나는 이상에서 (…) 몇 가지 새로운 전망과 아울러 거기 직면한 중요한 중심 문제의 몇을 집어서 제시하였다. 정치와 시의 문제에서 비롯해서 시의 정신의 살 곳으로서 미래를 발견하였으며 시의 정신이란 구경에 있어서는 전진만을 아는 정신이며 그것은 민족과 시대의 선두에서 그 향하는 바 방향을 제시하는 예언자이며 격려자라는 것을 말하였다. 다시 우리 시는 위대한 민족적 참회의 제단에 바치는 가장 늠름한 제물이라는 것도 지시하였다. 거기 우리가 曉望하는 새 인간 「타입」의 소묘도 잠시 시험해 보았다. 새로운 시의 풍요한 원천으로서 넓은 대중의 지반을 제의하였으며 이 중대한 역사의 전환기에 있어서 시인에게 필수한 역사적 의식의 실체에 대하여도 언급하였다. 그러나 나는 반드시 오늘의 시인에게 어떤 옹색한 틀을 준비하여 뒤집어씌우려는 것은 아니다 (밑줄: 연구자) (…) 시인이 끌어안는 문제(…) 그것은 시인 내부에서 시작하여 민족에로, 다시 민족을 넘어서 세계에로 확대한다. 그뿐만 아니라 공간을 넘어서 역사의 세계에까지 전개한다.[8]

여기서 알 수 있다시피, 첫 문학자대회에서의 김기림의 보고 발언은 대체로 추상적이고 원론적인 수준에서 (조선)시의 과거와 현재, 그리고 미래에 있어서의 지향의 방향을 지시하고 설정한 내용 양상으로 살필 수 있다. 그의 전체 발언을 우리 스스로가 더욱 세목화하여 자세히 분별해본다 하더라도 사정은 마찬가지가 된다. '머리말'의 〈전언(前言)〉을 포함하여, 〈8.15와 건설의 新氣運〉, 〈정치와 시〉, 〈전진하는 시 정신〉, 〈민족적 자기반성〉, 〈새로운 인간 「타입」〉, 〈시의 새 지반〉, 〈초근대인〉, 그리고 위에서 살핀 결어(結語)의 〈시의 시련〉 등 9개의 소제목들 자체가 대체로 추상적이고 일반적인 지시 내용을 함축한 어사들로 볼 수 있으며, 따라서 김남천 등이 강조하여 제기한 '진보적 리얼리즘' 따

8) 위의 책 142-143쪽.

위의 구체적인 창작방법 제시나, 또는 짐작될 수 있는 '인민 민주주의'와 같은 정치적 구호 선창 등의 양상과는 사뭇 매우 다른 성격의 신중하고 온건한 내용의 발언 양상이었음을 알 수 있게 한다. 실제 문면으로 보아서도 위 줄친 부분의 표현이 단적으로 어떤 정치적 편향성의 자제 자세를 피력한 것으로 볼 수 있는 것이지만, 그 〈전언〉의 내용 속에서 "시를 이야기하는 이 역사적인 자유로운 자리와 반가운 날을 함께 나누지 못하고 이미 고인이 된 시단의 여러 선배와 동료 李相和·金素月·李章熙·李箱·朴龍喆 제씨의 기억에 깊은 경의를 올림으로써 이 보고와 전망의 冒頭의 의무를 삼고자 한다"[9]고 전제하여 좌우 구별 없는 불편부당의 민족적 통합에의 자세를 시사한 것으로 볼 수 있으며, 글 전체 속에서 강조되고 있는 중심 키워드들의 문면 형성 양상으로 살피더라도 '시정신'이나 '초근대인', 혹은 '새로운 인간 타입' 등, 아직은 막연하고 추상적인 지시의 용어들이 중용되고 있는 양상이어서 이 시기까지는 김기림이 (적어도 그 수사의 양상에 있어서) 대체로 일제하에서의 비평적 사고, 관념을 탈각하지 못한 상태에 있었거나, 새로운 해방 문학으로의 전향된 사고, 의식을 채 준비하고 갖추지 못한 상태에 있었던 것으로 판단될 수 있다. 전해 8월의 해방 시점으로부터 불과 5,6개월 사이에 이러한 대회가 준비된 사정으로 생각하면, 김기림과 같이 운동 전열 바깥에 있었던 사람이 갑작스럽게 사고를 전환할 수 있었으리라고 기대하는 것 자체가 사실은 무망한 일이었다고 볼 수도 있는 양상이 된다.

하기야 물론 트집을 잡기로 하면야, 위 보고 발언의 문면 전체에서 벌써 '문맹' 측에 전혀 동화되어간 흔적이 발견되지 않는다고 말하기는 어려운 사정이기도 하다. 가령 머리말의 〈전언〉보다도 앞에 일종의 수사적 배치로 선보여 위치시킨 시로, 스페인 시인 호세 에레라 페테레가 쓴 시를 번역한 중에, "어름바람 휘몰리는 산맥들은/ 초록동산이 되려므나/ 그래 인민군대로 하여금/ 얼지 않도록 허렴"[10]이라고 한 구절이 발견된다든지, 또는 신중하고 절제된 표현으로이긴 하나, 〈전진하는 시정신〉 문맥 속에서 '진보적 민주주의'를 거론하며, "진보적 민주주의라는 말이 있다. 우리는 그것을 이렇게 이해한다. 불란서혁명 이후 19세기를 통하여 과거의 민주주의는 주로 「만체스타」나 「마르세이유」의 株主들이나 상인의 민주주의였던 것이다. 인제 우리가 가지려는 민주주의는

9) 위의 책, 135쪽.
10) 위와 같음.

일부가 아니라 만인의 정치적 · 경제적 · 문화적 민주주의일 것이다"[11]라고 설명하고 있다든지, 또는 〈민족적 자기반성〉이라는 제하의 항목 속에서도, "1936년의 「사베트」 새 헌법은 드디어 언론 · 집회 · 행렬 등의 자유와 함께 「양심의 자유」를 법률로써 옹호하였다"[12]고 특별히 주석하여 소련의 존재를 상기시키고 있다든지 하는 점 등은 그가 이후 행보 속에서 어떤 사상적, 이론적 전회를 보일 것인지 충분히 암시해 보여주는 의미의 그 예고편적 담론 현상, 징후들이었다고 볼 여지가 있다. 실제로 그가 '전국 문학자 대회'를 치루고 난 이후 어떻게 '문맹' 측에 동화되어 가고, 당시 한반도에서 빚어지고 있던 현실, 특히 남한 현실에 대해 어떤 비관적, 비판적 인식 태도를 강화해 나가게 되었던 것인지, 아래에서 절을 바꾸어 살펴보기로 한다.

3-2. '문학가동맹'에의 편승기, 그리고 미군정하 현실에 대한 비관적(비판적) 인식

이처럼 비교적 온건한 자세로이긴 하나, 한번 그렇게 '문학가동맹' 측에 발을 디디고, 허영심의 만족을 경험하게 된 —시분과위원장?!— 김기림은, 이제 자의반타의반 격으로 한걸음씩한걸음씩 더 '문맹'(문학가동맹)과의 밀월 관계, 혹은 문학사 전체로 보아서 일종의 편승기 양상을 내보이게 된다. 물론 그 시기, 기간이 1946년 2월의 '전국문학자대회'로부터 비롯되었다고 보더라도, 그 기간은 대체로 '미군정기'에 걸쳐 있어서 정부수립기 이전까지로 한정하면, 대개 2년여 정도로 미무르는 기간이다. 알다시피 '조선성판사' 사건 등으로 남로당이 불법화됨으로써 대개 1947년 말, 혹은 1948년 초에 걸쳐서 대부분의 '문맹' 측 주요 인사들이 월북하게 되고, 따라서 아무리 김기림이 순진하고 무지한 정치의식 상태에 놓여 있었다 하더라도 1948년 중반기가 되면, 이미 그 자신의 월북행이 뒤따르지 않은 상태에서 더 이상의 '문맹' 측 동화 현상이란 찾아보기 어렵게 되어가기 때문이다. 물론 또 사정이 이렇게 되이긴 데에는 여러 역사가들이 증언하듯, 당대 미군정하의 현실이 대부분 지식인들에게 미흡하고, 시각에 따라 '반동(?)적 현실'이 난무한다고 본 이유 또한 크게 작용했다고 볼 수 있다. 이미 토지개혁을 실시하면서 일사분란하게 진행되어 가는 북한

---

11) 위의 책, 138쪽.
12) 위의 책, 139쪽.

의 개혁 현실에 비해, 당시 남한 쪽의 현실은 지주-자본제와 서구식 민주주의 특유의 혼란, 그리고 거친 내부 폭력과 친일파들의 재등용에 따른 정치적 회의, 혹은 체제에의 실망감 등이 여러모로 확산되고 발호해 가는 시절 속에 놓여 있었던 것이 사실이라고 볼 수 있을 것이기 때문이다. 따라서 온건한 중도주의, 혹은 민족적 대통합을 원칙으로 하는 정치적 중립주의의 기조 하에서 사태를 관찰한다고 하더라도, 그 중도파들의 현실적 입지가 점점 더 좁아져 가면서 남이든 북이든 양쪽으로 분극화되어 가는 정치 구도가 점점 더 우세하게 현실 속에 자리잡게 되어 간 것이 사실이었다고 할 수 있다. 남로당이 불법화되고 월북행을 택하면서 이러한 정치 현실이 더욱 심화되고, 따라서 이승만 중심의 단독 정부 수립 주장이 더욱 더 세를 얻게 되었으며, 또 중립적이며 통합을 지향한 '미·소 공동위원회' 중심의 한반도 문제 처리가 결국 실패하여 공이 'UN' 쪽으로 넘어가게 되자, 이러한 분열과 대립, 갈등의 사회적 혼란상은 더욱 극을 향해 달려가게 되었다고 할 수 있는데, 이 시기 김기림의 전체적인 현실 인식상이 어떠했는지 잘 보여주는 자료가 있다. '문맹' 측이 남한 땅에서 철수하기 이전, 1947년 7월의 시점에 편집, 간행된 것으로 기표되어 있는 잡지 『문학』('문맹'의 기관지) 4호 속에서의 김기림 글, 「共委 休會 중의 남조선 현실」이 그것인데, 여기에 나타난 김기림이 현실 인식이 현격하게 격화된, 그러니까 상당히 좌경화된 모습 그대로 나타나 이후 김기림의 행보에 이데올로기적 족쇄로 작용하는 문필적 근거의 자료 중 하나로 남게 되지 않았나 여겨진다. 여기서 전체적으로 길지 않은 이 문면을 조금 더 압축하여 살펴두기로 해보자.

　　日帝 붕괴한 후 약 이태 동안에 조선 민족이 겪은 정치적 시련은 실로 (…) 귀중한 경험과 훈련을 받을 기회를 우리에게 주었던 것이다. (…)
　　특히 「共委」 휴회 중의 약 1년간은 조선 인민에게 말로만 경계하던 이른바 「反動」이 그 실체를 남김없이 赤裸裸하게 들추어 내놓은 점에서 「반동」에 대한 集約的인 실물 교훈의 시간이었다. 중립적 위치에 선 편에서조차 모든 「선의의 해석」을 철회하지 않으면 안 되었다.
　　「반동」이란 다름 아닌 인민의 기본권리인 언론·집회·결사·파업의 자신의 위기였다. 신문의 입을 틀어막는 일이며, 대학의 황폐며, 謀利輩의 발호며, 집회의 차별적 봉쇄며, 用紙 배급의 의식적 차별대우며, 민주단체의 해산 대량 검거며 드디어는 민간 「테러」 단체의 白晝橫行이며 함부로 쏘는 총질 등등이 었다.

　요컨대 지난 1년 동안은 이른바 「반동」이 (…) 內衣 소매를 걷어 올리고 달려 든 집중적 · 전형적 반동기였다. 바꾸어 말하면 민주주의의 일대위기였다. 인 민은 그것을 낮으로 보아 안 것으로서 백, 천의 말보다도 반동의 정체를 똑바 로 마주본 것이다. 따라서 노동자 · 농민 · 소시민 · 문화인 할 것 없이 이러한 전인민의 넓고도 튼튼한 단결만이 이 반동의 狂亂에 대한 유일한 방파제가 될 수 있다는 것도 이론이 아니고 현실 그 자체에서 배워낸 것이다.[13]

　줄친 부분, "중립적 위치에 선 편에서조차 모든 「선의의 해석」을 철회하지 않으면 안" 되었다라고 하는 부분이 김기림 자신의 공식적인 정치적, 이데올로 기적 입장을 표명하는 바라고 본다면, 그러한 중립주의자의 시선에조차도, 지 난 1년간은 너무도 실망스러워 모든 '선의의 해석'을 철회하고, 모든 인민들과 함께 반동과의 대결에 나서지 않으면 안 되게 되었다고 나름 심각한 인식 전환 을 선언하고 있는 것이 윗 글의 주지, 내용이라고 볼 수 있는 양상인 셈이다. 하지만 결론부의 문장만을 취해 보면 그는 여전히 망설이어 행동에 대한 결의 는 유보하면서, 단지 "반동의 정체를 똑바로 마주 보"게 되어, "전인민의 넓고 도 튼튼한 단결"만이 이 "'반동'의 광란에 대한 유일한 방파제가 되"리라는 뜻 의 인식을 표명함에 그치고 있는 것이 당시 김기림이 취하고 있던 자세의 솔직 한 모습이었다고 할 수 있는데, 어찌 되었든 바로 이와 같았던 인식, 판단이 당 시 비단 김기림 뿐만이 아니라, '문학가동맹' 맹원들 대부분의 의식 내부에 자 리잡고 있었던 바라고 하면, 김기림과 이들 '문맹' 측 주요 맹원들과의 차이는 다만 월북을 실행에 옮기느냐 마느냐의 이념적 실천 결단 차원의 문제로만 주 어지고 있었던 셈이라고 볼 수도 있다. 하지만 우리가 알다시피 김기림은 결코 월북을 실행하지 않았고, (적어도 우리가 아는 한에서는) 그는 그러한 생각을 꿈꾸지도 않았었다. 다음에 살펴보겠지만, 그는 기본적으로 가정적이어서 가 족들을 데리고 이미 월남한 마당에 그가 가족을 버리고 월북을 실행에 옮긴다

13) 『전집』 6, 138쪽.

고 하는 것은 (적어도 우리가 보기에) 비현실적인 생각으로 비추어졌을 것으로 보인다. 그러니까 우리가 위 문면의 마지막 단락 표현을 짐작할 수 있겠듯이, 그는 다만 의식상으로만 '문맹' 측과 동화되었던 것이고, 그는 결코 실행의 차원에서 그들과 운명을 같이 할 이념적 인간으로서의 자질 요소는 전혀 갖추지 못한 인간이었던 셈이다. 위 문면의 줄친 부분으로도 확인되듯이 그는 '중립적 위치'라는 공식화된 이데올로기의 가면을 굳게 뒤집어 쓴 상태, 즉 자유 부동하는 지식인으로서의 편의적인 이데올로기적 중립성을 확고히 견지하는 상태로 결코 자기 인식을 이념적 실천으로 구체화하는 어리석은(?) 정치적 인간으로서의 서툰 짓 따위는 결코 꿈꾸지 않았던 것이다. 그는 다만 문화인으로서 충실하고자 했고, 많은 문화인들이 또한 이런저런 이유로 월북행을 결행해 가게 됐지만, 그는 다만 남한에 눌러 앉은 채 남한 현실에 대한 불만과 회의들을 토로해 냈다. 그리고 '문맹' 측 성향의 시적 성과들에 대해 그것을 옹호하고 지원하는 비평적 언설들을 그 나름으로 열심히 저술, 발표하는 자세를 견지해 나갔을 뿐이라고 할 수 있는데, 그가 1946-48년 사이에 써내어 발표한 몇몇 평문들을 살핀다면 이 점이 확연히 확인된다고 할 수 있다. 보자.

우선 이 시기, 즉 미군정기 속에서 그가 발표한 평문들을 일단 시기순으로 배열해 보면, 『문학』('문맹' 기관지)지 창간호에 앞서 살핀 '전국문학자대회'에서의 보고 발언 이외에, 「共同體의 發見─詩壇瞥見」을 썼고, 이어서 『京鄕新聞』 1946년 10월 31일자 지면에 金尙勳·朴山雲·李秉哲·金光現·俞鎭五의 5인 시집(『전위시인집』)에 대한 평론, 「새로운 詩의 生理──聯의 새 詩人에 대하여」를 발표하였으며, 이어 그 다음 해 1947년 들어서서는 『國學』지 1월호에 「前進하는 詩精神」을, 그리고 집필 일자가 명확히 확인되지는 않으나 1947년경에 발표한 또 다른 글 「詩와 民族」을 『新文化』지에 발표하였고, 그리고 또 1948년 4월호의 『民聲』지에는 설정식의 시집 발간에 즈음하여 발표한 「분노의 미학─시집 〈葡萄〉에 대하여」를 썼다. 이 시기 평론들은 그러니까 그 발표 지면이나, 비평 대상, 혹은 제목들만을 보아서도 대부분 '문맹' 측에 동조하거나 편승하여 씌어진 비평적 활동 작업의 소산들임을 알 수 있게 하는데, 지면 절약을 위해 우선 1948년 초반, 정부수립기 직전에 써 발표한 설정석 시집에 대한 논평, 「분노의 미학─시집 〈葡萄〉에 대하여」 문면을 조금 인용하여, 그 비평 양상을 확인해 두기로 한다. 역시 길지 않은 평론 문맥 속에서 그가 동원할 수 있는 최대의 찬사들과 함께 설정식 시집을 극찬해 두고 있음을 확인할 수 있다.

> 우리가 일찍이 薛貞植씨 제1시집 「鐘」에서 놀랜 것은 그 찬연한 「분노」와 또 「咀呪」의 美였다. (……)
> 이제 다시 시집 「葡萄」는 시인 薛貞植씨가 제시한 그 특이한 개성적인 시의 세계가 한층 더 琢磨되고 醇化되고 結晶되어 일종 음영이 선명한 조소성조차를 발휘하였다. (……)
> 「鐘」은 분명히 지난해 우리 시단 최대의 수확의 하나이었거니와 오늘 「葡萄」는 새해 벽두의 시단에 보내는 또 하나 영롱한 結實일게 분명하다. 그 야만한 현실 그것에는 사실은 각각으로 죽음의 그림자가 짙어갈 적에 우리의 곁에는 도리어 不惑의 재산이 (…) 불어가고 있음은 즐거운 일이다. 그리하여 우리의 재산목록 속에 분명히 「葡萄」는 「鐘」과 더불어 지금 보석처럼 빛나고 있는 것이다.[14]

미국 유학을 다녀와 처음 서정시를 썼던 薛貞植이 미군정청의 주요 통역관 위치를 버리고, 또 가족까지 버리며 월북행을 택한 뒤, 결국 6.25 이후 남로당계 숙청을 위한 빌미의 한 희생자로 결국 처형까지 당하고 마는 사태는 우리 시단의 한 수수께끼이며, 동시에 비극적 운명 수형의 한 대표적 사례로 남아 있거니와, 아무리 그 시세계의 갑자스런 변화, 변천이 해방의 현실과 함께 주어진 자연스러운 그것으로 인식된다 하더라도 이에 대한 제기됨직한 의문이나, 시적 약점의 문제 등은 완전히 무시한 채, 과거의 김기림, 즉 일제하에서의 김기림이었다면 결코 동의하지 않았을 소위 '분노'와 '저주'의 미학에 대한 완벽한 공감, 동조에의 자세를 김기림은 위와 같은 저 특유의 찬사의 언어들로 포장하여 내보이고 있었던 것이다. 이로써 그 비평적 자세에 대한 확인의 작업이 여전히 부족하다고 본다면, 1947년 씌어진 「시와 민족」 표제의 글을 조금 더 자세히 검증해 볼 수도 있을 것이다. 이론적으로 그가 이 시기 얼마나 우왕좌왕하는 모습으로 내면적 분열의 양상을 겪고 있었던 것인지, 전체 5절로 구

---

14) 『전집』 2, 382~383쪽.

성된 이 글의 첫째 단락부터 먼저 살펴보면 이렇다.

1

8·15 직후에 조선시인이 찾아 얻은 커다란 수확은 공동체 의식의 자각이라
는 의미의 말을 나는 어디서 쓴 일이 있다. 일제 아래서 엉키고 엉켰던 反帝意
識의 개방의 한 결과였다. 공동한 운명 아래 짓눌렸던 민족의 반항의식은 해방
과 함께 불시에 무제한한 건설의 가능성을 예기하면서 동시에 민족의 양심은
이 위대한 건설을 어떤 일부 특권층의 독점이나 횡령에 맡겨서는 안 되겠다는
것, 민족의 공동한 참여와 소유를 만들어야 되겠다는 것을 사람들로 하여금 직
감시켰던 것이다. (……) 이것이 8·15 이후 시인에게 일어난 첫 변화였다.[15]

이 정도의 인식, 표현이라면 여기에 담긴 어떤 이데올로기적 편향성 가능성
에 대해 군이 시비하거나 문제 삼을 이유는 없을 것이다. ("이 위대한 건설을")
"어떤 일부 특권층의 독점이나 횡령"에 맡겨서는 안 되겠다는 표현 정도가 조
금 걸릴 수 있다고 하더라도, 어쨌든 위 문면 자체는 '민족'을 앞세운 것이며,
따라서 '민족'과 함께 좀 더 보편적인 민주주의적 과정을 향해 나아가자는 주
장 정도라면 그것이 이론적으로 문제될 까닭은 거의 없다고 볼 사람이 아마도
대부분이 되지 않을까 여겨지는 것이다. 하지만 위 '1절'에 이어, '2절' 이하의
문면들로 나아가 보면, 우리의 인식 판단은 흔들리고, 저자(김기림) 자신 어떤
혼돈의 와중에서 마냥 갈팡질팡하는 상태에 놓여 있었음을 확인할 수 있다. '2
절'에 가면 '문맹' 측 논리에의 동화, 편승 상태가 상당히 심한 정도로까지 나
아가 있었음을 확인케 하는 것이다. 보자.

2

정치적 현실의 엄숙하고도 무자비한 움직임은 그러나 (…) 그처럼 찬란하던
공동체 의식에도 어느새 (…) 차츰 금을 내기 시작하였던 것이다. 민족공동의
福利보다 먼저 특권의 유지와 옹호가 앞설 적에 금은 깊이 패이기 시작한 것이
다. 그것은 다름 아닌 민족에 대한 반민족적 음모요, 소수자의 대다수에 대한
반역이었다. 그리하여 특권적인 소수에 대한 인민대중의 권리와 이익은 자못

15) 위의 책, 150쪽.

굳세게 옹호되어야 했다.

(…) 이 민족과 그 공동체 의식을 지니고 (…) 나갈 수 있는 것은 다름 아닌 인민대중이며 인민대중이야말로 역사적 · 사회적 · 현실적 민족의 中樞며 공동체 의식의 유지자였던 것이다. 반민족적인 요소를 제외한 연후에 민족전체의 遺漏없는 복리 위에 세울 민족의 공동의식과 연대감의 연면한 응결로서의 우리 민족의 실체였던 것이다. 사회적으로는 자연발생적인 민족에의 확대로부터 인민에의 재결정이었으며, (…) 이것이 8 · 15 이후 시인의 세계에 일어난 제2단의 변화요 발전이었다.

요컨대 설명하자면, 즉자적인 '민족의식'의 단계에서 대자적인 '인민민주주의적' 민족의식으로 전화, 발전되어 나간 것이 해방 이후 일어난 시적 의식, 인식의 변화요, 발전이었다고 하는 설명이다. 해방 이후 짧은 기간이지만, '시와 민족', 즉 '민족의식'과 관련한 시적 인식의 전화 문제를 도식화해 제시해 보려는 나름대로의 숙고와 함께 제기된 것으로 보이지만, 이러한 인식이 본질적으로 변증법적 인식틀을 투과하여 제기된 것이 아니라, 그저 이럴까 저럴까 갈팡질팡하는 모습으로 제기되는 양상이라고 하는 것은 커다란 한계이자 장애로 작용했다고 보지 않을 수 없다. '3절', '4절'로 나아가서도 논법이 전향적으로 전개되지 않고 그저 제자리를 맴도는 양상으로 나타나기 때문이다. '민족'과 '인민' 사이에서 어느 쪽으로도 다부지게 무게 중심을 옮겨가지 못하고, 그저 시계추처럼 진동하는 양상인 것은 중간 과정을 생략하고 그 결론부인 '5절'의 첫 대목만을 보아서도 알 수 있다. 요컨대 '인민'을 반복적으로 강조하면서도 '민족' 또한 결코 포기되어서는 안 되리라는 식의 논리적 진동 양상이 이 '5절'의 첫 문단 속에서 고스란히 나타나고 있는 것이다. 그러니까 공식적으로는 '민족'적 통합주의자이면서, 현실적으로는 또 '인민'주의자들 편에 편승해 있는 상태의 김기림 자신의 곤혹스런 상태가 이와 같은 문면 양상으로 나타나고 있는 것으로 볼 수 있다. 다음 '5절' 첫 문단의 양상을 보라. 두 문장 사이의 이와 같은 병합 관계를 우리는 '순접'으로 보아야 할 것인가? 아니면 '역접'으로 보아야 할 것인가?

5

모든 반민족적 반동의 발호에 대하여 시인은 자못 준열하게 질타하여 왔으며 또 계속해서 질타하리라. 한편에 있어서는 시인은 까닭 없는 분열, 피할 수 있는 균열에 대해서는 이를 틀어막고 끌어다가 아물게 하고 또 무너져 가는 공동의식을 아름다운 조국의 건설을 위하여 수습하고 엉키게 하는 단결과 통일을 노래하리라.[16]

3-3. '보도연맹' 시기

'인민' 과 '민족' 사이에서 이렇게 진동하며 곤혹스러운 상태를 노정하던 공식적 민족통합주의자—중도주의자 김기림, 그리고 한편 또 '문맹' 측에의 편승 상태를 쉽사리 탈각하고 그 울타리를 빠져나오지 못해 우왕좌왕하던 김기림의 이와 같은 곤혹스런 상태, 마치 줄타기와도 같았을 그러한 이론적 충돌, 혹은 진동하는 상태의 모습은 결국 타율에 의해 일방적으로 해소되어야만 하는 정부 수립 이후의 단계로 나아가지 아니치 못하게 된다. 이제 '인민' (주의)이 공식적 이데올로기로 용납되지 않고, 따라서 그에게는 단일하게 '민족' 의 기표만이 남게 되기 때문이다. 정부 수립 이후 이렇게 주어지는 이데올로기적 상황 시기를 우리는 '보도연맹 시기'[17]로 기표할 수 있게 되겠거니와, 그와 같은 시기를 반영하는 결정적인 문건으로 우리는 6.25 개전을 앞둔 시기, 즉 1950년의 벽두에 『以北通信』이라는 월간지를 통해 발표된 글을 꼽을 수 있다. 정부 수립과 함께 사상 검사 오제도, 선우종원 등의 주도로 '보도연맹' 이라는 조직이 구성, 가동되었음은 우리 모두가 아는 사실이거니와, 바로 이러한 현실적 강박의 분위기 때문에 그 역시 불가피하게 일종의 전향선언문격 문장을 발표하지 않으면 아니되었을 사정은 우리는 이 글의 행간을 통해 읽을 수 있다. 과거의 직장 동료이자, 절친의 문우이기도 했던 李源朝(黎泉)를 향한 편지로, 일제 말기

---

16) 위의 책, 153쪽.
17) '보도연맹' 시기로 특정하여 기표하는 것이 과연 타당한 기술일 수 있는가의 문제에 대해서는 생각해 볼 여지가 없지 않다. '보도연맹' 이라는 조직, 단체의 사회적 구속력이 아직 명백히 확인되지는 않은 상태에 있다고 여겨지기 때문이다. 일반적으로 '보도연맹' 이라는 조직이 만들어진 시기 역시 '정부 수립' 과는 조금 시차가 주어지는 1949년도 중반기의 시점으로 기록되기 때문이다. 김기림이 이 단체, 조직과 관련하여 '가입' 을 둘러싼 어떤 조직적 간여 사실이 주어졌는가도 아직 명백히 가려지지는 않은 상태에 있다고 여겨지는 것이다. '보도연맹' 의 가입 대상자가 적게는 30만, 많게는 50만, 60만 정도로 추산되는 상황이라면 김기림의 가입 기록 자체가 확인되기 어려운 사실에 속하는 것으로 판별해 볼 수도 있다. 다만 '반공' 이라는 국책 이데올로기가 전국적으로 확산되고, 또한 사찰 당국의 압박이 가일층 국민 개개인을 위요해 가던 당시 시국 상황 하에서 적어

에 '순수문학' 비판자로 이름을 남겼던 육사의 친동생 이원조가 해방 직후 새로운 (인민주의적) '민족문학론' 구축의 대열에 합류하면서 또 누구보다도 일찍 남로당 계열 문인들과 함께 월북행의 길을 선택해 나아갔음은 잘 알려진 사실이다. 여러 가지 사정으로 보아 글의 집필 시점은 대개 1949년 후반기로 추정되는 이 글 속에서 김기림은 여러 가지 궁색한 표현으로 자기 자신을 해명한다. 「평론가 李源朝君─민족과 자유와 인류의 편에 서라」 제목의 이 글 또한 전문 자체가 길지는 않은 편인데, 시간 관계상 가능한 압축된 발췌 양상으로 들여다 보기로 하자.

  해방 직후 우리들 문화인들은 누구나 민족적 감격 폭풍 속에서 (…)조국 재건에 이바지하고자 하였던 것은 기억에 새롭소. 黎泉(李源朝)은 응당 (…) (그리고) 片石村 역시 미미하나마 쌓아오던 구라파적 교양과 또 내 나라 고전 예술에 대한 愛情을 새나라 건설의 어느 한구석에나마 살리려 염원하였을 黎泉이 홀연 北行한 뒤에 어언 4년, 그 동안에도 많은 문화인들이 越北하였소.

  그러나 국토가 두 조각에 나누인 대로 있는 동안은 우리 민족의 진정한 행복은 오지 않으리라 믿은 片石村은 차라리 여기 머물러 國際政局의 선풍 속에서 시달리는 우리 민족의 고난과 슬픔을 있는 그대로 아로 새겨 자기의 예술 속에 남겨 보고자 하였소. (…)

  (…) 우리의 민족적 연대감정과 의식과 정신은 (…) 또 한 번 결속은 할지언정 포기할 것은 아니오. 민족은 이리하여 (…) 공동운명의 실감이요, 조국 재건의 원리인 것이오. 해방 후 4년의 시련을 거친 오늘에 이 命題는 우리 앞에 더 뚜렷해졌소. 민족문화 건설의 원리 또한 여기 있는 것이오.

  그러나 문화는 아름다운 민족생활 건설이라는 대목표 밖에는 다른 아무 것에도 예속시킬 수는 없는 것이오. (…) 정략이나 목전의 이해에서 한 걸음 초월하는 점이 문화의 自主性과 존엄이 있는 줄 아오. (…) 以北에서는 문화인을 우

도 1949년 중반기 이후 김기림이 이 시대적 압박의 분위기로부터 쉽게 놓여나기는 어려웠으리라고 짐작되고, 특별히 그가 1950년도 벽두에 발표하게 된 위 김기림의 글, 「평론가 李源朝君─민족과 자유와 인류의 편에 서라」를 검토하는 마당에서라면 이와 같은 글이 결코 '보도연맹' 중심의 시국 사정과 무관하게 저술, 발표되기 어려웠을 것이라는 사정을 감안하여 이 시기 상황의 성격을 특별히 '보도연맹 시기'로 특정하여 기술하고자 하는 것이다. 그의 문학사적 위치와 자주 비견되는 시인 정지용의 경우는 '보도연맹' 조직과 관련해서도 비교적 뚜렷하게 그 행적이 밝혀진 바 있기에, 이를 참조, 염두에 둠으로써 당시 김기림이 처했던 시국 상황, 정신적 상황의 문제를 헤아려 볼 수도 있다. 이순욱, 「국민보도연맹시기 정지용의 시 연구」, 『한국문학논총』 제41집, 2005 참조.

대한다고들 하오. 그러나 문화인으로서의 念願은 그들 자신의 행복보다도 먼저 민족 전체의 행복에 있는 것이며 또 있어야 할 것이오. 「앙드레 · 지드」의 고민이 또한 여기 있었을 것이오.

　민족의 悲哀를 스스로의 비애로 삼고, 민족의 꿈을 스스로의 꿈으로 지닌 채 민족과 더불어 그 불행과 고난을 함께 나누는 것──그것은 비록 英雄의 길은 될 수 없으나 어쩔 수 없이 예술가의 기꺼운 길인가 하오. (…) 우리의 공동 생활의 實感이요, 새 생활 새 문화 건설의 不動原理가 바로 민족이라는 신념은 片石村으로 하여금 끝끝내 「계급의 시인」일 수 없게 하였으며 차라리 가난한 자 남루를 달게 견디는 그러나 영광스러운 「민족의 시인」의 길을 걷게 하는 것이었오. 이것이 또한 黎泉과 片石村이 갈리는 십자로인 것이요. 이 또한 인간성의 본연의 소리에 충실하려는 인류적 입장, 片石村 對 金起林에도 통하는 길인 줄 믿소. 유형무형의 중압이 없을진대 黎泉의 총명으로 이 진리를 깨닫지 못할 리 없오. 부디 돌아와 우리 함께 민족과 자유와 인류의 편에 서기를 기대하오.[18]

만약 이러한 글을 좀 더 당차게, 그러니까 '문맹'이 이 남한 땅에 버젓이 버티고 있던 상황에서 그가 과감히 발표할 수 있었고, 그렇게 자신의 입장을 수습할 수 있었다고 한다면 아마 후일의 그의 운명 역시 조금은 달라질 수 있었을지 모른다. 하지만 우리가 지금까지 보았다시피 그는 그렇게 하지 못했다. '문맹' 측이 버티고 있던 상황에서 그는 '문맹'에 이끌리거나 스스로 자발적으로 거기에 합류해 다닌 셈이었고, 이제 '문맹'파가 떠나고 '인민주의'가 설 땅이 없어진 상황에서 그 '인민(주의)'는 단순히 '계급'이라는 기표로 격하되어 표현되고 있는 셈이다. 이와 같은 글을 쓰고, 써야 함이 그에게 결코 유쾌한 일은 될 수 없었으리라. 그런 탓인지 위의 문장은 김기림이 썼다고 믿어지기도 어려우리만큼 탈격과 파탄의 양상이 눈에 띄게 나타남을 볼 수 있다. 최소한 문법적, 논리적으로 하자 없는 글이라 할지라도 '김기림'과 '편석촌'의 이름이 대조적으로 나타나면서 이상하게 문장들이 비비꼬인 형태를 연출하고 있음을 글 쓰는 사람이라면 누구라도 알아차릴 수 있다. 왜 이렇게도 그는 한때의 직장 동료를 향해 궁색한 표현들을 던지는 양상으로 굳이 자기 해명의 작업에 나

18) 『전집』 6, 139-140쪽.

서지 않으면 안 되었던 것인가?

여기서 '보도연맹'이라는 조직과 『以北通信』이라는 잡지의 성격 등에 대해 세세히 언급할 여유는 이미 놓친 상태이지만, 만약 『한국 전쟁의 기원』을 쓴 브루스 커밍스의 논법 같은 것을 빌려 말한다면, 8.15 직후부터 이미 내전적 상태로 치닫게 된 당시 한반도의 상황에서 한때 '문맹' 측에 동조했던 김기림과 같은 인사에 대해 당시의 사정 당국이 허술하게 대하지 않았으리라는 것은 분명하다. 나중 전쟁기를 통과하면서 '보도연맹' 관련 인사들이 억울한 희생, 숱한 죽음과 피해의 사정을 당했다는 것도 이미 다 알려진 바의 사실에 속하지만, 자의식 강한 김기림과 같은 처지의 사람들에게 그러한 사상적 압박은 참을 수 없는 치욕, 모욕의 현실을 안겨주었던 것인지 모른다. 하지만 그러한 모욕을 감수하고도 살아야 했기에 그는 저러한 궁색한 표현의 글을 발표하지 않으면 안 되었던 것이라고 볼 수 있는데, 따라서 그렇게 썩 내키지 않는 마음으로 정부수립 과정을 지켜보게 된 그가 6.25전쟁 개전 후 서울 함락 상황을 맞아 또 어떤 심리 상태로 이 사태를 겪게 되었을지는 미루어 짐작해 볼 수 있다. 속도를 빨리하기 위해 우선 『김기림 평전』의 글 속에서 가족과의 마지막 별리 장면을 그리고 있는 한 연구자의 글을 인용, 그 정황 파악에 나서보기로 하자. 허구적 구성의 문면 형태이기에 여러 각도에서의 실증적 확인이 보충되어야 할 글이긴 하지만, 전쟁 속의 김기림 내면 상황을 투시하는 데는 유익한 참조 자료가 될 수 있다고 여겨진다.

전쟁이 나자, 수도 서울은 단 3일 만에 맥없이 함락되었다. 인민군의 서울 점령 소식을 듣고서 김기림은 한동안 집에서 두문불출하며 바깥출입을 삼간다. (…) 그는 앞으로 어떻게 해야 할 지 고민에 빠진다. (…) 이윽고 그는 장남인 세환을 2층 그의 서재로 불렀다.

"지금 현재 우리 사정이 이렇구나. 내가 앞으로 어떻게 했으면 좋을지, 네 의견을 듣고 싶어 불렀다."

당시 고등학생인 장남 세환은 이 때 아버지의 약한 모습을 처음 보았다. (…) 잠시 머뭇거렸던 그는 단호하게 자신의 의견을 말한다.

"여기 일은 저와 어머님이 어떻게든 꾸려나갈 테니, 아버님일랑 일단 몸을 피하시는 게 좋을 것 같습니다."

　그러나 그 말을 들은 김기림은 묵묵부답이었다. (…)

　이틀 후, 그는 가족들을 좀 더 안전한 곳으로 피난시킬 요량으로, 재직 중이
던 학교에 가서 동료와 함께 이 일을 의논하기 위해 처음으로 집 바깥으로 나
갈 결심을 한다. (…) 가족들에게는 잠시 다녀올 테니 염려 말(라)고 (…) 안심
시킨 후 현관 쪽을 향해 몸을 돌렸다. (……)

　그러나, 그 길이 다시 돌아오지 못할 길이 될 줄은 그도, 가족들도 예상치 못
했다.[19]

위 기록이 비록 허구적 재구의 형식을 빌렸긴 하나, 이 상황의 증언자가 누
구일지는 비교적 뚜렷이 확인될 수 있다. 위 글 속에서 '장남'으로 등장하는 인
물이 그 존재인 셈인데, 중요한 점은 그가 이때 스스로 어떤 선택을 결정하지
도 않았었지만, 한편 스스로 몸을 노출했다고 하는 점이다. 위 문면 기록이나
여러 가지 정황들로 볼 때 그가 무엇보다 가족을 소중히 여기는, 소시민적 가
족주의자의 면모를 지닌 사람이었다는 것도 확인된다고 할 수 있고, 따라서 그
렇게 이념적인 인간이 되지 못하는 사람이 안절부절하지 못하는 상황에서 스
스로 자기 몸을 노출하게 된 것이 바로 치명적인 실수를 낳게 되었음으로 우리
는 이해할 수 있다. 흔히 전쟁의 후방에서 벌어지는 상황을 후위전투라고도 하
지만, 전쟁이 급박하게 전개되는 마당에 특별히 적대적인 행위를 하지 않을 사
람들을 향해 체포조가 가동될 이유는 별로 없다. 실제로 그는 서울 함락 직후
바로 연행된 것으로 알려지는데,[20] 서울 함락 상황에서 마찬가지로 우리는 수
많은 사람들이 도피의 3개월 기간을 경유해 목숨을 부지했다는 것으로 듣고
있다. 그렇다면 이 상황이 뜻하는 바는 무엇인가? 법률 체계 속에는 '미필적
고의'라는 개념도 엄연히 포함되어 작동하거니와, 그렇다면 이 경우 김기림은
어떤 점에서 미필적 고의의 실수를 범한 것은 아닌가? 고익적 노출이 아니었다
하더라도 몸을 노출한 자체가 이 경우엔 결정적인 잘못이 되었다고 할 수 있는

19) 김유중, 「金起林 평전」, 『한국현대시인연구17- 김기림』, 문학세계사, 1996, 212-213쪽.

20) 김기림의 납북 직전 근황과 관련해서 그의 제자 중 한 사람인 시인 김규동은 이런 증언도 남겨 놓고 있다.
"질문: 김기림을 최후로 본 것이 언제였나? 김규동: 인민군에 붙들려 가기 전전 날에 만났다. 6.25가 나자 4일
만에 인민군에게 체포된다. 문학가동맹을 왜 해체했나? 왜 월북하지 않았나" 하는 것이 죄목이었다고 한다.
「일제말기와 해방공간, 6.25 전후의 김기림─김기림의 경성고보 시절 제자 김규동 선생 인터뷰」, 조영복, 「문인
기자 김기림과 1930년대 '활자-도서관'의 꿈」, 살림, 2007, 382쪽 참조. 이 증언도 날짜 관계를 제외하면 직접
증언이라고 보기 어렵지만, 문자 그대로 일단 받아들인다고 하면, 김기림의 행적이 북쪽 당국에 의해서도 긍정
적으로 받아들여지지 않았음을 뜻한다고 볼 수 있다.

것이다. 그렇다면 어디에서부터 문제가 잘못되고, 꼬이기 시작했다고 보아야 할 것인가? 우선 이 점에 대한 추정의 논의가 조금 행해져야 할 필요성에 대해서 먼저 독자들의 양해를 구해두고 싶다. 비록 지면 상황에 여유가 없다 하더라도 필요한 논의는 또 행해져야 한다고 여겨지기 때문이다. 어디에서부터 잘못이 시작되었을까?

모든 것이 매사에 우유부단한 그의 기질에서 비롯되었다고 보아야 하겠지만, 돌이켜 보면 일제 말기 이래 죄 없음의 자부와 해방기 이래 비록 소극적이라 하더라도 인민주의에 동행하고, 또 그 쪽에 우인들이 많다고 하는 교우 요소들이 겹쳐 그로 하여금 무절제한 자기 노출에 이르게끔 한 것이 아닌가 볼 수 있다. 하지만 김규동의 진술이 시사하는 바대로 이념에 철저한 사람들일수록 회색분자들을 결코 용납하지 않으며, 투쟁이 격화될수록 양쪽에서 버림받고, 오히려 의심의 대상으로 화하게 된다는 것은 역사가 증명하는 바이다. 결국 그의 안일한 중도주의적 처신이 비극의 씨앗을 품게 되었다고 말할 수 있다. 북쪽에서든 남한에서든 이 사정은 마찬가지로 적용될 수 있는 터이다. 민족의 양심으로 추앙하고 받들어야 한다고 믿었던 항간의 대부분 민중들의 신념에도 불구하고, 백범 김구나 여운형과 같이 중도 통합적 노선 사이에서 민족을 이끌고자 했던 여러 지도급 인사들이 오히려 무력한 정치적 희생양의 제물로 바쳐지게 된 역사의 냉혹한 현실 관철 원리와도 이는 통하는 비극적 현실 발로의 일부, 동궤 현상이었다고 말할 수 있다. 우리는 그들을 결코 미워하거나 적대시해서도 안 되는 것이지만, 현실 속에 이런 냉혹한 숨은 원리가 작동한다는 것만큼은 저 『폭력과 성스러움』을 쓴 지라르의 논저, 이론을 빌리지 않더라도 간디의 생애와 같은 사례에서 충분히 엿볼 수 있다. '민족상잔'이라고 하는 저 6.25의 내전과 같은 상황 속에서 수많은 중간자들의 비극이 빚어졌음은 비단 김기림의 사례에서가 아니더라도 능히 알만한 사실이다.

3-4. 소결

해방 후부터 6.25 전쟁 개전 시기에 이르기까지 김기림의 행적을 우선 위와 같이 비평적 문면 생산 양상을 중심으로 크게 구별해 보면, 최소한 3단계의 굴곡진 변전 양상이 나타남을 확인할 수 있다. 고향 근처의 학교에서 교사 생활을 하다가 해방을 맞아 별다른 준비없이 서울생활에 나서던 해방 직후 시기. 이 시기 그가 쓰고 발표한 문건으로는 '전국문학자대회'에서 행한 시분과위원장으로서의 기조 발제 발언록을 대표적으로 꼽을 수 있는데, 여기에서 그는 비교적 좌, 우 어느 쪽으로도 치우치지 않는 중도적 노선 지향의 면모를 보여주는 셈이다. 그러나 그로부터 1948년 8월 남한(단독)정부의 수립에 이르기까지 그는 대체로 '문학가동맹' 측에 편승한 비평적 행보, 행적을 보여주는데, 가령 잡지 『문학』('문맹'의 기관지) 4호 속에서의 김기림의 글, 「共委 休會 중의 남조선 현실」이 대표적이다. 시 창작 양상을 중심으로 전개한 이 시기 비평적 활동 양상도 대개 그처럼 '문맹가동맹' 측 문예 활동들을 지원하는 양상으로 펼쳐졌음을 확인할 수 있는데, 문면 양상의 사소한 편차들을 감안하더라도 전반적으로 이 시기 그의 문필 궤적은 (비록 공식적으로는 중도 통합적 이데올로기 노선을 견지하고자 했다 하나) 대개 문맹 측에 동조하는 양상으로 전개되었음을 확인할 수 있는 것이다. 그러다가 정부 수립 이후의 시기에 들어선 이후에는 비평 활동이 자취를 감추게 되면서 1950년 초 『以北通信』이라는 잡지에 실린 글, 「평론가 李源朝君—민족과 자유와 인류의 편에 서라」가 대표적으로 보여주듯, 당시 '보도연맹' 가입자, 합류자로서 취할 수밖에 없었던 국가 이데올로기에의 어떤 순응, 부응에의 면모를 드러낸다. 이와 같은 이데올로기적 변전, 반전의 연속 속에서 6.25 전쟁 개전 초기, 서울 함락의 순간을 맞아 그는 스스로 몸을 드러내는 우를 범하게 됨으로써 마침내 납북(혹은 소극적 투항)이라는 비극적 운명의 귀결 사태를 맞게 되고 말거니와, 이처럼 이데올로기적 격랑의 민족적 갈등, 파란의 역사 속에서 '중도통합'의 명분을 내건 소시민적 처신의 연속항이 마침내 중도적 '희생양'의 비극 사태를 낳은 개성적 발로의 근본 원인으로 작용한 사실을 우리는 거대한 역사의 급류 속에서 새삼 확인해 두지 않을 수 없다.

4. 새 시대의 새로운 문체론 수립을 위하여—정부수립기 김기림의 진지한, 동시에 뜨거웠던 비평적 여벌 활동의 성과

김기림이 기본적으로는 이데올로기적 인간, 즉 진정한 이념적 인간이 될 수 없었음에 대하여 지금까지 길게 확인, 설명해 본 셈이거니와,[21] 이 점을 결코 비난의 발언으로 받아들일 필요는 없다는 점을 먼저 확인해 둘 필요가 있겠다. 투철한 이념적 인간이라고 하는 사람들이 결국 전쟁 같은 것을 불사하는 법이라고 볼 때, 필자(본 연구자) 역시 추호도 이념적 인간 같은 것을 추앙할 마음은 없다. 그에 반해 실무적으로 뛰어난 사람들을 우리는 얼마든지 발견할 수 있으며, 필자는 김기림을 그러한 유형의 사람으로 평가해 두고 싶다. 그의 비평 작

21) 2장, 3장을 통해 자세히 살폈지만, 그럼에도 불구하고 김기림의 정치적 행정 문제에 대한 석명이 아직 부족하다고 볼 독자들을 위해 여기서 다시 한 번 설명을 시도하자면, 전체적으로 좌우통합, 중도통합의 노선을 (적어도 자신의 의식 상으로는) 추구했다고 할 수 있는 김기림의 행정 전반을 좀 더 비판적으로 고찰하자면 한편 좌고우면과 우왕좌왕으로 인식하지 않을 수 없다는 점에 대해서도 지적해 둘 필요가 있겠다. 그가 본질적으로, 근본적으로 '이데올로기적 인간'의 성향, 자질을 갖추지는 못한 인간이었다는 지적이 이런 면에서 가능한 것인데, 일찍이 '기교주의 논쟁' 국면을 통해서도 살폈듯이, 그가 치열하게 논쟁하는 성격의 소유자가 되지 못하나, 오히려 외교관 타입의 타협적 성향, 기질에 가까운 성격의 소유자였음을 살피기 위해 필자는 일제하에서부터의 그의 행정 전반을 자세히 살폈던 것이다. 만약 '이데올로기적 인간', 곧 '이데올로그'의 성향과 자질을 갖춘 인간이었다고 한다면, 좌,우를 막론하고 그런 인간은 뚜렷하고 분명한 노선을 걷기 마련이다. 가령 우파의 일부였다고 하더라도 백범 김구와 같이 목숨을 걸고 민족 통일을 향한 노선을 추구했다고 한다면, 그런 사람에 대해 우리는 가감 없이 '이데올로기적 인간'이라고 지칭할 수 있을 것이다. 레닌이나 박헌영과 같은 좌파적 인물이라고 하면 그 속성은 더 말할 것이 없는데, 같은 좌파적 성향의 인물이었다고 하더라도 여운형이나 또는 우파적 성향의 김규식 같은 인물들은 또한 이 점에서 조금 다른 성향, 부류의 인물들로 간주될 수 있는 터이다. 그러니 막연히 중도 통합적 정치 노선을 지향한다고 하면서, 실상 가족을 돌보는 데, 즉 가족의 안위를 걱정하는 데 가장 많은 주의와 열정을 쏟았던 소시민적 정향의 김기림의 태도, 그 행정을 두고 감히 결코 이데올로기적 인간은 되지 못한 자질의 소유자였다고 규정하는 것은 전혀 무리가 아닐 것이다.

따라서 바로 이러한 성격적 자질 면에서 '문맹 측 인사들에 한때 동행, 합류했었지만, 월북행에 대해서는 심각히 고민한 행적조차 보여주지 않았던 김기림의 정부수립기 이후 정치적 행적에 대해서는 굳이 자세한 석명이 가해질 필요조차 없다고 여겨지거니와(왜냐하면 부작위의 행동들에 대해서까지 일일이 조명을 가해 명시적 해명을 도모할 이유는 없다고 할 수 있으므로), 만약 월북 거부의 행적 자체를 의미있는 행동으로 간주하여 석명해야 한다면, 다시 한 번 그가 본질적으로, 근본적으로 인민주의적 정치 노선의 추종자는 아니었다는 점으로 우선 설명할 수 있고, 또한 소지주 출신의 그의 계급적 성분 자체가 월북하기에는 불리한 뿌리의 존재자였다는 것, 남한, 즉 서울에 이미 뿌리내리고 있었던 터의 그의 가족적 상황으로 보아, 월북한다는 것 자체가 무모한 행위가 될 수 있었다는 것, 그리고 비록 그가 당시 남한 현실에 대해 매우 불만스러워해 갖은 불평을 토로하는 처지에 있었다고 하더라도 이는 많은 비판적 지식인들의 항투가 그렇듯 단지 '비판적 의식'의 차원으로 구현되는 것이었지 결코 체제 선택을 달리하는 등의 실존적 분기를 야기시켜야 할 그런 본질 요인의 차원으로까지 격상 작용할 요인은 되지 못했다는 점 등으로 그 행적이 설명될 수 있겠다. 이태준과 가까웠던 탓에 '문맹' 측과도 쉽게 합류하였던 정지용이나 가람 이병기 등이 정부수립기 이후 겪어야 했던 처신의 곤핍함과 같은 맥락에서 위와 같은 행적이 설명될 수 있는 것이다. 일제하 프로 문학 운동에 적극 가담하고도 이후 행적을 바꾸던 김기진, 박영희, 백철 등 여러 카프계 문인들 행정을 통해서도 우리는 한 인간(혹은 인간들)의 이데올로기적 행정이 결코 단순할 수 없고, 오히려 '전향'과 같은 파란, 곡절의 변전 행정에 노출되기 쉽다는 점을 우리는 이해할 수 있게 되거니와, 1949년 중반기 이후 6.25 개전 직전기에 이르는 소위 '보도연맹' 창립, 그 조직 확대 시기에 전국적으로 수십만의 가맹자들이 발생했었다는 사실은 김기림과 같은 처신이 결코 예외적인 처신이었다기보다 오히려 월북자들의 처신이 소수자의 처신에 가까웠음을 말해준다. 가령 김대중과 같은 정치가에 대해서 좌익 행적이 끊임없이 논란되고 문제시되었던 것도 당초 다름 아닌 그의 '보도연맹' 가입 사실에서 주어졌던 것이다.

따라서 특수하고 예외적인 이데올로기적 인간이 아니라, 한갓 소시민의 기회주의적 처신, 행적의 반경 안에서 김기림의 처신을 보다 온당하게 이해하기로 한다면, 그의 처신은 오히려 일관되게 보편적으로 이해되기 쉬운 것이 필자는 다시 한 번 이 문맥 속에서 강조해 두고 싶다. 좌파적 이해 시각의 범주로 다시 설명한다면, 그들이 늘 지적하는 '소시민적 근성', 특히 일본 좌익의 애용 용어 중 하나였던 '日和見主義'라고 하는 것이 지적하는 바가 이러한 처신의 문제였다고 할 수 있다. 「공산당 선언」에서 맑스가 문제삼고 강조했던 바의 인간적 속성 중의 하나가 바로 이 점이었거니와, 동물학자 데즈먼드 모리스가 그의 저서에서 '털없는 원숭이', 즉 인간의 근본 속성 중 하나로 지적하였던 바가 또한 이 점이었다(「털없는 원숭이」, 김석희 옮김, 문예춘추사, 2006, 특히 5장 참조). 요컨대 김기림이 무모한 인간이 결코 아니고 오히려 합리적 인간의 범주 내에 있었다고 본다면, 그의 이데올로기적 선택 역시 결론적으로 합리적 인간의 그것으로 이해하고 파악함이 보다 온당한 해석이 되리라고 보겠다.

업 역시 그가 대학의 학부 과정을 두 번씩이나 수료하면서 배우고 내면화한 이 념대로 '과학(성)'을 강조하며,[22] 시의 과학(시학) 또는 '문학사의 과학'을 수립 하기 위해 애쓰기도 했지만, 리챠즈를 사숙하며 수립한 그의 시학이라고 하는 것이 이제 와서 어느 만큼의 과학적 의의, 학문적 성과를 보증하는 것으로 남 을 수 있을지에 대해서 의문을 품지 않을 수 없으며, 그의 '과학으로서의 문학 사' 수립을 위한 기술적 성과들 역시 그렇다. 시의 양식들을 직접 활용하거나, 혹은 '소설' 혹은 '희곡'의 양식 등을 통하여서도 그는 많은 창작적 성과, 예술 적 작업성과를 기도하며, 실제로 비평 작업 이상의 에너지, 정열을 거기에 투 여하기도 했지만, 오늘날 많은 문학사가들이 그러한 작업들에 그다지 많은 점 수를 부여하지 않고 있는 것 또한 사실이다. 하지만 뛰어난 문학적 성과들에 감상 비평을 투사하는 소위 '실제 비평'의 찬사 비평 영역에서는 유니크한 그 의 문체 구사가 빚어낸 뛰어난 성과들을 우리는 많이 기억하고 있으며, '시'보 다는 오히려 '수필'의 영역으로 분류할 때, 「길」과 같은 작품을 필두로 한 그의 수필 양식 성과가 오히려 두드러진 문학적 성과로서 우리에게 기억되는 것이 또한 사실이다. 어쨌거나 이론과 실천 양면에서 그의 비평적 기술, 산문적 기 술들이 낳은 성과, 업적의 산물들을 우리는 결코 우리의 문학사 위에서 오랫 동안 지워버리기 어려우리라고 생각하며, 이제부터 필자가 중점적으로 살펴보 고자 하는 '문체론' 수립을 위한 작업 성과 역시 마찬가지가 되리라고 생각한 다. 이 점을 어떻게 부각시켜야 좋고, 또 마땅한 일이 될까?

흔히 해방 후 우리의 문학 세대를 '문체' 면에서는 특별히 '한글 세대'로 지 시하여 기표하는 문학자, 문학사가의 존재들을 우리는 다수 기억할 수 있거니 와,[23] '한글'의 '문체' 수립, 혹은 '한글 문체'를 통한 문학 수립의 문제는 물론 누구 한 사람에 의해서 제창되었다거나 또는 수행되었다고 보기 어려운 문제 가 된다. 김기림 스스로 자신의 논저, 『문장론 신강』에서도 밝히고 있듯이, 이 와 같은 근대적 문체의 수립을 위한 노력은 개화기의 주시경으로부터 더 거슬

---

22) 김기림이 일제시대부터 맑스주의나 혹은 해방 후 '인민주의'에 대해서 무시할 수 없다고 여긴 이유 중의 하나로, 당시의 사회과학, 혹은 역사학의 수준에서 '맑스주의'만이 거의 유일한 과학처럼 여겨졌던 학계의 풍 토가 작용한 때문이 아니었겠는가 하는 추측을 필자는 한편 해 보게 된다. 김기림과 '과학' 사이의 문제에 대 해서는 지면 사정상 후일을 기약하지만, 일단 그것을 '계몽'의 문제로 인식한 선행 연구 성과에 기대, 이 점을 강조해 두기로 한다. 최명표, 「해방기 김기림의 계몽운동론」, 『국어문학』 제46집, 2009.
23) 작가로는 자신의 대표작 『광장』을 7,8회에 걸쳐 개고하는 작업을 수행하면서, 한글 문체의 수립 문제를 강 조했던 최인훈, 그리고 비평가로는 '한글 문학'의 성격과 그 문체적 특수성을 유난히 강조했던 유종호, 김현 등의 인물들을 그 대표적인 존재들로 꼽을 수 있겠다.

러 올라가서는 훈민정음을 창제한 세종, 그리고 조선조의 수많은 한글 소설 영역들에게까지 그 기원적 노력, 의의가 소급되어 평가되어야 할 문제가 되기 때문이다. 하지만 '문체론'이라는 이름의 차원, 즉 '한글 문체' 수립을 위한 이론적 모색이라는 차원에서는 적어도 현대에 와서 해방 이후 김기림의 작업을 빼놓고 이 문제를 얘기해서 안 되는 것 아닐까? 근대적인 '문체론', '문장론' 수립의 면에서 해방 전에 씌어진 이태준의 『문장 강화』[24]가 유명하고, 이광수(의 문체) 역시 일제강점기를 통해 우리 문장 쓰기의 교사, 교범처럼 인식되기도 했지만, '한글 문체(이)론'이라는 이름의 자의식이 투영된 우리말 문체 수립 과제 인식과는 거리가 먼 성격으로 그것들은 주어졌던 셈이고, 바로 이와 같은 각도에서 보아 현대의 한글 문체 수립을 위한 이론적, 실천적 모색의 작업성과로는 두드러지게 김기림의 작업이 앞장서서 깃발을 들고 문단과 그 저변의 대학 강단들을 향해 깃발을 흔들어 대었던 것으로 살필 수 있겠기 때문이다. 그렇다면 해방 후 김기림의 저서 출간 작업들을 우선 돌아보아 정리하면서, 그가 최후로 펴낸 책, 『문장론 신강』의 의의와 성격, 위치를 일단 가늠해 두기로 하자.

　해방 이후 김기림의 활동 궤적을 전반적으로 살펴지기 위해서는 무엇보다 저서 출판의 면이 우선적으로 검토되지 않으면 안 된다. 근대문학사 속의 역대 문인들과 함께 병렬해 보아서도 그렇지만, 몇몇 작가를 제외하면 상대적으로 가장 많은 저서를 출간했던 사람으로 김기림을 제쳐놓기 어려울 정도로 그가 많은 저서들을 출간했기 때문이다. 그가 이데올로기적 인간이 되지 못한다는 사실은 이런 면에서도 입증된다고 할 수 있는데, 실상 '도서관' 구축에의 꿈을 열정적으로 포지했을 정도로 책에 대한 애정과 함께 저서 출간을 본인 일대의 사업으로 기획하고 그것을 추진해 갔던 사람으로 인식될 수 있기 때문이다. 여기에는 당시 '출판보국'의 이념으로 새롭게 출판 사업들에 뛰어들었던 해방 이후 등장의 새로운 출판(사―업자들) 세대의 역할 또한 긴요했다고 보이는데, 한편 여기저기에서 새롭게 마련되는 대학 강단의 확대, 곧 학교 교육의 확대가 이 사정을 지원한바 컸다는 점 또한 염두에 둘 수 있다. 김기림으로 말하면, 그의 유수의 학업 경력으로 말미암아 영문학계보다도 국문학계 쪽에서 오히려

---

24) 이태준의 『문장강화』에 대해서는 김윤식 교수 등 여러 연구자들의 논급, 연구 성과가 축적되어 있는 편이지만, 최근 일본문학 연구자들이 이 저서에 대해 일본 작가 다니자키 준이치로의 문장론에 영향 받은 것으로 주장하고 있어 주목된다. 이에 대한 구체적인 비교문학적 연구가 수행되어야 할 과제가 아닌가 여겨진다.

더 많은 강의 요청이 쇄도했을 지경으로 그는 많은 대학들을 뛰어다니며, 강의 요청에 임하고 있었다고 하는데, 이런 탓으로 그는 해방 이후 최초로 『문학개론』을 출간하게 되었다. 물론 그가 이 시기 출간한 책들은 비단 학술서에만 국한되는 것은 아니다. 일제하에서 출간한 장시 『기상도』와 개인시집 『태양의 풍속』 이후로도, 그는 해방 직후 그때까지 씌어진 시편들을 모아 『바다와 나비』(신문화연구소, 1946)를 출간하였고, 또 그 2년 후 정부수립기를 배경으로 『새 노래』(아문각, 1948)를 출간하였다. 1947년도에는 그때까지 쓴 비평문, 시론(詩論)의 글들을 모아 『시론』(백양당, 1947)을 출간하였고, 또 그 다음 해 1948년도에는 수필집 『바다와 육체』(평범사, 1948)를 출간했다. 그와 더불어 비록 일제하 시절 이미 마련해 둔 원고를 바탕으로 하였지만, 존 아더 톰슨의 과학 입문서를 번역한 『과학개론』(을유문화사, 1948)을 출간하였고, 유일하게 출판상으로는 공백기인 1949년도를 지나 1950년도, 전쟁 이전 상황에서 I. A. 리챠즈의 시론을 바탕으로 수립한 소위 '시의 과학'을 위한 이론서 『시의 이해』(을유문화사, 1950)를 출간하였던 것이며, 이어서 저서로는 그의 마지막 작업이 되는 『문장론 신강』(민중서관, 1950)을 출판하였던 것이다. 제목으로 보아서도 창작집 성격의 그의 작품집들을 제외하면, 대개 대학 강단의 요청, 혹은 출판계의 요청 등과 무관하게 집필된 저서들이 아니었음을 알 수 있게 하지만 이 중에서도 유난히 『문장론 신강』 표제의 저술에 대해서만큼은 다른 교재 성격의 저서들과 함께 그다지 많은 연구자들의 관심이 모아져 연구된 상태에 있지 않은 것으로 여겨진다.[25] 오늘날의 언어로 말한다면 '작문'이나 '글쓰기' 수업을 위한 교재로서 이 저서가 기획, 마련되었던 사정과 무관하지 않은 탓으로도 여겨지지만, 한편 그것이 '비평'과 같은 일반적 연구 분야와 조금 먼 영역에 속해서 빚어진 연구 상황의 문제 아닌가도 여겨진다. 하지만 김기림 자신은 이 저서 출간을 위해 무엇보다 정열을 기울여서 집필에 임했던 사정을 알 수 있게

---

25) 물론 이 점과 관련하여 연구사적으로 이 저서가 전혀 인식되어 오지 못했다거나 논급의 대상으로 살펴지지 못해 왔다고 진술한다면 오류가 될 것이다. 김기림의 해금 이후 김기림의 유족과 더불어 가장 먼저 그의 전집 발간을 추진하고 실무적으로 작업한 김학동 교수가 이 저서의 존재를 뚜렷이 확인, 전집의 일부로 구성했던 것이며, 그보다도 더 일찍 유종호는 이 저서의 〈부록〉 중 일부로 삼아진 「한자어의 문제」를 크게 주목, 일찍이 논고, 「한글만으로의 길」(『창작과비평』 통권 13 · 14호, 1969)을 구성할 때, 이 저술의 존재를 뚜렷이 밝혔었다. 또 시기적으로 그 이전이 되는 1960년대 초의 '장용학–유종호' 논쟁 과정 중에서도 김기림의 이 논의 사례가 뚜렷이, 구체적으로 암시, 시사되었다. 다만 김기림의 직접적 후계 세대가 되는 이 전후 비평가 세대 외에 그 다음의 연구자들에 의해서는 김기림의 이 저서가 특별히 강조되거나 분석적으로 논급된 바의 논구 사례가 드물었다고 여겨져 본고를 통해 특별히 이 점을 필자(본 연구자)는 강조해 놓고자 하는 것이다. 이런 점들과 관련하여 본고의 논의 전개에 있어서 많은 시사점들을 던져 준 유종호 교수에게 이 자리를 빌려 필자는 사의(謝意)를 표해 두고 싶다.

하며, 그것은 그가 학자-교사로서의 성향을 매우 뚜렷하게 간직했던 문학자였음과 함께 또 실천적으로 글을 쓰는 문필가-비평가의 한 사람으로서, 또 영문학자적 관심 시야로부터도 이제 새롭게 구축해 나가려 하는 '새나라' 건국, 그 새시대 문화 형성의 초미, 촉급한 과제로서 '문장론', 곧 수사학적 이론 수립, 구축에의 과제가 긴요하다고 보았기 때문이다. 물론 당시 때때로 제기되었던 '한자 철폐' 등의 어문정책 시행 과제 등과 결부되어 이 문제가 사회, 문화적으로 매우 시급을 요하는 정책적 처리 문제로 제기되었기 때문이기도 한데, 한편 그의 내면- 의식적 정황과 더불어 제기된 실천적 과제 인식 면으로 살피자면, 정부 수립 이전, '문맹' 측과 동행하여 벌였던 여러 비평적 실천 흔적들을 지우기 위해서라도 이제 새정부 수립을 목도하게 된 마당에 스스로 문화적인 면에의 기여를 자부, 자임하게 된 사정이 개입하게 된 때문으로도 살필 수 있다. 이제 이 저서, 『문장론 신강』의 머리말을 살핌으로써 이 저서에의 구체적인 탐색작업, 곧 이 저서에 담긴 김기림의 인식적 특질의 면모가 어떤 것이었는지 조금씩 구체화해 검증해 보는 작업 방식을 취해 보기로 한다.

세상에는 보람 있는 싸움, 피치 못할 싸움도 있지만 또 부질없는 싸움, 안 해도 좋은 싸움을 굳이 하고 있는 경우가 적지 않다. 그런데 그런 실속 없는 싸움의 대부분은 기실은 (…) 말의 오해에 연유하는 경우가 많다. (……)

(…) 이 작은 책자 속에서 저자는 그러므로 처음에 일반적인 언어이론 다음에 말과 글의 실천의 여러 양식(樣式)과 기술(技術)을 캐어보는 것이 옳은 순서라고 생각했다. 아울러 우리 말과 글이 오늘 겪고 있는 이 혼란과 곤란의 중심 과제를 몇몇 들어서 분석과 해결 방식을 시험해 보았다. 무엇보다도 (…) 어문일치(語文一致)의 문체를 확립하는 동시에 글의 기재 방식을 우리말에 가장 잘 맞는 쉽고 합리적이오 쓸모 있는 우리 글로 통일하는 것과 같은 우리 말 운동의 당면과제를 다루어 보았다.

(……) 언어의 과학으로서 언어학(言語學)이 있는 한편에 (…) 한 개의 응용 과학으로서 새로운 의미의 수사학(修辭學)은 있어야 할 것 같이도 생각된다. 이 책의 의도는 주로 그런 데 있었음은 물론이다. 선배와 동학 여러분의 비판과 가르침이 많기를 그윽히 기대하는 바이다.[26]

26) 『전집』 4, 9-10쪽.

이어서, 집필 상의 특별한 배려, 말하자면 저자의 특별한 주의나 관심사, 또는 편집상의 원칙 문제 등과 관련해서도 다음과 같은 보충 문제를 제기해 놓고 있다.

또 이 책이 의도한 또 하나 여벌이라고도 할 효과는 (…) 과연 좀 더 쉬운 말로는 서술될 수가 없을까——어려운 한자와 한문투로서만 학문은 기재될 수 있는 것일까——하는 문제를 스스로 힘자라는 데까지는 한번 시험 삼아 해결해 보려는 데 있었다. 저자의 생각으로는 까다로운 한자와 한문투로 된 개념구성과 서술은 (…) 학문의 위풍을 떨어보려는 속없는 허장성세인 경우가 많은 것 같다. 높은 진리(眞理)일수록 쉬운 말 쉬운 글로 나타내는 것(…) 우리에게 중요한 것은 중국식 도금칠한 말치레에서 오는 눈어림이 아니라 충실한 의미의 전달이오 감명인 것이다. (…) 휘황찬란하고도 황당무계한 한자 및 한문투의 신전 깊숙이 모셔둔 것은 (…) 진리의 탈을 쓴 우상일지 모른다. 진리는 우리의 곁 바로 손 닿는 데 있는 것(……)

진리와 진실한 생각과 감정을 가장 잘 교환하는 길—— 그것 밖에 또 수사학의 딴 목표가 있을 리 없다.

1949. 7. 7.

저자[27]

『문장론 신강』의 이 저서는, 따라서 단지 하나의 교재일 뿐만 아니라, '문체론', 곧 '수사학'의 새로운 수립을 위한 이론적 모색이 되고자 한다는 점을 위머리말은 잘 밝히고 있다. 연구자가 임의로 두 토막을 내어 인용 처리를 했지만, 새로운 수사학 수립을 위한 과제 설정과 위 인용문 아래 토막의, 한자어, 한문 투 배제를 기한다는 집필상의 요목 사항 제시는 사실은 구별되는 문제로서가 아니리, 히나의 통일된 문제로서 융합 인식되고 있다. 즉 이론적으로 '언문일치'의 새로운 문제 수립을 지향하면서, 실천적으로 그 모범, 즉 이론의 실현 가능성을 구현해 보이기 위해 실질적으로 한자어 중용, 중시의 문체, 한문 투 배격의 문제를 스스로 시도하고 도모했다는 의미의 발언이 되는 것이다. 영문학자로서의 그의 자질과 인식이 관여하여 작용한 지점들이 바로 이러한 부

27) 위의 책, 10-11쪽.

면에서 나타났다고 할 수 있는데, 가령 한자어의 성격을 '라틴어' 어휘들과 비교하면서, 근대적인 영어 문체의 수립은 고전적인 라틴어 체계에서 벗어나 구어의 영어 어휘들을 적극 수용하는 과정 속에서 수립, 구현되었다고 하는 것이 그의 인식과 주장의 요체가 되고 있는 것이다.

하지만 본고의 전개 과정 속에서 필자(연구자)가 누차 강조한 바처럼, 이와 같은 문체 수립과 적용, 그 정책적 실행과 방향 수립의 문제와 관련해서도 김기림은 그 성품처럼 역시 막무가내 당장 한자폐지만을 주장하지는 않는, 온건하고 중도적인, 곧 점진적이고 절충주의적인 면모를 보인다. 막무가내 '한글전용론'의 당장 시행을 주장했다고 할 수 있는 외솔(최현배) 필두의 이후 한글학회, 즉 과거의 조선어학회 일부 과격파들의 주장과는 이처럼 그 속도 조절의 문제에 있어서 김기림 필두의 영문학계 주장이 조금 온건했던 편이라고 할 수 있는데, 이 점 당대의 '한문폐지론'에 대해 비판적으로 접근하고 있는 다음과 같은 문면 속에서 여실히 확인될 수 있다. 다만 이 문면에서만이 아니라 논저 『문장론 신강』 전편을 통해서 이와 같은 점진주의적 주장은 반복되고 있는 셈이라 할 수 있는데, 특히 이 저서의 별첨 부록을 이루는 네 편 중, 주로 정책적인 문제를 다룬 중심적인 글, 「새 문체의 갈길」 속에서 이처럼 점진적이면서 동시에 보다 근본적인 문제들을 헤집어 따지는 그의 현실적이고 신중한 관점의 정책적 접근, 문제 인식의 태도는 요체를 드러낸 것이라 볼 수 있다. '오늘의 한문폐지론(漢文廢止論)이 절름발이인 까닭'이라는 모두 도입부의 명제 하에 펼쳐진 그의 소론을 여기서 살펴두자. 조금 압축적으로 인용해 보자면 이렇다.

오늘의 한문폐지론(漢文廢止論)이 절름발이인 까닭 : 한글을 우리 어문생활에 철저화시키고 보편화시키고 침투시킨다는 말(자신의 주장:연구자 주)은 그러나 단순한 한문폐지와는 다르다.

출판물 · 공문서 등에서 한자를 일소해 버리는 것은 혹은 정부의 권력이라도 발동시키면 될 수 없는 일이 아니다. 군정(軍政)시대에 한낱 편수국(編修局)으로도 중소학교 교과서에서 많은 한자를 일소할 뻔하였다. 그렇지만 그것조차 할 뻔하다 만 것이다. 소학교 교과서에조차 한글 원글 줄 옆에 한자를 끼어 놓고야 말았고 (…) 한자 폐지를 주장하면서도 한자를 끼어 놓고 괄호에 집어

넣어야만 되는 곳에 한자폐지론이 철저하지 못한 구석이 있다. (…) 오래 밴 글 버릇 말버릇을 지닌 교사들의 그 버릇(…) 우리 민족 적어도 오늘의 문화운동 을 담당하고 있는 지식인들의 공통된 버릇인 것이다. 그게 문제다. 말과 글이 라고 하는 것은 (…) 한 사회적 버릇이요, 그런 까닭에 사회적 행동인 것이다. (……) 문자만 한자를 없이 해 놓으면 다 되는 듯이 생각한다든지 하는 것은 위 험한 생각이다.

(……) 한자를 없앤다면 그것하고는 긴밀한 관계가 있는 한문투와 한자어들 을 어떻게 정리할 것인가. 한자를 없이 한 뒤에도 특히 문장의 외부적 문자형 식이 아니라, 그 의미 형태 자체에 붙어 있는 문투는 한자 폐지라는 외과수술 만으로는 고쳐지지 않는 내과적인 처리, 비유한다면 내면적 혈청을 요하는 부 면이라 하겠다.[28)]

이와 같은 인식, 관점의 입장으로 인하여 그가 심혈을 기울여 수행하게 된 작업이 이 저서 별첨 부록의 주된, 실제적인 내용을 이루는 글, 「한자어의 실 상」 집필이었다. 요컨대 그러니까 그의 주장은, 단지 한자(漢字)의 표기 폐기라 는 외과적 수술만으로 문제가 해결되는 것이 아니라, 한자어들로부터 유래된 어휘들 자체를 극복하는 일이 근본적인 과제가 된다고 보기 때문에, 우선 '한 자어' 들의 존재 실상을 파악해야 되고, 그런 다음에 그 어휘들을 대치할 수 있 는 대안의 어휘들을 찾아 구체적이고도 점진적인 문제 해결 방법을 도모해 나 가야 하리라는 내용을 갖추게 되었던 것이다. 따라서 그의 주장의 요체는 결코 '한글 문체' 의 수립 추구라는 목표 자체를 잃는 것이 아니고, 본질적인 문제가 한갓 표기 문제가 아닌 어휘 현실 속에 존재한다고 보기 때문에 우선 어휘 현 실 —즉 한자어(漢字語)의 (존재)실상— 을 파악하는 일이 급선무의 과제가 된 다고 인식하였던 것인데, 그렇다고 당시 한글 전용론자들이나 근래 북한 사회 기 고안해서 회자되는 '날틀', '얼음보숭이' 따위를 실용화하자는 주장에 그가 공명한 것은 아니었다. 오히려 영문학자답게 그는 당장부터라도 우리 언어 현 실 속에 서구어들이 많이 밀려들 것이라고 보면서, 굳이 이를 억제하는 식의 문호 폐쇄 조치가 마땅한 것이라고 주장하지도 않았다. 다만 '한글 문체 수립 론' 을 주장하면서도 그는 어휘 현실에 인위적으로 개입하는 정책이 마냥 바람

28) 위의 책, 167–168쪽.

직하지만은 않다고 인식하였던 셈인데, 따라서 '한자 폐지'의 문제도 인위적인 철폐 정책을 추구할 것이 아니라, 글을 쓰고 언어 현실을 선도, 이끌어가는 지식인–문화인들 중심으로 바람직한 한글 문체 운동의 방향을 수립해 가는 것이 마땅한 정책이 되리라고 주장하였던 것이다. 그럼 여기에서 논문, 「한자어(漢字語)의 실상」을 대강이라도 살피면서 그의 온건하고도 중립, 중도적이었던, 그러면서도 문체 현실을 두루 광범위하게 살펴 실무적으로 이해하고자 했던 그의 인식, 연구 작업의 내용을 파악해 두기로 한다. 국판의 인쇄본 페이지 단위로 보아서도 약 70쪽에 이르는 ―200자 원고지로는 그러니까 약 400매 내외의 분량이 된다― 이 대형의 논문 속에서 그가 한자어의 존재 실상을 등급별로 분류, 정리하여 놓은 내용을 목차의 항목 중심으로 살피자면 다음과 같다.

　총 10절로 이루어진 이 글 속에서 서언 격인 ≪1.한자(漢字) 폐지 문제의 핵심으로서의 한자어(漢字語)≫를 제외하면, 본론의 첫 절은 ≪2.우리생활의 구석구석에 스민 한자어≫로 이루어져 우리 생활 속에 한자어가 얼마나 많이 침투해 있는가를 밝히고 있고, 이어서 3절은 그렇게 많은 한자어들이 우리 어문 생활 내부로 침투해 들어오게 된 내력, 사정을 무엇보다 역사적인 맥락에서 밝히는 의미에서, ≪3.그렇게 쏟아져 들어온 내력≫의 제목이 삼아졌으며, 이어다음 4절에서는 그런 한자어들 사이에서의 존재 층위를 구별하는 변별화 작업을 시도함으로써, ≪4.한자어(漢字語)에도 여러 층위가 있다≫를 이루었다. 이어 그렇게 층위를 구별하여 본 여러 한자어들 중에서 실질적으로 쓰지 않아도 된다고 여겨지는, 즉 불필요하다고 여겨지는 한자어 표현들이 주로 양반층의 과시 욕구에 의해 발동되었다고 보고, 우선 그것들을 정리할 필요성에 대해 5절, ≪5.「한술 더뜨기」와 「가짜」≫에 대해 서술하고 있다. 이어 6절은 그와 같은 한자어 존재 실상의 분석 작업들을 통해 당대와 같은 언어적 혼란, 어휘들의 착종, 병립 현상이 주로 양반–상민의 계급 차별에 의한 어문 생활 분화 원리에 의해 시동되었다고 보고(≪6.양반의 말과 평민의 말――동의어(同義語)가 생긴 까닭의 하나≫), 결국 당대 언어 현실의 가장 큰 병집, 혼란 문제가 주로 동음어(同音語)의 존재 문제로 야기되었다고 설명한다(≪7.난장판의 사생아(私生兒)――동음어(同音語)≫). 결국 이와 같은 분석 작업들의 토대 위에서 그는 구체적인 어문정책으로의 대응 방안을 찾아, ≪8.한자어는 어디로 가나≫의 내용을 구성하게 되며, 그 관점에 따라 마침내는 소멸에의 길을 걸을 수밖에 밖에 한자어들의 운명을 전망하지만, 그럼에도 불구하고 당장의 현실 속에서 지식인들에 의해 한자어, 한자 표기가 선호되는 까닭 중에는 역시 한자(漢字) 표기나 한자어 체계 자체가 지닌 미덕이나 장점의 요인이 작용한다고 보아, 그 점을 ≪9.한자의 심리(心理)≫라는 제목 아래 처리하고 있다. 그리고 최종의 결론, 당장의 정책 향방을 묻는 질문에 어떻게 대답해야 할까를 자문하고 자답하는 의미에서 마지막 절, ≪10.한자어는 무슨 글자로 쓸까≫라는 내용이 씌어졌다. 이처럼 적지 않은 분량의 내용 속에서 한자어의 존재 실상을 치밀히 분석하고 비판하면서, 그 바람직한 대응 정책, 방안까지도 모색하여 논문을 이룬 양상이 「한자어의 실상」이라는 글로 나타났다고 보겠다.

이처럼 살피면, 이데올로기와의 동반, 곧 그 실존적인 체제 선택과 이념적인 문화(문학비평) 실천의 차원 문제와 관련, 그의 생애 자체가 결과적으로는 실종 사태로 처리되고 마는 어떤 비극적 파탄의 운명으로 귀결될 수밖에 없었다 하더라도, 적어도 어문 정책 문제 등과 관련, 그의 신중하고 절충주의적인 면모의 온건한 방향 설정, 방향 선택의 지시는 대체로 높은 현실성을 껴안음으로써 향후 한국 어문 정책 수립의 한 방향 지시등 역할을 수행했다고 볼 수 있다. 이념적이거나 이론적인 정책 타당성의 문제와 상관없이 해방 이후 한국 어문 정책의 방향이 대체로 김기림이 예시한 바의 방향 지시등과 함께 궤적을 같이해 온 것으로 이해될 수 있겠기 때문이다. 비록 해방 이후 국민교육적 차원에서의 '한자(漢字)'·'한문(漢文)' 교육에 대한 경시가 한자(漢字) 문맹의 현실을 초래함으로써 동아시아 지역 사회 내에서의 문화적 적응 능력을 크게 약화시키고 또 우리의 국어 능력 자체에도 심각한 후퇴를 초래하고 있음이 부인할 수 없는 사실이라 하더라도, 적어도 해방 당시의 시점에서 국민 전체의 언어 능력 신장, 곧 단적인 문제로서 '문맹(文盲)' 현실의 퇴치라는 정책 과제의 해결이나 또는 좀 더 효율적이고 실용주의적인 어문 정책 실행이라는 면에서 보았을 때, 김기림과 같은 서구 중심주의적 시각에서의 한글 위주 정책적 방향 지시가 대체로 설득력을 얻고, 실제로 해방 이후 한국 현대의 어문정책이 대체로 이 방향에서 수립, 추진되어 왔음은 부인할 수 없는 사실이다. 그의 이 같은 문화적 현실 인식과 그 정책 방향 제시의 양상과 관련해 우리는 특별히 '어문민주주의' 의 이름을 들어 그 성격을 지시해 볼 수도 있겠거니와, 이러한 정책적 과제 인식의 성격이 보다 큰 정치적 차원에서 '인민민주주의'의 이념과 상통한 것이 었으며, 다만 정책 실현을 위한 단계적 접근의 방안 마련에 있어서는 민족주의 적이면서도 동시에 신중하면서 온건한 절충주의적 방안 구현을 꾀하고 있었다 는 점에서 그다운 중도, 중용주의적 자세가 잘 투영된 면모를 보였다고 할 수 있다. 그가 이념의 맹목성에 의해 다만 휘둘리지 않고 위 「한자어의 실상」 논문 전체가 보여주듯 얼마나 신중하고, 또한 과도기적인 문제 현실 전체를 고려, 배려하면서, 정책 집행의 문제를 입안하고자 했던 것인지 다음 문면을 확인해 보면 더욱 뚜렷이 알 수 있다.

(……) 물론 한문에서 국한문까지 온 것은 그만큼 한자와 한문에서 해방된 것이다. 이제 더 한 걸음이 필요하다. 한자어와 한문에서 완전히 해방되기 위 하여 그리고 우리글을 말에 통일하기 위하여 한자어마저 국문으로 쓰는 글을 튼튼이 세워야 하겠으며 그것이 원칙이겠다. 다른 나라 예를 보아도(일본은 예 외나) 외래어를 본국에서처럼 적지는 않고 제 나라 성음조직에 조화시켜서 제 나라 글로 적는다. 물론 한자어에는 앞에서 본 것처럼 등급이 있다. 구어에서 특수어에 올라갈수록 우리말에 동화된 정도가 얕다. 따라서 생소하다. 그러니 까 그런 문어 · 학술어 등 특수한 말만은 당분간은 괄호 속에라도 한자를 붙여 두어도 이해를 돕도록 하면 좋을 것 같다. 그러나 그것도 대번 한자로만 써 놓 는다면 이 역시 우리 글로 적는 그 말이 우리 눈에 익을 기회를 줄이는 것이요 동화익 속도를 꺾는 것이 된다. 제2급의 이른바 문어에 있이시도 그 대부분은 국문으로 적어 무방하며 정 생소한 말은 역시 당분간만 괄호 안에 한자를 붙여 두는 것으로 족할 것 같다.[29]

위의 문면 내용을 하나하나 자세히 음미하면, 해방 이후 우리 어문 현실의 한글 전용화 과정이 고스란히 투영되어 있음을 알 수 있다. 비록 '한글 전용화' 라는 정책 과제의 설정 차원으로만 본다면, 이후 '한글학회'를 형성하게 되는 일부 국어학자들의 주장과 대동소이하게 그 목표 설정을 공유한 것이었다고 볼지라도 그 중간 과정에서의 단계적 정책 추진 방안 마련에 있어서는 훨씬 신

---

29) 위의 책, 274쪽.

중하고 온건한 자세의 접근 방안 제시를 추구한 것이었음을 알 수 있게 한다. 『문장론 신강』이라는 그의 새시대, 새나라 문체 수립을 위한 이론 방안 마련도 대개 그와 같은 방향 설정과 점진주의적 접근 자세 확보 속에서 I.A.리챠즈가 강조한, '듣기'와 '일기'를 통한 '이해' 능력의 신장, 곧 '해석' 능력의 강화 목표를 강조한 점이 특별히 눈에 띈다고 할 수 있거니와, 궁극적으로 새시대의 '한글 문체' 수립을 향한 그의 수사학적 이론 정초 노력 등은 우리와 같은 그의 후배 문인, 문필가, 지식인, 그리고 문화인 등이 함께 되짚어 음미하고 두고두고 되씹어 보아야 할 중대한, 혹은 위대한 이론적(문체론적) 선구의 작업이라 하지 않을 수 없다. 지면 관계상 이에 대한 상고(詳考)는 후일을 기약하기로 하고, 이제 나머지 뒷이야기의 화제를 조금 덧붙여 글의 말미를 삼기로 한다.

5. 결론—뒷이야기 및 남는 문제

인문학적 관심에서라면 당연히 좋은 말, 좋은 글을 쓰기 위한 문제로서만이 아니라, 삶의 차원, 즉 어떻게 살 것인가를 묻는 차원에서도 논의가 이루어져야 할 것이다. 김기림의 지난 행적을 묻고 추적해 본 필자의 소감, 인식 관심 역시 바로 이런 차원의 물음과 무관할 수 없다. 최재서와 김동석을 같은 자리에 놓고 대비시키게 된 까닭도 바로 이런 연유에서였다고 할 수 있는데, 상대적으로 갈등없이 굴러간 것으로 보이는 두 사람의 행적에 비해, 해방 후 김기림의 행적은 전체적으로 우왕좌왕으로 점철된 그것이었다. '전국문학자대회'에서의 발언 당시만 하더라도 그는 중립적 위치에서 민족의 통합을 위해 전력을 다하고자 하는 진정성을 보여주었다고 할 수 있지만, 이후 미군정기 동안그는 점차 '문맹' 측에 동화되고 편승해 가 쉽게 발을 빼기 어려운 지경에까지 내몰렸다. 결국 정부수립 후 '보도연맹'이 작동하던 시기, 그의 속마음이야 어찌되었건 일종의 '진향신인문' 격 글쓰기조차 감행히지 않으면 안 되었는데, 이처럼 방황하고 부동하는 지식인으로서의 처연한 모습은 6.25 개전 상황으로까지 이어져 마침내 납북과 실종에의 불운을 감당하지 않으면 아니되게 되었다. 그렇다면 최재서(그리고 또 김동석)의 경우라면 과연 어떠했겠는가?

해방이 된 상황에서 최재서는 선택의 여지없이 대학 강단의 상아탑 안으로 숨어들어갔다. 해방의 상황을 맞자마자 『상아탑』이라는 잡지를 창간, 주재하면서, 대학 강단 밖으로 활동 폭을 넓히고, 마치 새로운 경향 문단의 대변인 격 위치나 되는 듯이 김동리 등과 맞서며, 순수문학 부정론을 펼쳐 나갔던 김동석의 행적과 비교하여 그 점 매우 대조적이었던 것이다. 상아탑 안으로 잠적한 최재서가 강단 주변에서 '신비의 인(人)'으로조차 통하며, 해방 후 한국 영문학계의 개척자적 업적을 쌓았다는 것 또한 주지의 사실이다. 4.19 이후 그의 전력이 다시 문제삼아지고 말썽을 일으키면서 일시 양주동과 직장을 맞바꾸기도 하고, 또 평생 그를 괴롭히던 '위염'이 심화되어 1960년대 중반 결국 생애를 마감하는 종착역의 도정에 이르게 되지만, 그 동안의 자기 삶에 대해서 그 스스로는 적어도 '자족감'의 충만 상태로 후반기 생을 영위해 갔던 것으로 보인다. 여기에 최재서의 자전적 수필 한 대목만을 조금 인용해 두자.

나는 행복하다.

나는 헌신적인 아내와, 비교적 건강하고 총명한 아들들과, 충실한 하녀에 둘러싸여 산다. 내가 집에서 독서하고 집필하고 혹은 쉬는 동안, 이들의 시선은, 항상 나의 요구를 살피기 위하여, 나의 서재를 감돌고 있는 모양이다. 부르면 곧, 어떤 때는 부르지 않아도 때 맞추어 나의 정신을 각성시키고, 혹은 피로를 회복시키고, 혹은 기분을 전환시켜 주는 자드레한 물건들—새벽의 커피와 오후의 홍차와 저녁 때의 중국 차와 가벼운 과자들이 책상 곁으로 운반된다.

나의 방에는 많지는 못하나마, 정선된 고전들이 서가에 가득히 꽂혀있다. 아마도 죽는 날까지 그들을 다 읽지는 못하리라. (……)[30]

이처럼 해방 전엔 그렇게 열렬히 현장 문학에 관여하며 체제 속의 대표 문학자로서 문필을 과시하던 그가 상황 변전과 함께 그렇게 강단으로 회귀하여 고전주의자로 변신하고, 또 학자로서 그렇게 자족적이며 성취감 그득한 인생을 살다 간 최재서의 삶이 과연 진정으로 행복한 것이었는지에 대해 판단하는 일은 이제 독자 각자에게 주어진 몫으로 남겨두어야 하겠거니와, 그렇게 일제 체제에 부역했던 사람이 영문학자로 돌아선 다음에는 일본인들의 경망스런 예법에 대해서 조소하며 비판하는 언술조차 남겨 놓고 있어 인상적이다.[31] 생애 전

30) 최재서, 『인상과 사색』, 연세대학교 출판부, 1977, 161쪽.

체를 통해서 한 인간의 삶이란 그렇게도 이율배반적이고, 자기 배반적일 수도 있게 되는 것이다. 그도 역시 6.25를 당해서 고통을 겪고 민족 공동의 불행에 대해서는 함께 앓는 입장이 되었겠지만, 전쟁 발발의 개전 초기 김기림이 겪었던 똑같은 상황 속에서라면 그는 두 말 할 나위 없이 뒤도 돌아보지 않고 몸을 숨겨서 일신을 보전했을 것이다. 전쟁이라는 급박한 상황 속에서 스스로 몸을 드러내지 않았다면 한갓 지나간 시대의 비평가 따위 누가 관심 가지고 추적할 이유는 없으렸다고 생각할 수 있는 것이다.

한편 북쪽으로 넘어간 김동석이 그 후 어떤 삶을 살았을지에 대해서는 이 자리에서 잠정적으로 미결의 과제로 남겨 두기로 한다. 여러 풍문들이 있고, 숙청당하거나 어려운 생을 꾸려나갈 수밖에 없게 되었던 많은 문인들의 이야기가 우리에게 전해지지만, 남로당계 간부와 인척 관계에 있었던 김동석이 비참하게 숙청당하고 말았다는 전문에 우리는 접한 적이 없다. 풍설대로 그가 기자 노릇을 수행하기도 하고, 또 전문대로 그가 만약 북한 최고 대학에서의 영문학과 교수 자리를 이후에도 오랫동안 견지해 나갈 수 있었다고 한다면, 우리는 그 나름으로 그가 불행하지 않은 삶을 살았던 셈이라고 할 수 있지 않을까? 그렇다면 이렇게 중첩되어 제시되는 배면에서 클로즈업 되는 김기림 인생의 마지막 행정이란 과연 어떻게 이해되고 설명됨이 타당할까?

만약 6.25, 그리고 한국 현대사가 낳은 총괄적 비극의 한 편린으로 김기림의 마지막 생애를 조명한다면, 이는 단지 한 인간 생애의 비극만이 아니라, 당대의 중도주의자들이 겪었던 일반적 비극의 편모로도 그것은 이해될 필요가 있으리라. 당대의 많은 사람들이 실제로 중도주의적 입장을 견지했었던 것도 사실일 터이며, 그렇게 많은 사람들에 의해서 그들은 '민족의 양심'으로 추앙되기도 했었지만, 좌와 우가 원수처럼 싸우는 대결의 와중에서 그들은 실상 일차적인 피해자이며 비극의 당사자로 노출되기 십상인 것도 사실이었다. 6.25가 발발하기도 전에 흉탄에 쓰러졌던 민족의 여러 지도자들, 좌에 가깝든 우에 가깝든 여운형이나 백범 김구가 보여준 형적이 그 대표적인 것이었다. 김기림의 의식적 지향이 어떤 것이었는지를 다시 한 번 확인해 두기 위한 절차로 글을 마치기 전 마지막으로 백범의 장례식에 바친 김기림의 추도시, 「哭 白凡先生」

---

31) "한 공기의 밥, 한 잔의 술을 받을 때에도 日本人들은 머리를 숙이며 "아리가도 고자이마스"를 연발한다. 이런 경망스러운 예의 법은 우리 나라에는 없었다. 그것은 日本人들이 물 건너서 가져온 풍습이었다." 위의 책 50쪽.

(『국도신문』, 1949.6.30)을 인용해 두기로 한다. 그리고 한글 문체 수립을 위한 개척자적 모색 공로의 일부가 김기림에게 주어져야 한다는 점을 기억하기로 하자.

살 깎고 피 뿌린 40년/ 돌아온 보람/ 금도 보석도 아닌/ 단 한 알의 탄환

꿈에도 못 잊는/ 조국통일의 산 생리를 파헤치는/ 눈도 귀도 없는 몽매한 물리(物理)여!

동으로 동으로 목말라 찾던 어머니인 땅이/ 인제사 바치는 성찬은 이뿐이던가

저주받을세 옳은 민족이로다/ 스스로 제 위대한 혈육에/ 아로새기는 박해가 어찌 이처럼 숙연하냐

태로운 때/ 큰 기둥 뒤따라 꺾어짐/ 민족의 내일에/ 비바람 설레는 우짖음/ 자꾸만 귀에 자욱하구나

눈물을 아껴 둬 무엇하랴/ 젊은 가슴마다 기념탑 또 하나 무너지는 소리

옳은 꿈 사랑하는 이어든 멈춰서/ 가슴 쏟아 여기 통곡하자

눈물 속 어리는/ 끝없는 조국의 어여쁜 얼굴/ 저마다 쳐다보며/ 꺼꾸러지며/ 그를 넘어 또다시 일어나 가리

참고문헌

김기림, 『김기림 전집』 2, 심설당, 1988.
_____, 『김기림 전집』 4, 심설당, 1988.
_____, 『김기림 전집』 6, 심설당, 1988.

김기림, 「哭 白凡先生」, 『국도신문』, 1949.6.30.

김동석, 『해변의 詩』, 박문출판사, 1949.
_____, 『藝術과 生活』, 박문출판사, 1948.
김유중, 『한국현대시인연구17- 김기림』, 문학세계사, 1996.
이희환, 『김동석과 해방기의 문학』, 역락, 2007.
조영복, 『문인기자 김기림과 1930년대 '활자-도서관'의 꿈』, 살림, 2007.
최재서, 『轉換期の朝鮮文學』, 인문사, 1943.
_____, 『인상과 사색』, 연세대학교 출판부, 1977.

유종호, 「한글만으로의 길」, 『창작과비평』 통권 13 · 14호, 1969.
이순욱, 「국민보도연맹시기 정지용의 시 연구」, 『한국문학논총』제 41집, 2005.
최명표, 「해방기 김기림의 계몽운동론」, 『국어문학』 제46집, 2009.
데즈먼드 모리스, 김석희 역, 『털없는 원숭이』, 문예춘추사, 2006.

보론 1
한국 근대의 민족(국가)
문학 담론사 개설

1. 서론—'상상의 공동체'와 한국 근대 '민족(국가) 담론'의 출현

'민족'에 대한 개념적 이해 문제와 관련하여, 그것을 오랜 시간 동안에 걸쳐 형성된 '역사·문화·언어의 공동체'로 이해하고 설명하는 시각이 보편적으로 받아들여져 왔지만, 근래 매체론적 인식이 강조되면서 그것을 본질적으로는 근대의 산물로 규정하며, 특별히 근대의 인쇄, 문화 기제가 이 의식과 인식을 가능케 하였다는 설명이 점차 설득력을 얻어 왔다. 20세기 후반 미국의 베네딕트 앤더슨(Benedict Anderson) 같은 논자에 의해 주도된 설명법이 그 대표적인 것이라 할 수 있는데, 근대적 의미의 민족 공동체란 요컨대 '상상(된) 공동체'의 성격으로 주어지고 구체화되었다고 하는 설명이다.[1] 신문과 잡지, 혹은 시와 소설 등의 문학 양식과 인쇄매체-문자매체의 작용력, 그 문화 매체들의 도움에 힘입어 비로소 근대적인 의미의 '민족 공동체', 곧 하나의 상상 공동체가 가능해졌다고 하는 설명법이 되는 셈이다. 전근대의 시대, 곧 봉건 왕조의 시대를 통해서라도 물론 '백성'이나 '신민' 등의 형태, 관념으로 얼마든지 하나의 단위 공동체의 성립이 가능하지 않았느냐는 반론도 있을 법하기는 하지만, 그것은 오늘날과 같이 '자유-평등'의 이념에 입각한 동일체의 '민족 공동체'의 형질, 그 성격과 질적으로 같은 것일 수 없었음이 지적되고, 더군다나 하나의 실체로서 '상상된 공동체'가 일상적으로 체감되기 위해서는 무엇보다 근대적인 인쇄, 문화 매체의 도움, 간섭이 필수적으로 매개되어 비로소 오늘날과 같은 민족적 인식, '민족의식'의 수립이 가능해졌다고 하는 이해, 이론이 된다.[2] 하버마스가 근대적 '공공 영역'들의 성립 과정들을 통해 '민주주의'와 사회적 '비평' 양식들의 수립이 가능해졌다고 주장하는 것처럼, 근대적인 미디어의 작용력과 그 중재 능력을 특별히 강조하는 마샬 맥루한의 논법에 힘입어 비로소 이와 같은 매체 공동체 개념의 '민족 공동체' 이론이 또 하나의 설명틀을 갖추고 그 설득력을 배가시키게 되었다고 볼 수 있다.

이처럼 하나의 총체화된 근대 문명, 문화의 기제들과 함께 근대 사회를 형성하는 기본 단위로서 '민족 공동체'의 개념을 상정하고 보면, 한국 사회에서 이 근대적 민족 공동체의 형성 과정은 당연히도 이 땅 근대화의 역사와 궤를 같이

---

1) 베네딕트 앤더슨, 윤형숙 역, 『상상의 공동체』, 나남, 2004, 특히 3장 참조.
2) '민족'의 성립 과정(혹은 역사)과 관련해서는 박찬승, 『민족·민족주의』, 소화, 2010 참조.

하게 된다. 근대화 도정의 역사적 계기, 사건들로서 가령 '갑신정변'이라거나, 혹은 '갑오농민전쟁'과 '갑오개혁', 그리고 그 이후 이뤄진 일련의 '광무개혁', 또는 그보다 한참의 시간이 더 걸려 이루어진 '3·1운동'의 사건들을 주목해 본다고 할 때, 우리의 근대적인 민족 공동체 역시 이러한 사건들과 함께 성숙의 도정을 걸어왔다고 할 수 있다. 이 많은 사건들 중에서도 근래의 역사학자들이 대체로 합의하여 그 역사적 의의에 방점을 찍고 한국 근대사 도정의 획시기적 사건으로 재삼 주목되고 있는 계기는 다름 아닌 '갑오개혁'으로 주어진다고 볼 수 있는데, 무엇보다 이 개혁을 통해 봉건적 현실의 근간을 이룬 신분제가 명시적으로 타파되었다고 보기 때문일 터이다. 요컨대 근대 사회를 향한 방향 전환, 그 명시적 천명의 계기가 결정적으로 이 '갑오개혁'의 사건을 통해 주어졌다고 보고, 그리하여 이로부터 광무개혁에까지 이르게 되는 약 몇 년간의 시기, 곧 1890년대 중반에서 그 후반에 이르는 시기에 근대화를 향한 한국사 도정의 몇몇 초석들이 마련되었다고 보면, 마찬가지로 근대적인 민족 공동체의 수립을 향한 한국사의 도정 역시 대개 이 단계에서 결정적인 국면을 맞이하였노라고 그 설명의 틀을 갖추게 된다. 그렇다면 이러한 설명틀의 구성을 위해 그 배경에서 작용하였음이 틀림없는 저 미셸 푸코의 역사학적 논법, 소위 '제도론'이라는 이름 하의 그 고고-계보학적 방법론만이 우리의 인식 관심과 관련해서도 유일한 이론적, 설명적 준거틀이 된다고 보아야 할까?

그 성질상 '문화사'의 인식 영역과 동거, 중첩할 수밖에 없는 우리의 '민족-국가 담론' 연구 지평 하에서도 1890년대 중반기가 각별한 주목의 대상으로 부각될 수밖에 없다고 하는 것은 무엇보다도 또 이 기간이 우리의 근대적 언론사 속에서도 그 중핵 사건이 되는 『독립신문』의 발간 사건과 시기적으로 겹친다고 하는 점 때문이다. 물론 여기서 더 일찍이 『한성순보』(1883)의 발간 사실이 이루어졌다고 하는 것은 한 과도기의 사건으로서 논외가 된다. 한문의 문체 형태로 열흘에 한 번의 발간 주기를 가졌다는 점으로도 알 수 있듯이 그것은 근대적으로 매우 미약한 초보적 언론 기관일 뿐이었다. 『독립신문』의 발간 주체를 이룬 서재필 중심의 '독립협회'가 한편 '만민공동회'라는 이름의 (비록 또 초보적 형태이었을지라도) 일종 사회적 공공 영역을 출현시켰다는 점 역시 이 문맥에서 중요하다. '광무(光武)' 연호의 '대한제국' 출범이 단지 허울만의 연출이 아니었음을 이 동반 사건들은 증거한다. 그 후 대한제국의 언론 매체들이 속속 등장했다.『제국신문』,『황성신문』,『대한매일신보』등 여러 매체들이 중간되었고, 최남선이 주도한『소년』지의 창간과 더불어 신체시, 그리고 신소설 등으로 칭해지는 과도기적 문학 양식들이 줄을 이어 선보여졌다. 바야흐로 '상상의 공동체' (민족 공동체) 수립을 위한 그 기반 장치들로서 다양한 매체 공간의 성립이 이로써 가능해졌다고 볼 수 있는 터이다.

물론 '러일전쟁' 과 함께 을사년(1905)의 강제 조약이 체결되고, 그 5년 후 다시 '합방' 이라는 무력 병합 조치가 취해짐으로써 이 민족의 근대화 도정은 크나큰 타격을 입고, 타율에 의한 식민지 근대화의 기나긴 동면의 한 시기를 벗어날 수 없게 되지만, 그 와중에도 우리 선조들은 세계(유럽) 1차 대전의 종언과 함께, 그리고 '고종' 이라는 구시대 왕조 상징의 역사적 승하 사건을 맞아 '3 · 1운동' 이라는 미증유의 민족 궐기 체험에 나서게 된다. 근대적인 것으로서의 '한국 민족주의' 의 수립과 그 의식 체험이 이로써 분명해지고, 망명 정부의 형태로일망정 우리 민족은 '상해임시정부' 의 수립을 맞게 된다. 여기까지의 도정으로 결국 곡절 많은 우리의 근대화 도정은 일(一) 단계, 성취와 수립의 국면을 이루었다고 할 수 있고, 그 3 · 1운동 이후 소위 일제의 '문화통치' 가 개시되면서 적어도 문화적 국면에서의 한국 근대화 도정은 더욱 박차의 여정을 열어나가게 된다고 볼 수 있다. 그러니 '3 · 1운동' 으로서 어찌 근대화의 1단계 도정, 그 준비 작업이 착실히 마무리되었다고 보지 않을 수 있을까?

이렇게 해서 이 작업은 19세기 말 이래 3 · 1운동기까지 이르는 약 20여 년의 시기를 우리 근대 민족 문화사 형성의 제1단계로 설정, 그 논섭의 면모를 살피기로 한다. 이후 1920년대부터 1940년대 초까지 약 20여 년에 이르는 식민지 기간이 다음 두 번째 단계로 설정될 수 있는데, 다사다난했던 이 1920-30년대의 시간을 다시 세분화해보자면 대개 세 개의 국면쯤으로 분할될 수 있으리라고 여겨진다. 1920년대 중반기까지로 대개 설정될 수 있는 그 첫 번째 국면은 (근대적인) 민족 문학과 국민 문화의 앙양 시기로 특징지어질 만하고, 그 두 번째 국면은 주지하는바 소위 '계급담론' 이라는 명칭으로도 주어졌던, 사회주의 지향의 좌파 문예-학설 담론들이 주류를 이루었던 시기다. 세 번째 국면으로 1930년대 중반 이후 소위 '전형기', 혹은 '신체제' 라는 이름으로도 회자되었던 일제 말기 문예 비평 담론 양상들이 추가된다면 대개 일제하 시기 민족(국가) 문학 담론사는 그 얼개가 틀 지워지는 셈이다. 그리고 여기에 해방 이후 6.25 전쟁 개시 전까지로 상정되는 약 5년간의 시기가 또 다른 세 번째 단계의 국면으로 인지될 때, 우리 근대 민족(국가) 문학 담론사의 윤곽은 마련되었다고 할 수 있다.

그럼 이제부터 구한 국말 '애국계몽기'의 시기, 오랜 동안 '개화기'라고 하는 잠정적인 명칭이 그 시대 배경을 칭하기 위한 관행적인 용법과 함께 널리 운위되곤 하던 바로 그 시기에, 우리의 초기 민족문화 수립을 위한 담론 형질들이 어떻게 발현되어 왔는지, 글 문면들을 살펴가면서 순서대로 살펴가 보도록 하자. 이 시기의 담론 형질을 먼저 이념적으로 포착해 두기 위해서는 먼저 '어문민족주의'의 개념 설정이 유용할 수 있겠다.

2. 개화기 혹은 애국계몽기의 민족 담론

2-1. '어문민족주의', 그리고 개화기 국문체(國文體) 설립을 위한 세 가지 정책 담론의 위상과 그 입론 근거

어느 나라, 어느 민족의 경우에든 보편적으로 근대화 초기, 그 '교육입국' 이념의 토대 마련을 위해서는 '어문민족주의'에의 경도 현상이 기립, 대두하기 마련이다. 하지만 이 용어와 관련해 어느 정도 상식적으로 이해되는 부분도 있고, 또 잘못 오해되는 경우도 있는 듯하다. 가령 한국의 경우, 국가 존망에의 위기의식이 드높았던 시절— '애국계몽기'라고 하는 사후적 명칭은 이런 시야에서 제출되었을 것인데—, 많은 애국자들이 나라의 국운을 다시 일으켜 세우기 위해서는 교육이 중요하고, 또 그것을 통해 계몽 사업을 일으켜야 한다는 사회적 자각 의식을 불러일으키고, 또 그것을 위해 매진, 몰두해 갔던 것이 분명 사실이다. 바로 그와 같은 시기의 민족적 사명 의식과 지식인의 사회적 책무 의식을 구호로서 안착시켜 민족의 나아갈 지표를 제시했던 대표적인 지도자가 다름 아닌 안창호였다고 할 수 있고, '무실역행'의 사상적 지표란 바로 그러한 맥락에서 주조된 구호적 표현이었다고 할 수 있다. 단지 안창호만이 아니라 당대의 대표적 문사, 지식인 논객이었던 언론인 신채호, 장지연 등 역시 예의 그 비분강개식 논설 문면들을 통해 그러한 사상들을 전파하였고, '독립협회'를 주도적으로 창설하고 또 그 운동에 동참하였던 서재필, 이승만, 주시경 등 선각자들 역시 그러한 사상 전파에 한 목소리를 발했던 것은 움직일 수 없는 사실이었다. 특별히 '국어운동'을 통해 근대적 민족문화의 수립과 그 교육적 활용을 통한 계몽의식의 확장을 꿈꾸었던 주시경, 리봉운, 김두봉 등의 초기 국문학자들, 그리고 최남선, 이광수 등 초기 근대 문학 창달자들, 이들 모두가 넓은 의미에서, 그리고 상식적 어의에서 '어문민족주의'의 개념을 중심으로 그 지적, 의식적 실천의 지향점을 모색해 나왔던 것은 부인할 수 없는 사실이었다고 할 수 있다. 그렇다면 '어문민족주의'의 관념과 그 지향점이란 어떤 역사적 맥락 속에서 파생되고, 또 그것이 어떤 이유로 근대 세계 수립의 초기적, 맹아적 단계에서 유럽 세계와 비유럽 세계를 막론하고까지 보편적인 교육 이념의 한 핵자로 이해되면서 그 전파의 확장 일로를 걸을 수 있었던 것일까? 이 문제를 살피기 위해 잠시 시야를 독일의 경우로 옮겨 그 역사적 맥락을 더듬어 볼 필요가 있겠다.

'어문민족주의'라고 하면 흔히 훔볼트를 떠올리게 되지만, 실상 훔볼트와 '어문민족주의'라는 표상 자체는 직접적인 상관관계가 파악되지 않는 것으로 살펴진다. 다만 19세기 초 나폴레옹 침공기를 맞아 정치철학자 피히테가 「독일 국민에게 고함」이라는 유명한 연설록을 남기게 된 것은 주지의 사실로 인식되며, 이후 프러시아의 정치 외교가로서 교육 정책 담당자의 책임을 부여받게 된 빌헬름 폰 훔볼트는 새롭게 창설되는 베를린 대학의 공동 설립자 억힐까지를 감당하게 됨으로써—이 때문에 오늘날 베를린 대학은 '훔볼트 대학'이라는 별칭을 얻게 되었다— 독일 근대의 교육 체계 수립에 깊숙이 관여하게 되었다. 결국 이와 같은 근대식 교육 체계 수립의 사례가 이후 일본을 비롯한 많은 후발 근대화 추진 국가들에게 있어서 새로운 교육 체제 수립의 한 모범 사례로 제시됨으로써 차후 훔볼트의 이름과 새로운 교육 체계 수립의 사상은 깊숙이 결부되는 사태가 낳아졌다고 할 수 있다. 그렇다고 하더라도 왜 굳이 훔볼트의 이름과 우리가 지금 이 자리에서 개화기–애국계몽기의 중심 사상으로 엿보고자 하는 '어문민족주의'의 이름이 마치 쌍생아처럼 동행, 동반하는 사태가 낳아졌다고 보아야 할까?

역사적 우연이 중첩된 결과라고 밖에는 달리 이해할 도리가 없다고 여겨지지만, 그의 형보다 더 커다란 국제적 명성을 쌓았던 지리학자(후일 '박물학'이라는 이름의 과목명과 함께 이 '지리학'은 당대의 대표적인 지식구성체—인식소—의 중심 요소를 이루었던 것이 틀림없다) 알렉산더 폰 훔볼트와 함께 교육과 학식의 분야에서 더욱 자주 '훔볼트'의 이름이 회자되었던 것이 틀림없다. 더구나 바스크어 등의 연구 성과로 실제 빌헬름 훔볼트는 당대의 대표적인 언어학자로서의 지위 또한 굳히게 되었으며, 따라서 일찍이 젊은 시절부터 실러와의 교분 등으로 얻게 된 저명한 문학자로서의 지명도 또한 더해져 교육자로서 훔볼트의 이름은 '언어'와 '문학'의 이념과 더욱 긴밀히 결속하는 사태를 가져왔다. 그러니 우리가 아는 상식적인 의미에서의 '어문민족주의'와 훔볼트의 이름이 굳게 결합되기에 이른 것은 비록 사태의 시원은 우연들의 중첩과 함께 초래되었다 할망정 한편 그럴 만한 마땅한 연유와 사정을 껴안은 결과로 이룩되었다고 보아야 하지 않을까?

하지만 훔볼트의 생애를 아무리 뒤적여 보더라도 우리가 일반적으로 구사하는 뜻으로서의 '어문민족주의'와 훔볼트의 이름이 직접적으로 결합되어야 할 필연적인 이유는 찾아지지 않는다. 다만, 그리스-로마 시대로부터의 고유한 교육 원리로 전해져 오는 '파이데이아'(paideia, 라틴어로는 humanitas) 혹은 아르테스 리베랄리스(artes liberales)의 교육 체계, 혹은 그 이념이 훔볼트의 시대 전개와 함께 '독일어' 교육 강화의 체계-이념으로 변형, 변질되어 갔으리라는 것, 그리고 그와 더불어 훔볼트는 보다 보편적인 견지에서 사회와 인류 공영에의 공헌과 이바지를 위해 인간의 내면 속에 깃들어 잠재되어 있는 본성의 자질, 즉 인간 품성의 본래적인 자질 계발이라는 각도에서 '자유주의'를 강조, 그것이 근대의 주도적인 교육 이념으로 자리 잡는 사정을 연출하였고, 이에 따라 훔볼트의 이름은 근대적 교육 이념의 한 대명사처럼 운위되는 형편을 연출하였다는 점이 그 배경적 사정으로 이해될 수 있는 것이다(이 경우 비근한 사정의 한 경과로서 해방 후 미국식 교육 이념과 그 방식이 물밀 듯 밀려들어 올 때 그 교육 이론의 전이 과정에서 (교육)철학자 '존 듀이'의 이름이 한 대명사처럼 따라 붙게 되었던 사정을 상기해 보라).

특별히 한국 근대사의 경우 일본을 통한 압축적 근대화의 세례, 그 의식적, 인식적 노출에 영향 받지 않을 수 없었으므로 이토 히로부미(伊藤博文)가 비스마르크 체제를 모방하여 이룩한 독일식, 프러시아식 근대화 방정식을 원하든 원하지 않든 수용하는 과정을 겪지 않을 수 없었다. 그리고 이 경우 일본식 압축적 근대화에의 추격(Pursuit) 방식 속에는 소위 '일본식 자연주의' 개념이 잘 시사하듯이 다분한 왜곡과 공식 변형, 공식 압축이란 방정식이 피할 수 없이 깃들어 들어갈 수밖에 없게 되어 있었다. '어문민족주의' 란 이상한 변형 이념이 주조되고 생성될 수밖에 없었던 사정 또한 이와 같은 압축적 변형 공식 과정 속에서 주어졌다고 볼 수 있다. 어쨌거나 이런 사정으로 해서 우리 역사 속의 개화기, 애국계몽기의 공간에도 '어문민족주의' 의 이념, 개념이 활짝 꽃 피우게 되었다고 할 수 있으니, 이 이념 전파에 다른 누구보다도 앞장서고 또 몸소 그 실천을 향해 순국에의 의지로 혼신의 정열을 바쳐간 사람들이 곧 이 시기 국어학자를 대표한 주시경 등의 인물이었다고 할 수 있다. 주시경은 그렇다면 어떤 시점, 어떤 맥락에서 자신의 인생 경로를 열고, 그 과정에서 어떤 대표적인 명 논설의 자취를 남기게 되었던가?

1876년생인 주시경의 초기 생애와 애국계몽가, 국어학자로서의 입신 과정이 교차하는 지점도 구체적으로 살피면 무엇보다 그가 스무 살 때 만난 '독립협회', 곧 『독립신문』의 발간 사건이 크게 눈에 띈다는 사실을 알 수 있다. 개화사상에 눈을 뜬 그가 1894년 배재학당에 입교했을 때, 그 2년 후 '독립협회' 를 구성한 서재필이 바로 이곳에서 신문 발간 사업을 구상하고 그것을 추진했던 것이다. 그곳에서 그는 그보다 1살 위인 이승만과 함께 서재필을 돕기 시작, 『독립신문』 발간에 주도적으로 참여하였으며, '만민공동회' 를 중심으로 열정적인 정치 참여에의 길로 달려 나간 이승만과 다르게 그는 국어학자로서의 길에 생애를 바치기로 결심, 이로부터 많은 제자들을 길러내면서 국어운동의 초석을 닦았다. 초기 한글운동 수립 과정에 업적을 남긴 리봉운, 유길준, 최광옥, 김규식, 김희상 등과 주시경의 제자인 김두봉, 권덕규, 이규영 등이 이어 나타남으로써 바야흐로 근대 한국 국어학의 탄생은 고고의 성을 울리게 되었는데, 이 과정에서 주도적이고 중심적인 역할을 수행한 사람은 말할 나위없이 주시경이었다.

물론 이 시기 '어문'을 통한 '민족주의'의 창달, 즉 '어문민족주의'의 창달에 힘쓴 논설가 계열이 반드시 국어운동가 계열로만 한정되지는 않는다.『제국신문』,『대한매일신보』,『황성신문』등 각종 언론 지면에서의 활동 역량 역시 중요했으니, '국어(國語)—국문(國文)—국자(國字)' 운동의 중요성과 그 일상적 실천, 정책적 집행의 중차대한 의의에 대해서 기회 있을 때마다 끊임없이 깨우치고 상기시킨 논설가들, 가령 신채호, 장지연 등 당대의 언론 문사들이 활약한 면모 역시 이 맥락에서 빼놓을 수 없으니, 비록 이 시문체(당대의 한주국종 국한혼용문체) 논설가들이란 스스로 새로운 한글 문체를 익숙하게 구사하거나 그것을 직접 활용할 자질과 능력을 구비하지 못한 상태에서나마 그 이념과 정책적 필요성에 대해서는 깊이 공감하여 이 시기, 즉 '애국계몽기'의 국자—국문 운동에 한 몫을 톡톡히 담당하는 열성을 보여주었다고 할 수 있는 터이다. 물론 또 이 시기 대부분의 전통적 유생들, 즉 주자학적 지식인들 대부분은 완강히 한문 중심 문자 생활을 여전히 당연한 듯이 고수하려는 움직임을 보였던 것이 사실이었으니, 개혁파의 일부로서 그 매개적, 중재적 위치에 섰던 위 과도기 계몽 지식인들, 언론 지식인들의 역할이 상대적으로 크게 부각되지 않을 수 없었던 그 역사적 실정, 문화사적 상황에 대해 여기서 우리는 크게 주목, 상기해 두지 않을 수 없는 것이다. 알다시피 이 시기 중국의 계몽 지식인들은 매우 여린 강도로나마 백화문 운동을 향한 족적을 조금씩 내딛는 상태에 있었다고 할 수 있으나, 어찌된 일인지 동양 3국 중 그 근대화를 향한 속도가 가장 빨랐던 일본의 경우는 오히려 어문 체계 변화상에 있어서 상대적으로 느린 속도를 견지하는 편에 있었다고 할 수 있기 때문에 당대의 시문체 형태에서 곧바로 국어—국문 전용 단계로의 변이를 꿈꾸는 과도기 논설가들의 발상 역시 당대의 현실 상황 전체 속에서 보아서는 상당히 모험적인 주장의 수준으로 인식될 만하였다는 점을 감안해 둘 필요도 있다.

　이렇게 국어운동계와 언론계의 두 축으로 우선 전개되었다고 할 수 있는 당대 '어문민족주의'의 이념 파급 현실은 물론 또 당대의 교육기관들을 통해서 확산되지 않으면 그 구체적 결실을 도모하기 어려운 성격의 이념 내용이자 또 실체적 교육 성과로서 뒷받침되어야 할 점진적 교육 과정 성격의 지식 내용이기도 했다. 이런 점에서 당대의 관립학교들과 또 많은 선교사들이 선교 사업의 일환으로 추진했던 학교 설립 운동, 특히 이런 면에서 당시 새롭게 개시된 근대적 여성 교육의 활성화가 끼친 공적 또한 컸다고 할 수 있으니, 우리가 흔히 '내간체'로 불려왔던 '국문체'가 당시 개화에 노출된 양반층 여성 사회 내에서 보다 활성화되어 운용될 가능성이 커졌기 때문이다. 물론 이 점에서 당시 소설의 문투만은 한글체, 곧 언문 형식 중심으로 운용되어 왔던 소설 양식의 문체적 기여 공적 또한 크게 기록되어야 한다. 가령 당대의 대표적인 기록문서의 하나로 간주될 수 있는 『백범일지』가 표 나게 기록하는 바이지만, 당대의 많은 우국 지식인들이 망국기의 혼란을 수습할 방책으로 무엇보다 '교육 사업'을 강조하고, 또 실제 전국의 방방곡곡 여기저기에서 학교 설립을 추진하며 그 교육 내용을 꾸리고자 했을 때, 만약 생활 주변 가까이에서 손쉽게 구할 수 있는 국문 자료들이 없었다고 한다면, 우리의 국문운동 전체는 당대에 그렇게 쉽사리 뿌리내리기 어려웠으리라고 가상될 수 있을 것이기 때문이다.

따라서 문체의 성격 자체로 겨우 한주국종(漢主國從)의 시문체−혼용문으로 (그것도 기껏해야 19세기 말엽의 『서유견문』(1895)으로 시발되는) 개시된 우리의 공식적 문체사, 문화사는 당대의 선각자들이 예상한 속도보다도 매우 빠르게 국주한종(國主漢從)체의 문체 양상으로 바뀌어가면서 국문체를 향한 문체 변혁을 이루어 가게 된다. 물론 이 과정에서 가장 큰 공적, 역할을 수행한 사람들은 전기(前記)한 주시경 중심 국문학자들이었다고 할 수 있으며, 또한 애국계몽기, 즉 '대한제국' 수립기, 고종을 비롯한 정부 대표자들의 급진적인 국문정책 입안 노력 역시 컸다. '광무(光武)'의 연호를 선포한 1897년 즉각적으로 고종황제의 이름과 함께 반포된 칙령 속에서 정부는 국문 교육 정책을 국가의 주요한 정책으로 수립하고, 곧바로 또 이에서 한 걸음 더 나아가 그 교육적 실행의 구체적인 방안까지를 마련하고 승인할 것을 천명함으로써 정부 시책의 확고한 방향 설정을 제시했기 때문이다. '국어문법'의 확립을 향한 주시경의 위대한 업적 수행이 결코 우연이 아니었음을 이러한 각계각층의 역사적 과제 실행의 면모, 그 추진력의 자취들은 역력히 증거해 주는 바라 할 수 있거니와, 마침내 1906년, 『대한국어문법』의 발간 사업을 완료하고, 그 감회를 적은 '발문'의 주시경 어록은 당대의 문체 환경을 똑똑히 적어 우리에게 알려준다. 이 점에서 비슷한 시기 시론(時論)의 문면 양상으로 씌어진 주시경의 「국어와 국문의 필요」(1907)는 더욱 더 구체적으로 이 시대 국어 운동의 열의, 즉 그 속에 담긴 '어문민족주의'에의 열의가 얼마나, 얼마마큼 대단한 것이었는지를 잘 시사해 대변해 주는 편이라 할 수 있는데, 여기서 우리가 주목해 볼 것은 그 문체적 실천의 구현 양상이다. 보라!

무론 남녀하고 다 쉽게 알도록 가르쳐 주어야 될지라. 영, 미, 법, 덕 같은 나라들은 한문을 구경도 못하였으되 저렇듯 부강함을 보시오. (……) 국문 난 후 기 백 년에 자전 한 책도 만들지 않고 한문만 숭상한 것이 어찌 부끄럽지 아니하리오. 자금(自今) 이후로 우리 국어와 국문을 (…) 그 법과 이치를 궁구하며 자전과 문법과 독본들을 잘 만들어 (…) 우리 온 나라 사람이 (…) 우리나라 근본의 주장글로 숭상하고 사랑하여 쓰기를 바라노라.[3]

어미 처리를 포함한 몇 가지 표현만을 바꾼다면 오늘, 우리 시대의 표현이라 해도 전혀 손색이 없을 정도로 국문체 자체를 모범적으로 실천하고 있는 양상이 위의 글이라 할 수 있고, 내용 면에서도 그것은 근대적인 계몽 국가를 향한 지향성을 내포하고 있었음이 뚜렷이 확인된다. "영, 미, 법, 덕 같은 나라들은 한문을 구경도 못하였으되 저렇듯 부강함을 보시오"라는 구절에서 우리는 당시 주시경이 어느 정도 국제 사정을 파악하는 위치에 있었음을 확인할 수 있거니와, 따라서 문명 상태로의 '추격'(Pursuit)을 위해서는 무엇보다 한문(漢文) 중심 문화와 그 문화 의식으로부터의 탈각이 시급하고 긴요하다는 것을 역설하고 있다. '어문민족주의'의 내용과 실질에 있어서 이 글만큼 따로이 그 본질을 구현하는 문체, 문장 사례는 달리 찾아보기 어려우리라는 확신이 이러한 문맥에서 가능해진다. 다시금 우리 근대 문화사 개척의 일등 개척자 중 한 사람이 주시경이었다는 사실을 여실히 확인시켜 주는 대목인 것이다.

그런가 하면 이 문맥 속에서 두 번째로 중요하게 논급, 주목되어야 할 논자로는 역시 '신채호'(1880-1936)가 꼽혀야만 한다. 이승만(1875-1965)이 당대에 '어문민족주의'를 실천한 역사적 인물의 한 보기로 꼽힐 만하지만, 그의 실천은 지나치게 정치적인 것에 경도된 나머지, 실질적으로 어문 차원에서의 괄목할 만한 성과나 명 논설을 남겨 놓지는 못했다. '만민공동회'에서의 활동으

3) 주시경, 「국어와 국문의 필요」, 『서우』 2호, 1907.1.

로 그는 오랜 기간 종신수의 몸으로 영어(囹圄)에 갇히는 몸이 되었고, 옥중에서 그는 나름대로 한글의 체계적인 보급 사업을 강구한다거나, 영한사전의 편찬, 발간 등을 준비하는 작업에 착수했다고도 하지만, 구체적으로 어떤 결실을 내놓지는 못한 형편이 되었다고 할 수 있다. 물론 '논설' 집필의 업적으로야 당대에 약 700편 정도에 이르는 국문 논설을 집필할 정도로 누구보다 정열적이어서 1898년 시기에는 이미 「국문이 나라 문명할 근본」이라는 제목으로 논설을 발표했다거나, 1903년, 감옥에 갇힌 몸의 상태에서도 '국문교육'의 대담한 목표 설정과 함께, 국문을 통한 국민교육의 실천이라는 구체적 계획을 진술하기도 했었다고 하지만, 이 부문의 이승만의 행적에 대한 자세한 연구는 아직까지 부족하거나 널리 인식되지 못한 형편에 있다고 할 수 있다. 이후 '러일전쟁'이 발발한 상황에서 그는 갑자기 고종의 특사라는 사명을 띠고 미국으로 출국, 오랫동안 이 땅을 비운 상태가 되어서는 국문 실천 차원에서의 그의 활동 역시 중단될 수밖에 없었다. 결국 역사적으로 그의 빈자리를 메꾼 사람이 그보다 5년 후배의 신채호가 되었다고 할 수 있으며, 따라서 이 시기까지 주요한과 더불어, 혹은 주요한의 뒤를 이어 어문학자로서의 활동을 의욕적으로 펼쳐간 리봉운, 유길준, 최광옥, 김규식, 김희상 등 더 많은 학자적 소양의 인물들 속에서는 결코 주요한이나 이승만과 어깨를 겨룰 만한 인물은 더 이상 창출되지 않은 셈이 되었다고 평가할 수도 있다. 이후 논설가로서 뚜렷한 금자탑을 쌓은 인물, 행적으로는 이리하여 역시 신채호의 경우가 독보적이리만큼 우뚝 솟아 보이는 것이다. 그렇다면 과연 신채호는 또 어떤 행적을 거쳐 솟아나온 인물이었는가?

일찍이 성균관 박사로서 두터운 한문 교양을 쌓았던 신채호는 이 땅에도 거센 개화의 물결이 밀어닥치고, 한편 망국에의 위기의식이 조야를 뒤덮게 되자, 당대의 많은 우국지사들과 함께 비록 한문(漢文) 지식의 경로를 통해서나마 당시 양계초 등 중국의 지식인들이 전하는 여러 형태의 문명, 계몽 지식을 접하게 된다. 그의 장기는 무엇보다 동서고금(東西古今)을 넘나드는 박식(博識)의 세계로부터 낳아졌으며, 또 선비적인 열정의 비분강개가 그의 수많은 비평적 언설들을 낳는 감성적, 정신적 원동력으로 주어졌다. 그리하여 20대 중·후반의 나이에 상아탑을 떨치고 일어나 나라 살리기의 긴급 사무에 투신하기로 한 신채호는 당대가 요구하는 문필가의 자리에 선뜻 몸을 맡기게 된다. 곧 『황성신문』, 『대한매일신보』 등 당대의 대표 언론 기관들에서 '논설위원', 혹은 '주필' 자리에 올라 언론인을 대표하는 위치에서 마치 피를 토하듯 격렬한 논설들의 생산 사무에 열과 성을 다하게 된다. 그가 나중 일제의 재판관 앞에서의 인정 심문을 통해 스스로를 '(신문) 기자'라고 표한 것은 이와 같은 연유에서의 그 자신의 정체 의식을 밝힌 것이다.

신채호가 이렇게 사자후의 논설을 매일처럼 정열적으로 쏟아내던 시기는 그러니까 1905년 '을사조약' 체결의 전야로부터 한 · 일 병탄의 폭거가 자행되는 1910년의 경술국치 시점까지가 되지만, 이후로도 그는 주지하는바 망명지 중국 천하를 관유하는 상태로도 끊임없이 여러 국사(國史) 관계 논문과, 언론 기고, 그리고 여러 형태의 문학적인 글 집필에 이르기까지 다양한 면모의 (문필) 기자직 수행을 전전하게 된다. 물론 그 모든 시기를 통해서도 그가 가장 보람차고 뜻있는 문필 행정을 펼쳐 나갔던 시기는 그 청년기, 혹은 이른 장년기의 국내 활동 시기로 모아지게 된다. 바로 애국계몽을 향한 우국 정열 일색의 시절이었고, 바로 그런 뜻에서 이 시기의 신채호는 저 독일의 철학자 피히테가 나폴레옹의 침략기에 매주 한 차례씩 청중들을 모아놓고 열변을 토해 내었다고 하는 『독일 국민에게 고함』, 그 열정의 웅변 피로에 결코 모자라지 않고, 오히려 그 수준을 훨씬 능가하는 정도의 뛰어난 문필 능력, 자질을 과시해 보여주었다고 할 수 있는 터이다. 그 문필의 성격 자체가 이런 뜻에서 '웅변'의 글쓰기였다고 할 수 있는데, 이 시기를 특별히 우리의 국사학자들이 '애국계몽기'라고 이름 지어 특징짓게 된 배면에는 따라서 다른 어떤, 누구의 사실보다도 바로 이런 신채호의 글쓰기가 입증해 보여주는바 압도적인 그 특질적 문체 사실에서 인상 지워진 까닭이 크다고까지 말할 수 있는 셈이다. 그 애국 정열, 계몽 의지의 실천을 증거하는 면에서 단연 그(신채호)는 애국계몽기의 어떤 역사적 인물들, 가령 연설 능력이 뛰어 났던 안창호, 혹은 국어학자 주시경, 혹은 또 뛰어난 정치적 언변과 계몽 지식에 대한 이해 능력을 높이 쌓았던 이승만, 혹은 또 기독교 계열 지성으로서의 이상재, 혹은 또 구 지식인 계열의 어느, 누구에 비해서도 분명하고 투철한 논설 업적을 쌓았던 것이다. 그가 당대 신문 논설계에서 분명한 선두이자 독보적 필봉의 거인적 주간 위치를 차지하고 있었던 탓에 그의 문필 세계는 가히 무변을 자랑하였고, 그 지적, 인식적 소양의 광대함으로 말미암아 그가 써내는 논설 세계는 참으로 오늘의 시야에서 볼 때 경이롭다 하지 않을 수 없을 정도로 다방면에 걸쳐 국내외 대소사 모두를 관장하는 형편이었다고 해도 좋을 양상인 것이다. 그런 중에도 지금 이 자리에서 우리의 중점 관심사가 되는 '국문' 정책과 그것을 통한 국민교육에의 확대 가능성을 논하는 문제 역시 그의 중요 관심사가 되지 않을 수 없었다. 이에 따라 단순히 정책적 필요성만을 논급하는 것이 아니라, 구체적으로 교육적, 사회 실천적 방안까지를 모색하는 여러 편의 논설 흔적을 남기게 되었는데, 이 대목에서 중요한 점은 앞서도 지적한 것처럼 문체 자체를 당대의 '시문체'에 의지하면서 그의 주장 내용은 훨씬 급진적인 국문 전용 방향을 향해 치닫는 쪽으로 내달았다고 하는 점이다. 구체적으로 그의 주장 내용과 문체 양상을 문면을 통해 확인해 가면서 보아 두기로 하자.

예컨대 당대 대부분의 개화, 계몽 지식인들이 단순히 "(서구) 문명국의 현실을 보라!" 투로 자신의 이론적 거점을 취하고 있었던 데 비하면, 신채호는 우선 이 점에서도 첫째, 강경한 국수주의의 주체적 입장에 서서 국문 일체주의를 강조하면서도 한편 그 문체에 있어서는 초기의 '한주국종체'에서 점차 '국주한종체' 쪽으로 이동해 가는 문체적 변이 양상을 보여 주었다. 둘째, 한편 그 논설 대상의 면에 있어서는 여전히 ─적어도 양적인 견지에서─ 당대적 사회 구성의 차원에서 주류 지식인의 위상을 점하고 있었다고 할 수 있는 전통적 한문 지식인들을 향해 그 인식의 고루함과 퇴영적 자세를 꾸짖는 형태로 하루 바삐, 그리하여 빨리 문명 개화의 세계로 나아가지 않으면 안 될 것을 깨우쳤다는 점이다. 가령 「국한문의 경중」이라고 제(題)한 짧은 논설 기사 속에서 우리는 그의 이와 같은 과도기적 지성의 면모를 약여하게 확인해 볼 수 있다고 하겠는데, 비분강개, 즉 한문 투의 '개탄조' 음조에 싣고, 논법상으로도 매우 단순한 연역과 배제의 원리를 활용, '명제 자명'의 논법에 일쑤 의존하는, 그 특유의 의고체 문장 형식을 여기서 잠시 선보이기로 하면 다음 대목을 들 수 있다. 요컨대 국문과 한문의 경중 문제를 들어 일단 논설을 제기해 놓고, 국문 위주의 정책이 왜 타당한가를 그는 다음과 같은 단순 논법으로 정리해 내는데, 곧 대개 말하길 국문이라 하면 이는 일반 대한 사람이 모두 자국의 글로 인정할 것이며, 대개 말하길 한문이라 하면 이는 (…) 모두 타국의 글로 인정할 것이니, (…) 누가 중한가 하면 (…) 모두 말하길 국문이 중하다 할지어늘, 지금 곧 '국한문의 경중'이라 제목을 붙이고 일론(一論)을 내면 혹시 쓸데없는 글이 아닌가.[4]

라고 선언해 버림으로써 애당초 반론 전개의 가능성 자체를 처음부터 배제, 혹은 말살해 버리는 논법을 취한다는 것을 알 수 있게 한다. 그러면서 덧붙여 그는, 이처럼 자명한 역사적, 국가적 사실조차 제대로 인식하지 못하고서, 시대착오적으로 자신들의 퇴영적 세계관만을 고집하고자 하는 세력, 곧 유림 지식인들을 향해서는, "오호라. 그 경중이 (…) (이와 같이) 천지차이인 국한문(國漢文)을 (…) 어리석은 사람들이 그릇된 견해와 망령된 집착으로" 한문(漢文)에 매달려 사는 형편임을 강력히 계고한다. 그리고 글의 말미에 이르러 그는 다시금 탄식을 발하면서, "오호라. 여기 그 원인을 추구하면 한국의 국문이 늦게 나와서 그 세력을 한문에 빼앗기어 일반 학사들이 한문으로 국문을 대신하며 한사(漢史)로 국사(國史)를 대신"함으로써, '국가사상'의 박명 지경을 초래했다고 지적, 이를 극복하기 위해서는 우선 우리의 주체성과 자존의 의식 증대가 무엇보다 중대한 과제가 되는 것이니, "성스러워라. 고려 태조께서 말씀하시되"라며, 고려의 태조까지를 자신의 문맥 속에 초빙, 자신의 국수주의적 주장을 강화한다. 즉, "우리의 국풍과 국기(國氣)가 중국 땅과 매우 다르니 화풍(華風)을 구차히 닮으려 함은 가하지 않"노라고 경계하였다고 상기시키며, 소위 소중화주의자들을 향해 그들을 "몇 백 년 노비들"이라고까지 지칭하며, 바로 이런 노비 의식을 떨쳐버려야 나라가 바로 설 수 있을 것을 강조한다. 그리고는 마지막으로 한 번 더 "그런 즉 오늘날에 아직도 국문을 한문보다 경시하는 자 있으면 역시 대한 사람이라 이를까"라고 개탄하면서 글을 마친다. 이처럼 그는 그 체질 원질상 구시대 유림 지식인의 한계를 벗어날 수 없는 역사적 운명 속에 놓여 있었던 셈이지만, 마치 자신의 껍질을 벗기는 듯한 아픔과 고통 속에 따지고 보면 스스로의 운명과 같았던 유생 지식인들을 향해 자기 탈각의 결단을 주문하는 호랑이의 포효를 연일 발하며, 사회와 나라의 기풍 개신을 위해 매진

4) 신채호, 「국한문의 경중」, 『대한매일신보』, 1908.3.17–19.

했던 것이다.

이처럼 신채호가 자기모순의 폭로라는 비극적 사태, 상황을 감수하면서까지 격렬하게 온 몸을 던져 시대 저류에 저항해 나갔던 편이라고 한다면, 비교적 이광수는 자기모순의 통증을 덜 느끼며 상대적으로 온건함의 태도에서 자신의 진보적 사상과 입장을 개진해 나간 경우라고 할 수 있겠다. 시간적으로도 그와 신채호 사이에는 10년 이상의 문화사적 거리가 주어진 편이었고, 또 애국계몽기의 그 좌초의 시절 또한 이미 이월하여 식민지 압제 속으로 진입해 가는 마당에 이광수에게는 그런 망국인의 비애라거나 혁명 열사와 같은 그런 애국적 사명감의 의지가 박약, 부족한 상태에 있었다. 신채호가 겪었던 그런 바람 앞의 촛불 형국의 망국(亡國) 시절을 상대적으로 평탄한 유학기로 대신했던 그(이광수)는 문체 면에서도 비교적 점진적인 형태의 일본식 문체관에 영향 받아 굳이 혁명적인 의식에 사로잡힐 필요가 주어지지 않았다. 물론 그 역시 궁극적으로는 국문(한글) 전용에의 길을 열어 나가야 한다는 주장 쪽에 몸을 실은 것으로 보이지만, 그것을 한 번에 이루기보다 과도적인 (국한)혼용의 절충 단계를 거쳐 무리 없이 나아가는 것이 더욱 합리적인 방안이 된다고 믿었던 것 같다. 말하자면 타협 없이 강고한 국수주의자의 태도 고수가 신채호에게는 어떤 운명, 절개 유지의 근본 표식처럼 인식되었던 바에 비하면, 이광수는 (비록 그의 '자유연애론'이 시대적 파격으로 유명하긴 하지만) 태생적으로 온건한 절충주의자의 태도로서 점진적 개화, 계몽주의자의 입장을 개진, 결코 (식민)지배 당국 누구와도 다투지 않는 자세로 입신을 꾀함으로써 최종적으로 친일에의 운명, 궤도 속으로 치달려 나아가게 되었다고 할 수 있다. 「국문과 한문의 과도시대」라는 그의 글제(題) 자체가 그의 그러한 중도주의자의 면모를 여실히 보여주는 한 증거로서 구실한다고 볼 수 있는데, '한문 전폐'의 문제에 관련해서도 그는 일단, "국문을 전용하고 한문을 전폐한다 함은 국문의 독립을 말함이요 절대적으로 한문을 배우지 말라는 것이 아니라", "오늘날 만국이 이웃같이 교통하는 시대를 맞아 외국어학을 연구(…함)이 학술상 실업상 정치상을 막론하고 급무가 될 것은 이의가 없"다고 서술하여, '한문'도 '외국어'의 한 과목으로 인식, 배울 수 있노라고 길을 터주고, 한편 "이 중대한 문제를 하루아침에 단행하기는 불가능하다"고 선언, 결코 급진적인 정책 변환이 능사이거나 혹은 옳은 대책으로조차 인식되기 어려움을 설명한다. 이처럼 그는 태생적으로 온유한 성품의 소유자이며, 그 때문에 결코 급진적 저항주의자의 면모를 끝까지 고수해 나가는 데는 한계의 속성이 당초부터 운명 지워진 형편이었다고 말할 수 있다.

한국 근대사가 가장 극한 치욕의 역사를 앓았던 애국계몽기 전후 시절, '어문민족주의'의 이념 실천을 둘러싸고 행해진 여러 지사 인물들의 행보를 주마간산 격으로 압축해 조금 살펴본 셈이 되었지만, 이 폭풍과도 같았던 시절 전후 역사 속에서도 성정의 차이랄까, 그 성장 과정, 혹은 경험의 폭이나 이념의 차이 같은 것이 작용해, 나름 무지개 같은 담론 상의 질적 차이 또한 노정했음을 알 수 있겠다. 민족사적으로는 수치스러운 망국, 패망기를 앞두고도 이후 한국 근대 소설사 위에 입석, 표석과 같은 그림자를 짙게 드리우게 되는 이광수는 비교적 온건하고 중도주의적인 입장, 태도 하에서 '어문민족주의' 실천과 관련된 문제들을 인식하고 처리하게 되었던 것을 알 수 있고, 그에 비해 『대한국어문법』의 저자 주시경이나 혹은 언론인 신채호, 또는 강한 정치권력 정향성의 이승만 등은 나름대로 긴박하고 절실한 시국 인식에 의거, 저마다의 급진적인 논책, 사회-문화 개혁의 방책들을 내어 놓았음을 알 수 있다. 이후 우리 민족의 주요 지도자로 등장하게 될 안창호나, 김구, 최남선, 혹은 또 교파를 막론하고 모든 당대의 종교 지도자들 역시 한결같이 음울한 우국의 목소리로 민족의 젊은 동량들을 키워낼 교육의 중요성에 대해 강조하고 또 실천적으로 실현하려는 의지와 함께 교육 사업에 매진했던 것은 모든 역사가들이 한 목소리로 증언하는 바다. 바로 이런 뜻에서 애국계몽기를 중심으로 한 한국 개화기 전체의 시대 이념, 정신을 우리는 '어문민족주의'라는 말로 특징지을 수 있다고 생각하며, 여기서 소개한 주시경, 신채호, 이광수 등의 초기 논설은 바로 그러한 민족주의적 의식이 특질적, 개별적으로 나타난 표현 사례들에 해당한다고 볼 수 있다.

2-2. 한국 근대 문학 형성기 비평 담론의 분화 양상

애국계몽기를 전후하여 이 땅에 형성된 문예 비평적 담론 양상은 일단 '서발

비평'과 같은 것으로 대종지워질 수 있다. 그렇다면 '서발비평'이란 무엇인가?

다른 어떤 역사와 마찬가지로 문예 비평 역시 전근대에서 근대로 옮아가는 어떤 이행기에 그 과도기적 현상 노출을 피할 수 없었던 법이라고 말할 수 있다면, 여기에 가장 적합한 비평 현상의 하나로 우리는 '서발비평'을 꼽을 수 있고, '서발비평'이란 오늘의 우리 출간 현실 속에서도 늠름히 살아 그 문화적 몫을 감당하고 있는 것처럼 근대 이전의 시대, 그리고 애국계몽기 당대에도 충실히 그 역사적 몫을 다하고 있었노라고 말할 수 있다. '서'와 '발', 즉 '서문(序文)'과 '발문(跋文)' 형태로서 씌어진 모든 비평적 언설들을 일컬어 이제 연구자들은 '서발비평'이란 용어를 흔감히 애용하는 형편에 놓여 있게 되었거니와, 근대 이전 시기에도 문인 타계와 함께 하나의 문집이 남겨지는 경우—그것은 대개 사후, 유족의 손에 의해 편찬됨이 보통이었다—, 그 문집의 앞뒤에는 대개 '서문(序文)', 또는 '발문(跋文)'의 글이 붙게 마련이고, 이것은 시대를 막론하고, 근대 이전이나 이후나 동일한 문집 편찬의 관행 양식이 되고 있는 것이다. 문제는 다만 근대 이전 시기 발간된 문집, 또는 개화기 공간에서 발간된 많은 문집들의 경우, 그 '서발비평'의 양상은 당연하게도 대부분 한문장(漢文章)의 형태를 취한 경우가 많았다고 하는 사실이다. '한문장'으로 이루어진 비평을 우리 비평사가 근대 비평으로 대우하기 곤란한 것은 당연하다. 그렇다면 '애국계몽기', 즉 20세기 초반, 전반의 단계에서 우리 근대 비평사에 출현한 언설 형태로는 과연 어떤 것이 초기적 양상을 이루었을까?

먼저 이광수의 경우를 살피자면, 『무정』(1917) 발표를 전후한 시기에 그가 써낸 「문학이런 하오」의 글이 우선 이 맥락에서 주목될 수 있다. 그보다도 일찍이 그는 1910년, 『대한흥학보』 12호에 발표한 「문학의 가치」에서에서부터 문학에 대한 계몽적 언설을 피력하고자 한 이광수는 1916년 『매일신보』 지면을 빌려 비로소 문학에 대한 그의 계몽적 인식을 본격적으로 구체화하기에 이른다. '정육론(情育論)'으로 유명한 그의 문학 사상, 문학 이론이 이 글 속에서 하나의 체계를 이루어 모습을 드러낸 셈이라 할 수 있는데, 소위 '진-선-미'로 분할되는 인간적 가치 영역 중 문학은 본질적으로 '미'의 영역에 속한다고 하면서, 진리와 선(善)의 가치 영역을 추구하는 학문과 도덕의 영역에 비해 특별히 감정(感情) 영역에 관여하는 것이 '문학'의 속성이기 때문에 문학을 통해서 감정 교육의 효과가 발휘된다고 하는 주장을 그는 이 글 속에서 펼쳤다. 이처럼 '문학'을 (근대적인) 가치 영역의 분화라는 인식 체계 속에서 그 기능적 특수성을 설명하고 있다는 점에서 일면 계몽적 의의를 뚜렷하게 지닌 글이라 평가할 수 있지만, 그렇다고 해서 지금 우리가 맥락화하고자 하는 '민족문학론' 전개의 문맥 속에서 이 글이 특별한 가치와 의의를 지닌다고까지 말하기는 어렵겠다. 그렇다면 흔히 신채호가 낳은 글로 흔히 인식되는 「천희당시화(天喜堂詩話)」(『대한매일신보』, 1909.11.9-12.4)의 경우라면 어떻겠는가? 「천희당시화」는 오늘날 문학 연구자들이 대부분 중시하며 강조하는 (그 필자가 누구이든 간에) 이 시기 우리 비평사의 대표, 중요 흔적 중 하나라 할 수 있다. 그렇다면 왜 오늘의 비평사가, 문학사가들은 「천희당시화」를 주목하고 강조하는가? 이제부터 그 내용을 조금씩 분해해 살피면서 이 물음에 답해 보기로 하자.

필자 확정의 문제가 현재도 완전히 해결된 상태라고 보기는 어렵겠으나, 대개의 연구자들이 신채호의 작으로 간주하는 이 글, 「천희당시화」는 우선 여러 면에서 양계초의 글에 비겨서 이해될 수 있다. '천희당(天喜堂)'이라는 당호를 과연 신채호가 스스로의 당호로 사용한 적이 있느냐가 당연 쟁점이 될 만한데, 이 당호 자체는 '음빙실'이라는 호칭을 애용했던 양계초의 용례에 비견될 수 있다. 요컨대 양계초의 저 「飮氷室詩話」에 영향 받아 씌어진 것이 「천희당시화」의 글로 인식될 수 있는 것이다. 내용상으로도 그것은 양계초의 '동국시계혁명'론을 직접적으로 언급하면서 문제를 제기하는 식으로 전개된다. 양계초의 '동국시계혁명'론이란 엄밀한 의미에서 한국, 즉 우리의 시계 혁명론이라는 것으로 읽히고 수용되어야 하는 것인데—왜냐하면 전통적으로 '동국(東國)'이란 중국이 아니라 '한국'을 뜻하는 것으로 이해되고 운용되어 왔기 때문에—, 한편 '동국시계혁명'론이 중국 시의 개혁 방향을 지시한 것이라 하더라도 그것을 우리의 문제로 인식할 때는 결코 한시(漢詩)가 아니라, 우리말로 된 우리의 '국시(國詩)' 혁명을 의미하는 것으로 인식되어야 한다는 점을 무엇보다 강조하여 논제를 이끈다. 다음 문면을 우선 확인해 보라.

손님이 한시 몇 수 가지고(……) 만족(하…)거늘, 내가 "그대의 마음 씀이 대단히 고심한 것이다마는 이것으로 (…) 우리나라 시계의 혁명이라 말함은 옳지 않으니," 대개 "우리나라 시가 무엇인가?" 하면, "우리말, 우리글, 우리 소리로 지은 것이 이것이다" (……) 만일 시계의 혁명자가 되고자 할진대 저 아리랑 영변동대 등 국가계에 향하여 그 완고 고루함을 개혁하고 신사상을 (……)[5]

이 문맥을 통해 알 수 있듯이 「천희당시화」의 논지 전개는 손님과의 문답 형식을 이용, 양계초의 '동국시계혁명'론을 직접적으로 인용, 거론하는 형태를 취하면서, 다만 그것이 중국시, 즉 한시(漢詩)의 개혁론을 의미하는 것인 한, 그것이 마치 우리 시가의 혁명론과 동일한 것인 양 받아들여지는 것은 곤란하다는 인식으로부터 논의를 출발시킨다. 시가의 문제에 대한 구체적인 논의를 촉발시키면서 국문시, 즉 우리 시의 개혁 방향에 대한 시사를 적극적으로 모색하고자 하는 이러한 비평 담론, 곧 주체적인 시론(詩論) 모색의 자취를 신채호가 쓰지 않았다고 볼 이유는 따라서 전혀 없다. 나중 신채호는 그 고행의 망명 생활 중에도 「꿈하늘」이나 「용과 용의 대격전」 등 우화적인 작품들을 써내서 문학적인 글쓰기에 대한 자신의 의지와 관심을 적극적으로 피로하게도 되거니와, 망명 이전 시기 매일매일 신문 논설 집필에 임해야 하는 작업 환경 하에서도 그는 논설 주간의 위치에서 시사 논평적인 글, 즉 시론(時論)의 하나로서 「近今國文小說 著者의 注意」(『대한매일신보』, 1908.7.8), 혹은 「小說家의 趨勢」(『대한매일신보』, 1909.12.2) 제목의 글 등을 선보인 바 있다. 그러니 이렇게 소설 양식의 글들에까지 깊은 관심의 촉수를 펼쳐 보이고 있었던 저자(신채호)가 본격적인 시론(詩論) 형태의 글을 써내지 않았다고 볼 이유는 없지 않은가? 그렇다면 더욱 구체적으로 이 「천희당시화」의 문면을 통해 저자가 강조하고 싶었던 바는 무엇이었는가?

"詩란 것은 國民 言語의 精華"라는 대전제가 글의 모두(冒頭)를 장식하거니와 앞서 살핀 것처럼, 주-객 논란의 형태로 저자는 ─한시(漢詩)에 비교된─ 국문(國文)시가의 절대적인 가치와 시인의 소명 의식을 강조하는 것으로 서론의 입론을 마련한다. 그런 후 (우리 시의) '시계혁명'을 위한 논의가 어떻게 마련되어야 할 것인지 그 본격적인 논의 확장을 이제부터 저자는 꾀하게 되는데, 시와 국풍, 즉 나라의 문풍(文風)과 문화 사이에는 직접적인 인과 관계, 즉 상응 관계가 주어진다고 보기 때문에 그 시풍(時風)이 무엇보다 "굳세고 씩씩"해지

5) 신채호, 「천희당시화」, 『대한매일신보』, 1909.11.9~12.4.

지 않으면 안 될 것을 저자는 주문한다. 요컨대 저자는, "시가 음탕하면 전국이 음탕해질 것이며, 그 시가 웅건하면 전국이 웅건해질 것이며, 그 시가 유약하면 전국이 유약해질 것"이라고 단언하면서, "기타 용감하고 사납고 미쳐 날뛰고 날래고 떨치고 곱고 졸렬"한, 그 모든 국풍(國風), 즉 나라의 문화 전체가 시풍(詩風)과 긴밀한 상관관계에 있는 탓으로, 우리의 시풍 개신이 중요하고 또한 중차대한 국가적 과제가 되지 않을 수 없음을 역설하는 것으로 이 글 전체의 주지를 삼는 것이다. 지치지 않고 이러한 '시풍—국풍'론을 전개하는 저자는 "(국민의) 선악과 미추가 시가의 지배력을 받지 않음이 없"기 때문에, 이제 "우리나라에 유행하는 시가 과연 어떠한 시"인지 묻고 또 되물어야 하는 일은 시인을 포함한 국민 모두의 관심사, 과제가 되지 않을 수 없노라고 시론가(時論家), 즉 논설가다운 면모로 주제를 환기시키며 논지의 마무리, 글의 정돈, 정리 작업에 나서게 된다. 한 나라의 시풍, 시도(詩道)와 국민 문화 사이에 그토록 심각하고 긴밀한 상관관계가 작용하는 까닭으로 시인 모두가 이 점을 자각, 명심하여 시 한 편 한 편을 쓸 때마다 옳은 시풍의 형성과 진작을 위해 매진해야 하리라는 것이 요컨대 이 글 저자의 마무리 요점이 되는 것이다. 이처럼 마치 백척간두와도 같았던 국망(國亡)의 위기 현실을 의식, 직시하면서, 그 위기 현실의 돌파를 위해 시풍(詩風)의 개신이 중요함을 역설하고 일깨우고자 하는 것이 이 글 전체의 요지이자 주지였다고 말할 수 있다. 비록 양계초의 '동국시계혁명'론에 자극받아 씌어진 것이 분명하게 확인되는 바의 사실이라 하더라도, 이와 같이 글 전체의 요지는 양계초의 글 전체의 논지와 전혀 다르거나, 이 글이 씌어진 당대, 즉 우리 현대사의 문맥 안에서만 자세히 이해되고 또 구체적으로 이해될 수 있는 그러한 시론(詩論), 혹은 시론(時論)격 성격의 글이 「천희당시화」임을 알 수 있다.

신채호 작으로 간주되는 글들을 여기서 이렇게 검토하는 마당에 1920년대 중반에 발표된 그의 또 다른 비평적 언설 한 편을 마저 검토해 두기로 하자. 1925년 신년 벽두의 『동아일보』가 실은 「낭객(浪客)의 신년만필(新年漫筆)」이 그것인데, 아마도 신년호 지면을 꾸리기 위해 특별히 중국 망명의 단재(신채호)에게 원고 청탁을 넣어 발표된 글이 이 글 아닌가 싶다. 당시 『동아일보』 지면 구성의 중심 역할을 수행하던 이광수 등이 나서서 특별 청탁을 넣은 끝에 얻어진 글이 이 글 아닌가 파악되는 것이다. 3·1운동 후 상해에 머물던 이광수가 돌연 귀국, 써낸 작품이 장편 『재생』이었고, 여기엔 당시 환멸의 시대 분위기가 짙게 반영되어 있었다. 이런 사회적 분위기, 인적 상황 등을 염두에 두고 읽을 때, 그의 「낭객(浪客)의 신년만필(新年漫筆)」이란 과연 어떻게 읽혀져야 할까?

알다시피 3·1운동의 격랑이 휩쓸고 지나간 후 일제는 마지못해 ('무단통치'를 내리고) '문화정치' 라는 간판을 새롭게 내걸게 되었다. 이에 따라 서울을 중심으로 한 이 땅 한반도의 공간에도 『창조』, 『폐허』, 『백조』, 『금성』 등 여러 동인지들이 등장하게 되었고, 『동아일보』, 『조선일보』, 『시대일보』 등 여러 민족지 형태의 신문지들만이 아니라, 『개벽』을 위시한 여러 종합 잡지, 시사 간행물들 역시 출현을 보게 되었다. 그야말로 신문예의 개화 시대가 펼쳐지게 되었으며, 그 기운을 이어 받아 많은 지식 청년들이 신문예 시대의 주역되기를 꿈꾸었다. 이른바 '문청' 이라고 하는 문학 (지망의) 청년 지식인들이 이 강산 여기저기에서 그 두각의 싹을 들이밀고, 문인 되기를 소원하는 시대 분위기가 연출되기에 이르렀던 것이다. 민족 운동의 좌절, 그 실패에 대한 환멸과 실망의 분위기가 거꾸로 영탄의 감정 토로를 위주로 하는 이 시기 문예 운동의 성시 분위기로 전이된 것은 아닌가 이해될 정도로 사회, 시대적 분위기의 전환 움직임이 감지되었던 것이다.

이때에 당연하게도, 아테네적이기보다는 스파르타적인 사고, 관념으로 무장해 있던 신채호는 그와 같이 문예문화의 찬란을 꿈꾸는 아테네적 청년들을 향해 대성일갈의 목소리를 숨기지 않는다. 그들 문예 청년이란 누구인가? 말하자면 이광수의 후예와 같은 청년들로서 비록 '문예' 를 일으켜 민족을 계몽하고 새 문화를 수립하겠다고 하지만, 이미 나라를 빼앗겨 외적의 노예와 같은 처지로 민족 전체가 굴러 떨어진 마당에 타협적인 문자 행위에 골몰하겠다고 하는 것은 노예문화의 발양을 꿈꾸는 데 지나지 않는 것으로 그에게는 인식되었다. 따라서 이러한 문자 행위, 즉 '연애소설' 이나 '연애시' 와 같이 한갓된 청춘 의식의 발로로 행해지는 문자 행위에 대해 그는 분연히 '장음문자(獎淫文字)' 라는 규정을 피하지 않으면서, 그러한 문자 행위 취미와 애호의 태도들을 배격해 나가지 않으면 안 될 것을 그는 주장한다. 이광수에 대해 그가 한때 신뢰와 촉망의 애정을 가지고 기대한 적도 있었다고 하지만, 자신이 쉽사리 다가가지 못하는 그러한 한글 문체 능력 소유의 예외적 청년 지식인이 기껏 '연애담'이나 쓰는 식민지 지식인의 자세로 귀환해 버리는 모습을 보았을 때, 사람, 특히 청년층에 대한 그의 실망감과 '문예'라는 지층에 대한 그의 의식적 저항감이 어떠했으리라고 하는 것은 가히 짐작될 수 있다. 외교 노선을 표방한 이승만이나 준비론 사상의 안창호 등에 비해서 한 번도 '무장투쟁'이라는 직접적, 긴장된 저항 노선의 끈을 놓지 않았던 신채호였으니, 이러한 강경한 반문예주의의 입장 표명은 어떤 점에서 자연스러운 사태의 귀결이었다고 볼 여지도 있다. 나라가 망하기 전에는 시의 진작, 시풍(詩風)의 혁신을 통해 구국 전선에 함께 나서자고 하는 저 「천희당시화」의 입론 같은 것이 가능할 수도 있었다고 하겠지만, 이미 나라가 망해 버려서 스스로 망명객이 되어 이국의 중국 천하를 떠도는 신세가 되었음에랴! 따라서 오직 한 가지, 나라의 독립만을 몽시에도 꿈꾸고 바라며 대국 천하를 주유하는 그는, 비록 한반도 청년들의 자세한 의식 현실까지를 직접 몸으로 감수하지는 못하나마, 중국 내부에서 관찰되는 지식계, 사상계의 동향 인식을 통해 현대 지식 청년들의 배면 움직임과 그 정신적 가치 지향의 현실은 능히 포착 가능한 법이라고 그는 통찰하였다. 다음 문면을 보면 알 수 있다.

근일에 와서는 (중국의) 학생사회가 왜 이렇게 적막하냐 하면, 일반 학생들이 신문예의 마취제를 먹은 후로 혁명의 칼을 던지고 문예의 붓을 잡으며, 희생유혈(犧牲流血)의 관념을 버리고 신시·신소설의 저작(著作)에 고심하여, 문예의 도원(桃源)으로 안락국을 삼는 까닭이다. (……) 나는 이 글을 읽을 때에, 3·1운동 이후에 침적(沈寂)하여진 우리 학생 사회를 연상하였다. (…) 즉 3·1운동 이후 신시·신소설의 성행이 다른 운동을 초멸(剿滅)함이 아닌가 하였다.[6]

신채호가 이러한 글을 쓴 몇 년 후 '무정부주의자'로 전향해 갔음은 잘 알려진 일이다. 단지 사상의 차원에서만이 아니라, 이 사상을 실천하기 위해 거대한 음모 행위에 가담했다가 그는 체포되고, 결국 옥에서 사망하였다. 한국 근

6) 신채호, 「낭객의 신년만필」, 『동아일보』, 1925.1.2.

대의 대표적 사상가가 보여준 행로치고는 다소 허망한 귀결의 양상이라고 할 사람도 있겠지만, 동시에 그가 보여준 치열한 논리적, 이념적 대결의 자세, 민족정기의 회복과 독립국가 수립의 열망 하나만을 뜨거운 가슴 속에 붙안고 일생을 헌신한 그 결연한 투지의 면모는 식민지 질곡 속에 처한 민족, 민중 전체에게 하나의 횃불과 같은 존재의 면영으로 각인되었다고 할 수 있다. 굳이 사회주의자가 아니더라도 이처럼 치열하게 싸우다 스러져간 국수주의자─무정부주의자의 자태를 우리의 역사는 똑똑히 기억하고 그것을 근대 한국사 속에 붉디붉은 한 송이, 떨기의 채송화와 같은 모습으로 단정하게 그려낼 수 있었던 것이다. 한 사람의 비평적 지식인으로서 단재 신채호의 초상이 한국 근대의 문예 비평사와 민족 담론사에 이르기까지 그 노정 형성의 이정표 좌표를 굳건히 자리 지키게 되는 것은 바로 이와 같은 설명의 문맥, 맥락 속에서 환히 그 이유의 정체가 밝혀진다고 할 수 있다.

한편 여기서 거꾸로 시침을 다시 돌려 3·1운동 전후 한국 근대 문학 태동기의 시간 속으로 되돌아가 본다면, 이 시기 문학 담론의 생성장 중 하나로 『태서문예신보』와 『개벽』 등의 잡지 지면을 빼놓을 수는 없다. 먼저 『태서문예신보』에 대해서 말하자면, 주간으로 발행되었던 이 지면 전체가 오늘날 모두 보존되어 있는 상태는 아닌 것으로 여겨지지만, 단지 하나의 삽화적인 사건과 그에 관련된 문면 한 쪽을 여기서 조금 소개해 둘 필요는 있겠다. 제목이 말해주듯이 잡지는 태서(서양)의 문예 작품들을 소개하고 그에 관련된 뉴스와 정보, 지식을 전달하기를 주 임무로 삼았다고 할 수 있는데, 문인으로서는 김억과 함께 이일, 장두철 등이 그 주요 편집자의 역할로 가담하는 상태에 있었음을 알 수 있다. 시 소개자와 편집자의 한 사람으로 황석우 역시 이 지면 구성을 위해 참여하는 입장에 처하게 되었는데, 독자의 한 사람으로 자신을 드러낸 '현철'(玄哲)이 편집진에 하나의 항의를 제출함으로써 당시로선 드문 하나의 비평적 쟁론 사건이 빚어지게 된 것이다. 짧지만 하나의 시론(詩論)격 논설이라 할 수 있는 황석우의 글, 「주문치 아니한 시의 정의를 일러주겠다는 현철(玄哲)군에게」는 이러한 논쟁의 문맥 속에서 파생했는데, 당시 『매일신보』 등의 지면을 통해서 이광수의 『무정』이나 혹은 그 밖의 여러 번안소설들, 또는 일반적인 문학론이나 소설 인식을 위한 계몽적 성격의 단편 논설류의 글들이 차례차례 소개되고 있었던 사정에 비추어보면 상당히 이례적인 면모의 담론 사건이 출현한 경우로서 인식될 수 있었다. 보들레르를 위시, 프랑스 상징주의 시풍을 중심으로 근대시가 소개, 수용되는 와중에 (근대) 민족시 형성을 위한 구체적인 이론 구성의 맥락이 이 쟁론 와중에 파생되었다고 볼 여지가 주어졌기 때문이다. 현철은 본래 연극 쪽을 지망한 신문학도의 한 사람이었고, 유학지(地) 면에서도 당시 대세의 동경 유학생들과 달리 상해 쪽을 선택함으로써, 일본 유학생 출신의 황석우와는 그 지적 배경부터가 조금 다른 성격, 면모로 주어졌다고 할 수 있는데, 이러한 사정으로 당시 '현철' 입장에서는 일본 유학생들과는 다른 어떤 인식적 입장을 제기할 필요성에서 이 논쟁 문맥이 파생, 생성된 것으로 일차 파악된다. 일본 유학생들의 (근대) 시관(詩觀)이라고 해 봐야 일본적인 '신체시' 수용의 변격 양상에 불과한 것 아닌가라는 의심을 현철은 품은 셈이고, 따라서 한국 근대시의 토양이 바람직하게 양성되기 위해서는 단순한 서구시의 모방이 아니라 본격적이고 주체적인 한국시가로서의 '신시'가 모색되지 않으면 안 될 것을 그는 주장하였다.

사정이 이렇게 되자, 한편 발끈하면서도 좀 더 본격적으로 자신의 시론(詩論)을 개진할 필요를 느낀 황석우는, 먼저 자신들의 문예학적 입장 개진이 결코 아마추어의 그것에 방불한 것이 아님을 증명하고자 하였다. 따라서 이 글 속에는 시의 기초인 '언어'의 문제 즉 '랭귀지'의 문제로부터, 그 내용 형성을 둘러싼 작가적 자질의 문제, 곧 시 제작자의 '국민됨'이라는 '국민문학'적 요소의 문제까지가 두루 언급되기에 이르렀는데, 요컨대 국민적 시가란 '국민성'으로서의 '사상 감정'을 표현하는, 이념적, 정신적 자질 요소 등의 문제를 두루 통과하여 이루어질 수밖에 없는 것이 그것이기 때문에, 시(詩)란 결국에 가서는 그 시적 내용의 생산, 생성 문제가 시 창작의 근본 요소, 중심 문제가 될 수밖에 없고, 그런 뜻에서 '국민시'에 대한 자신들의 인식 역시 현철 등과 꼭 한 가지로 하등 이해의 상위가 있음을 강조하고 승인한다. 이런 식으로 살피면 원천적으로 시 평가의 기준 문제를 제기한 것이 현철 쪽이었다고 할 수 있고, 이에 대해 보다 고차적이고 현학적인 이론가의 태도로서 독자 현철의 문제 제기를 근거 없음으로 돌리고 쟁론 자체를 무화시키고자 한 데서 황석우의 답변 전략이 노출된 편이었다고 할 수 있다. 그렇긴 하나 이 논란의 와중에서 '국민시',

즉 '민족시' 형성과 그 이론적 수립 문제가 결과적으로 중요한 논점으로 대두, 잉태되는 사태를 일으켰음을 우리로서는 주목하지 않을 수 없고, 이 때문에 적어도 '근대시' 장르의 의식과 그 인식 형성 문제, 즉 근대적인 '민족시' 형성과 그 이론 형성이라는 과제 인식의 도정과 그 맥락 하에서는 이 논쟁 사건을 전혀 방기할 수 없는 연유가 여기에 있다. 『개벽』지에 발표된 다음 문면을 일단 확인해 두자.

　―독자에게 여(與)하는 일언(一言)/ (……) 어느 시기까지 소위 국민적 색형(色形)을 가진 시가 위에 서서 나아갈 동안은 이 국민시가의 요건을 그 랭귀지 위에 두는 것보다 그 시의 작자가 그 국민의 일원되는 것의 위에 둘 수밖에는 없습니다. 그리고 둘째는 그 국민성을 표현한 것임을 요하겠습니다.[7]

　'국민시가'와 '국민성'을 강조하는 이러한 시론은 하나의 근대시론으로서 '민족시론'의 의식을 투영한 것이라 볼 수 있겠다. 그 이론 제기의 서두에서 "각 민족의 국어가 일어(一語)로 통일되어 가려는 금일"이라고 표현하고 있음을 보아 알 수 있듯이, 당시 국제어로 부상하고 있었던 '에스페란토어'에 대한 대망론이 여기에 깔려 있음도 알 수 있지만, '랭귀지'보다도 작자(시인)의 '국민' 됨과 '국민성'의 요건 위에서 '국민시가'가 대두된다고 강조한 것은 소박하나마 국민주의적 시의식, 곧 근대적인 민족시론의 초기적, 맹아적 형태를 구현한 것으로 보아 손색이 없겠다. 적어도 시론의 맥락에서 이토록 짧은, 단편적인 것이니미 황석우의 위 시론을 근대적인 민족시론 형성의 중요한 디딤돌의 하나로 간주해야 하는 것은 이러한 그 내용성의 갖춤 양상 때문이다.

　이후 '국민시가론'의 맥락에서 주어진 또 하나의 이론적 모색 사례를 살피자면, 1920년대 중반 우리 문인들 사이에 대두한 '시조부흥론'의 자취를 검토할 수 있겠다. '국민문학파'의 대두가 이 현상 속에서 구체화되고 분명해졌다고 할 수 있는데, 주지하다시피 이 부흥운동론 제기의 앞장에 선 사람이 최남선이었다. 그의 문학사적 위상과 역할에 비하면 육당 최남선이 남겨 놓은 비평적 언설, 즉 민족문학론의 일부를 형성할 만한 언설적 자취의 양상은 비교적 찾기 어려운 편이라고 할 수 있는데, 그래도 「조선국민문학으로서의 시조」(『조선문

7) 황석우, 「주문치 아니한 시의 정의를 일러주겠다는 현철 군에게」, 『개벽』, 1921.1.

단」, 1926.5), 이 글이 남아서 최남선의 비평적 면모를 짐작케 해준다고 할 수 있다. 육당 최남선(1890-1957)이 『소년』지를 비롯, 『붉은 저고리』, 『아이들 보이』, 『청춘』 등 수많은 잡지들을 창간하고, 3·1운동 관여로 인해 투옥되었던 이후로도 다시 『동명』과 『시대일보』를 경영, 이 땅 신문화의 유입에 그렇게도 많은 족적을 남겼음에도, 그가 「세계일주가」, 「경부철도가」 등 계몽적 가요 창작 이외에 별다른 논설을 남기지 않았다는 것은 이상한 일인데, 다만 1920년대 중반기를 경과하며 '조선주의'로 회귀, 시조부흥운동 등을 선도하면서 그나마 어떤 논설적 자취를 남겼다는 것은 매우 이색적이면서도 또 기이한 일로 여겨진다. 그가 고시조 선집으로 『시조유취』(1928)를 발간하고, 또 자신의 창작 시조집으로서 『백팔번뇌』(1926)를 간행했다는 것도 널리 알려진 바의 문학사적 사실이거니와, 「조선국민문학으로서의 시조」는 이런 와중에 씌어진 한 편의 민족시론격 논설문에 해당하는 글이 된다고 보겠다. 다만 이 시기 그가 써낸 「심춘순례」와 같은 기행문, 수상록 등이 그렇듯, 논리 체계 수립과 탐색을 위한 치밀한 논법 수행의 형식으로서 '논설'을 추구했다기보다 미사여구 위주로 화려한 문체 구사에 의거, 차라리 신앙 고백에 가깝다고나 할 '조선주의' 발양에 그 담론 구사의 목적성이나 의도가 주어졌다고 볼 수 있는 만큼 사상적으로나 이론적으로 빈곤한 수사적 문면 양상을 띠고 있는 점은 아쉬운 면모의 하나라고 하겠다. 짧은 권고문의 형태를 빌리고 있는 이 글의 주된 면모를 아래와 같이 정리해 보자.

'시조' 형식에 대한 분석적 논의를 베풀기보다 그 속에 담긴 국민문학적 의의를 강조하는 데 치중한 이 글은 그런 점에서 당대 최남선이 품고 있던 '조선주의'적 정서가 전면적으로 발로된 글이라고 우선 그 성격을 규정할 수 있다. 말하자면 '조선심', '조선문화', '조선역사'에 대한 예찬을 내용으로 하는 '조선주의'의 면모가 무반성적으로 피로된 양상이 이 글 전체의 외적 윤곽을 이루고 있다고 말힐 수 있는 셈이다. 이 시기 최남선은 조선사 연구에 본격적으로 착수한 데 이어, 「풍악기유」(1924), 「심춘순례」(1925), 「백두산 근참기」(1927), 또 「금강 예찬」(1928) 등 일련의 국토 참례 기행문을 연속적으로 발표하는 상태에 있었는데, 그런 탓인지 마치 수사 과잉의 화려한 문체로서 글 전체를 흠뻑 적셔내기라도 하겠다는 듯 미사여구가 여기저기 가득 흩뿌려진 형태의 독백적, 혹은 방백적 담론 형질이 이 글 기초의 체질을 이루고 있는 것이다. 명제화 가능한 문장의 주지만을 요약적으로 발췌한다면 그것은, '시조'가 조선시가의 대표 형식이며, 따라서 이 유구한 역사와 전통의 우리 국민문학적 형식을 다음의 후세대 역시 잘 가꾸어 보존해 나가지 않으면 안 된다는 점을 몇 번이고 강조하며 되풀이 상기시키는 데서 이 글 전체의 메시지가 마련되고 있다고 할 수 있을 정도로, 사상과 이론 차원에서라면 매우 빈약한 형질을 면치 못하는 인상인 것이 또한 이 글 전체의 면모이기도 하다. 다음의 중심 문면으로 파악해 보라.

> 시조는 조선인의 손으로 인류의 운율계에 제출된 일 시형이다. 조선의 풍토와 조선인의 성정이 음조를 빌어 그 와동(渦動)의 일 형상(形相)을 구현한 것이다. 음파의 위에 던진 조선아(朝鮮我)의 그림자이다. 어떻게 (…) 가락 있는 말로 그려낼까 하여 조선인이 (…) 여러 가지로 애를 쓰고서 이때까지 도달한 막다른 골이다. 조선인의 방사성(放射性)과 조선어의 섬유조직이 가장 압착된 상태에서 표현된 '공든 탑'이다.[8]

이 짧은 문면에 '조선'의 어휘가 7-8번 등장하는 이 사태를 우리는 국수주의적 조선주의의 만연 사태로 일러 잘못이 없을 것이다. 따라서 이와 같은 국수주의적 자세에 있어서 이 시기 최남선은 신채호와 거의 동형의 상태였다고 할 수 있다. 하지만 철저히 '상무(尙武)'적인 태도로 투쟁의 자세를 잃지 않았던 신채호와 비교해, 문화주의를 결코 비리거나 떠나지 않았던 최남선은 조만간 친일에의 경사, 즉 민족 배반에의 운명을 피할 수 없었다. 끝까지 논리적인 자세를 잃지 않았던 신채호에 비해 최남선이 논리를 방기하고 위처럼 단지 수사적 열정 위주의 태도로 변모해 간 것이 어떤 점에서 그를 마침내 (자기)파탄에의 운명으로 이끈 그 위험스런 항해 여정의 마스코트가 되었다고 할 수 있다. 투쟁의 반대편에 서 있기 마련인 것이 문화의 본성이라고도 하겠지만, 소설을 통한 민족에의 헌신을 주장했던 이광수의 궤적과 함께 '조선주의'를 향한 맹목적 열정을 단지 수사적으로만 발로시킨 형적의 위 최남선의 문장이 우리에게 못내 씁쓸함을 안겨줄 수밖에 없는 이유는 '문화' 내부에 움트기 쉬운 그

---

8) 최남선, 「조선국민문학으로의 시조」, 『조선문단』 16호, 1926.5.

러한 변형, 변절에의 위험 가능성 때문이라고 하겠다. 어쨌거나 1920년대 중반기 '국민문학파'의 논설 담론 형적을 살피는 데 (현재로선) 위 최남선의 문장 외 다른 글을 찾아내기 어려운 형편이라고 보아야 한다.

3. 3·1운동 이후 일제강점기 민족(국가) 문학 담론의 논제들, 혹은 그 토론 양상

3-1. 프로 문학 담론의 대두, 그리고 계급 문학 시비론

황석우와 신채호, 최남선의 경우를 들어 우선 살펴보았지만, 3·1운동 전후 시기부터 1920년대 중반까지는 우리 비평사에 적으나마 국수주의적인 국민문학론, 또는 국가 회복을 위한 전투적인 민족문학론, 또 혹은 근대적 지향의 초기 장르론 성격의 문학 담론 유형들이 과도기적 계몽 지식인들을 중심으로 하여 나름대로 생산되고 공표되는 현실이 펼쳐지고 있었음을 알 수 있다. 이에 따라 대개 1920년대 중반 무렵까지는 민족주의 대세의 이념적 지형 현실이 펼쳐지는 상태에 있었음을 알 수 있는데, 그러한 이념적 지형, 좌표의 현실이 알다시피 1920년대 중반기를 거치면서부터는 변모되는 양상을 우리의 문학사는 목격하게 된다. 주지하다시피 러시아 혁명의 여파로 설명될 수 있는 이 세계사적 조류 변개의 조짐이 1920년대 전반기를 거쳐 중반기에 들어서면서부터는 '사회운동'이라는 이름 하에 하나의 거대한 사상적 조류, 실천적 조류를 형성하게 되기 때문인데, 문단 내에서 이 흐름 변개의 움직임을 내부적으로 가시화하여 구체화시킨 그룹으로는 〈백조〉가 꼽힌다. 문단 내에서 사회주의 사상 도입의 초기 선구적 역할을 수행했던 인물로 김기진과 함께 그에 동행했던 인물 박영희가 꼽히는데, 이들이 당초 속했던 문학적 출발의 거점이 다름 아닌 초기 낭만주의 문예 사상, 그 실천의 본산이었던 〈백조〉였기 때문이다. 사회주의 문학 이론의 수입, 그 도입 과정을 이 문맥에서 조금 구체적으로 더듬어 살펴두기로 하자.

학생시절(배재교보)부터 교우관계를 이루었던 김기진과 박영희는 일본 유학까지도 같이 계획할 정도로 그 우정이 두터웠다고 하는데, 사정상 김기진만 혼자 도일(渡日), 일본 생활을 하는 중에 1923년 동경대지진을 만나 유학 생활의 중단기에 이르게 되는데, 그 사이에 일본에서 신사상에 감염, 극단 〈토월회〉 등의 멤버로 활동하면서 이 사상의 전파 노력에 힘쓰게 된다. 당시 〈백조〉는 박종화, 홍사용, 나도향, 이상화, 박영희 등 초기 낭만주의 기조의 시인, 작가들이 동인 구성의 중심을 형성하고 있었는데, 그 초기의 감상적, 퇴폐적 기조가 그렇게 김기진의 침투로 말미암아 이른바 혁명적 낭만주의의 그것으로 전환되는 국면을 맞이하게끔 이르게 되는 것이다. 이렇게 해서 'KAPF'라는 조직체가 대개 1925년 8월경, 혹은 12월경으로 추정되는 시기에 하나의 결성을 보게된다고 대부분의 문학사가들이 일치하여 인식하는 사정이 연출되거니와, 그 과정에서 문인들 위주로 형성되었던 '파스큘라' 계와 사회운동 지향의 모태적 집단 '염군사' 계가 통합, 재조직의 합의에 이름으로써 본격적인 프로 문학 운동 단체의 출범이 가능해졌던 것으로 설명된다. 물론 이후로도 프로 문학의 발전을 위한 여러 계기들은 필요했으니, 흔히 '신경향파' 시기라고도 칭해지는 '자연 생장'의 비조직적, 무목적적 시기를 지나, 시초 프로 문학 출범에 중추적 역할을 수행했던 박영희-김기진 사이에 소위 '내용-형식 논쟁'이 대두됨으로써 이른바 프로 문학의 목적성, 정론성을 본질로 하는 이른바 '목적의식기'로의 진전이 이루어지게 된다.[9] 결국 이 시기 문학사적 대세 전환과 목적의식기로의 단계 진전 과정에서 비평적 주도권을 행사하게 된 것은 이제 김기진으로부터 바통을 이어받은 박영희의 몫이 되는 것으로 설명되니, 당시 『개벽』지에서 문예면 편집의 역할을 담당하고 있었던 박영희가 주도적으로 '계급 문학 시비론'을 불러일으킴으로써 문단적 대세 전환의 분위기가 가시화되는 것으로 인식되기 때문이다. 이로써 그때까지 문학적 대세를 움켜잡고 있었던 기성 중진들의 '국민 문학' 진영과 신진의 '계급 문학' 진영이 문단을 양분하는 형세를 일으키게 되었고, 그때부터 우리의 현대 문학사, 비평사는 바야흐로 프로 문학 주도의 시대를 열게 되는 것으로 설명된다. 1930년대 중반, 소위 카프 2차 사건을 겪게 됨과 함께 그때까지의 프로 문학이 '경향 문학'으로의 지시어 변전을 겪게 되고, 그렇게 해서 약 10년 가까운 세월 동안 프로 문학의 전성기를 열었던 일제 중반기의 우리 문학사는 또 한 차례의 국면 전환을 맞게 되는 것으로 설명된다. 먼저 이 시기 약 10년 동안에 이루어진 비평적 쟁론 사건들

---

9) 김기진과 박영희의 관계 및 KAPF의 결성 과정은 김기진의 「나의 회고록」, 「우리가 걸어온 30년」 등 참조 (김기진, 홍정선 편, 『김팔봉문학전집』 2, 문학과지성사, 1988).

을 중심으로 일제 중반기 민족문학 담론의 전개 양상을 조금 더 구체적으로 점검해 보기로 한다. 이 문맥을 살피는 데는 또 먼저 이 시기 '절충주의' 담론으로 일컬어졌던 소위 국민 문학−계급 문학 사이의 중간파 입장을 고려, 그 맥락을 조성해 봄이 유력한 인식 방안이 될 수 있겠다. 여기서 빼놓을 수 없는 또 한 사람의 대가, 근대적 문인이 곧 염상섭인 것.

프로 문예 의식의 도입이 김기진 중심으로 이루어졌다고 설명했지만, 김기진보다도 앞서서 이 의식, 곧 '노동'이라는 새로운 사회적 계급 개념에 눈뜨고 그것을 나름대로 한국 내에 전파시키고자 했던 사람은 기실 염상섭이었다. 다만 김기진 이후 그룹이 등장하고, 그 자신도 근대 문화 전반에 대한 소개와 또 스스로의 실천 모색에 바빴기 때문에 당초 구상에 비해 이 부분에서의 활동과 그 의욕이 점차 미약해져 갔을 뿐이라고 말할 수 있다. 20대 초기 염상섭이 처음 품었던 노동운동에 대한 사상 의욕과 그 실천 의지는 여러 면에서 확인될 수 있는데, 우선 3·1운동 후에 그가 이 거사의 소식을 듣고 오사카로 달려가 살포한 그 나름의 선언문 제목이 '在大阪朝鮮人勞動者宣言'으로 되어 있었다는 것, 이 때문에 그는 3개월간의 옥살이를 경험치 않으면 안 되도록 되었는데, 이후 『동아일보』 창간 편집진의 일원으로 발탁되어 정경부 기자로서 활동하는 기간에도 자신이 직접 집필하여 '노동운동'의 대의에 관해 설명하고자 한 흔적이 발견되며, 소설의 형식을 빌려서도 그 자신이 직접 구체적으로 경험한 바 있는 인쇄공의 직업에서 소재를 가져와 작품 「윤전기」를 발표하기도 하는 등, 자본주와 노동자 사이에 빚어지는 계급적 현실에 대해 그 나름의 이해를 발산시키고자 하였음이 확인된다. 그가 1920년대 중반기의 시점에서 '계급 문학 시비론'이 제기되었을 때, '절충파'의 한 사람으로 분류될 수 있는 소지가 이런 면에서 주어졌다고 할 수 있는데, 그의 행보가 나아갈수록 비록 노동계급에 대한 이해의 태도는 불가피한 것으로 간주할망정, 민족적 현실 전체로 보아서 그것만을 전면화할 수는 없다는 인식을 점차로 구체화하는 면모를 보이게 되기 때문이다. 그렇다면 당시의 문단 전체의 지형 속에서 '절충파'란 과연 어떠한 구도 아래 설정되고 또 그 내면이 구축된 것이었을까? 이 점을 살피는 데는 또 양주동의 행적 동향이 유력한 거점의 하나로 주목될 만하다.

일본 유학 시절을 마치고 『동아일보』 기자 신분이 되어 귀국, 이후 여러 직장을 전전하면서도 끝내 궁극적인 목표였던 작가로서의 입신 과정에 성공적으로 안착하게 된 염상섭은 1926년도에 들어서면서 그로부터 약 2년에 이르는 일본 체류 생활에 다시 나서게 된다. 일본 문단에의 진출 기회를 엿보았던 것 아닌가 추측되는데, 이 두 번째 동경 생활 중 만난 사람이 양주동이었던 것. 당시 양주동은 3 · 1운동 이후 뒤늦게 신식의 학교 교육에 나서게 되어, 속성으로 중등교육과정을 마치고, 바로 일본 와세다 대학 유학 시절에 접어들게 되었는데, 나중 시조 시인이 된 이은상과 하숙 생활을 같이 하는 상황에 있었다. 바로 이 시기에 염상섭이 그들과 또 생활을 같이 하는 처지에 놓이게 되었는데, 천재를 자부하는 이 세 사람 사이에서도 재기발랄한 양주동은 누구보다 흡수력이 높았고, 또 문단 진출에의 의욕도 높았다. 이미 동인지 『금성』을 주도적으로 발간하면서 문단 내에 한 위치를 구축했다고 자부하고 있었던 양주동은 1926년 들어 때마침 이광수와의 유명한 논란 사건을 일으켜 유학생들 사이에 곱지 않은 주목의 대상이 되는 처지에 놓이기도 했었다. 즉 1926년, 새해 벽두의 『동아일보』 지면에는 「중용과 철저」라는 제목 아래 이광수의 신년 논설이 실리게 되었는데, 이를 본 양주동이 그것을 시비하여 「철저와 중용」 제목의 논설을 발표하였던 것이다. 국민문학 거두의 문인을 향해 그 나태한 문예 정신을 타매한다는 점에서 자신의 진보적 입장을 명백히 한 셈이었다고 할 수 있는데, 한편 사회적으로는 이 해 중반 경에 순종의 승하 사건이 발생, 이를 계기로 한 '6 · 10만세' 운동이 대두하였고, 또 그 사건을 매개로 민족 단일의 '협동체' 건설을 목표로 한 '신간회' 가 발족, 벌써 지식계와 사회 운동 세력 내부에 폭넓게 좌우합작 논리가 파급됨으로써 절충주의를 향한 문단 내외의 여건이 조성, 성숙하게 되는 현실을 맞고 있었던 것이다. 이러한 내외 여건의 성숙에 자신감을 얻은 양주동은 염상섭과 함께 그 특유의 절충주의 논리를 가다듬게 되고, 이로써 민족 문단에의 헌신이 어느 정도 이루어질 수 있을 것을 그는 내다보고 전망하였다. 그렇다면 먼저 이 시기 절충주의 논리 구축에 앞장 선 염상섭의 주장부터 살피면서 이 국면의 논설화 양상을 조금 더 구체적으로 파악하도록 해 보자.

'반동 · 전통 · 문학의 관계' 라는 부제와 함께 쓰여진 염상섭의 논설, 「민족 · 사회운동의 유심적(唯心的) 일고찰」을 먼저 살피기로 하면, 트로츠키의 유명한 '프롤레타리아 쿨트' 론 논지에 의거, 계급과 민족의 통합 불가피론을 설파하는 이 글은 당시 코민테른 주도로 형성된 소위 '식민지 반봉건' 투쟁론의 요체가 무엇인지에 대한 설명을 병행하면서, 프롤레타리아 문화, 곧 그 문예의 초기 독자 수립론이 논리적으로 설득력을 가질 수 없음을 주장한다. 먼저 다음 문면을 살펴보자.

> 그것은 반동계급독재기가 단축되면 될수록 이상 실현이 조속할 것이요 따라서 어떠한 기간 이후에는 계급의식이 소멸될 것이니까, 그때에는 계급인이 아니라 민족의 일원, 사회의 일원, 인류의 일원일 따름인 고로 프롤레타리아의 문화, 문학이라는 것이 특징적으로 존재할 여지가 없는 때문이다. 이는 나의 지론이요 또한 그 국(局)에 당한 아라사 평가(評家) 트로츠키도 인정하는 바인 모양이거니와 (……)[10]

이처럼 트로츠키를 끌어들일 정도로 프로 문예 문제와 관련한 염상섭의 이론적 이해 수준은 상당한 편이었다고 할 수 있는데, 하지만 이론가로서 염상섭에게는 치명적이라 할 독(毒)의 요소가 품겨져 있었다. '냉소주의'의 독이 그것이었다고 할 수 있는데, 위 문면을 통해서도 볼 수 있듯이, 프롤레타리아 계급의 역사적 승리가 만약 관철된다고 하면, 그때 가서 굳이 프롤레타리아 계급의식이라고 하는 것이 소멸되고 필요 없게 될 테니까, 굳이 "프롤레타리아의 문화, 문학이라는 것이 특징적으로 존재할 여지" 역시 없지 않은가라고 되묻는 식으로 프로 측의 주장을 일축하고, 그럼으로써 굳이 계급문학 일변도의 주장역시 성립할 필요가 없게 됨을 그는 주장하는 것이다. 이처럼 냉소주의로 가득한 그의 역설적 논리 전개 방식은 하나의 주장으로서는 설득력을 획득할 수 있을지 모르나, 논쟁 상대로는 결코 호감을 얻고 자아내기가 어려웠을 것이 분명하다. 그에 비하면 그 주장과 논지 내용상으로 염상섭이 그것과 큰 차이가 발견되지 않음에도 불구하고 양주동의 논변이 절충파를 대표하는 것으로 훨씬 진지한 것으로 여겨져 프로 문학, 프로 비평 측의 반응을 끌어내기에 유리했다고 할 수 있는데, 당시 프로 문학 측을 대표한 김기진이 주로 양주동의 논변을 논란 상대로 삼음으로써 김기진과 양주동 사이에 뜨거운 논전 교환이 이루어

10) 염상섭, 「민족·사회운동의 유심적 일고찰」, 『조선일보』, 1927.1.4~16.

지게 되었던 사정으로 이 점이 설명될 수 있다. 그러므로 이제 양주동과 김기진 사이 논쟁으로 본격화되는 '절충파' 대 프로 문학 측 사이의 논전 양상은 먼저 또 김기진의 반박 양상을 살피는 것으로 그 문맥이 훨씬 용이롭게 이해될 수 있는데, 김기진이 '문단상 조선주의'라는 부제와 함께 『조선지광』 64호, 즉 1927년 2월호 지상에 다음과 같은 시론(時論)을 게재한 것은 그 문맥의 직접적 발화 국면에 도화선을 끌어들인 것이라 할 수 있다. 당시 한창 기고만장하여 마치 물 만난 물고기처럼이나 좌충우돌하는 상태에 있었던 김기진은 그와 마찬가지로 똑같이 패기만만, 욱일승천하는 듯한 기개의 양주동을 주 논적으로 삼아 다음과 같은 시론을 펼치게 되었다. 보라.

> 1월(…)에 발표된 논문 중 『신민』·『동광』·『동아일보』에서 본 염상섭(廉想涉)·양주동(梁柱東)·김억(金億)·김성근(金聲近) 제씨의 논문 전부를 통하여서 얻은 일개의 공통된 논조인 '조선으로 돌아오라'는 주장에 대하여서 나는 묵과할 수 없다. (…) 지금까지 조선을 잊어버리고 조선에서 떠나 있었던 것을 홀연 대각(大覺)한 듯이 말하는 그들의 구문(口吻)은 관념적인 그들의 사고 작용의 노현(露顯)이 아닌가.[11]

'절충파'를 자부하는 염상섭, 양주동까지를 함께 싸잡아 '조선주의' 파로 매도하는 이런 기조에 대해 양주동이 발끈하게 됐을 것은 당연하다. 김기진 편에서 일부 '절충파'들까지 '조선주의자'로 내모는 데는 프로 문학에 대한 어떤 식의 비판적 지지나 혹은 거부의 태도라는 것이 결국 '조선주의'와 오십보백보 사이의 거리에 있지 않느냐는 인식 때문이었겠지만, 어찌 됐거나 '프로 문학'에 대한 비판적 용인의 결과는 '민족주의의 문단 침윤'이라는 해악 밖에 낳을 것이 없다고 그는 판단하였다. '조선주의'에 대한 그(김기진)의 비판적 인식과 논조의 내용을 살펴두자.

> '조선주의'는 다시 말하면 조선 민족정신의 발현, 문학 고전의 부활, 민족적 예술 형식의 창조, 외래 사조 추종의 배척 등이 그 중심 골자인 듯하다. 한 입으로 말하면 민족주의의 문단 침윤이다. 그것은 사회주의 사상을 근거로 하는

11) 김기진, 「문예시평」, 『조선지광』 64호, 1927.2.

프롤레타리아 문학 운동에 대항하는 무기로서의 재래 문단인의 시만(時晩)한 자아 발견이요 시기 적응한 방향 전환이요 전술이다. "너희들은 프롤레타리아 문학 운운한다마는 (…) 조선 민족에게는 아직 국민문학도 수립되지 못하였다. (…) 껑충 뛰어서 계급 해방의 문학이란 무슨 소리냐—" 그들의 논조는 이와 흡사하다.[12]

"인류의 역사는 계급××(투쟁)의 역사"라는 것을 전제하면서, 세계의 문학사도 이와 동일한 원리로 전개되리라고 단언, 확신하면서 결국 '문단상의 조선주의'라는 것은 일개 '국수주의'나, '보수주의', '정신주의', 곧 '반동주의'에 불과하다고까지 그(김기진)는 극언한다. 따라서 '그대들'(국민문학파)이 어떤 역사적 선택의 길을 향해 나아가든 그것은 자유이지만, 그 선택은 마침내 역사로부터의 버려짐이라는 결과를 피할 수 없으리라고 그는 협박한다. 프로 문학의 역사적 승리를 설득하기 위해 그가 구사하는 전형적 논법 피력의 대목을 보라.

> 인류의 역사는 계급××(투쟁)의 역사이었다. 세계의 문학사도 이와 동일한 고찰 방법을 요한다. (……) 문단상의 조선주의는 어떠하게 가치되어야 할 것이냐? (…) 그것은 일개의 국수주의의 변형이요, 보수주의요, 정신주의요, 반동주의요, 그 이상의 아무것도 아니다. 좋다! 그대들이 이른바 조선의 국민문학을 건설하여라. (……) 그것이 어떠한 역사적 사명을 다하는지, (…) 그것은 오래지 않아서 역사가 증명할 것이다![13]

늘 '역사의 법칙'이라는 것을 앞세워 계급 문학 승리의 필연성, 그 주장의 정당성을 홍보하는 위와 같은 김기진식 프로 문학 주장에 대하여 이론적으로 날카롭게 반응, 대응한 논자 중엔 물론 '절충파' 양주동 외에도 다른 여러 사람들이 있었다. 먼저 김기진과 비슷한 이름의 김영진이 발표한 논변을 보자. 그(김영진)는 국민(민족) 문학이냐 프로 문학이냐의 선택 이전에 문학의 본질 문제부터 따져져야 함을 주장하고 그것(문학)이 무엇보다 '자아', '개성'의 산물로 주어진다는 것을 테느의 이름과 함께 논변하였다. 테느의 주장을 빌린다면, 문학

---

12) 위와 같음.
13) 위와 같음.

형성에는 1) '인종' 2) '환경' 3) '시대'의 세 가지 요소가 작용하므로, 오로지 '계급' 즉 '계급투쟁'의 현실 요소만이 문학 형성의 본질적 국면을 이루리라고 인식한다면 이 또한 오류의 결과를 빚어낼 공산이 크다는 점을 그는 지적하였다. 민족(혹은 종족)만이 문학, 곧 개성과 자아를 이루는 구성 요소의 전부라 할 까닭 또한 없지만, 한편 그것들 또한 문학 구성의 중요한 요소임을 인정하고, 또 한편 계급적 환경, 혹은 시대적 요소 등이 모두 문학 구성의 주요 요소들임을 인식한다면, 지나치게 계급투쟁적 요소만을 강조하는 절대주의적 태도는 불식되어야 함을 그는 주장하였다. 따라서 전체적으로 상대주의적 태도, 관점에 입각, 온건한 다원주의적 입장 개진에 머물렀다고 할 수 있는 그의 주장의 요체는 다음 문면 속에 반영되어 있다. 그 핵심 문면만을 여기서 살펴두자.

국민문학이란 (······) '부르' 적이건 '프로' 적이건 그 작품이 진실한 조선 사람의 개성으로 창작된 조선의 문학, (···) 현대 조선 민중의 심금을 울려주며 또한 미래 조선 민중의 심금을 울려주는 (···) 그 작품은 의심할 것 없이 조선의 국민문학으로 추천될 것이다. 테느 씨의 말과 같이 (······) 가장 잘 민족성을 나타낼 것일지요, 가장 잘 환경이 표현되었을 것이며 가장 잘 시대의식이 삼투되었을 것이다. (······) 나는 (···) 문학이 개성의 산물일 때까지 국민문학도 없어지지 않으리라고 믿는다.[14]

일찍이 시인으로 출발, 좀 더 열정적인 목소리를 갖추었던 김동환은 위 김영진의 온건한 '국민 문학' 개념에서 한 발 더 나아가 '애국 문학'의 개념까지를 들고 나왔다. 1920년대에 웬 '애국 문학' 이냐고 의아해 할 사람도 있겠지만, '국민 문학과의 이동(異同)과 그 임무' 라는 부제를 단 1927년도의 이 애국 문학론 속에서 그(김동환)는 기본적으로 '국민 문학' 과 '프로 문학'의 존재를 모두 인정한 바탕 위에서 한 걸음 더 나아가 당대의 문학이 안고 있는 '조국××(해방)' 이라는 역사적 소명 완수를 위해서는 더 적극적으로 민족적인 과제 설정과 그 실천 방안의 모색을 지향하는 '애국 문학' 의 개념을 도입, 무장하지 않으면 안 된다고 강력히 주창하였다. 애란(아일랜드) 문학, 그리고 파란(폴란드)의 문학, 또 타고르가 대표한 인도의 문학까지를 두루 거론하는 등으로 다수의 세계

---

14) 김영진, 「국민문학의 의의」, 『신민』, 1927.3.

문학적 사례, 보기의 경우들을 열거하면서 '애국 문학'의 보편적 가능성을 상기시킨 점이 매우 이채로웠다고 할 수 있는데, 역시 열혈 시인다운 정열의 발로가 이러한 '애국문학론' 속에 삼투, 이채로운 문학론의 전개를 가능케 했다고 할 수 있다. 그의 생애의 흠으로 남아 있는 일제 말기 친일 문학자의 전력을 배제하고 보면, 1920년대에 그가 전개한 '애국문학론'이란 우리의 민족문학론사 전체를 통해서도 한 이채로운 대목이 된다고 보겠다. 그 핵심 논리는 다음처럼 표명되어 있다.

> 그래서 오늘날 우리의 앞에는 '조국의 ××'이라는 명제가 무엇보다도 더 큰 가능성을 가지고 걸리어 (…) 여기에 모든 역량을 집중하여야 할 때에 이른 것이다. 우리는 이 무산대중의 손에 이루어질 ○○○○운동을 애국주의라 명명하자.[15]

"무산대중의 손에 이루어질", 곧 프로 문학의 가능성을 적극적으로 인정하면서도, 그것을 '애국 문학'으로 승화시키자는 김동환의 위 주장은 확실히 이채롭다. 김동환의 이런 파격적인 주장에 비해 역시 또 당시 '국민 문학파'의 거두 위치를 점하고 있었던 이광수의 '조선 문학'에 대한 인식은 매우 원론적이고 동시에 소극적인 상태에 머물러 있었다고 할 수 있는데, 다만 조선 문학을 대표하는 그런 거두 격의 위치로 인해 외부의 논적과 상대하는 면에서는 나름대로 상당히 거만하게 자부심을 노출시키는 자세로 사태에 임하는 모습을 보여주었다고 할 수 있다. 경성제대의 개교 이래 조선어문학과 제1강좌의 주임 교수 역할을 맡고 있었던 다카하시 도오루(高橋亨)를 향해 거친 비판의 언사를 날릴 수 있었던 면모라는 것은 이러한 맥락에서 해득될 수 있다. 아마도 조선문학 강좌를 위한 교재로서 당시 다카하시 도오루가 『격몽요결』을 택하고 있었지 않았나 여겨지는데, 이 소식을 어디선가 들은 이광수가 이를 시비하여 그 이해 부족을 개탄하는 논설을 베풀었다는 것은 이 정황을 말해준다. 식민지 체제의 일부라 할 '경성제국대학'에서의 조선 문학 강좌가 어떻게 운영되어야 하는지의 문제는 일견 임의적인 문제이며 비교적 학자 개인의 소견과 관련된 편의적인 사항일 수 있지 않느냐 생각할 수 있지만, 적어도 그것이 문학강좌의

---

15) 김동환, 「애국문학에 대하여」, 『동아일보』, 1927.5.12~19.

개념 속에서 운용되어야 하고, 더 나아가 근대적 의미의 '문학' 개념을 확실히 정립한 위에서 운용되어야 할 것을 당시 조선 문단 내에서 권위 있게 지적할 수 있는 사람은 확실히 많지 않았다. 이런 까닭으로 1930년 전후 이광수는 스스로 나서서 조선 문학의 강좌가 어떻게 운용되어야 할 것인지 나무라듯 현실을 환기시키며 비판하는 논설을 게제했으며, 그 점에 있어서 교재부터가 우선 '조선어', '조선문'을 바탕으로 한 작품들로 구성되지 않으면 안 된다는 점을 깨우쳤다. 이러한 성격으로 매우 이채로운 다음 이광수의 논설을 보라.

> (…) 조선문학과가 있다 하면, (…) 거기서 가르칠 것은 신라 향가, 시조, 『춘향전』, 현대 조선 작가의 작품일 것이다. (……) 『격몽요결』이나 『구운몽』(정음역(正音譯)은 논외로 하고) 신자하 시집 같은 것(이) (…) 조선문학이 될 수는 없는 것이다.[16]

이처럼 이광수, 김동환, 김영진 등이 나름대로 프로 문학 대두 현실에서 '조선 문학'에 대한 정의, '문학' 개념에 대한 본질적 이해의 문제 등에 대해 의견을 제출하고 답안을 모색하는 활동들을 펼쳤지만, 적어도 논쟁 국면으로까지 그러한 노력들을 확대, 전개시키지 못했었고, 또 집요하지도 못했다. 이에 비하면 전체적으로 '절충파'의 입장을 띤 자세에서 김기진과의 논쟁 국면을 뜨겁게 유지하면서 비평계에 활력을 불어넣었던 대표적인 논자가 바로 당대의 시인-비평가 양주동이었다. 양주동을 논쟁의 한 당사자로 위치시키는 관점에서 당대의 '계급 문학 시비론'이 보다 약여하게 관찰될 수 있다고 보게 되는 근거는 이러한 맥락에서 제출되는데, 주지하다시피 양주동이란 동서고금의 문학계를 관통하여 누구에게도 뒤떨어지지 않는 문예지식을 갖추었다고 자부하는 바의 청년 지식인이었기에 김기진의 저러한 협박성 강변의 대체문학 논변에 대해 정열적으로 맞서는 비평적 대항의 면모를 보여주었던 것이다.

물론 이 맥락에서 우선 인식되어야 할 것이 양주동에 대한 '절충파'로서의 인식, 그 표지 부여가 사후, 후대에 이루어진 것이지, 논쟁 국면 자체에서 처음부터 양주동이 '절충파'를 자처한다거나 프로 문학 측 주장을 맹목적으로 부정하는 식의 논변을 하지는 않았다는 사실이다. 위 김영진이나 김동환의 논변이

---

16) 이광수, 「조선문학의 개념」, 『신생』 제2권 제1호, 1929.1.

그렇듯, 양주동의 논변 또한 프로 문학을 전적으로 부정한다거나 반대한다는 취지의 논변이 결코 아니었고, 다만 프로 문학의 대의와 함께 민족 문학의 대의 또한 함께 구하는 것이 옳지 않겠느냐는 주장을 펼친 셈이었고, 결국 이러한 이중 긍정의 논리를 김기진이 단순히 받아들이기는 어려워서 둘 사이의 장황한 논전이 비롯되기에 이르렀다고 할 수 있다. 양주동의 「문제의 소재와 이동점(異同點)」을 먼저 자세히 분석하여 이 두 사람 사이의 관점 상위가 스스로 어떻게 인식되고 부각되었던 것인지 살펴두기로 하자.

'주로 무산파 제씨에게 답함'이라고 부제를 단 데서도 알 수 있듯이, 처음부터 김기진만을 적수로 삼아 논변을 제기하고자 했던 것이 양주동의 원래 의도는 아니었음을 알 수 있다. 이 시기 김기진 말고도 윤기정, 임화, 박영희 등이 함께 나서서 프로 평단의 공동 전선을 구축하고 있었던 것은 사실이었는데, 다만 그런 중에도 유독 김기진이 도드라지게 부각되었던 것은 논전 상대의 면에서 그만큼 김기진의 논변 역량이 탄탄하여 독보적으로 그 위상이 돋보였기 때문이라고 말할 수 있을 것이다. 한편 이 시기 김기진은 박영희와 '내용─형식 논쟁'을 벌여서 문단 내외의 관심 상태 아래 놓여져 있었다고도 할 수 있고, 이런 여러모로의 이유로 양주동 입장에서 김기진은 호적수가 될 만하다고 판단되었을 법하다. 결국 양주동이 당대의 김기진 비평을 집중적으로 주목, 장문의 논설과 함께 조목조목 논점들을 해부, 비판적 의론에 들어가게 되었는데, 이에 김기진 역시 정색하고 대응 논변에 나섬으로써 둘 사이의 논전 양상이 심화되었다고 할 수 있다. 「속(續) 문제의 소재와 이동점(異同點): 형식 문제와 민족문학 문제에 관하여─김기진 씨 소론(所論)에 답함」을 보면, 둘 사이의 논변이 어떻게 구체적인 편차의 양상을 보였던 것인지 확인할 수 있는데, 여기서 둘 사이에 논점 확대가 이루어진 중요한 문맥 중 하나가 당시 박영희─김기진 사이에 제기되었던 소위 '형식(─내용) 문제'로서 파생된 문학원론적 이해의 문제이었음을 알 수 있다. 그 (갑)의 '형식 문제'를 제외한 나머지 (을)의 '민족 문학 문제'에 관하여 두 논쟁자 사이에 노출된 논점 인식의 상위 양상을 양주동 스스로 조목화하여 제시하고 있는 대목을 일단 구체적으로 살피면서 논의를 추가해 보자.

① 민족의식(조선심)은 관념적, 미령적(迷靈的) 존재이다(팔봉). 민족의식(전통, 정조, 동족애)은 (…) 미령적, 관념적 현상이 아니다(…)(양(주동))./ ② 현 계단의 조선의식의 전부는 계급의식이다(팔봉)./ 현 계단의 조선의식은 민족의식과 계급의식의 병행 합류, 혹은 교차로써 구성된다(…)(양)./ ③ 현 계단의 의식은 (…) 계급의식으로써 통일된다(팔봉). 양개 의식은 그 사실과 근거가 상이한 점에서 엄연히 분리된다. (…) '계급적 민족의식' 혹은 'C의식', '조선의식'으로밖에 타도(他途)가 없다(양)./ ④ 따라서 현 계단의 조선문예운동은, 세계 프롤레타리아 운동의 일환으로서의 (…) 프로문예운동이 그 전부이다(팔봉)./ (…)조선의 문예운동은 (…) 계급문학 이외에 민족문학의 병존 혹은 교차를 필연적으로 상반(相半)하게 된다(…)(양).[17]

네 가지 항목으로 분류되었지만, 실상 두 사람 사이의 의견 상위는 계급의식 일원론으로 볼 것이냐, 계급의식과 민족의식과의 병행(합류, 혹은 교차)이라는 이원론으로 볼 것이냐의 일원론-이원론 상위로 주어졌음을 알 수 있다. 양주동으로서는 '계급의식'을 부인하지 않지만, 민족의식 또한 결코 배제될 성질의 것이 아님을 분명히 하고자 했던 셈이다. 따라서 김기진이 '민족의식'을 따로이 배려하지 않는 한 이 논쟁은 결코 끝나거나 지속될 수 없었다. 말하자면 평행선의 관계가 주어진 셈이다. 결국 이 논쟁은 양주동이 자기 논변 제출의 거점으로 삼아 발간하였던 잡지 『문예공론』이 중단되고, 또 김기진 역시 더 이상의 반응을 삼가게 됨으로써 자연스레 결산의 형국이 스스로 빚어지게 되었거니와, 조선 문단의 공기(公器)가 되겠노라는 양주동의 야심찬 발간 의욕에도 불구하고("『문공』은 당초에 성명한 바와 같이 조선 문단의 '공기(公器)'로 쓰여지기를 바란다") 개벽사와 조선지광사 등을 중심으로 잡지계조차 양분된 현실에서 중도의 공론 지면을 지향한다는 '문예공론' 사의 저러한 방침이 재정적으로 오래 유지될 것은 사실 처음부터 무망하였다고 볼 수 있다. 기실 양주동이 김기진을 필두로 한 프로문학파들과 저처럼 맹렬하게 논쟁 사태를 야기할 수 있었던 이면에도 잡지를 활성화하기 위한 편집 운용 차원에서의 그러한 전략적 고려가 작동한 탓이었다고 볼 수 있었지만, 그러한 어중간한 처세의 공론지 전략이 '민족문학파'에 의해서 공순하게 받아들여지기도 어려웠으려니와, 사

17) 양주동, 「속 문제의 소재와 이동점」, 『중외일보』, 1929.10.20-11.9.

회적, 정치적 기능 측면에서의 문학의 공리성이 제1원리가 되어 발생, 작동하는 '운동 문학'으로서의 프로 문예 관념이 소위 '문공'의 그것과 합치되기 어려웠으리라는 것 또한 당연하다. 양주동 역시 그런 점에서 자신의 문예관과 프로 문학 측의 그것이 합치, 병행되기 어려움을 솔직히 시인하고("나는 문학의 임무를 어떤 의식의 표현과 선양에 두는 동시에, 사회운동과 교섭되는 그 실지적 공리성은 오히려 제2의적 결과로 보는 자이며, 따라서 소위 예술적 가치와 정치적 가치의 분립을 보는 때에는 언제나 전자를 제1의적으로 간주하는 자이다"), 마침내 문단으로부터의 패퇴까지 어쩔 수 없이 용인하게 되기에 이른다. 이로써 와세다 대학 졸업 후 평양 숭실전문의 영어 교사로 임용됨과 함께 의욕적으로 문단의 공론지 건설을 목표로 출범하였던 양주동의 청년기 의욕적인 문예사업 취지는 허무하게도 매우 단명한 『문예공론』 3호 발간의 결과로 막을 내리게 되고, 그는 잠시 동안의 휴식기 생활을 거쳐 또 하나의 야심찬 생애의 도전, 곧 당시의 경성제대 일본인 교수, 오구라 신페이(小倉進平)이 이룩한 『鄕歌 및 吏讀의 硏究』 성과에 도전하는 국문학적 연구, 나중 『古歌硏究』로 모아지는 향가 연구 사업에 진력하게 됨으로써 그의 인생 후반기, 2막의 생애가 펼쳐지게 된다는 것은 주지의 사실이다. 『금성』 발간으로 시작되었던 그의 문예사업에의 지향점이 한때 이광수와의 논전을 불사하는 등으로 강력한 진보성을 드러내기도 하였었지만, 『조선의 맥박』이라는 제목과 상재된 그의 창작 시가 세계의 모양이나, 후반기 향가 연구 사업에의 매진 양상으로 보건대, 결코 '민족의식'이나 '민족주의'의 이념을 포기할 만한 정도의 신흥적인 것으로 주어지기 어려웠으리라는 점은 쉽게 이해되고 확인될 수 있다. 이론적 절충을 통한 민족 협동 노선—이는 당시의 '신간회' 조직이 사회운동과 민족운동으로 관철하였다—의 문예론적 구축이라는 목표는 이렇게 해서 무산될 수밖에 없었지만, 그 결과로 우리의 민족문학사는 뛰어난 국문학자 한 사람을 얻게 되었던 셈이다.

3-2. 1930년대 '조선학' 담론의 대두 : 그 전개 및 논란

1930년대에 들어서면 프로문학파와 국민문학파, 혹은 그 절충파 사이의 논

쟁 국면도 어느 정도 정리되고, 바야흐로 프로 문학 측의 비평적 주도권이 본격적으로 행사되기에 이르는 시대를 맞게 된다고 할 수 있다. 하지만 그렇다고 물론 문학 전체가, 혹은 민족 사회 전체가 일방적으로 지배되었다고 말하기는 어렵다. 가령 이광수의 움직임을 살피자면 그는 일면 하나의 친목 단체를 표방한 '수양동우회'를 중심으로 일종 기관지 성격으로 발행된 잡지 『동광』에 「여(余)의 작가적 태도」(1931.4)라는 글을 발표하고 있는데, 이 시기에 그는 『동아일보』 지면을 활용, 장차 그의 대표작 중 하나로 일컬어질 『흙』(『동아일보』, 1932.4.12–1933.7.10)의 연재를 앞두고 '브 나로드' 운동을 선창하는 등 나름대로 한 톨스토이주의자로서의 새로운 문학 지평 개척을 위해 암중모색하는 상태에 있었다고 할 수 있다. 사회운동과 문학을 포함한 문화운동계, 그리고 지식계를 포함한 모든 부문의 현실상에 있어서 전방위적으로 압박해 오는 '계급운동' 측의 공세 전개에 맞서서, 러시아적 전통의 역사 속으로 후행함으로써 오히려 더욱 깊숙이 민중의 바다 속으로 진입하고, 그 속에서 '민중계몽'이라는 근대문학적 원류를 재발견하고자 하는 그 나름의 전략적 사고가 이러한 시기에 그의 문필 역량 전부와 합세하는 양상으로 조심스레 그 시대적 대응 가능성의 여부를 타진하는 상태에 있었다고 볼 수 있는 것이다. '고백체' 형식을 띤, 작가 특유의 문체 양식을 빌려 이와 같이 전개하는 「여(余)의 작가적 태도」의 문면 양상은 한편 그가 이 시기 내면적으로 감당해내지 않으면 안 되었던 그 '위기의식'의 정체를 오히려 역설적으로 고스란히 전해주는 면모라고 말할 수 있다.

> 내가 소설을 쓰는 구경의 동기는 내가 신문기자가 되는 구경의 동기, 교사가 되는 구경의 동기, 내가 하는 모든 작위의 구경의 동기와 일치하는 것이니, 그것은 곧 '조선과 조선민족을 위하는 봉사—의무의 이행'이다. (……) 조선과 조선민족의 지위의 향상과 행복의 증진에 호말(毫末)만큼이라도 기여함이 되어지다 하는 것이 내 모든 행위의 근본 동기다. / '세계와 인류를 위하여'는 내게 아직 너무나 크다.[18]

이광수가 이처럼 '조선'과 '조선민족'을 위한 '봉사'로서의 작가의 길, 문학

18) 이광수, 「여의 작가적 태도」, 『동광』, 1931.4.

에의 길을 소명할 때, 학단, 즉 학자, 학인들의 세계에서도 비슷하지만 조금 다른 형태의 인식 움직임이 꿈틀대면서 하나의 흐름을 형성하고 있었다. 경성제대가 설치되면서 근대적 학제가 도입되고, 이에 따라 '학문'의 이름으로 수행되는 민족학적 의미의 조선 연구, 혹은 조선 인식에 대한 논의 담론들이 활발하게 대두되었다. 앞서 양주동 관련 문맥에서 잠깐 언급한 오구라 신페이의 『郷歌 및 吏讀의 硏究』가 이 시기 조선학을 대표하는 연구 성과에 해당한다고 볼 수 있거니와, 학적으로는 조금 소박한 형태로나마 1920년대 중반부터 최남선이 매진하고자 한 사업 내용 역시 대개 '조선학'의 범주에 속할 수 있는 것이었다. 그렇다면 이 시기 '조선학' 담론의 대표 주자들로는 어떤 사람들이 있었을까? 맑스주의적 인식 계보의 일부를 이룬 철학자 신남철의 족적을 이런 맥락에서 검토해 볼 수 있겠다. 맑스가 스스로 (역사) '과학'이라고 주장한 이른바 '역사유물론'의 자장 속에서, 한편 당대 경성제대의 강단을 통과했거나 혹은 그 어름에 있었던 소장의 젊은 지식인들 사이에 파문처럼 번져나간 '조선학' 담론의 열풍 고조 속에서 신남철은 말하자면 나름대로 새로운 에피스테메를 조성한다는 그러한 학적 의욕과 함께 당대 지식계의 동향을 대변하고자 한 선구적 인물의 한 사람이었다. 먼저 그의 학적 이력을 잠시 확인해 두기로 하자.

1927년 3월 경성제국대학 법문학부 철학과에 입학하였다. 1931년 졸업한 뒤에 경성제국대학 철학과 조수(助手)로 일하였는데, 이 무렵 조선사회사정연구소 회원이 되었고, 경성제국대학 법문학부 미야케(三宅鹿之助) 교수의 지도를 받아 마르크스경제학 및 철학을 연구하였다.

이 간단한 이력 사항으로도 알 수 있듯이 경성제대 법문학부에서 공부한 신남철은 당시 몇몇 일본인 교수들이 형성했던 지적 분위기에 따라 '사회경제사' 이론에 일찍 눈을 뜨는 한편, 개인적으로 시인 지망생의 문학청년 시대를 겪게 됨에 따라 프로 비평과 사회과학적 인식 사이에 한 가교의 역할을 수행하고자 하였다. 나름 근대 일본의 지식 체계를 정통으로 흡수했다고 자부한 그는 그런 면에서 '문제사'의 개념을 이 조선 땅에 최초로 도입해 보인 한 사람쯤으로 스스로 인식하고 또 그렇게 인식되었다. 「최근 조선 연구의 업적과 그 재출발」이라는 제목으로, '조선학은 어떻게 수립할 것인가' 라는 부제와 함께 씌어진 그의 '조선학' 관계 논문은 이런 안목에서 제출되어, 1920년대의 민족주의 담론과는 성질이 매우 다른 학적 내용을 선보일 수 있었다고 할 수 있는데, 우선 그서장격의 도입 논설에 해당하는 〈1. 조선학 수립에의 서언〉 내용 속에서 우리는 그러한 면모의 학적 자질과 그 성분을 조금이나마 엿볼 수 있다. '역사적 연구의 진정한 의미' 라거나, 혹은 '과학적 필연성의 법칙을 객관적 발전의 속에(서) 발견' 하여야 한다는 주장, 또는 더 나아가 '제 형태의 교호 관계를 조직하고 이해하는 데' 에 인식의 관심과 역점이 두어져야 한다는 주장 등에서 우리는 장차 맑스주의적 대표 철학자의 위치로 부상해 나갈 그의 초기 인식의 면모를 엿볼 수 있다. 보라.

> 조선학은 조선의 역사적 연구로부터 시작된다. 그런데 이 '역사적' 이라는
> 말은 재래(…) 잡박(雜駁)하고 표면적인 고증과 연대기로서 이해되고 있었다.
> 그러나 역사적 연구의 진정한 의미는 (…) 과학적 필연성의 법칙을 객관적 발
> 전의 속에 발견하여서써 제 형태의 교호(交互) 관계를 조직하고 이해하는 데
> 있는 것이다.[19]

'조선의 역사적 연구' 라는 이름의 '조선학' 이 '과학' 이어야 한다면서, 그'과학' 은 오로지 '유물사관' 에 의해서만 가능하다고 보는 이러한 에피스테메의 형질, 곧 맑스주의만이 유일한 진리의 과학으로 인식되었던 1930년대의 이러한 인식 풍경이 그대로 해방 공간의 상황으로까지 전이되었던 것은 물론이다. 종래의 학자들의 "산만하고 반과학적인 (…) 연구" 또는 "고증 위주의 논단(論斷)", 그런 것들을 모두 "현실생활을 신화화시킨 비과학적" 인 것이었다고 매도하면서, "이에 비로소 '조선학' 의 수립—역사과학적 방법에 의한—이 바야흐로 부르짖어지게 된 것은 이세(理勢)의 필연한 바" 가 된다고 주장하면서, '과학' 으로서의 '조선학' 을 애타게 갈구하는 모습인 것이다. 그렇다면 '과학으로서의 조선학' 이 좀 더 구체적으로 어떻게 가능하다고 그는 보았던 것일까?
　여전히 추상적인 의미로나마, 우선 기초적인 제 분과의 학문성과가 축적됨에 의해서 비로소 과학적 '조선학' 이 구축될 수 있으리라고 그는 주장하는데,

19) 신남철, 「최근 조선 연구의 업적과 그 출발」, 『동아일보』, 1934.1.1~7.

이는 종합적 사관으로서의 '사회사적 연구'가 축적된 위에서만 비로소 조선학의 발전 역시 기약될 수 있으리라고 하는 뜻으로 이어진다. 곧,

'조선학'이라는 것은 결코 (…) 국수주의적 견해와는 아무 인연도 가지지 않은 것이 (…) 조선의 과거만을 연구대상으로 하는 것도 아니고 (…) 종교도 아니다. (…) 문학적 연구만도 (…) 민속사적 연구만도 아니다.[20]

그렇기 때문에, "전문적 과학적 연구의 제 성과가 전체적 연관 하에서 현대적 의식을 통하여 비판 조성된" "일개의 고차적 개념이" '조선학'이기 때문에 궁극적으로는 "조선에 대한 무사(無私)한 역사의 사회적 연구를 기다려 비로소" '조선학'이 성립하고 수립될 수 있을 것으로 본다.

이에 더하여 그는 일본의 '국학'을 예로 들면서, 다시 한 번 '조선학'이 국수주의적 학문에 떨어져서는 안 된다는 점을 강조하는데, 중국의 경우에는 한편 당초부터 "국학운동으로서 광휘 있는 개혁적 진보적 영향을 중국 최근 세상에 많이 끼"쳤었다가, "지금은 보편적 과학방법론으로서의 사회과학적 방법에 의한 연구가 주로 진행되고 있"음을 지적, 조선학의 미래 역시 같은 방향에서 추구되어야 할 것을 상기시키며 그 맑스주의적 정향성을 암시한다. 결론적으로 신남철은 앞으로 '조선학' 수립의 방향이, 1) 사회적 연관에서 문제의 가능성을 발견할 것, 2) 실천적 조망(프로스펙트)을 제시할 수 있는 것으로 사회적 제 운행과 연관된 것이어야 할 것, 3) 종래의 설화적 사관으로부터 탈각하여 '문제사적 연구'로 나아가야 할 것 등의 몇 가지 조건을 충족시키는 선에서 타진되어야 함을 강조하는데, 이로 보아서 우리는 그가 (일본 쪽의 '국학'적 방향이 아니라) 중국의 경우에서 볼 수 있듯, 궁극적으로 맑스주의적 사회경제사 이론에 입각할 때 모종의 학적 성과가 거두어질 수 있으리라는 예측을 강력히 시사하고 환기시키는 것으로 글의 매듭을 짓고자 했음을 알 수 있다. 1934년도의 벽두, 『동아일보』 신년 논설의 자리에서 개진한 신남철의 위와 같은 '조선학' 수립 논리는 이처럼 당대 동양 3국 전체의 지식 사회 지형도를 매우 압축적으로 축약하여 보여준다는 점에서도 매우 시사적이고, 그리하여 유념하여 기억될 만한, 특출한 지식 담론 사례의 일환이 된다고 할 수 있는데, 그 중에도 그

20) 위와 같음.

가 특별히 '문제사적 연구' 라 칭한 사회사적 연구 모형의 개념, 즉 장차 당대 한국의 청년 지식인들이 매우 열도 있게 추진해 나갈 조선 사회경제사 연구의 동향과 더불어, 유물론적 철학의 변증법적 역사 이론이 마침내 '과학성' 을 앞세운 지식인 세계의 주류를 점하게 된다는 사실은 우리에게 좋든 궂든 20세기 전반기 담론사 전부를 이해하는 차원에서도 결코 빼놓을 수 없는 요목 사항이 된다고 보겠다.

한편, 1930년대 전반으로부터 중반으로 나아가는 시점의 민족 문학 담론사를 고찰하고자 할 때 임화 비평의 위치를 빼놓고 살필 수는 없겠다. 카프 서기장이라는 공식적 위치에서 프로문학론의 입지 강화를 위해 동분서주하는 한 시절을 보냈던 것이 사실 이 시절의 임화였다. 그가 1930년대에 수많이 써낸 비평글들 중에서 특별히 우리는 「언어와 문학」을 주목할 수 있는데, '특히 민족어와의 관계에 대하여' 라는 부제를 달고 있어서 이채롭다. 이 글 이후 본격화되는 '(조선)신문학사' 기술의 작업, 그 기술을 위한 이론적 준비 작업이 이 시기에 집중되었음을 생각하면, 그리고 해방 후 소위 '인민문학론' 의 이름으로 그다운 민족문학론의 구축이 새롭게 가능해진다고 생각할 때, 본질적으로 민족적일 수밖에 없는 언어의 문제와 문학의 문제를 이 시기에 병렬시켜 숙고했다는 사실은 확실히 우리의 주목에 값하는 면모를 예기시키는 바라고 할 만하다. 그는 과연 무엇을 바라 이 시기에 특별히 '민족어' 와 '문학' 의 상관 문제에 유념, 범연치 않은 논설 작업을 베풀게 되기에 이르렀을까?

임화의 강조점은 이 글 속에서 무엇보다 먼저, '문학' 이 '언어' 를 매재로 한다는, 일견 지극히 상식적인 듯한 명제를 상기시키며 논익를 출발시키고 있다. 하지만 언어 사용면에서 문학은 추상과학, 혹은 철학 등과 매우 다른데, 형상적 언어를 매재로 표현한다는 점에서 그것은 그러하며, 게다가 근대문학은 '언문일치' 를 추구하는 면에서 본질적으로 민족의 언어, 그 중에도 가장 완미(完美)한 민족 언어를 형상적 질료로 사용한다는 근본적 속성의 면모를 드러내며, 따라서 '민족어' 는 문학 언어의 본질적 국면일 수밖에 없음을 이 상관관계는 드러낸다. 그렇다면 '민족적 현실의 표현' 장치로서 '문학 언어' 의 완미함, 곧 '민족의 가장 아름다운 언어 형상' 으로 주어져야 할 문학의 구현이란 또 어떤 메커니즘을 거쳐 이루어진다고 보아야 할까?

"문학의 예술적인 본성으로 말미암아 (…) 구체적인 또 현실적인 언어만이 문학적인 자기표현에 적응(適應)" 할 수 있음을 임화는 먼저 지적하면서, 이 '구체적이고 현실적인' '언어' 그것은, "문학이 그 이상으로서의 자기 가운데 포섭하는 광범한 제 현실이 자기를 표현하기에 조금도 부족을 느끼지 않는 자유롭고 풍부한 언어" 로서 나타나며, 이러한 뜻에서 '언어', 곧 문학 언어는, "인간이 일상적 제 생활 가운데서 느끼고 의욕하는 바를 직접으로 이야기하는 형식" 이 되지 않을 수 없다고 그는 강조한다. 다시 말하면, "만인에 의하여 이야기되고 만인이 곧 이해할 수 있는 말(언어) 그것이 문학에 있어 이상적인 언어" 가 되는 까닭에, 문학 언어로서 이를 충족하는 언어가 곧 각 민족의 자국어, 즉 민족어일 수밖에 없고, 그 중에도 오늘(당대)에 있어서 '민족어' 를 이루는 현실적 조건은, "지금의 국민적 민족적 차별을 변화와 소멸의 방향으로 이끌고 있는 세계사적 조건" 인 '근대적 노동자 계급의 발생과 성장' 이라는 경제사회적 조건으로 요약되지 않을 수 없으며, 바로 여기에서 오늘날 민족어의 현실적 조건이 발호됨을 그는 단호하게 주장하고자 한다. 그럼 이 문맥에서 강조되는 '세계사적 조건' 으로서의 '근대적 노동자 계급의 발생과 성장' 이란 또 무엇일 터인가?

'민족' 과 '민족어' 를 강조하면서, 동시에 '세계사적 조건' 으로서 "근대적 노동자 계급의 발생과 성장" 의 현실을 강조한다는 것은 모순된 내부 충돌의 논지 전개가 아닐 수 없다. '민족주의' 와 함께 '프롤레타리아 국제주의' 도 함께 강조하는 이러한 논법이 결과적으로 그를 '인민민주주의자' 로 몰아가도록 했다고 볼 수 있지만, 그렇다고 문제가 완화되었다고 볼 수 없는데, 여기서 교묘한 절충의 논법으로 등장하는 것이 유명한, "형식에 있어서 민족적이고 내용에 있어 국제주의" 라고 하는 결합 구문이다. 이른바 '민족적 형식' 과 '내용적 국제주의' 의 교묘한 결합인 것이다. 이로써 그렇다면 이론적 모순의 문제가 모두 해결되었다고 볼 수 있을 텐가?

'지금 춤추고 있는 무희에게서 어떻게 형식과 내용을 구분하는가?' 라는 뜻의 유명한 예이츠 시 구절이 있는 것이지만, '형식' 과 '내용' 이라고 하는 것이 그렇게 쉽사리 '그릇' 과 '사상', 혹은 현실적 제재, 소재 등으로 구분 가능하다고 생각, 인식하는 것은 이제 와서 분명 때 지난 논법이 되었다. 그런데 어떻게 이러한 논법이 저렇게 의기양양하게 모든 미학의 문제를 해결하는 만능키의 논법이나 되는 것처럼 임화에게 설득되고 받아들여지게끔 된 것일까?

여기서 우리는 당시 세계 공산당 내 최고의 이론가로 군림하는 상태를 노정하고 있었던 스탈린의 경우를 생각해 볼 수 있다. 1930년 제16차 전(全) 소연방 공산당 대회에서 스탈린은 하나의 유명한 연설적 정언을 발했던 바, 주지하다시피 그것은 맑스주의와 '언어' 사이의 관계 문제를 논한 것이었다. 그루지야(Georgia) 출신으로 젊은 신학도 시절, 시를 쓰기도 했다고 전해지는 장차의 이 유명한 독재자 조셉 스탈린은 이제 소련 공산당 내 실질적인 최고 권력자의 지위에 오르는 단계에서 언어 문제의 중요성을 강조함과 함께 보편적 대단결의 호소를 위한 논법을 찾게 되는 바, 그것은 결국 민족어의 계급적 현실을 강조하는 논법으로 나타났다. 궁극적으로 노동 계급의 언어가 세계의 단일 언어로 통합될 날이 오리라는 예언의 선언이었다. 러시아 노동 계급의 언어가 소연방의 단일 언어일 뿐만 아니라 세계 유일의 단일 언어로 격상, 통합되는 그 날이 언제가 다가오리라는 꿈의 선언이었다. 이로써 스탈린은 스스로 '언어학자'임을 자처하며, '맑스주의와 언어'라는 논제를 앞세워 논문 형태의 글을 발표하기까지에 이르거니와, 영민한 임화가 1930년대 전반기를 거치면서 이러한 스탈린 연설 소식에 둔감하였을 까닭이 없다. 이 소식에 자극받아 임화의 위와 같은 논법 구성이 가능해졌고, 결국 「언어와 문학」 논제의 글은 그러한 문맥 속에서 착상, 발양된 글이라 볼 수 있는 것이 아닐까?

한편 이 시기 전후해서 그(임화)가 골몰하게 되는 사업, 과제의 하나가 소위 '(조선)신문학사' 집필의 사업이었음은 잘 알려진 사실인데, 「언어와 문학」 중의 마무리 대목을 빌려서도 그가 다음과 같은 심회를 밝히고 있음은 임화 연구라는 인식 관심의 맥락 하에서도 우리에게 매우 유력한 근거 하나를 제공하는 것으로 살필 수 있겠다. 즉 그는 글 전체의 논술이 끝난 자리에서 〈부기〉라는 항목을 설정, 마치 사족(蛇足)처럼 자신의 심회를 밝히는 문면 하나를 추가해 놓고 있는데, 이는 그가 이 시기 '신문학사'의 집필을 위한 자료 수립에 어느만큼 열을 올리는 상태에 있었던가를 잘 방증해 주는 바의 문면이 된다고 할수 있다. 요컨대 여기서 우리는 그가 "우리들의 이 방면에 있어서의 금후 연구"를 지칭하며 자신의 다음 과제를 시사해 놓고 있음을 볼 수 있는데, 여기서의

'금후 연구'가 곧 '신문학사' 서술을 위한 그것이 아니라면 다른 무엇이겠는 가? 결국 논설 「언어와 문학」은 임화가 '신문학사' 집필을 앞두고 다시 한 번 자신의 이론적 거점을 확인해 두기 위한 일종의 전제적 탐색 작업의 일환으로 거두어진 작업 성격인 것임이 분명하며, 이런 뜻에서 1930년대 중반기 이후 임 화가 낳은 다른 어떤 비평문보다도 이것이 주목되어야 할 이유는 충분하다. 다 음 문면을 새겨 보라.

> 부기: 이것은 황당한 각서에 불과하는 것으로, 후일 구체적인 것을 발표하 고 싶은 생각을 가지고 있다. 더욱이 프롤레타리아문학의 문체와 근대문학의 그것의 비교를 조금도 전개 못한 것은 지면 때문이지만, 유감이다. 더욱 (…) 우리들의 이 방면에 있어서의 금후 연구를 위하여 도움이 있다면 그것으로 만 족하고 싶다.[21]

물론 임화 외에도 이 시기, 곧 1930년대 중반 시기 당대 조선 사회에서 진보 적 논객층을 이룬 인물들은 많았다. 홍기문, 김남천, 박치우, 김태준 등이 그 대표 주자들이었다고 할 수 있는데, 이들에 맞서 안재홍, 최재서 등이 나름대 로 의견을 제출함으로써 이른바 '조선문학'(또는 '조선학') 논쟁이 발생했었다 고 하는 것은 특기될 만하다. 이 와중에 '조선문학'의 올바른 범주 설정 문제와 관련해 당시 조선일보 기자직을 감당하고 있었던 홍기문이 「조선문학의 양의 (兩義)」(『조선일보』, 1934.10.28-11.6)라는 제목으로 논설을 발표하고 있었다는 사실이 우선 주목될 만한데, 여기서 간단히 검토해 두자.

내용인즉슨 간단하다. '한문학(漢文學)'의 포함 문제를 관건으로 하여 '조선 문학'의 범위 설정이 어디까지로 이뤄져야 할 것이냐의 논제 중심으로 그것은 이루어져 있다. 이 논제 해결을 위해 그는 '조선 문학'을 '조선어 문학'으로 이 해하는 관점과 '조선인 문학'으로 이해하는 관점, 이 두 가지로 논점 이해를 달 리하는 인식상의 차이 문제를 제기하는데, 실망스러운 것은 스스로 이렇게 문 제 해결의 방안을 제시해 놓고도 최종적인 단안 내리기는 끝내 유보하고 회피 해버리는 그런 우유부단한 태도로 논제 자체를 결국 유기하고 방기하는 모습 에 머물기 때문이다. 저널리스트들이 항용 그렇듯 마치 두 손에 떡을 쥐고 어

21) 임화, 「언어와 문학」, 『문학창조』 창간호, 1934.6 및 『예술』 창간호, 1935.1.

느 쪽도 버릴 수 없다는 듯 양비론, 혹은 양시론에 머무는 태도에 귀착하는 것이다. 물론 관건은 여전히 '한문학'(漢文學)의 귀속 여부와 관련하여 주어지는 판단의 까다로움 때문이었다. 만약 '조선인 문학'으로 사태를 이해한다면, '한문학'이 '조선문학'에 당당히 편입되어야 하겠지만, 그렇지 않고 '조선어 문학'으로 사태를 이해한다면 판단은 달라진다. 그렇다면 어찌해야 하겠느냐? 스스로 제기한 이 양분법의 논제 이해 방안을 놓고 필자(홍기문)의 구문은 끝없이 다람쥐 쳇바퀴 돌 듯 논제를 맴돈다. 다음 결론부의 서술을 보라.

> 오직 지금 문학과 한문학에 아울러 생소한 나로 있어 그렇다 아니다의 명확한 단안까지를 내리게 되지 못함이 한(恨)이다. 그러나 (…) 조선의 한문학을 외국문학이라고는 말할 수 없지 않으랴? 조선의 한문학도 구경 조선 민족의 문학이 아니랴?[22]

「임꺽정」의 작가, 홍명희의 후손으로 잘 알려지고, 해방 후 북한으로 올라가 김일성 대학 어문학과 수립에도 깊이 관여했다고 알려지는 홍기문의 이러한 담론 자취는 조금 실망스러운 인상인 것을 피할 수 없다. 물론 이해는 될 수 있다. 일제하의 상황에서 민족 지사의 다수가 주장하는 '한글 문학' 중심의 '조선 문학' 관에 쉽사리 반기를 들기도 어려웠으려니와, 한편 그의 합리적 자세가 요구하는 '(조선) 한문학(漢文學)' 수용설을 마냥 방기해버리고만 마는 것도 그의 이성이 수긍키 어려웠다. 결국 쳇바퀴 돌 듯 논제를 맴돌면서 진동하는 입장을 그는 끝내 씌하기 어려웠고, 결국 스스로 제기한 논제는 그런 상태로만 봉합이 되는 체 서술이 마무리된다. 일제하 중반기의 상황에서도 사태를 인식하고 판단하는 이성적, 합리적 관점 설정의 문제는 늘 이렇게 어려웠던 터이다. 그렇다면 '조선 문학'이 아니라, '조선학'이라는 보다 보편적 인식 항목 설정 문제와 관련하여 당대의 지식인들은 또 어떤 견해와 인식을 피력하고 있었는가? 안재홍의 「조선학의 문제(『신조선』, 1934.12)와 이에 맞선 청구의 김남천 논설, 「조선은 과연 누가 천대하는가?」를 살펴봄으로써 이 물음에 대답해 보기로 하자.

오늘 한국의 상황에 빗대 말한다면 진보-보수 진영 사이의 논쟁 양상이었다

22) 홍기문, 「조선문학의 양의」, 『조선일보』, 1934.10.28-11.6.

고나 할 이 다툼에서 기성보수의 입장을 먼저 대변하여 '조선학'에 대한 인식 관심을 피력한 쪽이 안재홍이었는데, 이에 비해 카프 1차 사건으로 구속되었다가 출옥한 지 얼마 안 되었던 김남천은 당시 거칠 것이 없는 호전적 무사의 자세로 여기저기서 싸움을 마다하지 않는 논전을 일으키고 있었는데, 바로 그와 같은 담론 투쟁의 한 마당으로 그의 레이더에 포착, 논전의 대상으로 걸려든 사람이 말하자면 당대의 대표적인 보수 논객 중 한 사람인 안재홍이었던 셈이다. 먼저 안재홍의 글부터 조금 살피면 이렇다.

일찍이 일본 유학을 다녀와 신간회 운동에도 관여하고, 『조선일보』의 주필과 사장직을 역임하는 등, 사회적 명망가로서의 위치가 상당히 높았던 안재홍은 1930년대 전반기를 거치면서 특별히 '조선학'에 대한 깊은 애착을 드러내었는바, 무엇보다 잡지 『신조선』의 발행 사실을 통해서 그 점이 확인될 수 있다. 그의 아호로 널리 알려진 '민세(民世)'는 민족적이면서 동시에 세계적이고자 했던 그의 의지를 투영한 것으로 살펴지며, 바로 그러한 뜻에서 그의 '조선학' 개념 역시 민족적이면서 동시에 세계적이고자 했다. '조선학'의 지향 방향을 설명하는 다음 표현을 보라.

> 오늘날 이십 세기 상반기에 가장 온건타당한 각 국민 각 민족의 태도는 즉 민족으로 세계에—세계로 민족에 교호되고 조제(調劑)되는 일종의 민세주의(民世主義)를 형성하는 상세(狀勢)요.[23]

이와 같이 세계적이면서 동시에 민족적인 것으로서 추구되어야 한다는 민세(안재홍)의 '조선학' 수립 제창에 대해 시비를 걸고 나오게 된 사람이 곧 프롤레타리아 국제주의에 대한 깊은 신념의 소유자 김남천인 것이었다. 물론 그 역시 막무가내의 의지로 '조선학' 수립 운동을 훼방코자 했던 것은 아니다. 다만 이 시기 '공산주의자 협의회' 사선을 겪고 갓 출옥했던 김남천은 스스로 울분과 흥분을 가라앉히지 못한 상태에서 당대의 문사 이광수가 한가롭게 '전집' 출간을 계획한다는 소식을 전해 듣고 매우 분격, 심한 야유와 냉소를 담은 시평문(時評文) 한 편을 저널리즘 지상에 발표하게 되었다. 말하자면 이와 같은 문맥 속에서 함께 조소거리로 저며진 대상이 '조선학'의 문제로 주어진 셈이

---

23) 안재홍, 「조선학의 문제」, 『신조선』, 1934.12.

다. 다음 결론부의 문장에서 그 관련 사태를 조금 짐작해 볼 수 있다. 한 마디로 '조선주의' 라고 하는 것이 김남천의 억센 필치 속에 거칠게 내동댕이쳐지고 있는 모습을 발견할 수 있다. 보라.

이순신(李舜臣)의 백골을 (…) 혀끝으로 핥는 사람, 단군을 백두산 밀림 속에서 찾다가 (…) 다산(茶山)을 하수구 속에서 찬양하는 사람, 장백산맥과 한라산의 울울(鬱鬱)한 산 속에서 '조선 반만년 얼' 을 져다가 소독수처럼 뿌리는 사람, 춘원(春園) 문학과 그의 사상을 『민족개조론』에서 다시 찾는 사람—이리하여 일찍이 괴테를 (…) 헤겔을 국가론에서 찬미하기 비롯한 독일 나치스의 창안은 이곳 이 땅에서(…)[24]

이와 같이 누가 봐도 거칠게 당대 '조선주의' 선양을 위한 모든 움직임들을 독일 나치스의 그것에 비견시키고, 타도되어야 할 어떤 대상인 것처럼이나 야유를 보내었던 것이 위 김남천의 문면이었던 것을 알 수 있다. 청년 문사의 이러한 방약무인 발언에 대해 누군가 나서서 따끔하게 계고하지 않으면 안 된다고 의견을 모은 상태가 아마도 민족 진영 인사들 사이에 조성되었던 것 같고, 이에 따라 민세 안재홍이 반격의 붓을 든 것이 결국 「천대되는 조선」 제목의 글로 나타나지 않았는가 싶다. 김남천의 글에서 '조선적' 인 모든 것이 천대되었다고 보고, 이를 다시 개탄하는 음조가 안재홍 글의 기저음을 이루게 되었던 셈인데, 여기서 안재홍은 (김남천을 포함한) 젊은 사회주의 지향의 문인, 지식인들이 '조선주의' 리면 무조건 냉조하고 부정하는 논조를 견지하는 데 대해 우선 서글픈 눈으로 지켜보지 않을 수 없는 현실 사태를 고발하고 탄식한다. 가령 일개의 전차 차장이든, 혹은 황금정 모소의 거지 도배들까지 '두루마기' 옷이라면 천대하기 일쑤이며, 이에 따라 '조선 동리' 의 현실을 타매하는 것이 다반사의 풍조가 되어 있거늘, 이 민족의 젊은, 새로운 지식인들조차 '조선주의' 라면 무조건 쌍수를 들어 거부하는 현실이 펼쳐진다면, 나아가 민족의 영웅적 인물들에게까지 냉소적 필치를 겨누고 야유하는 현실이 펼쳐진다면, 이에 대해서 결코 좌시하지 못할 일이 아니겠느냐는 논조가 안재홍 글의 전면을 통해서 다시금 환기되었던 것이다. 그렇다면 이에 대해 당대의 청년 전사 김남천은

24) 김남천, 「조선은 과연 누가 천대하는가?」, 『조선중앙일보』, 1935.10.18~27.

또 어떻게 반응하였던가?

뒤로 물러서기는커녕, 오히려 더욱 격렬한 어조로 기성세대를 매도하면서 '조선주의'에의 경배 자세를 버리지 않는 민족주의계 인사들의 도착적(?), 곧 시대착오적(?) 인식의 태도를 강경하게 배격하고 나온 것이 이 국면에서 김남천의 일관된, 기저의 반응 면모였다고 일단 말해둘 수 있다. 「조선은 과연 누가 천대하는가—안재홍 씨에게 답함」이라는 제목이 벌써 그 도전적인 어사의 면모를 십분 증거해 주거니와, 그에 의하면 지사(志士)연 하는 안재홍 같은 인사의 내면에야말로 조선 민중에 대한 비하의 태도가 은연중 자리 잡고 있어서, 민중의 자연스런 계급적 노출 현상에 대하여 막무가내 흥분하여 적대적인 태도를 과시함이 그 증좌라고 주장하는데, 그에 비하면 자신과 같은 젊은 진보적인 문사들은 오히려 '민족'에 대한 깊은 애정과 신뢰의 본성적 태도를 견지하면서 학구적이면서 동시에 문화 옹호의 자세로서 민족의 앞날을 걱정하는 편임을 강조한다. 자기들에 비할 때 소위 '민족지사'라는 안재홍과 같은 인사들, 그 보수 정향의 기성 인사들이야말로 사회주의 진보 청년들의 애국, 애민적 의욕, 열정에 찬물을 끼얹고 그 의기를 저상시키는 반문명적 태도를 연출하고 있는데, 따라서 그와 같은 반지성적 입각지에서 젊은 세대를 공박하는 철면피의 행각이야말로 거부되어야 할 언어도단의 사태가 아닐 수 없다고 그는 격렬히 저항, 공박하였다. 다음 결론부의 매듭 단락을 보라. 이 문면의 표현 구절들만을 보더라도 소련과 공산주의 사상의 역사만을 귀감으로 삼아 사고를 전개하는 그 인식형의 틀거리를 짐작케 한다. 보라.

소련 (…) 또는 과거의 사회주의자들이 민족적 문화를 천대하였다는 것 역시 허구(虛構)한 악선전에 불과하다. 안재홍 씨는 블라디미르 일리치의 「러시아 ××(혁명)의 거울로서의 톨스토이」라는 일문(一文)을 보았으며 마르크스 엥겔스의 발자크평, 입센론, 괴테론 등을 일독하였으며 플레하노프와 더 올라가서는 체르니셰프스키, 도브롤류보프 등의 예술평론을 보았는가? 이들은 (…) 민족적 문화재를 천대한 적이 없었을 뿐 아니라, (…) 철저한 옹호자이며 유일의 정당한 평가자이었다. / 그러므로 (…) 마각을 드러낸 것은 안재홍 씨 자신의 무정견과 민족주의일 따름이다.[25]

25) 위와 같음.

3-3. 동양문화사론, 고전론, 전통론

이렇게 세대 간 의식 차이, 이념적 상위의 간극이 벌어지는 마당에 1930년대 후반기로 접어들면서 또 다른 아젠다(Agenda)가 제기되었다고 할 수 있으니, 그것을 일러 일반적으로 '동양문화사론'이라고 부른다. '동양문화사론'이란 크게 '조선학', 또는 '조선문학'의 의제와 교차하면서 혹은 병행하면서 제기되었다고도 볼 수 있으나, 30년대 후반기로 나아갈수록 군국주의화하면서 동시에 반근대화하게 되는 일본 사회 전체의 지식계 풍향 재조정과 더불어 경성 지식계 인사들 사이에서도 이 문제가 점점 더 주요한 논점 사항으로 부각되는 사정을 연출케 된다고 말할 수 있다. 이 맥락에서 우선 살펴볼 만한 글 중의 하나가 1937년도에 철학도 박치우에 의해서 개진된 논설, 「고문화(古文化) 음미의 현대적 의의」(『조선일보』, 1937.1.1~1.4)라고 할 수 있는데, 그 발표 시점으로 보아 이 역시 일간 『조선일보』가 1937년 새해를 맞아 신년 논설의 일환으로 청탁, 개진된 글의 성격이었음을 알 수 있다. 1937년도라면 일제가 바야흐로 '중일전쟁' 개전을 앞두고 암암리에 국가 총동원 체제의 강화를 꾀해 사회 전반에 먹구름이 드리우고, 또 인류 사회 전반에 알지 못할 불길함의 위기의식과 공포감이 점점 더 미만해 가던 그런 시기라고 할 수 있다. 대공황과 함께 30년대 사회를 휩쓴 파시즘의 분위기가 점점 더 유럽 내에서 세력을 얻고, 따라서 스페인 내에서 아주 격렬한 내전의 분위기가 고조되어 가던 그런 직전의 시점이었다. 일본 내에서 경향문학 세대의 지식인 그룹과 서구적 지향의 지식인들이 어울려 잡지 『文學界』가 가행되는 한편, 이에 맞서는 또 하나의 축으로서 일본적인 전통을 추구하는 또 하나의 잡지 『日本浪漫派』가 막 출범의 깃발을 높이 들어 올리려는 시점이기도 하다. 결국 이와 같은 시대적, 사회적 분위기 팽배, 정신적 전환 모색에 따라 그 동안의 서구 문화 추종 일변도의 지향 자세를 돌아보고, 더욱 면면한 전통의 고전 취향, 곧 찬란했던 동아시아 전통의 역사와 그 문화를 되돌아본다는 뜻에서 '동양문화사론'의 열기 고조 현상이 불러와졌다고 말할 수 있는 것이다. 이와 같은 논제 점화의 와중에서도 그 선두에 섰던 지식인들은 예의 그 경성제대 출신 신진 지식인들이었다고 할 수 있으니, 철학도의 박치우 같은 인사가 그 중 대표격이었다고 할 수 있다. 1909년생으로 나름

서양 철학에도 일가견을 갖춤으로써 당시의 빈약한 경성 철학계 내에서나마 중견의 위치를 구축해 나가고 있었던 이 신진의 강단 철학자에게 그렇다면 새삼 '동양문화사론'이 던져주는 과제란 어떻게 다가왔던 것일까?

상식적인 이해로도 쉽게 분별될 수 있듯, 박치우 또한 '동양문화사론'이라고 할 때 그것이 하나의 '회고주의'적 풍조, 그 취미와 같은 것으로 우선 주어질 수 있음을 먼저 경계했다. "회고주의란 무엇인가"라고 묻고, 이에 답하는 식으로 논지 전개에 나섰던 사실이 그 점을 증거한다. 그렇게 볼 때, '회고(懷古)'란 무엇보다 "잃어버린 시간에 대한 인간의 미련"으로 파악되고, 그러한 회고주의의 구체적 양상이 '골동취미'와 같은 것으로 주어진다고 그는 본다. 그렇다면 회고적 취미와 다른 어떤 상고주의가 가능할 것인가? 이에 대해 그는 "선양주의적인 상고운동, 복고운동"이 가능하리라고 보고, 이를 회고의 적극적인 발현 양상이라 규정하게 되는데, 하지만 이 면에서도 자칫 사태의 왜곡을 동반한 상고주의에 빠질 가능성이 늘 따라붙기 때문에 이 역시 경계되지 않으면 안 되리라고 그는 주기하여 말한다. '진리'의 선양이 아니라, 단지 '선'을 선양하기 위한 것, 그렇게 맹목적인 선양의 상고주의가 팽배하게 된다면, 오히려 '진리'가 동반 매몰될 가능성이 커지기 때문에, 이것 또한 조심스럽게 경계되지 않으면 안 된다고 그는 주지시키는 것이다. 그렇다면 소극적인 골동 취미도 안 되고, 또 선양주의적인 상고, 복고 운동도 아닌, 어떤 태도로서 우리는 바람직하게 이 문제에 접근할 수 있을까? 이 논제의 해결을 위해 그는 당시 런던에서 개최되었던 제2차 문화옹호저작가대회의 토론 내용을 끌어오게 된다. 고문화 연구와 그 음미의 의의라는 것은 기본적으로 문화 옹호, 즉 문화주의적 자세로부터 고수되지 않으면 안 된다는 것, 곧 인류의 문화유산 전체에 대한 자연스런 존중과 보존의 태도로부터 고문화에 대한 새로운 접근 자세가 모색되지 않으면 안 되리라는 것이 그 요체다. 다음 문맥을 보자.

대회는 거의 회기의 전부를 문화유산의 전승 문제의 토의에다 제공하고 있는 것이다. 선인의 문화유산을 정당히 비판하여 섭취한다는 것은, 특히 오늘과 같이 선양주의의 발호가 심해지면 질수록 반동은커녕 도리어 보다 더 시급을 요하는 사업의 하나인 것이다.[26]

26) 박치우, 「고문화 음미의 현대적 의의」, 『조선일보』, 1937.1.1~4.

아마도 이 이상 더 나아가기는 어려웠을 터이다. 파시즘의 위협에 구체적으로 맞서 '문화 옹호'의 기치를 내건 유럽 지식인들에 비해 경성에 놓인 조선 지식인이 특별한 다른 대안을 내놓기는 어려웠다. 그리하여 어정쩡한 형태로 문화 애호의 고전주의적 자세를 천명하는 데 그칠 수밖에 없었던 박치우에 비해, 비교적 뚜렷하게 소신 있는 자세로 이 문제에 반응할 수 있었던 사람은 중문학자 겸 국문학자 김태준이었다. 고전학자에 속한다고 볼 수 있는 김태준이 오히려 예상 밖의 강경한 부정적 인식의 태도를 보여주어 주목되었던 것이다. 「문학의 조선적 전통」(『조선문학』 3권 6호, 1937.6-7)이라 제한 김태준의 글은 이런 뜻에서 우리의 주목에 값할 만하다. 논쟁적인 문맥조차 거느리고 있어 흥미로운데, 물론 그 논쟁 문맥은 조금은 다른 데서 왔다. 요컨대 비평가 백철과의 논쟁 문맥으로 그 문면은 파생되었던 것이다. 조금 자세히 들여다보자.

글의 모두(冒頭)에서부터 김태준은, "이 일문(一文)은 백철(白鐵)군의 「문화의 조선적 한계성」(『사해공론』 금년 3월호), 동군(同君)의 「동양인간과 풍류성-조선 문학 전통의 일고(一考)」(『조광』, 금년 5월호)를 읽은바 나의 감상"이라고 적기하여, 논쟁의 문맥을 부각시킨다. 당시 백철은 이른바 '인간묘사론'의 연장선상에서 '풍류문학론'을 개진하고 있어서 이에 대한 내면적 비판의 필요를 김태준 자신이 독자적으로 형성하지 않았던가 싶다. 그렇다면 왜 또 당시 백철은 '인간묘사론'으로 부족해 난데없이 '풍류문학론'이란 것을 제기하는 지경에까지 나아가게 됐는가?

동경 유학에서 돌아와 개벽사 기자로 사회 첫발을 내딛게 된 백철이 물론 '인간묘사론'을 제기한 것은 1933년도쯤으로 거슬러 올라가는 일이 되지만, 카프 2차 사건으로 갑자기 검거되어 1935년 말 풀려나게 되었을 때, 그의 실존적 위기의식은 매우 심각한 수준에 놓여 있게 되었다고 설명된다. 임화, 김기진, 김남천 등을 제외한 대부분의 카프계 문인들이 검속된 상태에서 문단이나 평단 전체가 새로운 질서, 진용을 구축하여 벌써 인적 개편이 상당한 정도로 진행되고 있다고 판단되었기 때문이다. 이에 백철은 구금 이전부터 자신의 비평적 상표처럼 등록해 놓고 있었던 '인간묘사론'을 다시 끄집어 내, "웰컴! 휴머니즘" 등의 구호로 재활성화를 기한다는 자신의 비평적 전략을 도모하게 되었는데, 그 와중에 문단 전체에 '동양문화사론'이 활발히 제기되자, 백철 역시

'풍류(風流)인간론'이라는 화두로 이 논란의 일익을 차지하려는 그 나름의 비평적 전략을 또 다시 발동하게 되었던 것이다. 동경(東京) 문단의 움직임에 민감하였던 그가 『日本浪漫派』 등의 주도 하에 국수주의적 낭만주의 풍조가 발호하는 사태를 놓치지 않았던 셈이다. 이에 백철은 「문화의 조선적 한계성」과 「東洋人間과 風流性—朝鮮文學傳統의 一考」 등 평문들을 연이어 발표하기에 이르렀고, 세간의 관심이 여기에 어느 정도 반응하는 국면을 보이자, 이에 대한 평단 내부의 갑론을박 움직임 또한 고조되었던 것으로 보인다. 김태준의 「문학의 조선적 전통」이란 이런 문맥에서 제기된 글이라 할 수 있거니와, 이 시기에 활발히 비평 활동 복구에 나서고 있던 임화 역시 나름대로 자기 의견을 취합, 「복고 현상의 재흥: 휴머니즘 논의의 주목할 일 추향(趨向)」이라는 글을 발표하고 있었다. 그렇다면 먼저 김태준은 왜, 어떤 논리로 백철의 저러한 논제 제기가 가당치 않다고 판단, 비판의 어조를 드높이게 되었던 것인가?

「조선소설사」를 써서 일찍이 학계와 문단의 비상한 이목을 끌었던 고전문학자 김태준이기에 사람들은 당연히 그가 고전 회귀 움직임에 긍정적일 줄 알았다. 하지만 예상과 달리 그는 백철의 이론적 모색에 대해 부정적인 반응부터 제출했는데, 후일의 철저한 맑스주의자답게 그의 강조점은 역사적 실체의 문제에 두어졌던 것이다. 먼저 그는 무엇보다 백철의 논의가 불철저한 역사적, 문화사적 인식, 고증에 근거하고 있다고 말하고 조목조목 그 허실을 지적한다. '단군 문화'에 대립적인 것으로서 중국 뿌리의 '기자 문화'가 한국사에 존재했었다고 본다든지, 신라의 '화랑도'가 순연한 '풍류도'의 성격으로 기능했었다고 하는 생각 등은 역사학적으로 근거가 부실한 위험한 인식임을 그는 지적한다. 요컨대 전통 문제에 대한 백철의 인식 전체가 학적으로 매우 불철저하여 부실하며, 따라서 한갓 상식 이상의 차원을 넘어서 개진될 수 없는 인식임을 그는 강조한다. 이렇게 그는 전통 문화에 대한 백철의 인식 전반을 문제 삼으며, 결국 밑동부터 허약한 기초 위에 선 것이 백철의 주장, 인식임을 밝힌다. 그리고는 고전 문화와 전통을 향한 올바른 인식의 태도, 관점 문제를 그 역시 차제에 제시해 두고자 하는데, 여기서 맑스주의자로서의 한 길항의 문제가 드러남을 볼 수 있다.

해방 후에 전투적인 맑스주의자로서의 모습까지 강렬하게 내비쳐 혁명적 지식인으로서는 하나의 전설을 형성했다고 볼 수 있는 김태준이지만, 기실 그의 투사다운 이념적 기질은 이미 1930년대 중반기를 거치면서 무르익어 가는 상태에 있었다. 이에 비하면 일본 유학 시기에 벌써 'NAPF'에 가입, 프로 시인으로서의 결의를 다졌었다고 하는 백철이지만, 그의 귀국 이후 행보는 점점 더 맑스주의 이념으로부터 벗어나 그 원심력의 행보를 가속화하는 것이었다. 따라서 그러한 사정을 모두 잘 알고 헤아릴 줄 아는 이가 잠재적 공산당원 김태준이었다고 한다면 백철의 그와 같은 투항주의적 면모에 대해 깊은 실망과 계고의 필요성을 느꼈을 시 분명하다. 이에 따라 그는, "우리들 문화인이 너무 과거의 조선 문화의 발달 경로와 그 한계성"에 관해 무지한 상태에 있었다는 주장에 대해 일면 동조하는 의견을 보이면서도 앞서 살핀 박치우와 같이 단순한 회고주의에 빠지기보다는 문화의 국제적 연대가 소중함을 밝힌다. 즉 박치우가 강조했던 것처럼, "문화의 위기에 처할수록 국제적 문화의 연락을 희구할 것이지 복고적인 문화정신에서 저미(低迷)한다면 그 소득이 무엇일까?"라고 말하여 유럽에서 '문화옹호작가회의'가 열린 사실을 다시금 상기시킨다. 결국 코민테른의 '인민전선' 결성 입장에 근접했다고 할 수 있는 김태준의 비판적 관점은 비록 아무리 '조선적 특수성'을 강조한다고 하더라도 단순한 회고주의나 복고주의에 떨어질 수 있는 것이라면("위기문화의 옹호책으로서 문화의 조선적 특수성을 고조한다는 것") 그에 대한 반대의 의사를 분명히 해야 한다고 보고, 무엇보다 합리적인 근대 문화에의 적극적인 수용을 위한 노력, 자세가 여진히 당대에도 긴요한 것임을 강조한다. 다음을 보라.

> 고대문화가 외래적인 것(기자문화)을 생경하게 흡수하다가 몰락된 것과 같이 근세(현금까지)의 문화가 또한 구미문학을 흡수해서 잘 소화시키지 못하는 데서 위기에 빠졌다는 의논은 경청할 수가 없다.[27]

긴태준도 이렇게 백철의 소론에 대해 부정적이었지만, 백철과 인간적인 교분이 두터웠다고 하는 임화 역시 백철류의 회고주의적 주장에 대해 부정적인 쪽이었던 것은 마찬가지였는데, 이 시기에 임화가 쓴 「복고 현상의 재흥」은 그 논제에 반응한 시평문(時評文)의 일환이었다고 할 수 있다. 임화 역시 백철류

27) 김태준, 「문학의 조선적 전통」, 『조선문학』 3권 6호, 1937, 126-7.

의 주장에서 복고주의적 풍조가 서식할 수 있다는 데 대해 무엇보다 깊은 우려를 표명했던 것이다. 좀 더 공식적으로 그는 코민테른 7차 대회가 천명한 '인민전선'론을 염두에 두고 위기의 현실에 대응하기 위해서는 무엇보다 '문화 옹호'의 신념을 공유함이 중요하다는 점을 강조하였다. 그 역시 공리주의적 입장에서 '휴머니즘'의 개념 자체를 부정할 수는 없다고 보았는데, 하지만 같은 휴머니즘이라 하더라도 복고적 휴머니즘만은 용납될 수 없다고 그는 보았으며, 그에 대한 대처로서 근대적, 시민적 문화에 기초한 (인민적) 휴머니즘이야말로 현대가 요구하는 보편적 휴머니즘의 일부가 되리라는 점을 역설하여 강조하였다. 기본적으로 임화의 글 역시 백철 비판의 맥락에서 배태되었던 것이지만, 여기에 기저를 이루고 있는 이론, 사상은 해방 후 전면적으로 그 실체를 드러내는 인민민주주의의 맹아적 의식 내용임을 관찰할 수 있다. 다음 표현 어구들을 보라.

> 그것은 오늘날 가장 문화를 욕구하는 기본적 인민층의 입장 그것이 아닐 수가 없다./ 일찍이 신문학도 (…) 개화적·근대적·시민적 입장에서였다./ 그러므로 오늘날 휴머니즘론의 조선적인 한계란 것은 인민적인 입장이 아닐 뿐만 아니라 (…) 인성해방(人性解放)이란 휴머니즘의 입장과도 스스로 일치하지 않는다.[28]

"휴머니즘을 관철하려면 스스로 이러한 풍월적(風月的), 풍류적, 조선적인 것의 극복을 꾀함이 당연한 일"이라고 말하여 백철의 주장에 대한 반대의 의사를 분명히 하는 임화의 담론 구사 속에서 위처럼 '인민'의 어사가 벌써 활발히 대두하는 사태를 연출하고 있었음을 알 수 있다. 이것이 모택동 노선의 영향 탓인지 단정적으로 말하기 어려우나, 적어도 코민테른 1935년 대회 이후 전 세계적으로 확산된 '인민전선' 결성의 논리, 정책과 무관하지 않은 현상이라는 것은 대체로 인정될 수 있겠다.

한편 또 '동양문화사론', '고전론' 등과 함께 이 시기 비평적 관심을 모은 논제 중의 하나가 '전통론'이었는데, 「고전연구의 역사성」이란 제목으로 씌어진 최재서의 글 한 편은 이 사정을 잘 보여준다. '전통의 전체적 질서를 위하여'가

---

28) 임화, 「복고현상의 재흥」, 「동아일보」, 1937.7.15~20.

이 글의 부제로 주어지고 있음에서 이 논제들 사이의 상관성이 바로 투영되는 사정을 짐작해 볼 수 있거니와, 한편 이 부제 속에 담긴 '전체적 질서'라는 어사는 벌써 이 시기가 일제 말기의 '신체제' 형성 분위기와 무관하지 않은 국면으로 나아가고 있었음을 시사해 보여준다. 이 글 자체는 외면적으로 T.S.엘리어트의 유명한 「전통과 개인의 재능」론을 차용한 형태로 이룩되었다고 볼 수 있으나, 실제로 엘리어트의 정치적 의식 자체가 그러하였듯, 이 시기 최소한 최재서라는 개인 내부에도 뭔지 모르는 친체제의 파시즘적 의식이 서서히 서식하는 현실 변모가 이루어지고 있었음을 이 글을 통해 짐작할 수 있다. 엘리어트가 이런 전통 만능론을 구축했을 때, 그것은 영국 내 왕당파적인 정통 부소주의자의 논리만이 아니라 알게 모르게 그 시의 스승으로 일컬어지는 에즈라 파운드의 영향, 즉 파운드가 노골적으로 추종해 갔던 파시즘(전체주의)과의 친연성 역시 작용했음을 고려해야 한다고 연구자들은 지적하거니와, '전통 즉 전체적 질서'라는 체제 수렴론 속으로 딸려 들어가다 보면, 신체제에 대한 친체제적 경향 역시 무의식적으로, 운명적으로 낳아지게 된다는 사실을 우리는 이러한 문맥에서 결코 몰각, 무시할 수 없다. 먼저 다음 문면 속 어사들부터 세심히 음미해 보기로 하자. 전체주의에의 경사 냄새가 벌써 이 국면에서 폴폴 풍겨나오고 있음을 느낄 수 있지 않은가?

그것은 고전의 선별이 전통 안에서만 가능하기 때문이다. 이 경우에 전통이란 전체적 질서이다. 고전은 하나하나가 전통적 질서를 구성하면서도 그와 동시에 그 전체적 질서에 의하여 재허(裁許)되고 정위(定位)된다. (…)/ (…) 전통의 전체적 질서는 반드시 고전들의 전승과 상호관계에 의하여 구성 내지 유지되는 데서 고전연구의 역사성은 실현된다.[29]

'전통의 전체적 질서'가 순전히 문예학적 의미 맥락에서만 사용된 표현이라 하더라도 바야흐로 군국주의의 전체주의적 체제 감각이 군마처럼 다가와 현실을 장악해 가는 세계 속에서 이 필자 최재서가 오직 그만의 문예 이론을 구축하고 구상하는 중에 있었노라고 말한다면 이는 어불성설이 될 것이다. 당대의 수재라는 드문 평판을 얻었던 영문학도 최재서가 만약 그처럼—전공 지식의

29) 최재서, 「고전연구의 역사성」, 『조선일보』, 1938.6.10.

인식 한계로 말미암아?— 역사 인식에 둔감한 면모를 드러내었다고 한다면, 우리는 이와 같은 역사 감각, 시대 감각의 문제를 한 철학도의 경우를 통해 다시 물을 수 있을 것이다. 신남철, 박치우 등과 함께 이 시대를 대표하는 철학자 지식인의 한 사람으로 인식되었던 서인식의 경우가 바로 그것인데, 감히 역사철학을 전공했다고 하는 한 철학적 지식인의 입장에서도 당대 사회의 역사적 방향성이 제대로 올바로 간파되지 못하고 몽매한 인식만이 나열되었다고 하는 것은 어떤 점에서 최재서가 노출하였던 그러한 지적 한계와 맹점의 사태를 역설적으로 증거해 주는 바라고도 할 수 있다. 서양 철학을 전공하였던 서인식은 그 서구적 인식 체계 중에서도 특히 헤겔의 역사 철학을 습득하고, 나아가 미키 기요시(三木淸)를 포함, 당대 일본의 전향 맑스주의자들이 개진한 그 나름의 역사 철학과 또 새로운 현상학주의의 흐름을 일본류로 형성한 당대 경도(京都)학파의 철학 내용에 이르기까지, 소위 '근대의 초극' 맥락의 철학 관념들을 누구보다도 앞서서 수용할 만한 위치에 서 있었다고 할 수 있는데, 그 때문에 당대 저널리즘이 주선한 지적 화제 테마의 하나로서 '지성론' 이 갑작스레 부각되는 맥락에서 자신의 비평적 입지점을 모색할 수 있었다. 그의 역작의 장편 평론, 「전통(傳統)의 일반적(一般的) 성격(性格)과 그 현대적(現代的) 의의(意義)」는 이런 맥락, 시대 의식의 감각 속에서 제출된 글이었다고 할 수 있는데, 여기서 주목 사항은 바로 위와 같은 지적 인식의 배경, 그 철학적 안목으로 인하여 이 저자(서인식)가 과감하게도 '세계사' 라는 인식 지평을 펼쳐놓고 논의를 개시, 전개한다는 점이다. 다만 원론적 이론가답게 그는 자신의 논지 전개 중에 늘 개념적 설명을 앞세우기를 피하지 않고, 또 자신의 인식 한계 안에서 당대 서구 철학의 인식을 하나의 보편 척도로 제시하여 설명하는 논법 취하기를 주저하지 않았는데, 바로 그런 까닭으로 그의 '전통' 문제에 대한 해설 논법은 이제 와서 조금 고리타분한 인상조차 안겨준다는 것을 부인하기 어렵다. 먼저 그의 논법의 대강이 윤곽을 잠시 살펴두기로 한다.

서인식은 먼저 '전통' 에 해당하는 서양어 'tradition' 이 어원적으로 "양도·전달·전승·계속" 등의 의미와 함께 파생되었다고 설명한다. 무엇이 연속되어 계승될 때, 하나의 '물적 성격' 을 그것은 띠게 되는데, 이에 따라 '전통' 이라 함은 내용으로 보아 우선 과거의 역사에 속하는, 과거지사의 성격으로 나타나지만, 그것이 오늘의 삶을 사는 주체들에게 의식되고 지각됨으로써 인식된다는 점에서는 '현재적·주체적' 성격과 함께 주어지는 것임을 그는 강조한다. 이렇게 과거적이면서 동시에 현재적인 것으로서, '자각'이라는 필수 요소와 함께 의식되고 실천되는 이 '전통'이라고 하는 것은, 결국 미래를 대표하는 사회세력의 의식적 행위에 의해 '부정성'의 면모를 안게 되지만, 허나 그것이 부정적으로 의식된다고 해서 또 결코 쉽게 사라질 수 있는 것이 아니기 때문에, 단지 특정의 어떤 '관습'이 사라지는 현상을 두고 전통 단절이나 혹은 실종이라고 말하기는 어렵다는 점을 그는 상기시킨다. '전통' 자체는 그것이 아무리 오랜 시간을 겪더라도 그 형태의 변화만을 간직한 채로 의연히 지속적인 생명력을 이어나가 우리의 내면과 외부를 형성하는 그 무엇이라고 그는 강조하는 것이다.

이와 같은 원론적 설명, 해명이 그 스스로도 조금 구태의연하다고 느꼈던 것인지 글의 후반부로 나아가면서 그는 인간 존재의 근본 형식으로 '행동'과 '행위'를 구별하는 논법으로 '전통'의 지속과 단절의 문제를 재인식시키고자 하는 논의 개신을 꾀한다. 당대의 지식인들이 함께 직면하고 있다고 믿는 어떤 공통적인 시대감각, 어떤 위기의식의 감각과 더불어 좀 더 구체적으로 시대의 역사적 해명에 나아간다는 지식인다운 과제 실천에 그 자신 의욕적으로 도전하고픈 의지를 과시하는 것이다. 그렇다면 '행위'와 '행동'이란 과연 어떻게 다른 것일까?

서인식에 의하면 사회적 존재로서 인간 존재의 면모는 결국 '행동'으로 드러난다고 한다. '사회'가 '행동(Behavior)의 체계'로 파악되는 이유이다. 이에 비해 단순 행동이 아니라, 보다 고차적인 의식과 함께 행해지는 것은 '행위'로 규정되는데, 인간의 주체적 존재가 드러나는 국면은 바로 이 국면이라고 한다. 이런 뜻에서 "역사는 정히 행위(Conduct)의 계열"이 되고, "단순한 사회적 행동 인간이 움직일 수 없는 사회적 환경도 역사적 행위 인간은 능히 움직일 수 있"는 무엇이 된다. 역사 인간이 사회 인간보다도 훨씬 고차의 존재가 되는 이유이다. 그렇게 고차적이고 의식적인 행위-실천을 통해서 역사는 마침내 진화되고, 이러한 역사 도정 속에서 핵심적으로 관여하고 문제되는 현실적 관념이 곧 '전통'이라는 이름으로 주어진다고 그는 설명한다. 그리고 그 '전통'이 의식적으로 문제되고, 그 작용력이 섬세하게 내면화되어 의식될 때, 우리는 한 사회가 어떤 위기적 상태, 곧 '전형기'라거나 전환기적 상황을 맞고 있음을 인식하게 되는데, 서인식이 사는 당대가 '전형기'라고 하는 것은 바로 이처럼 '전통'이라고 하는 관념이 통째로 문제되는 시대이기 때문이라고 그는 다시 설명한다. 다음 대목은 그 설명의 압축된 국면이 된다.

> 현대는 정히 역사가 전형(轉形)하는 시기이다. 이것은 누구나 하는 말이다. 그만큼 전통에 대한 부정의식이 한 개의 세계적 저류를 이루고 있다. (……) 인간생활의 집중적 표현을 정치라 하면 전통도 일정한 사회의 생활양식으로서 정치의 지향하는 방향을 지향하지 않을 수 없다.[30]

3-4. 신체제기 국민 문학 혹은 조선 문학 담론

파시즘의 물결이 그렇게 도도하게 파도처럼 밀려들던 시대에 서인식의 저러한 합리적 분석, 수긋한 인정의 태도로는 도저히 그 탁류에 맞서기 어려웠을 시 분명하다. 그리고 1930년대 말의 그 최후의 이성의 시간을 지나면 이제 막바로 '암흑기'다. 중일전쟁과 대동아전쟁도 넘어 저 광풍과도 같은 태평양전쟁기가 도래하는 것이다. 조선어 표현 기관, 민족 매체라 할 것들은 모두가 폐간의 압살기를 목전에 두게 되고, 소위 '창씨개명'을 동반한 '황국신민화', '국어(일본어)상용'의 정책이 일상적으로 강요됨으로써 '내선일체'라는 그들의 허울 좋은 우민화 정책은 한때의 민족 지사, 민족 지도자를 자처했던 인사들까지를 정신적으로 일종의 마비 상태에 접어들게 한다. 다시 한 번 이런 시기에 민족의 아픈 상처들을 건드려 친일(親日), 변절(變節)의 아이콘으로 등장하게 되는 인물이 주지하는바 이광수(李光洙)이다. 여기서 그 모든 훼절의 곡절들을 자세히 밝힐 필요는 없다 하더라도 적어도 그 민족적 정체성의 분열과 미비의 정도가 어떠했었는지는 살펴둘 필요가 있으리라고 여겨진다. 『매일신보』1940년 9월 4일자부터 12일자에 걸쳐 발표된 「심적 신체제와 조선문화의 진로」다. 그 첫 문단.

내선일체(內鮮一體)는 단순한 정책적 슬로건이 아니라 (…) 조선 민중에게는

---

30) 서인식, 「전통론」, 『역사와 문화』, 학예사, 1939.

생활 전체를 의미한다. 나 자신의 사활 문제요 내 자손의 사활문제라 이러한 중대문제에 마주치기는 인생으로서 극히 희한한 일이다. 나는 이 문제에 대하여서 어떻게 처리할 것인가.[31]

감히 '민족문학론'의 역사를 돌아본다는 자리에서 이런 글을 상기해야 한다는 것은 우리로서는 고문이 아닐 수 없다. 어떻게 한 지식인이 이런 자기 배반을 저지를 수 있는가? 뻔뻔스럽게도 이광수는 저와 같은 자문자답 이후에 어린 자식들을 앞세워 일상생활의 변모와 함께 상대적으로 지둔한 의식 절차 수행의 감회에 대하여 토로한다. 어떻게 이광수는 불과 수년 사이에 이런 철면피의 의식 변천을 이룩하도록까지 이르게 된 것이었을까?

돌아보면, 1936년의 '수양동우회' 사건으로 인한 옥중 체험이 결정적이었다고 할 것이다. 더불어 이 시기에 도산(안창호)의 죽음과 더불어 정신적 지주를 잃게 되었다. 프란츠 파농에 의한다면, 식민지 역사의 장기화는 마침내 정신적 분열증과 함께 마비의 현상까지를 불러온다고 하는 바,[32] 회유와 압력에 견디지 못한 이광수는 마침내 '자치론'과 같은 허망한 자기 합리화에의 이론적 굴곡 과정을 거쳐, '내선일체'의 사상을 편의적으로 수용, '황국 신민'임을 스스로 맹세하는 지경에로까지 마치 고삐 풀린 망아지처럼 거침없이 달려 나간 것으로 볼 수 있다. 이 글을 자세히 읽어본다면 차라리 심한 편집증의 신경증 증세까지를 그가 이 시기 겪고 있지 않았던가 의심될 정도로 '황국 신민'임을 증명치 못해 안달하는 면모까지를 이 저자(이광수)는 스스럼없이 연출하고 있다고 말할 수 있는 바, 그 민족적 참경을 자세히 읽는다면 차라리 고문이라 할 정도로 그것은 도저한 후안무치의 무참한 지경인 것이다. 굳이 증명을 원한다면 다음 대목으로 족할 것이다.

그러므로 조선의 문인 내지 문화인의 심적 신체제의 목적은 첫째로 자기를 일본화하고, 둘째로는 조선인 전체를 일본화하는 일에 전심력(全心力)을 바치고, 셋째로는 일본의 문화를 앙양하고 세계에 발양하는 문화전선의 병사가 됨에 있다. (……) 민족감정과 전통의 발전적 해소 (…) 이 (…) 해소를 가리켜서 내선일체라고 하는 것이라고 믿는다. (…) 그때에 그들은 황은의 고마우심과

31) 이광수, 「심적 신체제와 조선문화의 진로」, 『매일신보』, 1940.9.4~12.
32) 프란츠 파농, 이석호 역, 『검은 얼굴 하얀 가면』, 인간사랑, 1998, 특히 4장 참조.

전도의 앙양함에 감격할 것이다.[33]

이처럼 심각한 자기기만에도 불구하고, 이광수가 끝끝내 붓을 꺾지 않고, 해방 후를 넘어, 6.25 전쟁 중 납북에의 운명까지 감당해야 했다는 것은 역사가 개인에게 가하는 어떤 처벌이었다고 밖에는 달리 말하기가 어려울 것이다. 이에 비하면 상대적으로 순탄한 길을 걸어서 시련의 형벌로부터 비켜나 살았던 문인들의 경우도 전혀 없지는 않았을 것이다. 우리는 일제 말기 그러한 문인 실존의 한 사례로 김기림의 경우를 꼽아볼 수 있겠다. 김기림의 경우도 물론 해방 후를 거쳐서 6.25 중 납북 시련을 겪고, 마침내 역사적 실종에의 운명을 감당하지 않을 수 없게 된다는 점에서는 마찬가지로 민족적 시련 역사의 한 전형적 보기가 되지만, 적어도 일제 말기까지 그의 행로는 순탄한 편이었다. 1940년도에 씌어진 글 한 편을 매개로 여기서 그의 행로를 조금 돌이켜둬 보기로 하자.

1930년대 초 일본 유학에서 돌아와 조선일보사에 입사함으로써 기자—문인으로서의 활동을 개시한 김기림은 '구인회' 회원으로 더욱 문명을 날리게 되었던 바, 1930년대 중반을 넘어서서 다시 3년의 동북제대 유학기를 거침으로써 실존적 전신의 계기를 찾는다. 하지만 유학 직후에는 다른 도리 없이 조선일보사에 재입사, 기자 겸 문인 생활에 복귀하게 되는데, 조만간 우리말 신문, 잡지들의 폐간 상태를 맞아서는 고향인 함경도 땅 끝으로 회귀, 교사 생활로의 전직을 이루게 된다. 1940년 10월의 『인문평론』 소재의 글, 「조선문학에의 반성: 현대 조선문학의 한 과제」는 바로 그렇게 귀향을 선택하기 직전 시기에 씌어진, 일제 말기 한국 비평의 최후작 쯤에 해당하는 글이 된다고 보겠는데, 여기서 우리가 주목할 만한 점은 '근대의 파국'이라거나, 혹은 '근대 문학의 파산'이라고 하는 파산 선고의 표현 문맥과 그 어절이라고 하겠다. 그 '미증유'의 암흑과 같은 시기를 앞두고도, 그래도 '창조'의 정신만은 잃지 말자고 격려하는 그 비평적 자세 옹호의 신념 같은 것은 당대의 문맥을 더듬어 어떻게든 그 의미의 행간을 읽어내려 하는 오늘의 우리 독자에게도 숙연함과 안타까움 같은 것을 전해주는 내면적 가치 구성의 요체, 요목의 사항이 된다고 보겠거니와, 참으로 일제하 우리 비평의 단말마 같은 음성, 그 비명의 절규가 이와 같은 문

33) 이광수, 「심적 신체제와 조선문화의 진로」, 『매일신보』, 1940.9.4-12.

맥 속에서 읽혀진다고 하겠다. 마지막 대문을 이루는 7절의 한 대목을 여기서 보자.

조선은 근대사회를 그 성숙한 모양으로 이루어 보지도 못하고 근대정신을 그 완전한 상태에서 체득해 보지도 못한 채 인제 '근대' 그것의 파국에 좋든 궂든 다닥치고 말았다. (…) 그것은 어찌 보면 미증유의 창조의 시기 같기도 하다.[34]

김기림은 이처럼 당대 최고 교육의 수혜자답게 여러 문맥의 지적인 회로를 구성, 일제 말기가 처한 문학적, 역사적 위기 상황을 전하고 있다. 일본의 이론가들이 그것을 '근대의 초극'이라는 언어로 집약, 표상했던 것처럼, 김기림은 같은 시대가 처한 상황을 '근대의 파산'이라는 언설로 선언하고 있는 것이다. 다만 그 다음에 무엇이 올지 모르는 이러한 역사학적 암중모색의 상태를 그 역시 겪고 있었을 것이 분명하고, 또 한편 근대주의자의 입장에서 한국 근대, 즉 조선 근대의 경우 아직은 근대적으로 미성숙 수준에 있음을 잘 지각하는 상태에 있었다. 그런 까닭으로 그는 적어도 한국(조선)의 경우, 근대를 향한 열망이 조금 더 갈구되고 추구될 필요가 있다는 점을 강조했지만, 그렇다고 그 이상의 어떤 민족적 예지나, 역사학적 통찰 같은 것을 발휘해낼 수는 없었다. 그는 다만 문학인의 관점에서 모더니즘의 한계를 지시하는 글, 「모더니즘의 역사적 위치」를 쓰고, 그 이론적 연장선상에서 '근대의 파산'을 소리 높여 외칠 수 있었을 따름이라고 하겠다. 하지만 만약 이런 비평적 선언, 전언만이라도 없었다면 우리의 비평사는 정말 얼마나 외롭고 쓸쓸한 것이 되어 갔겠는가? 비교적 팔자편한 문인-지식인의 입장에서 씌어진 객담 투의 언설이 되었다 하더라도 그래도 당대의 비평적 목자들을 대신하여 서술한 김기림의 저러한 언설 자취가 있었기에 일제 말 한국 비평사는 조금은 덜 초라한 모습으로 자기를 꾸밀 수 있었다고 보겠다. 만약 김기림의 저러한 비평적 자취마저 없었다고 한다면, 일제 말 한국 비평사는 정말 오욕의 언어로만 가득 찬 부끄러운 언설사가 되고 말지 않았겠는가?

한편, 결국 이렇게 해서 우리는 일제 말기 중에서도 최말기, '국민문학' 시대

---

34) 김기림, 「조선문학에의 반성」, 『인문평론』, 1940.10.

로 접어들게 된다. 말이 '국민문학' 시대라고 하는 것이지만, 이는 우리에게 있어서 '암흑기'를 지칭하는 또 다른 명칭의 시대일 뿐이다. 조선어를 매체로 한 모든 언론, 표현 기관들이 문을 닫고 사라진 마당에 일본어 반, 조선어 반 식의 국책 잡지 『국민문학』만이 살아남아 이 시대의 공백을 메꾼 것이다. 이 잡지를 주재한 한국 측 편집 책임자가 최재서였음은 널리 알려진 사실이다. 이 잡지의 역사 속에서 우리는 어떤 의미 있는 담론 궤적을 이끌어 낼 수 있을까?

필자 개인의 의견으로는 여기서 어떤 의미 있는 담론 궤적도 끌어내기 어렵다고 생각한다. 다만 부끄러운 역사라도 국가문학론, 즉 국책문학론의 한 실례로서 여기서 그 담론 궤적을 편린이나마 살펴보고자 한다. 차후의 역사 진행 이해를 위해서도 이 단계, 국면의 역사 이해가 조금은 시사점을 제공할 수 있으리라고 보기 때문이다. 그런 뜻에서 단지 2편의 글만을 여기서 살펴두기로 한다. 그것도 최대한도로 축소한 형태로….

소위 '국민문학론'이라는 이름 아래, 여러 편의 글이 발표되는 실정에 있었음은 우선 문학사적으로 부인하기 어렵다. 그 중 대표적인 글을 꼽고자 할 때, 먼저 제시될 수 있는 글이 폐간 직전의 『인문평론』(1941년 1월호)지에 실렸던 한식의 「국민문학의 문제」이며, 그 다음으로는 『국민문학』 13호, 1943년 1월호에 실렸던 안함광의 「조선문학의 특질과 방향에 대하여」이다. 이 두 글은 어떤 민낯으로 서로 다른 시각과 감각의 차이를 노정해 보여주었는가?

먼저 한식의 글을 살피면, 이 글은 대개 당시 일본 '국민문학론' 전개의 선두 주자 격 위치에 있었던 아사노 아키라(淺野晃)의 논변을 매개로 구성된 것이었다. 당시 아사노는, '부르조아 문학' 전통에 기반하면서 모든 국민들에게 함께 수용될 수 있는, 동시에 당대 시국의 요청에 적극적으로 부응할 수 있는 그런 문학이 이른바 '국민 문학'으로서 환영되어야 한다고 말했다. 이와 함께 당대가 요구하는 '국민 문학'으로 성립하기 위해, 1) 국민적 감정을 대표하여 반영하는 문학일 것, 2) 국민 전부가 그 신분 계급의 제한이 없이 모두 독자가 되는 문학이 되어야 할 것, 3) 국민 전부에게 새로운 소화(昭和)의 이상과 도덕을 부여할 것 등 몇 가지로 그 당대성의 요건을 정리하여 제시하는데, 여기서 조금 이채롭다 할 것은 이와 같은 상식적 국민 문학 개념 속에 괴테의 '세계 문학' 개념을 끼워 넣어 개념의 폭을 조금 넓히고자 한 점이다. 전체적으로는 '대동아공영권'이라 표상한 일본인들 나름의 기만적 세계 구상에서 한 걸음도 나아가지 못한 양상이라 할 수도 있지만, 그래도 비평가로서 최소한의 양식은 지키고자 한 탓이었던지 한식 스스로는 일본 비평가의 소론에 다분히 기대어 제시한 논법 전개였지만, 그래도 창작에 대한 아유 형태로 촉발될 문면 훼손 양상은 더 이상 빚어지게 하지 않았다. '국민 문학'의 개념은 아직은 전체적으로 미완의 상태, 즉 오늘과 내일 지향해 나갈 어떤 문학적 목표 정도로 제시하고 다만 분발을 촉구한다는 선에서 글을 마쳤기 때문이다. 다음 결론부 표현 양상을 보라.

기실(其實)히 동아의 맹주가 되며 금일의 지도적 지식계급의 역할을 다하기 위하여 (…) 문학자의 눈에 띄고 손에 붙잡힌 처음의 목표가 국민문학이라는 것이다. 아직 그에 부당할 국민문학이라고 생각될 작품도 없고 국민문학을 명확히 규정하며 그 원리를 탐색한 호한(浩翰)한 이론도 볼 수 없다는 것이 실상이며 다만 국민문학을 수립하여야 하겠다는 요망을 통감하고 있다고 하는 것만은 사실이라고 하겠다.[35]

이보다 약 2년 후 씌어진 안함광의 논설은 위 한식의 글에 비해서도 더욱 최소한의 민족적 분별을 전제하는 형태로 소위 '국민 문학' 시대에 부응할 수 있는 '조선 문학'의 가능성을 타진하고 있어, 조금 더 유념해 둘 만하다고 볼 수 있다. 글의 핵심 대문부터 먼저 살피면서 내용 전체를 숙지해 보기로 하면 다음 대문이 우선 가장 눈에 띌 수 있다.

조선문학의 특수성은 크게 인정되어야 하며 크게 발굴하지 않으면 안 될 문제인 것이다. (……)/ 이질적 다양성은 결코 동질적 종합성을 방해하는 것이 아니라 (…) 동질적 종합성을 한층 더 풍만하게 확충하는 것이다. (……)/ 국민문화의 창조의 일익이고자 하는 조선에 있어서의 국민문학은 그만한 개성적 광망(光芒)이 있기를 요망한다.[36]

그러나 글 전체를 보면 알 수 있지만, 이 글 전체의 주제 구축은 매우 흐릿하

---

35) 한식, 「국민문학의 문제」, 『인문평론』, 1941.1.
36) 안함광, 「조선문학의 특질과 방향에 대하여」, 『국민문학』 13, 1943.1.

게 성취된 양상이라는 것을 부인하기 어렵다. 심하게 말하자면, 지리멸렬이라고 할 수 있을 정도로 그것은 논점이 일관되지 않고, 마치 제어되지 않는 변화구 투수의 공처럼 이리저리 흔들려 낙하지점을 못 찾는다. 마치 공부를 너무많이 한 학생의 머릿속이 뒤죽박죽이 되는 것처럼, 1930년대 초 '농민 문학 문제'에 대한 일고찰의 형식으로 평단에 데뷔한 안함광이 그 동안 십 년 공부의성과로 초한 글치고는 너무 많은 쟁점들을 건드리면서 이리저리 흔들린 초점의 문면 양상으로 이룩된 글이 바로 이 논설이라 할 수 있는 터이다. 가령 핵심문면을 꼬집자면, "조선 문학의 특수성은 크게 인정되어야 하며 크게 발굴하지않으면 안 될 문제"라고 강조해 놓고, 정작 조선문학의 '특질'이 무엇인가에대해서는 반보도 나아가 그럴 듯한 설명을 제시해 주지 못하는, 바로 그렇게빈곤한 초점화의 의식으로 구현된 서술 양상이 이 글 전체의 문면이라고 하겠다. 본론부의 장을 열면서 '양식'의 논제를 제기하더니, 이후 예술지상주의니자연주의니 또는 리얼리즘이라는 등 문예 양식상의 여러 사조들이 꼬리에 꼬리를 물고 잇는 식으로 반복 제기되다가 결국엔 조선 문학의 수준 전체가 대단치 않다는 식의 소극적, 수동적 평가 제시에 어쩔 수 없이 함몰하는 자세를 내보인다. 물론 이것으로 끝이 아니다. 바로 그러한 이유로 이제 (조선 문학 역시)'국민 문학'에의 개성적 참여를 위해서 적극적으로 나아가지 않으면 안 된다는식의 논지 매듭에 이른다. 모색해 나가는 것이 중요하다는 식으로 논지 전체의매듭을 짓고 있는 양상인 것이다. 결국 제목은 거창하게 '조선문학의 특질과방향에 대하여'라고 붙여 두었지만, (그 많은 지면을 허비하고도) 그저 어떤 규정적 논급 성과도 이룩하지 못하고서, '국민 문학'이 필요한 시대에 '국민 문학'을 향해 매진해야 한다는 정도의 동어반복만을 확인하는 형태로 글은 마쳐진 꼴이 되고 말았다. 이러한 언설이 우리에게 남긴 담론 성과란 과연 무엇일터인가?

어쨌거나 이렇게 해서 우리는 일제하 비평사의 맥락을 대부분 더듬은 셈이되었다. 그 최후를 장식한 것은 매우 불유쾌한, '국민문학론' 이름의 글들이 되었지만, 이것을 그저 우리는 역사의 한 에피소드 정도로만 기억하자. '반면교사'라는 말이 있듯이 이러한 자취들이 우리 후세대들에게 교훈으로 남을 수 있기를 바란다.

한편, 해방 후 역사까지로 시야를 확대하여 그 흐름을 살피기로 한다면, 일제 말기의 이런 '국민문학론', 국책문학론이 해방 후 문학론의 전개 과정에서는 일종의 '국가문학론' 형태로 재현된다는 사정을 부인하기 어렵다. 이 사정을 가장 뚜렷이 보여주는 문화 예술 부문이 이를테면 영화사로 드러난다고 할 수 있는데, 남한에서 제작된 이데올로기적 영화들도 그러하지만, 북한의 경우 대부분의 영화들이 국책 영화의 성격으로 제작됨으로 말미암아 일제 말기의 국책 영화 양식들은 그대로, 고스란히 북한의 영화 양식들로 계승되는 현상을 보인다고 영화사가들은 지적한다. 사정이 그러하다면 이 사정이 어찌 영화사에 국한되어 관철, 투영되었겠는가? 정도의 차이는 있을망정 문학사, 비평사의 경우에도 '국가문학론'의 성격과 전혀 무관하게 해방 전후 시기 문예정책적 담론들이 발호되고 창안되었다고 말하기는 어렵다. 해방 공간의 상황이란 곧 '건국', 즉 '나라 만들기'라는 과업 수행을 위해 온 민족이 치달려갔던 사회 상황으로 규정될 수 있는 시대이기 때문이다. 그것은 장차 남쪽 문단의 주류를 형성하게 되는 '순수문학' 측이거나 혹은 남로당계 '문학가동맹' 측, 혹은 북로당계 '프로 예맹' 측 어느 쪽이거나 마찬가지 상황, 즉 오십보백보의 상황이었다고 말할 수 있다. 그럼 이제부터 1945년 8월 15일 이후의 시점으로 구체적으로 나아가, 해방 후 상황에서 '민족문학론'이라는 이름을 앞세워 진행된 비평적 담론 각축, 경쟁 상황이 어떻게 전개되었는지 살펴보기로 하자.

4. 해방 공간의 민족 문학 담론 : 그 분화, 그리고 쟁론

해방 공간의 민족 문학 담론 상황이 어떠했는지 살피기 위해 이를 먼저 크게 구획하여 대별하는 논법을 취해보기로 한다면, 당대의 이해 시각 속에서 우선 크게 3분 대별의 인식 관점이 통용되었음을 알 수 있다. 가령 1948년 8월호의 『대조』지에 발표된 김동리의 글 「민족문학론」을 살핀다면, "해방 이래 오늘날까지 문학은 표방하는 단체나 개인들 사이에" 펼쳐진 '민족문학론'이 첫째는 계급투쟁 문학으로서의 민족 문학이요, 둘째는 민족주의 문학으로서의 민족 문학이요, 셋째는 본격 문학으로서의 민족 문학이라고 하는 등으로 3분 파악이 가능하다고 우선 주장되는데, 이는 물론 통상적인 이분법적 인식으로서의 좌파의 문학론과 우파의 문학론으로 나누는 이데올로기적 구분법과 크게 다르지 않다. 다만 김동리는 우파의 문학론을 다시 나누어 '민족주의'의 그것과 스스로 중심이 되어 주장하는 소위 '본격문학'의 그것, 즉 일반적으로 '순수문학론'이라 인지되는 또 하나의 품계로서 분할, 제시하고 있는데, 이로써 사태를 재 이해, 설명함이 가능해지기 때문이다. 물론 더 나누기로 한다면, 소위 좌파, 좌익의 문학론이라고 하는 것도, 단지 한 가지라고만은 할 수 없어, 남로당계의 그것과 북로당계의 그것이 해방 후 일정 기간 대립하고 경쟁하는 이원 구도가 펼쳐졌음을 무시하기 어렵다. 해방 직후부터 조직화 작업이 서둘러 추진되어 이룩된 남로당계의 소위 '문학가동맹' 측 맹원들과 여기서 따로 떨어져 나가 형성된 북로당계의 소위 '조선프롤레타리아예술동맹(→북조선문학예술총동맹)' 측 맹원들 사이에 또한 상당히 긴장된 논리적 대결, 상호간 이론 비판의 양상이 나타났었기 때문이다. 이를 전체적으로 살피기 위해서는 따라서 또 어쩔 수 없이 순서상으로 그 발생 맥락, 이론 구축의 맥락을 살피는, 통시성의 계보학적 인식 관점 요구가 수반될 수밖에 없게 되는데, 이 점에서 가장 먼저 검토될 만한 해방 공간의 문예정책론 상당의 글로는 시간적 순서상 가장 이른 시기에 발표된 「조선민족문화건설의 노선(잠정안)」이 꼽히게 된다고 보겠다. 시간상으로도 1946년 벽두의 시점에 발표되어 역사적 발생의 선행 근거를 확보하는 셈이지만, 좌익 계열 문학론이 가지는 전반적인 문화운동론 속에서의 여러 이론적 관련성을 이 문건이 압축적으로 요약, 잘 해명해 보여준다는 점에서 그 역사적 가치 함유의 측면이 생생히 전달될 수 있다. '조선공산당중앙위원회'의 이름을 앞세워, '조선민족문화건설'을 추진하는 데 있어서의 여러 원칙적 지침 사항들을 제시한 이 문건을 이해하고 살피는 데는 한편 이 문건이 발생하기까지의 역사적 경과에 대한 인식을 조금 마련해 둠이 도움이 될 수 있겠다. 요컨대 남로당계의 정세 인식과 그에 기반한 문화 운동 전체의 방략, 정책이 어떻게 모색, 수립되었는지 그 역사적 맥락을 잠시 거슬러 올리기 살펴두자.

4-1. 해방 공간의 생성, 그리고 북로당계 문학론

1945년 8월, 도둑처럼 해방의 날은 다가왔고, 그 이후 임화, 김남천, 이원조 등은 곧바로 행동을 개시하여, '조선문학건설본부'를 구성하였고, 이어서 여러 분야의 문화 예술 단체들을 통합한 '조선문화건설중앙협의회'조차 발족시켰 다. 그리고 '민족통일노선'을 지향한다는 이 단체의 표방에 대하여 불만을 품 었던 일부 구 카프계 강경 인사들이 조직한 단체가 '조선프롤레타리아문학동 맹'으로 나타났고, 이어서 또 '조선프롤레타리아예술동맹'이 출현하였다. 해 방되던 해 가을, 겨울이 채 가기도 전에 벌써 좌파 내부에서 노선 갈등이 발생 하여 크게 두 파벌에 의한 조직적 결성 움직임이 대두하게 되었음을 알 수 있 다. 사태가 이 지경에 이르자 조선공산당 중앙위원회는 1945년 12월 13일, 조 선프롤레타리아예술동맹과 조선문화건설중앙협의회의 통합을 요구하게 되었 고, 그에 따라 '조선문학동맹'이라는 통합 조직이 재탄생하게 되었다. 그렇게 해서 만들어진 조선문학동맹은 1946년 2월 개최 '문학가(자) 대회'를 계기로 조선문학가동맹으로 개칭하게 되었고, 이로써 '민족통일노선'에 입각한 문단 내 가장 영향력 있는 단체의 결성이 가능해졌다. 하지만 이러한 절차를 밟고, 통합 조직 형성의 움직임이 가시화되었음에도 불구하고 여기에 불만을 품은 많은 문인들이 1차로 월북, 1946년 3월 25일에는 북조선문학예술총동맹이라는 또 다른 단체가 결성되었고, 이로써 정치적 결사체로서의 남로당−북로당의 병 립 시대와 더불어 문단상으로도 '문학가동맹−문예총동맹'으로의 분할, 병립 시대가 연출되기에 이르렀다. 박헌영 주도의 남로당계와 김일성 주도의 북로 딩계가 시로 병립, 협력과 경쟁을 기속화하는 중에 문단 내에도 똑같은 사정, 환경이 초래되었다는 것을 알 수 있다.

따라서 『인민평론』, 1946년 3월호 소재의 「조선민족문화건설의 노선」안이 이렇게 보면 대개 어떤 인사들의 주도로 마련되었던 것인지 짐작될 수 있다. 결국 임화, 김남천, 이원조로 대표된 '문학가동맹' 3인방이 이 잠정적인 노선 안 마련에도 준추적 역할을 수행했으리라는 추측, 판단이 가능하다. 그렇다면 이 3인방 중에서도 특별히 중심 역할을 부여받았으리라고 짐작되는 임화의 의 견이 대체로 이 노선안 전체의 구성에 있어서도 주요하게 작용했으리라고 보 는 것은 전혀 무리가 아닌 일이 되는데, 그렇다면 임화의 의견과 그 상부 박헌영의 견해 사이에는 또 어느 만큼의 상동 관계가 주어졌다고 보아야 할까?

주지하다시피 해방과 함께 주어진 활동 공간 속에서 공산당 노선의 지침을 밝힌 글로는 박헌영의 「현 정세와 우리의 임무」, 즉 '8월 테제'가 꼽힌다. 따라서 어떤 식으로든 당대 상황에서 박헌영의 정세 인식은 공산당 활동, 즉 남로당계 활동가들의 주요 이론적 지침으로 작용하였다. 「조선민족문화건설의 노선」안 중 ④ 이하 단락은 이런 뜻에서 두 이론가 겸 활동가, 즉 박헌영과 임화 사이의 이론적 거리를 재는 주요한 근거의 하나로 제시될 만한데, 여기서 바로 박헌영의 8월 테제가 조선의 새로운 문화 건설을 위한 노선 확립 문제와 관련해서도 주요한 이론적 전거의 하나로 간주됨을 볼 수 있다. 보라.

④ 이러한 질곡으로부터 해방되어 새로이 건설될 문화는 이로부터 건설될 신정치와 신경제의 관념 형태상에 반영되므로 그것의 본질을 규정한 「현 정세와 우리의 임무」를 이론과 실천의 전 기준으로 삼아야 한다. / 그 결정이 지시하는 바와 같이 우리의 혁명 계단은 프롤레타리아 계단이 아니라 민주주의 혁명 계단에 처해 있다. 따라서 건설될 신문화는 사회주의 혹은 프롤레타리아적인 문화가 아니라 반제국주의적 · 반봉건적인 민주주의적 민족문화요 무산계급의 반자본주의적 문화가 아니다.[37]

비록 '국수주의 배격' 문제를 주요한 원칙 문제로 천명하고는 있지만, '(앞으로) 건설될 신문화'는 "사회주의 혹은 프롤레타리아적인 문화가 아니라", "민주주의적 민족문화요" "무산계급의 반자본주의적 문화가 아니"라고 분명히 천명하는 이러한 문건이 북로당계 문인들의 분노를 샀을 것은 명약관화한 일이다. 결국 해방 공간 내에서의 임화의 주장은 박헌영의 노선을 충실히 반영하여 이루어진 것으로 볼 수 있고, 그것이 '문학자 대회'에서 발표한 임화의 「조선민족문학건설의 기본과제에 관한 일반 보고」로 나타났다고 볼 수 있다. 물론 문면의 구성 자체야 임화가 1930년대를 거쳐 나오면서 개인적으로, 그리고 이론적으로 고민해 온 사항들이 고스란히 반영되어 이루어진 양상이라고 할 수 있지만, 그 핵심 표방으로서 '민족 문학' 개념을 형성한 중추의 이론, 곧 혁명적 전략 실천을 위한 정세 판단의 기본 골간은 위에 언급한 박헌영의 작성의

37) 조선공산당중앙위원회, 「조선민족문화건설의 노선(잠정안)」, 「인민평론」, 1946.3.

문건, 즉 「현 정세와 우리의 임무」 테제로부터 한 발짝도 벗어난 것이 아니었음을 알 수 있다. 그도 그럴 것이 박헌영의 혁명 이론이란 또 맑스-레닌주의라 일컬어지는 공산주의 운동 사상의 정통 이론부터 배태된 것이었기 때문이다. 우선 임화의 기치 표방을 잠시 확인해 두기로 하자. '민족 문학'에 대한 설명이다.

> (…) 어떠한 문학이냐? 하면 그것은 완전히 근대적인 의미의 민족문학 이외에 있을 수가 없다. (…) 이 문학적 과제는 또한 일로부터 조선 민족이 건설해나갈 사회와 국가의 당면한 과제와 일치하고 공통하는 과제다.[38]

임화의 주장은 그러니까, (박헌영의 이론이 제시하는 데 따라) 현 단계 조선 혁명의 과제가 '부르조아민주주의혁명'으로 주어진다고 선언하고, 이 과제의 수행을 위해서는 프롤레타리아 계급의 주도에 의한 광범위한 민족통일전선, 즉 '인민전선'의 수립에 있다고 천명하는 것으로 모아진다. '민족 문학'의 수립 운동이 그러한 사회, 국가적 과제 실천에 부응하는 유일한 전략적 노선, 길이라고 하는 주장인 것이다. 결론부 5절에서 "계급적인 문학이냐? 민족적인 문학이냐?"고 단도직입적으로 물은 것은 노선 형성 문제로 제기될 수 있는 그러한 핵심 혼란 사안을 분명히 정리하고자 한 의도에서 제출된 것이라 할 수 있다. 요컨대 그 답은 결코 '계급 문학'이 될 수 없고, 광범위한 문예 연합 전선, 통일 전선의 형성을 위한 '민족 문학'의 기치가 분명히 천명되어야 한다는 것이었다. 이에 대해 '조선프롤레타리아예술동맹' 측이 문제를 제기하고 불만을 표한 것 역시 당연하다. 이론적 차이라는 것은 어떤 점에서 강조점의 차이일수도 있어서 임화 역시 '프롤레타리아 계급 주도성'이라는 문제는 나름대로 강조했다고 생각했지만, 결국 정치적 노선의 차이에 따라 김일성 주도의 북한 현실에서 '(조선공산당) 북조선분국'이 설치되고 이에 따라 '민주기지노선' 안이 제출되는 등 남, 북 노동당 사이에 경쟁 상황이 초래되자, 임화 주도의 남로당계에 반대하는 세력들은 마침내 월북행을 통해 새로운 문학론의 조성을 꾀하게 된다. 진보 진영 내의 다툼 양상으로 흔히 발견되듯이 진보성과 선명성의 문제가 새롭게 부각되는 사정이 연출된다고 할 수 있는 것이다. 이론적인 면에

---

38) 임화, 「조선민족문학건설의 기본과제에 관한 일반보고」, 『건설기의 조선문학』, 조선문학가동맹, 1946.6.

서 초기 이 북로당계를 대표한 인물들이 안막, 윤세평(윤규섭), 안함광 등이었다고 할 수 있는데, 서울을 배경으로 활동해 왔던 이들이 북한 내에서 이론적 주도권을 행사하게 되는 시기는 대개 한설야가 세력을 잃게 되는 1960년대 초까지로 설명된다. 그 주요 인물들의 행방에 대해서 잠시 살펴두기로 한다.

안막은 이 인물들 중에서도 임화에 대한 적대 의식을 노골적으로 드러낸 대표적인 인물이 아니었던가 싶다. 안막은 무용가 최승희의 남편으로 유명하지만, 1930년대 전반기까지 임화와 동지적 관계로 묶여 있던 그가 어떻게 해서 임화와의 라이벌 관계를 분명히 하게 되었던가에 대해서는 조금 수수께끼의 느낌이 없지 않다. 임화, 김남천 등과 함께 '무산자사(無産者社)'를 형성하고, 카프 내 2차 방향 전환이라는 소위 '볼셰비키화'를 주도한 인물 중의 한 사람이 그였기 때문이다. 일제 시대 그가 관계한 비평적 사안 중 하나는 '추백'이라는 이름으로 전개한 '창작방법' 논쟁으로 사료되는데, 이후 그의 비평적 활동은 별로 알려진 것이 없다. 오히려 문단과 거리를 두면서 최승희의 공연 매니저 같은 역할에 충실하지 않았던가 하는 것이 그의 행적으로 잡히기 때문이다. 해방 후 그가 조급하게 월북행을 감행하게 된 데는 최승희의 일제 말엽 활발한 활동이 친일 행각으로 비난을 살 까닭으로 연유한 것 아닌가 여겨지기도 한다. 그렇게 임화, 김남천, 이원조 등과 멀어지게 된 그는 북에 올라가서 임화와 그를 중심으로 제시된 남로당계 문예 이론 비판에 열을 올림으로써 나중 비평계의 한 자리를 차지하게 되는 것이다. 하지만 이 까닭엔 안막만의 특유한 개인적 사정 또한 작용하지 않았는가 여겨진다. 그는 일제하에서 러시아문학을 전공한 드문 학력의 소유자였던 것이다.

만약 안막이 러시아어를 읽고 통역할 수 있는 드문 실력의 소유자였다고 한다면, 미군이 점령한 남한보다 소련 점령 하의 북한이 자신의 운신을 위해 훨씬 유리하고 바람직하리라는 판단쯤은 쉽게 행해질 수 있었다고 볼 수 있다. 실제로 안막의 글 내용을 살펴보더라도 누구보다 러시아의 이론가들, 즉 레닌을 위시한 여러 선구적 사회주의권 이론가들 인용에 즐거하여 나섰던 사정을 알 수 있으며, 또 중국의 연안 사정에도 밝아서 모택동의 이론 또한 함께 인용하는 태세를 취하였음을 확인할 수 있다. 안막의 「조선 문학과 예술의 기본 임무」 중 그 서두의 문면을 잠시 옮겨두면 이렇다.

소련의 문학자, 예술가들은 위대한 조국전쟁의 고난한 시련 속에서 히틀러 파쇼들과 (…) 싸우는 그 마당에서 위대한 문학예술을 창조하였고, (…) 사회주의 예술 문화의 찬연한 성과를 더욱 발전시켰으며 중국의 민주주의 문학예술의 종사자들은 장기간의 일본 제국주의 침략에 대한 피투성이의 민족해방투쟁 속에서 (…) 민주주의 문학과 예술을 건설하였다는 것을 우리 조선 문학자, 예술가들은 깊이 인식하고 배워야 한다.[39]

안막이 이처럼 국제주의자로서의 면모를 표나게 자랑하고자 했음에 비하여, 윤세평(윤규섭), 안함광 등 역시 좀 더 이론적으로 크리티컬한 지점을 파고들어 단순한 통일전선론 성격의 남로당계 '민족문학론' 을 비판하고 보다 진보적인 문예, 문화 이론을 제기하고자 하였다. 위 안막의 글이 비교적 총론격의 성격으로 당대의 문학, 예술이 처한 상황을 분석하면서 그 기본 임무라고 하는 문제에 대한 일반 논설을 펼친 데 반하여, 논점을 정치하게 세목화하면서 남로당계 문학론의 약점을 적시하고자 하는 쪽으로 글의 문면을 가다듬은 사람이 먼저 윤세평이었다고 할 수 있다. 이런 점에서 당시 북로당계가 취했던 논리적 거멀못의 윤곽을 살피는 데는 윤세평의 글, 「신민족문화 수립을 위하여」(『문화전선』, 1946.11)를 우선 검토해 둠이 유효하다고 볼 수 있는데, 북로당계 문인들 중에서는 비교적 세련된 이론적 자질을 보여준 사람이 윤세평이었다고 할 수 있기 때문이다. 해방 후 느닷없이 '윤세평' 이란 이름으로 나타나 등장한 이 새로운 비평가란 기실 일제하 1930년대 후반부터 등장하여 비평적 열도를 보여준 윤규섭과 다른 인물이 아니었는데, 그가 그렇게 이름까지 바꾸어가면서 월북행을 선택하고, 또 그런 위치에서 임화 중심 남로당계 '민족문학론' 에 날선 비판을 가하고자 한 본의란 무엇이었을까? 왜 그는 전북 남원 출신으로 이북 출신도 아닌 입장에서 임화 류의 민족문학론에 대해 생래적인 거부감 같은 것을 표하게 된 것일까? 아래의 문면을 먼저 살피고 논의를 이어가 보도록 하자.

우리는 마땅히 마르크스주의의 보편적 진리와 조선혁명의 구체적 실천

39) 안막, 「조선문학과 예술의 기본임무」, 『문화전선』, 1946.7.

을 완전히 정당하게 통일하여야만 할 것이다. 조선문화는 응당한 자기의 형식을 가져야 할 것이다. 이것이 곧 민족적 형식이며 민족적 형식은 곧 신민주주의의 내용인 것이다. 그러므로 우리가 수립하는 신민족문화는 결코 비계급적 문화가 아니며 도리어 무산계급이 영도하는 신민주주의 문화이다.[40]

이론 차이란 어떤 점에서 미세한 강조점의 차이일 수 있다고 말했지만, 여기서의 강조점이 '무산계급 영도론'으로 나타나고 있음은 누구나 알 수 있을 것이다. 이 점을 핵심 논점으로 삼아 그가 월북행을 선택했고, 그는 이후 북한 문화계에서 한설야계가 거세될 때까지, 아니 한설야가 거세된 뒤라도 김정일계가 본격적으로 등장하기 이전까지는 북한 내에서 중요한 문화 이론가의 지위를 유지할 수 있었다고 할 수 있다. 그는 1937년 백철 비판과 함께 문단에 등단한 뒤 끊임없이 중앙 문단을 비판하고 중심 해체를 향해 나아갔던 셈이라고 할수 있는데, 결국 북쪽에서의 평양중심주의에 편승, '민족적 특성론' 등 중요한 이론적 성과들까지를 낳게 되었지만, 주체의 문예이론이 본격적으로 등장함과 함께 '민족허무주의'의 이름으로 비판되고 마침내 거세되는 운명에 처하게 되는 것으로 추적된다. 윤세평의 위의 글을 자세히 읽어보면, 어떤 점에서는 주체의 문예이론 등장의 예고편적 기능을 했다고 할 수 있는 '민족적 특성론'이 '신민주주의'의 이름과 함께 강조되고 있음을 살필 수 있거니와, 이런 뜻에서 그는 처음부터 모택동주의에 입각, 강한 민중 지향성을 피력했으며, 그런 이론적 동력학이 북한 문화계 전면에서 한설야와 함께 카프중심주의를 교정하는 시기까지는 활발한 역동성을 발휘했었지만, 마침내 그것이 유일사상이라는 이름의 주체사상에 직면, 이론적 전환을 요구받기까지에 이르는 시점이 되어서는 그때까지의 이론적 공적 전체가 비판되는 비운을 감내해야만 하는 상황에 처하게 된다고 할 수 있다. 그렇다면 이에 비해 조금 더 고지식한 면모의 안함광이 보여주는 행적과 그 이론적 성찰의 면모는 해방 직후의 시기에 우선 어떻게 드러났던 것인가? 우선 안함광의 글, 「민족문학재론」 중 한 대목을 살피면서 그 논지 확인에 나서보기로 하자.

---

40) 윤세평, 「신민족문화 수립을 위하여」, 『문화전선』, 1946.11.

지금 우리 인민에게 부여된 최고의 임무가 (…) 진보적 민주주의 국가사회를 건립하려는 데 있는 거와 동양(同樣)으로, 우리가 지금 수립하려는 민족문학도 '근대적인 의미의 민족문학'인 것이 아니라 진보적 민주주의의 민족문화인 것이다. 이러한 민족문학이 민족생활의 사실에 엄연히 존재한 계급관계에서는 전연 배면(背面)하여도 좋다는 논리는 더욱이나 성립되어지지 않는다.[41]

1947년에 발표되었다는 시기적 요인 탓인지 앞서 검토한 윤세평의 글보다도 훨씬 강경하고 통렬하게 남로당계 민족문학론을 비판적으로 구축(驅逐)하는 형태로 그 문면이 구성된 양상임을 알 수 있다. '근대적인 의미의 민족 문학'이 결코 "우리가 지금 수립해야 할 민족 문화"가 아니고, '진보적 민주주의'의 그것이어야 한다는 주장 등의 양상은 그 선명한 논지의 피력인 것이다. 그렇다면 '진보적 민주주의'란 무엇인가? 이 용어로서 모든 것이 해명되고, 또 정당화될 수 있다고 그는 본 것일까?

'진보적 민주주의'를 둘러싼 근래(2014년)의 논란 사태로도 알 수 있지만, 이 용어가 설사 김일성 노작 중의 표현으로 제시된 바 있는 문구라 해도, 이 용어 자체가 특수하다거나 독창적인 어의를 내포한 것으로 이해되기는 어렵다는 사정을 그밖의 많은 역사적 표현 사례들이 증거한다. 이 용어 자체로만 따지면 그것을 김일성이 애용하거나 독점했다기보다 오히려 박헌영을 비롯한 많은 좌익계 인사들, 나아가 중도적 인사들조차 이러한 용어를 즐겨 사용했음이 확인될 수 있기 때문이다. 다만 안함광이 후일 김일성대학 조선어문과를 대표하는 학자의 지위를 유지해 나갔음을 볼 때—물론 그 역시 1960년대 중반을 고비로 김일성 유일사상체계가 구체화되는 과정에서 결국 숙청의 비운을 비켜나가지 못했던 것으로 사료되지만—, 아버지 홍명희를 따라 월북한 홍기문 등과 함께 북로당 내부 사정에 밝았으리라는 것은 충분히 유추될 수 있다. 다만 그가 다른 비평가들에 비교하여 날카로운 분석적 능력의 소유자라기보다 다분한 교양을 바탕으로 상식적 논설을 즐겨 수행하는 성품이었음을 또 한편 감안하면 홍기문과 함께 그 역시 교사로서의 직분에 어울리는 자질의 소유자였다고 말할 수 있다. 일제 말기에 씌어진 것으로 앞서 살펴본 「조선문학의 특질과 방향에 대하여」와 해방 후에 씌어진 「민족문학재론」 모두가 비슷한 필치로 교사 투

41) 안함광, 「민족문학재론」, 『민족과 문학』, 평양문화전선사, 1947.

의 어투를 느끼게 한다는 점이 그 증좌다. 이 글(「민족문학재론」) 중 1절의 중간 대문에서 "다수 인민과 조화되는 방도를 싫어하는 분자는 조선 민족의식 대신에 일제 황민의식을 가지고 놈들과 결탁 야합하였"었다고 말하는 것을 우리가 살필 때 이는 마치 사돈 남 말하는 듯한 느낌을 주어서 우리를 어이없게도 하지만, 그가 그 같은 자질로 차후 북한 어문학계에서 어느 정도의 역할을 수행해 나갔으리라고 하는 것은 충분히 이해될 수 있다. '진보적 민주주의'가 대중을 향한 일종의 정치 수사, 표현으로서 유용, 유효했다고 본다면, 이러한 정도 어휘, 표현 능력을 가지고 일종의 대변자 역할을 수행할 수 있었던 것이 당시 북한 사회가 요구하는 사회, 문화적 수준이었다고 할 수 있다. 결국 한 사람의 능력, 재질이라는 것도 해당 사회의 요구에 따라 선택되고 또한 발휘되는 터이다. 비교적 카프계 문인들 사이에서 주변적 위치에 있었던, 그러나 스스로 노력하여 많은 교양적 지식, 상식을 쌓고, 그것을 친절하게 해설, 설명해 주면서 또 필요할 때는 싸움꾼의 기질을 발휘하여 맞서기도 하는 역량을 발휘하였던 이러한 성품, 능력의 발휘가 북한 사회 내에서 안함광의 차후 위치를 가능케 하는 동력의 자질들이 되었다고 할 수 있다. 그가 해주고보를 나온 황해도 출신으로 농군 성향의 품성, 자질을 가졌다는 것은 이런 뜻에서 결코 역사적 우연 사안이 아니다.

4-2. 남로당계 민족문학론

북로당계의 움직임이 이렇게 되니 한편 남로당계로서도 사태를 수수방관하고 무시하는 태도로만 임할 수는 없게 되었다. 1946년, 47년을 경과하면서 남로당의 처지는 갈수록 어려워져만 가는 상황을 맞게 되었는데, 특히 '조선정판사' 사건 등으로 '남로당'이 불법화되고, 이에 따라 박헌영 등 중심인물들이 대거 월북하는 사태를 맞게 되지, '문학가동맹'의 중심인물들 역시 따라서 월북하게 되고, 그 결과 남로당 조직의 새로운 거점으로 황해도 해주가 부각되는 상황을 맞게 되었다. 북로당계의 중심인 평양과 이제 우익 천하가 된 서울 사이에서 그들 남로당계들은 이제 해주를 새로운 중심으로 모색해야만 하는 처지에 놓이게 되었고, 결과적으로 이제 해주의 남로당계는 평양과 서울 사이에 끼어 마치 협공당하는 듯한 분위기를 일상적으로 맛보지 않으면 안 되었다. 임화의 글, 「민족문학의 이념과 문학운동의 사상적 통일을 위하여」는 따라서 이와 같은 내외 협공의 상황 속에서, 좌, 우 극단의 논리를 배격하며, 그 이론적 균형의 추를 다시금 드리워내려 한 장고 끝의 한 수로 읽히거니와, 그 골간 논리는 여전히 '(인민민주주의적) 민족문학론'을 견지하는 쪽에 두어진 것이면서, 상대적으로 '계급문학론'과 '민족문학론' 사이에 베풀어져야 할 마땅한 배려와 관계 설정 문제에 대해 차분한 논리 구축을 도모한 글이라 볼 수 있다. 집필 시기로 보아서 1947년도 신춘 전후 시점으로 추정되기에 아직은 서울에 머물면서 불투명한 내일을 그려보는 정도의 시기에 씌어진 글이라 볼 수 있고, 그렇기 때문에 아직은 그렇게까지 급박히 쫓기거나 불안감을 감내하지 못하는 정도의 좌불안석 상태를 노정한 글로 여겨지지는 않지만, 해방 직후의 그 당당했던 자신감의 표정, 열정은 꽤나 사그라지고 일그러진 채로 자기 방어, 옹호에 급급한 모습을 보였다고 할 수 있다. 논지 전체의 윤곽은 앞서 살핀 「조선민족문학건설의 기본과제에 관한 일반 보고」에서 나타난 바와 대동소이하므로 그 구체적인 문면의 검토는 생략하기로 하거니와, '문학자 대회'에서의 그 '일반 보고' 시점으로부터 약 1년 정도의 시간적 거리가 주어진 시점에서 씌어진 글, 「민족문학의 이념과 문학운동의 사상적 통일을 위하여」에 이미 어느 정도 알 수 없는 피로감 같은 것이 짙게 묻어나는 사태를 연출하고 있었다는 것은 부인할 수 없는 일이 되겠다. 임화는 그 뒤 1947년도를 넘기지 않은 시점에서 해주로 이동, 다시금 '민족 문학'의 재구성과 활성화를 위해 동분서주하는 시절을 보내게 되었노라고 이 당시의 보고지들은 전한다. 6.25 개전 초기 한때 남로당계의 중심을 이루었던 인사들은 자신들의 오랜 계획과 이념이 실현되는 것으로 고무되었지만, 전쟁이 끝나고 얼마 가지 못해 임화 자신이 다른 남로당계 주요 인사들과 함께 결국 형장의 이슬로 사라지는 비운을 밟게 되었다는 것은 우리 모두가 다 잘 아는 바이다.

한편 남로당계의 핵심 지도부가 월북한 뒤, 지도부 공백 사태를 맞는 상황에서도 그 빈자리를 메꾸며 서울에서 충실히 남로당계의 입장과 이론을 대변하고자 한 사람들이 있었다. 그 대표적인 남로당계 청년 문인의 한 사람으로 우리는 김영석을 들 수 있다. 김영석은, 생몰(生沒)에 관한 사항들이 아직 불충분하게 알려진 상태인 점으로도 알 수 있듯이 당대엔 그다지 유명 작가의 대열에 끼지 못하다가 근래 연구자들에 의해서 새롭게 재평가, 주목된 작가라 할 수 있는 바, 대개 일제 말 무렵에 작가로서 문단에 등단, 해방 공간에서 본격적으로 노동 작가로의 활약을 개시함과 더불어 특히 '문학가동맹' 창립 이후 '문학대중화운동위원회' 위원장 역할자로 지목되면서, '문학대중화'의 문제에 깊은 관심을 가지고 논설 활동을 펼친 작가로 인식된다. 노동작가로서의 정체성을 지닌 만큼 특별히 그가 이론 면에서 참신한 기여의 몫을 담당했다고 하기보다 노동자 계급 자신의 소박한 의식과 시각으로 해방기의 엄혹한 현실을 투시하면서 그 대처 방안을 스스로 모색하는 현장 민중의 목소리를 전달하려 했다는 점에서 그 의의와 가치가 예외적으로 부여될 만하다고 볼 수 있다. 그럼 잠시 그의 「민족문학론」의 내용부터 조금 살펴, 노동자 작가 김영석다운 주장의 내용이 어떻게 특색 있게 드러났는지 알아보기로 하자.

조직적 이론들이 대개 그렇듯, 남로당계 이론의 일부일 수밖에 없는 김영석의 「민족문학론」 역시 그 논지 전체로 보아서는 임화의 '민족문학론'과 대동소이한 양상이라고 볼 수 있다. 단지 이 글의 필자가 매우 성실한 작가이자 이론가임을 증명이라도 하듯, 논지의 전개가 상당히 합리적인 추론 과정을 거쳐 이룩되는, 그런 연역적 면모로 글 전체가 구성된 양상인데, 이색적인 것은 그 논지 전개의 과정에서 경제학자 박극채의 소론, 「민족과 인민의 이론」이 주요하게 원용되고 있다는 점이다. 경제학자 박극채는 백남운과 전석담, 그리고 윤행중 등과 함께 일제하 시기 1930년대부터 신망을 쌓아온 대표적인 맑스주의 경제사학자의 일원이었다고 할 수 있는데, 특히 해방 공간을 맞이하여 그 학술적 지명도가 크게 높아진 경우라고 하겠다. 이 박극채의 이론 중에서도 김영석은 특히 논제가 되는 '민족'과 '인민'의 이론적 관계 설정 문제에 크게 주목, 이를 '민족문학론' 구성의 기본틀로 삼고 있다. 여기서 박극채의 소론, 주장까지 그 문면을 내놓고 구체적으로 검토할 여유는 없지만, 그의 경제사학적 주장이 맑스 이론의 기본틀에서 벗어날 수 없는 것이었음은 명백하다. 단지 맑스 이론에 입각한 분석틀에 당시 한국 경제와 관련된 데이터들을 집어넣어 분석적 주장을 분명히 한 경우였다고 할 수 있다. 이에 박헌영의 8월 테제가 제시한 한국 사회 분석과 다를 수 없고, 따라서 박헌영의 8월 테제에 입각한 임화의 '민족

문학론'과 김영석의 「민족문학론」이 근본적으로 달라질 이유는 없었다고 할수 있다.

따라서 하나의 비평적 주장으로서 독자적인 의의를 확보할 김영석 저술의 일례를 든다고 한다면, 위 「민족문학론」보다 김영석의 저 「구국문학의 이론과 실천」이 훨씬 더 부각될 소지를 많이 안는다고 우리는 설명할 수 있다. '문학가 동맹' 내부의 조직 계통 속에서 김영석에게 대중화운동위원회 위원장 직함이 내려졌다는 사실을 앞서도 지적했지만, 저자 지위의 그러한 특수성이 반영되어 이룩된 글이 곧 「구국문학의 이론과 실천」이라고 할 수 있다. 물론 이 글은 그 제목 중의 어절 '구국문학'이 시사하는 바처럼 남로당 퇴조의 한 결정적인 시점을 배경으로 씌어진 글이라 할 수 있으며, 한편 논쟁적인 문맥으로 보아서는 일제 시기로부터 프로 비평가의 일원으로 활약했던 현인 이갑기와의 사이에서 주장 대립 형태로 그 논의 구성이 이루어졌던 것으로 살펴진다. 그 핵심 구절만을 여기서 살피기로 하면 이렇다. 예컨대 그는,

> 이상(과) 같이 문학대중화의 문제는 오늘날에 와서 문학 내지 문학운동 상의 모든 문제에 비하여 우리의 결정적 · 사활적인 과업으로 전화(轉化)되었다./ 문학의 대중화운동이 갖는 문학 내지 문학 운동 상의 비중이 이같이 결정적으로 된 점을 간과하는 작가는 비록 그가 문화주의를 배격한다 해도 (……)[42]

운운하여, 마치 이제 "총을 들고 나서자!" 하는 식의 직접 투쟁만을 고집하는, 섣부른 투쟁 제일주의의 수장에 대해 그 반대선을 주장, 제시하고자 했던 것이다. 이 글의 발표 자리가 1948년 6월 18일자부터 6월 20일 사이의 『조선중앙일보』 지면으로 주어진 사정이었음을 생각하면, 과연 적극 투쟁론의 주장도 무리는 아니라는 투의 내부 공감대가 조성되고 있었을 터이다. 5 · 10선거도 끝나고, 제헌의회 구성에 의한 단독 정부 수립—출범을 바로 코앞에 둔 시점에서 제기된 일종의 정책 토론이 이 글의 배경 문맥을 이루었으리라는 사정을 그 집필 시점은 암시한다. 실제로 박헌영을 핵으로 한 남로당 지도부는 미군정에 의해 불법화가 단행된 그 이후의 시점부터는 소위 '신전술'이라고 하는 투쟁 노선을 본격화하게 됐던 것으로 살펴지며, 따라서 그러한 위기의식의 발로 속에서 '구

---

42) 김영석, 「구국문학의 이론과 실천」, 『조선중앙일보』, 1948.6.18-20.

국문학'이라는 구호는 선창되었던 셈이다.

하지만 그 사정이 아무리 촉급하고 위급한 상태라 하더라도 반드시 총을 들고 나서는 것만이 능사가 될 수는 없음을 김영석은 주장하였다. 작가는 글로서 말해야 하고, 글로서 호소력을 발휘할 때 그 정치적, 선전 선동의 효과 또한 최대한 발휘될 수 있다고 믿었던 때문이다. 바로 그런 뜻에서 그는 새삼스럽게 '문학의 대중화'가 소중함을 강조하였고, 따라서 대중화운동위원회를 책임진 그러한 지도부의 일원으로서, 또한 현장 작가의 한 사람으로서 6.25 전쟁이 개시되는 그 시점까지 이 땅 서울을 지키며, 자신의 조직적 본분, 소임 또한 다해냈던 것으로 알려지고 있다. 소설 작품으로 해방기를 배경으로 한 「전차 운전수」 등이 유명하고, 또 6.25 전쟁 후로는 북한에 올라가서도 상당한 문예 활동을 정력적으로 펼쳐 나갔던 것으로 살펴지지만, 비평가의 행적으로서도 1948년 정부 수립기를 전후한 시점에 온건하면서도 설득력 있는 논설 활동을 펼친 김영석의 면모가 오늘날 연구자들 사이에 크게 부각되는 이유는 위와 같은 맥락으로 설명될 수 있겠다.

한편 남로당계의 수세기가 분명해진 1948년 초 전후한 시점에 발표된 글로 연구자들 사이에 깊은 관심을 불러 모았던 글이 여천(黎泉) 이원조의 글, 「민족문학론」(『문학』 7호, 1948.4)이었다. 글 자체의 시사성, 암시성이 풍부할 뿐 아니라, 한 동안 이 글 저자의 정체가 불분명한 상태에 있었기 때문이다. 필자명이 '청량산인(淸凉山人)'으로 기입되었는데, 청량산인은 누구인가? 신라의 명필 김생이 그의 필법을 완성했다는 사찰로, 경북 봉화 위치의 고사(古寺)인 '청량사'를 품은 산, 인근에선 유명한 이 지명을 필명으로 쓰는 문인이란 누구인가? 수소문 끝에 시인 이육사(이원록)의 고향이 그 반경 속에 있다는 것이 알려졌고, 이에 따라 그의 동생 이원조가 유력한 후보자로 올라 왔다. 퇴계의 후손 집안 출신으로 어렸을 때는 한학(漢學)을 익히고, 일본 유학과 함께 '불문학사'의 자격을 획득한 그. 1930년대 중반부터 조선일보 기자로 근무하며, 당대의 '순수-세대 논쟁' 문맥 속에서 '순수문학'에 대한 강력한 비판의 자세를 선보였던 그. 『인문평론』 발간 시기에 최재서, 김남천 등과 함께 편집진의 일원으로서 활약했거니와, 해방이 되어서는 또 일찍부터 임화, 김남천 등과 보조를 같이 '문학가동맹'을 이끌고, 따라서 남로당계 문인으로서 그 역시 함께 월북행을 택한 문인의 한 사람으로 기록된다. 「민족문학론」 제목의 이 글은 그러니까 그가 월북을 전후한 시기 씌어진 것으로 추정되고, 말하자면 기관지 『문학』지를 통해 '문학가동맹' 혹은 남로당계의 건재함을 과시하고자 쓴 글의 일종인 것으로 이해된다. 따라서 그 논지의 윤곽은 태생적으로 임화의 주장, 임화의 '민족문학론'에서 크게 벗어날 수 없었던 것으로 파악되지만, 기자 출신의 이론가, 비평가답게 그는 좀 더 사안들을 요령 있게 정리하면서, 당대의 시점, 문맥들 속에서 두루 제기될 수 있는 이론적 쟁점들에 대해 답변하는 형식으로 논지가 구축했다. 여기서 주목할 대목을 살피자면 다음 두 대목에 주목할 필요가 있다. 보라.

봉건사회에서는 가부장적 문학으로 표현되고 사회주의 사회에서는 계급문학으로 표현되듯이 이러한 역사적인 각개 계단에서 민족문학은 어느 역사적 범주에 속하느냐가 문제인 것이다./ 따라서 오늘날 민족문학을 건설하려는 것도 역사적으로 우리의 현 혁명 계단이 부르주아민주주의혁명 계단에 속했다는 사실과 조응되는 것이다.[43]

이러한 민주개혁과 민족문화 건설은 전 인민적 해방이며 전 인민적 문화건설인 동시에 앞날의 무산계급의 독자적 해방과 독자적 문화건설의 터전을 닦는 것이다. (……)/ "사회주의에 도달할 것을 생각하면서 민주정치를 경과할 것을 생각하지 않는 사람은 그가 정치상으로나 경제상으로나를 막론하고 도무지 필연직으로 빈동적 결론으로 달이니게 된다"는 레닌의 원칙을 어기서 명념(銘念)해야 한다.[44]

두 인용 대목 중 첫 번째는 남로당계의 이론, 입장을 충실히 재천명한 것으로 볼 수 있지만, 두 번째는 '인민주의'와 '민주정치'와 관련해 레닌의 언설을 인용하고 있어 이채롭다. 특히 두 번째 언설에 주목해 보면, 왜 이원조 같은 인사가 월북까지 선택해가며, 남로당을 추종했던가에 대한 어느 정도의 해명이 주어지는 것 같아 퍽 흥미롭다. 결국 그들 역시도 나름대로는 민주주의를 신봉했던 것이다. '당내 민주주의'와 '민주집중제'의 개념으로 민주적 운영, 즉 민

43) 이원조, 「민족문학론」, 『문학』 7호, 1948.4.
44) 위와 같음.

주 정치를 강조했던 레닌의 교조를 그들, 즉 이원조 역시 스스럼없이, 서슴지 않고 따랐다는 얘기가 된다. 당내 민주주의와 민주집중제가 병립되기 쉽지 않고, 더군다나 그렇게도 공공연하게 '당의 나사못'이 되기를 요구했던 레닌이고 보면, '민주정치'의 실현이라고 하는 과제가 얼마나 어려운 과제일 수 있는가를 헤아릴 수도 있었을 법한데, 이원조는 그렇지 못했거나 혹은 하지 않았다. 안동의 고향 땅을 버리고 쉽게 멀리 떠날 수 있었던 이유는 이런 맥락에서 해명될 수밖에 없다. 하지만 그렇게 찾아간 인민의 나라에서 10년쯤 후 그의 행방은 오리무중이 되었던 것으로 알려진다. 알다시피 남로당계 숙청 이후 그의 신세, 행방 역시 불우한 것이 되지 않을 수 없었기 때문이다. 레닌도 그의 말년에 스탈린의 부상에 대해 불안감을 가졌었다고 하지만, 해방 당시에 아직 민족 시인으로 부각되기 전의 그의 형, 이육사보다도 더욱 유명했다고 하는 이원조가 그의 삶을 기록하고 토로할 수 있었다고 한다면, 그 내용이 어찌 되었을지 궁금하다. 그의 무의식적 충동, 내면적 동기란 혹시 형과는 다른 삶을 살고자 한 아우다운 그것이 아니었을까?

4-3. '청년문학가협회', 그리고 기타 우익의 민족문학론

이와 같이 북로당계와 남로당계가 논쟁하고 대립하면서 좌익계 민족문학론은 한층 정교해진 감이 있다. 그렇다면 우익계 민족문학론의 경우는 그에 비해 어떠했던가? 우익계 민족문학론 역시 나누자면 '민족주의' 문학론과 '본격(순수)문학' 계의 그것으로 대별될 수 있다고 말했지만(김동리), 둘 사이의 논쟁 양상은 별로 찾아지지 않는다. 해방 후 '민족주의 문학론'이라 하면 그 대변자로 가령 박종화와 같은 사람이 지목되었지만, 그의 문학론이 1920년대 중, 후반기의 소위 '계급 문학 시비론'이 창궐할 때 '국민문학파', 즉 '민족주의 문단' 계열의 그것과 크게 달라진 깃으로 인식하는 사람은 별로 없었나. 물론 그 변이형, 가령 조지훈의 '민족문학론' 같은 것을 그 변형 중 하나로 우리는 간주할 수 있지만, 이에 대해서는 나중에 다루고 먼저 김동리를 필두로 했던 이른바 '순수(본격)문학' 파의 문학론을 중심으로 우선 그 논지의 성립 과정을 잠시 살펴두기로 한다. 해방 공간에서 그 나름으로 하나의 단단한 조직적 결사를 이루었던 '청년문학가협회' 란 무엇이었는가? 이 협회의 조직적 결사 움직임을 이해해 두기 위해서는 일제 시기로부터의 그 대두와 형성 움직임이 먼저 포착될 필요가 있다.

'청년' 이라고 하기에는 대개 2-30대에 걸쳐 상당히 폭 넓은 연령층으로 구성되었던 이들 집단은 일찍이 1930년대 중반기로부터 문단 진출을 꾀하였다. 관록 상으로는 벌써 하나의 중견 그룹을 형성하고 있었던 것이 이들 '청년문학가협회' 의 중핵 성원들이었다고 할 수 있다. 1930년대 후반을 전후하여 각기 나름으로 문단 등용에의 절차를 밟아 등장함으로써 '신세대' 라는 이름까지를 가능케 한 집단이 바로 이들이었는데, 그들의 앞선 세대로 지목된 '경향 문학' 세대와 구별하여 독자성을 구축하고자 하고, 이것이 문단 내외에 큰 파급 현상을 미침으로써 소위 '순수-세대 논쟁' 이 야기되었다. 특이한 것은, 이 세대 집단 내에 전문직 비평가로서 자기 세대를 이론적으로 대변할 사람이 부재하였다는 것이다. 조연현, 곽종원 등은 해방되고 세월이 지나서 비평적인 입신을 하게 된 경우로 살필 수 있고, 이러한 이유로 '창작' 이라는 행위 자체를 스스로 이념화하고 그것을 가치론적으로 추구하는 자기 세대의 고유한 정신을 처음부터 김동리가 나서서 대변하는 현상이 빚어지게 되었는데, 김동리가 이 세대를 대표하는 문인으로 입지를 굳히게 되는 과정도 이러한 맥락 속에서 주어졌다. 김동리는 이른바 '순수-세대 논쟁' 이라는 경향 문학 세대와의 논쟁 과정에서 처음부터 문학의 사회시학적 의의와 가능성을 차단하고 오로지 작품으로서 그 문학적 성과와 의의를 보장하는 '순수문학' 의 가능성을 주장했거니와, 이러한 태두, 사정은 해방이 되어서도 마찬가지로 반복되었다. 그는 결국 '청년문학가협회' 를 주도적으로 창설, 좌익 문학에 대항하는 한 문예 전선을 구축하였거니와, 이 와중에 김동리에 비견될 만한 또 한 사람의 시인-비평가가 등장하였으니, 그가 김동리에 비해서 더욱 젊은 문인으로 해방 전 『문장』지를 통해 등단하고 나중 박목월, 박두진 등과 함께 소위 '청록파' 를 이룬 조지훈이었다. 일반적으로 김동리가 수행한 역할, 주의, 주장 등에 대해서는 널리 알려진 상태에 있다고 하겠거니와, 김동리와도 조금 다르게 '민족주의' 적 입장을 더욱 적극적으로 설파하였고, 그래서 '순수문학' 과 '민족주의' 사이에 어떤 이론적 접점 같은 것을 구축하고자 한 것으로 살필 수 있는 조지훈의 문면에 대해서 간단하게

나마 확인해 두기로 하자.

해방된 후의 상황에서 둘 사이에 어떤 교감 같은 것이 이루어졌던 것인지 모르지만, 이 시기 조지훈의 글을 보면 신통하게도 우선 김동리 글과의 친연성이 여러 면에서 눈에 띤다. '순수시'에 대한 주장의 면에서 우선 그러한데, 김동리의 '순수문학', '본격문학'에 대한 주의, 주장과 그것은 일단 흡사하며, 경향 문학에 대한 배격 논리에 있어서도 역시 그러하다. 다만 한 가지 점에 있어서만은 조금 다른 면모였다고 할 수 있는데, 유난히도 조지훈은 '민족 문화'라는 차원을 설정하여 이것을 걱정하고 그것이 문제의 중핵이라는 투의 논법을 자주 전개했다. 「민족 문화의 당면과제: 그 위기의 초극을 위한 의의의 반구(反求)에 대하여」가 이 점을 전면에 드러낸 대표적인 글이라 할 수 있는데, 창작 차원의 문학 문제와 달리 '민족 문화'의 차원은 말 그대로 삶의 모든 문제를 포괄한다는 '문화'적 차원에서 민족 문제의 핵심을 구유한다는 것이 그의 인식 관심의 특이점을 구성했다고 볼 수 있다. 그의 중심 논점은 늘, 민족 문화의 혼란이 민족적인 혼란으로, 달리는 민족적인 혼란이 곧 즉 민족 문화의 혼란으로 나타난다고 보고, 이 혼란의 해법을 제시하지 않으면 안 된다는 투로 제기되고 형성되었는데, 이 문맥에서도 역시 기본적인 문제, 혹은 근본적인 문제는 '이데올로기'의 문제로 인식되고 파악되었음을 알 수 있다. 그리고 이데올로기 문제를 준별하는 그의 일관된 관점의 성격은 주체적 관점으로 환원된다. 그 문면이 전형적으로 구현되는 대목을 보자.

먼저 조지훈은, "우리의 문화의 위기는 일언이폐지(一言以蔽之)하면 민족적 주체의 위기", 다시 말해 "민족적 자아가 확립되지 못했기 때문에 외래사상에 대한 비판적 수용이 불가능하고 외래의 강권에 대한 공동적 투쟁이 결여한 데서 오는 위기"라 진단한다. 이어서 의사처럼 그는 위기의 병소를 구체적으로 진단하고 또 병질 극복을 위한 구체적인 처방까지 자세히 제시하고자 하는데, 이러한 문면 내용을 자세히 음미해 보면, 주체적 민족주의를 향한 그의 열망이 얼마나 강고한 것이었는가를 절로 깨닫게 된다. 말 그대로 그는 민족적 주체 지향의 문학자요, 사상가, 그 대표적인 문화 이론가였던 셈이다. 조금 길더라도 아래 문면을 읽어 두자. 그 누구의 글보다도 경청할 만한 가치 있는 내용의 민족 문화론임을 확인할 수 있을 것이다.

이와 같이 민족문화의 위기가 민족적 주체의 위기에서 비롯된 이상 그의 초극은 오직 주체의 확립에 있으며, 주체의 위기가 민족의식의 해이에서 비롯되는 이상 그의 초극은 또한 마땅히 민족정신의 고조에 있지 않으면 안 될 것이니, 민족문화 건설을 위한 당면한 혁명적 기본노선은 (……) 인류문화혁명에 뿌리를 두고 인류문화혁명은 민족사회 혁명을 그 기반으로 삼지 않으면 안 된다는 것이다. 이 두 가지 혁명 수행을 위한 단일 이념으로 우리는 민주주의라는 한 개의 이념을 가졌거니와 (……) 현실을 이론에 맞추려는 자는 창조적 종합 원리를 망각한 주체 없는 사대론자에 지나지 않는 것이다. 그러므로 우리가 뜻하는 민주주의는 우리 현실에 맞(지 않)은 어떤 기성관념과도 일률적 야합을 하지 않는 민주주의 그대로의 조선민주주의인 것이니 (…)[45]

이처럼 조지훈은 민주주의의 문제까지도 아울러 민족 주체의 입장에서 주체적인 선택, 그리고 인류 문화 보편적인 차원에서의 합리적인 선택의 자세를 강조하였다. 양식적으로는 "부르민주주의냐, 아니면 프로민주주의냐"의 양자택일 갈림길이 주어지지 않을 수 없다는 것도 인식했지만, 그러한 선택의 문제도 민족 주체의 입장만 견지할 수 있다면 분열하지 않고, 통일된 민족의 입장에서 바람직한 길을 선택해 갈 수 있으리라고 그는 미래에 대한 긍정적 희망에의 끈을 놓치지 않고 민족의 앞길을 밝히고자 하였다. 물론 현실은 그의 희망을 저버리고 민족 분단과 민족상잔이라는 저 미증유의 비극적 구렁텅이로 민족을 이끌고 말았지만, 만약 조지훈의 이런 글이라도 없었으면 한국 우파는 스스로 내놓을 만한 어떤 담론 상의 알리바이도 만들지 못하고 더욱 구차한 상태에 떨어지게 됐을지 모른다. 그의 나이에 비해서는 비교적 일찍 세상을 뜬 경우에 속하는 이 시인-비평가 조지훈이 그의 생존 시 내내 민족의 변치 않는 등불과 같은 존재로 추앙되었던 까닭을 우리는 이런 문면을 통해 다시 한 번 확인할 수 있다.

물론 조지훈의 저러한 담론 노력이 좌, 우 양쪽에서 모두 긍정적인 반응의 호의를 이끌어 내었던 것은 아니다. 앞서 살핀 청량산인(이원조)의 「민족문학론」이 증거하듯, 조지훈은 김동리와 함께 좌파 문인들로부터 공적의 한 사람으

---

45) 조지훈, 「민족문화의 당면과제」, 『문화』 1, 1947.4.

로 인식되고 지목되었다. "문인은 문학으로 말하고 좋은 문학을 산출하는 것이 임무다"라고 말하는 것이 전형적으로 순수문학관의 대변으로 간주되어 두 사람은 대표적인 우익 문사들로 간주되었다. 물론 또 해방 공간에서 우익 문단을 형성한 진용 중에는 반드시 이들 일제 말기 세대의 청년층 문인들만이 포함되었었던 것은 아니다. 구 '국민문학파' 세대의 노장 문인들도 여기에는 포함되었지만, 한편 일찍이 '해외문학파'로 지칭되었던 일본 유학파 출신 문인, 지식인들 역시 다수 이 부류에 포함되어 움직였다. 상대적으로 이들은 우익 문단 중에서도 비교적 온건하여 나름대로는 중립적 자세를 견지하고자 한 것으로 볼 수 있는데, 가령 끝내 납북에의 운명을 피하지 못하고 말았지만 넓은 범위에서 김기림, 정지용 등까지 포함시킬 수 있는 서구 문학 세례자들이 대개 이 범주에 속했다고 볼 수 있다. 한때 '극예술연구회'를 형성하고 또 잡지 『해외문학』의 발간에도 관여한 인물들이 대개 이 그룹을 형성했는데, 직접적으로 '해외문학파'를 구성한 인물들 외에도 그 후배의 서구 문학 취향 지식인, 문인들이 대체로 이 범주 안에 포함될 수 있었다고 볼 수 있다. 이 중 이론적 능력으로 현실 참여의 비평적 담론 형적을 남긴 대표적 인물들로는 언론인 이헌구, 그리고 일제하의 최말기 영어(囹圄)의 신세까지 감수해야만 했던 시인 김광섭 등이 대표적이었다고 할 수 있는데, 이들은 해방 뒤 '중앙문화협회' 결성에 적극적으로 나서 우익 문단 건설과 그 확장에 기여하는 나름대로의 목소리를 발했던 것으로 살펴진다. 우선 그 중 김광섭의 목소리를 여기서 잠시 확인해 두기로 한다.

> 우리는 문학이라는 것을 구차스럽게 민족이니 역사에 반드시 결부시키려 함은 아니나 (…) 강대한 민족의 지배 하에서 신음하고 있는 다수한 약소민족이 있음을 잊을 수 없으며, 이 약소민족이 주체를 확립하기 위한 자주적 이념에서 문학을 문화의 일(一) 영역에서 영위하려 할 때 여기에서 문학은 (…) 민족의 성격을 띠고 민족의 현재로서 또는 민족의 미래로서 그것을 표현하려고 한다.[46]

'약소민족'이라는 낯익은, 익숙한 표상이 여기서 등장하는 것을 볼 수 있다.

---

46) 김광섭, 「민족문학을 위하여」, 『백민』, 14, 1948.4.

영문학을 전공했던 김광섭이 제1공화국 수립 이후 경무대의 공보비서 역할까지를 수행하게 된다는 것은 세상 사람이 다 아는 바이거니와, 서구적 사상과 교양을 익힌 위 논자의 감수성, 사상의 핵심에 '자유주의'가 깃들어 호흡하고 있었으리라는 것은 의심의 여지가 없이 확실하다. 교양의 척도로서도 그들은 젠틀맨, 곧 중국식 번역어로서 '신사'의 이념에 충실했었을 것이 틀림없다. 따라서 생래적으로 이들은 온건파의 속성을 지닐 수밖에 없었다고 할 수 있고, 문학적으로도 비록 정부 권력 편에 좀 더 가까이 다가설 수 있었다 하더라도 '청년문학가협회'의 저 저돌적 열정에 대항해 경쟁하기 어려웠다. 이후의 남한 문학사 속에서 이들이 결국 소수파로 남지 않을 수 없게 되는 이유가 이런 맥락에서 설명될 수 있다. 남한 문학의 기틀, 주도권이 김동리, 조지훈, 그리고 서정주와 조연현 등을 주도 인물로 한, '순수문학' 계열 중심으로 형성, 행사된 까닭이 또한 그와 같은 동일한 맥락으로 설명될 수 있다.

5. 맺음말

이제 이 글은 여기서 일단 그 마침의 종지부를 찍어 두어야 하겠다. 돌아보면 19세기 말 개화기, 애국계몽기로부터 해방 공간에 이르는 약 반세기의 시간 동안에 많은 곡절이 있었고, 많은 담론이 산출되었다. 비평적 담론, 언설이란 대개 실천적 형태로서 '작품(예술 실천)으로서의 문학'에 동행하거나 '운동(사회·정치적 실천)으로서의 문학'에 동반하거나의 두 가지 양태, 또 혹은 새로운 이론 모색이나 시론(時論), 시평(時評) 등의 형태로 제시된다고 할 때, 우리들 민족(문학) 담론이 대개 문화 운동이나 사회 운동과 결부되어 나타나기 쉬웠다는 것을 우리는 인지할 수 있다. 물론 그 사이에 수많은 쟁론 사태들이 빚어졌다. 이 모든 담론 사태들을 다 살펴보기는 불가능하거니와, 그 노작의 대표 담론들만을 주마간산 격으로나마 살펴보는 것만 해도 쉬운 일이 아니었음을 우리는 다시 한 번 실감하게 된다. 마땅히 그 보충의 기회를 얻을 수 있도록 해야겠거니와, 남북 분단 이후의 민족 담론 행정에 대해서도 마땅히 그 다음 보충의 기회가 마련되어야 할 것이다. 다만 우리의 역량 상 일단 6.25 개전이 임박한 정부수립기 시점까지로 한정, 그 1차의 민족 담론 답사 작업을 마치기

로 한다. 이 민족에게 행운이 있기를! 기도와 함께 긴 한숨으로 이제 노트북을
닫는다.

보론 2

'비평이란 무엇인가?'를 묻는
물음 앞에서

'평가'와 '수사학'의 측면으로 나누어 본 대답

1. '비평이란 무엇인가?' 라는 물음

　'비평(批評)이란 무엇인가?' 라고 누가 물었을때, 이에 대한 원론적 답변을 모색해 보고자 한 것이 이 글이다. 물론 이 물음에 대한 가장 간략한 답변의 하나를 일찍이 나는 내 마음 속에 준비해 두고 있었고, 그것은 '평가적 언설' 이라는 말로 요약된다. 이에 대한 중국식 어절로 '평설(評說)' 을 떠올릴 수 있겠지만, 이렇게 되면 그것은 '비평' 을 설명하는 과제와 똑같이 된다. 따라서 요컨대 평설, 혹은 비평으로서 '평가적 언설' 이라는 말을 염두에 두고, 이를 좀 더 구체적인 맥락으로 설명해 보이고자 한 글이 이것이다. 비평 즉 평가가 본질적으로 불가능한 행위라고 보고서, 그것이 왜 궁극적으로 '언설' 이고, 그때 나타나는 수사학적 전략들이 무엇인지를 밝히고자 했다. 먼저 이에 대한 약간의 예비적 고찰을 선행해 둠이 마땅하겠다.

　흔히 '비평' 이라고 하면, 철학적 '비판' 의 개념을 떠올리거나, 혹은 하버마스처럼 근대적 '공론장' 의 개념으로서 그 사회적 기능을 설명한다든지, 또는 '담론' 이라는 서술 분석 단위의 개념을 원용해 사회적 소통 단위의 그것이 어떤 담론적 기능 특질로 이 사회 속에서 작용, 현상하고 있는지 설명하는 방식으로 그 이해의 과제에 도전해 볼 수 있을 것이다. 가령 1차 언설체로서의 작품, 즉 비평 대상이 존재한다면—문학의 경우라면 예컨대 시, 소설의 작품들—, 여기에 덧붙여지는, 혹은 가해지는 2차적 언설체들, 이를테면 소위 '칼럼' 이라 칭해지는 글들, 혹은 또 '해설' 이라거나, '주석', '연구' 등으로 지칭되는 모든 2차 담론들을 '비평' 이라는 이름으로 모아서 그 기능적 성격을 추출하고 규명하는 방식으로 비평의 원론적 개념이 설명되고 있는 것을 오늘날 흔히 관찰할 수 있다. 그렇다면 오늘날 '경제학' 만큼이나 이미 낡아빠진 개념으로 전혀 새롭지 않다고 여겨질 수 있을 '평가' 라는 용어, 그 개념의 천착에 우선 나서보고자 하는 이유는 무엇인가? '담론', '언설' 등의 수사학적 개념에 의뢰하기 전, 혹은 그 차원에 적절히 도착하기 위해서는 먼저 사회적 행위로서의 평가, 즉 가치 평가의 문제가 온전히 해명되고 이해되지 않으면 안 된다고 보기 때문인데, 바로 이 차원에서의 설명 불능, 혹은 무능의 사태로 말미암아 곧 언설적 담론 차원에서의 설명이 비로소 유효해질 수 있다고 믿는 것이다. 비평, 즉 평가가 본질적으로 성립 불가능한 행위이기 때문에, 마침내 그것이 한 갓 '언설'로 귀착하게 된다는 것이 나의 설명이다. 우선 '평가'의 문제로부터 검토를 시도해 보기로 하자.

2. 가치는 확정될 수 있는가?

2-1.

주식 시장을 떠도는 말 중에 "미래 가치에 투자하라!"는 말이 있다. 격언이라고 할 수도 없을 정도로 당연한 말이고, 또 상식적인, 거의 동어반복에 다름없는 명언이지만, '투자'의 개념을 설명할 때 늘 이런 말이 따라다닌다. 미래 가치에 투자하라 할 때, '미래'란 과연 어느 시점일까? 내일, 모레, 글피, 혹은 일 년 후, 또는 십 년 후, 혹은 백 년 후…?

투자의 경험을 가진 사람이면 누구나 쉽게 알 수 있겠지만, 이처럼 막연한 상식적인 금언을 좇아서는 누구나 투자에 실패하기 쉽고, 그래서 그런 류의 초보적 금언을 금과옥조로 삼는다면 톡톡히 수업료를 지불해야 할 것이다. 그렇다고 해서 투자에 관한 일반적 지침으로서 이 명제 자체를 틀렸다고 말할 수 있을까?

철학자 질 들뢰즈가 다시 한 번 깨우쳐 준 대로, 시간은 늘 '과거-현재-미래'의 식으로 연속되어 있는 듯이 보이지만, 엄밀한 의미에서 현재의 시간이란 것도 정확한, 순간적인 의미에서 이미 지나간 시간이거나, 혹은 아직 오지 않은 미래의 시간으로만 구획될 수 있을 터이다. 따라서 주식 분석가들은 시간적 길이에 따른 투자 패턴을 두고, 늘 단기 투자, 혹은 장기 투자 등으로 시간적 길이를 나누어 표현하지만, 이때의 장기 투자라는 것도 과연 어느 만큼의 시간적 길이를 염두에 두고 강조되고 권유되는 개념인지 알기 어렵다. 주기설을 내세워 이를테면 '5년'의 주기적 파동이라는 전제 아래 최소한 5년 이상의 투자를 권유하는 투자 이론을 들어본 바도 있지만, 이를 정설로 믿는 사람은 별로 없는 것으로 보인다. 그럼에도 주식 이론가들은 왜 늘 장기 투자를 강조하며, 반대로 실제 시장에서는 또 왜 그렇게 소위 '단타 매매'들이 횡행하는 것일까.

먼저 장기 투자 이론의 허구성에 대해 지적한다면, 요즘 경제학이나 사회과학 이론에서 금과옥조 개념으로 통용되는 소위 '기회비용' 개념을 적용하여 분석할 때, 최근 10년 동안 주식을 통한 평균 수익은 부동산 투자에 훨씬 못 미치고, 더하여 금(金-Gold)과 같은 원자재, 귀금속 종목에 투자할 줄 알았다면 더욱 많은 이득을 얻을 수 있었으리라는 것이 최근 통계를 통해 확인될 수 있다. 주식 시장의 흐름만을 두고 보더라도, 최근 10년 동안의 주식 시장 파동은 짝수해와 홀수해가 번갈아 침체와 활황을 반복했다는 분석이 유력하며, 따라서 이런 분석에 입각한다면, 한국 주식 시장에서의 '장기'란 2년 정도의 텀을 기준으로 한 개념이 되어야 할 것이 설득력 있게 제안될 수 있는 셈이다. 미국의 경우에도 흔히 장기 투자가 강조되지만, 1929년 월가의 대폭락 이후 그 이전 주가의 회복에 2차 대전 이후의 시점, 그러니까 20년 정도의 시간이 요구되었다는 점은 막연한 장기 투자 이론의 맹점을 지시하는 데 시사하는 바가 큰 근거가 된다고 할 수 있다.

그렇다면 '장기 투자 이론'의 이러한 맹점에 비추어 볼 때, 단타 위주의 매매 전략이 과연 바람직한 전략이라고 할 수 있을까? 주가의 향방에 대해서는 귀신도 알지 못한다는 속설이 있거니와, 주가가 단기적으로 오를 건가 내릴 건가를 점치는 일만큼 무모한 일도 따로 있을 수 없다. 그만큼 우리 인간은 내일 일을 알 수 없는 무지와 맹목의 상태에서 내일을 준비하며 살 수밖에 없는 것이다. 그만큼 불확실성의 요소가 많고, 단지 인간 사회 내의 불확실성 요소만이 아니라, 지진, 태풍 같은 자연 재해의 요소들도 주식 시장의 주요 변수들로 작용함을 알 수 있다. 그러니 워렌 버핏 같은 뛰어나고 성공적인 투자가가 존재한다 하더라도 전체 확률로 보면 주식 시장 주변엔 늘 실패와 회한으로 가득 찬 패배자들의 군서가 이루어지기 마련인 터이다.

2-2.

주식 시장의 경우를 들어, 우선 투자(투기)의 어려움, 곧 기업의 내재 가치를 판별한다는 일의 어려움을 토로해 본 셈이지만, 이러한 투자 행위, 곧 가치 평가의 어려움은 반드시 주식 시장 속에서만 통용되기 마련인 명제인 것은 아니다. 모든 가치의 문제를 재는 경제적 행위 영역에서 그렇고, 또한 모든 비평 현장에서 그러한 것이다. 가령 여러 후보자 중 하나의 비평가를 선발하는 과제라고 문제를 가정해 보자. 우리는 수많은 입후보자 중 왜 그 사람이 반드시, 그리고 마땅히 선발되어야 할 요소를 갖춘 사람이라고 판별할 수 있겠는가? 흔히 (비평적) 재능이라고 말하지만, 어떤 재능이라도 그가 만약 몸이 약해 일찍 죽어버릴 운명에 처해 있다면, 그 선발은 잘못된 선택으로 귀결되기 십상일 것이다. 이처럼 우리는 어떤 경우에도 사람을 선발하는 자리에서라면 그 사람의 건강 조건을 무엇보다 중요하게 살펴 고려하지 않으면 안 된다. 또 비록 오래 살더라도, 그가 더 이상 발전 가능성이 없거나, 노력하지 않을 사람이라면 이 선택 역시 실패하기 쉬운 선택이 되고 말 것이다. 또 설혹 비평적 재능이 아주 뛰어난 재목이라도, 그가 장차 어느 먼 나라로 이민 가 버린다거나, 또 혹은 삶의 길을 바꿔 다른 직업으로 나아가 버린다면, 이 사람에게도 역시 비평가로서의 활동에 대한 기대는 무망한 일이 된다. 결국 이러한 조건을 모두, 두루 감안하여, 어느 면에서도 결격 없는 한 비평적 재능을 선택했을 때, 바야흐로 그 선발이 한 사람의 유망한, 유능한 비평가를 발굴했다고 감히 말할 수 있게 될 것이다.

기업의 지분 가치를 의미하는 주식에 투자하거나, 사람을 선별하는 따위의 유사 비평적 행위에 비하면, 상품의 가치를 정하는 정도, 따위의 비평적 행위란 훨씬 쉽고, 불확실성의 요소도 덜 개입하기 마련이라고 생각할지 모른다. '정치경제학'으로 인식되었던 맑스 당대의 경제학이 '사용가치'(Worth-내재가치, 불변가치)의 개념을 전제했다는 것은 유명한 사실이거니와, 사회적 타락의 근본 요인으로 지목되었던 '교환가치'(Value-가격)의 개념이 이제 와서 전면화되고, 절대화된 반면에, 사용가치의 개념은 이제 쓸모없어져 마침내 폐기 처분의 상태에까지 처하게 되고 말았다는 것은 우리의 문제 이해와 관련하여 매우 시사적인 바의 사태라 할 수 있다. 오늘의 가격 이론은 '사용가치'의 개념에 기초해서 이루어지는 것이 아니라, 단순히 '수요-공급' 곡선을 가정해서 그 가상의 교차점에서 가격이 형성된다고 보는 셈이다. "시간은 변하지만, 가치는 변하지 않는다"(Times change, values don't)고 한 시계 회사는 광고했지만, 오늘날의 (시장) 경제 체제 속에서 변하지 않는 가치, 가격이란 없다고 해도 과언이 아니다. 하지만 이처럼 유동적인 체제, 가격이 늘상 변동하는 시장 경제 체제 속에서 상대적인 안정이 주어진다는 것은 역설이 아닐 수 없지만, 여기에 또한 자본주의 체제의 비밀이 놓여 있다. 굳은 고형보다 액체의 유동적인 상태가 훨씬 안정적이라는 물리학적 비밀처럼, 늘 불안정한 자본주의 체제가 상대적으로 보아 더욱 안정적일 수 있다는 이치를 저 동구 붕괴의 역사적 사실은 증거해 보여주었다고 할 수 있는 것이다. 절대적인 가치도 없고, 어떤 가치, 가격도 늘 변동할 수밖에 없다는 이 유동의 원리 속에서 오히려 자본주의 체제의 상대적인 안정성이 보장되고, 이로써 모든 가격, 가치는 또한 상대적인 유동의 현실 속에 놓여 있다는 점이 역설적으로 명실상부하게 명각되는 상황에 처하게 되었다고 할 수 있다.

2–3.

　물론 많은 공산품들의 경우, 정부가 고시 가격으로 가격을 통제하는 상품들의 경우에는 가격이 일정하게 관리되는 사정도 우리는 알고 있다. 자유 시장 경제 체제에 배치되는 현실이라 할 수도 있지만, '지도' 라는 이름의 물가 관리 정책이 행해지는 것을 볼 수도 있고, 또 많은 공산품들의 경우에는 비교적 안정적으로 가격이 유지되는 현상을 볼 수 있다. 가령 우리는 '예술품' 의 일종으로 생각하지만, '문학' 의 경우에도 그것이 하나의 '책' 의 형태로 상품화될 때는 최초 판매 당시의 가격이 대체로 유지되는 현상을 볼 수 있다. 그렇다면 이리한 '가격' 의 안정화, 대체로 고정 가격 상태로 가격을 유지해 가는 상품들의 경우 그 전체 상품의 가치 또한 마찬가지로 고정된 상태에서 움직이고 있지 않은 것으로 이해되어도 좋을 것인가?

　가령 '책' 의 경우로 생각해 보면, 우리가 일반적으로 말하는 '베스트셀러' 란 판매의 총량, 즉 판매 부수를 두고 말하는 것이지, 결코 단품, 즉 개별 상품의 단가를 두고 말하는 것이 아님을 깨달을 수 있다. 많은 경우 가격으로 해당 상품의 가치가 어느 정도 결정된다고 할 수도 있지만, 또 많은 경우 단가가 아니라 그 판매 총량으로 상품의 가치가 매겨진다는 것을 우리는 확인할 수 있는 것이다. 미술품과 같이 일반적으로 복제가 어려운 경우는 다르지만, 복제 가능한 산물인 경우, 그러니까 오늘날 대부분의 문화 상품들이 일찍이 벤야민의 지적과 같이 복제 가능한 문명 조건 속에 놓여 있고, 따라서 오늘날 '책'이나 '음반', '영화'와 같이 복제 가능한 상품들의 경우에는 '가격'이 아니라, 그 판매 총량으로 작품 전체의 상업적 가치가 매겨진다는 것을 알 수 있는 것이다. 따라서 일반적으로 공산품과 같이 상품 전체의 가치는 단순한 가격이 아니라, 그 판매 총량으로서 상품의 가치가 재어진다고 말할 수 있다. 공산품의 경우 대개 기초 가격은 (제작) 비용 전체를 상품의 수량으로 나누어 '단가' 형태로 '가격'이 제시된다고 할 수 있으나, 대량 생산 체제에 의하여 생산량이 늘어날수록 생산 단가가 싸지게 되어 생산자의 이익이 늘어나게 된다는 것을 또한 확인할 수 있다. 결국 '이윤'으로 주어지는 상품의 가치는 적정 이윤 획득을 목표로 곡선 형태의 이윤 증가율을 기록하게 될 것이므로 모든 기업들은 최대한 합리적인 가격 정책의 수립이라는 전제 아래 '손익 분기점'을 넘어 최대한의 이윤 성과를 올리기 위해 엄청난 광고비와 홍보비를 투자하는 무리한 마케팅 정책에 나서는 것을 오늘 자본주의 체제의 일반적인 현실로조차 확인할 수 있겠다.

2-4.

그렇다면 이처럼 가격과 판매 총량으로 주어지는 상품 가치, 상업적 영업 가치로만 오늘날 우리가 사는 사회의 모든 가치가 재어질 수 있을까? 모든 가치를 계량화하여 잴 수 있다, 즉 수학화할 수 있다는 것을 신념으로 믿고 사는 사람들을 우리가 '계량경제학자'들이라고 한다면, 그들의 믿음과 다르게 오늘의 세계에서도 참으로 중요한, 즉 가치 있는 것들은 여전히 계량화의 어려움 속에 놓여 있다는 것을 삼척동자라도 아마 조금만 세상 경험을 가지면 알 수 있을 것이다. 가령 '사랑'의 가치를 어떻게 잴 것인가? '목숨'이나, '생명'의 가치, 또는 '예술품'의 가치, 지고한 희생과 헌신의 가치, 슬픔이나 기쁨 등으로 주어지는 인간적 감정의 가치들도 현재로선 그 가치를 정확히 재기가 어렵다. 똑같은 감정이나 봉사의 가치라 하더라도, 사람에 따라서 그 가치가 다르게 매겨질 수밖에 없다는 것도 우리가 인간의 세상에서 흔히 맛보고 경험할 수밖에 없는 가치의 모순된 현실이라 아니할 수 없는 것이다. 이처럼 모순된 현실과 함께 공존함에도 불구하고 모든 것을 합리적으로 처리할 수 있다는 합리적, 경제적 인간에 대한 낙관적 믿음이 오히려 오늘날과 같은 세계적 경제 위기, 금융 위기를 초래한 주요 동기가 되었다는 것이 오늘에 이르러서는 널리, 더 많은 사람들에 의해 받아들여지는 현실로 되었다고 말할 수 있는 터이다.

이처럼 확정되기 어려운 가치, 확정되지 않은 가치의 세계에서 우리는 어떻게 살고, 행동해야 할 것인가? 참으로 어려운 문제가 이 질문 속에 함축되어 있음은 물론이다. 가령 화가로서 반 고흐의 삶에 대해 생각해 보자. 그는 목사가 되고자 하였지만 실패하고, 사랑에도 실패하여 전혀 준비가 되어 있지 않은 상태로 그림의 세계에 입문하게 된다. 물론 그는 어린 시절부터 미술에 소질과 관심을 드러내었지만, 정작 미술학교의 정규 교육은 받지 못한 상태에 있었던 것이다. 그는 외롭고 외골수인 성격 탓에 자주 스케치북을 들고 교외로 나갔지만, 처음부터 화가가 될 생각은 하지 못했다. 그렇다면 어떤 계기로 그는 화가가 될 것을 생각하고 그 길에 나서게 됐던 것일까?

인생은 수많은 우연으로 이루어진다고 하지만, 그의 인생 여정에서 중요한 시기 중 하나로는 목사 수업 과정 중 벨기에의 보리나주 지방 탄광촌의 전도사로서 복음을 전한 시기가 꼽힐 수 있다. 그 2년 동안 그는 가난한 광부들의 삶을 바라보면서 그들의 삶을 대변할 생각을 한다. 하지만 이것이 곧바로 그를 화가의 길로 이끈 것은 아니다. 이때까지 그는 목사의 아들로서, 목사가 되어 성스러운 복음을 전할 것을 자신의 사명으로 인식하고 있었기 때문이다. 하지만 그의 괴팍한 성격은 목사 수업의 도정에서도 그를 일탈자로 내몰았고, 그 실패의 노정이 그로 하여금 그림에서 위로를 구하게 하고, 또한 광신적 종교관을 희석시키면서, 사랑의 실패와 함께 더욱 자기 치료의 우울하고 고독한 길로 나서도록 고무, 자극했던 것으로 보인다. 1881년의 단계에서 그가 "스스로 다짐했다. 연필을 잡으리라. 그림을 계속하리라. 그 순간부터 모든 것이 바뀐 듯했다"[1]고 회고하며, 결단한 사정을 밝히고 있음을 살필 수 있기 때문이다. 이 직후 그는 또 사촌 케이를 향한 사랑의 고백 여정에서 처절하고 쓸쓸한 패배를 맛보게 되는데, 결국 이러한 도정이 그의 내면적이고 충동적인, 정열적인 성격과 어울려 표현 욕구를 강화하게 된 것으로 보인다. 타인의 고통을 대신해 주려는 이타적 충동에서 비롯되어 결국 어찌할 수 없고, 제어할 수 없는 자기표

---

1) 데릭 펠, 최일성 역, 『반 고흐, 사랑과 광기의 나날』, 세미콜론, 2007, 35쪽.

현 욕구의 동반자로서 화가의 길이 마침내, 그리고 저절로 그 앞에 주어지게 되었다고 할 수 있다.

하지만 알다시피 반 고흐의 화가로서의 삶 역시 결코 순탄한 것이 아니었다. 그의 동생 테오가 형을 위하여 후원자 역할을 자처하였지만, 그의 그림은 생전에 단 두 작품만이 팔렸을 뿐이다. 이것은 반 고흐가 자기 그림의 상업적 성과 측면에 무관심하였기 때문이 아니다. 그는 오히려 어떻게든 동생의 짐을 덜어주기 위하여 애를 썼고, 그의 동생 역시 화상으로서 형의 작품 판매를 위해 무관심했다고 할 수 없지만, 당대의 미술 풍토에서 그의 그림이 인기가 없었고 주목을 끌지 못했기 때문이다. 그가 일찍 스스로 자기 삶을 마감하게 된 데는 이러한 이유도 작용했던 것이 아닐까? 하지만 전문가들의 평가와 상관없이 그의 그림은 사후 20세기의 전설이 되었고, 따라서 가장 많은 대중들의 애호를 받으며, 가장 비싼 값으로 팔리는 예술품이 되었다. 어떻게 해서 이러한 일이 벌어지고 가능하게 됐을까?

2–5.

'가치'의 문제를 살피기 위해 고흐의 삶, 고흐의 미술 세계로 화제가 번지게 되었지만, 이와 같은 가치의 역전, 가치의 전도 현상도 우리가 일상적 삶 속에서 늘 발견하게 되는 현실의 일부이다. 행복의 새 파랑새는 자기 집 처마 끝에서 발견된다는 말이 있지만, 잊고 살았던 것들이 어느 틈에 가치로운 것들로 변화하게 되는 것도 우리가 늘 경험하는 일이다. 욕망은 늘 부재에 대한 욕망이라고 라캉은 갈파했지만, 중개자의 역할에 의해서 '선망'이 발생하게 된다는 것도 지라르의 문학적, 사회학적 욕망 이론이 또한 강조하는 바다. 그러니 우리의 욕망에 의해서 발생되는 가치가 과연 어떤 매커니즘에 의해서 주어진다는 것인지 이런 맥락에서 보면 헷갈려지기 마련이다. 우리가 일상적으로, 사회적으로 늘 경험하게 되는 가치의 혼란, 혹은 전도와 역전, 모순, 괴리 등이 모두 인간세의 뒤얽힌 욕망의 현실로 인해 말미암은 바라 할 수 있으니, 배고픔과 같은 본능의 욕구에 의해 충동되는 바라 아니라면 실제 우리의 욕망과 그로 인해 창출되는, 또는 그것을 창출하는 가치 형성의 매커니즘이란 인간세의 복잡성과 얽힌 여러 모순의 현실만큼이나 복잡하게 뒤얽힌 양상을 이룬다고 말할 수 있는 셈이다. 비평의 어려움은 결국 이런 복잡한 세계에서 어떤 기준을 가지고 대상의 가치를 판별하며 평가할 것인가의 문제로 주어진다고 할 수 있거니와, 과학적 탐구 대상으로서의 진리 가치나, 혹은 비록 사회 세력의 편재 현실 속에 주어질망정 도덕이나 윤리의 문제 등이 비교적 객관화되기 쉬운 외화의 면모를 띠는 성질을 지니는 데 반하여 '미'적 가치를 재는 '예술 비평'의 영역이란 늘 주관적 취미 영역과 교합되기 쉬워서 형식화, 혹은 객관화를 통한 일반화가 매우 어려운 영역으로 치부되기가 십상인 터이다. 더욱이 오늘처럼 팽창된 대중 소비 사회의 현실에서 비교적 세련된 감식안을 가지기 마련인 전문가 집단과 일반 소비 대중 사이의 반응 차이, 기호 차이가 발생하는 것 또한 늘 우리가 현실 속에서 목격하게 되는 다반사의 현상 중 하나이거니와, 가령 하나의 영화 작품을 두고 전문비평가 집단과 소비 대중 사이에 일종의 전선 양상처럼 인터넷 논쟁 양상이 펼쳐졌던 것을 우리는 엊그제의 일처럼 새롭게 상기할 수 있다. 그렇다면 이러한 비평적 어려움, 곧 형식적 객관화나 일반화의 어려움을 타개하는 비평의 고유한 전략, 혹은 난제 극복의 방략이란 무엇일까? 이제부터 '가치 평가', 즉 '평가'의 영역을 넘어가, 다시 한 번 더 전통적인 '수사학'의 개념에 도전함으로써 이 문제의 풀이에 도전해 보기로 하자.

3. 비평적 수사학, 혹은 그 전략

3-1.

먼저 현대 한국의 비평 중 오늘의 비평의 기원 중 하나로 설명될 수 있는 비평가 김현의 글을 인용함으로써 논의를 재개해 보기로 하자. 김지하의 시 작품 「무화과」를 대상으로 비평을 전개한 글 「속꽃 핀 열매의 꿈」 서두 부분이다.

모든 글들이 다 글쓰고 싶다는 내 욕망을 자극하는 것은 아니다. 어떤 글들은 아주 평판이 높아 그것을 읽고 싶다는 욕망을 자극하지만 마음을 조금도 움직이지 않게 하고, 어떤 글들은 첫줄부터 마음을 사로잡아 되풀이 그것을 읽게 만들고, 나아가 그것에 무엇인가를 말하게 한다. 문학 비평가로서 가장 즐거운 때는 그런 글을 만날 때이다. 내 마음 속의 무엇이 움직여 그 글로 내 마음을 무의식적으로 이끌리게 하는 것일까? 그것을 생각하다보면 때로 내 마음을 움직인 글은 자취도 없이 사라지고 내 마음이 움직인 흔적들만이 남아, 마치 달팽이가 기어간 흔적처럼 반짝거린다. 그 흔적들을 계속 좇아가면, 그것은 기이하게도 다시 내 마음을 움직인 작품으로 가 닿고, 그 길은 다시 그것을 쓴 사람의 마음의 움직임으로 다가간다. 내 마음의 움직임과 내 마음을 움직이게 한 글을 쓴 사람의 움직임은 한 시인이 '수정의 메아리' 라고 부른 수면의 파문처럼 겹쳐 떨린다.[2]

"어떤 글들은 아주 평판이 높아 그것을 읽고 싶다는 욕망을 자극하지만 마음을 조금도 움직이지 않"게 한다는 위의 귀절은 김현의 '평판' 에 대한 거부의 자세, 말하자면 '객관주의' 에 대한 어떤 거부의 자세를 읽게 한다. 대신, "내 마음의 움직임과 내 마음을 움직이게 한 글을 쓴 사람의 움직임"이 한 시인이 '수정의 메아리' 라고 부른 어떤 "수면의 파문처럼 겹쳐 떨린다"로 자신의 비평의 동기, 즉 비평적 글을 쓰게 하는 동기가 무엇인지를 설명하고 있는데, 여기서 우리는 그가 '공감의 비평' 이라고 말한, 즉 마음과 마음의 교감으로서 미적 주체들 사이의 교감이 곧 비평을 이루게 하는 근본 동기임을 주장하는 그의 문학론의 핵심 자장을 접하게 된다. 이러한 공감의 비평관은 그러니까 기본적으로 비평의 주관주의에 근거한 것으로 설명될 수 있는데, 이는 다시 말하여 비평의 객관주의에 대한 암묵적, 혹은 명시적 거부, 불신의 자세를 표명한 것으로 읽을 수 있다.

이처럼 수사학적으로 매우 뛰어난 김현의 비평은 당초부터 심미주의에 기반한 것이었고, 이는 사회학주의나 혹은 현실주의 등과 일정하게 거리를 둔 것으로 성립할 수밖에 없는 것이었다. 다만 참여문학의 대세가 물밀듯이 팽창되고, 또 그 자신 4.19 세대의 일원으로서 순수문학의 안일하고 무책임한 현실적 방관주의로부터 한 발짝 비켜선 자리에서 문학을 출발하게 됐으므로, 상대적으로 '지성' 을 앞세운 그것이긴 했으나 결코 참여문학의 실천 지향적 태도를 마냥 배격할 수만도 없는 곤혹스런 딜레마의 입장이 자주 그의 내면을 불안스레

2) 김현, 「속꽃 핀 열매의 꿈」, 『전체에 대한 통찰』, 나남, 1990, 322쪽.

뒤흔들곤 했었다. 일찍이 그 역시 당대 문학의 거장인 실존주의자 사르트르에의 공감과 함께 문학에의 길을 시작했다고 할 수 있으나, 그로부터 점점 이격되어 가는 자기 문학관의 근거 확립을 위해 또한 때때로 사르트르 문학관과의 대결을 강구하지 않으면 안 되었다. 그가 청년기의 1960년대를 거쳐 1970년대로 진입해 나아오면서, 자신의 장래와 문학에의 길을 연결 짓지 못하고 결국 길을 바꾸겠다는 자기 학생의 선언을 전해 들으면서 술회한 문학에의 고백이 그러한 저간의 김현의 고민을 잘 투영해 주는 대목이라 할 수 있다. 문학의 현실적 쓸모를 부정하면서 그 무용함 때문에 오히려 그 의미와 적극적 기능성이 발호될 수 있다는 그의 역설의 논리 구축 면모는 이 시기 그가 직면하며 부심하고 고민해야 했던 과제의 심각성의 정도를 시사하는 바라 할 수 있다.

　　이미 되풀이 표명된 것이지만, 문학은 써먹을 수가 없다는 것을 그 중요한 특징으로 갖고 있으며, 그 써먹을 수 없다는 문학의 특징으로 말미암아 문학은 인간을 억압하지 않는데, 바로 그것이 인간을 억압하는 모든 힘에 대한 감시체의 역할을 문학으로 하여금 맡게 하는 것이다. 그 문학을 포기한다는 것은 인간에게 봉사한다는 이름 밑에 오히려 인간을 억압하는 세력에 봉사하게 될 위험성을 갖고 있다고 할 수도 있다. 더구나 인간에게 봉사한다는 관념 자체는 그 봉사가 가능하다고 믿는 사람의 지적 우월감을 나타내기 쉬우며, 그 우월감은 봉사의 성과가 쉽게 나타나지 않을 때, 자기가 봉사한 인간들에 대한 경멸로 나타나기가 쉽다. 李光洙의 例가 바로 그것이다. 문학을 전공으로 삼지 않는다는 것은 문학을 포기하는 것과는 다르다. 문학을 전공으로 삼지 않는다 하더라도 문학의 기본 정신을 이해하고 있다면 그의 행위는 몸으로 쓴 문학이 될 것이며, 그가 만일 쓴다면 그가 쓴 일기는 펜으로 쓴 문학이 될 것이다. 문학을 완전히 버릴 수 있다는 것은 결국은 인간을 억압하는 힘에 대한 반성을 중단할 수 있다는 것에 다름아니다. 내가 그에게 한 말은 대체로 그와 같은 것이었다. 그러나 나는 이번 방학 내내 그가 나에게 준 충격에서 쉽사리 벗어날 수가 없었다.[3]

　'문학'을 "인간을 억압하는 힘에 대한 반성"으로 규정하는 이러한 논리 전개

3) 김현, 『한국 문학의 위상』, 문학과지성사, 1977, 193쪽.

는 그 시대가 '억압'에 대해 민감하였던, 즉 정치적 독재의 시대였음을 말해준다. 정치적 독재의 시대에 문학이 어떻게 존립할 수 있을까가 이 시대 비평가의 고민이고, 또 김현의 고민이었던 것이다. 그러니까 김현도 자기 시대의 장, 그 억압과 그에 대한 의식으로서의 문학의 장에서 한 발짝도 벗어날 수 없으면서 다만 생경하게 투쟁적인 문학에는 동의할 수 없었던 것이다. 다만 앞서 투쟁하는 문인들에 대해서 지원하는 자세를 방기할 수도 없었으니, 앞서 살핀 것처럼 김현이 그 나름의 안목과 태도에서 김지하의 「무화과」에 공감하고 그에 대한 비평의 글을 쓴 것이 그와 같은 태도의 일환으로서 방출된 것이라 할 수 있는 셈이다. 어떻게든 문학의 자리를 지키면서 또 어려운 시대에도 문학의 가치를 옹호하고 보존하고자 한 태도의 산물이었음을 알 수 있으나, 이제 30여 년이 지난 오늘의 시점에서 보면 당황스러울 만큼 생경한 논리 체계이면서도 한편 문학의 쓸모에 대해 묻고 있다는 점에서는 여전히 비슷한 고민을 함께 어루만지고 있는 듯한 공감도 같이 나누게 하는 비평적 논변이라고 할 것이다.

3-2.

김현의 글을 두고서 이를 매우 교묘한 논리 구성, 수사학적 논변을 통해서 자신의 주장을 정당화하고 있음을 확인시켜 주는 양상이라고 해도 좋을 것이다. 소피스트가 '궤변논자'로 번역되고, '소피스트케이티드'는 '세련된'으로 번역된다는 것을 우리는 알지만, 이처럼 세련됨과 궤변은 한 몸이라고 해도 좋을 만큼 그것은 세련된 것이며, 한편 이제 와서 그 맥락을 이해하기 어렵게 할 만큼 생경한 면모이기도 한 셈이다. 우리가 일반적으로 '수사적'이라 하는 것은 바로 이런 면모를 두고 말하는 것이라 할 수 있고, 따라서 이제 와서 김현 비평이 수사 비평의 대가, 전형으로 인식되어도 하등 괴이치가 않은 것이다. 이와 같이 비평이란 기본적으로 수사적이며, 따라서 수사적으로 뛰어난 것만이 훌륭한 비평으로 인정될 수 있다는 사정을 우리는 알아차릴 수 있다. 그렇다면 만약 김현만큼 수사 능력이 뛰어나지 못할 때 취할 수 있는, 가질 수 있는 비평적 전략이란 본래적으로 있을 수 없는 것일까?

비평 행위 또한 하나의 수사 놀음에 불과하다는 사실을 일찍이 비트겐슈타인은 간파하여, 그것 역시 '언어 게임'의 일환이라고 지적하였다. '말장난'이라는 점에서 비평 역시 언어 게임의 다른 양식들과 하등 다를 것이 없다는 것이다. 하지만 그들, 즉 비평가들이 주로, 애용하여 구사하는 언어들이 조금 특별하다는 것을 그는 한편으로 인식하였는데, 「미학에 관한 토론」의 제목을 내건 '강의와 담화' 시리즈 중 한 대목에서 그는 이 점을 다음과 같이 지적하고 있다.

8. 미적 판단이 이루어지는 실생활에서 '아름답다'나 '좋다'와 같은 미적 형용사가 전혀 어떤 위치를 차지하지 않는다는 것은 특이한 일이다. 음악 비평에서 미적 형용사가 사용되는가? "이 전이(전환)를 보라" 또는 "이 악절은 일관성이 없다"고 여러분은 말한다. 또한 시 비평에서는 "그의 상징용법은 정확하다"고 하기도 한다. 여기에서 여러분이 채용하는 단어들은 '아름답다'거나 '사랑스럽다'라는 것보다 '옳다'나 '바르다'에 더욱 비슷하다.[4]

이어서 바로 다음과 같은 문단을 또 내놓고 있다.

9. '사랑스럽다'와 같은 단어는 처음에는 감탄사로 사용된다. 그 후에 그들은 거의 사용되지 않는다. 우리는 음악 한 작품에 대해 이것은 사랑스럽다고 하지만 이 말은 그 작품을 칭찬하는 것이 아니라 그 특색을 부여하는 것이다. 이 표현을 자주 사용하는 사람들이 많이 있지만 그것은 감탄사로 사용된다. 나는 "어떤 멜로디에 '사랑스럽다'라는 표현을 가장 사용하고 싶은가?"라고 물을 수 있다. 나는 사랑스런 멜로디와 젊음이 있는 멜로디 중에서 선택할 수 있을 것이다. 음악 작품을 「봄의 멜로디」나 「봄의 교향곡」이라고 부르는 것은 어리석(을 것이)다. 그러나 '봄의'라는 단어가 '장엄한'이나 '화려한'과 같은 단어보다 틀린 말은 아니다.[5]

왜 사람들은 미적 판단을 행하면서 '아름답다'라거나 '좋다'와 같은 말보다 '상징용법'이 어떻다, 혹은 구성의 일관성이라든지, 악절의 전환에 대해서 논급하듯이 말하는가? 또 "사랑스럽다"라고 말할 때라도 그것을 일상적인 의미

---

4) 서광선 · 정대현 편역, 『비트겐슈타인』, 이화여자대학교 출판부, 1980, 176쪽.
5) 위와 같음.

(lovely)에서라기보다는 악곡의 특정한 특질을 말하기 위해 선택하는가? 이는 비평의 영역이 일상 언어의 영역이기보다는 전문 용어의 영역으로 특징지워진다는 사실을 뜻하는 바가 아닌가? 실제로 비평가들은 단순히 훌륭한 문장을 쓰겠다는 의도에서보다는 전문적인 감식 능력을 과시하기 위하여 전문적인 용어에 의지하게 된다고 말할 수 있다. 물론 어느 영역에서든 분석의 깊이를 확보하기 위하여 필요한 전문 용어들이 동원되는 법이라고 말할 수도 있을 터이며, 어쨌거나 이런 이유로 비평을 위해서는 전문적인 분석 용어들이 자주 동원되기 마련이며, 이 때문에 비전문적인 아마추어 독자들이 늘 어려움과 고달픔을 호소하기 마련인 법이라고 또 말할 수 있다. 비트겐슈타인이 '언어 게임'의 개념을 빌려 강조하고 싶었던 바도 바로 이러한 측면으로 어떤 언어 게임이든 그 특질은 특정한 어휘들을 반복 사용하는 경향이 강하다는 점을 그는 지적하고 싶었던 것이다. 미셸 푸코가 인식소(에피스테메)의 개념을 통해 한 시대의 공통적인 인식틀, 인식형의 공통 분모를 강조하고자 했던 것처럼, 비평과 같은 언어 게임의 영역에서도 늘 일정한 공통의 용어, 취향을 반영하는 특질적 언어들이 구사됨으로써 어느 시대에 있어서나 집단적 공통 분모라 할 '전통'의 면모가 드러나게 된다고 말할 수 있다. 다음 「미학에 관한 토론」의 25번째 절, 26번째 절은 바로 그 점을 시사하는, 비평에 관한 중대한 인식의 발언이라 할 수 있다.

25. 소위 미적 판단의 표현이라 불리는 단어들은 한 시기의 문화에서 아주 복잡하지만 매우 분명한 역할을 한다. 그 단어들의 사용이나 여러분의 교육된 취향의 의미를 설명하려면, 여러분은 속하여 있는 모든 문화를 설명해야 한다. 현재 우리가 교육된 취향이라고 하는 것은 중세에는 없었다. 다른 시대에는 아주 다른 게임이 행해진다.

26. 언어놀이에 속하는 것은 문화 전체이다. 음악의 취향을 설명하려면 여러분은 어린아이들도 음악회를 갖는지, 여자들도 그러는지, 혹은 남자들도 그러는지 등등을 설명해야 한다. 비엔나의 귀족들의 모임에 가는 사람들은 그렇고 그런 어떤 취향을 갖고 있었고 그것이 중산계급의 모임에 이어지고, 여자들의 합창에 함께 참여하게 되었다. 이것은 음악에 있어서의 전통의 한 예이다.[6]

6) 위의 책, 182쪽.

3–3.

　미적 판단의 주인을 취미라는 주관적 성질로 이해했던 칸트와 달리, 비평조차도 '언어 게임' 의 일환으로 파악한 비트겐슈타인의 후기 철학 체계는 이에 쓰이는 용어들의 관습적 성격, 나아가 취향과 문화의 교육적 성격을 강조함으로써 현대적인 구조주의적 인식의 체계 지향적 관점에 유사한 것이었음을 드러낸다. 비평가들의 수사학적 전략과 권위, 혹은 전문가주의에 입각한 전략과 더불어 세 번째 전략의 특질이 이러한 맥락으로부터 또한 확인될 수 있다고 하겠는데, 말하자면 취미, 즉 '취향' 자체를 고급화하는 전략이 그것이라고 할 수 있다. 어차피 취미 판단의 문제가 취향의 문제에 속할 수밖에 없다면, 자신의 취향을 고급한 것으로 전략화함으로써 논란에 있어서 비교 우위를 주장하게 된다고 말할 수 있는 것이다. 오늘과 같은 대중사회에서 어차피 비평적 판단의 절대성을 주장하기 어렵다면, 그 판단의 질적 우위, 곧 상대적 비교 우위의 측면을 과시하기 위해 취향의 고급스러움을 강조하는 전략이 채택되는 것은 우연한, 의외의 일이 아니라 할 수 있다. 만약 현대 사회에서, 아니 어느 사회에서든 비평가 또한 (어떤 의미에서든) 부르조아지의 일종으로 치부할 수 있다면, 그 부르조아지의 취향이 고급스러움, 즉 세련됨을 향해 달려나가기 마련이라는 점도 문화의 관성적 속성상 당연한 사태이기도 하다. 문화 속에 깃들기 마련인 이러한 속성을 잘 꼬집어 '아비투스의 사회학' 으로 정립한 이론가가 삐에르 부르디외라고 할 수 있거니와, 『구별짓기–문화와 취향의 사회학』이라는 제목으로 번역되었던 그의 저작 『La Distinction–critique sociale du jugement』 중 그 서문만을 보더라도 이러한 사태를 잘 짐작할 수 있다.

　카리스마적 이데올로기는 정통적인 문화에 대한 취미나 선호를 자연의 선물로 간주하는 반면 과학적 관찰은 이러한 문화적 욕구가 양육과 교육의 산물이라는 사실을 보여준다. 여러 조사 결과를 보면 모든 문화적 실천(행위), 문학, 회화, 음악에 대한 선호도는 교육수준과 그리고 이차적으로는 출신계급과 밀접하게 관련되어 있음을 알 수 있다. 가문의 배경과 형식적 교육의 상대적 비중은 다양한 문화적 실천이 교육체계에 의해 공인되고 교육되는 정도에 따라 다르며, '자유교양'이나 아방-가르드 문화에서는 다른 조건이 동일하다고 할 경우 출신계급의 영향력이 가장 크다. 사회적으로 공인된 예술 그리고 각 예술의 장르와 유파, 또는 시대의 위계에 소비자들의 사회적 위계가 상응한다. 이 때문에 취향은 '계급'의 지표로 기능할 수 있는 것이다. 문화 획득 방식은 사용 방식에서도 그대로 남아 있게 된다. 매너에 그토록 커다란 중요성이 부가되는 것은 다음과 같은 이유 때문이다. 즉 이처럼 제대로 측량하기 어려운 실천이 문화 획득의 다양하고 서열화된 양식과 각 양식을 통해 특징을 부여받는 개인들의 집단을 구분해주기 때문이다. 문화(교양) 또한 교육체계를 통해 부여되는 귀족의 칭호와 혈통을 갖고 있으며, 각 칭호와 혈통 내의 위치는 귀족에 진입한 후의 시간적 길이에 의해 평가된다.[7]

'양육'과 '교육'의 측면이 강조되고 있지만, '취향'이 하나의 문화적 전략이라는 점을 이 저서만큼 잘 가르쳐 주는 저자도 없다. 이 저서의 제목이 칸트의 『판단력 비판』을 비판하는 형국을 취하고 있다는 점에서 우리는 위의 글 첫 문장에서 "카리스마적 이데올로기는 정통적인 문화에 대한 취미나 선호를 자연의 선물로 간주"한다고 했을 때, 그 '카리스마적 이데올로기'가 무엇을 지칭하는 것인지 알 수 있거니와, 그것이 자연의 산물이 아니라, 문화적 전략화의 산물이라고 이해했을 때, 우리는 비평 속에서 '취향'의 드러냄이 가지는 의미를 적절히, 올바로 이해할 수 있다. 이처럼 '비평'을 절대 가치의 객관적 진리치나 진실에 입각한 무엇으로 인식하지 않고, 다분한 전략적 투기장 속에서 글쓰기의 모든 영역을 관통하는 힘으로 작용한다고 볼 때, 우리는 '글쓰기', 즉 '문학' 전체를 '수사학'의 성질로 파악하는 폴 드만의 시선이 다시금 새로운 의미로 다가오게 된다고 결정적으로 말할 수 있다. 모든 것을 게임으로 이해할 수 있다면, 그 실천 행위에 깃든 의지는 또 모든 것이 '전략'으로 이해되고 설명될 수 있는 것이다. 그런 중에도 여러 담론 형식들 중 가장 의식적인 전략적 형질이 강한 담론이 곧 '비평'일 것은 당연하다. 『독서의 알레고리들(Allegories of Reading)』에서 폴 드만은 다음과 같이 말하고 있다.

언어의 보편 구조가 재현 혹은 지시적이며 고유한 의미를 표현하는 것

7) 삐에르 부르디외, 최종철 역, 『구별짓기』, 새물결, 2005, 20쪽.

이라기보다 '수사학적' 이라는 단언은, 전제를 달고 있는 전통에 대한 '완전한 역전' 이다. 그 전제란 언어의 권위가 언어 내적인 비유 원천이 아니라 언어 외적인 지시물 또는 의미의 적합성으로 주어진다는 것이다.[8]

이처럼 "언어의 보편 구조가 재현 혹은 지시적이며 고유한 의미를 표현하는 것이라기보다" 스스로 자체 내의 '비유 원천'으로 작용하는 것이라는 점에서 그것은 '수사학적' 이다. 이러한 관점은 현대적으로 누구보다 니체로부터 비롯되었다. "비유는 자의적으로 언어에 덧붙여지거나 제거될 수 있는 어떤 것이 아니라 언어의 진정한 본성"이라고 선언한 사람이 다름 아닌 니체였던 터이다. 흔히 해체 비평가로 분류되는 폴 드만이 데리다보다도 오히려 니체로부터 영향 받은 흔적이 크다고 지적되는 이유도 다름 아닌 이러한 맥락에서 설명된다. 모든 언어 행동을 게임의 관점에서 파악함이 어떻겠느냐는 비트겐슈타인의 관점도 획기적이지만, 비유가 언어의 부차적 측면이 아니라 언어의 본령임을 꿰뚫어 본 니체야말로 참으로 진정한 문학자였다. 문학과 철학이 본성적으로 다르지 않는 글쓰기의 일부, 즉 언술 행위의 일종들임을 강조한 데리다의 해체론적 주장도 기실 그 근저에서는 다름 아닌 이와 같은 니체의 인식, 통찰이 깃들어 있음으로 설명될 수 있다. 지시적이며, 논리적인 추론의 언어가 전통적으로 철학 언어의 본질로 인식돼 왔지만, 사실 어떤 철학의 텍스트도 (더욱 결정적인 대목에서) 비유의 언어에 의지하지 않는 경우를 살펴보기란 어렵다. 데리다의 해체주의가 통찰, 입증해 보인 점이 바로 그것이었고, 엄밀하게 논리학적 사유와 인식이 방법으로 '철학'을 새롭게 정립해 보고자 했던 비트겐슈타인이 그 스스로 구축했던 「논리 철학 논고」의 전기 관점을 포기하고, '언어 게임'의 이론으로 불려지는 「철학적 탐구」의 후기 관점으로 이동해 간 사유도 크게는 이러한 맥락에서 설명될 수 있다. 엄밀한 논리 구축과 체계로 모든 것이 이해되거나 설명될 수 없다면, 그 다음에 남는 것은 '게임' 이며, 이때에 중요한 것은 미리 주어진 '규칙' 이라기보다 실행을 위한 어떤 전략이 된다. 누구나 이기기 위해서 실행할 터이기 때문이다. 굳이 타자를 이겨 넘어뜨리기 위해서가 아니라, 스스로 지지 않기 위해서 벌이는 모든 실행 행위의 모태를 우리는 '전략' 이라 부를 수 있다. 누구나 비참해지지 않기 위해서 게임을 벌이고, 또 게임을

8) 폴 드만, 이창남 역, 「독서의 알레고리」, 문학과지성사, 2010.

벌이고 난 뒤에는 또 누구나 또 다시 비참해지지 않기 위해서 지지 않도록 발버둥 친다고 말할 수 있는 터이다. 비평으로서 지지 않기 위해 벌이는 투쟁의 전략이란 무엇일까? 한국 현대 비평의 선구적 사례의 하나로 '유종호' 비평을 들 수 있다면, '비평'이 누구에게도 지지 않기 위해, 즉 '시'와 '소설'과 싸워서도 지지 않기 위해 벌이는 전략의 핵심이 무엇인가를 '유종호' 비평은 잘 보여 준다. 요컨대 그것은 글쓰기로서 글쓰기를 질타하는 '수사학적' 전략이다.

4. 모범적 비평문의 한 사례 : 유종호의 「언어의 유곡」

　문학이나 사고의 문제는 결국 언어의 본질이나 기능의 문제로 귀착하고 만다는 생각을 가진 일군의 언어철학자 내지 의미론자의 동태를 일일이 들추어 내지 않는다 하더라도, 언어의 본질에 대한 미시적인 탐구가 현세기에 이르러 경탄할 만한 결실을 보여 주었다는 사실은 아무도 부정하지 못할 것이다. 리차아즈의 말대로 그것은 정히 사상면에 있어서의 근래의 어떠한 혁명보다도 가장 중요한 것이었으며, 사상 방면에 대한 인류의 업적은 아마 정신분석의 영역에 있어서의 그것과 함께 20세기의 개가의 하나일 것이다. 그 영향은 심대하였다. 언어의 기능에 대한 통찰에 입각한 새로운 분석적인 눈이 문학작품 특히 시작품에 집중되었고 이러한 태도는 문학비평에 새로운 방법론을 제공해 주었다. 다른 부문의 정신과학에 끼친 영향은 둘째로 치고라도.[9]

한국 전쟁이 휴전 상태에 접어든 몇 년 뒤, 혜성처럼 등장하여 전후 세대 비평의 새로운 개시를 알린 비평가 유종호가 그 입문의 글인 셈인 「언어의 幽谷」(1957) 서두, 첫 도입부 단락에서 선보이고 있는 문장이다. "문학이나 사고의 문제는 결국 언어의 본질이나 기능의 문제로 귀착하고 만다"고 전제하고, 결국 '언어의 본질에 대한 미시적인 탐구'가 '현세기에 이르러 경탄할 만한 결실을 보여 주었다는 사실'을 지적하고 있다. 리차아즈를 인용하여 다시 한 번 그는 '그것'이 "정히 사상면에 있어서의 근래의 어떠한 혁명보다도 가장 중요한 것"이었음을 상기시키고, 이 방면(언어철학)에 대한 인류의 업적이 '정신분석학'과 함께 '20세기의 개가의 하나'가 될 것을 강조한다. 이 대목에서 그는 "그 영

9) 유종호, 「현실주의 상상력」, 나남, 1991, 21쪽.

향이(은) 심대하였"음을 다시 한 번 환기시키고, "언어의 기능에 대한 통찰에 입각한 새로운 분석적인 눈이 문학작품 특히 시작품에 집중되었"으며, 이러한 태도가 "문학비평에 새로운 방법론을 제공해 주었다"고 강조함으로써 이제부터 본론을 이끌어 나갈 새로운 화제가 무엇일지를 슬쩍 내비친다. "다른 부문의 정신과학에 끼친 영향은 둘째로 치고라도"라는 주석의 문장을 덧붙여, 리듬을 살리면서……

이처럼 다음 단락에서 필자가 전개하고자 하는 바가 무엇일지를 암시하는 방식으로 그는 첫 단락을 끝내고, 둘째 문단으로 나아가는데, 이 둘째 문단의 서두는 의외로 역접의 방식으로 나타난다. '그러나'가 이어지고, "이러한 언어의 본질이나 기능에 대한 학술적인 전문적인 탐구와는 별도로 언어에 대한 정치(精緻)한 자의식은 언제나 있어 왔다"고 밝힘으로써, 이러한 언어에 대한 자의식의 역사가 반드시 20세기만의 산물, 그 개가는 아닐 것을 증거하는 것이다. 이어지는 문장을 우선 보아두자.

> 그러나 이러한 언어의 본질이나 기능에 대한 학술적인 전문적인 탐구와는 별도로 언어에 대한 정치(精緻)한 자의식은 언제나 있어 왔다. 언어를 표현의 유일한 도구로 삼는 사람들, 내적 긴장으로 말미암아 일어난 균형 상실을 언어를 통해서 재건하려는 사람들, 억압된 온갖 욕망을 언어를 통해서 충족시키려는 사람들, 한마디로 말하면 언어가 〈내적 무질서의 적절한 구제책〉이 될 수 있었고 또 그러기를 지향한 저들 작가 시인들의 언어의식 내지 언어에 대한 자의식은 언제나 있어 왔다. 가위 언어가 생명인 저들의 경우인 만큼, 저들이 표명하고 술회한 언어에 대한 자의식 내지 언어관은 그것이 아무리 단편적으로 제시되었다 하더라도 제각기 언어의 본질에 육박하는 깊은 통찰을 보여주고 있다.[10]

이어서 '가령'이라는 말을 앞세워 예증의 논변을 삼고 있다.

> 가령 인구(人口)에 회자되는 『詩論』 속의 발레리의 명구를 예로 들어보자. 〈궁극적으로 언어는 한편에 음악을 갖고 다른 한편에 대수를 갖는다〉. 이 지극

---

10) 위의 글, 21-22쪽.

히 직재간결(直裁簡潔)한 진술이 나타내고 있는 지시와 함축은 실로 광대무변하다. 마치 바흐의 무반주 소나타가 전개하는 〈최대의 단순 속의 최대의 내용〉처럼. 그러면서도 신통한 적확성에 철해 있다. 우리는 이러한 발레리의 언어에 대한 통찰을 가령 뽀오랑의 기호언어 및 지시언어와 비교하게 되면서 발레리의 예리한 지적 투시력에 놀라고 만다. 그리고 객관적인 대상의 추론적(推論的) 분석적인 탐색의 결과와 주체적인 경험을 통한 직관적 통찰의 결과와의 친밀한 악수를 목도하고 다시 한 번 놀라고 만다. 이것은 어떠한 분야에 있어서나 볼 수 있는 현상이다. 프로이트를 읽기 전에 쓴 『토니오 크뢰겔』에서의 토머스 만과 프로이트의 친근성도 저간(這間)의 소식을 전해 준다. 비록 우회곡절은 있었으나 그들의 귀착점은 다같이 로마였다. 적어도 로마의 변방이었다.[11]

유종호식 수사의 특징이 박람강기의 인용 언술과 그 짜깁기에 있다는 점이 여기서 확인될 수 있다. 발레리의 명구와 바흐 음악의 특징에 대한 규정, 그리고 뽀오랑의 언어관, 나아가 토마스 만과 프로이트 사이의 친근성의 사례까지가 이 작은 단락의 언술 속에서 밀도 있게 인용되고 짜깁기된다. 그리고 마지막으로 서양의 한 격언적 수사까지가 동원된다. '그들의 귀착점은 다같이 로마', '적어도 로마의 변방이었다' 는 수사가 그것이다.

이러한 수사 방식이 최재서, 안병욱으로 이어지는 선배 문장가들의 전형적인 수사 방식이었음을 상기한다면, 이것이 비평적 문장 수사의 정통적 방식임을 알 수 있다. 이러한 수사 기량이 결코 쉽게 얻어질 수 있는 것이 아니고, 박람강기의 지적 역량이 선행되어서 얻어질 수 있는 것임을 이해한다면 유종호가 처음부터 발군의 문장가였다는 사실에 우리는 놀라고 동의하지 않을 수 없다. 위의 문장이 결코 원숙한 나이에 쓰여진 것이 아니고, 필자의 나이 스물 두어 살 무렵에 쓰여진 것이라는 점에 상도하고 보면, 우리의 놀람의 정도는 한층 커질 수밖에 없는 것이다. 더구나 유종호의 문장은 한갓 부화한 인용의 수사법에만 의지해 있는 것이 아니다. 군더더기 없이 간결한 문체, 곧 적절한 인용과 지식의 배치를 통해 문장에 활력을 더하는 바, 특별히 한자어의 바른 사용이 그의 문체를 더욱 기름지게 윤기 있는 것으로 만들어주고 있다는 점에서

11) 위의 글, 22쪽.

그의 이후 「한글만으로의 길」 주장을 의심하게 하는 면모를 보여준다고 하겠거니와, 그는 단지 박식을 통한 현학과 자칫 언술의 희롱, 곧 문장 겉멋 부리기와 재치 발휘의 재롱 등에 빠져 자족과 자아도취의 쾌미상태를 즐기고자 하는, 수사적 문장가들의 흔한 일반적인 통폐의 늪에 빠져 허우적거리지 않는다. 현학과 수사적 말놀이의 유혹에서 단호히 벗어나 결별을 선언하고, 문제의 원천을 찾아 분석적으로 사태 해부에 임하고자 하는 그의 다음 단락의 언술 태도에서 우리는 그 점을 엿보아 확인할 수 있다. 보라!

　각설, 앞에서 나는 언어에 대한 자의식이란 말을 썼다. 원래 자의식이라고 하는 것은, 의식의 대상이 자기가 된다는 것은, 자기의 위치가 고경(苦境)에 빠졌거나 환경과의 관계가 순조롭게 되지 못할 때 대두하는 것이다. 언어에 의존하고 언어를 유일한 도구로 삼는 작가 시인들이 언어에 대한 자의식을 강렬하게 경험한다면 그것은 그만큼 언어와 자기와의 심각한 괴리를 의식한다는 것이다. 언어에 절망한다는 것이다. 언어와의 관계가 순조로울 때 사람들은 구태여 언어라고 하는 신비스러운 부첩(符牒)을 별나게 개의치 않는다. 할 필요가 없다. 수시로 적절하게 이용만 하면 그만일 터이다. 그러나 어느날, 일월화수목금…일월요의 무의미한 순환 속에서 불현듯 세계와 자기와의 단절을 의식하고, 부조리를 감지하는 〈이방인〉처럼 저들에게도 한 의식의 순간이 온다. 그때 저들은 언어의 한계를 분명히 의식하고 저들의 딜레마를 통절하게 자각한다. 물론 나는 지금 언어 앞에서 공포에 떨고 있는 미숙한 소년들을 얘기하고 있는 것은 아니다. 또 범용한 작가 시인들의 경우를 얘기하고 있는 깃도 아니다. 적어도 이러한 의식은 표현에 대하여 남다른 정열을 가지고 있는 독창적인 개성의 소유자에게나 찾아온다. 이때 저들의 의식 내용이 주로 언어에 대한 불신임, 언어의 한계성에 대한 자각이라는 사실은 주목할 만한 가치가 있다. 원래 언어라고 하는 것은 일반통설 그대로 역사적 사회적 산물이며 또한 그것을 산출해낸 민족 내지 사회자신이 세계관이 산물이다. 따라서 그 사회 전 구성원의 공인을 거쳐 의미의 기호로서 존재하게 되는 언어는 필연적으로 통속적이며 그 사회통념에 전면적으로 굴종하고 있다. 이것은 범용한 사람에게 있어서는 지극히 편리한 노릇이다. 그러나 일반적인 사회통념에 맹렬한 저항을 느끼는 독자적인 개성의 소유자들에게는 심히 불편한 노릇임에 틀림없다. 여기에서 개성의 발랄한 운동을 허용하지 않는 역사적 사회적 산물인 언어와 독자적인 개성은 정면충돌하게 된다. 경우에 따라서는 언어는 둔중(鈍重)한 장애물로까지 의식된다. 그것은 마치 현대사회에 있어서의 개인과 사회와의 관계와 마찬가지다. 우리는 〈권력에의 의지〉 속에서 토로한 니이체의 언어관에 귀를 기울여 보자.[12]

"각설"의 문장 전환 어사 뒤에, "앞에서 나는 언어에 대한 자의식이란 말을 썼다"는 문장 뒤에 이어지는 사설들이란 '언어에 대한 자의식'이 무엇을 뜻하는가를 자세히 규명하고자 하는 언술적 내용이 된다. 그러기 위해 '자의식'의 상태를 규명하고, 그 바탕 위에서 '언어에 대한 자의식'의 상태란 곧 '언어에 (대한) 절망'의 상태임을 밝히고 있다. "언어의 한계를 분명히 의식하고 저들의 딜레마를 통절하게 자각"하는 상태가 바로 그 상태라는 것이다. 이어서 이 상태가 쉽사리, 누구에게나 올 수 있는 경험적 상태가 아니라는 점을 밝히기 위해 '언어 앞에서 공포에 떨고 있는 미숙한 소년', 혹은 '범용한 작가 시인들의 경우'와 '표현에 대하여 남다른 정열을 가지고 있는 독창적인 개성의 소유자'를 구별하고, 후자의 그 '독창적 개성의 소유자'들에게 있어서 '언어에 대한 불신임, 언어의 한계성에 대한 자각'의 의식이 어떻게 찾아올 수 있는지를 논리적으로, 혹은 분석적으로 밝히고 있다. 그리하여 '개성의 발랄한 운동을 허용하지 않는 역사적 사회적 산물인 언어와 독자적인 개성' 사이의 이 양립 불가능 상태는 마치 '현대사회에 있어서의 개인과 사회와의 관계'처럼 '정면충돌'하여 (항상적인) 불화, 갈등의 상태로 드러나기 마련이라고 필자는 설명하는 것인데, 자신의 이와 같은 주장, 논지를 보강하기 위하여 필자는 여기서 다시금 인용의 수사법을 구사하여 니체를 끌어들이게 된다. 그렇지만 니체를 인용, 끌어들임으로써 단순히 자신의 논지를 보깅, 깅조하는 데 그치지 않고 필자는 니체의 언설을 다시 한 번 보다 분석적인 어사로 해체, 규명함에까지 나아감으로써 니체의 언설이 뜻하는 바가 무엇인지를 명징하게 밝혀낸다. 유종호식 인용의 수사학과 그 분석적 방법 정신의 정체가 무엇인지를 잘 드러내고 있는 문체적 양상으로 이런 점에서 우리는 다음의 대목을 주목하지 않을 수 없

12) 위의 글, 22~23쪽.

다. 만년의 나이에 이르러 그는 청년 시절 뜻도 모르고 니체를 '베끼곤' 했었다고 회고한 바 있지만, 실제로 이 시기 20대 초반의 시기에 그는 이미 니체에 대한 거의 완벽한 이해의 수준에 이르러 있었다는 것을 다음 문장은 시사해 보여준다. 확인해 보라!

"음악과 비교해 본다면 언어에 의한 고지(告知)는 남사스러운 종류의 것이다. 언어는 천박하게 하며 둔화시킨다. 언어는 비인격화한다. 언어는 통속적이 아닌 것을 통속적으로 만들어 버린다." 우리는 이 짧막한 문장 속에서 니이체라고 하는 근대의 독자적인 개성의 세 가지 정신의 풍모를 엿볼 수 있다. 음악이 없는 인생은 하나의 오류라고까지 단정함으로써 음악에 대한 최대의 찬사를 바쳤던 그의 음악에 대한 동경 내지 집착이 그 첫째 것이다. 둘째는 언어는 비인격화, 비개성화한다는 사실을 의식한 그의 강렬한 개성. 그리고 통속적이 아닌 것을 통속적으로 만들어 버린다는 언어의 근본 성격을 간파할 수 있었던 그의 세속에의 반항과 모더니티의 혐오가 그것이다. 단적으로 말해서 상기한 바와 같은 니이체의 언어에 대한 통찰은 자기의 독자적인 개성이 언어라고 하는 비개성적인 장벽과 충돌했을 때 자기 딜레마의 자각에서 나온 고충의 산물이었다. 그것은, 언어는 비인격화한다는 그의 말이 〈참으로 개성적인 경험에는 그것을 표현할 언어가 있을 수 없다〉는 발레리의 말과 얼마나 내적으로 일치하고 있는가를 보아도 쉽사리 알 수 있다. 우리는 이러한 언어에 대한 자의식의 기저에서 근대인의 준렬한 자아의 몸부림 즉 개인주의 정신의 자태를 발견하게 된다.[13]

비평가가 그의 글 속에서 말하고 있는 바와 똑같이, '이 짧막한 문장 속에서' 우리는 '유종호'라고 하는 한국 현대 비평의 한 드물게 예외적인 사례의 인식적 총량과 그 언어적 발현의 개성적 풍모를 뚜렷이 감지할 수 있게 된다. '분석 정신'으로서의 근대적 합리주의를 그 인식적 요체의 핵자라 이해한다면, 비평 담론의 전개를 위한 '인용'의 수사학, 즉 두루 세계문학적 사례를 살펴 그때그때 필요한 어구들을 적절히 추출, 인용하는 글쓰기의 전략은 과연 모범적인 비평적 글쓰기란 어떠한 것인가를 생생히 구체적으로 보여준

13) 위의 글, 23–24쪽.

다. 단순한 인용이 아니라, 예거된바 인용 어구들을 통하여 문학의 근본 문제가 어떠한 것인가를 적절히 환기 받을 수 있도록, 그 인용 어구들은 가히 '통찰'의 의의에 값하는 만큼 날카롭게 사태의 정곡을 향해 나아가는 박진의 면모를 보여주는 것이다. '각설', 혹은 '거두절미하고' 등, 화제 전환을 위한 문장 부사어들을 자주 사용하는 데서도 알 수 있듯이, '간결체'의 형식으로 가능하면 군더더기 없이 사태의 정곡, 진면목을 압축적인 언어, 문장들로 선명히 통찰하여 보여줄 수 있기를 지향하여, 그의 이러한 절제된 문체관을 다른 이름으로 경제적 합리주의의 문체관으로 설명할 수 있다고 생각하거니와, 인식적 차원에서의 그 비평적 핵자의 정신은 늘 '통찰'의 이름에 값하기에 손색이 없을 만큼 뛰어난 예단의 면모와 함께 나아가는 것이라고도 말할 수 있겠다. 흔히 '철학'을 앞세워, '현학'의 길로 빠져들기 쉬운 통폐를 노정하는 것이 한국 현대 비평의 약점 중 하나였다고 할 수 있거니와, 철학적 논변이라는 허세의 길로 이탈하지 않고, 가능한 한 문학적 담론의 영역을 지켜나가면서 대상이 되는 논제의 한계와 강점을 공평한 시야에서 규명하고자 했던 설득력 있는 태도가 한편 문예 비평가로서의 그의 유다른 생명력과 장수의 가능성을 보증해 주었다고도 말할 수 있겠다. 위의 인용 대문의 마무리를 형성하고 있는 문장, "우리는 이러한 언어에 대한 자의식의 기저에서 근대인의 준렬한 자아의 몸부림 즉 개인주의 정신의 자태를 발견하게 된다", 이 문장 속에서도 우리는 이 비평가의 박진감 넘치면서도 속도감 있는 문체 전개, 그러면서도 몇 개의 언어로 정곡, 핵심을 질러 사태의 윤곽을 제시하는 그의 뛰어난 수사력의 면모가 여실한 자태를 드러내고 있음을 확인할 수 있거니와, 글의 모두에서부터 핵심적인 논제로 설정되어 글 전체를 이끌어 가고 있는 화두라 이해될 수 있는 '언어에 대한 자의식' 문제가 결국 위와 같이 풍부한 인용과 사례 점검을 통해 과연 문학의 근본 문제인 것을 논단, 시범해 보인 뒤, 한마디로 그것이 '근대인의 준렬한 자아의 몸부림' 곧 '개인주의 정신'과 한 몸의 자태임을 포괄적으로 요약, 정리해 보임으로써 이 글이 그동안 숨겨 가져오면서 복선을 통해서만 제시했던 현실적 과녁의 문제가 무엇인지를 슬쩍 드러내 보인다. 말하자면 개인주의적 의식과 감성의 성숙을 통한 진보가 당시 한국 문학의 어깨에 짊어지워진 시대적 과제 아닌가, 그는 암묵적으로 시사하여 과시한 셈이라고 하겠는데, 여기서 그는 다시 한 번 자신이 전공한 영문학적 지식의 영역에서만이 아니라, 프랑스 현대시의 사례까지를 들어 자신의 논지를 강화하는 예화를 삼는다.

여기서 생각나는 것은 상징주의 운동이라고 알려져 있는 일군의 프랑스 시인들의 시운동과 그들의 언어에 대한 태도다. 상징파 시인들에게 공통적인 현상은 그들이 누구보다도 심각하게 일상 언어에 절망하고 그것을 강박관념으로 의식하였다는 사실이다. (……) 언어가 정당한 구실을 수행하려면 사물을 지시하는 조응성 즉 〈대수〉의 의미적인 효능이 건재하고 있어야 한다. 미적 효능으로서의 함축적인 요소 즉 〈음악〉은 그 반주의 역할을 함으로써 충분하다. 따라서 음악의 독무대로 화한 그들의 시 언어가 극히 불투명한 것은 당연한 일이다. 그리고 대 사회적으로 등을 돌린 이러한 불투명성의 구경(究竟)은 말라르메에게서 보는 바와 같은 비교(秘敎) 성향이요 〈순수시의 자가당착적인 이상적 침묵〉이었다. 왜냐하면 절대적 고독 속에서 발언한다는 것은 이미 불필요할 뿐만 아니라 불가능하기 때문이다. 고립되어 있다는 뜻이다. 정신의 이방인이라는 뜻이다.[14]

20대 초반의 나이에 씌여진, 유종호 비평의 개시 평문이라 할 「언어의 유곡」의 수려한 문체 솜씨와 언술 내용이 대개 이러한 것이었다. 처음부터 '언어의 마술사'라는 칭호를 얻었으리만큼 독보적이었던 언술 역량의 소유자답게 비평적 문제 의식 또한 다름 아닌 언어 운용의 문제, 곧 문학가로서 언어를 다루는 기본적이며, 근본적인 지아 정체의 문제 의식, 곧 문인으로서의 자의식 문제에 쏠려 있었던 것이다.

물론 이 글 전체는 위와 같은 서양 문학 경우의 여러 인례를 통한 현학적인 배회, 과시적인 지식 자랑 정도에 그치는 것이 아니었다. 전체 4부 중 서론 격에 해당한 위의 제1부를 지나, 2부로 나아가면 올더스 헉슬리의 작품 「대위법」과 사르트르의 작품 「구토」를 예로 들어 '언어에 대한 절망' 투영의 보다 구체적인 문학적 사례 분석의 양상을 선보이며, 다시 3부에서 올더스 헉슬리의 또 다른 작품 「숱한 여름이 간 뒤」의 양상을 조금 더 면밀히 분석, 설명해 보이는 시범을 자처함으로써 언어에 대한 심각한 자의식의 면모가 어떠한 것인가를

14) 위의 글, 24쪽.

493

날카롭게 투시해 보인다. 이와 같은 유례의 제시를 통해 그가 강조해 보이고자 하는 것은 요컨대 언어의 한계에 대한 자각, 즉 언어가 구극적으로 직면할 수밖에 없는 표현 한계에 직면하여 진지한 작가라면 반드시 뼈아프게 절망적 딜레마의 상황, 질곡을 의식할 수밖에 없는 그 자기 모순의 형용이라 할 수 있는 것이다. 여기서 3부 마무리 단락을 잠시 인증하여 확인해 두기로 하자.

이러한 헉슬리의 딜레마는 캐고 보면 실상 언어의 추론적 성격에서 오는 것이다. 근본적으로 추론적인 형태 속에 투영할 수 없는 의식 내용은 인간 정신에게 불가해한 것이다. 우리가 이해하고 지각할 수 있는 영역이란 추론적인 투영이 가능하고 명백한 정의가 가능한 영역이다. 이 영역 밖의 표현할 수 없는 감정과 욕정과 직접적인 경험의 세계로 눈을 돌리는 것이 랑가의 말대로 신비주의에의 지향이다. 그 구경이, 전달할 수 없다라는 신비주의인 것이다. (⋯)[15]

그렇다면 비평가는 이와 같은 언어에 대한 인식, 즉 언어에 대한 문학자들의 자의식적 문제를 왜 제기하고, 나아가 그 절망적 인식의 사례들을 구체화하여 보여주고자 한 것인가. 요컨대 자기 글쓰기의 상황, 즉 당대 1950년대의 한국적 문학 상황에서 비평가는 왜, 무엇 때문에 '언어의 유곡'이라는 이와 같은 문학적 자의식의 문제를 제기하고자 했던 것일까. 이 숨겨진, 감춰진 문제 의식이 글 전체를 이끈, 아니 유종호 비평 전체를 태어나게 추동한 비평적 핵자의 인식 동력이었음을 암시하며, 시사하며, 글은 이제 마무리의 대목으로 들어선다. 하나의 논문으로 간주하여서도 지나치게 모범적이라 할 만큼 뛰어난 마무리 솜씨의 그의 언술 역량은 이 데뷔 평론의 결론부 대목에서도 유감없이, 군더더기 하나 없이 다시 한 번 그 간명체의 면모를 드러낸다. 오늘날 우리가 '결론' 대신 '요약 및 남는 문제'의 기술 대목으로 인식하여 그 기능을 설명하는 이 최후 결어부 직전의 마무리 솜씨는 이렇다.

이상에서 나는 내가 비교적 친밀할 수 있었던 몇몇 문학자들의 언어에 대한 자의식의 유곡을 여행하여 보았다. 무심히 간과한 것도 많았을 것이고 또 아무렇지도 않고 대수로울 것도 없는 평범한 풍경 앞에서 지나치게 오랫동안 배회

15) 위의 글, 29쪽.

하였을지도 모른다. 그러나 내가 이러한 유곡에의 고독한 여행을 시도한 것은 나대로 분명한 이유가 있었기 때문이었다. 그것은 문학자들의 비평 정신이라고 하는 문학에 대한 자의식의 구조의 심저에서 내가 저들의 언어에 대한 정치한 자의식을 보았기 때문이었다. 그리고 이러한 언어에 대한 자의식의 저변에서 저들의 세계관 및 문학관의 축도를 원초적인 형태로 발견할 수 있다고 믿었기 때문이었다. 현대문학이 제공해 주고 있는 여러가지 화제, 가령 순수소설이라든가 관념소설의 문제 아니 전통의 문제까지도, 그 생성의 기원은 다름아닌 이러한 언어의 유곡이었다. 이러한 문제는 후일에 고(稿)를 달리하여 얘기해 볼 생각으로 있거니와 여기서 한가지 지적하고 싶은 것은 오늘날 우리 문학세계에서 벌어지고 있는 온갖 후진적이며 비양식적인 추태는 문학자들의 언어의 근본 성격에 대한 통탄할 만한 무의식이 그 원인의 절반이 되어 있다는 사실이다.[16]

"현대문학이 제공해 주고 있는 여러가지 화제, 가령 순수소설이라든가 관념소설의 문제 아니 전통의 문제까지도, 그 생성의 기원은 다름아닌 이러한 언어의 유곡이었다"고 단정지으면서, "오늘날 우리 문학세계에서 벌어지고 있는 온갖 후진적이며 비양식적인 추태는 문학자들의 언어의 근본성격에 대한 통탄할 만한 무의식이 그 원인의 절반이 되어 있다(는 사실이다)"고 명언하는, 결론부의 이와 같은 진단의 언어 속에서 이 글을 쓴 필자의 의도가 선명히 드러나고 있는 셈이라고 할 수 있다. 이로 보면 위의 첫 단락을 채우고 있는 나머지 언사들은 글의 의도 제시를 위한 언술 전개상의 절차적, 부수적 언어에 불과하며, 여기에 여러 가지 자기 낮춤의 언사(겸사)들이 표현의 묘미를 위해 덧붙여진 양상임에 불과하다고 말할 수 있는 것이다(물론 미덕의 한 요소로서 '겸사'란 그 나름으로 가치 있는 언술적 행위의 일부라고 할 수 있다). 그리고 스스로 몸을 낮추어 피안을 바라보는 듯한 이 겸양의 언표 다음에 필자는 가열한 문단 현실 통박의 언사 동원을 통해 자기 문제 의식의 입지점이 어디인가를 다시 한번 뚜렷이 밝히게 된다. 개념의 선명한 각인이라는 점에서 뛰어나게 기능적인 한자어들의 물샐틈없는 조직 속에서 문득문득 모습을 드러내는 묘미 있는 토속어의 구사가 이 경우 그의 문체적, 수사적 무늬, 물결의 특징을 이루게 된다는 점을 다시 한 번 확인해 둘 필요가 있다. 이와 같은 문체적 형질 확인을 위

16) 위의 글, 30쪽.

해서라도 여기서 우리는 다시 한 번 그의 마지막 마무리 문장을 세심히 음미해 보아도 좋으리라. 이처럼 간명하고도 요령 있는 비평적 언술 개진의 사례를 달리 찾아내기 쉬울까.

기만적인 모호성을 주성분으로 하는 문자의 집단을 생산해 놓고서도 자기야말로 현대문명의 복잡성의 여실한 표현자라고 우기는 추태라든지, 스타일이 없는 데서 오는 문장의 혼란으로 한몫 보는 비평가의 추태라든지 그 예는 얼마든지 있다. 이러한 의미에서 체계도 구성도 뚜렷하게 갖지 못한 나의 이 조잡한 에세이가 많은 사람들을 위에서 보아온 거와 같은 언어에 유곡에 대한 지적인 노스탈지어를 불러 일으키는 유인이 될 수 있다면 또 그렇게 됨으로써 문학의 본질적인 제문제가 새로운 각도에서 음미될 수 있다면 나는 나의 이러한 당돌했던 여행을 결코 후회하지 않을 것이다. 결론을 말한다. ―우리들의 길은 멀다.

'기만적인 모호성', '문자의 집단(을) 생산', '현대문명의 복잡성의 여실한 표현자', '추태' 등, 이 비평가의 문장의 주성분을 이루는 요소들이야말로 다름 아닌 한자어들과 그 단어들의 탁월한, 논리적인 조직력이 아닐 수 없다. 「언어의 유곡」이라는 이 글 전체의 제목 언어가 실상 이처럼 개념 전달에 기능적인 한자어들의 뛰어난 조직 역량을 바탕으로 하는 이 비평가 독자의 문체적 취향, 특장을 대변하는 바의 언술상에 다름 아니라고 할 수 있다. '당돌했던 여행'이라고 글 전체의 내용을 일단 요약적으로 상기시킨 뒤, 바로 이어서 그리고 "결론을 말한다. ―우리들의 길은 멀다"라고 간명하게, 그러면서도 인상 깊은 여운을 남기도록 글을 마무리 짓는 솜씨가 처음부터 일약 대가급 비평가로 그 자신을 부각되도록 추동한 한 신예 비평가의 최량의 언술 능력 발휘 대목이라 할 수 있다. 이처럼 비평적 역량이란 곧 궁극적으로 수사적, 문체적 역량으로 고스란히 전달되는 것으로, 사고하고, 분석하고, 인식하는 역량인 만큼 그 역량의 총체는 결국 글쓰기 역량으로 드러나게 마련이라는 점을 유종호 비평의 최초 입문의 글이 여실히 보여주는 것이라 살펴, 실제 비평 이해의 한 귀감의 사례로 전범화할 만하다.

이 저서는 2013년도 서울시립대학교 연구년 교수 연구비에 의해 연구되었음.